Winterliebe

Nora Roberts
Lebe die Liebe

Seite 7

Heather Graham
Wie ein Stern in dunkler Nacht

Seite 167

Sherryl Woods
Heiße Nächte in Colorado

Seite 251

Cindy Gerard
Hochzeitsnacht im Winterwald

Seite 387

MIRA® TASCHENBUCH
Band 20065
1. Auflage: Dezember 2016

MIRA® TASCHENBÜCHER
erscheinen in der HarperCollins Germany GmbH,
Valentinskamp 24, 20354 Hamburg
Geschäftsführer: Thomas Beckmann

Konzeption/Reihengestaltung: fredebold&partner GmbH, Köln
Umschlaggestaltung: büropecher, Köln
Redaktion: Maya Gause
Titelabbildung: Harlequin Books S.A., Andrew_mayovskyy/Thinkstock
Satz: GGP Media GmbH, Pößneck
Druck und Bindearbeiten: GGP Media GmbH, Pößneck
Printed in Germany
Dieses Buch wurde auf FSC®-zertifiziertem Papier gedruckt.
ISBN 978-3-95649-656-1

www.mira-taschenbuch.de

Werden Sie Fan von MIRA Taschenbuch auf Facebook!

Nora Roberts

Lebe die Liebe

Roman

Aus dem Amerikanischen von
Ursel von der Heiden

1. Kapitel

Nachdenklich blickte Diana aus dem kleinen Flugzeugfenster auf die sonnenbeschienenen Wolken und überlegte zum wiederholten Male, ob es wirklich richtig war, dieser Einladung zu folgen. In einer halben Stunde sollte die Maschine bereits landen, und noch immer plagten sie Zweifel.

Fast zwanzig Jahre waren vergangen, seit sie ihren Bruder zum letzten Mal gesehen hatte. In ihrer Erinnerung war er immer noch der Teenager von sechzehn Jahren, zu dem sie als kleines Mädchen bewundernd aufgeblickt hatte. Sechs Jahre alt war sie damals gewesen, und für sie hatte es kein anderes Vorbild als ihren Bruder gegeben.

Wenn sie die Augen schloss, sah sie Justin wieder vor sich. Ein gut aussehender junger Mann mit scharf geschnittenem Gesicht, schwarzem Haar, das ihm immer ein wenig wild in die Stirn fiel, und kühlen grünen Augen, die sehr selbstsicher und mit einer Spur Arroganz in die Welt blickten. Justin Blade – der Einzelgänger.

Diana lehnte sich in ihren Sitz zurück und rief sich die Ereignisse von vor zwanzig Jahren wieder in Erinnerung. Als ihre Eltern starben, hatte Justin sich rührend um sie gekümmert, ohne dass er ihr in dem Durcheinander ihrer kindlichen Gefühle wirklich hätte beistehen können. Sie konnte nicht verstehen, dass ihre Eltern niemals zurückkommen würden, und glaubte fest daran, dass alles wieder so werden könnte wie früher, wenn sie nur recht lieb wäre, keine Dummheiten mehr anstellte und in der Schule besser aufpassen würde.

Aber dann war Tante Adelaide gekommen, und Justin war aus ihrem Leben verschwunden. Lange hatte sie geglaubt, dass ihr Bruder nun auch im Himmel sei, weil er ihre Tränen und ihre immer wieder gleich lautenden Fragen nicht mehr hatte ertragen können. Ihre Tante hatte sie mit an die Ostküste genommen, in eine ihr völlig fremde Welt. Von Justin hatte sie nie wieder etwas gehört.

Und jetzt war er verheiratet. Sosehr Diana sich auch bemühte, sie konnte sich ihren Bruder einfach nicht als Ehemann vorstellen. In all den Jahren hatte sie beinahe vergessen, dass sie überhaupt einen Bruder hatte. Und nun wartete nicht nur er auf Diana, sondern auch Serena MacGregor, ihre Schwägerin.

Die MacGregors aus Hyannis Port. Natürlich kannte sie diesen Namen. Tante Adelaide hatte dafür gesorgt, dass sie gesellschaftlich auf dem Laufenden war – und dazu gehörte selbstverständlich auch, dass sie diese Familie kannte, die zu den ältesten im Land gehörte.

Daniel MacGregor war das Oberhaupt, ein gebürtiger Schotte und eine bekannte Größe in der Finanzwelt. Anna MacGregor, seine Frau, war eine hoch angesehene Ärztin, und Alan, der älteste Sohn, hatte bereits Karriere als Senator gemacht.

Und dann gab es da noch Caine MacGregor, den jüngeren Sohn. Über ihn hatte Diana in Harvard mehr gehört, als ihr lieb war. Er hatte die berühmte Universität einige Jahre vor ihr durchlaufen, war wie sie selbst Jurist geworden. Genau ein Jahr, bevor sie ihr Studium begann, hatte er seines abgeschlossen und war jetzt bereits dabei, sich einen Namen als Anwalt zu machen.

Ganz zu Anfang, als sie noch ein Neuling in Harvard gewesen war, hatte Diana eine Unterhaltung zwischen zwei Studentinnen mit angehört, die sich einige pikante Einzelheiten aus Caine MacGregors Leben erzählt hatten, die darauf schließen ließen, dass er seine Zeit nicht nur über Büchern und in Hörsälen verbrachte.

Ja, und dann war da noch ihre Schwägerin Serena. Sie hatte genauso wenig versagt wie ihre Brüder. Das lag offenbar im Blut der MacGregors, die, nach allem, was man so hörte, die geborenen Sieger waren. Serena hatte ebenfalls ein Studium absolviert, es mit Auszeichnung abgeschlossen und die nächsten Jahre damit verbracht, alle möglichen akademischen Grade zu erringen. Zumindest von ihrem Ehrgeiz her schien sie zu Justin Blade zu passen.

Diana erinnerte sich wieder an die Hochzeit der beiden und überlegte für einen Moment, ob sie zu der Feier gegangen wäre, wenn sie zu der Zeit in Amerika gewesen wäre. Ja, entschied sie ganz spontan, ja, ich wäre hingegangen. Und wenn es nur aus Neugierde gewesen wäre. War es nicht auch vornehmlich Neugierde, die sie jetzt nach Atlantic City fliegen ließ?

Andererseits hätte sie Serenas Einladung kaum ausschlagen können, ohne einen kindischen oder zumindest unhöflichen Eindruck bei ihrer Schwägerin zu hinterlassen. Und wenn es etwas gab, das Tante Adelaide ihr eingebläut hatte, so war es die Einsicht, dass eine Dame sich niemals kindisch oder unhöflich benehmen durfte.

Schnell schob Diana die Gedanken an ihre Tante beiseite und holte den Brief von Serena aus der Tasche.

Liebe Diana,
ich war so enttäuscht, als ich im letzten Herbst zu unserer Hochzeit erfuhr, dass du in Paris warst und nicht an der Feier teilnehmen konntest. Ich habe mir immer eine Schwester gewünscht, aber leider haben mir meine Eltern diesen Wunsch nicht erfüllt. Daher ist es für mich jetzt doppelt traurig, dass ich eine – zumindest angeheiratete – Schwester habe und sie noch nicht einmal kennenlernen konnte.
Justin spricht oft von dir, aber natürlich ist das kein Ersatz dafür, dich endlich einmal zu sehen, zumal seine Erinnerungen sich nur auf das kleine Mädchen beschränken, das du damals warst. Ich lege diesem Brief ein Flugticket bei und hoffe sehr, dass du es benutzen und zu uns kommen wirst. Justin und du, ihr beide habt Jahre aufzuholen, in denen ihr euch nicht gesehen habt, und ich möchte endlich die Schwester kennenlernen, die ich mein Leben lang vermisst habe.
Liebe Grüße, Serena

Diana seufzte und steckte den Brief wieder in ihre Handtasche. Sie kannte diese Frau überhaupt nicht, aber allein der warmherzige, freundliche Ton des Briefes hatte sie neugierig darauf gemacht, sie kennenzulernen.

Eigentlich war Serena nicht der Typ Frau, den sie an der Seite ihres Bruders erwartet hatte. Zu ihm passte wohl eher eine kühle, nur auf ihren Vorteil bedachte Frau. Stimmt das wirklich? korrigierte Diana sich sofort. Schließlich wusste sie gar nicht, wie Justin sich entwickelt hatte, zu welcher Art Mann er geworden war.

Wenn es wirklich Zeiten gegeben hatte, in denen sie sich nach ihrem Bruder gesehnt hatte, so waren diese lange vorbei. Sie hatte die Sehnsucht nach ihm begraben müssen, um in der Welt ihrer Tante überleben zu können. Wenn Tante Adelaide wüsste, dass sie jetzt unterwegs war, um ihren Bruder in seinem Hotel zu treffen, in dem er das meiste Geld mit dem angeschlossenen Spielcasino machte, würde sie wohl voller Entsetzen die Hände über dem Kopf zusammenschlagen. Unausweichlich würde dann ein längerer Vortrag darüber folgen, in welchen Kreisen eine Dame verkehren dürfe und in welchen nicht.

Mit einem Lächeln blickte Diana wieder hinaus in die Wolken. Heute konnten ihr die Vorträge ihrer Tante nichts mehr anhaben. Mittlerweile war sie erwachsen und konnte selbst entscheiden, was für sie gut war und was nicht. Sie würde ihren Bruder wiedersehen, ihre Schwägerin kennenlernen und dann zurück nach Boston fahren und ihr gewohntes Leben weiterführen. Sie brauchte niemanden mehr zu fragen und niemandem Rechenschaft abzulegen über die Art und Weise, wie sie lebte und wie sie vor allem ihre Karriere vorantrieb.

Ein neues Jahr hatte gerade begonnen und damit für Diana auch ein neuer Abschnitt ihres Lebens. Der erste, in dem sie für sich allein verantwortlich war. Sie war gespannt auf alles Neue, das ihr begegnen würde.

Sicher ist sie gar nicht in der Maschine, überlegte Caine, als er auf das Flughafengebäude zuging. Er wusste nicht, woher seine Schwester die feste Überzeugung nahm, dass Diana ihre Einladung annehmen würde, schließlich hatte sie auf ihren Brief überhaupt keine Antwort bekommen. Nur widerwillig hatte er sich von Rena dazu überreden lassen, für sie die Rolle des Chauffeurs zu übernehmen, nachdem sie im Hotel durch unvorhergesehene Terminverschiebungen festgehalten worden war.

Es wäre ihm wesentlich lieber gewesen, er hätte seine erste freie Woche seit Monaten mit Skifahren in Colorado verbringen können, statt ausgerechnet im Januar an die eisige Atlantikküste zu fahren. Aber nach den schrecklichen Vorfällen vor einigen Monaten konnte er seiner Schwester einfach keinen Wunsch abschlagen und hatte sich daher ohne Murren bereit erklärt, sie in Atlantic City zu besuchen und dabei zu sein, wenn sie zum ersten Mal ihrer Schwägerin begegnete.

Der Wind pfiff ihm um die Ohren, als er die Tür zur Ankunftshalle öffnete. Eine hübsche Blondine in einem auffälligen Fuchsmantel kam ihm entgegen, und er hielt ihr die Tür auf. Die Frau zögerte einen Augenblick, musterte ihn von oben bis unten und lächelte Caine dann vielsagend zu. Er erwiderte dieses Lächeln eher amüsiert und ging weiter.

Caine war an diese Blicke von gut aussehenden Frauen gewöhnt. Sie schmeichelten ihm, brachten ihn aber nicht weiter aus der Ruhe. Seine Wirkung auf Frauen war vornehmlich auf seinen athletischen Körperbau, die breiten Schultern und schmalen Hüften zurückzuführen. Sein Gesicht mit den hohen Wangenknochen, der geraden Nase und den tiefblauen Augen hatte sehr markante, männliche Züge, die auf sehr viel Selbstsicherheit und Durchsetzungsvermögen schließen ließen. Seine blonden Haare waren vom Wind zerzaust und verstärkten noch den wilden, ungebärdigen Eindruck.

Caine ging durch die große Halle zur Anzeigetafel, auf der der Flug aus Boston bereits angezeigt wurde. Der Ausgang für diesen Flug lag ganz in der Nähe, und so setzte er sich in einen der Sessel, steckte sich eine Zigarette an und wartete auf eine Frau, die er gar nicht kannte und von der er auch nicht annahm, dass sie überhaupt auftauchen würde.

Als die Maschine aufgerufen wurde, beugte er sich etwas vor und nahm die ersten Passagiere in Augenschein, die sich bereits hinter der großen Glasscheibe um das Gepäckband versammelten. Er nahm sich vor, wirklich zu warten, bis auch der letzte Fluggast herausgekommen war, und dann zum Hotel zurückzufahren.

Es würde ihm leidtun, seine Schwester enttäuschen zu müssen, aber schließlich hätte sie von Anfang an nicht fest damit rechnen dürfen, dass Diana tatsächlich kam. Den Rest des Nachmittags konnte er dann in Ruhe im Fitnessraum des Hotels verbringen und die ersten freien Stunden seit langer Zeit genießen. Seitdem er sich als Rechtsanwalt mit eigener Kanzlei niedergelassen hatte, war ihm kaum eine freie Stunde geblieben.

Das wird jetzt anders, versprach er sich selbst. In dieser Woche wollte er ausspannen und den voll bepackten Schreibtisch in seiner Kanzlei völlig vergessen.

Caine erkannte sie sofort. Die hohen Wangenknochen, die beinahe bronzefarbene Haut, die dunklen, leicht schräg gestellten Augen – das alles ähnelte Justin so sehr, dass man es gar nicht übersehen konnte. Wenn auch der indianische Einschlag bei Justins Schwester beinahe noch deutlicher zu sehen war. Die Augenlider schienen halb geschlossen, die Nase war schmal und gerade, der Mund weich geschwungen und leidenschaftlich.

Oder auch eigensinnig, dachte Caine und stand auf, um ihr entgegenzugehen. Es war ein Gesicht, das ein Mann leicht einordnen konnte – hübsch, ansprechend, sexy. Aber trotzdem war es kein Allerweltsgesicht, das man sah und schnell wieder vergaß. Selbst auf den ersten Blick wusste Caine, dass er sich immer daran erinnern würde.

Als sie ihre Tasche auf die andere Schulter hängte, schwang ihr dichtes schwarzes Haar mit. Es ging ihr fast bis zu den Schultern, die Spitzen waren leicht nach innen gedreht, und in ihrer Stirn hingen einige Ponyfransen, die das schmale Gesicht hübsch umrahmten.

Unbemerkt ließ Caine seinen Blick über Dianas schlanke Figur wandern. Sie hatte schmale Hüften, der Gürtel ihres Mantels betonte die Taille, während ihre Schultern unter dem dicken Stoff breit und kräftig erschienen. Sie bewegte sich mit der Geschmeidigkeit einer Tänzerin, und als Caine sich ihr in den Weg stellte, hielt sie grazil mitten in der Bewegung inne und sah ihn an. Ihr Blick hatte nichts gemein mit dem der Frau vorhin im Fuchsmantel. Keine abschätzende Musterung, noch nicht einmal sonderliches Interesse war daraus zu lesen.

„Entschuldigen Sie bitte." Diana wollte schon an ihm vorbeigehen und ließ keinen Zweifel daran, dass er ihr im Weg stand.

„Diana Blade?"

Erstaunt sah sie ihn an. „Ja?"

„Ich bin Caine MacGregor, Renas Bruder."

Das ist er also, Caine MacGregor, dachte Diana und nahm die Hand, die er ihr entgegenstreckte.

„Rena wollte Sie selbst abholen", sagte Caine und nahm den Blick immer noch nicht von ihrem Gesicht, „aber dann hielt sie im Hotel etwas auf." Er griff nach ihrem Koffer. „Ich habe nicht damit gerechnet, dass Sie kommen würden."

„So?" Diana ging neben ihm her auf den Ausgang zu. „Und Ihre Schwester?"

Irgendetwas in ihrem Blick ließ Caine nicht so höflich und freundlich zu ihr sein, wie er das sonst Fremden gegenüber für selbstverständlich hielt. „Sie war sicher, dass Sie kommen würden", sagte er und zuckte abschätzig mit den Schultern. „Rena meint immer, alle Leute müssten so enge Familienbande haben wie sie selbst."

Diana blieb abrupt stehen und sah ihm voll ins Gesicht. „Sie mögen mich nicht, nicht wahr?"

Caine wich ihrem Blick aus. „Wie kommen Sie darauf? Schließlich kennen wir uns ja noch gar nicht. Im Übrigen würde ich vorschlagen, dass wir die Formalitäten lassen, da wir doch jetzt quasi miteinander verwandt sind. Ich heiße Caine."

Diana zögerte nur einen Augenblick. „Okay, Caine. Mich würde interessieren, woran du mich erkannt hast."

„Du hast sehr viel Ähnlichkeit mit Justin."

„Wirklich?"

Nachdenklich ging sie neben ihm her, die Augen gesenkt. Ihr fiel gar nicht auf, dass Caine sie sehr genau betrachtete. „Die Familienähnlichkeit ist unverkennbar", sagte er, griff nach ihrem Arm und führte sie aus dem Flughafengebäude in die eisige Winterluft hinaus. „Justin wird sich freuen, dich nach so vielen Jahren wiederzusehen."

„Ja, vermutlich", gab ihm Diana einsilbig zur Antwort. „Kennst du ihn schon länger?"

„Ja, seit über zehn Jahren. Er war schon lange mein Freund, bevor er mein Schwager wurde."

Diana wollte ihn schon ausfragen über ihren Bruder, aber dann unterdrückte sie diesen Wunsch. Es war besser, wenn sie sich selbst ein Bild machte. Völlig ohne Einwirkung und Beeinflussung anderer.

„Wohnst du auch im ‚Comanche'?", fragte sie stattdessen.

„Ja, für eine Woche."

Als sie auf den Parkplatz kamen, schlug Diana den Kragen ihres Wintermantels hoch. Der Wind pfiff eisig vom Meer her, der Himmel war von schnell dahintreibenden Wolken bedeckt, und der hart gefrorene Boden zeigte überall noch Reste von Schnee.

„Nicht gerade die beste Zeit, um den Urlaub am Meer zu verbringen", sagte sie.

„Die meisten Leute, die jetzt hier sind, kommen nicht des Meeres wegen, sondern um zu spielen. Wenn sie erst einmal in den Casinos sind, hat das Wetter keine Bedeutung mehr."

Diana reichte ihm nur bis zur Schulter. Sie musste den Kopf in den Nacken legen, um ihn anzusehen. „Bist du auch deswegen hier – um im Spiel dein Glück herauszufordern?"

„Nein, nicht unbedingt." Caine sah sie an. Der wolkenverhangene Himmel spiegelte sich in ihren dunklen Augen. „Ich habe nichts gegen ein Spielchen dann und wann, aber der wirkliche Spieler in unserer Familie ist Rena."

„Dann passt sie zu Justin."

Caine stellte den Koffer ab und holte die Autoschlüssel aus der Tasche. „Ich überlasse es dir, das herauszufinden." Dann packte er ihr Gepäck in den Kofferraum und schloss ihr die Beifahrertür auf. „Diana …" Er legte ihr die Hand auf den Arm und hielt sie fest.

Noch nie hatte jemand ihren Namen so ausgesprochen – sanft, beinahe zärtlich hatte es geklungen. Erstaunt sah sie zu ihm auf. Er stand ganz nah vor ihr, und plötzlich strich er mit einem Finger die Ponyfransen aus ihrer Stirn. Diese merkwürdige Berührung überraschte Diana so sehr, dass sie stehen blieb und kein Wort sagte.

„Diana, es gibt Dinge im Leben, die sind ganz anders, als es zuerst den Anschein hat."

„Ich verstehe nicht. Was willst du damit sagen?"

Einen Augenblick lang standen sie in der kalten Winterluft. Vom Flugfeld her hörten sie den Lärm der landenden und startenden Maschinen. Diana war es, als könnte sie die Wärme seiner Hand durch den dicken Mantelstoff hindurch spüren. Seine Augen blickten sie so sanft an, wie es eigentlich gar nicht zu dem harten männlichen Gesicht passte. Für einen Moment vergaß sie den Ruf, den Caine MacGregor wegen seiner ständig wechselnden Frauenbekanntschaften hatte. Am liebsten hätte sie sich an ihn geschmiegt und ihn um Rat und Trost gebeten – obwohl sie nicht hätte sagen können, wovor er sie beschützen sollte.

„Du bist sehr hübsch", murmelte Caine und nahm den Blick nicht von Dianas Gesicht. „Gib Justin eine Chance, ja?"

Völlig verwirrt sah sie ihn an. „Aber habe ich das denn nicht schon getan, indem ich gekommen bin?"

„Vielleicht." Caine ließ sie los und ging hinüber zur Fahrerseite.

„Du scheinst nicht davon überzeugt zu sein." Diana setzte sich und schlug die Tür zu.

„Nun, ich würde eher meinen, dass deine Neugierde dich hierher gebracht hat."

„Zumindest kann man dir keine mangelnde Offenheit nachsagen", erwiderte Diana schmunzelnd.

Nur kurz sah Caine zu ihr hinüber und lächelte. Dann drehte er den Zündschlüssel, und der schwere Jaguar startete. „Wir sollten versuchen, Freunde zu sein", sagte er und wechselte abrupt das Thema. „Wie war es in Paris?"

Diana lehnte sich in ihrem Sitz zurück und beschloss, auf dieses unverfängliche Thema einzugehen. „Ziemlich kalt und ungemütlich."

„Ich kenne da ein kleines Café in der Rue du Four." Caine lenkte

16

den schweren Wagen geschickt durch den dichten Verkehr. „Dort gibt es die besten Soufflés diesseits und jenseits des Atlantiks."

„Du meinst das ‚Henri'?"

Überrascht sah er sie an. „Ja, kennst du es?"

Diana nickte lächelnd. „Henri" war ein winzig kleines Lokal, in dem nur einige Tische Platz hatten. Tante Adelaide wäre niemals auch nur über die Schwelle geschritten, aber Diana hatte es genossen, sooft sie in Paris war, wenigstens einmal für ein oder zwei Stunden dorthin zu gehen. Seltsam, dass Caine MacGregor es ebenfalls kannte. „Bist du häufig in Paris?"

„Nein, früher während meiner Studienzeit einige Male, aber jetzt nicht mehr."

„Meine Tante lebt jetzt dort. Ich war mit ihr drüben und habe geholfen, ihre neue Wohnung einzurichten."

„Du wohnst in Boston, habe ich gehört? In welchem Stadtteil?"

„Ich bin gerade in meine eigene Wohnung gezogen. In der Charles Street."

„Die Welt ist doch klein", murmelte Caine. „Da sind wir ja beinahe Nachbarn. Was tust du in Boston?"

Diana legte ihre langen Beine übereinander und sah ihn von der Seite an. „Das Gleiche wie du." Caine zog überrascht die Brauen hoch. „Erinnerst du dich noch an Professor Whiteman?", fuhr sie fort. „Er hat eine sehr hohe Meinung von dir."

Caine blickte kurz zu ihr hinüber. „Nennt man ihn immer noch Skelett?"

„Natürlich. Das gibt wohl eine Studentengeneration an die nächste weiter."

Caine lachte und schüttelte den Kopf. „So, dann hast du also Jura in Harvard studiert. Es scheint, dass wir beide doch mehr Gemeinsamkeiten haben, als zunächst angenommen. Eine Familie, eine Uni, derselbe Beruf. Wo arbeitest du?"

„Bei Barclay, Stevens und Fitz."

„Hm, gute Kanzlei."

Diana lachte und lehnte sich wieder in ihren Sitz zurück. „Ja, und vor allem bekomme ich dort ungeheuer interessante und wichtige Fälle. Vorige Woche zum Beispiel musste ich den Sohn eines Senators verteidigen, der der festen Überzeugung ist, dass Geschwindigkeitsbegrenzungen für ihn nicht gelten." Sie war sichtlich amüsiert über den Fall.

„Immerhin hast du die Möglichkeit, dich in zehn oder zwanzig Jahren hochzuarbeiten – falls dir das nicht zu lange dauert."

„Nein, ich habe andere Pläne", sagte Diana leise und blickte wieder zum Fenster hinaus. Sobald sie genug Erfahrung in dieser bekannten Kanzlei gesammelt hatte, wollte sie sich selbstständig machen. Das hatte sie sich fest vorgenommen, und es passierte immer wieder, dass sie bereits jetzt davon träumte. Ein hübsches, elegant eingerichtetes Büro, eine eigene Sekretärin …

„Und die wären?", unterbrach er ihre Gedanken.

Diana zögerte einen Moment. Schließlich kannte sie ihn erst seit etwa einer halben Stunde. Warum also sollte sie ihm ihre Karten offenlegen? „Ich möchte mich auf Strafrecht spezialisieren."

„So? Und warum?"

„Weil mich das am meisten interessiert", antwortete Diana. „Außerdem liebe ich die Auseinandersetzung vor Gericht."

Caine war überrascht. Offensichtlich hatte er sie doch falsch eingeschätzt. Hinter der ruhigen, beinahe uninteressierten Fassade dieser Frau steckte wohl viel mehr. „Meinst du, du schaffst das?"

„Ein Student im zweiten Semester könnte die Fälle bearbeiten, die mir im Moment auf den Tisch kommen", sagte Diana mit fester Stimme. „Ich kann viel mehr, das weiß ich, und ich werde es beweisen!"

„An mangelndem Selbstbewusstsein leidest du offenbar nicht." Um seine Mundwinkel spielte ein Lächeln, als er den schweren Wagen von der Straße in die Zufahrt zum Hotel lenkte. „Dann werden wir wohl Kollegen, ich habe mir nämlich den gleichen Weg vorgenommen."

Diana sah ihn mit einem abschätzenden Blick an. „Schön. Dann werden wir ja sehen, wer von uns beiden besser ist."

Caine lächelte nur, und zum ersten Mal spürte sie etwas von der Energie, die diesem Mann nachgesagt wurde. Nun, sie hatte keine Angst, und sie brauchte sich vor ihm nicht zu verstecken. Wenn Diana sich auf einem Gebiet völlig sicher war, dann war das ihr Beruf. Caine MacGregor würde ihren Namen in den nächsten Jahren vielleicht häufiger hören, als ihm lieb war. Sie würde dafür sorgen, dass er sich an diese Unterhaltung erinnerte, wenn es so weit war.

„Miss Blades Gepäck ist im Kofferraum", sagte Caine und gab dem Portier die Wagenschlüssel. „Rena will dich bestimmt sofort sehen." Er griff nach Dianas Arm und führte sie zum Hoteleingang. „Das heißt, wenn du nicht zuerst in dein Zimmer möchtest, um dich frisch zu machen."

„Nein." Diana fiel sofort auf, dass er seine Schwester, nicht aber Justin erwähnt hatte.

„Okay, dann komm mit."

Sie sah sich in der eleganten Hotelhalle um. „Das gehört also alles Justin?"

„Nein, eigentlich nur die Hälfte", berichtigte Caine, während er sie zum Aufzug führte. „Rena ist im vorigen Jahr als gleichberechtigter Partner eingestiegen."

„So? Haben die beiden sich dabei kennengelernt?"

„Nein." Caine lachte und sah, dass Diana ihm einen erstaunten Blick zuwarf. „Rena wird dir bestimmt erzählen, wie Justin und sie sich kennengelernt haben. Aber ich fürchte, du musst erst meinem Vater vorgestellt werden, bevor du das verstehst." Plötzlich wurde er wieder ernst, sah sie nachdenklich an und spielte gedankenverloren mit einer Strähne ihres Haares. „Wenn ich es mir richtig überlege", sagte er langsam, „wäre es vielleicht doch besser, du würdest meinen Vater nie kennenlernen. Sonst bin ich schneller in einer ähnlichen Situation, als mir lieb ist." Er sah ihren Augen an, dass sie kein Wort verstanden hatte, aber er machte keine Anstalten, das Geheimnis aufzuklären. „Du bist sehr hübsch, Diana", murmelte er stattdessen.

Es war die Art, wie er ihren Namen aussprach, die Diana kleine Schauer über den Rücken jagte und sie veranlasste, seinem Blick nicht zu begegnen.

Sie erinnerte sich wieder an den Ruf, den Caine in der Uni gehabt hatte. Demnach hatte er häufig genug Gelegenheit gefunden, seine Verführungstaktik zu vervollkommnen.

„Du bist auch heute noch ziemlich bekannt in Harvard", sagte sie und sah zu ihm auf. „Und das bezieht sich nicht nur auf deine juristischen Leistungen."

„Wirklich?" Er lächelte amüsiert. „Darüber musst du mir unbedingt mehr erzählen."

„Ich glaube kaum, dass das nötig ist." Diana trat aus dem Aufzug hinaus und blieb dann stehen. „Obwohl ich zugeben muss, dass ich mich manchmal gefragt habe, ob diese Geschichte in der Bibliothek wirklich passiert ist."

„Hm." Mühsam beherrscht rieb er sein Kinn und sah sie aufrichtig an. „Euer Ehren, da möchte ich von meinem Recht der Aussageverweigerung Gebrauch machen."

„Feigling." Sie sagte das ein wenig zu frech und zu herausfordernd.

Er steckte den Schlüssel, den Serena ihm mitgegeben hatte, in die Tür des Penthouse und zögerte dann. „Bist du wirklich neugierig?"

Diana zuckte mit den Schultern. Offenbar war es ihm überhaupt nicht peinlich, dass sie davon angefangen hatte. „Nun, eine Champagner-Orgie zwischen Gesetzbüchern … Du musst zugeben, das ist nicht alltäglich – vorausgesetzt, es hat sich wirklich so abgespielt."

Caine schloss die Tür auf. „In Wahrheit war es Bier, kein Champagner. Du siehst, im Nachhinein wird so etwas immer viel zu sehr aufgebauscht." Er lächelte ihr freundlich zu. „Man soll nicht immer alles glauben, was so erzählt wird."

„Da hast du wohl recht." Diana schob die Tür auf und ging an ihm vorbei.

Sie wusste nicht, was sie erwartet hatte, aber jedenfalls nicht diese gemütliche, unaufdringliche Einrichtung in der Wohnung ihres Bruders. Vor ihr lag ein großer Raum, dessen gegenüberliegende Wand aus Glas bestand und den Blick freigab auf den winterlichen Atlantik. Die Einrichtung bestand aus wenigen, ausgesucht eleganten Möbelstücken, bequemen Polstermöbeln und einigen wunderschönen Teppichen, die farblich mit dem Bezug der Polster harmonierten.

Entsprach das dem Geschmack ihres Bruders, oder zeigte sich hier Serenas Handschrift? Wieder einmal wurde Diana bewusst, wie fremd Justin ihr doch war und wie wenig sie von ihm wusste. Hätte sie nicht doch lieber auf diese Reise verzichten sollen? Bestimmt war es besser, wenn sie gar nicht erst versuchen würde, die Lücke der Jahre zu schließen, in denen sie sich nicht gesehen hatten. Plötzlich stieg Panik in ihr auf. Sie drehte sich um und wollte aus dem Raum fliehen – aber da stand Caine vor ihr. Er schien ihre Gedanken erraten zu haben, sah sie eindringlich an und rührte sich nicht vom Fleck.

„Vor wem willst du weglaufen?", fragte er ganz ruhig und hielt sie an den Armen fest. „Vor Justin oder dir selbst?"

„Das geht dich gar nichts an", antwortete Diana aggressiv.

Schweigend hielt er ihre Arme umklammert. Wenn sie wütend ist, ist sie noch hübscher, dachte er und blickte in ihr Gesicht. Wie würde sie wohl reagieren, wenn man diesen Panzer knackte, den sie um sich herum aufgebaut hatte? Zeugte dieser weich geschwungene Mund wirklich von Leidenschaft? Bisher hatte er immer Frauen bevorzugt, die, ohne viel nachzudenken, auf sein Spiel eingingen, die keine großen Ansprüche stellten und die er nachher schnell wieder vergessen konnte. Bei Diana war das anders. Es reizte ihn, hinter diese Fassade zu schauen.

Einen Augenblick lang zögerte er. Sollte er es jetzt schon ausprobieren? Er brauchte sie nur etwas enger an sich zu ziehen. Wie würde sie reagieren?

Diana spürte die Spannung, die zwischen ihnen herrschte. Entsetzt stellte sie fest, dass sie sich am liebsten an ihn geschmiegt hätte, dass sie sich danach sehnte, ihn zu küssen.

In diesem Augenblick hörte sie ein Geräusch, und geistesgegenwärtig schob Caine ihr den Mantel von den Schultern, als hätte ihre Nähe keinen anderen Grund gehabt.

Als sie ihren Kopf drehte, sah sie an einer Seite des Raumes eine Aufzugtür aufgehen, und heraus trat eine schlanke blonde Frau.

„Diana." Mit ausgestreckten Armen kam Serena auf sie zu und umarmte sie. „Ich bin so glücklich, dass du gekommen bist!" Sie hielt ihre Schwägerin an den Händen fest und sah sie lächelnd an. „Du bist sehr hübsch, Diana", sagte sie und wandte sich an ihren Bruder. „Und sie hat Ähnlichkeit mit Justin, findest du nicht auch?"

Caine nickte nur und steckte sich eine Zigarette an.

Etwas verlegen trat Diana einen Schritt zurück. „Ich danke dir für die Einladung, Serena."

„Das ist die erste und letzte förmliche Einladung gewesen, die ich dir geschickt habe", antwortete Serena lächelnd. „Schließlich sind wir jetzt eine Familie, nicht wahr? Caine, wie wäre es mit einem Drink? Diana, was möchtest du?"

„Einen Sherry vielleicht", antwortete Diana und trat nervös etwas näher an die hohe Glaswand. „Das Hotel ist sehr schön, Serena. Caine hat mir erzählt, dass Justin und du jetzt Partner seid?"

„Ja, das stimmt. Außerdem haben wir gerade ein Hotel auf Malta gekauft. Die anderen kenne ich noch nicht, aber irgendwann werde ich es bestimmt schaffen, sie mir anzusehen." Sie nahm das Glas, das ihr Bruder ihr reichte, und setzte sich.

„Übrigens, Diana und ich sind in Boston praktisch Nachbarn", mischte Caine sich in die Unterhaltung ein und ging hinüber zu Diana, um ihr ein Glas zu geben.

„Oh, wirklich?"

Ihre Blicke begegneten sich, als Diana das Glas nahm und dabei kurz Caines Hand streifte. Nur zu gern hätte sie sich gesagt, dass diese Spannung vorhin zwischen ihnen nur auf ihre etwas überreizten Nerven zurückzuführen war, aber als sie in seine Augen blickte, war sie sich da nicht mehr so sicher.

„Ja." Abrupt drehte sie sich zur Seite und schaute Serena an. „Das ist wirklich Zufall, nicht wahr?"

„Wahrscheinlich schon mehr als ein Zufall." Caines Stimme war so leise, dass wohl nur Diana das gehört hatte. „Außerdem haben wir auch noch denselben Beruf", sagte er lauter.

„Du bist Rechtsanwältin?" Serena sah, wie ihre Schwägerin Caine mit den Augen folgte, und lächelte. Offenbar hatte ihr Bruder die kurze Zeit seit ihrer Ankunft gut genutzt.

„Ja, ich habe einige Jahre nach Caine in Harvard studiert. Man erinnerte sich übrigens noch sehr gut an ihn."

Serena lachte laut auf. „Das wundert mich gar nicht, schließlich kenne ich doch meinen Bruder."

„Reizend, wie du über mich denkst", brummte Caine.

Die beiden sind sich sehr nah, dachte Diana und spürte so etwas wie Neid. Sie kam sich vor wie ein Eindringling. „Serena, ich habe mich wirklich sehr über deine Einladung gefreut", begann sie stockend. „Aber bist du sicher, dass Justin mich tatsächlich sehen will?"

„Er weiß gar nicht, dass du hier bist." Als sie Dianas entsetzten Blick bemerkte, fuhr sie schnell fort: „Ich wusste ja gar nicht, ob du überhaupt kommen würdest, Diana. Und da wollte ich ihm eine Enttäuschung ersparen."

„Meinst du, es wäre eine Enttäuschung für ihn geworden?" Diana hatte die Frage sehr leise gestellt und nahm noch einen Schluck von ihrem Drink.

„Du kennst ihn nicht", antwortete Serena. „Aber ich kenne ihn." Der kühle Blick, mit dem Diana sie daraufhin musterte, erinnerte Serena noch mehr an ihren Mann. Schnell stellte sie ihr Glas auf den Tisch und ging auf ihre Schwägerin zu. „Diana, ich kann mir vorstellen, was jetzt in dir vorgeht. Bitte, mach es ihm nicht so schwer. Er …"

Als sie das Geräusch des Aufzugs hörte, brach sie ab. Verflixt, Justin kam zu früh! Sie hatte erst noch mit Diana etwas reden wollen, bevor die beiden sich begegneten.

Diana war plötzlich wie erstarrt und hatte nur noch Augen für die Aufzugtür, die in diesem Augenblick aufging. Serena warf ihrem Bruder einen hilflosen Blick zu, aber er antwortete nur mit einem lässigen Schulterzucken.

„Da bist du ja." Justin ging direkt auf seine Frau zu und sah Diana gar nicht, die sich mit einigen Schritten bis ans Fenster zurückgezogen hatte. „Ich habe dich schon gesucht."

„Justin …" Serena kam nicht dazu, mehr zu sagen. Er hatte sie schon in die Arme genommen und verschloss ihren Mund mit einem Kuss.

Wie groß er ist! Das war das Erste, was Diana durch den Kopf schoss. War das wirklich ihr Bruder? Dieser selbstbewusste, elegante Mann, der nur wenige Schritte von ihr entfernt stand, hatte wenig gemein mit dem zurückhaltenden, etwas eckigen Jungen, der sie auf seine Schultern genommen hatte, wenn ein Zirkus in die Stadt kam, damit sie besser sehen konnte. Warum kam ihr ausgerechnet dieses Bild jetzt in den Sinn?

„Justin", begann Serena atemlos, als er sie endlich wieder freigegeben hatte. „Wir sind nicht allein."

Er warf einen Blick auf Caine und zog seine Frau dann noch enger an sich. „Caine, du störst. Merkst du das nicht?"

„Justin." Halb lachend presste Serena ihre Hände gegen seine Brust und deutete mit dem Kopf zum Fenster.

Justin folgte ihrem Blick, wandte sich dann aber sofort wieder seiner Frau zu. „Ich habe gar nicht bemerkt, dass Caine jemanden mitgebracht hat", sagte er lächelnd und strich Serena übers Haar.

Er erkennt mich nicht mehr, dachte Diana und umfasste ihr Glas so krampfhaft, dass ihre Hände wehtaten. *Wir sind wie zwei Fremde, die auf der Straße aneinander vorbeigehen würden.*

Plötzlich zog Justin die Brauen zusammen, seine Hand lag immer noch auf dem Kopf seiner Frau, aber seine Finger griffen so fest zu, dass es schmerzte. Ganz langsam ließ er sie los, und aus seiner Miene sprach ein ungeheures Staunen. „Diana?"

Sie stand ganz still, die Hände immer noch um ihr Glas verkrampft. „Justin."

Mit wenigen Schritten war er bei ihr. Es schien, als wollte er sie in die Arme nehmen, aber dann blieb er vor ihr stehen und sah sie nur an. Er konnte es nicht fassen. Das war nicht das kleine Mädchen, das er getröstet hatte. Vor ihm stand eine erwachsene Frau mit den Augen ihres Vaters. Er starrte sie an. Ihr Gesicht war wie eine Maske, völlig ausdruckslos.

„Du hast keinen Pferdeschwanz mehr", sagte er und wusste genau, wie albern das klang.

„Ja, schon seit einigen Jahren nicht." In diesem Augenblick erinnerte Diana sich wieder an die Höflichkeitsregeln, die ihre Tante ihr bei jeder Gelegenheit eingebläut hatte. „Du siehst gut aus, Justin", sagte sie und lächelte höflich.

Spätestens jetzt wusste er, dass er keine spontane Reaktion von seiner Schwester erwarten konnte. „Du auch", erwiderte er steif. „Wie geht es Tante Adelaide?"

„Gut. Sie lebt jetzt in Paris. Dein Hotel ist sehr schön."

„Danke." Er lächelte gequält und steckte die Hände in die Taschen seines Jacketts. „Ich hoffe, du bleibst eine Weile."

„Ja, eine Woche." Mittlerweile schmerzten ihre Hände so sehr, dass sie den Griff um das Glas lockerte. „Ich habe dir noch gar nicht zu deiner Hochzeit gratuliert, Justin. Ich hoffe, du bist glücklich."

„Ja, das bin ich."

Jetzt fand es Serena an der Zeit, dieser steifen, unerfreulichen Unterhaltung ein Ende zu setzen. „Diana, komm, setz dich."

„Sei mir nicht böse, Serena, aber wenn es dir nichts ausmacht, möchte ich lieber meine Sachen auspacken."

„Natürlich." Justin hatte geantwortet, bevor Serena noch protestieren konnte. „Aber du wirst doch mit uns zu Abend essen, nicht wahr?"

„Ja gern."

„Ich zeige dir dein Zimmer." Caine trank sein Glas aus und stellte es auf den Tisch.

„Danke." Diana ging durch das Zimmer und warf Serena noch einen freundlichen Blick zu. „Bis später."

Sie sah den Augen ihrer Schwägerin an, dass sie mit dem Fortgang der Dinge überhaupt nicht einverstanden war. „Gut. Wenn du noch irgendetwas brauchst, dann sag es mir bitte. Abendessen um acht Uhr, ja?"

Diana nickte nur und folgte Caine durch die Tür, die er für sie offen hielt. Schweigend gingen sie den Flur entlang. Diana konnte es nicht erwarten, bis sie endlich allein war und sich gehen lassen konnte.

Caine nahm den Schlüssel und öffnete die Zimmertür. Diana ging an ihm vorbei und drehte sich dann noch einmal um. Sie wollte sich bei ihm bedanken und verabschieden, aber stattdessen trat er ebenfalls ins Zimmer und blieb vor der geschlossenen Tür stehen. „Setz dich."

„Caine, wenn es dir nichts ausmacht, so möchte ich …"

„Hat dir der Sherry nicht geschmeckt?"

Verständnislos sah Diana ihn an und merkte erst da, dass sie immer noch das halb volle Glas in der Hand hielt. Schnell stellte sie es ab und sah sich in dem Zimmer um. „Sehr hübsch", sagte sie, obwohl sie kaum wahrnahm, wie ihre Umgebung aussah. „Danke, dass du mich hierher gebracht hast, Caine. Jetzt möchte ich bitte auspacken."

„Setz dich, Diana. Ich werde nicht eher gehen, bis du dich beruhigt hast."

„Aber wieso? Mit mir ist alles in Ordnung. Ich bin nur etwas müde von der Reise, und daher möchte ich …"

„Ich habe dich beobachtet." Caine ließ sich nicht aus der Ruhe bringen. Er kam auf sie zu, nahm sie bei den Schultern und drückte sie in einen Sessel. „Wenn du noch fünf Minuten länger in dem Raum gestanden hättest, wärst du umgefallen."

„Unsinn!"

„Wirklich?" Er nahm ihre Hand zwischen seine und hielt sie fest. „Deine Hände sind eiskalt. Du kannst vielleicht mit deinen Augen lügen, Diana, aber deine Hände verraten dich. Hättest du es ihm nicht etwas leichter machen können?"

„Nein!" Sie atmete tief durch, und als sie weitersprach, klang ihre Stimme weniger aggressiv. „Warum hätte ich das tun sollen?" Sie entzog ihm ihre Hand und stand auf. „Bitte, lass mich jetzt allein."

Sie standen jetzt nah voreinander. Caine hob seine Hand und strich mit den Fingerspitzen ganz zart über ihre Lippen. „Eigensinnig bist du", murmelte er und strich ihr eine Haarsträhne von der Wange. „Schon als ich dich vorhin am Flughafen sah, hab ich das gewusst. Warum kommst du ihm nicht etwas entgegen, Diana? Warum machst du es dir selbst so schwer, indem du deine Gefühle so unterdrückst?"

„Meine Gefühle gehen dich gar nichts an!" So böse ihre Stimme geklungen hatte, so viel Hilflosigkeit lag in ihren Augen. Caine sah, dass sie mit aller Kraft gegen die aufsteigenden Tränen ankämpfte. „Lass mich allein."

Ehe Diana noch protestieren konnte, fühlte sie sich plötzlich von seinen Armen umfangen. Jetzt konnte sie nicht mehr widerstehen. Sie lehnte ihren Kopf gegen seine Brust und weinte hemmungslos.

2. Kapitel

Das Meer war grau und wild, kleine Schaumkronen tanzten auf den Wellen. Die Luft war schneidend kalt und roch nach Schnee.

Diana hatte ihren Mantel bis obenhin zugeknöpft und hielt ihr Gesicht dem kalten Wind entgegen. Unter ihren Füßen knirschte der Sand. Jetzt, kurz nach Sonnenaufgang, war weit und breit noch kein Mensch zu sehen. Diana genoss die Einsamkeit an diesem winterlichen Strand.

Wenn sie so zurückdachte, war sie eigentlich selten in ihrem Leben wirklich ohne Gesellschaft gewesen. In ihrem Herzen hatte sie sich oft einsam gefühlt, trotz der vielen Menschen um sie herum.

Tante Adelaide hatte in ihrem großen Haus auf Beacon Hill dafür gesorgt, dass Diana neben den unzähligen Stunden, in denen die Tante ihr gutes Benehmen und gesellschaftlichen Schliff beigebracht hatte, möglichst häufig von Menschen umgeben war, die zu den Spitzen der Gesellschaft zählten.

Diana lächelte traurig, als sie daran zurückdachte. Schon sehr früh war ihr damals der Grund für das Verhalten ihrer Tante klar geworden. Sie hatte Angst, dass bei ihrer Nichte das Blut der Blades, Indianerblut, die Oberhand gewinnen könnte. Ihre Vorfahren hatten dem Stamm der Komantschen angehört, und Tante Adelaide war fest davon überzeugt, dass diese Herkunft keinen guten Einfluss auf eine junge Dame der Gesellschaft ausüben konnte.

Zuerst hatte Diana sich gefügt, hatte alles getan, um ihre Tante nicht zu verärgern und sich wirklich zu dem wohlgeratenen Mädchen erziehen zu lassen, das Tante Adelaide anstrebte. Was hätte sie auch sonst tun können? Es gab für sie keine andere Möglichkeit, niemanden, der sie sonst aufgenommen hätte. Während der ganzen Jahre hatte Diana immer die Angst begleitet, auch die Tante noch zu verlieren, nachdem schon ihre Eltern und dann auch Justin sie verlassen hatten.

Im Laufe der Zeit hatte sie gelernt, ihre Angst zu unterdrücken und ihre Gefühle so zu kontrollieren, dass sie gewappnet war gegen die Kritik der Tante und ihre eigene Unsicherheit. Selbst als Kind hatte sie schon begriffen, dass ihre Tante sie nicht aus Liebe zu sich genommen hatte, sondern einfach aus einem Pflichtgefühl heraus.

Diana war die Tochter von Adelaides Halbschwester, einer hübschen dunkelhaarigen Frau mit heller Haut aus der zweiten Ehe ihres Vaters, die er mit einer Halbindianerin eingegangen war – einer Indianerin vom Stamme der Komantschen. Adelaide hatte die Halbschwester akzeptiert, aber sie hatte nie eine Gelegenheit ausgelassen, auf die Schande hinzuweisen, die ihr Vater damit über den guten Namen ihrer Familie gebracht hatte.

Bei Dianas Erziehung hatte sie mit aller Gewalt versucht, die in ihren Augen negativen Einflüsse des Indianerblutes, das in Dianas Adern floss, auszumerzen. Sie war von der fixen Idee besessen, den Fehler ihres Vaters in den Augen der Gesellschaft dadurch wieder wettzumachen, dass sie aus Diana eine Dame machte, bei der nichts mehr an indianische Einflüsse erinnerte.

Als kleines Mädchen hatte Diana gelernt, die strenge Erziehung über sich ergehen zu lassen und unziemliche Fragen zu unterdrücken. Sie hatte sehr schnell herausgefunden, welche Fragen sie nicht aussprechen durfte, weil sie bei Tante Adelaide auf eisige Ablehnung stießen und nur noch eine weitere endlose Erklärung darüber nach sich zogen, was ein wohlerzogenes junges Mädchen zu tun und zu unterlassen hatte.

Diana hatte sich immer mehr zurückgezogen. Die Leere in ihrem Leben hatte sie versucht mit Lernen auszufüllen, und ihre Erfolgserlebnisse bestanden ausschließlich in den guten Noten, die sie nach Hause brachte.

Im Laufe der Jahre hatte die Erziehung Wirkung gezeigt. Die kühle, distanzierte, etwas arrogante Art war ihr zur zweiten Natur geworden, und die Sehnsucht nach Liebe und Anerkennung hatte sie so weit in den Hintergrund gerückt, dass sie beinahe vergessen war.

Wenn bei manchen Gelegenheiten wirklich einmal der Verdacht in ihr aufkeimte, dass das Leben noch mehr zu bieten habe, dann verdrängte sie diesen Gedanken schnell wieder. Wenn sie nur dem einmal eingeschlagenen Weg folgte und so funktionierte, wie die Tante das immer von ihr gefordert hatte, dann konnte nichts passieren. Ihr Ehrgeiz würde sie siegen lassen und ihr am Ende zu der Karriere verhelfen, die sie anstrebte.

Trotzdem gab es Dinge in ihrem Leben, bei denen die Tante die

Hände über dem Kopf zusammengeschlagen hätte. Niemals wäre es ihr in den Sinn gekommen, dass ihre Nichte nicht nur in Viersternerestaurants ging, sondern sich auch einmal in einer kleinen Pizzeria wohlfühlte, dass sie sich Filme ansah, die den hohen kulturellen Ansprüchen der Tante niemals genügt hätten, dass sie Sportwagen liebte und ab und zu ein deftiges Essen mit einem großen Bier.

Lächelnd blieb Diana stehen, steckte die kalten Hände tief in ihre Manteltaschen und sah hinaus auf das wilde Meer. Warum fühlte Justin sich ausgerechnet hier wohl?

Langsam ging sie weiter, den Kopf gesenkt. Wie wenig wusste sie doch von dem Mann, der ihr am Abend zuvor beim Dinner gegenübergesessen hatte. Er hatte sehr ruhig und beherrscht gewirkt, trotzdem hatte Diana gespürt, dass unter dieser ruhigen Oberfläche etwas brodelte. Sie hatten wenig miteinander gesprochen, und selbst die unmissverständliche Bitte in Serenas Blick hatte Diana nicht dazu bringen können, mehr als nur eine seichte, nichtssagende Unterhaltung zu führen.

Sicherlich war das völlig unverständlich für Serena. Aber was wusste diese Frau schon von ihren Gefühlen. Serena MacGregor war sehr behütet in einer liebevollen Familie aufgewachsen. Sie hatte nie um Liebe und Anerkennung betteln müssen, als sie noch ein kleines Mädchen war. Und diese Verbindung zur Familie war nie abgerissen. Allein schon die herzliche Art, wie Serena und Caine miteinander umgingen …

Caine! Diana seufzte und schlug wegen der eisigen Kälte den Mantelkragen hoch. Sie konnte diesen Mann nicht einordnen, nachdem sie ihn jetzt kennengelernt hatte. Er entsprach einfach nicht dem Bild, das sie sich von ihm während ihres Studiums in Harvard gemacht hatte. Nie hätte sie ihm zugetraut, dass er sich so einfühlsam um jemanden kümmern konnte, wie er es gestern getan hatte, nachdem er sie auf ihr Zimmer geführt hatte.

Und trotzdem … Ähnlich wie bei Justin wurde sie auch bei Caine das Gefühl nicht los, dass unter der sanften Oberfläche ein Vulkan verborgen war. Nachdem ihre Tränen versiegt waren, hatte sie sich in seinen Armen nicht mehr wohlgefühlt, dabei hatte er ihr nur sehr leicht und tröstend immer wieder übers Haar gestrichen. Mit keiner Geste hatte Caine versucht, die Situation für sich auszunutzen. Warum also hatte sie es trotzdem so eilig gehabt, sich aus seinen Armen zu lösen?

„Stehst du immer so früh auf? Andere gehen gerade jetzt erst zu Bett."

Erschrocken drehte Diana sich um – und stand vor Caine. Er trug Jeans und eine Lederjacke. Der eisige Wind schien ihm nichts auszumachen. „Ich wollte mir den Sonnenaufgang ansehen", sagte Diana und sah hinauf in den wolkenverhangenen Himmel. „Scheint nicht so, dass ich damit Glück habe."

„Lass uns ein bisschen laufen." Er nahm ihre Hand, bevor sie noch protestieren konnte. „Bist du gern am Strand?"

Diana lief neben ihm her und fühlte sich seltsam entspannt. Sie war froh, dass Caine nicht vom letzten Abend anfing. „Eigentlich nicht. Ich habe nie zu den Leuten gehört, die sich stundenlang in den Sand legen und sonnenbaden können. Allerdings muss ich sagen, dass ich keine Ahnung hatte, wie schön es hier im Winter ist. Kommst du oft?"

„Nein. Jetzt bin ich zwar zum zweiten Mal innerhalb kurzer Zeit hier, aber das liegt nur daran, dass Alan und ich sofort zu Justin geflogen sind, als Rena vor einigen Monaten entführt wurde."

Diana blieb stehen und sah ihn entsetzt an. „Was sagst du da?"

„Wusstest du das etwa nicht?"

„Nein, vermutlich war ich damals gerade in Europa. Was ist passiert?"

„Oh, das ist eine lange Geschichte." Caine hielt immer noch ihre Hand fest und ging weiter, den Kopf gesenkt. „Kurz vorher gab es eine Bombendrohung in Justins Hotel in Las Vegas. Während er noch versuchte, die Sache zu klären, kam eine weitere Drohung. Diesmal schriftlich, adressiert an ihn. Justin versuchte Serena davon zu überzeugen, dass es für sie besser sei, das Hotel zu verlassen. Aber …" Caine hob den Kopf, sah sie an und lächelte. „Nun, Serena ist wohl genauso dickköpfig wie du. Auf jeden Fall wollte sie nicht abreisen. Ja, und als Justin unten im Hotel mit der Polizei sprach, ist der Kidnapper bis zu ihr vorgedrungen."

Das Lächeln war aus seinem Gesicht verschwunden. Er sah starr geradeaus, als er weitersprach. „Er hatte sie beinahe vierundzwanzig Stunden in seiner Gewalt. Mit Handschellen war sie an ein Bett gekettet. Er forderte von Justin zwei Millionen Dollar."

„Oh nein! Das ist ja furchtbar." Aus Dianas Gesicht war alle Farbe gewichen.

„Es war das erste Mal, dass Justin völlig die Beherrschung verlor, solange ich ihn kenne", sagte Caine leise. „Er hat nicht geschlafen in dieser Nacht, verweigerte jegliche Nahrung und saß bewegungslos neben dem Telefon. Als der Entführer sich dann meldete, wussten wir endlich, wer er war – allerdings machte das die Sache beinahe noch schlimmer."

„Wieso?"

Caine blieb stehen und sah sie einen Moment lang nachdenklich an. Es war an der Zeit, dass sie es erfuhr. „Justin war achtzehn Jahre alt, als er eine Schlägerei in einem Lokal hatte. Der andere, der Justin angegriffen hatte, wollte nicht mit einem Indianer zusammen sein Bier trinken."

Dianas dunkle Augen wurden noch eine Spur dunkler. „Ich kann mir vorstellen, was dann passierte."

„Der Mann zog plötzlich ein Messer und verletzte Justin. Er trug eine lange Wunde am Oberkörper davon." Caine sah, wie sich ihr Gesicht schmerzhaft verzog, trotzdem erzählte er weiter. „Der Mann wurde mit seinem eigenen Messer erstochen, und Justin wurde des Mordes angeklagt."

Voller Entsetzen sah Diana ihn an. „Willst du damit sagen, dass Justin verurteilt wurde?"

„Er wurde freigesprochen, nachdem die Zeugen aus dem Lokal für ihn ausgesagt hatten. Aber vorher hat er einige Monate lang in Untersuchungshaft gesessen."

„Das hat mir meine Tante nie erzählt", flüsterte Diana. „Kein Wort hat sie je darüber verloren."

„Du warst damals erst acht Jahre alt, Diana. Wie hättest du ihm helfen können?"

Oh doch, das hätte ich, überlegte Diana und dachte dabei an das große Haus ihrer Tante, an die vielen einflussreichen Bekannten, die in dem Haus aus und ein gegangen waren.

„Bei der Entführung stellte sich dann heraus, dass der Mann, der Serena in seiner Gewalt hatte, der Sohn des Mannes war, den Justin erstochen hatte. Seine Mutter hatte ihm all die Jahre immer wieder eingehämmert, dass Justin seinen Vater vorsätzlich umgebracht habe. Sie hatte den Zeugenaussagen nie geglaubt, dass Justin keine Schuld traf. Dem jungen Mann ging es gar nicht um Serena, er wollte nur deinen Bruder mit dieser Entführung strafen."

Plötzlich erschien das Meer Diana nicht nur wild, sondern gefährlich und böse. „Justin hat also das Lösegeld gezahlt?"

„Er wollte, ja, aber dann ist es doch nicht dazu gekommen. Er wollte gerade mit dem Koffer voll Geld das Haus verlassen und zu dem vereinbarten Treffpunkt fahren, da rief Serena an. Es war ihr gelungen, den Mann mit einem Trick zu überlisten. Sie hat ihm mit einer Bratpfanne eins über den Schädel gezogen, sodass er bewusstlos wurde."

Ein kleines Lächeln spielte um Dianas Lippen. „Wirklich? Das hätte ich ihr gar nicht zugetraut."

Caine erwiderte ihr Lächeln. „Sie ist stärker und zäher, als sie aussieht."

Diana schüttelte den Kopf und ging weiter. „Und was ist aus dem Jungen geworden?"

„Er wird Ende dieses Monats vor Gericht gestellt. Serena zahlt seine Anwaltskosten."

Überrascht sah Diana auf. „Weiß Justin davon?"

„Natürlich."

„Ich glaube nicht, dass ich so großmütig sein könnte."

„Justin ist es auch nicht leichtgefallen, dazu seine Zustimmung zu geben. Aber nachdem wir Serena erst einmal gesund und unversehrt zurückhatten, konnte er ihr nichts abschlagen. Meine erste Reaktion war auch, dass der Junge für die nächsten Jahre hinter Gitter gehört."

„Bei dir hätte der Junge wohl kaum eine Chance", sagte Diana und sah ihn von der Seite an. „Ich habe einige deiner Reden vor Gericht gelesen. Du gehst ganz schön hart ran, mein Lieber."

„Das gehört dazu. Schließlich musst du das doch kennen."

„Du vergisst, dass Barclay, Stevens und Fitz eine sehr vornehme Kanzlei ist. ‚Meine sehr verehrte Miss Blade'", ahmte Diana die hohe Stimme von Mr. Barclay nach, „‚ein Mitglied unserer Kanzlei wird niemals laut im Gerichtssaal, das haben wir nicht nötig.' Höchstens mal auf dem Golfplatz", fügte Diana mit einem grimmigen Lächeln hinzu.

Lachend legte Caine seinen Arm um ihre Schulter. „Und? Hast du dich immer daran gehalten?"

„Nein, absolut nicht. Wenn Tante Adelaide nicht so eng mit Mrs. Barclay befreundet wäre, hätte ich diesen Job wahrscheinlich schon gar nicht mehr."

„Dann verstehe ich nicht, warum du immer noch dort bist."

„Ich bin ein ziemlich geduldiger Mensch." Diana fühlte sich wohl im

Schutz seines Armes. Ohne weiter darüber nachzudenken, schmiegte sie sich etwas enger an ihn. „Zuerst war meine Tante gar nicht damit einverstanden, dass ich Jura studieren wollte. Erst als sie es bewerkstelligt hatte, dass ich nachher den Posten in der Kanzlei bekommen konnte, war sie beruhigt. Der Name ist über die Grenzen der Stadt hinaus bekannt und hat einen sehr guten Ruf. Das allein war für sie Grund genug, doch ihre Zustimmung zu dem Studium zu geben."

„Hast du eigentlich Angst vor deiner Tante?"

Zu ihrem eigenen Erstaunen verärgerte die Frage Diana nicht – im Gegenteil, sie konnte sogar darüber lachen. „Vor Tante Adelaide? Nein! Ich verdanke ihr allerdings einiges."

„Wirklich?" Seine Stimme war so leise, als hätte er die Frage mehr sich selbst gestellt. „Mein Vater sagt immer, dass man sich innerhalb einer Familie nichts schulde, da es ganz selbstverständlich sei, dass man sich untereinander helfe und liebe."

„Er kennt eben Tante Adelaide nicht", antwortete Diana trocken. „Oh, sieh nur, die Möwen!" Sie zeigte nach oben, wo einige über ihren Köpfen wie in einer Formation hinaus aufs Meer flogen. „Als ich vorhin auf meinem Balkon stand, ist eine so nah an mir vorbeigekommen, dass ich sie beinahe hätte berühren können. Ich möchte wissen, warum ihre Schreie sich immer so traurig anhören." Diana schauderte, und unwillkürlich zog er sie fester an sich.

„Ist dir kalt?"

„Ja, ein wenig." Sie sah zu ihm auf und lächelte.

Diana spürte Caines Atem auf ihrem Gesicht. Sie sahen einander in die Augen, und sie nahm kaum wahr, dass er auch den anderen Arm um sie legte und sie näher zu sich zog. Das Rauschen der Wellen, die gegen den Strand schlugen, verstärkte noch das Gefühl der Einsamkeit. Ihr war, als ständen sie auf einer einsamen Insel weitab von jeder Zivilisation. Ihre Hände strichen über das kühle Leder seiner Jacke.

Diana spürte die Flocken auf ihrem Gesicht, bevor sie sie sah. „Es schneit."

„Ja."

Caines Augen kamen immer näher. Seine Lippen berührten schon fast ihren Mund, als er plötzlich zögerte. Es war Diana, die schließlich auch die letzte Distanz noch überwand.

Langsam, ganz zärtlich strichen seine Lippen über ihren Mund, und dann zog er sie so fest an sich, bis ihre Körper eng aneinandergepresst verharrten. Beinahe unmerklich wurde sein Kuss drängender, leidenschaftlicher.

Das Rauschen der Wellen war immer noch in ihren Ohren. Als Caine ihren Mund freigab und seine Lippen über ihr kaltes Gesicht strichen, hörte sie ihn ihren Namen murmeln. Mit beiden Händen hielt er ihren Kopf umfangen, als seine Zunge spielerisch ihr Ohr berührte und sie seinen heißen Atem spürte.

Diana zitterte vor Erregung, presste sich noch fester an ihn und drehte ihren Kopf, bis ihre Lippen seinen Mund fanden. Diesmal war ihr Kuss nicht sanft, sondern voller Begierde. Diana spürte die Kälte nicht mehr, ihr ganzer Körper brannte. Flüchtig dachte sie daran, dass noch kein Mann ein solches Feuer in ihr entfacht hatte.

Plötzlich bekam sie Angst – Angst vor der eigenen Leidenschaft, die ihr nur zu deutlich zeigte, wie schnell sie die Kontrolle über sich verlor. Sie stemmte die Hände gegen seine Brust und löste sich von ihm.

Caine sah sie an und streckte eine Hand aus, um zärtlich ihre Wange zu streicheln. Diana wich einen Schritt zurück, und er sah Zorn in ihren dunklen Augen.

„Was ist los, Diana? Etwas spät für diese Reaktion, findest du nicht?"

„Aber nicht zu spät!", schoss sie zurück. „Ich habe keine Lust, in deine Sammlung aufgenommen zu werden."

„Diana, du wolltest doch nicht alles glauben, was man sich so über mich erzählt." Bevor sie noch ausweichen konnte, hatte Caine mit einer Hand in ihr dichtes Haar gegriffen. „Weißt du, das hier ist eigentlich nicht die richtige Umgebung für dich. Du gehörst irgendwohin, wo die Sonne strahlend scheint, in einem bunten, durchschimmernden Kleid …"

„Vielen Dank! Aber ich bin lieber so angezogen, dass ich in einen Gerichtssaal passe", unterbrach Diana ihn und kämpfte gegen das Verlangen an, ihr Gesicht in seine Hand zu schmiegen, die immer noch mit ihrem Haar spielte.

„Vielleicht hast du recht", sagte er nachdenklich und ließ sie nicht aus den Augen. „Wahrscheinlich ist es das, was mich an dir so fasziniert, dass ich mir dich in beiden Umgebungen sehr gut vorstellen kann."

„Ich will dich gar nicht faszinieren, Caine." Sie bemühte sich, ihn so ruhig und gefasst wie möglich anzusehen. „Das Einzige, woran ich im Moment interessiert bin, ist, ins Hotel zurückzugehen, bevor ich zur Eissäule gefriere."

„Komm, ich bring dich hinein." Er griff nach ihrem Arm.

„Das ist nicht nötig", widersprach sie sofort.

Caine blieb stehen und sah sie an. „Ich kann ja auch zehn Schritte vorgehen oder zurückbleiben, wenn dir das lieber ist." Ein Lächeln zuckte um seine Mundwinkel. „Du bist mir doch nicht etwa böse, weil ich dich geküsst habe, oder? Schließlich gehören wir jetzt zu einer Familie, und da darf man sich doch schon mal einen freundschaftlichen Kuss geben."

„Das hatte weder etwas mit Freundschaft noch mit familiären Banden zu tun", widersprach Diana leise.

Er nahm ihre Hand und führte sie an seine Lippen. „Meinst du nicht?", fragte er leise, und in seine Augen trat ein amüsiertes Flackern. „Nun, vielleicht sollten wir es dann noch einmal versuchen …"

„Nein!"

„Gut", gab er sofort friedfertig nach und griff wieder nach ihrem Arm. „Dann lass uns wenigstens zusammen frühstücken."

„Ich bin nicht hungrig."

„Nur gut, dass du nicht unter Eid stehst", murmelte er und zog sie mit sich. „Allzu viel hast du gestern Abend auch nicht gegessen. Aber bitte, wenn du nicht willst … Dann trink wenigstens eine Tasse Kaffee, und sieh mir dabei zu, wie ich frühstücke. Ich bin nämlich hungrig wie ein Bär."

Sie stiegen gemeinsam die Stufen vom Strand zum Hoteleingang hinauf. Oben angekommen, griff Caine plötzlich zu, und ehe Diana protestieren konnte, hatte er sie auf die Arme genommen und trug sie über die Terrasse zur Tür.

„Caine, lass mich runter. Was sollen denn die Leute denken?"

Er tat, als hätte er ihren Protest gar nicht gehört.

„Lass mich runter. Es ist so glatt, wenn du jetzt ausrutschst, brechen wir uns beide das Genick."

„Diana, hast du denn überhaupt nichts übrig für Romantik?"

„Caine!" Sie hämmerte mit den Fäusten gegen seine Schulter. „Du wirst mich nicht in den Speisesaal tragen, hast du gehört? Caine!"

„Meinst du nicht?" Lächelnd ging er auf die Tür zu. „Um was wollen wir wetten?" Mit dem Fuß stieß er die Tür auf und nahm Kurs auf den Speisesaal. Der Ober verzog keine Miene. „Einen Tisch für zwei", sagte Caine und trug Diana an ihm vorbei.

Es gab niemanden in dem gut gefüllten Saal, der nicht aufsah, als Caine Diana quer durch die Reihen trug und erst neben einem Stuhl in der Ecke auf ihre Füße setzte. Aus den Augenwinkeln bemerkte Diana, wie eine ältere Frau ihren Mann am Ärmel zupfte und verblüfft zu ihr herüberstarrte.

„Ich bringe Ihnen sofort die Karte", sagte der Ober und verschwand.

„Danke", sagte Caine und setzte sich Diana gegenüber.

„Das wirst du mir büßen", zischte sie ihm zu und tat so, als würde sie die neugierigen Blicke der anderen Gäste überhaupt nicht sehen.

„Macht nichts, das war es mir wert." Caine zog seine Lederjacke aus und hängte sie hinter sich über die Stuhllehne. „Bist du sicher, dass du nur Kaffee möchtest, Liebes?"

Diana überhörte die Anrede und nickte. „Benimmst du dich eigentlich häufig so unmöglich?"

„Meistens. Bist du übrigens am frühen Morgen immer so hübsch?"

„Caine, spar dir deinen Charme." Diana ließ den schweren Wintermantel von ihren Schultern gleiten und öffnete die gelbe Angorajacke, unter der eine Bluse zum Vorschein kam.

„Ich nehme die Pfannkuchen", hörte sie Caine seine Bestellung aufgeben, „und nachher dann Eier und Schinken. Die Dame möchte nur Kaffee."

„Isst du immer so viel?", fragte Diana verblüfft, als der Ober wieder gegangen war.

„Es gibt Tage, an denen kann ich froh sein, wenn ich schnell zwischendurch ein trockenes Sandwich essen kann", antwortete er. „Darum schlage ich richtig zu, wenn sich einmal die Gelegenheit dazu ergibt."

„Bist du denn jetzt schon so überlastet in deiner neuen Kanzlei?"

„Ich kann mich nicht beklagen, zumal ich bisher noch keinen Assistenten habe, der mit einspringen könnte."

„Ein Einmannbüro also?"

„Nicht ganz. Eine Sekretärin habe ich immerhin, aber die ist ziemlich unordentlich und langsam. Außerdem interessiert sie sich mehr für ‚Dallas' und ‚Denver' als für die Arbeit."

Diana lächelte. „Nun, dann muss sie aber auf anderem Gebiet Qualitäten haben."

„Wo denkst du hin? Sie ist siebenundfünfzig, steif wie eine Gouvernante, und Schreibmaschine schreiben kann sie auch nicht."

„Trotzdem", sagte Diana, und plötzlich blitzten ihre dunklen Augen, „ich wünschte, ich wäre schon so weit, eine eigene Kanzlei zu haben. Aber leider würden im Moment die Klienten bei mir noch nicht Schlange stehen."

„Jeder muss klein anfangen, Diana. Und da du Herausforderungen offensichtlich so sehr liebst, versuch es doch einfach."

„Hast du schon einmal jemanden verteidigt, von dem du wusstest, dass er schuldig war?" Diese heikle Frage hatte sie sich schon oft gestellt.

„Jeder hat das Recht auf eine faire Verhandlung und Unterstützung durch einen Anwalt." Caine nahm einen Schluck von dem heißen Kaffee. „Als Rechtsanwalt ist man verpflichtet, in jedem Fall sein Bestes zu geben, und kann dann nur hoffen, dass am Ende die Gerechtigkeit siegen wird. Das ist nicht immer der Fall, da das ganze Rechtssystem von Menschen erdacht wurde, und Menschen sind nun einmal nicht unfehlbar. Aber immerhin …" Er zuckte mit den Schultern und sah Diana an. „Es ist besser als gar nichts."

Diana blickte ihn nachdenklich an. „Du bist ganz anders, als ich es mir vorgestellt hatte."

„So? In welcher Beziehung?"

„Ich dachte, du wärst härter, unbeugsamer. Ein Anwalt, der sich stur nach den Regeln richtet, für den das Recht nur schwarz oder weiß ist – ohne Grautöne."

„Hast du mich wirklich für einen solchen Idioten gehalten?"

Diana lachte laut auf, als sie sein verdutztes Gesicht sah.

„Du solltest viel häufiger lachen", sagte Caine plötzlich ganz ernst. „Nimm das Leben ein wenig leichter, und reagiere spontaner, ohne vorher alles genau zu durchdenken."

„Das müsste ich erst lernen", antwortete Diana ganz impulsiv und wunderte sich im selben Augenblick, dass sie das wirklich gesagt hatte. Wieder einmal musste sie feststellen, dass dieser Mann in der Lage war, ihren sorgsam aufgebauten Schutzwall mit einer Bemerkung einzureißen.

„Da kommt dein Frühstück", lenkte sie schnell ab, als der Ober auf den Tisch zukam. „Ich bin gespannt, ob du das alles schaffen kannst."

Caine hatte den Blick nicht von ihr genommen. Da saß ihm eine

Frau gegenüber, die er nicht einordnen konnte, die immer wieder neue, überraschende Seiten offenbarte und die ihn neugierig machte. Einerseits war sie stark und selbstständig, andererseits jedoch zeigte sie in manchen Situationen eine Verletzlichkeit, die ganz ungewöhnlich war. Immer mehr wuchs in ihm der Wunsch, Diana richtig kennenzulernen, hinter die Fassade zu schauen, die sie so sorgsam aufgebaut hatte.

Diana Blade war die erste Frau in Caines Leben, die ihn sicherlich für eine lange Zeit faszinieren und beschäftigen könnte. Er brannte darauf, ihr zu zeigen, dass das Leben nicht nur aus festgefahrenen Bahnen und Regeln bestand.

„Möchtest du?" Er hielt ihr die Gabel mit einem großen Stück Pfannkuchen entgegen.

„Hast du Angst, du schaffst es nicht?"

Caine lächelte nur und schob ihr die Gabel in den Mund.

„Hm, schmeckt gut", sagte Diana und verdrehte die Augen.

„Hier seid ihr also. Ich habe euch schon überall gesucht." Serena kam lächelnd auf ihren Bruder und ihre Schwägerin zu. „Ist das nicht unglaublich?", fragte sie und wies auf Caines Teller. „Und dabei nimmt er nie auch nur ein Gramm zu. Beneidenswert!" Sie gab Diana einen Kuss auf die Wange. „Gut geschlafen?"

„Ja, danke. Mein Zimmer ist übrigens sehr schön."

„Hast du schon gefrühstückt?", fragte Caine seine Schwester.

„Gibst du mir was ab?"

„Nein."

„Das dachte ich mir! Aber lass nur, ich habe schon gefrühstückt. Diana, hast du schon Pläne für heute gemacht? Ich würde mich freuen, wenn du gleich einmal zu mir ins Büro kommen könntest."

„Nein, ich habe noch keine Pläne."

„Vielleicht hättest du Lust, den Fitnessraum und das Schwimmbad zu benutzen? Wenn du zu mir kommst, führe ich dich zuerst einmal herum", bot Serena an.

„Danke. Ich komme nachher."

Serena warf noch einen Blick auf ihren Bruder. „Und glaub bitte höchstens, allerhöchstens die Hälfte von dem, was er dir erzählt", riet sie Diana und lief lachend weg, als Caine Anstalten machte, ihr den Kaffeelöffel an den Kopf zu werfen.

„Deine Schwester hatte ich mir auch ganz anders vorgestellt", sagte Diana und sah hinter ihrer Schwägerin her.

„Na, dann muss dein Besuch ja eine herbe Enttäuschung für dich sein. Machst du dir eigentlich immer eine genaue Vorstellung von Menschen, bevor du sie überhaupt kennengelernt hast?"

„Ja, ich glaube schon. Aber das ist doch wohl nicht ungewöhnlich, oder?"

Caine antwortete nicht auf ihre Frage. „Wie hast du dir Serena denn vorgestellt?"

„Ich weiß nicht so recht …" Diana nahm das Stück Schinken, das Caine ihr anbot. „Sie macht einen so zarten, zerbrechlichen Eindruck, dass man schon zweimal hinsehen muss, um festzustellen, dass sie stärker und widerstandsfähiger ist, als es zunächst den Anschein hat. Jedenfalls hatte ich von Justins Frau ein anderes Bild, obwohl ich zugeben muss, dass ich mir meinen Bruder eigentlich überhaupt nicht als Ehemann vorstellen konnte."

„Es könnte sein", antwortete Caine leise, „dass Justin ebenfalls ganz anders ist, als du meinst."

„Ich glaube, ihn kenne ich am allerwenigsten."

Caine aß eine Weile schweigend weiter, bevor er ihr antwortete. „Um jemanden wirklich kennenzulernen, muss man das auch wollen. Und zwar ohne Vorbehalte."

„Ich glaube nicht, dass du mir auf diesem Gebiet Ratschläge erteilen kannst", schoss Diana plötzlich kühl zurück. „Du hattest eine glückliche, geborgene Kindheit, nicht wahr? Da war deine Familie, die dich liebte, und du hast dir nie die Frage zu stellen brauchen, wohin du eigentlich gehörst. Du hast kein Recht, mein Verhalten zu kritisieren, solange du dich überhaupt nicht in meine Situation hineinversetzen kannst."

Caine lehnte sich zurück und zündete sich eine Zigarette an. „Habe ich das wirklich getan?"

„Meinst du, es wäre so leicht, zwanzig Jahre einfach zu vergessen?", fragte sie, ohne auf seine Bemerkung einzugehen. „Ich habe ihn damals so nötig gebraucht, aber er war nicht da. Heute brauche ich ihn nicht mehr."

„Warum bist du dann überhaupt gekommen?"

„Weil ich sehen wollte, was aus ihm geworden ist, und weil ich damit die Erinnerungen an einen Jungen von sechzehn oder siebzehn verdrängen wollte. Wenn ich wieder zurückfahre, habe ich mein Ziel erreicht und kann ihn getrost für immer vergessen."

Langsam blies Caine den Rauch seiner Zigarette aus und sah sie eindringlich an. „Diana, du kannst mich nicht davon überzeugen, dass du so kalt und stahlhart bist. Schließlich habe ich dich gestern in deinem Zimmer gesehen, nachdem du Justin zum ersten Mal wiederbegegnet warst."

„Das ist vorbei."

„Es passt dir nicht, dass ich gesehen habe, wie du die Fassung verloren hast, nicht wahr?" Noch ehe Diana ihm eine schnippische Antwort geben konnte, hatte Caine über den Tisch hinweg ihr Handgelenk umfasst und hielt es eisern fest. „Wenn du wirklich zu den Siegern gehören willst, Diana, dann musst du dir abgewöhnen, ständig davonzulaufen."

„Ich laufe nicht davon!"

„Du willst weglaufen, seit du aus dem Flugzeug gestiegen bist", widersprach er. „Deine Gefühlswelt ist in Unordnung geraten, aber du bist zu dickköpfig, dir das selbst einzugestehen."

„Wie ich bin", zischte sie ihm drohend zu, „geht dich überhaupt nichts an."

„Die MacGregors halten sehr viel von Familienbanden. Und als meine Schwester deinen Bruder geheiratet hat, bist du automatisch ein Mitglied unserer Familie geworden. Insofern geht es mich sehr wohl etwas an."

„Ich pfeif auf deinen brüderlichen Rat."

Caine lächelte und ließ ihr Handgelenk los. „Meine Gefühle für dich haben nichts mit denen eines Bruders zu tun, Diana. Ich glaube, das weißt du sehr genau."

Diana stand abrupt auf. „Mir wäre lieber, du würdest überhaupt nichts für mich empfinden."

„Zu spät." Caine lehnte sich zurück und zog in aller Ruhe an seiner Zigarette. „Ich habe viel schottisches Blut in den Adern, Diana, und von daher glaube ich an die Fügungen des Schicksals."

Diana nahm ihren Mantel und hängte ihn sich über die Schultern. „In der Sprache der Utah-Indianer heißt Komantsche Feind." Ihre dunklen Augen blitzten, und ihr herrischer, kühler Gesichtsausdruck schien den ganzen Stolz ihrer Vorfahren widerzuspiegeln. „Es war nie leicht, uns zu unterwerfen."

Lächelnd drückte Caine seine Zigarette aus. Der Kampf mit dieser Frau versprach interessant zu werden.

3. Kapitel

Während der nächsten Tage stellte Diana fest, dass das Hotel sehr gut geleitet wurde und es höchsten Ansprüchen entsprach. Justin hatte viel erreicht in diesen zwanzig Jahren, das musste sie anerkennen, und in dieser Anerkennung war sogar eine Spur Bewunderung. Nur das angeschlossene Casino übte keinerlei Anziehungskraft auf Diana aus. Sie war keine Spielernatur.

Justin verhielt sich ihr gegenüber sehr höflich, wann immer sie sich über den Weg liefen, aber im Grunde ließ er genauso viel Vorsicht walten wie Diana auch.

Trotz dieser Distanziertheit zwischen ihnen lernte sie ihren Bruder mit jedem Tag besser kennen. Der clevere Geschäftsmann in ihm ließ es beinahe unmöglich erscheinen, dass er im Grunde seines Herzens ein Spieler war – aber einer, der seine Leidenschaft für das Spiel voll unter Kontrolle hatte und nie ein Risiko einging. Diana fand schnell heraus, dass Justin sich zu einem Mann entwickelt hatte, der ihre ganze Zuneigung als Bruder verdient hätte, wären da nicht die letzten zwanzig Jahre gewesen, in denen er sich überhaupt nicht um sie gekümmert hatte.

Caine sah sie selten in diesen Tagen, und das war Diana nur recht. In viel zu kurzer Zeit hatte er sie so gut durchschaut wie noch keiner vor ihm. Er hatte sie weinen sehen und sie getröstet. Aber noch häufiger dachte sie an den Morgen am Strand. Viel häufiger, als ihr lieb war.

Mit Schaudern dachte sie zurück an die Leidenschaft, die er in ihr geweckt hatte. Ein Blick von ihm genügte schon – oder auch die Art, wie er ihren Namen aussprach, selbst wenn noch unzählige andere Menschen dabei waren. Nur zu gut konnte Diana sich vorstellen, was erst passieren würde, wenn sie beide allein wären.

Immer wenn sie daran dachte, stieg Zorn in ihr hoch. Hatte sie doch während der langen Jahre bei ihrer Tante so gut gelernt, ihre Stimmungen und Gefühle im Zaum zu halten, sodass man sie ihr nicht ansehen konnte. Warum nur gelang ihr das nicht, wenn dieser Mann in ihrer Nähe war?

Wenn sie wieder in Boston war, würde es sich gar nicht vermeiden lassen, dass sie sich ab und zu über den Weg liefen. Nachdenklich stand

Diana vor dem Spiegel und strich mit beiden Händen durch ihre dichten Haare. Aber dort würde sie ihm anders begegnen können – als Kollegin. In Boston war Justin weit weg und somit die Möglichkeit gering, dass Caine sie noch einmal so schutzlos und verletzlich erleben würde.

Es war schon schlimm genug, dass sie hier so die Kontrolle über sich verloren hatte. Das sollte ihr nicht noch einmal passieren. Wenn sie ihr Leben so weiterleben wollte, wie sie es sich vorgenommen hatte, dann brauchte sie einen klaren Kopf und keine Gefühlsausbrüche.

Caine hatte eine Leidenschaft in ihr geweckt, die Diana gar nicht empfinden wollte. Er hatte Wünsche in ihr entstehen lassen, die gefährlich waren und ihr geordnetes Leben durcheinanderbrachten. Das durfte sie nicht zulassen.

Trotzdem bin ich froh, dass ich diese Reise gemacht habe, dachte Diana und begutachtete sich noch einmal im Spiegel. Ihre Neugier war gestillt, sie wusste jetzt, was aus Justin geworden war.

Und Serena? Noch nie war ihr jemand auf Anhieb so sympathisch gewesen wie ihre Schwägerin. Diana gestand sich ein, dass sie sie vom ersten Augenblick an gemocht hatte, und ihre Gespräche während der letzten Tage hatten nur dazu beigetragen, das freundschaftliche Gefühl für sie noch zu verstärken. Serena könnte die Freundin werden, die sie bisher nie gehabt hatte.

Diana griff nach ihrer Tasche und verließ das Zimmer. Bevor sie zu einem Spaziergang am Strand aufbrach, wollte sie ihre Schwägerin schnell noch in ihrem Büro besuchen. Vom Fenster aus hatte sie gesehen, dass Caine schon einige Zeit zuvor das Hotel verlassen hatte. Während der letzten Tage hatte Diana es immer so einzurichten verstanden, dass sie ihm möglichst nicht begegnete. Man soll das Schicksal nicht herausfordern, sagte sie sich.

Als sie durch das Casino ging, fiel Diana wieder einmal auf, dass dieser riesige Saal genauso wie das Hotel selbst ohne Plüsch und glitzernde Kronleuchter eingerichtet war. Serena hatte ihr gesagt, dass die unauffällige elegante Ausstattung dieses und aller anderen Hotels, die Justin besaß, auf seinen Geschmack zurückzuführen sei. Welch ein Unterschied zu dem kleinen Haus mit der windschiefen Eingangstür und der winzigen Veranda, das sie mit ihren Eltern in Nevada bewohnt hatten.

Sie hatten beide einen langen Weg zurückgelegt. Diana erinnerte sich nur zu gut an das große, elegante Haus ihrer Tante mit den vielen Antiquitäten, den teuren Möbeln und dem gut geschulten Personal.

Ihr Blick ging noch einmal durch das Casino. Die Roulettetische, dunkel gekleidete Croupiers, blitzende Spielautomaten – und über allem der Geruch nach teurem Whiskey und Tabak. Ja, sie hatten wirklich beide einen langen Weg zurückgelegt, aber trotzdem war sie nie in ihrem Leben glücklicher gewesen als in dem kleinen Haus in Nevada.

In Gedanken versunken betrat Diana die Hotelhalle und stand plötzlich vor ihrem Bruder.

„Diana." Justin griff nach ihrem Arm und hielt sie fest.

Wie hübsch sie ist, dachte er wieder einmal. Das Herz tat ihm weh, als er ihr freundlich distanziertes Lächeln sah. Er konnte nicht an sie herankommen, das hatte er schon bemerkt, als er ihr zum ersten Mal oben im Penthouse wiederbegegnet war.

„Guten Morgen, Justin. Ich wollte gerade bei Serena hineinschauen, falls sie nicht zu beschäftigt ist."

Wie kühl er mich ansieht, dachte sie, und wie wenig er den indianischen Einschlag verleugnen konnte.

„Sie brütet gerade über dem Terminplan", sagte Justin und sah, dass sie ihn immer noch anstarrte. „Ist etwas nicht in Ordnung, Diana?"

„Ich musste gerade wieder an die Geschichte denken, dass einer unserer Vorfahren eine weiße blonde Frau verschleppt haben soll." Diana zog die Stirn kraus und versuchte sich an die Geschichte zu erinnern, die man ihnen als Kinder so oft erzählt hatte. „Schließlich ist sie freiwillig bei dem Mann geblieben, erinnerst du dich? Es ist doch seltsam, dass sich die grünen Augen über all die Generationen weitervererbt haben, nicht wahr?"

„Und du hast die Augen unseres Vaters", sagte Justin leise. „Dunkle, geheimnisvolle Augen."

Diana räusperte sich und straffte die Schultern. „Ich kann mir unseren Vater gar nicht mehr vorstellen", antwortete sie kühl. Für einen Augenblick glaubte sie, einen leisen Seufzer gehört zu haben, aber Justins Gesichtsausdruck blieb unverändert.

„Sag Serena, dass ich noch eine Verabredung habe. In einigen Stunden bin ich wieder zurück."

Plötzlich fühlte Diana sich schuldig. Sie musste ihn zurückhalten, ihm etwas Nettes sagen. „Justin." Er drehte sich wieder zu ihr um. „Ich … ich habe das nicht gewusst, die Geschichte mit deinem Prozess. Es tut mir leid."

„Das ist lange her", antwortete er ruhig. „Du warst damals noch ein Kind."

„Ich war von dem Augenblick an kein Kind mehr, als du weggegangen bist." Ohne noch auf seine Antwort zu warten, drehte Diana sich um und ging in Serenas Büro.

„Diana." Lächelnd sah Serena ihrer Schwägerin entgegen. „Ich hoffe, du brauchst jemanden, der dich unterhält. Das würde mich von diesem Papierwust befreien."

„Und ich hatte schon Angst, ich würde dich stören."

„Es gibt Tage, an denen lasse ich mich nur zu gerne stören." Sie blickte in Dianas Gesicht und wusste sofort, dass etwas nicht in Ordnung war. „Diana, was hast du?"

„Nichts." Sie drehte sich um und sah durch die große Glaswand, die von der Casinoseite her verspiegelt war. „Ich könnte hier nie arbeiten, weil ich ständig das Gefühl hätte, mitten in einer großen Party am Schreibtisch zu sitzen."

„Daran gewöhnt man sich. Das ist nur eine Sache der Konzentration."

„Justin lässt dir ausrichten, dass er in einigen Stunden zurück sein wird."

Das ist es also, dachte Serena und stand auf. Sie ging zu Diana und legte ihr beide Hände auf die Schultern. „Diana, bitte, sprich dich aus. Ich liebe Justin, aber das heißt absolut nicht, dass ich nicht verstehen könnte, wie du dich fühlst."

„Ich hätte nicht kommen sollen." Diana schüttelte den Kopf und sah ihre Schwägerin traurig an. „Jetzt, wo ich so nah bei ihm bin, fallen mir Dinge ein, die ich längst vergessen glaubte. Serena, ich wusste nicht, dass ich meinen Bruder immer noch liebe. Und das tut weh."

„Liebe tut manchmal weh", antwortete Serena leise und legte einen Arm um Dianas Schultern. „Du musst nur etwas Geduld haben. Lass dir selbst und auch Justin Zeit."

„Aber ich kann ihm nicht verzeihen, dass er mich im Stich gelassen hat, Serena. Ich kann nicht vergessen, dass ich all die Jahre ohne ihn auskommen musste."

„Diana, kannst du dir denn nicht vorstellen, dass es für ihn genauso schlimm war?"

Dieser Aspekt schien ebenso neu wie überflüssig zu sein. „Aber im Gegensatz zu mir hatte er damals die Wahl, er hätte mich nicht alleinlassen müssen", sagte sie traurig.

„Du warst sechs, er sechzehn Jahre alt, das darfst du nicht vergessen", antwortete Serena, hin- und hergerissen zwischen der Liebe zu ihrem Mann und dem Verständnis für Diana. „Was hätte er anderes tun sollen?"

„Er hat mir nicht einmal geschrieben, mich angerufen oder gar besucht. Nicht ein einziges Mal in zwanzig Jahren." Als Diana das zum ersten Mal aussprach, was sie bisher nur immer wieder gedacht hatte, stieg die ganze Verzweiflung wieder in ihr hoch. „Ich habe gehofft, dass er zurückkommen würde, wenn ich nur all das tat, was man von mir verlangte. Ich wurde zu einem Musterkind, lernte mich zu benehmen und zu beherrschen, war gut in der Schule … Und die ganze Zeit über habe ich nur darauf gewartet, dass Justin endlich zurückkäme. Aber nichts passierte. Er hat bestimmt noch nicht einmal an mich gedacht."

„Das ist nicht wahr." Serena griff nach Dianas Armen und hielt sie fest. „Diana, du verstehst das völlig falsch."

„Du bist es, die das völlig falsch versteht", wiederholte Diana ironisch. „Nein, ich verstehe gar nichts falsch. Du kannst dir ja nicht vorstellen, wie es ist, wenn einem alles genommen wird, man nirgendwo mehr hingehört. Wenn man weiß, dass man nur auf die Gnade anderer angewiesen ist, wenn jeder Bissen, den man isst, jedes Kleid, das man trägt, seinen Preis hat."

„Was meinst du denn, wem du das Essen und die Kleider zu verdanken hast?", fragte Serena plötzlich ganz ruhig.

„Oh, das weiß ich nur zu gut. Sie hat keine noch so kleine Gelegenheit ausgelassen, um mich das spüren zu lassen. Tante Adelaide gehört nicht zu den Menschen, die helfen, ohne viel Aufhebens darum zu machen."

„Justin hat das alles bezahlt." Serena konnte sich einfach nicht mehr zurückhalten. Die Worte waren ihr schneller herausgeschlüpft, als sie es eigentlich gewollt hatte. „Er hat deiner Tante jeden Monat einen Scheck geschickt, und zwar von dem Zeitpunkt an, als sie dich aufgenommen hat, bis zum Ende deines Studiums in Harvard. Zu Anfang waren es Schecks über recht geringe Beträge, aber Justin arbeitete sich schnell hoch, und entsprechend höher wurden die Schecks. Deine Tante hat dich damals aufgenommen, weil dein Bruder versprochen hatte, für dich zu bezahlen. Und er hat bezahlt, Diana – mit mehr als nur Geld. Seine damaligen Lebensumstände sind für dich nicht vorstellbar."

Diana stand wie erstarrt da. Ihr war, als hätte ihr Herz aufgehört zu schlagen. Sie konnte nicht fassen, was sie da gehört hatte. „Er hat dafür bezahlt?" Ihre Stimme klang rau. „Justin hat Tante Adelaide Geld für mich geschickt?"

„Etwas anderes konnte er dir nicht geben. Verflixt, Diana, du bist doch Anwältin. Kannst du dir nicht vorstellen, was aus dir geworden wäre, wenn Justin nicht dafür gesorgt hätte, dass deine Tante dich aufnahm?"

Pflegeeltern, dachte Diana. Vielleicht sogar ein Kinderheim. „Sie hätte ihn doch auch aufnehmen können."

Serena sah sie fragend an. „Meinst du, dazu wäre sie bereit gewesen?"

Diana presste ihre Fingerspitzen an die Stirn. Plötzlich hatte sie rasende Kopfschmerzen. „Nein. Aber später, als ich älter geworden war, hätte er sich doch wenigstens melden können."

„Er dachte, dass du glücklich wärst bei deiner Tante. Außerdem … was hätte er dir stattdessen bieten können? Ein Leben wie die Zugvögel, von einem Hotel zum anderen. Glaub mir, er ist immer nur davon ausgegangen, was für dich das Beste wäre."

„Warum hat er mir das nicht selbst erzählt?"

„Warum sollte er? Meinst du, er will deine Dankbarkeit?", fragte Serena ungeduldig. „Hast du denn immer noch nicht begriffen, was für eine Art Mann er ist? Er wird sehr böse werden, wenn er erfährt, dass ich es dir gesagt habe", fügte sie ruhiger hinzu. „Ich hätte es auch nicht getan, wenn du nicht zugegeben hättest, dass du ihn immer noch liebst." Voller Mitleid sah Serena auf ihre Schwägerin. Das Gesicht war ganz heiß, die Hände zitterten. Sie streckte ihre Hände nach ihr aus. „Diana …"

„Nein." Sie trat einen Schritt zurück. „Und das ist wirklich die Wahrheit?"

„Natürlich. Was hätte ich für ein Interesse daran, dich zu belügen?"

Diana lachte auf. „Nein, du nicht, aber alle anderen haben mich mein Leben lang belogen."

„Komm, wir gehen nach oben und trinken etwas."

„Nein." Diana nahm ihre Tasche und ging zur Tür. „Serena, ich bin dir sehr dankbar, dass du mir das erzählt hast. Es wurde Zeit, dass ich es endlich erfahre."

Als Diana die Tür hinter sich ins Schloss zog, ließ Serena sich mit einem tiefen Seufzer in ihren Schreibtischsessel fallen. War es vielleicht doch falsch gewesen, dass sie ihre Schwägerin so einfach damit überfallen hatte? Sie wollte schon wieder aufstehen und hinter ihr herlaufen, aber dann hielt sie sich doch zurück. Wenn Diana jetzt überhaupt jemanden sehen wollte, dann bestimmt nicht sie. Serena griff nach dem Telefonhörer.

„Caine MacGregor, bitte", sagte sie plötzlich sehr bestimmt.

Eine Stunde war bereits vergangen, aber Diana hatte sich immer noch nicht wieder unter Kontrolle. Ihre Gedanken drehten sich im Kreis. Alles, was sie bisher als Tatsache angesehen hatte, war nun völlig auf den Kopf gestellt. Es blieb ihr nichts anderes übrig, als Justin noch einmal zu sehen und dann endgültig zu verschwinden.

Entschlossen stand sie auf, nahm ihren Koffer und begann zu packen. Sie hoffte nur, dass noch einige Stunden vergehen würden, bis sie Justin wiedersah. Vielleicht hatten bis dahin ihre Kopfschmerzen nachgelassen, und sie konnte wieder klarer denken.

Zuerst überhörte sie das Klopfen an ihrer Zimmertür, aber schließlich öffnete sie doch.

„Caine." Diana blieb in der Tür stehen und machte keine Anstalten, ihn hereinzubitten.

„Diana." Besorgt sah er sie an und ging dann einfach auf sie zu, sodass sie den Weg freigeben musste.

„Caine, ich bin beschäftigt."

„Lass dich nicht stören", antwortete er und ging hinüber zum Fenster. Er sah den halb gepackten Koffer. „Wie ist das, hast du deine Pläne geändert?"

„Wie du siehst." Diana faltete einen Pullover und legte ihn in den Koffer. „Serena hat dir bestimmt von unserem Gespräch erzählt."

„Sie hat mir nur gesagt, dass du sie ziemlich aufgeregt verlassen hast."

Diana merkte, dass ihre Hände leicht zitterten, als sie eine Bluse zusammenfaltete. „Du wusstest natürlich, dass Justin all die Jahre meinen Lebensunterhalt bezahlt hat, nicht wahr?"

„Ich habe es von Serena erfahren, nachdem sie dir die Einladung geschickt hatte. Justin hat das mir gegenüber nie erwähnt." Langsam kam er durch den Raum und hob den Ärmel eines Kleides hoch, das Diana über das Bett gelegt hatte. „Warum läufst du weg, Diana?"

„Ich laufe nicht weg." Wütend warf sie die Bluse in den Koffer.

„Aber du packst."

„Das ist nicht dasselbe. Ich bin sicher, Justin wird froh sein, wenn ich weg bin."

„Wie kommst du darauf?"

Diana stützte beide Hände in die Seiten und sah ihn zornig an. „Lass mich allein, Caine."

„Auf wen bist du eigentlich wütend, Diana?"

„Ich bin nicht wütend!" Diana drehte sich um, ging zum Schrank und riss einige Kleider so heftig von ihren Bügeln, als könnte sie daran ihren ganzen Zorn auslassen. „Alle haben mich belogen!" Sie warf die Türen mit einem lauten Knall zu und drehte sich wieder herum. „All die Jahre hat sie mich in dem Glauben gelassen, dass ich ihr alles zu verdanken hätte, und ich habe mich bemüht, all das wiedergutzumachen. Dabei steckte hinter allem Justin – nicht sie."

Ihre Hände zerknüllten den Stoff der Kleider, ohne dass es ihr bewusst wurde. „Sie konnte noch nicht einmal seinen Namen aussprechen. Immer wieder hat sie mir eingetrichtert, dass ich die ersten sechs Jahre meines Lebens vergessen müsse. Mein indianisches Blut sei schlecht, hat sie gesagt, das müsse unterdrückt werden. Alles, was ich über mein Volk weiß, habe ich mir heimlich in Museen und aus Büchern zusammengesucht. Sie hat mir alles genommen – meine Herkunft, den Stolz auf meine Abstammung, alles! Und während ich Ballettstunden nahm, saß mein Bruder im Gefängnis."

Caine kam langsam auf sie zu. Er sah, wie sie gegen die aufsteigenden Tränen ankämpfte. „Aber Diana, er hat es ja so gewollt. Er wollte doch, dass es dir gut ging."

Diana warf die Kleider aufs Bett. „Die meiste Zeit meines Lebens habe ich damit verbracht, ihm heimlich Vorwürfe zu machen und mich einer Frau gegenüber erkenntlich zu zeigen, die es gar nicht verdient hatte. Ich habe die Kleider getragen, die ihr gefielen, mich mit den Jungen getroffen, die sie für mich ausgesucht hatte, und schließlich habe ich sogar den Beruf ergriffen, den sie gnädig erlaubte." Sie lachte verzweifelt auf und schlug beide Hände vors Gesicht. „Jetzt stellt sich plötzlich heraus, dass ich von völlig falschen Voraussetzungen ausgegangen bin. Ich weiß überhaupt nicht mehr, was ich glauben soll und wohin ich eigentlich gehöre."

Caine wartete einen Augenblick, bis sie die Hände wieder vom Gesicht nahm. „Aber warum spielt es eine solche Rolle, von wem das Geld nun tatsächlich gekommen ist?", fragte er dann mit ruhiger, sanfter Stimme.

„Verstehst du das denn nicht? Ich habe versucht, das wiedergut-zumachen, was meine Tante für mich getan hat. Dabei stellt sich jetzt heraus, dass sie es gar nicht verdient hat."

Caine trat schnell auf sie zu und ergriff ihre Arme. „Diana, nun wach aber auf", herrschte er sie an. „Du hast herausgefunden, dass deine Tante dir gegenüber nicht ganz ehrlich war, aber du hast ebenso herausgefunden, dass dein Bruder dich in all den Jahren nicht vergessen hat, wie du angenommen hattest. Wieso hat das einen Einfluss darauf, wer oder was du bist?"

„Aber siehst du denn nicht ein, wie sehr ich belogen worden bin?"

„Nun kennst du die Wahrheit – und was willst du damit anfangen?"

Mit einem Mal wich aller Zorn aus ihrem Gesicht und machte einer großen Traurigkeit Platz. „Oh Caine! Ich war so hässlich zu ihm, so kalt. Je größer die Sehnsucht in mir wurde, ihn zu umarmen, freundlich zu ihm zu sein, desto mehr habe ich mich zurückgezogen."

Er gab ihr einen sanften Kuss auf die Stirn. „Aber das kannst du doch wieder in Ordnung bringen, Diana."

„Nein." Sie löste sich abrupt aus seiner Umarmung und nahm die Kleider wieder auf, die sie aufs Bett geworfen hatte. „Sobald ich mich einigermaßen gesammelt habe, werde ich zu ihm gehen." Sie warf ihm einen kurzen Blick zu. „Es scheint so, dass du dir angewöhnst, immer dann zur Stelle zu sein, wenn ich die Fassung verliere. Ich weiß nicht, ob mir das gefällt."

„Das weiß ich auch nicht", murmelte er, griff nach ihr und drehte sie zu sich herum. „Ich kann es nicht ertragen, wenn du traurig bist." Mit beiden Händen umfasste er Dianas Kopf, seine Daumen streichel-ten ihre Wangen.

„Nicht, bitte." Ihre Stimme war nur ein Flüstern, als ihre Blicke sich trafen.

Langsam kam sein Mund immer näher, bis er ihre Lippen be-rührte. Diana wusste, dass sie sich eigentlich wehren, ihn zurückstoßen müsste, aber stattdessen legte sie ihre Arme um seinen Nacken und zog ihn noch ein wenig fester an sich.

Caines Hände glitten unter ihren Pullover und streichelten ih-ren Rücken. Er wusste mit Frauen umzugehen, aber seine größte Anziehungskraft lag wohl darin, dass er genauso gerne Vergnügen bereitete, wie er es selber empfing. Er kannte alle Tricks, aber jetzt, mit einer Frau wie Diana in seinen Armen, vergaß er sie. Er presste sie an sich, und sein Mund küsste sie so leidenschaftlich, dass Diana leise aufstöhnte.

Sie schmiegte sich an ihn, ihre Hände massierten und streichelten seinen Rücken, und ehe Caine es begriff, war er derjenige, der verführt wurde – nicht umgekehrt.

Diana spürte ihren Körper erzittern. Ihr Verstand war ausgeschaltet, es gab nur noch die Leidenschaft und das Verlangen nach mehr. Sie spürte seinen Mund, seinen Körper, aber das war ihr zu wenig.

Seine Hände strichen außen an ihren Brüsten entlang, verweilten für einen Moment an ihrer schmalen Taille und glitten dann weiter über ihre Hüften. Es war, als wollte er ihre schlanke Figur mit geschlossenen Augen modellieren. Auch wenn sie nackt gewesen wäre, hätte sein Eindruck von ihr nicht intensiver sein können.

Schließlich löste er sich von ihren Lippen und sah sie an. „Diana, ich will dich." Seine Stimme klang rau. „Jetzt, Diana."

Sie wusste nicht, ob es der Klang seiner Stimme war, der Blick seiner Augen, in denen sein Verlangen sich spiegelte, sie wusste nur, dass sie plötzlich Angst hatte.

„Nein …" Sie befreite sich aus der Umarmung und trat einen Schritt zurück. „Nein, Caine, ich will nicht. Nicht jetzt und nicht mit dir."

„Verdammt, Diana!" Er griff nach ihr und riss sie herum.

„Nein!" Sie presste die Hände gegen seine Brust und hielt ihn so auf Abstand. „Ich bin völlig durcheinander, Caine. Alles geht viel zu schnell, ich weiß gar nicht mehr, was ich denken soll. Eines allerdings weiß ich genau: Ich will nicht eingereiht werden in die Sammlung des Caine MacGregor."

Caine zog die Brauen zusammen, aber er versuchte nicht mehr, Diana an sich zu ziehen. „Immer noch diese alten Vorurteile?"

„Caine, ich bin dabei, mich endlich auf eigene Füße zu stellen, und ich werde dir nicht gestatten, alles noch komplizierter zu machen."

„Okay, Diana. Tu, was du für richtig hältst. Boston ist nicht so groß, als dass wir uns ständig aus dem Weg gehen könnten. Und denk daran, dieser Fall ist absolut noch nicht abgeschlossen."

„Ist das eine Drohung, Herr Rechtsanwalt?"

Caine lächelte. „Nein, ein Versprechen." Mit einer Hand griff er nach ihrem Kinn und gab ihr einen brüderlichen Kuss auf die Wange. Dann drehte er sich um und ging aus dem Zimmer.

Diana sah auf den halb gepackten Koffer und seufzte. Das hatte ihr gerade noch gefehlt! Als ob nicht alles schon verworren genug wäre in ihrem Leben. Wie hatte das nur passieren können? Daran konnten nur ihre aufgewühlten Gefühle nach dem Gespräch mit Serena schuld sein. Es hatte nichts mit Caine zu tun – bestimmt nicht!

Sie schloss die Augen und atmete tief durch. Wenn sie ihm in Boston wirklich wiederbegegnen würde, dann würde er nicht mehr so ein leichtes Spiel mit ihr haben.

Sie schob den Gedanken an Caine beiseite und versuchte sich auf das zu konzentrieren, was sie als Nächstes tun musste. Justin. Das war jetzt wichtiger. Bevor sie es sich noch anders überlegen konnte, ging sie aus dem Zimmer und machte sich auf den Weg zum Penthouse.

Wahrscheinlich ist er noch gar nicht wieder zurück, dachte Diana, als sie an die Eingangstür klopfte. Nun, dann würde sie eben hinuntergehen in sein Büro und dort auf ihn warten. Sie wollte es auf jeden Fall so schnell wie möglich hinter sich bringen.

Justin öffnete die Tür. Er hatte sich nur ein Hemd übergeworfen, und seine Haare waren noch feucht vom Duschen. „Diana? Suchst du Serena?"

„Nein, ich …" Sie konnte den Blick nicht von der Narbe wenden, die sich quer über seine Rippen zog. „Darf ich hereinkommen?"

„Natürlich." Er ließ sie eintreten und schloss die Tür. Justin sah, wie Diana nervös ihre Finger ineinander verschränkte und mitten im Raum stehen blieb. „Möchtest du einen Kaffee? Oder lieber einen Drink?"

„Nein danke. Gar nichts."

„Setz dich doch, Diana."

„Nein, ich …" Sie verstummte und musste sich räuspern.

„Was ist los?"

Am liebsten wäre ihr gewesen, sie hätte ihren Bruder nicht ansehen müssen bei dem, was sie ihm sagen wollte. Es kostete sie viel Überwindung, ihn offen anzusehen. „Ich möchte mich bei dir entschuldigen."

Überrascht sah Justin sie an, während er sein Hemd zuknöpfte. „Weshalb?"

„Für alles, was ich seit meiner Ankunft hier gesagt und getan habe."

Weder seinem Gesicht noch seinen Augen konnte sie ansehen, was er dachte. Vermutlich machte das einen erfolgreichen Spieler aus. „Es gibt keinen Grund für eine Entschuldigung."

„Justin." Sie machte einige Schritte auf ihn zu, blieb dann aber wieder stehen. „Seltsam, ich verdiene mein Geld damit, dass ich immer die richtigen Worte finde, nur jetzt wollen sie mir einfach nicht einfallen."

„Diana, mach es dir doch nicht so schwer." Justin wollte schon seine Hände ausstrecken, um sie zu berühren, aber dann steckte er sie doch in die Taschen.

Sie nahm all ihren Mut zusammen. „Justin, ich schulde dir sehr viel."

Immer noch bewegte sich nichts in seinem Gesicht. „Nein, das stimmt nicht. Du schuldest mir gar nichts."

„Doch, alles", widersprach Diana. „Justin, warum hast du mir das nie gesagt? Ich hatte ein Recht darauf, es zu erfahren."

„Was zu erfahren?"

Diana spürte heißen Zorn in sich aufsteigen. Sie trat noch einen Schritt näher und fasste mit beiden Händen nach seinem Hemd. „Hör endlich auf, mich wie ein kleines Kind zu behandeln, Justin!"

Plötzlich wurden seine Gesichtszüge weich, und zum ersten Mal nach all den Jahren strich er ihr wieder mit der Hand übers Haar, wie er es früher so oft getan hatte. „Ich weiß nicht, wie ich es dir erklären soll, Diana. Du warst damals ein kleines Mädchen …"

„Ich weiß, Justin. Alles, was du für mich getan hast …"

„War ganz selbstverständlich", unterbrach er sie.

Verzweifelt suchte Diana nach den richtigen Worten. Wie konnte sie ihn um seine Liebe bitten? Würde er sie nicht vielleicht sogar auslachen? „Ich wollte dir danken", brachte sie schließlich stockend über die Lippen.

„Du brauchst mir nicht zu danken, Diana. Das habe ich getan, weil ich dich liebe."

Verblüfft starrte sie ihn an. Hatte sie ihn richtig verstanden? Wollte er gar keine Dankbarkeit, sondern bot ihr stattdessen seine Liebe an?

„Justin, willst du mein Freund sein?"

Tränen brannten in seinen Augen. Schnell griff er nach ihren Händen und zog sie an die Lippen. „Ich habe meine kleine Schwester immer geliebt, und von heute an sind wir auch Freunde."

„Ja, von heute an." Sie nahm seine Hand zwischen ihre Hände und strahlte ihn an. Sie hatte ihren Bruder zurück.

4. Kapitel

Es war bitterkalt, und Diana hatte die Heizung in ihrem Wagen voll aufgedreht, während sie ihn durch den dichten Verkehr lenkte. Die entgegenkommenden Scheinwerfer blendeten sie so sehr, dass sie ihre Augen zusammenkniff. Ihre Füße waren kalt, und vermutlich würde die Heizung erst dann den Innenraum des Autos aufgewärmt haben, wenn sie bereits das Restaurant erreicht hatte.

Sie war froh, dass sie die Einladung von Matt Fairman zum Abendessen angenommen hatte. Als stellvertretender Staatsanwalt war er besonders gut informiert, und es konnte nichts schaden, wenn sie sich diese Kenntnisse zumindest teilweise zunutze machte.

Es war Diana bisher immer gelungen, zu Matt ein freundschaftliches Verhältnis aufrechtzuerhalten, ohne ihn als Mann zu nah an sich herankommen zu lassen. Und so würde sie es auch heute halten.

Soviel Matt auch immer erfuhr, ebenso gern gab er auch Informationen weiter. Wenn sie ihm nachher erzählte, dass sie sich selbstständig gemacht hatte, dann würde diese Neuigkeit in den einschlägigen Kreisen schneller die Runde machen, als wenn sie eine ganzseitige Anzeige in der Zeitung aufgab.

Noch in der Woche nach ihrer Rückkehr aus Atlantic City hatte Diana bei Barclay, Stevens und Fitz gekündigt. Das war ihre Art, endgültig der Bevormundung durch ihre Tante zu entfliehen.

In den zwei Wochen, die seitdem vergangen waren, hatten sie manchmal Zweifel geplagt, ob sie nicht doch zu voreilig gewesen war. Bei Barclay hatte sie zumindest ihr monatliches Gehalt bezogen und sich nicht darum zu kümmern brauchen, neue Fälle zu bekommen. Aber sie hatte diese Sicherheit ganz bewusst aufgegeben und glaubte auch jetzt noch – trotz gelegentlicher Zweifel –, dass ihre Entscheidung richtig war. Es war der letzte Schritt zur Unabhängigkeit.

An manchen Tagen, wenn ihre Stimmung auf dem Nullpunkt war, sah sie sich zusammen mit einem weiteren Anwalt an einem leeren Schreibtisch sitzen und darauf warten, dass endlich das Telefon schellte und jemand ihre Hilfe brauchte – und sei es auch nur wegen eines Bußgeldbescheides der Verkehrspolizei. In guten Tagen jedoch verstärkte sich ihre Überzeugung, dass sie es schaffen und die Karriereleiter emporsteigen würde.

Nur eines tat ihr leid: Dass sie nicht noch länger hatte bei Justin bleiben können, nachdem sie sich endlich ausgesprochen hatten. Diana hatte es nicht abwarten können, nach Boston zurückzufahren und Barclay die Kündigung zu präsentieren. Es war nur gut, dass Justin Verständnis gezeigt hatte. Er wusste, dass der Ärger über die Lügen ihrer Tante noch frisch sein musste, damit sie diesen Schritt wagte.

Aber es gab noch einen Grund, warum Diana einige Tage früher aus Atlantic City abgereist war: Caine MacGregor. Dieser Mann war gefährlich für sie. Wenn sie noch daran gezweifelt hatte, so waren diese Zweifel ausgeräumt worden bei der Begegnung mit ihm in ihrem Zimmer, bevor sie zu Justin ging.

Es war nicht nur die körperliche Anziehungskraft, die er auf sie ausübte. Diana ahnte, dass mehr dahintersteckte, aber sie hatte nicht den Mut, sich das einzugestehen oder gar in ihrem Inneren nachzuforschen. Eine Affäre mit Caine MacGregor war für sie völlig unmöglich.

Sie verdrängte die Gedanken an Caine und versuchte sich auf das Nächstliegende zu konzentrieren. Zuerst einmal musste sie jetzt ein geeignetes Büro finden, dann galt es daranzugehen, die noch recht kleine Liste von Klienten zu vergrößern.

Diesmal war sie völlig auf sich allein gestellt – ohne die Hilfe von Tante Adelaide. Der Gedanke daran stachelte sie an. Sie würde es schaffen, auch wenn der Weg bis zu dem Erfolg, den sie anstrebte, gewiss nicht leicht sein würde.

Vor dem Restaurant angekommen, fand Diana auf dem überfüllten Parkplatz des Hotels auf Anhieb noch eine Lücke. Sie betrachtete das als gutes Omen, schlug den Mantelkragen hoch und machte sich durch den eisigen Wind auf den Weg zum Eingang.

Der Empfangschef half ihr aus dem Mantel. „Mein Name ist Diana Blade, ich bin mit Mr. Fairman verabredet. Ist er schon da?"

„Nein, Miss Blade, leider noch nicht."

„Wenn er kommt, würden Sie ihm bitte sagen, dass ich in der Hotelhalle auf ihn warte?" Unschlüssig blickte sie sich um, aber dann ging sie kurz entschlossen hinüber in die Halle, wo in einem großen Kamin ein einladendes Feuer brannte. Sie fand noch einen freien Sessel, der allerdings weiter von dem wärmenden Feuer entfernt stand, als sie sich gewünscht hätte.

Am liebsten hätte sie die Füße untergezogen und die nächste Stunde damit verbracht, nur in die Flammen zu schauen. Eines Tages, sagte sie sich, werde ich ein Haus haben mit einem solchen Kamin. *Ich werde mich der Länge nach davorlegen und dem Knistern zuhören, wenn das Holz langsam in den Flammen verbrennt.*

Diana kuschelte sich tiefer in den bequemen Sessel. Ich werde sentimental, dachte sie und lächelte. Ein Blick auf die Uhr zeigte ihr, dass sie noch etwas Zeit hatte bis zu ihrem Treffen mit Matt. Es würde reichen, noch einen Drink zu nehmen.

Diana wollte gerade aufstehen und hinüber zur Bar gehen, als ein Hausboy einen Wagen mit Flaschen neben ihren Sessel schob.

„Der Herr möchte Ihnen gerne einen Drink ausgeben, Miss Blade."

„Welcher Herr?" Diana drehte sich um und spürte plötzlich, dass ihr Herz schneller schlug. Er hatte recht behalten, es war unmöglich, sich in Boston ständig aus dem Weg zu gehen. „Hallo, Caine."

„Diana." Er nahm ihre Hand und führte sie an die Lippen. „Darf ich mich zu dir setzen?"

„Das kann ich wohl kaum abschlagen." Diana zeigte auf die beiden Gläser, die der Boy mittlerweile mit Champagner gefüllt hatte.

Der Anzug steht ihm genauso gut wie die Jeans und Lederjacke, dachte Diana und verwarf diesen Gedanken schnell wieder. „Wie geht es dir?"

„Gut, danke."

Er lehnte sich in seinen Sessel zurück und betrachtete sie über den Rand seines Glases hinweg. Er erkannte das türkisfarbene Seidenkleid wieder, das Diana trug. Es war eines von denen, die sie wütend in ihrem Zimmer übers Bett geworfen hatte. Die Farbe stand ihr ausgezeichnet.

Diana wurde es unbehaglich unter seinem Blick. „Bist du allein hier?"

„Hm."

„Ich bin hier, weil ich mich mit Matt Fairman treffe. Du kennst ihn doch sicher, oder?"

„Ja, ich kenne ihn. Hast du dich entschlossen, für den Staatsanwalt zu arbeiten, nachdem du Barclay verlassen hast?"

„Nein, ich …" Verblüfft hielt Diana inne. „Woher weißt du, dass ich bei Barclay gekündigt habe?" Ihr Erstaunen konnte sie nicht verbergen.

„Ich habe mich erkundigt", antwortete Caine. „Und welche Pläne hast du jetzt?"

Diana zögerte einen Augenblick. „Ich werde meine eigene Kanzlei aufmachen."

„Wann?"

„Sobald ich das Nötige vorbereitet habe."

„Hast du schon ein Büro?"

„Nein, noch nicht." Sie hatte die Brauen zusammengezogen und beschäftigte sich angelegentlich mit ihrem Glas. Sie hatte nicht vor, ihre Probleme ausgerechnet mit ihm zu besprechen. Sie zuckte mit den Schultern und tat so, als wäre das die kleinste Schwierigkeit. „Ich werde schon etwas finden, das nicht zu teuer ist. Immerhin kann ich mir morgen bereits drei Objekte ansehen."

Caine beobachtete sie aufmerksam. „Ich wüsste da etwas für dich."

„Wirklich?"

„Das Haus liegt auf der anderen Flussseite, nur einige Blocks vom Gericht entfernt." Er nahm den Blick nicht von ihr. Zu gerne wäre er aufgestanden und hätte sie in die Arme geschlossen. Aber mehr noch als sein Verlangen hatte ihm seine Besorgnis zu schaffen gemacht, nachdem er erfahren hatte, dass Diana ihre Stelle gekündigt hatte. „Das Büro liegt in einem zweigeschossigen Haus", fuhr er fort. „Ein renovierter Altbau mit Empfangsraum, Konferenzzimmern und Büros."

„Das hört sich gut an. Ich frage mich nur, warum der Immobilienmakler es mir nicht angeboten hat." Wenn es wirklich so aussah, wie Caine es beschrieben hatte, dann würde wohl auch die Miete für sie zu hoch sein. Diana hatte sich fest vorgenommen, das Sparkonto, das ihre Tante ihr eingerichtet hatte, nicht anzurühren. Meine Tante, dachte sie plötzlich. *Ich muss wohl besser Justin sagen.* Aber wie dem auch sei, das Geld wollte sie dazu nicht benutzen. „Woher weißt du davon?"

„Ich kenne den Hausbesitzer", antwortete Caine und schenkte sich von dem Champagner nach.

Plötzlich wurde Diana hellhörig. „Soll das heißen, dass du der Hausbesitzer bist?"

„Gut geraten", sagte Caine und prostete ihr zu.

Sie lehnte sich zurück und schlug die Beine übereinander. „Wenn dir ein solches Haus gehört, warum benutzt du es dann nicht selbst?"

„Tu ich doch. Habe ich dir übrigens schon gesagt, dass dir diese Farbe hervorragend steht?"

Aber so schnell ließ Diana sich nicht ablenken. „Und warum glaubst du, dass ich an deinem Büro interessiert wäre?"

„Ich bin so ausgelastet, dass ich keine neuen Fälle mehr annehmen kann." Sein Ton war plötzlich geschäftsmäßig, sodass Diana ihn irritiert ansah. „Ich habe schon Klienten wegschicken müssen, weil ich es einfach nicht schaffe."

Sie verstand nicht, was Caine meinte. „Und? Was hat das mit mir zu tun?"

„Wärst du interessiert?"

„An deinen Klienten? Aber wieso?"

„Indem sie deine Klienten werden."

Es fiel ihr schwer, darauf eine Antwort zu finden. Das war die Starthilfe, die sie brauchte, aber … „Ich bin nicht daran interessiert, mit dir eine Partnerschaft einzugehen, Caine."

„Das brauchst du ja auch gar nicht."

Erstaunt sah sie ihn an. „Jetzt verstehe ich gar nichts mehr. Könntest du mir das bitte einmal erklären?"

„Ich habe in meinem Haus noch ein leeres Büro, das du mieten könntest. Außerdem habe ich einige Fälle auf dem Tisch, die ich an dich weiterleiten könnte. Also eine ganz einfache kaufmännische Gleichung von Angebot und Nachfrage."

Diana schwieg. Ihre Augen waren halb geschlossen, aber Caine wusste genau, dass dieser schläfrige Eindruck täuschte. Sie dachte sehr intensiv über sein Angebot nach. Das gab ihm Gelegenheit, sie noch genauer zu betrachten.

Eigentlich war sie noch hübscher, als er sie in Erinnerung hatte. Dabei waren erst zwei Wochen vergangen, seit er sie zuletzt gesehen hatte. Verblüffend, was sie in der kurzen Zeit mit ihm angestellt hatte …

Caine hatte immer wieder dem Wunsch widerstanden, Diana anzurufen. Erst heute Abend, als er sich endlich eingestanden hatte, dass er die Gedanken an sie nicht vertreiben konnte, hatte er nach dem Telefon gegriffen. Ihr Anrufbeantworter hatte ihm gesagt, wo sie zu finden war. Erst auf der Fahrt hierher war dieser Vorschlag in Caines Kopf entstanden und immer präziser geworden. Wenn sie zustimmte, würde er sie täglich sehen können. Allerdings war er sich noch nicht darüber im Klaren, ob das ein Vorteil oder ein Nachteil war.

„Caine", hörte er dann wieder ihre Stimme. „Das klingt alles sehr gut, aber ich muss dir dazu noch eine Frage stellen."

„Und die wäre?"

„Warum tust du das?"

Mit dieser Zusatzfrage hatte er nicht gerechnet. Um Zeit zu gewinnen, holte er seine Zigarettenschachtel hervor und zündete sich eine Zigarette an. „Nun, den rein geschäftlichen Grund habe ich dir ja bereits genannt. Der persönliche wäre, dass wir beide Kollegen sind."

„Und verwandt, das wolltest du doch sagen, oder?"

„Ich würde es eher kollegiale Unterstützung nennen."

Diana lächelte. „Das würde ich auch vorziehen."

„Denk darüber nach." Caine griff in seine Jackentasche und zog eine Visitenkarte hervor. „Hier ist die Adresse. Komm doch morgen einfach mal vorbei, und sieh dir alles an."

Er stand auf und gab ihr die Karte. „Seide ist der ideale Stoff für deine Figur", sagte er leise, als er neben ihrem Sessel stand und auf sie hinabsah. „Ich habe viel an dich gedacht während dieser zwei Wochen, Diana." Seine Stimme war noch leiser geworden, trotzdem hatte sie keine Mühe, ihn durch das Stimmengewirr der anderen Gäste zu verstehen. Es war, als wäre außer ihnen kein Mensch in der Halle. „Ich habe daran gedacht, wie deine Lippen sich anfühlen, wie dein Körper sich gegen meinen presst …"

„Hör auf, Caine – bitte." Flehentlich sahen die dunklen Augen ihn an.

„Ich möchte dich lieben, Diana. Stundenlang und immer wieder, bis du an nichts anderes mehr denken kannst als an mich."

Diana entzog ihm ihre Hand. „Caine, es hat keinen Zweck."

„Oh doch", widersprach er zärtlich.

Ihre Hände zitterten leicht, als sie nach dem Champagnerglas griff. „Ich brauche ein Büro, und ich brauche Klienten – mehr nicht."

„Das geschäftliche Angebot besteht auch weiterhin, Diana, aber das hat nichts mit uns privat zu tun."

Diana hatte sich wieder so weit gefasst, dass sie ihn ansehen konnte. Ihre Augen blitzten ärgerlich. „Caine MacGregor, geht das nicht in deinen Kopf, dass ich keine private Beziehung mit dir will?"

„Nun gut, wenn du dir dessen so sicher bist, dann kannst du das Büro bei mir ja durchaus nehmen. Oder solltest du etwa Angst davor haben, ständig in meiner Nähe zu sein?"

Das Blitzen in ihren Augen verstärkte sich noch. „Ich habe keine Angst vor dir."

„Gut, dann sehe ich dich also morgen", sagte er lächelnd. „Fairman ist gerade gekommen. Ich lass dich jetzt allein und wünsche dir einen vergnüglichen Abend." Mit diesen Worten verabschiedete er sich.

Irritiert sah Diana ihm nach. Zur Hölle mit diesem Mann, der sie so leicht aus der Fassung bringen konnte! Wütend nahm sie seine Visitenkarte und riss sie entzwei. Sollte er sich doch sein Büro und seine Klienten an den Hut stecken!

Also doch Angst? fragte plötzlich eine kleine Stimme in ihrem Inneren. Diana stutzte, nahm die beiden Stücke der Visitenkarte wieder aus dem Aschenbecher und steckte sie in ihre Handtasche.

Nein, sie hatte keine Angst vor diesem Frauenhelden! Morgen würde sie sich das Büro ansehen, und wenn es ihr gefiel und die Kosten vertretbar waren, dann würde sie es mieten.

Am nächsten Morgen sah sich Diana zwei der Adressen an, die der Makler ihr genannt hatte. Das erste Büro kam überhaupt nicht infrage, das zweite war schon eher nach ihrem Geschmack.

Als sie wieder in ihrem Auto saß, legte sie die Notiz mit der dritten Adresse zur Seite und nahm stattdessen die beiden Hälften der Visitenkarte. Kurz entschlossen fuhr sie los.

Sie würde ganz objektiv entscheiden und sich dabei überhaupt nicht von der Tatsache beeinflussen lassen, dass das Haus Caine gehörte.

Vielleicht hatte sie Glück und traf Caine gar nicht an. Es wäre ihr nur recht, wenn die Sekretärin sie stattdessen herumführen und ihr alles zeigen würde.

Als Diana das Haus sah, war es Liebe auf den ersten Blick. Eine wunderschöne alte Villa in einem großen Garten. Ein verwunschener Platz zwischen all den langweiligen Hochhäusern. Das Äußere war sehr geschmackvoll renoviert worden, der dazugehörige kleine Parkplatz an die Hausseite verbannt, wo er den harmonischen Eindruck der Fassade nicht stören konnte.

Das Gericht war noch nicht einmal eine Meile von hier entfernt. Besser hätte es also gar nicht liegen können. Trotzdem, ermahnte Diana sich selbst, auch wenn es von innen genauso schön ist, kann es immer noch an der Miete scheitern.

Die Eingangstür war aus schwerem geschnitztem Holz. Rechts daneben war ein kleines Messingschild angebracht: Caine MacGregor, Rechtsanwalt. Es fiel Diana nicht schwer, sich darunter ein ähnliches mit ihrem Namen vorzustellen.

Der Empfangsraum war ganz in silbergrauen und blassen rosa Farben gehalten. Auf dem niedrigen Couchtisch stand eine Vase mit einem bunten Blumenstrauß. Auf dem glänzenden Holzfußboden lag ein großer Perserteppich, dessen Farben auf dem Holz besonders leuchteten.

Hinter einem ausladenden Schreibtisch aus dunklem Holz saß eine Frau in mittleren Jahren, den Telefonhörer zwischen Wangen und Schulter eingeklemmt, während ihre Finger über die Tastatur der Schreibmaschine glitten. Der Schreibtisch war voll beladen mit Akten und Büchern.

Die Frau lächelte Diana zu und wies mit dem Kopf hinüber zu der Sitzgruppe. „Nein, tut mir leid, vor nächster Woche Mittwoch kann ich Ihnen keinen Termin bei Mr. MacGregor geben." Sie unterbrach ihr Tippen und nahm einen dicken Terminkalender zur Hand. „Um Viertel nach eins. Ja, Mrs. Patterson, das ist der frühestmögliche Termin. Wie meinen Sie? Ja, ich werde mich melden, falls sich doch eine Möglichkeit ergibt." Sie notierte die Uhrzeit in dem Kalender und begann dann sofort wieder zu tippen. „Gut, Mrs. Patterson, ich werde es Mr. MacGregor sagen. Auf Wiederhören." Sie legte den Hörer auf und sah zu Diana hinüber. „Guten Tag, kann ich Ihnen helfen?"

„Ich bin Diana Blade …"

„Oh ja", unterbrach sie sofort und stand auf. „Mr. MacGregor hat mir gesagt, dass Sie heute vorbeikommen würden. Ich bin Lucy Robinson."

Diana nahm die ausgestreckte Hand und wies hinüber zum Schreibtisch. „Sie sind wohl sehr beschäftigt, Miss Robinson. Vielleicht sollte ich ein andermal wiederkommen."

„Nein, nein, nicht nötig. Kommen Sie nur. Mr. MacGregor hat noch einen Termin. Sie wollen sicher zuerst Ihr Büro sehen."

Bevor Diana ihr noch sagen konnte, dass es sich keineswegs bereits um ihr Büro handelte, war Caines Sekretärin schon auf dem Weg in die erste Etage. „Miss Robinson …"

„Nennen Sie mich ruhig Lucy. Wir sind hier nicht so formell, mehr wie eine Familie."

Familie, dachte Diana. Überall, wo Caine auftauchte, war dieses Wort nicht fern.

„Unten haben wir noch ein Konferenzzimmer und eine kleine Küche", erklärte Lucy ihr. „Meist haben wir gar keine Zeit, in der Mittagspause rauszugehen. Können Sie kochen?"

„Ich fürchte, nicht sehr gut."

„Schade." Lucy blieb auf der obersten Stufe stehen. „Caine und ich sind nämlich auch keine geborenen Hausfrauen." Völlig unbefangen musterte sie Diana, aber es war eine so freundliche Neugier, dass sie nicht unangenehm war. „Er hat mir gar nicht gesagt, dass Sie so hübsch sind. Woher kennen Sie Caine?"

„Mein Bruder hat seine Schwester geheiratet."

„Ach ja, richtig. Caine erwähnte so etwas." Sie ging voraus und öffnete die erste Tür. „Das ist Caines Büro. Ihres ist gleich hier hinten."

Diana ging ihr nach. „Das ist wirklich ein sehr hübsches Haus. Caine hat wohl nicht sehr viel daran verändern müssen, oder?"

„Nein, nur einige Wände mussten herausgenommen werden."

„Arbeiten Sie schon lange für ihn?"

„Ja, schon eine ganze Weile. Als er sich selbstständig machte, hat er mich gefragt, ob ich mit ihm gehen würde. Natürlich hab ich Ja gesagt. So, wir sind da." Sie öffnete eine Tür und ließ Diana eintreten.

Es war genau das, was sie sich vorgestellt hatte. Nicht zu groß, mit zwei tiefen Fenstern und einem offenen Kamin an der gegenüberliegenden Seite. Platz genug für einen großen Schreibtisch, eine kleine Sitzecke und ein Regal zwischen den Fenstern für ihre Bücher.

„Es wundert mich, dass Caine diesen Raum leer stehen lässt", überlegte Diana laut.

„Der ist noch gar nicht so lange leer. Bis vor Kurzem hatte er hier eine Schlafgelegenheit, damit er nicht mehr nach Hause fahren musste, wenn es abends spät wurde. Die Bibliothek ist übrigens hinter der nächsten Tür", fuhr Lucy fort. „Dann gibt es unten noch eine Toilette und hier oben ein vollständig eingerichtetes Bad. Oh, mein Telefon klingelt. Sehen Sie sich nur ruhig weiter um, ich muss zurück." Damit drehte sie sich um und lief den Korridor entlang zur Treppe.

Lucy hatte so gar keine Ähnlichkeit mit den ältlichen Sekretärinnen bei Barclay. Hier war überhaupt alles ganz anders. Viel ungezwungener und freundlicher. Dagegen wirkte die Kanzlei von Barclay wie eine Gruft.

Langsam ging Diana wieder aus dem Büro hinaus und öffnete die Tür zur Bibliothek. In der Mitte des Raumes stand ein langer Tisch, die Wände waren zugestellt mit Regalen voller Bücher. Neugierig trat sie näher und sah in ein Buch, das auf dem Tisch lag.

Der Mordprozess Sylvan war aufgeschlagen. Diana kannte ihn noch aus ihrer Studienzeit in Harvard. Damals hatte die Sache sehr viel Aufsehen erregt, der Gerichtssaal war an jedem Prozesstag voller Zuschauer gewesen, und das Fernsehen hatte ausführlich berichtet. Woran mochte Caine gerade arbeiten, dass er diesen Fall zurate zog?

Als Caine einige Minuten später in der offenen Tür stand, bemerkte Diana ihn überhaupt nicht, so vertieft war sie in den Bericht über diesen Prozess. Caine verhielt sich ganz still und beobachtete sie. Diana stand vor dem Tisch, die Hände auf die Platte gestützt. Die Haare hatte sie hinter die Ohren geschoben, damit sie sie beim Lesen nicht störten. An ihren Ohren funkelten goldene Clips.

„Was liest du da Interessantes?"

Diana blickte hoch, als sie seine Stimme hörte, aber sie hatte sich schnell wieder gefasst. „Über den Prozess Sylvan", antwortete sie und wies mit dem Finger auf das Buch. „Ein sehr interessanter Fall. Die Verteidigung hat keinen Trick ausgelassen während der drei Monate, über die der Prozess ging."

„O'Leary ist auch einer der besten Strafverteidiger, die wir haben", antwortete Caine und kam näher.

„Trotzdem hat er den Prozess am Ende nicht gewinnen können."

„Sein Klient war schuldig, das hat die Staatsanwaltschaft einwandfrei nachgewiesen."

Diana wandte sich ihm zu. „Hast du im Moment einen ähnlichen Fall, oder warum liegt gerade dieser Prozess hier?"

Zum ersten Mal an diesem Tag umspielte ein Lächeln seine Lippen. „Virginia Day", sagte er nur und wartete auf Dianas Reaktion.

Überrascht zog sie die Brauen hoch. „Verteidigst du sie etwa?"

„Ja."

Diana kannte die Geschichte aus den Nachrichten und auch die Spekulationen, die bei Barclay darüber angestellt worden waren. Ein Mord in den besten Kreisen der Gesellschaft. Ein untreuer Ehemann, eine eifersüchtige Ehefrau und ein kleiner Revolver spielten darin die Hauptrollen. „Mir scheint, einfache Fälle interessieren dich nicht, oder?"

Als Antwort zuckte Caine nur mit den Schultern, und er wechselte dann das Thema. „Lucy sagte mir, dass sie dir alles gezeigt hat?"

„Ja." Diana lächelte. „Dein Haus ist sehr schön, Caine", kam sie auf das Wesentliche zu sprechen. „Ich muss zugeben, schöner als alles, was ich mir bisher angesehen habe."

„Ich habe fast den Eindruck, es gefällt dir gar nicht, dass du das zugeben musst, oder?"

Sie fühlte sich ertappt und wandte den Blick ab. „Um ehrlich zu sein … nun, ich hatte halbwegs gehofft, dass es gar nicht für mich infrage kommen würde, sodass ich erst gar keine Entscheidung zu treffen brauchte. Hast du übrigens die Einrichtung ausgesucht?"

„Ja. Ich habe eine Schwäche für Antiquitätenläden und Versteigerungen. Außerdem hatte ich mir geschworen, dass ich die Einrichtung meines ersten eigenen Büros niemals einem Innenarchitekten überlassen würde. Schließlich muss ich mich darin wohlfühlen."

„Ganz anders als meine Tante. Regelmäßig alle drei Jahre ließ sie ihr Haus von oben bis unten ummodeln und nach den neuesten Erkenntnissen ausstaffieren. Der Erfolg war allerdings, dass man immer vergebens nach Gemütlichkeit oder auch nur nach der leisesten persönlichen Note suchte." Diana hielt inne und sah ihn nachdenklich an. „Sag mal, Caine, wenn ich das Büro nun nicht miete, suchst du dir dann einen anderen Interessenten?"

„Wahrscheinlich nicht. Ich möchte nicht so viel Zeit des Tages mit jemandem Wand an Wand verbringen, den ich vielleicht nicht leiden mag oder der mir fürchterlich auf die Nerven geht."

Amüsiert sah sie ihn an. „Und du meinst wirklich, bei uns bestünde diese Gefahr nicht?"

„Nein, das kann ich mir nicht vorstellen", antwortete er erstaunlich ernst. „Diana, lass uns in mein Büro hinübergehen und die Einzelheiten besprechen, ja?" Er hakte sich bei ihr ein und schob sie voran.

Caines Büro war noch um einiges größer. Der große Eichenschreibtisch war das dominierende Stück der Einrichtung. Er war vollgepackt mit Akten, und doch schien darauf mehr Ordnung zu herrschen als gewöhnlich auf ihrem eigenen.

„Sehr hübsch." Diana ging hinüber zu einem Sessel und setzte sich. „Ich will dich nicht lange aufhalten, Caine. Lucy hat mir vorhin gesagt, dass dein Terminkalender übervoll sei."

„Einige Minuten werde ich schon noch erübrigen können." Caine setzte sich hinter seinen Schreibtisch und zündete sich eine Zigarette an. „Weißt du schon, wie du dich entscheiden wirst?"

„Ja." Diana sah ihn offen an. „Ich möchte das Büro gern mieten, Caine. Allerdings kann ich natürlich erst zusagen, wenn ich über die Kosten Bescheid weiß."

Er stieß den Qualm aus und nannte einen Preis, den Diana sich erlauben konnte, der aber wiederum nicht so niedrig war, dass in ihr der Verdacht hätte entstehen können, er wollte ihr etwas schenken.

„Lucy ist im Übrigen damit einverstanden, für dich mitzuarbeiten, zumindest zu Anfang", sagte er. „Wenn du dich erst einmal richtig eingelebt hast, kannst du selbst entscheiden, ob du eine eigene Sekretärin einstellen willst."

Diana nickte zufrieden. „Gut, dann wäre das also geklärt. Da wäre noch die andere Sache mit den Klienten. Ich glaube nicht, dass mir das gefällt, Caine."

„Warum nicht? War deine Suche nach Klienten nicht auch der Grund für das Abendessen mit Fairman gestern?"

„Sicher, wenigstens zu einem Teil war das der Grund. Aber du musst zugeben, dass da immer noch ein Unterschied zu dem besteht, was du mir angeboten hast."

„Ich verstehe deine Bedenken nicht, Diana. Wenn du sie nicht übernimmst, werde ich sie zu einem anderen Kollegen schicken. Im Augenblick denke ich da an zwei ganz bestimmte Fälle, die ich einfach aus Zeitgründen nicht mehr übernehmen kann. Der Fall Day braucht allein schon so viel Zeit, dass ich es fast nicht schaffe."

„Aber wie kannst du sie an mich überweisen? Du weißt nicht einmal, ob ich eine gute Anwältin bin oder nicht."

„Oh doch, das weiß ich. Schließlich habe ich mich erkundigt."
„So?"

Caine lächelte. „Natürlich. Meinst du wirklich, ich würde Klienten an jemanden überweisen, von dem ich nicht überzeugt bin?"

Diana versagte es sich, weiter in ihn zu dringen. „Nun gut, an welche Fälle hast du dabei denn gedacht?"

„Der erste ist eine Anklage wegen Vergewaltigung. Der Junge ist neunzehn Jahre alt. Ein Hitzkopf mit einem nicht gerade guten Ruf. Er gibt allerdings an, dass er sie nicht vergewaltigt habe, sondern dass sie durchaus einverstanden war. Der zweite Fall ist eine Scheidung. Die Frau hat sie eingereicht. Als sie zum ersten Mal hierherkam, war ihr linkes Auge völlig zugeschwollen, und ich musste sie ins Krankenhaus schicken."

„Also ein Mann, der seine Frau schlägt."

„Ja, so sieht es aus. Wie sie mir sagte, geht das schon eine ganze Weile so, aber nun ist sie nicht mehr bereit, das weiter mitzumachen. Er hat sofort reagiert und eine Klage wegen böswilligen Verlassens eingereicht. Wahrscheinlich sitzt der Mann auf Dauer am längeren Hebel. Er hat das Geld, und sie ist bisher auch noch nicht bereit, ihn zusätzlich wegen Körperverletzung anzuzeigen."

„Zumindest kann man dir nicht vorwerfen, dass du es mir zu einfach machst", murmelte Diana. „Ich möchte nächste Woche mit beiden sprechen."

„Gut."

„Stellst du dann den Mietvertrag aus?"

„Am Montag kannst du ihn unterschreiben."

„So, dann lass ich dich jetzt weiterarbeiten." Diana stand auf und lächelte ihm zu. „Das heißt wohl, dass ich mir zunächst einmal einen Schreibtisch kaufen muss. Danke, Caine", fügte sie noch hinzu.

„Dank mir lieber nicht, bevor du nicht mit diesen beiden gesprochen hast", antwortete Caine und ging auf sie zu. Er legte ihr beide Hände auf die Schultern. „Gehst du heute Abend mit mir essen?"

Wie schnell Caine doch vom rein geschäftlichen Ton auf einen wesentlich intimeren umschalten konnte. „Ich glaube, es wäre viel gescheiter, wenn wir es bei der geschäftlichen Verbindung belassen würden", entgegnete Diana.

„Tagsüber tun wir das ja auch." Seine Hände strichen über ihre Schultern. „Ich kenne da ein kleines Restaurant am Fluss, wo man herrlichen frischen Fisch essen kann. Es ist nur ganz winzig, mit kleinen Tischen für zwei Leute, Kerzenschein und leiser Musik. Du riechst das Wachs der Kerzen und kannst sicher sein, niemanden zu treffen, den du kennst."

Seine Fingerspitzen streichelten sanft ihre Wangen, und seine Stimme war ganz leise geworden. „Dorthin möchte ich mit dir gehen, Wein trinken, gut essen. Später gehen wir dann zu mir nach Hause und zünden das Feuer im Kamin an." Ganz langsam strich sein Blick über ihr Gesicht. Ja, das alles wollte er mit ihr machen, wollte sehen, wie ihre Gesichtszüge weich wurden, wie sie lachte und die Traurigkeit aus ihren Augen verschwand.

Ohne dass Diana es bemerkt hatte, war er noch näher an sie heran-getreten. Das Bild, das er gemalt hatte, stand so plastisch vor ihren Augen, dass sie kaum ablehnen konnte. Sie spürte seine Nähe und wusste, dass es nicht mehr viel Überredung bedurfte, um sie zu überzeugen. Sie wusste aber auch, wie dieser Abend enden würde, und allein der Gedanke daran, dass sie eine mehr auf seiner Liste sein würde, gab ihr die Kraft, sich von ihm zu lösen.

„Nein." Sie merkte selbst, dass ihre Stimme nicht so fest geklungen hatte, wie sie das eigentlich wollte. „Ich will nicht, Caine."

Statt einer Antwort riss er sie plötzlich in seine Arme und presste seine Lippen auf ihren Mund. Es dauerte nicht lange, bis sie seinen Kuss erwiderte und die Reaktion ihres Körpers ihre Worte Lügen strafte.

Die zwei Wochen ohne sie hatten seine Sehnsucht so sehr gesteigert, dass er sich jetzt kaum zurückhalten konnte. Er merkte, dass seine Begierde fast in raue Gewalt ausartete, aber er konnte nichts dagegen tun. Seine Hände pressten sie so fest gegen seinen Körper, dass sie leise aufstöhnte.

„Nein!" Mit ungeahnter Kraft stemmte Diana sich plötzlich gegen ihn. „Ich habe dir gesagt, ich will nicht!"

„Das ist nicht wahr, Diana." Caine hatte Mühe, sich wieder in die Gewalt zu bekommen. „Aber gut, wenn du willst, kann ich auch noch etwas warten. Glaub mir, es wird nicht mehr lange dauern."

Diana griff nach ihrer Handtasche und drehte sich zur Tür. „Am Montag komme ich den Vertrag unterschreiben und bringe auch den Scheck mit."

Caine strich sich mit beiden Händen durch die Haare, als Diana mit lautem Knall die Tür hinter sich ins Schloss warf. Was war nur mit ihm los? Wie konnte es passieren, dass er derart die Kontrolle über sich verlor? Selbst bei den schlimmsten Redeschlachten vor Gericht hatte keiner seiner Kollegen es je geschafft, ihn so aus der Reserve zu locken.

Irgendetwas ging in ihm vor, aber er wusste nicht, was es war. Wenn er klug war, ging er auf ihren Vorschlag ein und betrachtete sie wirklich nur als Kollegin.

Aber Caine wusste genau, dass er das nicht konnte. Er musste diese Frau einfach haben – und das würde schneller geschehen, als sie ahnte.

5. Kapitel

Wer hatte da nur die Frechheit, mitten in der Nacht an ihre Wohnungstür zu hämmern?

Verschlafen vergrub Diana ihren Kopf unter dem Kissen. Es dauerte eine Weile, bis sie merkte, dass derjenige, der da draußen stand, offenbar die besseren Nerven hatte. Seufzend zog sie das Kissen beiseite und warf einen Blick auf die Uhr. Erst halb acht. Und das an einem Samstagmorgen!

„Ist ja gut", rief sie ungeduldig, band den Gürtel ihres Morgenmantels zu und ging zur Tür. „Ich komme ja schon." Sie öffnete so weit, wie es die Sicherheitskette zuließ, und sah in Caines lächelndes Gesicht.

„Guten Morgen. Hab ich dich geweckt?"

Zornig warf Diana die Tür ins Schloss und überlegte für einen Moment, ob sie sie überhaupt wieder öffnen sollte. Seufzend hakte sie schließlich die Sicherheitskette aus und machte die Tür weit auf. „Was willst du mitten in der Nacht?"

„Schön, dich zu sehen." Caine küsste sie auf die Stirn und ging an ihr vorbei in die Wohnung.

„Weißt du eigentlich, wie spät es ist?" Noch halb verschlafen lehnte Diana sich gegen die Tür und sah ihn ärgerlich an.

„Natürlich. Immerhin schon halb acht. Hast du den Kaffee schon fertig?"

„Nein." Diana zog den Gürtel noch enger und überlegte ernsthaft, ob sie ihn nicht einfach hinauswerfen sollte. „Es ist halb acht an einem Samstagmorgen. Ist dir das eigentlich klar, Caine MacGregor?"

Caine nickte nur und sah sich in Dianas Wohnzimmer um. Es war noch längst nicht fertig eingerichtet, aber damit wollte sie sich auch Zeit lassen und nach und nach immer genau das Stück dazukaufen, das ihr besonders gut gefiel und mit den bereits vorhandenen Möbeln harmonierte.

Die Hände in den Taschen vergraben, blieb Caine vor einem Bild stehen, das Diana vor einigen Monaten in Paris erstanden hatte. „Das gefällt mir", sagte er.

„Wenn du wüsstest, wie egal mir das ist", schoss sie zurück und unterdrückte ein Gähnen.

„Etwas übel gelaunt heute Morgen, scheint mir, hm?" Er warf ihr einen Blick zu und wandte sich dann zur Küche. „Wie wäre es, wenn ich den Kaffee koche?"

„Soll das etwa heißen, dass du bleiben willst?"

„Ja, ich hatte die Absicht", gab er ungerührt zur Antwort. Diana ging an ihm vorbei und stellte sich vor die Küchentür. „Caine, heute ist Samstag. Sollte es noch nicht bis zu dir vorgedrungen sein, dass es Menschen gibt, die samstags gerne etwas länger schlafen?"

„Glaub mir, das ist gar nicht gut." Er fasste sie an den Schultern, schob sie zur Seite und ging in die Küche. „Genau diesen Menschen fällt es nämlich dann am Montag schwer, sich wieder an das frühe Aufstehen zu gewöhnen. Besser, man verfällt erst gar nicht in die üble Angewohnheit."

„Solch einen Unsinn habe ich noch nie gehört." Diana sah zu ihrer Verblüffung, dass er mit geübten Griffen die Kaffeemaschine in Gang setzte und so tat, als wäre er in ihrer Küche schon ganz zu Hause. „Ich gehöre auf jeden Fall nicht zu den Menschen, die montags schlecht aufstehen können. Kannst du mir vielleicht einmal sagen, was du überhaupt hier willst?"

„Ich brühe Kaffee auf, und ich bin auch bereit, dir ein ausgiebiges Frühstück zu servieren. Ich warne dich allerdings – mehr als Eier braten kann ich leider nicht."

„Ich will kein Frühstück." Völlig frustriert strich Diana mit beiden Händen durch ihre Haare. „Ich kann es einfach nicht glauben, dass ich am frühen Samstagmorgen hier stehe und mit dir übers Aufstehen debattiere."

„Warte nur, wenn du erst einmal deinen Kaffee getrunken hast, wird es dir leichterfallen, das zu glauben." Caine musste sich abwenden, um der Versuchung widerstehen zu können, sie in die Arme zu nehmen. Mit den zerzausten Haaren und dem weichen, noch verschlafenen Gesicht erschien sie ihm noch begehrenswerter. „Ich glaube, ich habe dir schon einmal gesagt, dass du morgens besonders hübsch bist, nicht wahr?"

„Natürlich. Und gerade jetzt glaube ich dir das aufs Wort", gab sie zurück und versuchte, mit den Händen Ordnung in ihre langen Haare zu bringen. Es war ihr nicht recht, so überrascht zu werden.

„Ist der Kaffee fertig?"

„Ja, möchtest du eine Tasse?", fragte er und fand auch sofort den richtigen Schrank mit dem Geschirr.

„So wie es aussieht, ist die Nacht wohl für mich vorüber. Also kann ich auch ebenso gut eine Tasse Kaffee trinken." Diana ging zum Kühlschrank und holte die Milch heraus.

Lächelnd nahm Caine seine Tasse und ging hinüber ins Wohnzimmer. „Wir haben fast den gleichen Blick", sagte er und blieb vor dem breiten Fenster stehen. „Meine Wohnung liegt nur ein Stück weiter die Straße hinunter."

„Wie aufregend."

„Nicht aufregend – Schicksal", antwortete er lächelnd und setzte sich auf die Couch.

„Du solltest mich mit deinem Gerede über Schicksal in Ruhe lassen", murmelte Diana und setzte sich seufzend neben ihn.

Caine ließ sich von ihrer wenig einladenden Art nicht beeindrucken. „Lucy hat den Mietvertrag bereits im Entwurf fertig. Montag kannst du ihn unterschreiben."

„Gut. Ich werde mich heute nach einem Schreibtisch umsehen. Wenn ich Glück habe, kann er vielleicht nächste Woche schon geliefert werden." Sie nahm noch einen Schluck Kaffee und fand, dass er genauso gut schmeckte, als hätte sie ihn aufgebrüht. Nur unwillig gestand sie sich ein, dass sie mit Sicherheit hellwach sein würde, wenn die Tasse leer war.

„Gute Idee. Ich komme mit."

„Wohin?"

„Zum Einkaufen."

„Danke für das Angebot, aber das ist nicht nötig. Ich bin sicher, du hast noch andere Dinge zu erledigen."

„Nein, eigentlich nicht." Caine legte seinen Arm auf die Couchlehne und begann mit ihren Haaren zu spielen. „Kannst du mir einmal sagen, wieso ich es so unwiderstehlich finde, wenn du mich so direkt zum Teufel jagen willst?"

Sie musterte ihn mit einem langen kühlen Blick. „Ich habe keine Ahnung."

„Ich bin gern mit dir zusammen, Diana." Jetzt klang seine Stimme wieder ernsthaft. Er lehnte sich zurück, ließ sie aber nicht aus den Augen. „Warum fällt es dir so schwer, das einzusehen?"

Sie zuckte mit den Schultern und hielt den Blick auf ihre Tasse gesenkt. Er war schon wieder auf dem besten Weg, sie mit einigen Worten aus der Fassung zu bringen.

„Dafür gibt es drei Gründe", fuhr Caine fort. „Wir sind miteinander verwandt, wir sind Kollegen, die bald in einer Kanzlei arbeiten, und …" Er brach ab und sah sie eine Weile schweigend an. „Und du gefällst mir", sagte er dann ganz ruhig. „Das hat nicht nur mit deinem hübschen Gesicht zu tun, sondern mit der ganzen Diana – dieser widersprüchlichen, faszinierenden Frau."

Diana stellte die Tasse auf den Tisch, stand auf und ging hinüber zum Fenster. Das mit den Kollegen stimmte, die Verwandtschaft war sie auch schon halbwegs bereit zu akzeptieren, aber …

„Du bringst mich völlig durcheinander." Diana wirbelte herum und sah Caine an. Dieser plötzliche, unerwartete Ausbruch verblüffte ihn. „Und ich mag es gar nicht, wenn etwas mich durcheinanderbringt. Ich weiß immer gern, was ich tue und warum ich es tue. Aber wenn ich nur eine Weile in deiner Nähe bin, ist das alles ganz anders. So kann das nicht weitergehen, Caine. Du tauchst immer genau dann auf, wenn ich gerade dabei bin, Dinge in meinem Leben zu klären."

Caine nahm noch einen Schluck Kaffee. „Hast du je daran gedacht, dass sich Dinge auch manchmal von allein klären, ohne dass man da helfend eingreift?"

„Nein." Sie schüttelte den Kopf. „Ich war viel zu lange in meinem Leben von anderen abhängig, jetzt nehme ich alles selbst in die Hand und lasse mich nicht mehr drängen."

„Das heißt also mit anderen Worten …" Er stand auf und stellte die Tasse auf den Tisch. „Wenn es dir gerade nicht passt, dann stellst du deine Gefühle ab wie einen Kochherd?"

„Richtig." Diana wusste in dem Moment, als sie das ausgesprochen hatte, dass es ihr nicht gelungen war, ihm wirklich klarzumachen, was sie meinte. „Nun ja", schränkte sie ein, „zumindest fast richtig."

„Eine ausgesprochen schlechte Verteidigung, Frau Rechtsanwältin. Es ist leicht, sie Punkt für Punkt auseinanderzunehmen."

„Ich bin nicht interessiert an einem Kreuzverhör."

„Keine Angst, das können wir auch ohne ein Gericht klären", antwortete er lächelnd und kam auf sie zu. „Da musst du schon schwerere Geschütze auffahren", sagte er leise, griff nach ihren Schultern und hielt sie fest. Seine Lippen strichen zärtlich über ihre Wangen. „Oder aber, Frau Kollegin, Sie versuchen wenigstens, mir zu glauben."

Diana kämpfte gegen das Verlangen, ihre Arme um ihn zu legen, und versuchte sich mit einer burschikosen Antwort aus der Affäre zu ziehen. „Da kann ich genauso gut aus dem Fenster springen. Gebrochene Knochen handle ich mir in jedem Fall ein."

Caine ließ sie los und wandte sich ab. Wie konnte er verlangen, dass sie ihm vertraute, wo er doch sich selbst nicht mehr sicher war, seit er sie kannte? „Du willst Garantien, Diana, aber die kann ich dir nicht geben – und du mir auch nicht."

„Aber für dich ist es leichter …", begann sie und brach ab, als er mit einer Handbewegung abwinkte.

„Wieso?"

„Das kann ich dir auch nicht erklären. Mir kommt es halt so vor."

Caine stand da und hätte sie am liebsten in die Arme gerissen, hätte ihr alle Zweifel ausgetrieben und sie dazu gebracht, mehr auf ihr Herz als auf ihren Verstand zu hören. Dabei war er sich noch nicht einmal sicher, welche Gefühle ihn beherrschten. Er wusste nur, dass er ihr beibringen wollte, was das Leben noch alles parat hielt an schönen Dingen – Aufregung, Spaß, Leidenschaft.

„Komm, Diana, geh dich anziehen, und lass uns den Tag gemeinsam verbringen. Die Umstände, unter denen wir uns kennengelernt haben, waren nicht sehr glücklich. Gib uns doch eine Chance, ja?"

„Ich weiß nicht, wie diese Chance aussehen sollte."

„Versuch es doch wenigstens – oder sollte Justin das Spielerblut ganz allein geerbt haben?"

„Zumindest habe ich das bisher immer angenommen."

„Ein wenig von einem Spieler haben wir Rechtsanwälte doch auch an uns." Er lächelte, als er Dianas erstaunten Blick sah. „Zumindest suchen wir auch häufig nach Löchern in einem System, die wir für uns ausnutzen können."

„Das Problem ist nur, dass ich im Augenblick gar nicht wie eine Rechtsanwältin denken kann." Diana lehnte sich an die Wand, verschränkte die Arme vor der Brust und lächelte. „Wenn ich das nämlich könnte, hätte ich längst einen Weg gefunden, dich hinauszuwerfen und zurück in mein Bett zu gehen."

Caine nickte. „Über die Möglichkeiten, die dir da zur Verfügung ständen, könnten wir sicherlich stundenlang diskutieren."

„Zweifellos."

„Diana, ich will ehrlich zu dir sein." Er lächelte immer noch, als er eine ihrer Haarsträhnen nahm und sie um seinen Finger wickelte. „Wenn du dich nicht bald anziehst, dann kann ich meine Neugier nicht mehr bezähmen und werde nachsehen, was du unter diesem Morgenmantel noch anhast."

Überrascht zog sie die Brauen hoch und blieb ganz ernst. „So, wirklich?"

„Ja, wirklich. Ich dachte nur, es ist fairer, dich wenigstens vorher zu warnen."

„Nun, wenn das so ist … Mach es dir bequem, ich werde in der Zwischenzeit duschen gehen."

Caine sah ihr nach, als sie zur Schlafzimmertür ging. „Diana …" Sie drehte sich um und sah ihn fragend an. „Sag mir doch wenigstens, was dadrunter ist."

„Nichts", antwortete sie lächelnd. „Überhaupt nichts."

„Das dachte ich mir", murmelte Caine, als sich die Tür langsam hinter ihr schloss. Er wäre ihr gern gefolgt, um das zu überprüfen.

Lachend stieß Diana die Ladentür auf. „Ich kann einfach nicht glauben, dass du das getan hast."

Caine folgte ihr und schloss die Tür hinter sich. „Aber es war doch nur die Wahrheit. Ich habe die gleiche Lampe wirklich in einem anderen Geschäft zwanzig Dollar billiger gesehen."

„Aber musstest du das der Verkäuferin ausgerechnet vor dem Geschäftsführer sagen?"

Caine zuckte mit den Schultern. „Wenn ihm das nicht passt, dann muss er eben dafür sorgen, dass seine Preise konkurrenzfähig sind."

„Ich wäre vor Scham am liebsten im Erdboden versunken, wenn ich nicht so damit beschäftigt gewesen wäre, mein Lachen zu unterdrücken. In dieses Geschäft gehe ich auf jeden Fall nie wieder."

„Solange der seine Preise nicht reduziert, hat das auch wenig Zweck, würde ich sagen."

Diana strich sich die Haare aus dem Gesicht und sah ihn an. „In dir ist wohl doch mehr schottisches Blut, als ich zuerst angenommen hatte."

„Das kann schon sein. Komm, wir sehen uns hier einmal um."

Diana ging an den vielen Ausstellungsstücken entlang, die das Antiquitätengeschäft zu bieten hatte. Mal nahm sie einen kleinen, ganz besonders schönen Spiegel in die Hand, dann drehte sie ein fein geschliffenes Kristallglas zwischen den Fingern und hielt es gegen das Licht. „Jetzt sind wir schon über eine Stunde unterwegs, und ich habe überhaupt noch nichts gekauft", sagte sie über die Schulter hinweg zu Caine. „Dabei hat mir dieser Stuhl vorhin sehr gut gefallen."

„Wir können ja später noch einmal zurückgehen, wenn wir in der Zwischenzeit nichts finden, was dir besser gefällt. Sieh mal hier." Er hatte einen mit Samt ausgeschlagenen Holzkasten gefunden, in dem zwei reich verzierte Duellpistolen lagen. Caine besah sie sich etwas näher und stellte fest, dass die Pistolen zweifellos aus dem schottischen Hochland stammten. Die Schäfte waren kupferbeschlagen und die Kolben wie Widderhörner geformt. Achtzehntes Jahrhundert, vermutete Caine, denn die Spannhähne saßen auf der rechten Seite. Die würden seinem Vater gefallen.

„Sammelst du so etwas?", fragte Diana und blieb neben ihm stehen.

„Nein, mein Vater."

„Sie sind sehr schön."

Caine sah sie überrascht an. „Ziemlich ungewöhnlich für eine Frau, dass sie Waffen schön findet."

Diana schüttelte verneinend den Kopf. „Du vergisst, dass ich einem kriegerischen Volk entstamme. Du übrigens auch", fügte sie hinzu und lächelte. „Nur dass die Komantschen keine solchen Pistolen benutzt haben. Deine Vorfahren dagegen sehr wohl." Sie drehte sich bereits wieder um, begierig, ihre Entdeckungstour durch den Laden fortzusetzen. „Wenn du dafür einen Preis aushandeln willst, sehe ich mich inzwischen weiter um."

Nie hätte sie geglaubt, dass Caine Gefallen daran finden würde, einen Samstagmorgen mit ihr in Antiquitätenläden zu verbringen. Sie begann schon fast, sich an seine Gesellschaft zu gewöhnen und sie als ganz selbstverständlich hinzunehmen.

Wenn Tante Adelaide die Szene vorhin in dem Laden miterlebt hätte, wäre sie vermutlich vor Schreck umgefallen. Diana war froh, dass sie darauf keine Rücksicht mehr nehmen musste. Ihre Tante hatte mit allen Mitteln versucht, aus ihr eine perfekte Dame zu machen, und sie hatte sich nicht getraut, offen dagegen zu rebellieren.

Sicher würde es nicht einfach sein, die eingetrichterten Verhaltensregeln über Bord zu werfen, aber Diana hatte den Eindruck, dass sie bereits Fortschritte machte. Vermutlich war der Tag gar nicht mehr fern, an dem sie bei passender Gelegenheit sogar laut werden würde. *Eine Dame hebt niemals ihre Stimme …* Oh, wie gut hatte sie diesen Satz noch in den Ohren!

Wahrscheinlich hatte damals die Wahl ihres Studiums unbewusst auch etwas mit der Rebellion gegen die Tante zu tun gehabt. Niemals wollte sie eine dieser Anwältinnen werden, die sich nur mit Testamenten und Verträgen beschäftigten. Vor Gericht war es durchaus erlaubt und angebracht, in gewissen Situationen einmal aus der Haut zu fahren. Darüber hinaus hatte Diana die Gabe, sich sehr gut ausdrücken zu können und sich höchst selten in der Wahl ihrer Worte zu vergreifen.

Das Recht hatte sie schon immer fasziniert. Die Vielschichtigkeit der Gesetze, die verschiedenartigen Auslegungen – das waren Dinge, die ihren wachen Verstand reizten.

Als sie an ihren Beruf dachte, gingen ihre Gedanken unweigerlich wieder zu Caine. Wenn er nicht in ihrer Nähe war, gestand Diana sich ein, dass sie diesen Mann genauso wollte wie er sie. Was sie nur immer wieder zurückschrecken ließ, war die Angst vor der Intensität ihrer Gefühle. Es fiel ihm so leicht, Leidenschaft in ihr zu wecken und ihren kühlen Verstand auszuschalten.

Es hatte andere Männer in ihrem Leben gegeben, aber niemals hatte sie dabei so die Kontrolle über sich verloren wie jetzt mit Caine. Sie musste vorsichtig sein, sehr vorsichtig, wollte sie nicht Gefahr laufen, dass Caine MacGregor ihr ganzes Leben über den Haufen warf.

Diana warf einen Blick über die Schulter. Caine hatte gerade eine der Pistolen in der Hand, und unwillkürlich kam ihr der Gedanke, dass er wohl hundert Jahre zuvor keine Rededuelle vor Gericht ausgetragen, sondern eher mit der Waffe in der Hand gekämpft hätte. Und sicherlich hätte er gewonnen, fügte sie in Gedanken hinzu.

Im hinteren Teil des Ladens entdeckte Diana etwas versteckt einen zierlichen gepolsterten Stuhl. Der blassblaue Brokatstoff war noch in sehr gutem Zustand, und als sie einen Blick auf das Preisschild warf, stellte sie fest, dass er genau im Rahmen dessen lag, was sie sich leisten konnte.

Diana richtete sich auf und ließ ihre Blicke durch den Laden wandern, auf der Suche nach einem Verkäufer. Plötzlich sah sie ihn – ihren Schreibtisch! Genauso hatte sie ihn sich vorgestellt. Elegant, nicht zu wuchtig, aus poliertem Kirschbaumholz. Genau das Gegenteil des Schreibtischs, den sie bei Barclay so hässlich gefunden hatte. Die Schubladen hatten zierliche Griffe aus Messing, und die blank polierte Platte schimmerte im Licht. Ein Traum würde in Erfüllung gehen.

Diana konnte ihn sich sofort in ihrem Büro vorstellen, dazu den Stuhl mit dem blauen Polster. Der Schreibtisch voll beladen mit Akten – und das Ganze gegenüber dem Kamin, in dem leise ein Feuer knisterte.

„Ich sehe, du hast ihn gefunden."

Diana griff begeistert nach Caines Arm. „Ist er nicht wunderschön? So hab ich ihn mir vorgestellt. Den oder keinen!"

Lächelnd sah Caine sie an. Er hätte nicht gedacht, dass sie über ein Möbelstück so in Verzückung geraten könnte. Er griff nach ihrer Hand und hielt sie fest, während er sich etwas hinunterbeugte und einen Blick auf das Preisschild warf.

„Du darfst deine Begeisterung nicht so zeigen", wies er Diana an.

„Aber ich …"

„Hör auf mich." Er gab ihr einen Kuss auf die Wange. „Er ist wirklich sehr schön, Liebes. Aber an dem Preis müssen wir noch etwas tun."

„Caine …"

„Kann ich Ihnen helfen?"

Caine drehte sich um und sah den Verkäufer hinter sich stehen, der ihm bereits die Pistolen gezeigt hatte. „Die Dame interessiert sich für den Schreibtisch", sagte er und wiegte zweifelnd den Kopf hin und her. „Allerdings …"

„Ein exquisites Stück", beeilte sich der Verkäufer zu sagen und wandte sich an Diana. „Solche massiven Schreibtische werden heute gar nicht mehr hergestellt."

„Ja, das ist genau das, was ich gesucht habe." Sie strahlte dabei so sehr, dass der Verkäufer sie schon in Gedanken den Scheck ausstellen sah.

„Diana." Caine legte ihr einen Arm um die Schulter und presste sie so fest, dass es beinahe wehtat. Bevor sie jedoch protestieren konnte, gab er ihr einen Kuss auf die Wange. „Wir brauchen noch einiges andere an Möbeln, denk daran. Der Schreibtisch ist wirklich sehr hübsch, aber der andere, den wir uns vorhin angesehen haben, würde es auch tun." Diana wollte schon den Mund öffnen und ihm sagen, dass sie sich bisher überhaupt noch keinen angesehen hätten, aber dann sah sie die Warnung in seinen Augen und hielt sich zurück.

„Ja, sicher. Aber dieser hier gefällt mir doch so gut … Und dazu noch dieser Stuhl." Sie wies auf den blau bezogenen Stuhl.

„Auch da haben Sie hervorragenden Geschmack bewiesen, gnädige Frau", versicherte der Verkäufer eilfertig. „Für eine Dame wie geschaffen – genau wie der Schreibtisch."

„Aber du brauchst auch noch einen zweiten Stuhl für die Klienten, Diana, und dazu noch eine passende Lampe. Für die Preisdifferenz zwischen diesem Schreibtisch und dem, den wir vorhin gesehen haben, könntest du leicht den zweiten Stuhl und die Lampe kaufen."

„Ja, du hast recht." Es fiel Diana schwer, auf sein Spiel einzugehen, aber sie brachte sogar ein entschuldigendes Lächeln für den Verkäufer zustande. „Sie müssen wissen, ich richte mir gerade mein Büro ein, und da muss ich natürlich mit meinem Geld haushalten."

„Ja, ich verstehe schon." Der Verkäufer dachte auch noch an die Pistolen und fragte sich, ob ihm das Geschäft wohl auch durch die Lappen gehen würde. Die Pistolen, der Schreibtisch, zwei Stühle und eine Lampe – nicht schlecht für einen Samstagmorgen. „Wissen Sie, uns kommt es immer sehr darauf an, dass wir unsere Stücke auch an Leute verkaufen, die ihren Wert zu schätzen wissen", sagte er gestelzt. „Wenn Sie einen Augenblick Zeit haben, so würde ich gerne mit meinem Chef sprechen. Wir werden uns bestimmt einig."

„Nun …" Caine kniff Diana in den Arm, um sie davon abzuhalten, zu schnell zuzustimmen.

Am liebsten hätte sie ihm den Ellbogen in die Seite gestoßen. „Wir können uns das Angebot ja einmal anhören, Liebling", hörte sie ihn sagen.

„Wir werden uns inzwischen nach einer Lampe umsehen." Damit nickte er dem Verkäufer freundlich zu und zog Diana mit sich.

„Wenn ich diesen Schreibtisch nicht bekomme, kannst du etwas erleben", flüsterte Diana hinter vorgehaltener Hand, als der Verkäufer verschwand.

„Im Gegenteil, ich bin gerade dabei, dir mindestens zehn Prozent zu ersparen", antwortete er. „Dafür kannst du mich dann zum Mittagessen einladen."

Caine blieb vor einer schlanken Messinglampe mit einem tief gezogenen Glasschirm stehen. „Wie gefällt dir die? Zu dem Schreibtisch würde sie sehr gut passen."

„Oh ja, die ist hübsch." Diana trat noch einen Schritt näher, dann drehte sie den Kopf und sah ihn an. „Ich habe den Eindruck, dir macht das Feilschen sehr viel Spaß, oder?"

„Das steckt mir wohl im Blut. Schließlich verdient mein Vater damit seinen Lebensunterhalt – und nicht einmal schlecht."

„Ich warne dich, Caine. Ich werde den Schreibtisch kaufen, ob sie nun mit dem Preis runtergehen oder nicht."

In diesem Augenblick kam der junge Verkäufer zurück, ein triumphierendes Lächeln auf dem Gesicht. „Ich habe ein sehr gutes Angebot für Sie."

Eine Viertelstunde später folgte Diana Caine hocherfreut aus dem Laden. „Woher hast du gewusst, dass sie zehn Prozent nachlassen würden?"

„Erfahrung", antwortete er, „alles Erfahrungssache."

Diana strich sich verlegen die Haare aus dem Gesicht und sagte dann leise: „Danke für die Lampe. Es war sehr nett von dir, sie mir zu kaufen. Und die Pistolen? Willst du sie deinem Vater schenken?"

„Ja, er hat bald Geburtstag."

„Aber für dich selbst hast du bisher noch gar nichts gekauft", fiel ihr plötzlich ein. „Gibt es denn gar nichts, was du haben willst?"

„Doch." Blitzschnell nahm er sie mitten auf dem Bürgersteig in den Arm und küsste sie.

Die Passanten mussten um die beiden herumgehen. Manche schauten beinahe beleidigt, andere schmunzelten. Zwei Frauen blieben sogar neben ihnen stehen und stießen sich gegenseitig an. „Ist das nicht reizend?" Diana hörte es nicht.

Als Caine sie schließlich losließ, sah Diana sich verstohlen um. „Ich habe fast den Eindruck, du hast es gern, wenn Leute dich anstarren."

Lachend legte er den Arm um ihre Schulter. „Wie wäre es jetzt mit einem Mittagessen?"

„Ja, das hast du dir verdient."

„Du aber auch. Hier gleich um die Ecke gibt es ein hübsches kleines Restaurant."

„Charley?"

Diana war überrascht, dass er es kannte. Sie hatte es während ihrer Studienzeit entdeckt und war oft dort gewesen – allerdings ohne je ihrer Tante etwas davon zu sagen. Bei ihr hätte es bestimmt auf der Liste der Lokale gestanden, die eine Dame nicht aufsuchte.

Das Lokal war ganz im viktorianischen Stil eingerichtet, mit vielen dunkel gerahmten Porträts an den Wänden, Lampen mit gläsernen Schirmen und goldgeränderten langen Spiegeln.

„Möchtest du Wein zum Essen?", fragte Caine und griff über den Tisch hinweg nach ihren kalten Händen. „Das wärmt dich auf."

„Ja, gern. Einen trockenen Rotwein am liebsten." Sie überließ ihm ihre Hände. Der Montagmorgen würde schnell genug kommen, und dann wäre ihr Verhältnis wieder rein geschäftlicher Natur.

„Caine, erzähl mir etwas von deiner Familie", sagte sie plötzlich ganz spontan. „Die MacGregors kennt ja wohl jedes Kind in Boston."

Caine lächelte und strich mit einem Finger sanft über ihren Handrücken. „Wahrscheinlich wirst du den Rest der Familie selbst kennenlernen müssen, um dir wirklich ein Bild davon machen zu können, was nun wahr und was erfunden ist an dem Ruf, den meine Familie hat. Mein Vater ist ein großer, breitschultriger Mann mit roten Haaren, der seine schottische Herkunft niemals verleugnen könnte. Ich glaube, er könnte eine ganze Flasche Whiskey austrinken, ohne mit der Wimper zu zucken. Seine dicken Zigarren dagegen hält er vor meiner Mutter versteckt. Sobald er einen von uns in die Finger bekommt, hält er uns vor, wir sollten doch gefälligst endlich dafür sorgen, dass die Familie MacGregor nicht ausstirbt. Dabei schiebt er immer unsere Mutter vor, weil sie sich doch angeblich so sehr Enkelkinder wünscht. Vermutlich würde er niemals zugeben, dass er sie sich mindestens ebenso sehr wünscht."

Der Ober kam mit dem Wein, ließ Caine kosten und schenkte dann beide Gläser ein. „Und was sagt deine Mutter dazu?", wollte Diana wissen.

„Meine Mutter ist eine sehr ausgeglichene, ruhige Frau – eigentlich das Gegenteil meines Vaters. Wahrscheinlich führen sie deshalb eine so harmonische Ehe." Gedankenverloren spielte Caine mit dem schlanken Goldarmband an Dianas Handgelenk.

„Ich kann mich nur an ganz wenige Gelegenheiten erinnern, bei denen meine Mutter die Beherrschung verloren hat", sagte er leise, mehr zu sich selbst. „Einmal, ich war zufällig im Krankenhaus, als einer ihrer Patienten starb. Bis dahin hatte ich immer gedacht, sie würde alles streng beruflich sehen und ihre Arbeit mit kühler Gelassenheit machen. Da aber wurde mir klar, dass sie zu Hause nur nicht über ihre Berufsprobleme sprechen wollte. Ja, und dann verlor sie noch einmal völlig die Fassung, als Serena entführt worden war."

Diana sah Caine an, dass ihm das heute noch naheging. Sie schloss ihre Finger um seine Hand und drückte sie mitfühlend. „Das muss für euch alle die Hölle gewesen sein. Dieses stundenlange Warten, die Ungewissheit …"

Caine sah sie an und lächelte, dankbar für ihr Verständnis. „Ja, und dann ist da noch Alan", fuhr er fort. „Er ähnelt eher unserer Mutter – sehr ruhig, sehr geduldig. Wenn er allerdings einmal außer sich gerät, schlägt das ein wie eine Bombe, weil keiner es von ihm erwartet."

Diana kostete den Wein und sah Caine über den Rand ihres Glases hinweg an. „Hast du dich oft mit ihm gezankt, als ihr noch Kinder wart?"

„Sicher, mehr als mit Serena, obwohl sie in ihrem Temperament mehr mir gleicht. Außerdem hat sie einen höllischen rechten Haken."

„Willst du damit sagen, dass ihr beide miteinander geboxt habt?", fragte Diana verblüfft.

Caine lächelte. „Manchmal hätte ich es wirklich gern getan, und dann hätte sie es eigentlich auch verdient gehabt. Nein, keine Angst", fügte er hinzu, als er Dianas entsetztes Gesicht bemerkte, „wir haben unsere Kämpfe nie mit den Fäusten ausgetragen. Immerhin ist sie fast vier Jahre jünger als ich und auch kleiner und zierlicher. Sie war wild wie ein Junge, und erst als sie so etwa vierzehn war, habe ich zum ersten Mal zu meiner großen Überraschung festgestellt, dass sie ja wirklich ein Mädchen ist."

Aus seinen Schilderungen war ganz leicht zu entnehmen, wie sehr Caine seine Familie liebte. Es gab Diana einen Stich, wenn sie daran dachte, wie glücklich seine Kindheit und Jugend doch verlaufen waren. „Du hast eine glückliche Kindheit gehabt, nicht wahr?", sprach sie ihre Gedanken aus. „Zuerst war ich eifersüchtig darauf, als ich sah, wie liebevoll du und Serena miteinander umgingt. Weißt du, es war ganz seltsam, als ich an meinem letzten Tag in Atlantic City zu Justin ging und mit ihm sprach. Je wütender ich wurde, umso mehr schien die Distanz zwischen uns zu schwinden. Als dann meine Wut abgeflaut war, gab es nichts mehr, was zwischen uns stand." Sie sah ihn an und schmunzelte. „Auf dich war ich ebenfalls wütend, weil ich im Grunde genau spürte, dass du recht hattest." So viel Ehrlichkeit war ihr neu. „Allmählich freue ich mich darauf, wenn wir uns einmal als Gegner im Gerichtssaal gegenüberstehen", konnte sie nun beruhigt sagen.

„Seltsam, das hab ich mir vorhin auch überlegt. Das wird mit Sicherheit ein interessanter Kampf."

Der Ober brachte das Essen und schenkte noch einmal Wein nach. „Schmeckt köstlich", sagte Diana und lehnte sich zurück.

6. Kapitel

Nachdem sich Diana einen Abend lang in die Akte von Chad Rutledge eingelesen hatte, war sie nicht mehr sicher, ob Caine ihr mit diesem Fall wirklich einen Gefallen getan hatte.

Der Junge hatte seine Lage dadurch noch verschlechtert, dass er bei seiner Festnahme Widerstand leistete. Aus der Akte ging hervor, dass er einen der Beamten sogar geohrfeigt hatte. Chad leugnete beharrlich die Vergewaltigung und erklärte, dass er mit Beth Howard, dem angeblichen Opfer, schon seit einem halben Jahr intim befreundet gewesen sei. Beth dagegen hatte das abgestritten und erklärt, sie seien nur lose befreundet gewesen.

Noch bevor der Bericht des Arztes einen Sexualverkehr bestätigte, hatte Chad bereits zugegeben, dass er am Abend der Tat mit Beth geschlafen hatte. Als Beth von ihrer Mutter zur Untersuchung ins Krankenhaus gebracht wurde, war das Mädchen verletzt gewesen und beinahe hysterisch geworden.

Seufzend schloss Diana die Akte und strich sich über die Stirn. Sie hatte sich ihre Meinung gebildet und wartete jetzt darauf, dass man Chad in das kleine Besprechungszimmer brachte. Diana blickte auf die schmucklosen gekalkten Wände. Der Samstagmorgen mit Caine schien meilenweit entfernt zu sein.

Die schwere Eisentür mit dem eingelassenen kleinen Fenster wurde geöffnet, und zum ersten Mal stand Chad Rutledge Diana gegenüber.

„Ich warte draußen vor der Tür, Frau Rechtsanwältin", sagte der Aufseher, während Chad sich auf einen der Stühle fallen ließ.

Diana dankte dem Mann und wandte sich dann ihrem Klienten zu. Er sah jünger aus als auf den Bildern. Seine dichten Haare waren ungekämmt, und seine dunklen Augen starrten uninteressiert in den Raum. Dann fiel Dianas Blick auf seine Hände. Sie waren ständig in Bewegung, er ballte sie zu Fäusten, öffnete sie wieder, verschränkte sie ineinander. Wenn ihm auch sonst nichts anzumerken war, so verrieten seine Hände doch die Nervosität, die in dem Jungen steckte.

„Ich bin Diana Blade", begann sie ruhig und gestand sich gleichzeitig ein, dass auch sie nicht frei von Nervosität war. „Ich werde Ihren Fall übernehmen, wenn Sie damit einverstanden sind." Chad zuckte nur gleichgültig mit den Schultern und gab keine Antwort. „Mr. MacGregor hat bisher mit Ihnen und Ihrer Mutter gesprochen, aber er hat Ihre Sache an mich weitergegeben, weil ich mehr Zeit habe, mich intensiv um Ihre Verteidigung zu kümmern."

„Kann eine Frau denn überhaupt einen Mann verteidigen, der wegen Vergewaltigung angeklagt wird?", fragte er unfreundlich, vermied es aber immer noch, Diana direkt anzusehen.

„Sie werden die beste Verteidigung bekommen, die ich Ihnen geben kann. Dabei spielt es überhaupt keine Rolle, dass ich eine Frau bin", antwortete Diana. „Sie haben Mr. MacGregor bereits die ganze Geschichte erzählt. Ich möchte Sie bitten, sie mir noch einmal zu schildern."

Chad rutschte auf seinem Stuhl herum und legte dann lässig einen Arm über die Lehne. „Haben Sie eine Zigarette?"

„Nein, ich bin Nichtraucherin."

Er murmelte etwas, das Diana nicht verstand, und zog dann eine zerknüllte Zigarettenschachtel aus seiner Hemdtasche. „Wenigstens hat dieser MacGregor mir eine Frau geschickt, die gut aussieht", sagte er und ließ seinen Blick provozierend über Dianas Körper wandern. Sie wartete geduldig ab, bis er ihr zum ersten Mal ins Gesicht sah.

„Meinen Sie nicht, wir sollten dieses Geplänkel lassen und endlich zur Sache kommen?"

Überrascht zog er die Brauen hoch. „Sie haben doch den Polizeibericht in den Akten, was soll ich da noch viel erzählen?", fragte er aggressiv und zog an seiner Zigarette.

„Schildern Sie mir, was an jenem zehnten Januar geschah." Diana holte einen Block und einen Kugelschreiber aus ihrem Aktenkoffer und wartete. „Chad, Sie stehlen mir meine Zeit", sagte sie schließlich, als der Junge keine Anstalten machte, mit seinem Bericht zu beginnen. „Und außerdem verschwenden Sie das Geld Ihrer Mutter."

Er stieß den Rauch der Zigarette aus. „Am zehnten Januar bin ich aufgestanden, habe geduscht, mich angezogen, gefrühstückt, und dann bin ich zur Arbeit gegangen."

Diana beschloss, sich von ihm nicht provozieren zu lassen. „Sie arbeiten als Mechaniker in der Mayne-Werkstatt?", fragte sie ruhig.

„Ja." Diesmal sah er sie an und grinste. „Soll ich Ihr Auto frisieren?"

Diana ging nicht darauf ein. „Waren Sie den ganzen Tag über in der Werkstatt?"

„Ja." Wieder blies er betont langsam den Rauch aus. „Wir hatten eine Reparatur an einem Mercedes durchzuführen. Für ausländische Wagen bin ich nämlich zuständig."

„Und wann haben Sie Feierabend gemacht?"

„Um sechs", antwortete er schon etwas bereitwilliger.

„Wohin sind Sie dann gegangen?"

„Nach Hause, zum Abendessen."

„Und dann?"

„Na, was schon? Ich bin ausgegangen. Hab mich umgesehen, was an dem Abend so auf der Straße war, verstehen Sie?"

„Und wie lange sind Sie so rumgelaufen?"

„Ein paar Stunden." Chad zog so heftig an seiner Zigarette, dass sie rot aufglühte. „Und dann hab ich Beth Howard vergewaltigt."

Diana gab sich Mühe, sich nicht anmerken zu lassen, wie sehr sie dieser Satz getroffen hatte. Sie schrieb weiter, und ohne aufzusehen fragte sie: „Chad, wollen Sie Ihre Aussage ändern?"

Er lehnte sich nach vorn, eine Hand zur Faust geballt. „Ich hab nur eingesehen, dass ich nicht durchkomme mit dem, was ich bisher gesagt habe."

„Gut, erzählen Sie weiter." Als er schwieg, sah Diana ihn an. „Schildern Sie die Vergewaltigung."

„Macht Sie das etwa an?"

Sie blieb ganz ruhig und überging geflissentlich die Frage. „Haben Sie zuerst Ihren Wagen geholt?"

„Ja." Die Zigarette war so weit heruntergebrannt, dass er sich jeden Moment die Finger verbrennen musste. „Beth kam gerade aus dem Kino, und da hab ich ihr angeboten, sie nach Hause zu fahren. Wir beide sind zusammen zur Schule gegangen. Sie erkannte mich, und so stieg sie ein. Eine Zeit lang haben wir uns unterhalten – so über alles Mögliche, wie es uns ergangen ist seit der Schule, was wir jetzt machen. Sie gefiel mir immer besser, während ich mit ihr durch die Gegend fuhr, und schließlich hab ich ihr weisgemacht, ich müsste unbedingt noch was aus der Werkstatt holen."

„Und sie hat nicht protestiert?"

Diana entging es nicht, dass sich auf seiner Stirn Schweißperlen gebildet hatten. „Ich hab ihr gesagt, dass ich unbedingt noch Werkzeug holen müsste. Als wir ankamen, bin ich über sie hergefallen."

„Hat sie sich gewehrt?"

„Ja, ich hab ein paarmal zugeschlagen." Er griff in die Hemdtasche und holte noch eine Zigarette heraus. Diana sah, dass seine Finger zitterten.

„Und dann?"

„Dann hab ich ihr das Zeug vom Leib gerissen und sie vergewaltigt!", schrie Chad sie plötzlich an. „Was wollen Sie eigentlich noch alles hören? Jede Einzelheit?"

„Was trug Beth an jenem Abend?"

Er hielt die noch nicht angezündete Zigarette zwischen den Fingern, während er sich mit der freien Hand durchs Haar strich. „Eine graue Cordhose."

„Sind Sie sich da ganz sicher?"

„Ja, ja, ich bin mir sicher. Einen rosa Pullover mit weißem Kragen und die graue Cordhose."

„Und beides haben Sie ihr vom Leib gerissen?"

„Ja, hab ich doch schon gesagt."

Diana legte den Kugelschreiber zur Seite und sah ihn an. „Es hatte ihr aber niemand die Kleider vom Leib gerissen, Chad. Was Beth an dem Abend trug, war völlig unversehrt."

„Quatsch! Das muss ich doch besser wissen." Er strich sich über die schweißnasse Stirn. „Dann hat sie sich eben umgezogen, bevor ihre Mutter sie ins Krankenhaus gebracht hat."

„Nein, das Mädchen hatte die Sachen an, die Sie beschrieben haben, und die waren in Ordnung. Sie haben ihr weder die Kleider vom Leib gerissen, Chad, noch haben Sie sie vergewaltigt. Warum wollen Sie mir etwas vormachen?"

Der Junge warf die Zigarette in den Aschenbecher, stützte beide Ellbogen auf den Tisch und vergrub sein Gesicht in den Händen. „Verdammt! Warum kann ich denn nie etwas richtig machen?"

Diana schwieg einen Moment und sah auf den gesenkten Kopf des Jungen. Dann sagte sie leise: „Und Sie haben ihr auch nicht die Schrammen im Gesicht beigebracht, nicht wahr?"

Langsam schüttelte Chad den Kopf, hielt seine Augen aber immer noch verborgen. „Nein", flüsterte er. „Ich könnte ihr niemals wehtun."

„Sie lieben sie, ja?"

„Ja.“

„Fangen Sie noch einmal von vorn an“, befahl Diana ihm mit fester Stimme. „Aber diesmal erzählen Sie mir die Wahrheit.“

Mit einem tiefen Seufzer nahm Chad die Hände vom Gesicht und begann zu erzählen.

Beth und Chad waren wirklich zusammen zur Schule gegangen, ohne dass sie sich allerdings jemals besonders beachtet hätten. Sie waren in unterschiedlichen Cliquen und hatten überhaupt keine Berührungspunkte. Dann aber, vor etwa einem halben Jahr, hatte sie eines Tages ein Auto zur Reparatur in die Werkstatt gebracht, in der Chad arbeitete. Da hatte es plötzlich zwischen den beiden gefunkt.

Sie hatten sich ein paarmal verabredet, aber als ihr Vater dahinterkam, hatte er Beth den Umgang mit Chad verboten und von ihr verlangt, dass sie mit dem Jungen Schluss mache. Von da an trafen sie sich heimlich.

„Es war beinahe wie ein aufregendes Spiel“, sagte Chad und lachte unsicher. „Keiner wusste davon, noch nicht einmal meine Freunde oder die Mädchen, mit denen sie befreundet war. Zu Hause erfand sie immer andere Ausreden, um mich sehen zu können. Wenn es ihr gelang, sich abends aus dem Haus zu stehlen, gingen wir in die Werkstatt, haben miteinander geredet und uns geliebt. Ich hatte schon begonnen, von meinem Lohn jeden Monat etwas abzuzweigen, damit wir bald heiraten konnten.“

„Was ist in der Nacht passiert, als man Sie festgenommen hat?“

„Wir hatten Streit miteinander. Beth sagte, sie wolle so nicht mehr weitermachen, mit diesen Heimlichkeiten. Es war ihr egal, dass wir noch nicht genug Geld zusammenhatten, sie wollte unbedingt von daheim weg und sofort heiraten. Ich konnte sagen, was ich wollte, sie war einfach nicht davon abzubringen. Schließlich begann sie zu weinen, sprang auf, lief zu ihrem Auto und fuhr ab. Ich hab noch ein paar Bier getrunken, bevor ich nach Hause gegangen bin. Dann kam plötzlich die Polizei.“

„Aber wieso ist Beth darauf gekommen, Sie wegen Vergewaltigung anzuzeigen?“

„Ich weiß den Grund.“ Seine Augen waren abgrundtief traurig, als er Diana ansah. „Sie hat mir über meine Mutter heimlich einen Brief zukommen lassen. Als sie an jenem Abend nach Hause kam, war sie immer noch wütend auf mich. Ihr Vater stellte sie zur Rede, und sie hat ihm alles erzählt. Er muss völlig den Verstand verloren haben, als er hörte, dass das mit uns immer noch ging. Er hat sie geschlagen, angeschrien und schließlich sogar gedroht, uns beide zu töten, wenn sie nicht endlich zur Vernunft komme. Beth war so durcheinander, dass sie ihm die Drohung geglaubt hat."

Chad strich sich mit den Händen über die Stirn. Er musste tief durchatmen, bevor er weitersprechen konnte. „Als ihre Mutter nach Hause kam, war Beth beinahe hysterisch vor Angst. Ihr Vater erfand die Geschichte mit der Vergewaltigung und rief die Polizei. Nachher hat ihre Mutter sie dann ins Krankenhaus gefahren."

„Wo ist der Brief?"

„Ich hab ihn zerrissen und durch die Toilette gespült, damit man ihn nicht bei mir fand."

„Sollte Beth Ihnen noch einmal schreiben, geben Sie mir den Brief bitte sofort."

„Sehen Sie, ich will nicht, dass man ihr noch mehr antut." Chad streckte die Hände aus und sah Diana flehentlich an. „Als die Polizisten kamen, war ich zu Tode erschrocken, und als ich dann erfuhr, was man mir vorwarf, hab ich zuerst sogar geglaubt, Beth hätte das mit Absicht gemacht, um mich zu strafen." Er lehnte sich zurück und straffte die Schultern. „Jetzt weiß ich, wie alles gekommen ist, und ich muss Beth schützen. Die paar Jahre Gefängnis werde ich wohl auch überstehen."

„Gefällt es Ihnen hier etwa so gut, Chad?" Diana schob ihren Notizblock beiseite und sah ihn eindringlich an. „Ihre Zeit hier ist ein Luxushotel im Vergleich zum Staatsgefängnis, in das Sie dann gebracht werden."

„Es wird ja nicht für ewig sein."

„Chad, reden Sie keinen Unsinn. Denken Sie doch auch einmal daran, wie Beth sich fühlen wird, wenn sie weiß, dass Sie unschuldig hinter Gittern sitzen. Wollen Sie etwa zwanzig Jahre Ihres Lebens einfach wegwerfen, und meinen Sie, Beth würde so lange auf Sie warten?"

Diana spürte, dass sie allmählich in Panik geriet, als ihre Worte bei dem Jungen offenbar auf taube Ohren stießen. „Und was ist mit dem Vater von Beth? Wollen Sie den etwa ungeschoren davonkommen lassen? Chad, Sie erwartet eine Anklage wegen Vergewaltigung. Ist Ihnen das klar? Die Höchststrafe ist lebenslänglich."

Allmählich sah sie eine Reaktion im Gesicht des jungen Mannes. Jetzt durfte sie nicht nachlassen, musste ihn auf jeden Fall umstimmen.

„Sie werden in den Zeugenstand gerufen, Chad, und Beth ebenso. Sie müssen beide dem Gericht in allen Einzelheiten schildern, was vorgefallen ist. Können Sie das – bei einer Straftat, die Sie gar nicht begangen haben?"

„Aber wenn ich mich von vornherein schuldig bekenne …"

Diana griff nach ihrem Notizblock und legte ihn wieder in den Aktenkoffer. „Wenn Sie unbedingt den Helden spielen wollen, weil Ihre Freundin Angst vor ihrem Vater hat, dann werden Sie sich einen anderen Anwalt suchen müssen. Ich verteidige keine Dummköpfe."

Sie wollte aufstehen, aber da griff Chad plötzlich nach ihrem Arm. „Ich will ihr doch nur nicht noch mehr wehtun, verstehen Sie das doch. Sie ist so durcheinander und weiß nicht, was sie tun soll."

„Wenn Beth Sie wirklich liebt, Chad, dann muss sie ihre Angst überwinden und gegen ihren Vater aussagen."

Seine Finger gruben sich in ihren Arm. „Sagen Sie mir, was ich tun soll."

Endlich ließ die Spannung in Diana nach. Sie atmete tief durch. „Also gut", sagte sie und setzte sich wieder.

Als Diana eine Stunde später wieder ins Büro zurückkam, war sie ziemlich erschöpft.

„Sie sehen aus, als könnten Sie einen starken Kaffee gebrauchen", sagte Lucy nach einem Blick in Dianas Gesicht.

Sie versuchte ein Lächeln. „Sieht man mir das an?"

„Warten Sie, ich brüh schnell welchen auf." Bevor Lucy aufstehen konnte, klingelte wieder das Telefon.

„Schon gut, ich mache das", sagte Diana und ging in die kleine Küche. Sie sah immer noch Chads blasses Gesicht vor sich.

Während sie ihren Mantel über einen der Stühle legte, versuchte sie sich vorzustellen, in welcher Verfassung Beth jetzt war. Es gab für Diana keine Möglichkeit, an das Mädchen heranzukommen, solange der Prozess nicht eröffnet war. Sie musste abwarten, bis Chad und Beth sich im Gerichtssaal zum ersten Mal wieder gegenüberstanden.

Mit beiden Händen massierte sie ihren schmerzenden Nacken und sah zum Fenster hinaus. Den Kaffee hatte sie völlig vergessen. Wenn sie Glück hatte, würde es ihr schon zu Anfang des Prozesses gelingen, aus Beth die Wahrheit herauszuholen. Aber wenn das Mädchen wirklich so viel Angst vor seinem Vater hatte, dann würde es schwer werden. Vielleicht liebte sie Chad auch gar nicht und hatte ihre Affäre mit ihm nur als ein Abenteuer betrachtet.

„War der Morgen schlimm?", kam plötzlich Caines Stimme von der Tür her.

Diana drehte sich um. „Ja." Es tat so gut, ihn zu sehen. Endlich jemand, mit dem sie die Sache durchsprechen konnte, der sie verstehen würde. „Bist du sehr beschäftigt?"

Caine dachte an die Akten, die oben auf seinem Schreibtisch auf ihn warteten. Trotzdem schüttelte er den Kopf. „Nein, aber ich könnte jetzt einen Kaffee gebrauchen." Er nahm die Dose vom Regal, füllte die Kaffeemaschine und stellte sie an. „Hast du Chad Rutledge besucht?"

„Oh Caine, das ist so ein armer Junge." Diana ließ sich auf einen der Stühle am kleinen Küchentisch fallen. „Er wollte mir den starken Mann vorspielen, doch seine Finger zitterten, und auf seiner Stirn stand der Schweiß …"

„War es schwer mit ihm?"

„Zuerst hat er versucht, mich auszuspielen, dann gestand er plötzlich, dass er Beth Howard vergewaltigt hätte."

Caine wollte gerade den Kaffee einschenken. Mitten in der Bewegung stoppte er. „Was sagst du da?"

„Ja, er hat ein volles Geständnis abgelegt. Aber als ich ihn dann nach Einzelheiten fragte, hat er sich immer mehr in Widersprüche verwickelt. Er wollte mir einreden, dass er mit Beth zur Werkstatt gefahren sei, dass sie sich gewehrt habe und er ihr dann die Kleider vom Leib gerissen und sie vergewaltigt habe."

„Aber ihre Kleidung war nicht zerrissen", wandte Caine ein.

„Richtig, das habe ich ihm auch vorgehalten. Schließlich stellte sich heraus, dass er sich diese ganze Geschichte nur ausgedacht hatte, um das Mädchen zu schützen."

Caine nahm einen Schluck Kaffee und lehnte sich zurück, während Diana ihm ausführlich von ihrem Gespräch mit Chad erzählte. Sie war sich gar nicht bewusst, wie genau Caine sie beobachtete. Er fand schnell heraus, dass Diana vergeblich dagegen ankämpfte, persönliche Gefühle in diesen Fall einzubringen.

„Wenn Chad die Wahrheit gesagt hat, dann wird Beth mit Sicherheit im Zeugenstand zusammenbrechen und den wahren Sachverhalt schildern", sagte Caine, als Diana geendet hatte.

„Caine, ich glaube dem Jungen. Er wollte sie mit seinem Schuld-eingeständnis wirklich nur beschützen. Als ich ihn in die Enge getrie-ben hatte, rückte er mit der Wahrheit heraus." Diana griff nach ihrem Aktenkoffer und zog ein Blatt heraus. „Ich habe eine Liste mit ihren gemeinsamen Freunden und Bekannten. Die beiden meinen zwar, sie hätten ihr Verhältnis vor aller Welt geheim gehalten, aber vielleicht ist ihnen das ja doch nicht ganz gelungen."

Caine sah, wie nah ihr die Sache ging, und er machte sich Vorwürfe, dass er ihr diesen Fall übertragen hatte. Einerseits hatte er gewollt, dass etwas von Dianas sorgsam aufgebauter Schutzmauer abbröckeln würde. Andererseits wusste er jedoch, dass sie darunter leiden würde, wenn sie den Fall nicht mehr objektiv betrachtete, sondern emotional reagierte.

Diana sah ihn besorgt an. „Hoffentlich war ich nicht zu hart zu ihm."

„Mach dir keine Vorwürfe", antwortete Caine. „Wir können un-sere Klienten nicht immer mit Samthandschuhen anfassen, das weißt du doch."

„Ja, sicher. Und trotzdem … Mir ist noch niemals vorher klar ge-worden, dass Worte allein eine solch gefährliche Waffe sein können. Ich habe ihn ganz bewusst in die Enge getrieben, bis er keinen Aus-weg mehr sah. Er war ganz bleich, die Finger zitterten, auf seiner Stirn stand Schweiß. Der Junge hat mir so leidgetan, Caine, und trotzdem habe ich ihm kein Zeichen meiner Sympathie gegeben."

„Du hast völlig richtig gehandelt, Diana, und du hast ihm damit geholfen, dass du nicht weich geworden bist und aus lauter Mitleid seine Lüge geglaubt hast. Sympathie und Mitgefühl bekommt er von seiner Mutter. Du hast die Aufgabe, ihm die bestmögliche Verteidi-gung zu geben."

„Ja, du hast recht. Ich muss abwarten, bis ich Beth im Zeugenstand vernehmen kann. Und dann muss es mir gelingen, ihren Vater ausein-anderzunehmen. Selbst wenn alles so abläuft, wie ich mir das wünsche, wird den Mann keine hohe Strafe erwarten. Falsche Zeugenaussage vor der Polizei – was bringt das schon? Der Junge dagegen würde Jahre im Gefängnis verbringen, wenn man ihm die Vergewaltigung glauben würde."

Caine sah sie eine Weile lang nachdenklich an und wartete, bis sich ihre Blicke trafen. „Diana, denk dran", sagte er leise, „Chad ist nicht Justin."

Sie zuckte zusammen. „Ist es wirklich so einfach, meine Gedanken zu lesen?"

„Manchmal ja."

„Es war schwierig für mich, keine Vergleiche zwischen den beiden anzustellen", gab sie zu. „Chad gibt sich auf den ersten Blick genauso männlich und stark wie Justin damals in seinem Alter. Ich sah ihn in der Zelle, und plötzlich hatte er Justins Gesicht. Dabei fiel mir dann dein so oft zitiertes ‚Schicksal' ein." Diana lachte und sah ihn fragend an. „Ob dieser Fall ein Wink des Schicksals ist?"

„Diana, du verlierst deine Objektivität." Es fiel Caine schwer, sie darauf hinzuweisen. Lieber hätte er sie in den Arm genommen und getröstet. „Und wenn du nicht objektiv an einen Fall herangehst, hast du schon verloren, bevor du den Gerichtssaal überhaupt betreten hast."

„Ich weiß", gab sie einsilbig zur Antwort und ballte die Fäuste. „Aber ich werde schon damit fertigwerden, bevor ich Chad noch einmal im Gefängnis besuche."

Caine stand auf, griff nach Dianas Armen und zog sie hoch. Sie ließ es geschehen, dass er sie fester an sich zog, aber sie legte ihre Arme nicht um ihn.

In diesem Augenblick wusste Caine, dass er sie mehr begehrte als jemals zuvor. Zum ersten Mal ging es ihm nicht nur darum, ihren Körper zu spüren und sie zu küssen, sondern er wollte mehr – er wollte teilhaben an ihren Gedanken, ihren Gefühlen. Wollte ihr helfen und ihr so nah sein wie nie zuvor.

Diana hob den Kopf und sah ihn an. Ihr war, als ruhten seine Augen fragend auf ihrem Gesicht, aber seiner Miene war nicht anzusehen, was er wissen wollte. Dann kam sein Mund immer näher und berührte schließlich ihre Lippen.

Dieser Kuss war anders als alle anderen bisher. Sein Mund war sanft und zärtlich – beinahe so, als hätte er niemals zuvor eine Frau geküsst.

Caines Hände lagen auf ihrem Rücken, aber er zog sie nicht enger an sich. Es schien Diana, als wollte er sie beim ersten Anzeichen von Gegenwehr sofort loslassen können. Sie stand ganz still, hatte die Augen geschlossen und wünschte sich, dass dieser Kuss nie zu Ende gehen möge.

Als er sie schließlich etwas von sich schob, sahen sie sich lange schweigend an. Dann wandte Caine sich ab, ging zurück zum Tisch und trank seinen Kaffee aus.

„Fühlst du dich besser?", fragte er leise.

„Ja." Diana sah zu ihm hinüber und lächelte. „Ich glaube, ich gehe jetzt am besten in mein Büro und arbeite Chads Verteidigung aus. Morgen früh kommt übrigens Mrs. Walker zu mir." Sie sah Caines fragenden Gesichtsausdruck und fügte hinzu: „Die Scheidungssache, die du mir gegeben hast. Ich muss noch einiges dazu lesen."

„Oh ja." Caine stellte die Tasse weg. „Dein Telefon ist heute Morgen angeschlossen worden", sagte er.

„Gut." Diana griff nach ihrem Aktenkoffer. „Ich gehe dann nach oben."

„Diana ..." Caines Stimme hielt sie zurück. „Hast du außer Mrs. Walker morgen sonst noch etwas?"

„Nein, keine Termine, aber dafür jede Menge Schreibarbeit."

„Ich muss nach Salem fahren und da jemanden in der Sache Day vernehmen. Hast du nicht Lust, mitzufahren? Die Fahrt dorthin ist sehr schön, und du könntest dir ja Arbeit mitnehmen und sie erledigen, während ich die Vernehmung durchführe."

„Ja, das könnte ich wirklich", antwortete sie. „Gut, ich fahre mit. Wahrscheinlich ist das sowieso für längere Zeit mein letzter freier Nachmittag."

„Okay, dann fahren wir direkt nach deinem Termin mit Mrs. Walker los."

Eine Weile standen sie schweigend in der kleinen Küche und sahen sich an. Seltsam, schoss es Diana durch den Kopf, dass zwei wortgewandte Menschen Probleme haben können, miteinander zu reden. „So gegen halb elf oder elf werde ich wohl fertig sein", sagte sie und suchte krampfhaft nach weiterem Gesprächsstoff. „Nun, dann gehe ich wohl besser nach oben."

Caine nickte nur und schenkte sich noch eine Tasse Kaffee ein. Dann setzte er sich wieder an den Tisch und stützte seinen Kopf mit beiden Händen. Was zum Teufel war denn nur in ihn gefahren? Als ihm die Idee mit der Fahrt nach Salem gekommen war, hatte er sich gefühlt wie ein Sechzehnjähriger, der sein erstes Rendezvous verabreden will. Nein, dachte er plötzlich und schüttelte den Kopf, selbst das stimmte nicht. Schon in dem Alter hatte er keine Schwierigkeiten gehabt, sich mit einem Mädchen zu verabreden.

Caine zündete sich eine Zigarette an und sah lange nachdenklich auf die Glut. Mit dem anderen Geschlecht hatte er noch nie

Schwierigkeiten gehabt und sich kaum je einen Korb eingehandelt. Er wusste, dass er keinen Abend allein verbringen musste, wenn er das nicht wollte.

Die Frage war allerdings, warum er in letzter Zeit alle Abende allein verbracht hatte. Und warum er seit dem Augenblick, als er Diana auf dem Flughafen gesehen hatte, an keine andere Frau mehr dachte.

Je länger Caine grübelte, umso mehr drehten sich seine Gedanken im Kreis. Er war eigentlich sehr stolz auf sein analytisches Denkvermögen, aber in diesem Fall nutzte ihm das gar nichts. Es gelang ihm einfach nicht, einen klaren, einleuchtenden Grund dafür zu finden, dass mit Diana alles anders war als mit jeder anderen Frau vorher.

Er fühlte sich unwohl – ja, zumindest das konnte er mit Bestimmtheit sagen, aber das war auch das einzige Gefühl, dessen er sich wirklich sicher war.

Caine sehnte sich nach Diana, begehrte sie und wollte sie haben. Doch diese Situation hatte er schon unzählige Male in seinem Leben gehabt, ohne sich je dabei unwohl zu fühlen – ganz im Gegenteil.

Aber was hatte ihn dann vorhin bewegt, als er sie in seinen Armen gehalten und geküsst hatte? Da hatte er sie nicht begehrt, aber er war auch weit davon entfernt gewesen, sie wie eine Schwester zu küssen.

Seufzend stand Caine auf und ging hinüber zum Fenster. Wenn er sich unwohl in ihrer Nähe fühlte, warum hatte er sie eigentlich gefragt, ob sie mit ihm nach Salem fahren wolle? Weil er trotzdem so oft wie möglich mit ihr zusammen sein wollte?

Er spürte, dass er ganz nahe daran war, die Antwort auf all diese Fragen zu finden. Schnell wandte er sich vom Fenster ab und versuchte für einen Moment an gar nichts zu denken. Er konzentrierte sich auf den bitteren Geschmack des restlichen Kaffees, der schon fast kalt war, hörte das Rauschen des Windes draußen und das Läuten des Telefons auf Lucys Schreibtisch.

Aber lange konnte er den Gedanken nicht unterdrücken, der ihn so erschreckt hatte. Konnte es wirklich sein, dass er Diana liebte? Nein, das war doch nicht möglich. Liebe war ein Wort, das er noch nie einer Frau gegenüber benutzt hatte. Liebe bedeutete Bindung, Treue, Unfreiheit. Alles Begriffe, die für ihn bisher unangenehm und lästig waren und denen er immer erfolgreich aus dem Weg gegangen war.

Wütend nahm er die Tasse und goss den Inhalt ins Spülbecken. Wahrscheinlich hatte er in letzter Zeit nur zu viel gearbeitet, zu viele Nächte über Akten verbracht und sich mit den Problemen fremder Menschen auseinandergesetzt. Was er jetzt brauchte, war eine Verabredung mit einer netten, unproblematischen Frau, danach acht Stunden Schlaf, und dann würde die Welt schon wieder ganz anders aussehen.

7. Kapitel

Diana hätte die Fahrt noch mehr genießen können, wenn sie nicht immer das Gefühl gehabt hätte, dass irgendetwas nicht stimmte. Caine war nett und freundlich, die Unterhaltung zwischen ihnen riss nicht ab, und doch wurde sie den Eindruck nicht los, dass es etwas gab, über das er nicht sprechen wollte.

Vielleicht lag es aber auch nur an ihr. Seit ihrer Begegnung mit Chad war sie die Spannung nicht mehr losgeworden, die sich in ihr aufgebaut hatte. Es ärgerte sie, dass sie es bisher noch nicht geschafft hatte, den Fall objektiv und ohne Gefühlsaufwallung zu sehen. Ein guter Anwalt musste dazu in der Lage sein, das wusste Diana, aber es war nicht so leicht, ihre Emotionen unter Kontrolle zu bekommen.

„Du hast mir gar nicht erzählt, wen du in Salem vernehmen willst", sagte sie plötzlich.

„Großtante Agatha."

Auch Caine fiel es schwer, seine Gedanken wieder in die Wirklichkeit zurückzuholen. Seit gestern Abend versuchte er vergeblich, sich davon zu überzeugen, dass das Durcheinander in seinen Gefühlen ausschließlich auf den Day-Fall zurückzuführen sei, den er im Moment bearbeitete. Es konnte einfach nicht sein, dass persönliche Bindungen in ihm ein solches Chaos hervorriefen.

„Du kannst mir ruhig sagen, wenn du darüber nicht sprechen willst", sagte Diana auf seine einsilbige Antwort hin.

Caine schmunzelte. „Agatha ist die Großtante von Virginia Day." Sprich mit ihr darüber, ermahnte er sich selbst. Vielleicht würde es ihm helfen, endgültig herauszufinden, dass nur dieser Fall ihm momentan so sehr in den Knochen steckte, dass er sich fast selbst nicht mehr wiedererkannte. „Sie muss eine ganz außergewöhnliche Frau sein und darüber hinaus diejenige, die Virginia mit Abstand am besten kennt. Sie hat einige Tage Urlaub in Salem gemacht und liegt jetzt dort im Krankenhaus, weil sie sich beim Schlittschuhlaufen die Hüfte gebrochen hat."

„Wie alt ist die Frau denn?"

„Achtundsechzig."

„Ein etwas ungewöhnlicher Sport für eine Frau in dem Alter, findest du nicht?"

„Hm …", antwortete Caine nur und konzentrierte sich auf den dichten Verkehr.

„Und was versprichst du dir von ihrer Aussage?"

„Die Anklage lautet auf Mord. Zuallererst will ich beweisen, dass Ginnie die Angewohnheit hatte, ständig eine Waffe mit sich herumzutragen. Wenn ich den Geschworenen klargemacht habe, dass Ginnie als Selbstschutz immer eine Pistole bei sich hatte, dann wird es nicht mehr so schwierig sein, sie davon zu überzeugen, dass sie wirklich nur Laura Simmons' Wohnung aufgesucht hat, um ihren Mann dort in flagranti mit seiner Geliebten zu überraschen – nicht aber, um ihn zu töten."

„War das der erste Seitensprung in dieser Ehe?", fragte Diana interessiert.

„Der Privatdetektiv, den Ginnie Monate vorher bereits auf ihren Mann angesetzt hatte, hat herausgefunden, dass Dr. Francis Day absolut kein Heiliger war. Wenn es mir gelingt, den Bericht des Detektivs als Beweismittel vorzulegen, wird das zwar kein gutes Licht auf den Mann werfen – andererseits jedoch verstärkt der Bericht nur noch die Tatsache, dass Ginnie wirklich ein Motiv hatte."

„Aber wieso hat sie denn ständig eine Waffe mit sich herumgetragen?"

Caine steckte sich eine Zigarette zwischen die Lippen und zündete sie an. „Sie hat mir erzählt, dass sie panische Angst davor habe, überfallen und beraubt zu werden. Das allerdings wäre auch gar nicht verwunderlich, denn sie ist ständig mit teurem Schmuck behangen wie ein Christbaum."

„Außerdem hat sie in den letzten Jahren keine Gelegenheit ausgelassen, in die Presse zu kommen", sagte Diana. „Auf mich machte sie immer den Eindruck eines verwöhnten Kindes, das sich weigert, erwachsen zu werden."

„Da hast du völlig recht", stimmte Caine ihr zu und sah Diana von der Seite an. „Ich kann nur froh sein, dass du nicht unter den Geschworenen sitzt."

„Ich muss zugeben, dass ich im Augenblick etwas allergisch auf solche Frauen reagiere", antwortete Diana nachdenklich. „Weißt du, ich muss dabei immer an Frauen wie Irene Walker denken. Einen größeren Gegensatz kann man sich überhaupt nicht vorstellen."

„Wie ist dein Gespräch mit ihr denn heute Morgen gelaufen?"

„Die Verletzungen in ihrem Gesicht sind immer noch nicht abgeheilt", antwortete Diana. „Ich habe noch nie eine Frau kennengelernt, die so wenig Selbstbewusstsein hat. Mir kam es beinahe so vor, als wäre sie davon überzeugt, dass sie nichts Besseres verdient habe, als geschlagen zu werden."

Diana schüttelte den Kopf und schwieg einen Moment, als könnte sie es immer noch nicht fassen, was sie da vor einigen Stunden erlebt hatte. „Wenigstens hat die Freundin, bei der sie im Augenblick wohnt, sie so weit gebracht, endlich zum Anwalt zu gehen. Mir kommt es vor, als wäre Irene Walker wie ein Schwamm, der alle Eindrücke aufsaugt, daraus aber überhaupt keine Lehren zieht, sondern immer nur das tut, was andere wollen. Ich nehme an, dass ihr Mann sie im Laufe der Jahre davon überzeugt hat, dass sie ohne ihn nicht existieren kann. Ich habe ihr vorgeschlagen, dass sie die Hilfe einer Beratungsstelle in Anspruch nimmt. Es wird nicht einfach für sie sein, diese Scheidung und die Klage ihres Mannes durchzustehen." Diana sah Caine an. „Stell dir vor, sie trägt immer noch ihren Ehering."

„Wahrscheinlich hat sie Angst, dass es endgültig aus ist, wenn sie ihn abnimmt, meinst du nicht?"

„Ja, wahrscheinlich", antwortete Diana. „Wusstest du eigentlich, dass die beiden erst seit vier Jahren verheiratet sind und dass sie es trotzdem schon nicht mehr zählen kann, wie oft er sie bereits verprügelt hat?" In ihre Augen trat ein wütendes Funkeln. „Ich kann es gar nicht erwarten, bis ich diesen Mann im Zeugenstand habe."

„Soweit ich mich erinnere, gab es doch beim letzten Mal zwei Zeugen, nicht wahr?"

„Ja, richtig. Ich hoffe nur, dass wir bald einen Gerichtstermin bekommen werden. Irene Walker gehört offenbar zu den Frauen, die schnell vergessen und verzeihen. Aber solange sie die Verletzungen jedes Mal sieht, wenn sie in den Spiegel blickt, hoffe ich, dass sie ihre Klage nicht zurückzieht und sich endlich von diesem Mann trennt."

Caine warf einen Blick auf den Aktenkoffer, der neben Dianas Füßen stand. „Willst du daran nachher arbeiten, wenn ich die Großtante vernehme?"

„Ja, ich will mir ein Konzept für die Befragung dieses Mannes ausarbeiten. Ich schwöre dir, am Ende wird der sich wünschen, seine Frau nie geschlagen zu haben. Solche Fälle häufen sich bei mir."

Schmunzelnd sah Caine sie von der Seite an. „Der wird keinen leichten Stand bei dir haben, nehme ich an."

Diana drehte sich etwas in ihrem Sitz herum und legte einen Arm über die Lehne des hellen Lederpolsters. „Sag mal, wie lange hast du dieses Auto eigentlich schon?"

Caine zog überrascht die Brauen hoch. „Das Auto?", fragte er, irritiert von diesem plötzlichen Themenwechsel.

„Ja. Ich will mir nämlich demnächst auch ein neues kaufen."

„Einen Jaguar?"

„Eines Tages bestimmt", antwortete Diana und strich mit der Hand über das weiche Leder. „Oder meinst du etwa, diese Autotypen wären nur für Männer reserviert?"

„Nein, das nicht", antwortete Caine lachend. „Aber ich hätte eher gedacht, ein eleganter Mercedes wäre das Richtige für dich."

„Nein, dieser hier würde mir besser gefallen."

Ohne noch einen Ton zu sagen, lenkte Caine den Wagen an den Straßenrand und hielt an. Er stieg aus, ging um den Wagen herum und öffnete die Beifahrertür. „Komm, dann fahr ihn ein Stück."

„Ich?"

Caine schmunzelte, als er ihr überraschtes Gesicht sah. „Bevor man sich ein Auto kauft, sollte man es zumindest mal Probe fahren. Es sei denn", fügte er immer noch schmunzelnd hinzu, „du kennst dich mit Fünfganggetrieben nicht aus."

„Das ist doch kein Problem für mich", antwortete Diana gekränkt und stieg aus.

„Na, dann ist ja alles in Ordnung." Caine setzte sich auf den Beifahrersitz und sah zu, wie sie hinter dem Lenkrad Platz nahm. „Ich sag dir, wann du abbiegen musst", meinte er und lehnte sich bequem zurück.

Diana legte den ersten Gang ein, warf einen Blick in den Rückspiegel und gab Gas. Der Motor war leise, und doch spürte sie die Kraft, die in diesem schweren Wagen steckte.

„Oh, es ist herrlich", jubelte sie, nahm aber dann sofort nach einem Blick auf den Tacho das Gas zurück. „Ich fürchte nur, dass ich mich bald selbst vor dem Verkehrsrichter verteidigen muss, wenn ich mir ein solches Auto kaufen sollte", meinte sie und lachte.

„Daran gewöhnst du dich. Nach einer Weile genügt es schon zu wissen, dass man alle anderen überholen kann, wenn man nur will.

Ein schnelles Auto gibt einem ein Gefühl der Sicherheit. Man muss es ja nicht ständig ausfahren."

Diana schaltete in den fünften Gang und hielt die Geschwindigkeit. „Ist das der Grund, warum du den Wagen gekauft hast?"

„Nur zum Teil", antwortete er. „Ich liebe nun einmal Dinge mit Stil." Er beobachtete sie von der Seite. Das schöne Gesicht, das jetzt so voller Begeisterung war, die schmalen Hände, die leicht und doch sicher das Lenkrad umfassten. „Diana, du bist eine faszinierende Frau."

Mit einem ironischen Lächeln fragte sie: „Warum? Weil ich einen Jaguar fahren kann?"

„Nein, weil du ebenfalls Stil hast", gab er ganz ruhig zurück. „Die nächste Ausfahrt musst du raus. Ich lass mich gern chauffieren."

Diana hatte es sich in einem der Aufenthaltsräume des Krankenhauses bequem gemacht, während sich Caine auf die Suche nach Agatha Grants Zimmer begab.

Die alte Dame saß aufrecht in ihrem Bett, ein hellrosa Bettjäckchen um die Schultern gelegt, die weißen Haare umrahmten ein schmales Gesicht mit lebhaften Augen und Rouge auf den Wangen. Sie war umgeben von Stapeln von Zeitschriften und Magazinen. Als Caine eintrat, legte sie das Sportmagazin zur Seite, in dem sie gerade gelesen hatte, und sah ihn aufmerksam an.

„Mrs. Grant, ich bin Caine MacGregor."

„Ah, Ginnies Rechtsanwalt." Sie wies mit dem Kopf auf einen Sessel neben ihrem Bett. „Nehmen Sie Platz, junger Mann. Es tut gut, endlich einmal wieder einen gut aussehenden Mann zu sehen – und dazu noch einen ohne weißen Kittel."

Caine lächelte der alten Dame zu. „Ich hoffe sehr, dass Sie mir bei Ginnies Verteidigung helfen können, Mrs. Grant."

„Scheint, als ob die Kleine diesmal wirklich in der Patsche steckt, nicht wahr? Okay, sagen Sie mir, was Sie wissen wollen."

„Sie werden wohl erfahren haben, dass Ginnie angeklagt ist, Francis Day umgebracht zu haben, oder?", fragte Caine. Als Mrs. Grant nickte, fuhr er fort: „Als sie zu Miss Simmons' Wohnung fuhr, soll sie gewusst haben, dass ihr Mann zu dem Zeitpunkt bei seiner Geliebten war."

„Der letzten Geliebten in einer langen Reihe", warf Agatha ein.

„Nachdem er sie darum gebeten hatte, ließ Miss Simmons Francis Day mit seiner Frau allein. Als sie zwanzig Minuten später in ihre

Wohnung zurückkehrte, war Day tot, und Ginnie saß auf der Couch, die Pistole noch in der Hand. Sie hatte zweimal aus nächster Nähe geschossen. Miss Simmons lief schreiend zu einem Nachbarn und rief von dort aus die Polizei."

„Ginnie hat ihn getötet, das ist gar keine Frage", sagte Agatha.

„Ja, das gibt sie auch zu. Allerdings führt sie zu ihrer Verteidigung an, dass ein schlimmer Streit den Schüssen vorausgegangen sei. Sobald sie allein in der Wohnung waren, hat ihr Mann sie angeschrien, und sie hat in gleicher Weise geantwortet – eine Situation, wie sie wohl in der letzten Zeit ihrer Ehe an der Tagesordnung war. Dann hat Ginnie ihm gedroht, sie werde sich von ihm scheiden lassen und dafür sorgen, dass in diesem Scheidungsprozess alles zur Sprache komme – auch die Berichte des Privatdetektivs über seine diversen Seitensprünge. Das war etwas, das Francis Day absolut nicht wollte, da das seine Karriere gefährdet hätte. Soviel Ginnie mir sagte, stand er wohl kurz davor, Chefarzt am Boston-General-Krankenhaus zu werden."

„Ja, das stimmt", sagte Agatha. „Francis war sehr um seinen guten Ruf besorgt und äußerst ehrgeizig. Er hätte es sicher nicht verwunden, wenn er wegen dieser Scheidung den Posten als Chefarzt nicht bekommen hätte."

„Während sie weiterstritten", fuhr Caine fort, „verlor er plötzlich die Kontrolle über sich und schlug Ginnie. Sie sagt, dass sie nach einem seiner Schläge gestürzt sei und gesehen habe, wie ihr Mann nach einer schweren Lampe griff und dabei drohte, sie zu töten. Als er mit der Lampe in der Hand auf sie zukam, hat sie in ihre Tasche gegriffen, die Pistole herausgeholt und zweimal geschossen."

Agatha hatte während seiner Schilderung immer wieder zustimmend genickt. Jetzt sah sie ihn fragend an. „Glauben Sie ihr?"

Caine begegnete offen ihrem Blick. „Ich glaube, dass Virginia Day ihren Mann in Notwehr erschossen hat, Mrs. Grant."

„Ginnie ist sehr eigensinnig", sagte Agatha und seufzte. „Und sehr verwöhnt. Wir alle haben sie verwöhnt und zu dem gemacht, was sie heute ist. Sie hat nie gelernt, ihr Temperament zu zügeln, ist immer leicht explodiert, ohne sich Gedanken über die Folgen zu machen. Aber eines ist sie sicher nicht – kaltblütig genug, um einen Menschen vorsätzlich zu erschießen."

„Um das dem Gericht klarzumachen, Mrs. Grant, muss ich zuallererst erklären, wieso Ginnie eine Waffe bei sich hatte."

„Sie ist nie ohne ihre Pistole aus dem Haus gegangen." Agatha zog ihr Kissen etwas höher und lehnte sich dann wieder dagegen. „Ich habe sie gefragt, was das soll, und sie hat gelacht. ‚Tante Aggi', hat sie gesagt, ‚wenn jemand mich je überfallen sollte, wird er sich wundern.' Schreckliches Kind! Warum musste sie auch immer schmuckbehangen durch die Gegend laufen? Aber solange sie die Pistole dabeihatte, fühlte sie sich sicher und brauchte auf ihre geliebten Juwelen nicht zu verzichten."

„Haben Sie oft gesehen, dass sie die Waffe bei sich hatte?"

„Natürlich. Manchmal hatte ich sogar das Gefühl, sie wollte mich nur ärgern, wenn sie ihre Tasche öffnete und sie mir so hinhielt, dass ich das Ding darin sah."

„Dann könnten Sie also vor Gericht unter Eid aussagen, dass Virginia Day ständig mit einer Pistole herumlief und dass Sie diese Waffe häufig gesehen haben?", fragte Caine.

„Junger Mann, ich würde sogar den Teufel anlügen, um dem Mädchen zu helfen", antwortete Agatha. „Ich konnte den Kerl nie leiden, den sie da geheiratet hat."

„Mrs. Grant ..."

„Ist ja schon gut", beruhigte sie Caine lächelnd. „In diesem Fall kann ich es sogar beschwören, ohne mir Sorgen um meinen Seelenfrieden machen zu müssen."

„Gut." Caine lehnte sich aufatmend zurück. „Und die Behauptung, dass Sie auch dem Teufel ins Gesicht lügen würden, bleibt unser Geheimnis. Okay?"

„Natürlich." Ganz ungeniert musterte sie Caine von oben bis unten, und es schien ihr zu gefallen, was sie sah. „Das Mädchen hat schon immer einen guten Geschmack gehabt", sagte sie. „Ginnie und Sie ..."

„Ich bin ihr Verteidiger", unterbrach Caine sie schnell und stand auf. „Danke, Mrs. Grant." Er streckte ihr die Hand hin und war erstaunt darüber, wie fest ihre Hände zupackten.

„Wenn ich vierzig Jahre jünger wäre und Sie mein Anwalt – ich schwöre Ihnen, Sie wären bald mehr als das."

Lächelnd zog Caine ihre Hand an seine Lippen. „Tun Sie mir einen Gefallen, und bringen Sie niemanden um, Agatha. Sie könnten mich sonst in Versuchung führen."

Caine hörte ihr Lachen noch, als er bereits den Korridor entlang zurück zu Diana ging.

Er fand sie in dem Aufenthaltsraum so vor, wie er sie verlassen hatte. Vor ihr auf dem Tisch lag ein Buch, auf ihrem Schoß hatte sie einen Block, in den sie sich eifrig Notizen machte. Diana war so in ihre Arbeit versunken, dass sie ihn gar nicht kommen hörte. Leise setzte Caine sich auf einen Stuhl und sah ihr zu.

Als Diana Augenblicke später das Buch zuklappte, richtete sie sich mit einem Seufzer auf und reckte sich. Jetzt erst sah sie ihn.

„Caine, seit wann sitzt du denn schon da? Ich habe dich gar nicht kommen hören."

„Ich bin auch erst seit einigen Minuten hier. Ich habe selten jemanden gesehen, der sich so in seine Arbeit vertiefen kann wie du."

„Das habe ich gelernt, als ich noch bei meiner Tante lebte", antwortete Diana und packte ihre Sachen in den Aktenkoffer. „Wie ist die Vernehmung verlaufen?"

„Sehr gut." Caine stand auf und hielt Diana ihren Mantel hin. „Du hast mir noch nie Einzelheiten über deine Tante erzählt", sagte er dabei. „Ich weiß eigentlich gar nichts von ihr."

Sofort spürte er, wie Diana sich versteifte. „Von meiner Tante?", fragte sie zurück.

„Ja. War es schlimm mit ihr?"

„Was soll ich da viel sagen? Ihre Lebensweisheit bestand aus Sprüchen. Zum Beispiel dieser: ,Eine Dame trägt Diamanten niemals vor fünf Uhr nachmittags.'"

Caine griff nach seiner Jacke und zog sie über. „Hoffentlich war ich nicht zu ungerecht mit dir in Atlantic City."

Überrascht blickte Diana ihn an, während sie neben ihm her zum Aufzug ging. „Wie kommst du darauf?"

„Ich musste gerade wieder an Agatha denken", antwortete Caine und drückte den Knopf für den Aufzug. „Sie kennt ihre Nichte sehr genau, hat auch einiges an ihr auszusetzen, aber trotzdem spürt man, dass sie sie liebt. Ich glaube beinahe, bei deiner Tante war es das Gegenteil."

„Tante Adelaide war durchaus zufrieden mit dem, was sie aus mir gemacht hatte", antwortete Diana. „Liebe? Nein, geliebt hat sie mich nie – allerdings hat sie auch nie vorgegeben, mich zu lieben. Ich kann ihr das also nicht übel nehmen."

„So, und warum nicht?", fragte Caine ärgerlich.

Diana sah ihn ganz ruhig an. „Man kann niemanden seiner Gefühle wegen verurteilen, aber genauso wenig kann man jemanden verurteilen, weil er eben diese Gefühle nicht hat."

Damit drehte Diana sich um und gab ihm zu verstehen, dass sie das Thema nicht weiterführen wollte. Aber so leicht gab Caine nicht auf.

„Doch, das kann man sehr wohl", protestierte er.

„Lass es, Caine, bitte", sagte Diana und wandte sich wieder ab. Plötzlich rief sie: „Oh nein! Sieh doch nur!" Sie schaute durch das große Fenster nach draußen.

Caine folgte ihrem Blick – und sah eine dichte weiße Wand. „Wenn man sich einmal auf die Wettervorhersage verlässt", murmelte er. „Dieser Schnee war erst für heute Nacht angekündigt, und dann wären wir längst wieder zu Hause gewesen."

Diana streifte sich ihre Handschuhe über. „Die Fahrt zurück nach Boston verspricht interessant zu werden – und lange zu dauern", fügte sie noch hinzu, als Caine die große Eingangstür öffnete und sie den kalten Wind spürte, der sofort die Schneeflocken ins Haus wirbelte.

„Wenn wir Glück haben, schneit es vielleicht nur in diesem Gebiet", sagte Caine und griff nach ihrem Arm. Bereits nach einigen Schritten waren sie beide voller Schnee.

„Sollten wir nicht doch lieber zurückgehen und abwarten, bis es aufhört?", meinte Diana.

Caine warf einen skeptischen Blick auf die Straße, als sie beim Auto angekommen waren. „Nein, lass es uns wagen. Wir werden schon durchkommen. Schlimmer kann es eigentlich nicht werden."

Während der ersten halben Stunde ging es noch einigermaßen. Caine war ein sehr guter und umsichtiger Fahrer, und der schwere Wagen machte überhaupt keine Schwierigkeiten. Je weiter sie jedoch nach Süden kamen, umso schlimmer wurden Sturm und Schneefall. Die Windschutzscheibe war so schnell wieder vollgeweht, dass die Scheibenwischer es kaum schafften. Diana sah, wie der Wagen vor ihnen anfing zu schleudern, und es dauerte eine ganze Weile, bis der Fahrer ihn wieder unter Kontrolle hatte.

„Es wird nicht besser", sagte Diana leise, „höchstens schlimmer."

Caine gab keine Antwort, nickte nur. Er hielt den Blick angestrengt auf die Straße gerichtet, soweit man sie überhaupt noch erkennen konnte. Er lebte schon lange genug in dieser Gegend und hatte schon so viele Schneestürme mitgemacht, dass ihm schnell klar wurde, dass sie sich immer mehr dem Zentrum des Sturms näherten, statt ihn hinter sich zu lassen. Auf der Gegenfahrbahn sahen sie zwei Autos ineinanderfahren. Es war Gott sei Dank nur ein leichter Unfall. Schweigend fuhren sie weiter.

Caine hatte den Wagen schon im Rückspiegel gesehen, aber Diana schrak zusammen, als er mit einer für diese Straßenverhältnisse wahnsinnigen Geschwindigkeit an ihnen vorbeifuhr und plötzlich anfing zu schlingern. Unwillkürlich hielt sie den Atem an, während Caine leise vor sich hin fluchte und alle Mühe hatte, den schweren Jaguar beim Abbremsen in der Spur zu halten.

Bei der nächsten Abfahrt bog er von der Straße ab. „Es ist nicht zu verantworten, bei diesem Wetter weiterzufahren", sagte er. „Beim nächsten Hotel halten wir an und übernachten da."

Bereits einige Minuten später kniff Caine die Augen zusammen und sah durch den Schneesturm ein Neonschild leuchten. „Ich glaube, wir haben Glück."

„Na bitte, ein Motel", sagte Diana vergnügt, als sie das Schild sah, auf dem der letzte Strich des M ausgefallen war.

„Eine Luxusherberge ist das bestimmt nicht", meinte Caine und bog in die kaum noch zu erkennende Einfahrt ein.

„Solange es nur ein Dach hat, soll mir alles recht sein."

Als Caine den Motor abgestellt hatte, öffnete Diana die Tür und stand sofort mehr als knöcheltief im Schnee. Er kam um den Wagen herum und half ihr beim Aussteigen. Dann stemmten sie sich gemeinsam gegen den Sturm und stapften durch den Schnee auf eine Tür zu, über der ein Schild mit der Aufschrift „Büro" leuchtete.

Die Tür quietschte laut, und als sie eintraten, schlug ihnen warme Luft entgegen, die schwer war von kaltem Tabakrauch und abgestandenem Bier. Hinter einer kleinen Theke saß ein Mann und las. Jetzt hob er den Kopf und sah sie desinteressiert an. „Ja?"

„Wir hätten gern zwei Zimmer für diese Nacht", sagte Caine. Das Ganze machte den Eindruck eines Hotels, in dem man normalerweise Zimmer nur stundenweise mietete.

„Hab nur noch eins", antwortete der Mann und warf dann einen Blick auf Diana. „Der Schneesturm ist gut fürs Geschäft, was?"

Diana blickte Caine an und beschloss dann, die Bemerkung einfach zu überhören. Sie wusste, dass er auf ihre Entscheidung wartete, ob sie auch dieses eine Zimmer nehmen sollten. Sie zögerte nicht lange. „Wir nehmen es."

Der Mann langte nach hinten und nahm einen Schlüssel vom Brett. „Das Zimmer ist im Voraus zu bezahlen", sagte er und hielt den Schlüssel fest.

„Kann man hier irgendwo noch etwas zu essen bekommen?", fragte Caine, während er das Geld auf die Theke zählte.

„Das Restaurant ist eine Tür weiter. Geöffnet bis zwei Uhr. Ihr Zimmer liegt auf der linken Seite, Nummer siebenundzwanzig. Wenn Sie bis morgen früh zehn Uhr nicht geräumt haben, müssen Sie für eine weitere Nacht bezahlen."

Caine nahm den Schlüssel, bedankte sich und führte Diana wieder hinaus in den Schnee.

„Freundlicher Mensch", bemerkte Diana, während sie sich durch den immer dichter fallenden Schnee den Weg zu ihrem Zimmer suchten. „Hast du gerade etwas von Essen gesagt?"

„Hungrig?", fragte Caine und blieb vor Nummer siebenundzwanzig stehen.

„Und wie! Ich bin schon hungrig, seit …"

Diana brach ab, als sie einen Blick in das Zimmer warf. Es bestand hauptsächlich aus einem riesigen Bett. Aber selbst die Tatsache, dass es sich nur um ein Bett handelte, konnte sie im Moment nicht schocken. Viel mehr interessierte sie dieses seltsame Zimmer. Die Wände waren rosa gestrichen, auf dem überdimensionalen Bett lag eine mit großen Blumen in allen Farben gemusterte Decke, und die Vorhänge vor dem Fenster zeigten ein anderes, aber nicht weniger farbenfrohes Muster. Ein Albtraum! Die übrige Einrichtung bestand nur noch aus einem Stuhl, einem Fernseher und einem fadenscheinigen Läufer, der bis zur Badtür ging. Das Ungewöhnlichste jedoch war ein großer, schon leicht matter Spiegel an der Decke über dem Bett.

„Nun, das Grandhotel ist es nicht gerade", meinte Caine schmunzelnd mit einem Blick in Dianas verblüfftes Gesicht. Er stellte ihre beiden Aktenkoffer auf den Stuhl. „Aber immerhin hat es ein Dach."

Diana schloss die Tür hinter sich. „Kalt ist es hier."

Caine hatte in einer Ecke einen Heizofen entdeckt. „Ich will mal sehen, ob ich den in Betrieb setzen kann."

Diana setzte sich vorsichtig auf das Bett. Das einzige Bett, dachte sie. Das einzige Zimmer, das einzige Hotel weit und breit. Schöne Geschichte!

„Du scheinst dieses Fiasko zu genießen", meinte sie.

„Wer? Ich?"

Caine beschäftigte sich angelegentlich mit dem Heizofen. Für die nächsten Stunden musste er sich einfach einreden, Diana sei so etwas wie eine Schwester. Wie sonst sollte er eine Nacht mit ihr im selben Bett überstehen, ohne sie zu berühren? Er hatte sich fest vorgenommen, sie erst wieder anzufassen, wenn sie selbst es wollte, wenn sie bereit dazu war. Und diesen Vorsatz wollte er auf keinen Fall brechen.

„Ich werde uns erst einmal etwas zu essen besorgen", sagte er. „Wir müssen ja nicht beide wieder durch den Schneesturm laufen. Was möchtest du denn?"

„Ist mir gleich. Hauptsache, es geht schnell und ist essbar."

Sie lächelte ihm zu und sagte sich, dass ihr gar nichts anderes übrig blieb, als die Situation zu akzeptieren. Schließlich war er lange genug durch dieses Unwetter gefahren, und es wäre Selbstmord gewesen, die Fahrt fortzusetzen.

Als Caine gegangen war, sah Diana sich noch einmal in dem Raum um. So schlimm ist es gar nicht, versuchte sie sich einzureden. Wenn man ihn durch halb geschlossene Augen betrachtete, war es auszuhalten. Außerdem verbreitete der Heizofen mittlerweile wohlige Wärme, während draußen immer noch der Sturm am Fenster rüttelte und dichte Schneewolken vorbeitrieb.

Sie zog ihren Mantel aus, legte ihn zu den Aktenkoffern auf den Stuhl und entledigte sich dann ihrer Stiefel. Ihr Blick fiel auf den Fernseher. Daneben stand ein kleiner schwarzer Kasten, in den man Münzen werfen musste, um das Videoprogramm des Motels empfangen zu können.

Diana suchte in ihrer Börse nach den entsprechenden Münzen. Fernsehen wäre sicherlich eine gute Idee, um sie beide etwas abzulenken. Sie steckte die Geldstücke in den Schlitz und machte es sich auf dem Bett bequem. Nachdem sie die Kissen in ihren Rücken gestopft hatte, hörte sie die ersten Geräusche aus dem Fernsehapparat kommen und sah erstaunt hinüber.

Einen Augenblick lang starrte sie mit offenem Mund auf den Bildschirm. Dann ließ sie sich in die Kissen fallen und fing lauthals an zu lachen. Sie konnte es nicht fassen. Von all den Hotels und Motels in Massachusetts waren sie ausgerechnet in eins mit rosa Wänden und animierenden Pornofilmen geraten. Sie hatte den Apparat gerade ausgestellt, als Caine zurückkam.

„Kannst du dir vorstellen, welche Art Filme es hier im Videoprogramm gibt?", fragte sie spitzbübisch.

Caine schüttelte den Schnee ab und nickte. „Ja. Brauchst du Kleingeld?"

„Reizend!" Es fiel ihr schwer, ernst zu bleiben. „Ich habe gerade fünfundsiebzig Cent zum Fenster hinausgeworfen. Würde mich gar nicht wundern, wenn die Sittenpolizei hier gleich an die Tür klopfte."

„Bei dem Wetter?", fragte Caine und legte sein Paket aufs Bett.

„Hm! Das riecht ja wirklich nach Essen."

„Es ging schnell", antwortete Caine, „ob es allerdings auch genießbar ist, dafür kann ich nicht garantieren. Ich habe Pommes frites und Hamburger mitgebracht." Er zog seinen Mantel aus und holte noch eine Flasche Wein aus der Innentasche. „Ich dachte mir, Wein dazu könnte nicht schaden", meinte er und sah sich um. „Gläser hab ich natürlich vergessen."

„Vielleicht gibt es selbst in einem solchen Motel Gläser im Bad. Sieh doch mal nach."

Caine kam tatsächlich mit zwei Zahnputzgläsern zurück. „Kann man die Hamburger essen?", fragte er, nachdem Diana sich schon bedient hatte.

Sie nickte und nahm das Glas an, das er ihr reichte. „Der Schneesturm ist wohl noch nicht schwächer geworden, oder?"

„Im Gegenteil. Drüben im Restaurant war man der Meinung, dass es mindestens bis morgen früh durchschneien wird."

Diana trank einen Schluck und sah hinüber zum Fernseher. „Vielleicht sollten wir die Nachrichten hören – vorausgesetzt, so etwas Alltägliches ist darauf überhaupt zu empfangen."

Lachend setzte Caine sich aufs Bett und nahm sich ebenfalls einen Hamburger. „Arme Diana, muss das ein Schock für dich gewesen sein."

„So prüde bin ich eigentlich gar nicht. Es kam nur so unerwartet", antwortete sie und nahm einen Schluck von dem Wein. „Hm, nicht übel."

„Hausmarke", sagte Caine und lachte.

„Wenn das so ist, werde ich ihn langsam trinken und genießen. Caine …" Sie nahm noch einen Schluck, und als er sich herumdrehte und sie fragend ansah, fuhr Diana fort: „Da gibt es noch etwas, das wir besprechen müssen."

Er wusste sofort, was sie meinte. Auf dem Weg zurück durch den

Schneesturm hatte er sich genau überlegt, wie er reagieren wollte. „Ich werde nicht auf dem Fußboden schlafen."

Diana zog konsterniert die Brauen zusammen und ärgerte sich, dass er ihre Gedanken erraten hatte. „Schließlich gibt es ja noch die Badewanne."

„Nur, wenn du mir da Gesellschaft leistest."

„Zu schade, dass Kavaliere ausgestorben sind."

„Diana, sei vernünftig." Caine biss in seinen Hamburger und sah sie an. „Dies ist ein sehr breites Bett, und wenn du es nicht zu etwas anderem als zum Schlafen benutzen willst …"

„Natürlich nicht", unterbrach sie ihn sofort.

Genau die Reaktion hatte Caine erwartet. „Gut, dann schläfst du eben auf der einen Seite, und ich schlafe auf der anderen. Das Bett ist wirklich breit genug. Wir brauchen uns nicht einmal während der Nacht zu berühren." Er sprach's so überzeugend, dass er es beinahe selbst geglaubt hätte.

Diana schwieg und vermied es, ihn anzusehen. Sie nahm sich noch einige Pommes frites und trank einen Schluck Wein. „Und du bleibst wirklich auf deiner Seite?", fragte sie schließlich.

„Ich habe dir versichert, dass ich so lange warte, bis du den ersten Schritt tust", antwortete er und sah sie lange an. „Ich habe sehr viel Geduld, wenn es darauf ankommt."

Diana wich seinem Blick aus und nickte. „Gut, wenn du dich an die Regeln hältst …"

„Ich nehme noch ein Bad, bevor ich mich hinlege", verkündete Caine, stand auf und reckte sich. Dann strich er ihr mit einer Hand übers Haar. „Du solltest schon versuchen zu schlafen, Diana. Es war ein langer Tag."

Sie wusste nicht, wieso, aber plötzlich spürte sie so etwas wie Enttäuschung in sich aufsteigen. Entsetzt riss sie sich zusammen. „Ja, du hast recht", sagte sie hastig. „Soll ich das Licht anlassen?"

„Nein. In diesem Zimmer ist es wohl fast unmöglich, das Bett zu verfehlen." Caine musste sich umdrehen, sonst wäre der Wunsch, sie zu küssen, in ihm übermächtig geworden. „Schlaf gut, Diana."

„Gute Nacht, Caine."

Diana wartete, bis sie im Bad das Wasser in die Wanne laufen hörte. Dann stand sie schnell auf und begann sich auszuziehen. Du bist eine Närrin, meldete sich plötzlich eine kleine, aber unüberhörbare Stimme in ihr. *Du wünschst dir doch nichts sehnlicher, als mit ihm zu schlafen, dich einmal völlig zu vergessen.*

Genau das ist es, dachte sie und hielt mitten in der Bewegung inne. Sie wollte sich nicht völlig verlieren, sich in seine Hände geben. Wenn erst einmal die körperliche Barriere zwischen ihnen gefallen war, würde er nicht aufhören. Er würde mehr wollen, mehr verlangen … Er würde schließlich einen so wichtigen Platz in ihrem Leben einnehmen, dass sie nicht mehr frei entscheiden könnte. Das aber bedeutete Abhängigkeit, und genau der war sie vor Kurzem erst entflohen. Nach den Jahren mit Tante Adelaide würde sie sich nie mehr freiwillig in eine Abhängigkeit begeben. Sie wollte frei sein, ihr eigenes Leben leben und niemanden fragen müssen.

Im Bad hörte sie immer noch das Wasser laufen. Sie zog sich aus bis auf die Unterwäsche und schlüpfte dann schnell unter die Decke. Diana legte sich genau an die Kante, aber das war gar nicht so einfach, wie sie geglaubt hatte.

Die Matratze war in der Mitte so ausgelegen, dass Diana Mühe hatte, in ihrem Teil des Bettes zu bleiben, ohne sich mit den Händen an der Seite festzuhalten. Caine würde das wohl jetzt wieder Schicksal nennen, schoss es ihr durch den Kopf, während sie die Nachttischlampe ausknipste und sich dann wirklich mit den Händen am Rand festhielt.

Als Caine aus dem Bad kam, war es ganz still im Zimmer. Nur unklar konnte er Dianas Umrisse unter der dünnen Decke erkennen. Er beschloss, den Rest des Weines noch auszutrinken und dazu eine Schlaftablette zu nehmen. Wie sonst sollte er einschlafen können, während sie nur eine Armeslänge von ihm entfernt lag?

Vielleicht hätte er ihr doch nicht versprechen sollen, auf seiner Bettseite zu bleiben. Aber da er das nun einmal getan hatte, blieb ihm nichts anderes übrig, als sein Versprechen auch einzuhalten.

Er ließ das Handtuch auf den Boden fallen und kroch unter die Decke. Auch er spürte, dass die Matratze in der Mitte eine Kuhle hatte. Vorsichtig drehte er sich um und rückte wieder etwas weiter zum Rand.

Wie üblich wachte Caine früh auf. Er hatte die Augen noch geschlossen, als er spürte, dass etwas Weiches, Warmes ganz nah an seinem Körper lag. Ohne nachzudenken und noch halb im Schlaf, legte er seinen Arm um Diana und zog sie fester an sich. Er hörte sie leise seufzen, und dann kuschelte sie sich an ihn. Langsam strich er mit einer Hand über ihren Rücken, bis seine Finger den Rand ihres seidigen Hemdchens erreichten und ihre nackte Haut fanden.

Leise und verschlafen murmelte er ihren Namen. Seine Lippen berührten ihre Stirn, und seine Hand schob sich weiter unter ihr Hemd. Diana gab wie eine Katze leise, schnurrende Laute von sich. Ihre Augen waren geschlossen, ihre Finger streichelten seinen Rücken.

Caine drehte sich etwas herum und schob ein Bein zwischen ihre Schenkel, die sich ihm sofort bereitwillig öffneten. Seine Lippen hauchten kleine Küsse auf ihr Gesicht, bis Diana ihm ihren Mund verlockend darbot.

Immer noch war alles wie im Traum. Der Kuss war sanft und zärtlich, ihre Hände streichelten einander gleichbleibend langsam, ohne mehr zu verlangen.

Caine spürte erst brennende Begierde, als seine Hand ihre Brust erreicht hatte. Diana stöhnte verhalten und schmiegte sich noch enger an ihn.

Mit der anderen Hand streifte Caine die dünnen Träger des Seidenhemdchens beiseite und presste seinen Mund auf die weiche empfindsame Haut an ihrem Hals. Seine Lippen suchten sich unaufhaltsam ihren Weg bis zu den rosigen Brustspitzen.

Er hörte, wie ihr Atem schneller ging, als seine Zunge die aufgerichteten Knospen umspielte, und er spürte ihr Herz wild pochen. Ihre Finger bohrten sich jetzt fest in seinen Rücken, und ihre Hüften bewegten sich in immer schnellerem, erotisierendem Rhythmus.

Für einen kurzen Augenblick versuchte Caine, Traum von Wirklichkeit zu trennen, aber es war längst zu spät.

8. Kapitel

Durch die Vorhänge fiel nur wenig Licht. Diana öffnete die Augen und hatte einen Moment lang Mühe, sich zurechtzufinden. Sie lag in der Mitte des breiten Bettes, fest an Caine geschmiegt, der sein Gesicht an ihrem Hals barg.

Sie spürte sein Herz klopfen und fühlte, dass seine Haut warm und feucht war. Ihre rechte Hand lag auf seinem Kopf, die Finger in seinen dichten Haaren vergraben. Ihr ganzer Körper fühlte sich schwer und wohlig matt an. Und was war mit ihrem Kopf los? Konnte sie gar nicht mehr klar denken?

Plötzlich, als wäre ein Blitz eingeschlagen, wurde ihr alles bewusst. Mit einem erstickten Schrei riss sie sich von ihm los und rutschte hastig hinüber zum Rand. „Wie konntest du nur?"

Verschlafen öffnete Caine die Augen und sah sie verständnislos an. „Was ist los?"

„Du hast dein Wort gegeben!" Außer sich vor Zorn begann Diana unter der Decke nach ihrer Unterwäsche zu suchen.

Caine strich sich mit beiden Händen durch die Haare. „Diana ..."

„Wie konnte ich dir nur vertrauen? Ich muss verrückt gewesen sein", fuhr sie ihn an, schlüpfte in das Unterhemd und sprang aus dem Bett.

„Diana."

In dem diffusen Licht konnte er sie kaum erkennen. Sie stand da, die Arme wie zur Verteidigung vor ihrer Brust verschränkt. Sie spürte, dass ihr Körper zitterte, obwohl es wohlig warm im Zimmer war.

„Du hattest kein Recht, so etwas zu tun", stieß sie hervor.

„Ich hatte kein Recht?" Jetzt klang seine Stimme ebenfalls ärgerlich. „Und was ist mit dir?"

„Ich war ja noch halb im Schlaf."

„Verdammt, Diana, meinst du, bei mir wäre es anders gewesen?" Caine angelte nach seiner Hose, stand auf und zog sie an. Er fühlte sich schuldig, weil er sein Versprechen nicht gehalten hatte. Er hatte die Situation ausgenutzt und die Kontrolle über sich verloren. „Sieh mal, Diana, ich wollte das nicht, glaub mir. Es ist einfach passiert."

„Einfach passiert?", wiederholte sie sarkastisch. „So etwas passiert nicht einfach." Immer noch zitternd, zog Diana die Decke vom Bett und wickelte sich darin ein.

„Diesmal wohl", widersprach er. „Ich kann dir noch nicht einmal sagen, wie es überhaupt angefangen hat." Er stand jetzt nur einige Schritte von ihr entfernt und sah ihr in die Augen. „Aber ich weiß, wie es endete, und ich weiß, dass du genauso wenig in der Lage gewesen wärst, es zu verhindern, wie ich."

Diana wusste, dass er damit recht hatte, aber das steigerte eher noch ihren Zorn. „Willst du mir etwa einreden, dass du nicht gewusst hast, was du tust?"

Wütend griff Caine nach seinem Mantel und ging an ihr vorbei zur Tür. „Warum machst du mich nicht gleich auch noch für den Schneesturm verantwortlich? Oder für die Tatsache, dass dieses verdammte Hotel nur noch ein Zimmer hatte? Oder dafür, dass die Matratze in der Mitte durchgelegen ist?"

Damit riss er die Tür so heftig auf, dass eine Wolke von Schnee hereinstob. Dann fiel die Tür mit einem lauten Knall ins Schloss, und Diana war allein im Raum. Sie zog die Decke noch fester um sich. Er hatte sie hintergangen, sein Versprechen nicht gehalten, obwohl sie ihm vertraut hatte. Er …

Diana schüttelte den Kopf und griff sich mit beiden Händen an die Stirn. Sei doch ehrlich, mach dir doch nichts vor, meldete sich die kleine Stimme wieder. Du hast dich noch nie so wunderbar gefühlt. Ja, es stimmte. Sie hatte sich in ihre Wut hineingesteigert, um nicht zugeben zu müssen, wie herrlich es war, begehrt zu werden.

Sie ließ sich aufs Bett fallen und vergrub den Kopf im Kissen. Und trotzdem … Es hätte nicht passieren dürfen. Sie hatte sich so fest vorgenommen, nicht mit ihm zu schlafen, da das nur der Anfang einer Entwicklung sein konnte, an deren Ende ihre Unfreiheit stand. Die Abhängigkeit von einem Mann, der jederzeit wieder aus ihrem Leben verschwinden konnte, wenn er keine Lust mehr hatte. Das durfte nicht geschehen. Sie hatte ihre Eltern verloren, dann Justin … Aber diesmal würde sie es gar nicht erst so weit kommen lassen. Kein Mensch sollte ihr noch einmal so wehtun.

Sie hatte gerade erst begonnen, sich selbst zu entdecken, ein eigenes Leben auf die Füße zu stellen, als sie nach Atlantic City geflogen war. Wenn sie jetzt zurückdachte, hatte seit ihrer Ankunft dort Caine immer mehr die Hauptrolle in ihrem Leben gespielt. Er hatte sie dazu gebracht, sich endlich mit ihrem Bruder zu versöhnen. Er war da, als sie nach Boston zurückkam, um ihre beruflichen Probleme zu lösen. Und jetzt war er wieder – oder immer noch – da, wollte die letzte Hürde zwischen ihnen nehmen und sie dazu bringen, ihren Gefühlen freien Lauf zu lassen.

Irene Walker fiel ihr wieder ein. Musste es nicht so enden, wenn eine Frau sich nur von ihren Gefühlen leiten ließ? Machte sie sich damit nicht automatisch zum Spielball des Mannes?

Seufzend drehte Diana sich auf den Rücken und schloss die Augen. Nein, das durfte nicht passieren. Ihr ganzes Leben lang hatte sie immer das annehmen müssen, was andere bereit gewesen waren, ihr zu geben. Damit war jetzt endgültig Schluss. Sie wollte und musste allein über ihr Leben entscheiden.

Wie Diana die Sache auch drehte und wendete, es war ein großer Fehler, dass sie mit Caine geschlafen hatte. Und sie hatte allen Grund, wütend auf ihn zu sein. Er hatte die Situation ausgenutzt, hatte sie erregt, als sie noch schläfrig und wehrlos war.

Und sie, was hatte sie getan? Sie hatte sich an ihn gepresst, seinen Rücken gestreichelt, sich nicht gewehrt, als er sein Bein zwischen ihre Schenkel schob. Sicher, sie hatte noch halb geschlafen, aber irgendwo in ihrem Inneren hatte Diana genau gewusst, dass sie sich eigentlich hätte wehren müssen – nur geschafft hatte sie es nicht.

Mit einem Ruck setzte Diana sich auf und öffnete die Augen. Es hatte keinen Zweck, sich länger etwas vorzumachen. Sie hatte sich Caine gegenüber ungerecht benommen, und sie hatte es von Anfang an gewusst. Nur war es leichter gewesen, ihm Vorwürfe zu machen, als sich selbst einzugestehen, dass sie es genossen hatte, mit ihm zu schlafen.

Sie sah sich in dem hässlichen Raum um. Was nun? Wie sollte es jetzt weitergehen? Sie musste sich bei ihm entschuldigen, und wenn es ihr noch so schwerfiel. Und was war, wenn er die Entschuldigung annahm und dann sagte, sie solle sich zum Teufel scheren?

Diana stand schweren Herzens auf. Am besten war wohl, sie würde jetzt erst einmal unter die Dusche gehen, sich anziehen und auf ihn warten.

Zwei Stunden später war Caine immer noch nicht zurück. Diana schwankte mittlerweile zwischen Besorgnis und Zorn. Wo konnte er bloß stecken? Der Schnee fiel immer noch gleichbleibend stark, nur der Sturm hatte etwas nachgelassen.

Zuerst hatte sie ihm nachgehen, ihn suchen wollen. Aber dann fiel ihr ein, dass Caine ja den einzigen Schlüssel bei sich hatte, und den Mann an der Rezeption wollte sie um keinen Preis nach einem zweiten fragen. Seine dumme Bemerkung vom Abend vorher war ihr noch zu gut im Gedächtnis.

Diana ging hinüber zum Fenster und schob den Vorhang beiseite. Draußen war keine Spur von Leben zu entdecken. Die Autos auf dem Parkplatz waren halb eingeschneit, und der Wind trieb den Schnee in dichten Wolken am Fenster vorbei. Vermutlich saß Caine jetzt drüben im Restaurant, aß eines seiner reichhaltigen Frühstücke und trank dazu tassenweise dampfenden Kaffee. Der Gedanke daran ließ Dianas Magen knurren.

Gefangen zwischen den rosa Wänden blieb ihr nichts anderes übrig, als sich irgendwie die Zeit zu vertreiben. Sie nahm ihren Aktenkoffer vom Stuhl, warf ihn mitten auf das breite Bett und setzte sich daneben. Sie würde mit ihrer Arbeit weitermachen und einfach nicht mehr an ihn denken. Und wenn er nun überhaupt nicht mehr zurückkam? Auch gut, dachte sie wütend und zog ihren Notizblock aus dem Koffer.

Es verging beinahe noch eine Stunde, bevor ein Schlüssel ins Schlüsselloch gesteckt wurde. Mit untergeschlagenen Beinen saß Diana auf dem Bett und hob den Kopf, als Caine ins Zimmer kam. Seinem Gesicht war anzusehen, dass sich seine Laune nicht sonderlich gebessert hatte in all den Stunden. Er blickte kurz zu ihr hinüber, dann zog er sich den schneebedeckten Mantel aus.

„Wo, zum Teufel, hast du gesteckt?"

Caine legte seinen Mantel über den Stuhl. „Der Wetterbericht sagt, dass der Schneesturm auch den ganzen Nachmittag über anhalten wird", sagte er. „In diesem Hotel ist in der Zwischenzeit kein Zimmer frei geworden, und das nächste Hotel ist zehn Meilen von hier entfernt."

Dianas Schuldgefühle wurden verdrängt von ihrem Zorn darüber, dass er sie so lange allein in diesem Zimmer gelassen hatte. „Und um das herauszubekommen, hast du drei Stunden gebraucht?", fragte sie spitz. „Ist es dir gar nicht in den Sinn gekommen, dass ich wie eine Gefangene hier auf dich gewartet habe?"

Er sah sie von der Seite an und zog eine Zigarette aus der Schachtel. „Konntest du die Tür nicht finden?"

Diana stieß einen zornigen Laut aus und sprang auf. „Du hattest doch den Schlüssel mit."

Caine zuckte mit den Schultern, griff in seine Tasche, zog den Schlüssel hervor und warf ihn aufs Bett. „Hier, er gehört dir." Dann holte er aus seiner Manteltasche noch ein kleines Päckchen. „Ich habe zwei Zahnbürsten gekauft", sagte er und warf sie ebenfalls aufs Bett.

Diana griff danach und sah ihn dann kühl an. „Wie es scheint, werden wir in diesem wundervollen Zimmer noch eine weitere Nacht zubringen müssen. Darf ich fragen, wie du dir das diesmal vorgestellt hast?"

„Das ist mir völlig egal", antwortete er und drehte sich um. „Ich werde mich jetzt erst einmal rasieren."

„Moment mal." Diana griff nach seinem Arm. „So einfach kommst du mir nicht davon. Ich möchte jetzt von dir hören, wie du dir das vorstellst."

„Diana, hör auf, mich zu drängen", sagte er gefährlich leise.

„Meinst du wirklich, du könntest hier so einfach wieder hereinmarschieren, dich rasieren gehen und im Übrigen so tun, als wäre überhaupt nichts vorgefallen? Glaubst du, ich könnte vergessen, was heute Morgen vorgefallen ist?"

„Das wäre wohl das Beste", antwortete Caine ganz ruhig.

„Ich denke nicht daran. Du wirst dich jetzt weder rasieren noch sonst etwas tun, sondern du wirst dir gefälligst anhören, was ich dazu zu sagen habe."

„Danke, das habe ich heute Morgen bereits getan", sagte er und ging entschlossen auf die Badezimmertür zu.

„Bleib hier, verdammt noch mal!" Diana griff nach ihm und wollte ihn festhalten.

Jetzt war Caines Geduld endgültig erschöpft. Er schoss herum, packte ihre Schultern so fest, dass es ihr wehtat, und herrschte sie an: „Es langt, Diana, hast du verstanden? Ich habe keine Lust, mir noch einmal anzuhören, dass ich das alles mit Absicht gemacht habe, einen Plan auszuhecken, um dich ins Bett zu kriegen. Das habe ich nicht nötig, Diana, merk dir das bitte. Ich hätte dich vorige Nacht schon nehmen können und auch bei einigen anderen Gelegenheiten in den vergangenen Wochen. Versuch nicht, dir oder mir etwas vorzumachen. Du wolltest mich genauso, wie ich dich wollte. Du hast nur nicht den Mut, es zuzugeben."

Wütend versuchte Diana sich aus seinem harten Griff zu befreien. „Du brauchst mir nicht zu sagen, was ich will oder nicht. Ich habe heute Morgen noch halb geschlafen und …"

„Und was ist jetzt?", unterbrach Caine sie. „Bist du jetzt wach?"

„Ja, ich bin jetzt wach und …"

„Gut." Mit einer schnellen Bewegung riss er sie in seine Arme und presste seinen Mund hart auf ihre Lippen. Sie wehrte sich, versuchte sich zu befreien, aber gegen seine Kraft konnte sie nichts ausrichten.

Caine wollte sie strafen, wollte den ganzen Ärger loswerden, der sich während der letzten Stunden in ihm aufgestaut hatte. Aber je länger der Kuss dauerte, umso mehr wurde ihm klar, dass er Diana nicht bestrafte, sondern sie heiß begehrte.

Er ließ sie so abrupt los, dass sie verblüfft die Augen aufriss. Sie standen ganz still, sahen sich nur an. Diana versuchte gegen das Verlangen anzukämpfen, das er in ihr entfacht hatte, aber es gelang ihr nicht. Sie schüttelte den Kopf, als könnte sie danach wieder klarer denken. Plötzlich gab sie den Kampf auf, umschloss sein Gesicht mit beiden Händen und küsste ihn.

Nichts mehr war geblieben von der warmen verschlafenen Nähe morgens im Bett. Diesmal waren sie beide hellwach und nur zu bereit, ihrem Verlangen nachzugeben. Caine zog sie aufs Bett, und sie hatten es beide eilig, die störenden Sachen auszuziehen, die sie noch davon abhielten, die warme Haut des anderen zu spüren.

Diana war wie von Sinnen. Die so lange zurückgehaltenen Gefühle brachen sich leidenschaftlich Bahn. Sie konnte nicht genug von ihm bekommen, presste sich an ihn und erkundete mit beiden Händen seinen Körper.

Caine stöhnte auf, packte sie und drückte sie mit seinem Gewicht noch tiefer in die Matratze. Was sie am Morgen, noch halb verschlafen, empfunden hatten, war nichts gegen die wilde Leidenschaft, die sie beide jetzt erfasst hatte.

Diana hörte seinen rauen Atem, spürte seine Hände überall auf ihrem Körper und antwortete mit der gleichen glühenden Begierde. Sie schlang ihre Beine um ihn und schrie laut auf, als sie endlich am Ziel ihrer Wünsche angekommen war. Sofort passte sie sich seinem Rhythmus an, hob und senkte die Hüften immer schneller und klammerte sich an ihn, als könnte sie ihm nicht nahe genug sein.

Atemlos und völlig losgelöst von der Wirklichkeit presste Caine schließlich seine Lippen auf ihren Mund und erstickte ihren Schrei, als der Höhepunkt näher kam und sie beide in einem Taumel mitriss.

Nur ganz langsam fand Diana wieder in die Wirklichkeit zurück. Ihre Hände streichelten zärtlich seinen Rücken, und als sie die schwer gewordenen Lider öffnete, blickte sie in dem Spiegel über dem Bett in ihr eigenes Gesicht. Sie lächelte, als sie ihren müden, zufriedenen Gesichtsausdruck sah, und verfolgte das Spiel ihrer Hände auf seinem Rücken.

Wie hellhäutig sein Körper doch gegen meinen ist, dachte sie träge, und welchen Kontrast unsere Haare bilden, wenn man unsere Köpfe so nah nebeneinander sieht.

Caine gab einen leisen Laut von sich und machte Anstalten, sie zu verlassen. Sofort hielt Diana ihn fest und murmelte nah an seinem Ohr: „Bleib, bitte!"

Er hob den Kopf und sah sie an. „Diana, ich wollte das nicht, glaub mir. Ich weiß, es klingt nicht sehr glaubwürdig, nach dem, was heute Morgen geschehen ist, aber …"

„Caine." Diana umschloss sein Gesicht mit beiden Händen und blickte ihm tief in die Augen. „Es tut mir leid, dass ich dir vorhin so viele hässliche Sachen an den Kopf geworfen habe. Während ich sie aussprach, wusste ich eigentlich schon, dass ich nicht die Wahrheit sagte, aber ich konnte nicht anders. Ich war einfach noch nicht in der Lage zuzugeben, wie sehr ich mich nach dir gesehnt habe."

Caine strich mit einer Hand durch ihr dunkles Haar. „Ich hatte mir fest vorgenommen, dich nicht anzufassen, als ich vorhin wiederkam."

Diana lächelte. „Und ich hatte mir vorgenommen, mich bei dir zu entschuldigen."

„Wahrscheinlich war es so besser für uns beide", flüsterte er und sah sie ernst an. „Diana, ich habe noch nie eine Frau so gewollt wie dich. Ich will dich, aber ich will dir nicht wehtun. Glaubst du mir das?"

Diana spürte, dass er kein Verständnis dafür haben würde, wenn sie ihm jetzt von ihren Zweifeln, ihren Ängsten erzählte. Stattdessen legte sie ihm lächelnd einen Finger auf die Lippen. „Keine Fragen mehr, Caine, bitte."

Er ahnte, dass sie etwas verschwieg, aber er kannte Diana mittlerweile gut genug, um zu wissen, dass es keinen Zweck hatte, jetzt weiter in sie zu dringen. „Gut, für den Augenblick bin ich damit einverstanden." Er legte sich neben sie und sah hinauf in den Spiegel. „Weißt du, Diana, allmählich gefällt mir dieses Zimmer hier. Zumindest bietet es ungeahnte Ausblicke."

Diana folgte seinem Blick und schmunzelte. „Wahrscheinlich wirst du mich als Nächstes fragen, ob ich Kleingeld für das Videoprogramm habe."

„Nein, da brauchst du keine Angst zu haben." Er drehte sich zur Seite und nahm sie in die Arme. „Ich war schon immer mehr dafür, es selbst zu tun, als es mir anzusehen."

„Caine." Diana rückte etwas von ihm ab und sah ihn an. „Ich weiß, das ist ein sehr profanes Thema – aber ich komme fast um vor Hunger."

Caine lachte und küsste sie auf die Nasenspitze. „Du Arme. Ich hol dir was. Hoffentlich gibt es irgendwo noch was Essbares."

„Nein, diesmal komme ich mit. Ich muss wenigstens einmal für kurze Zeit aus diesen rosa Wänden heraus."

Caine begann sich anzuziehen und vermied es bewusst, einen Blick auf ihren nackten Körper zu werfen, als sie ebenfalls aus dem Bett stieg.

Sie waren beide warm in ihre Mäntel verpackt, als Caine die Tür öffnete und der erste kalte Windstoß sie erfasste. Diana hängte sich bei ihm ein, und gemeinsam gingen sie nach vorn gebeugt gegen den Sturm durch den dichten Schnee.

Unter der dicken weißen Decke sah sogar das kleine Motel hübsch und sauber aus. Sie bahnten sich ihren Weg durch fast knietiefen Schnee auf der Spur, die bereits andere Gäste auf ihrem Gang zum Restaurant festgetreten hatten.

„Soll ich dich nicht doch lieber zurückbringen und dir was holen?", fragte Caine nah an ihrem Ohr.

„Nein", gab Diana zurück und wies auf den Anbau am Ende des Motels. „Ist es das?"

„Ja. Seit der Schneesturm begann, haben sie rund um die Uhr geöffnet. Pass auf." Er hielt ihren Arm noch fester. „Hier sind irgendwo Stufen unter dem Schnee."

Aufatmend trat Diana durch die Tür, die Caine ihr aufhielt. Drinnen roch es nach altem Öl und Tabak. An den Fenstern entlang standen mehrere Tische mit abwaschbaren Tischdecken und vollen Aschenbechern, vor der langen Theke Hocker. Die meisten von ihnen waren mit anderen Gästen besetzt, die sich jetzt umdrehten und neugierig die Neuankömmlinge musterten.

„Da sind Sie ja wieder", sagte die Kellnerin, als sie Caine sah. „Setzen Sie sich", meinte sie zu Diana. „Sie sehen so aus, als könnten Sie einen Kaffee gebrauchen."

„Danke, ja. Und etwas zu essen, bitte."

Die Frau kam an den Tisch und nahm die Bestellung auf, die sie gleich darauf lauthals durch eine schmale Öffnung an der Rückseite der Wand an die Küche weitergab.

Caine beugte sich zu Diana und sagte leise an ihrem Ohr: „Am besten wird sein, wir decken uns mit Schokolade, Keksen und Limodosen ein, damit wir bis morgen früh überleben."

Die Kellnerin kam wieder zurück an ihren Tisch. „Sind Sie fremd hier?", fragte sie freundlich.

„Wir kommen aus Boston", antwortete Caine und zündete sich eine Zigarette an.

„Der junge Mann hier war ebenfalls auf dem Weg nach Boston", sagte sie und wies auf einen rothaarigen Jungen, der auf dem ersten Hocker an der Bar saß. „Zusammen mit seiner Braut", fügte sie vielsagend lächelnd hinzu.

„Ja, auf Hochzeitsreise", bestätigte dieser und starrte unglücklich in seinen Kaffee. „Lori hat nur einen Blick in das Zimmer geworfen, und seitdem weint sie."

Diana lächelte ihm freundlich zu. „Das war sicher nicht das, was sie erwartet hatte, nicht wahr?"

„Wir hatten eine Reservierung im Hyatt-Hotel – und jetzt das hier! Alles nur wegen des Schnees!"

„Das ist bestimmt eine Enttäuschung", antwortete Diana und sah den jungen Mann mitfühlend an. „Wie wäre es denn, wenn Sie das Zimmer etwas … nun ja, etwas romantischer machen würden?"

Der Junge sah sie hoffnungsvoll an. „Das Zimmer? Meinen Sie denn, das geht?"

„Natürlich. Zum Beispiel mit Kerzen und Blumen. Wie wäre es denn damit?"

„Ja, vielleicht." Der Hoffnungsschimmer verstärkte sich noch. „Aber woher soll ich Kerzen und Blumen nehmen?"

„Kerzen haben wir genügend", mischte sich die Kellnerin ein, „und einige Plastikblumen müssen auch noch im Hinterzimmer stehen. Ich hole sie eben."

„Meinen Sie wirklich, Lori würde das gefallen?"

„Aber ganz bestimmt", versuchte Diana ihn zu überzeugen.

„Sie auch?", wandte der junge Mann sich an Caine, der bisher der Unterhaltung schweigend, aber erstaunt zugehört hatte.

„In einem solchen Fall würde ich dem Urteil einer Dame mehr vertrauen", gab er ganz ernsthaft zur Antwort.

Die Kellnerin kam zurück und brachte drei Kerzen in Haltern aus Plastik sowie mehrere leicht angestaubte Plastikblumen mit. „Das wird Ihrer Braut bestimmt gefallen", meinte sie und versuchte dabei, die Blumen wenigstens vom schlimmsten Staub zu befreien.

„Danke", sagt der junge Mann, griff nach den Kerzen und den Blumen und wandte sich dann noch einmal an Diana. „Vielen Dank."

„Viel Glück", rief Diana hinter ihm her und warf dann einen Blick auf Caine. „Ich finde das richtig rührend von ihm."

„Sicher. Ich hab doch auch nichts anderes gesagt, oder?"

„Man braucht dich nur anzusehen", erwiderte Diana. Etwas süffisant fügte sie hinzu: „Es gibt eben Menschen, die noch etwas für Romantik übrighaben."

Caine griff nach ihrer Hand und führte sie an seine Lippen. „Soll ich noch eine Flasche Wein kaufen, Liebling?"

„Bloß nicht", lachte Diana, beugte sich schnell vor und gab ihm einen langen, zärtlichen Kuss.

9. Kapitel

Diana saß hinter ihrem Schreibtisch und studierte noch einmal die Akte Irene Walker. Eine ganz typische Geschichte eigentlich, dachte Diana, als sie sich den Lebenslauf der jungen Frau ansah. Direkt nach der Schule hatte sie ihren Mann geheiratet. Sie hatte nie einen Beruf gelernt, und ihr Mann war von Anfang an dagegen gewesen, dass sie arbeitete. Also war sie zu Hause geblieben, hatte den Haushalt versorgt und all ihren Ehrgeiz darangesetzt, es ihm so schön wie möglich zu machen.

Jetzt war die Ehe zerbrochen, und Irene hatte keine Ausbildung, keine Möglichkeit, sich und ihr Kind allein über die Runden zu bringen. Während des Prozesses wollte Diana dafür sorgen, dass der Mann seiner Frau einen Ausgleich für diese vier Jahre zahlen musste, in denen sie nur für ihn da gewesen war. Das Geld wäre immerhin ein Anfang und würde Irene helfen, für sich und ihr Kind eine eigene Existenz aufzubauen.

Diana schloss die Akte und strich sich seufzend über die Stirn. Sie musste aufpassen, dass dieser Fall ihr nicht genauso naheging wie der von Chad Rutledge.

Chad, dachte sie und betrachtete nachdenklich ihr hübsches Büro. Der Fall würde nicht so leicht über die Bühne gehen wie der von Irene Walker – vorausgesetzt natürlich, Irene blieb standhaft und ließ sich von ihrem Mann nicht wieder beschwatzen. Diana hatte bereits mehr als die Hälfte der Bekannten von Chad und Beth angerufen, die auf der Liste standen. Bisher hatte sie jedoch noch niemanden gefunden, der ihr hätte weiterhelfen können. Und dabei wäre das so wichtig! Nur Chads Aussage und ihre eigene Überzeugung, dass der Junge unschuldig war, würden vor Gericht nicht genügen.

Diana lehnte sich in ihrem Sessel zurück, sah hinauf an die Decke und dachte noch einmal über das nach, was bisher im Fall Rutledge feststand. Ein unbescholtener junger Mann aus guter Familie, dessen Temperament manchmal etwas übers Ziel hinausschoss. Daneben ein junges Mädchen, ebenfalls unbescholten und aus guter Familie, das ihn der Vergewaltigung bezichtigte. Dazu noch die Verletzungen des Mädchens und Chads Aussage, dass sie miteinander geschlafen hätten. Diana machte sich keine Illusionen darüber, wem man vor Gericht eher glauben würde.

Chad war unschuldig, das stand für Diana fest. Aber wie würde er reagieren, wenn er miterleben musste, wie sie Beth im Zeugenstand vernahm und versuchte, die Wahrheit aus ihr herauszupressen? Zumindest musste sie damit rechnen, dass der Junge dann wieder umfiel und dem Gericht ebenfalls seine Schuld eingestand, nur um dem Mädchen beizustehen.

„Diana?"

Erschrocken sah sie auf. „Oh. Ja, Lucy?"

„Wenn Sie mich jetzt nicht mehr brauchen, würde ich gern gehen. Caine hat vorhin angerufen. Seine Besprechung hat länger gedauert als erwartet, aber er sagte, er werde auf jeden Fall noch ins Büro kommen."

„Gehen Sie ruhig, Lucy. Ich habe noch einiges aufzuarbeiten und werde dann abschließen."

„Soll ich Ihnen noch einen Kaffee kochen?"

„Nein danke." Diana lächelte ihr zu. „Ich wünsche Ihnen einen schönen Abend."

„Ihnen auch", antwortete Lucy und ging. „Sagen Sie Caine, dass ich alle Nachrichten für ihn auf seinen Schreibtisch gelegt habe", rief sie vom Flur aus.

„Mach ich."

Diana sah ihr nach. Lucy, dachte sie und schmunzelte, war doch nicht so leicht hinters Licht zu führen. Sie hatte genau gemerkt, dass sich zwischen Caine und Diana etwas geändert hatte. Dabei war sich Diana so sicher gewesen, dass sie den gleichen freundschaftlich kollegialen Ton beibehalten hatten. Aber irgendwie hatten sie sich wohl doch verraten. Warum auch nicht? Schließlich war es nicht für immer und vor aller Welt geheim zu halten, und es gab auch gar keinen triftigen Grund dafür.

Nachdenklich stand Diana auf und ging hinüber zum Kamin. Das Holz war schon fast heruntergebrannt. Sie nahm ein neues Holzscheit und legte es in die Glut, woraufhin die Flammen sofort wieder aufflackerten. Das ist so wie bei mir, dachte sie und lächelte. Bevor Caine in ihr Leben getreten war, hatte sie der Glut geglichen, aber jetzt loderte Leidenschaft in ihr, sobald Caine nur in ihre Nähe kam.

Dieses Gefühl erschreckte sie. Sie hatte Angst vor der Wildheit, die er in ihr entfachte und die sie nicht mehr kontrollieren konnte. Viel zu lange hatte Diana sich beherrschen, ihre Emotionen unterdrücken müssen. Es war nicht leicht für sie, das von heute auf morgen abzulegen.

Vielleicht war das einer der Gründe gewesen, warum sie auch nach ihrer Fahrt nach Salem darauf bestanden hatte, im Büro weiterhin nur als seine Kollegin zu gelten und nicht durchblicken zu lassen, wie sehr sich ihr Verhältnis verändert hatte.

Während Diana noch vor dem Kamin stand und zusah, wie das Feuer sich allmählich in das Holz fraß, hörte sie plötzlich drüben in Caines Büro das Telefon klingeln. Sie sah auf ihre Uhr und stellte fest, dass es bereits nach achtzehn Uhr war.

„Mr. MacGregors Büro", sagte sie und suchte auf seinem Schreibtisch nach dem Schalter der Lampe.

„Ist er noch nicht zurück?", fragte eine ungeduldige männliche Stimme am anderen Ende.

„Nein, tut mir leid." Diana ließ sich in Caines Schreibtischsessel fallen und griff nach einem Bleistift. „Mr. MacGregor ist noch nicht wieder im Büro. Kann ich ihm etwas ausrichten?"

„Wo zum Teufel steckt dieser Junge nur?" Die kräftige Stimme des Mannes drang so laut durch den Hörer, dass Diana ihn erschrocken ein Stück von ihrem Ohr abhielt. „Ich versuche schon den ganzen Nachmittag, ihn zu erreichen."

„Es tut mir leid, aber Mr. MacGregor hatte eine Besprechung, die wohl länger als erwartet gedauert hat. Soll er Sie morgen zurückrufen?"

„Dass dieser Junge nie da ist, wenn man ihn erreichen will."

„Geben Sie mir doch am besten Ihren Namen und Ihre Telefonnummer", bot Diana freundlich an. „Er wird dann bestimmt sofort morgen früh zurückrufen."

„Sie sind nicht Lucy, oder?", fragte die Stimme dann verwundert. „Wo steckt diese Lucy denn?"

Schmunzelnd legte Diana den Bleistift wieder weg. „Lucy hat schon Feierabend. Hier ist Diana Blade. Ich arbeite zusammen mit Mr. MacGregor in dieser Kanzlei. Kann ich vielleicht …?"

„Justins Schwester?", unterbrach der Mann sie, und Diana hörte, wie er dabei vor Überraschung offenbar auf eine Tischplatte schlug. „Das ist aber schön, dass ich Sie endlich einmal an der Strippe habe. Ich habe gehört, dass Sie jetzt bei Caine in der Kanzlei arbeiten."

„Ja", antwortete Diana leicht irritiert. „Kennen Sie meinen Bruder denn?"

„Ob ich ihn kenne?" Durch die Leitung kam ein so lautes Gelächter, dass Diana unwillkürlich zusammenzuckte. „Natürlich kenne ich ihn, Mädchen. Immerhin habe ich es zugelassen, dass er meine Tochter geheiratet hat."

„Oh." Diana lehnte sich zurück. Das war also das Oberhaupt des MacGregor-Clans, von dem sie schon so viel gehört hatte. „Wie geht es Ihnen, Mr. MacGregor? Caine hat mir schon viel von Ihnen erzählt."

„Ha!", brüllte er zurück. „Ich hoffe nur, Sie geben nicht allzu viel auf das, was mein Sohn erzählt."

Diana lachte, und ihre Finger spielten mit dem Telefonkabel. Sie war sich gar nicht bewusst, dass sie sich zum ersten Mal an diesem Tag wirklich entspannt zurückgelehnt hatte. „Keine Angst, Mr. Mac-Gregor, Caine hat mir nur Gutes von Ihnen erzählt. Tut mir leid, dass er nicht hier ist."

Einen Moment war es still, dann fragte er: „Sie sind auch Anwalt, nicht wahr?"

„Ja. Ich habe ebenfalls in Harvard studiert, allerdings einige Jahre später als Caine."

„Ja, die Welt ist klein. Serena hat mir übrigens gesagt, dass Justin und Sie endlich wieder zueinandergefunden haben."

„Nun …" Diana brach ab. Sie wusste nicht so recht, was sie einem völlig Fremden darauf antworten sollte.

„Richtig so, völlig richtig", meinte er. „Ihr beide seid aus gutem Stall. Das ist ganz wichtig heutzutage. Übrigens hab ich bald Geburtstag", wechselte er abrupt das Thema. „Mir wäre es zwar lieber, wir würden gar nichts machen, aber meine Frau besteht auf einer Feier, und ich möchte sie nicht enttäuschen."

„Das kann ich verstehen." Schmunzelnd erinnerte sich Diana an Caines Worte, dass sein Vater immer seine Frau bei solchen Dingen vorschieben würde.

„Sie vermisst ihre Kinder sehr, müssen Sie wissen", fuhr er fort. „Sie sind ja in alle Himmelsrichtungen verstreut. Aber wo gibt es heute noch Kinder, die sich darum kümmern, wenn ihre Eltern einsam sind? Dabei wäre meine Frau schon zufrieden mit ein oder zwei Enkelkindern", fügte er treuherzig hinzu. In seiner Stimme schwang der Schalk mit.

„Nun …"

„Anna möchte ihre Kinder auf jeden Fall am nächsten Wochenende hier haben", unterbrach er Diana. „Und wir möchten gern, dass Caine Sie mitbringt."

„Danke, Mr. MacGregor, ich …"

„Nennen Sie mich Daniel", unterbrach er sie erneut. „Schließlich gehören Sie ja jetzt zur Familie."

„Danke, Daniel. Ich freue mich über die Einladung, und ich werde gern kommen."

„Gut. Dann wäre das also erledigt. Sagen Sie Caine, dass seine Mutter ihn bereits Freitagabend hier haben will. Anwältin sind Sie, hm? Gut, sehr gut. Also dann bis Freitag, Diana."

„Ja." Diana stand auf, den Hörer noch am Ohr. „Auf Wiedersehen, Daniel."

Sie ließ sich wieder in den Sessel fallen und schüttelte lächelnd den Kopf. Dieser Daniel MacGregor schien wirklich so originell zu sein, wie man es von ihm erzählte. Sie glaubte ihn förmlich vor sich zu sehen, so eindrucksvoll war seine Stimme am Telefon gewesen, seine ganze Art, sich auszudrücken, ohne ein Blatt vor den Mund zu nehmen. Sein Lachen erinnerte sie sehr an Caine, und die Angewohnheit, eine Unterhaltung an sich zu reißen, schien er ebenfalls von seinem Vater geerbt zu haben. Aber was sollte dieses Gerede über den „guten Stall"?

Als Diana die Eingangstür unten ins Schloss fallen hörte, stand sie auf und ging zur Treppe. „Hallo!"

Caine hob den Kopf und lächelte ihr zu. „Hallo!"

„Wie ist es gegangen?"

Caine streckte sich und seufzte. „Ich habe drei Stunden mit Ginnie Day verbracht – das sagt wohl alles."

Diana ging zu ihm und begann mit beiden Händen seine Schultern zu massieren. „Du magst sie wohl nicht?"

„Nein, absolut nicht." Die Massage tat gut, und er versuchte seine Schultern so locker wie möglich zu lassen. „Sie ist ein verwöhntes, schlecht erzogenes Mädchen mit den Manieren einer Fünfjährigen."

„Na, dann hast du bestimmt keinen angenehmen Nachmittag gehabt."

Er drehte sich um und griff nach ihren Handgelenken. „Es kommt ja schließlich nicht darauf an, dass ich sie mag. Wichtig ist nur, dass ich sie so gut wie möglich verteidige. Es wäre allerdings einfacher, wenn Ginnie sich nicht unbewusst selbst zur besten Waffe des Staatsanwaltes machen würde. So wie sie sich benimmt, stimmt sie keinen von den Geschworenen milde. Das Gegenteil wird höchstens der Fall sein. Alle werden Mitleid mit dem Opfer haben."

„Hast du heute noch irgendwelche Termine?", fragte Diana.

„Nein."

„Okay, dann zieh deinen Mantel wieder an", sagte sie ganz spontan und wusste im selben Augenblick, dass eine solche Reaktion vor einigen Wochen noch völlig unmöglich für sie gewesen wäre. „Ich lade dich zum Abendessen ein. Und dann", sie drehte sich um und nahm ihren Mantel von der Garderobe, „fährst du mit zu mir."

„Wirklich?"

„Ja. Sieh mich nicht so erstaunt an. Was ist denn daran so außergewöhnlich?"

Caine gab keine Antwort, sondern half ihr nur lächelnd in den Mantel. Er wusste, dass er wieder einmal gewonnen hatte.

Zitternd vor Kälte schloss Diana ihre Wohnungstür auf. Das Abendessen in entspannter Atmosphäre hatte ihnen beiden gutgetan, sie auf andere Gedanken gebracht.

„Ich hole Gläser", sagte Diana und stellte die mitgebrachte Flasche Champagner auf den Tisch.

Caine warf einen Blick auf das Etikett. „Hast du vor, meinen Verstand mit Champagner zu benebeln?"

Diana kam mit zwei Gläsern in der Hand zurück. „Warum nicht? Machst du die Flasche auf?"

„Sei aber nicht enttäuscht, wenn das nicht so klappt, wie du es dir vorstellst."

„Meinst du?"

Diana stellte die Gläser auf den Tisch und ging dann lächelnd auf ihn zu. Ohne Caine aus den Augen zu lassen, griff sie mit beiden Händen unter die Revers seines Jacketts und streifte es ihm von den Schultern. Diesmal würde sie ausprobieren, wie weit ihre Stärke reichte und wie schwach er unter ihren Händen wurde. Sie band seine Krawatte los, und als Caines Arme sich um sie legten, berührte sie mit ihrem Mund spielerisch seine Unterlippe, beugte sich etwas zurück und fragte: „Was ist mit dem Champagner?"

„Oh, mir war so, als hätten wir ihn bereits getrunken", murmelte er ganz nah an ihrem Gesicht. Seine Stimme wurde heiser.

„Schenk ein", bat Diana leise und öffnete die ersten Knöpfe seines Hemdes.

Während sie durch das Zimmer ging, streifte sie ihre hochhackigen Pumps ab, dann stellte sie leise Musik an und zog ihre Kostümjacke aus.

Caine füllte die Gläser und warf einen Blick zu ihr hinüber. Er war verwirrt, das war unübersehbar. Diese neue Diana gab ihm Rätsel auf.

Sie kam wieder zu ihm und knöpfte sein Hemd noch weiter auf. Dann sah sie ihn an, und dabei umspielte ein weiches Lächeln ihre Mundwinkel. „Habe ich dir eigentlich je gesagt, dass du mich faszinierst?"

„Wirklich?"

„Ja." Sie nahm seine Hände, zog sie an die Lippen und küsste langsam und zärtlich jeden einzelnen Finger. „Als ich zum ersten Mal deine Hände sah, hab ich mich schon gefragt, wie sie sich wohl auf meiner Haut anfühlen würden", sagte sie zwischen den Küssen.

Caine löste eine Hand aus ihren, griff unter ihr Kinn und zwang sie mit sanfter Gewalt, ihm in die Augen zu schauen. Wollte sie ihn verführen, oder spielte sie nur ein Spiel, dessen Regeln er noch nicht kannte? „Diana …"

„Und als du mich dann geküsst hast, habe ich mir so sehr gewünscht, dass dieser Kuss niemals enden möge." Sie berührte ganz zart seine Lippen, doch als er mehr wollte, zog sie sich wieder zurück. Sie nahm ihr Glas, trank einen Schluck und sah ihn über den Rand hinweg an. Ihre Augen waren noch dunkler als sonst, und in ihren Pupillen tanzten kleine Lichtfunken.

„Diana." Caines Stimme klang rau. Er legte beide Hände um ihren Nacken und zog sie wieder fester an sich.

Diana legte beide Hände an seine Brust und hielt ihn so auf Abstand. Sie blickte ihn an, und um ihre Lippen spielte ein verführerisches Lächeln. Er hatte sie so oft dazu gebracht, dass sie die Kontrolle über sich verlor, sich ihm ganz hingab – diesmal sollte es andersherum gehen.

„Weißt du eigentlich, dass deine Augen dunkler werden, wenn du mich begehrst?", fragte sie leise. „Ich kann es deinen Augen ansehen, wenn du mich willst. Komm, trink deinen Champagner", fügte sie hinzu und löste sich von ihm. „Und entspann dich."

Caine kannte sich zu gut mit Frauen aus, um nicht zu wissen, was Diana vorhatte. Trotzdem fiel es ihm schwer, nicht ihrem Spiel zu erliegen. „Du weißt, dass ich dich will", sagte er, und seine Stimme klang seltsam heiser. „Und du weißt auch, dass ich dich haben werde."

„Vielleicht." Sie reichte ihm das Glas und prostete ihm zu. „Wenn ich daran denke, dass wir beide miteinander schlafen, dann denke ich gleichzeitig an raue Naturgewalten, an Wind und Sturm. Damals, als wir uns morgens am Strand zum ersten Mal küssten, dann das Zimmer in dem Motel, während draußen der Schneesturm tobte …" Sie hatte auch die letzten Hemdknöpfe geöffnet und ließ ihre Finger jetzt zärtlich über seine behaarte Brust gleiten.

„Wenn du mir damit sagen willst, dass du es lieber sanft und zärtlich hättest, dann ist das wohl nicht der richtige Weg", antwortete Caine und versuchte das erwachende Verlangen unter Kontrolle zu halten, das ihre Finger auslösten.

„Habe ich gesagt, dass ich das will?" Diana lachte. Langsam, ohne den Blick von seinem zu lösen, beugte sie sich mit leicht geöffneten Lippen vor.

Mit beiden Händen griff Caine in ihr Haar. Er küsste sie immer leidenschaftlicher. Dabei spürte er, wie Diana nachgab, wie ihr Körper unter seinen stürmischen Küssen willenlos wurde. Sein Atem ging bereits schwer, als er nach dem Reißverschluss an ihrem Kleid griff, um ihn zu öffnen.

Noch nicht, noch nicht, rief Diana sich mühsam zur Ordnung. Sie brauchte einige Sekunden länger, um sich zu beweisen, dass sie all das Anerzogene ablegen konnte. Sie machte einen Schritt zurück.

„Diana?", protestierte Caine und wollte sie wieder an sich ziehen, doch sie war schneller.

„Möchtest du noch etwas Champagner?" Diana nahm die Flasche und schenkte ihm nach.

Mit einem großen Schritt war er bei ihr und griff nach ihrem Arm. „Du weißt ganz genau, was ich will."

Diana trank ihr Glas in einem Zug leer, stellte es zurück auf den Tisch und sah ihn lächelnd an. „Trag mich ins Bett, Caine", sagte sie sanft. „Ich möchte mit dir schlafen."

Er riss sie so ungestüm an sich, dass sie keine Möglichkeit hatte, sich dagegen zu wehren. „Nein", sagte er rau, „hier und jetzt will ich dich lieben."

Er zog sie mit sich auf den weichen Teppich. Überall auf ihrem Körper spürte Diana seine Hände, seine Lippen bedeckten ihr Gesicht mit heißen Küssen, und sie hörte ihn erregt Luft holen.

Selbst als sich ihre Lippen fanden, waren ihre Hände weiter ungeduldig damit beschäftigt, die störende Kleidung zu entfernen, die ihre Körper voneinander trennte.

Verschwommen kam es Caine in den Sinn, dass er noch niemals vorher ein solches Verlangen verspürt und so schnell seine Selbstbeherrschung verloren hatte. Als er endlich Dianas nackten Körper unter sich spürte, hatte er nicht mehr die Geduld, dieses Gefühl zu genießen. Er wollte mehr, wollte sie ganz besitzen und den Triumph auskosten, dass sie ihm gehörte.

Diana war längst nicht mehr in der Lage, den Augenblick noch länger hinauszuzögern, wo nur noch ihre Körper sich von ihrer Sehnsucht treiben ließen. Die Wirklichkeit war weit weg, nur noch seine Nähe zählte und das Gefühl, eins mit ihm zu sein.

Immer wilder wurde ihr Rhythmus, immer heftiger pressten sie ihre erhitzten Körper gegeneinander, bis die Erregung sich schließlich nicht mehr steigern ließ und ihre Erfüllung fand.

Caine hatte sein Gesicht in ihren dichten Haaren vergraben. Er zitterte und hatte plötzlich Angst vor seinen eigenen Gefühlen. Was machte diese Frau mit ihm, welche Gewalt hatte sie bereits über ihn, dass er so die Beherrschung verlieren konnte? Er wusste nicht, ob sie beide erst zehn Minuten oder bereits eine Stunde hier lagen. Das Letzte, woran er sich noch klar erinnern konnte, war, dass er Diana auf den Teppich gezogen hatte. Noch nie war es ihm passiert, dass sein Denken völlig aufhörte, während er eine Frau liebte.

Caine hob den Kopf und sah sie an. Diana hatte die Augen offen, aber sie schienen verschwommen und spiegelten die Leidenschaft wider, die noch in ihr nachklang.

Caine vergrub das Gesicht wieder in ihren Haaren und atmete tief durch. Plötzlich spürte er, wie Diana ihre Hände langsam und zärtlich über seinen Rücken gleiten ließ.

Sie dachte nicht mehr an ihren Triumph, ihn verführt zu haben. In ihr waren nur noch die Mattigkeit und Zufriedenheit nach einem wundervollen Höhepunkt, den sie mit Caine gemeinsam erlebt hatte. Und dann war da noch etwas. Ein Gefühl, das sie nicht genau deuten konnte, das entstanden war, als sie einige Minuten zuvor in seine Augen geschaut hatte.

„Du bist eine ungewöhnliche Frau, Diana", murmelte Caine an ihrem Ohr. Er begehrte sie wie keine andere je zuvor.

„Warum?"

„Ich wusste gar nicht, dass du so leidenschaftlich sein kannst", antwortete er, immer wieder unterbrochen von spielerischen Küssen, mit denen er ihr Gesicht bedeckte. „Für eine Frau, die so viel Wert darauf legt, ihre Gefühle unter Kontrolle zu halten, ist das ganz erstaunlich, findest du nicht?"

Diana lächelte nur, umschloss seinen Kopf mit beiden Händen und küsste ihn zärtlich.

Als sie ihn wieder losließ, sah er sie eine Weile ernst an. „Wir sollten den Champagner noch austrinken", sagte er schließlich und griff nach der Flasche. „Dann trag ich dich ins Bett."

Diana richtete sich auf und nahm das Glas in die Hand. Sie trank einen Schluck. „Er schmeckt jetzt noch besser als vorhin", sagte sie. „Findest du nicht?"

Caine griff nach ihren Haaren und wickelte sich eine Strähne um die Finger. „Diana, lass uns dieses Wochenende zusammen bei mir verbringen, ja? Wir können es uns gemütlich machen, alte Filme ansehen und brauchen überhaupt nicht aus dem Haus zu gehen. Für die nächsten Wochen wird das vermutlich das letzte freie Wochenende sein. Wenn wir mit unseren Fällen erst einmal vor Gericht sind, bleibt uns nicht mehr viel Freizeit. Was hältst du davon?"

Während er sprach, hatte Diana sich bereits in ihrer Fantasie ausgemalt, wie herrlich sie die Stunden miteinander verbringen könnten. Aber plötzlich schreckte sie hoch. „Oh Caine, das geht nicht. Dein Vater."

Überrascht sah er sie an. „Was hat denn mein Vater damit zu tun?"

„Er hat vorhin angerufen. Tut mir leid, das hatte ich total vergessen. Wir sind für das Wochenende bei deinen Eltern eingeladen."

„Fürs Wochenende?"

„Ja, zur Feier seines Geburtstags." Diana musste lachen, als sie an das Gespräch zurückdachte. „Er sagte zwar, das sei alles nur wegen deiner Mutter …"

„Oh ja, das kenne ich! Mein bescheidener ruhiger Vater würde den Tag völlig vergessen. Die Qual einer lauten Party nimmt er nur auf sich, um seiner Frau eine Freude zu machen. Und natürlich nimmt er die Geschenke auch nur aus diesem Grund an. Das ist wieder typisch für ihn."

„Ich finde es sehr nett von ihm, dass er mich auch eingeladen hat. Wenn auch das Gespräch mit ihm etwas verwirrend war."

„Wieso?"

„Nun, er meinte zum Beispiel, dass Justin und ich aus einem guten Stall wären", antwortete Diana. Sie hatte Mühe, ihre Gedanken zusammenzuhalten, während Caines Hand zärtlich ihren Körper streichelte.

„Und was hat er noch gesagt?"

„Ach, noch so einiges." Mittlerweile war seine Hand an ihrer Brust angekommen, und seine Finger spielten mit den rosigen Knospen. „Offenbar hat es ihm gefallen, dass wir beide Rechtsanwälte sind." Diana stöhnte leise auf und zog Caine zu sich herunter. „Bitte, trag mich ins Bett", murmelte sie und begann nun selbst, ihn zu streicheln.

„Hat Serena dir eigentlich erzählt, wie sie und Justin sich kennengelernt haben?"

Es dauerte eine Weile, bevor Diana in der Lage war, darauf zu antworten. „Nein … nein, hat sie nicht. Oh Caine, bitte komm!"

Wie würde sie wohl reagieren, wenn er ihr erzählte, dass sein Vater die beiden zusammengebracht hatte? Und dass Daniel MacGregor auch alle Mittel einsetzen würde, um ihn mit der Frau zusammenzubringen, die er für seinen jüngsten Sohn geeignet fand. Caine wusste genau, dass sein Vater gegen Diana nichts einzuwenden haben würde. Aber wie stand es mit ihm? Hatte er etwas dagegen einzuwenden?

Die Frage wurde schnell verdrängt, als Diana ihre Arme um seinen Nacken legte und sich an ihn schmiegte. Jetzt war keine Zeit dafür, so wichtige Fragen zu beantworten.

Caine hob sie hoch und trug sie ins Bett.

10. Kapitel

Diana saß hinter ihrem Schreibtisch und sah hinüber ins Feuer, das im Kamin prasselte. Vor ihr lag die Akte Irene Walker.

Langsam schüttelte sie den Kopf. Sie konnte es immer noch nicht fassen. Die Frau hatte ihre Anklage zurückgezogen, der Fall war erledigt. Irene Walker hatte beschlossen, ihrem Mann noch eine Chance zu geben.

Diana konnte sich nur zu gut vorstellen, wie diese Chance aussehen würde, aber sie hatte keine Möglichkeit, einzugreifen. Wie hatte Mrs. Walker gesagt? Es tue ihm so leid, und er habe fest versprochen, dass es nie wieder vorkommen werde. Diana glaubte, die leise Stimme der Frau noch zu hören.

Wie konnte eine Frau nur so dumm sein? Beim nächsten Mal würde sie wahrscheinlich nicht mit ein paar Schrammen davonkommen.

Diana schlug ärgerlich mit der flachen Hand auf die Akte. All die Stunden Arbeit und das Mitgefühl für Irene Walker, alles, was sie in diesen Fall investiert hatte – umsonst!

Sie stand auf und ging hinüber zum Fenster. Woher nahm diese Frau die Überzeugung, ihr Mann würde sie trotz allem, was er ihr angetan hatte, doch noch lieben? Wie konnte sie zu ihm zurückgehen, sich selbst und vor allem ihr Kind einer solchen Gefahr aussetzen?

Es klopfte an der Tür. „Herein", rief Diana, ohne sich umzudrehen.

„Ist etwas nicht in Ordnung?" Caine kam ins Zimmer und schloss die Tür hinter sich.

„Irene Walker", antwortete Diana, und er hörte ihrer Stimme an, wie ärgerlich sie war. „Sie geht wieder zu ihrem Mann zurück."

Caine warf einen Blick auf die Akte. „Tatsächlich?"

„Wie kann sie so etwas tun? Er hat den reuigen Ehemann gespielt, ihr versichert, dass so etwas nie wieder vorkommen werde, und schon glaubt sie ihm, nimmt ihr Kind und geht wieder zu ihm."

Caine sah den Scheck von Mrs. Walker auf Dianas Schreibtisch. „Vielleicht hat er sich wirklich gebessert."

Sofort schoss sie zurück: „Das kannst du doch nicht wirklich glauben! Einige Wochen Trennung können einen Mann wie ihn nicht zu einem neuen Menschen machen."

„Immerhin könnte es ihn erschreckt haben, dass sie die Scheidung eingereicht hat und ihn darüber hinaus noch wegen Körperverletzung verklagen wollte."

„Unsinn! Der Mann hat Angst, wegen seiner brutalen Handlungsweise ins Gefängnis zu müssen, und außerdem wird er sich wohl ausgerechnet haben, dass es teuer für ihn wird, wenn er den Lebensunterhalt für Frau und Kind nach der Scheidung aufbringen muss." Diana lief in ihrem Büro auf und ab, die Arme vor der Brust verschränkt. „Sie hat mir erzählt, dass er auch nicht bereit sei, mit ihr zu einer Eheberatung zu gehen. Er wolle ihre Probleme nicht an die große Glocke hängen, hat er gemeint. Dabei hat er sie schon im Garten vor den Augen der Nachbarn verprügelt – und dann will er das nicht an die große Glocke hängen? Und sie …" Dianas Stimme brach ab, sie blieb stehen und schüttelte verständnislos den Kopf. „Wie ist es möglich, dass diese Frau ihren Mann noch liebt?"

„Meinst du wirklich, sie liebt ihn?", fragte Caine, kam auf sie zu und griff nach ihren Händen. „Diana, kannst du dir nicht vorstellen, dass diese Frau mehr Angst davor hat, mit ihrem Kind allein zu leben, als davor, wieder von ihm geschlagen zu werden?"

„Vielleicht. Ich weiß es nicht." Nachdenklich sah Diana vor sich hin. Was wusste sie schon von der Liebe? Auf diesem Gebiet hatte sie keine Erfahrung. Sollte Liebe wirklich nur bedeuten, dass sie einen erwachsenen, intelligenten Menschen zum Spielball seiner Gefühle machte? „Sie glaubt, dass sie ihren Mann liebt, und dafür riskiert sie alles."

„Diana, wir sind Anwälte", erinnerte Caine sie und drückte ihre Hände, „keine Psychiater. Irene Walkers Probleme gehen uns nichts mehr an."

„Ich weiß." Diana seufzte tief auf und sah ihn an. „Aber es ist so frustrierend zu wissen, dass ich ihr hätte helfen können, vielleicht sogar dem Mann, wenn ich ihn dazu hätte bringen können, zu einer Beratung zu gehen. Aber jetzt …"

„Jetzt nimmst du die Akte", unterbrach Caine sie, „und heftest sie ab. Eine andere Möglichkeit hast du nicht."

„Schade."

„Ja, es ist schade, aber nicht zu ändern. Wenn uns auf diese Weise ein Fall entzogen wird, müssen wir uns damit abfinden."

„Im Studium scheint alles so einfach zu sein", murmelte Diana mehr zu sich selbst. „Da gibt es Gesetze, und die sagen dir genau, was richtig und was falsch ist. Aber dann, wenn du das Studium hinter dir hast und in einer Kanzlei sitzt, dann hast du es plötzlich nicht nur mit Gesetzen zu tun, sondern mit Menschen. Ich hätte ihr so gerne geholfen, Caine."

„Aber du kannst niemandem helfen, der diese Hilfe gar nicht will, Diana."

„Und Irene Walker will sie nicht." Diana nickte, aber der Ausdruck ihrer Augen zeigte, dass sie sich damit immer noch nicht abgefunden hatte.

Wie sollte sie Caine auch klarmachen, dass sie es als persönliche Niederlage ansah, dass ihr erster wirklich wichtiger Fall nicht zu einem guten Abschluss gebracht werden konnte? Während sie sich in den Fall vertieft hatte, war Diana das Gefühl nicht losgeworden, dass sie sich auch selbst helfen würde, wenn es ihr gelänge, Irene Walker aus diesen Fesseln zu befreien. Ähnliche Fesseln hatte sie ja auch gespürt, wenn sie sich bei ihr auch nicht handgreiflich, sondern gefühlsmäßig bemerkbar gemacht hatten.

„Ich hätte ihr helfen können. Ganz bestimmt", wiederholte Diana noch einmal.

Caine erkannte, wie sehr sie dieser Fall mitgenommen hatte. Er hätte ihr so gern geholfen, aber sie schien erstarrt zu sein, wollte ihn nicht an sich heranlassen. „Diana, du darfst dich nicht so in einen Fall hineinsteigern, glaub mir."

„Das musst du schon mir überlassen", gab sie schnippisch zurück.

Caine wusste, dass es besser wäre, sie jetzt in Ruhe zu lassen, und doch bohrte er weiter, versuchte noch einmal, an sie heranzukommen. „Ich habe einmal einen jungen Mann verteidigt, der betrunken einen Autounfall verursacht hatte. Ich habe ihn mit einer geringen Strafe frei bekommen – und drei Monate später hatte er erneut einen Unfall, war wieder betrunken, und sein Beifahrer wurde bei diesem Unfall getötet." Caine sah sie eindringlich an. „Der junge Mann, der mit in dem Auto gesessen hatte, war siebzehn Jahre alt."

„Oh Caine!" Diana griff nach seinen Händen und hielt sie fest.

„Es gibt wohl keinen Anwalt, der solches oder Ähnliches nicht schon einmal erlebt hat. Damit müssen wir leben, Diana."

„Du hast recht." Diana ließ seine Hände los und griff nach der Akte

Irene Walker. „Der Fall ist abgeschlossen", murmelte sie und legte die Akte in die Schublade.

„Lucy hat mir erzählt, dass du in der nächsten Woche Termine mit zwei neuen Klienten hast."

„Ja, ich kenne sie von Barclay", antwortete Diana. „Offenbar waren sie mit mir zufrieden, sonst würden sie ja wohl jetzt nicht zu mir kommen."

Caine ging zu ihr und legte ihr beide Hände auf die Schultern. Die Spannung in ihr hatte nachgelassen, das spürte er. „Na, dann hast du ja in nächster Zeit genug zu tun."

„Hoffentlich", antwortete Diana und sah ihn schmunzelnd an. „Wenn ich zum besten Strafverteidiger der Ostküste werden will, brauche ich noch eine Menge Klienten."

„Ich liebe ehrgeizige Frauen", flüsterte Caine zärtlich und küsste sie.

Diana saß entspannt in dem schweren Wagen und genoss die Fahrt zu Caines Eltern. Sie bemühte sich, nicht mehr an Irene Walker zu denken und zumindest für dieses Wochenende auch den Fall Chad Rutledge aus ihren Gedanken zu verdrängen.

Sie freute sich darauf, Justin wiederzusehen. Diesmal würde ihr Zusammentreffen zu keinen Spannungen führen wie beim ersten Mal in Atlantic City. Sie hatten sich ausgesprochen und konnten es jetzt beide genießen, Geschwister zu sein.

Sie war gespannt auf Caines Familie. Was sie bisher über diesen Clan wusste, ließ ihn sehr sympathisch erscheinen, und Diana fragte sich, ob dieser Eindruck auch noch anhalten würde, wenn sie die einzelnen Familienmitglieder erst einmal kennengelernt hatte. Sie beneidete Caine wieder einmal um seine unbeschwerte Kindheit und Jugend, die er in dieser großen Gemeinschaft verbracht hatte und die auch heute noch zusammenhielt, da die Kinder längst erwachsen waren. Wie sehr hatte sie sich in ihrer Kindheit gewünscht, eine solche liebevolle Familie zu haben.

Wie würde Caine sich verhalten? Würde sie andere Seiten an ihm entdecken, wenn sie ihn zum ersten Mal als Sohn und Bruder kennenlernte? Umgekehrt würde er sie bestimmt kaum wiedererkannt haben, wenn er sie je im Haus ihrer Tante erlebt hätte. Für Diana war es nur natürlich, dass auch Caine sich im Kreise seiner Familie ganz anders verhalten würde als beispielsweise in Boston in der Kanzlei.

Caine lenkte den Wagen einen kurvenreichen Fahrweg den Berg hinauf, und dann sah Diana sein Elternhaus. Das große Gebäude aus grob behauenen Steinen hob sich massig wie eine Trutzburg gegen den fahlen Winterhimmel ab. Die rückwärtige Front lag zur Meeresseite, und nach vorn, zur Auffahrt hin, war die strenge Fassade von hohen Fenstern unterbrochen, die alle hell erleuchtet waren und so dem Haus etwas von seiner düsteren Ausstrahlung nahmen.

„Oh Caine, es ist so schön hier", rief Diana begeistert, als der Jaguar vor dem Haus hielt. „Es sieht aus wie ein schottisches Schloss aus dem Bilderbuch."

„Mein Vater wäre begeistert, wenn er das gehört hätte", erwiderte Caine lachend.

Diana stieg aus und legte den Kopf in den Nacken, um bis zur Spitze des Turms hinaufsehen zu können, der mächtig in der Mitte des Hauses aufragte. Ganz oben wehte eine Fahne im Wind, der vom Meer her über das Land strich. „Hier wäre ich auch gern aufgewachsen", sagte Diana und nahm den Blick nicht von dem Haus.

Caine freute sich, dass es ihr so offensichtlich gefiel. Jetzt erst wurde ihm bewusst, dass er sehr enttäuscht gewesen wäre, wenn sie nicht so begeistert reagiert hätte.

„Ja", sagte er und legte den Arm um ihre Schulter, „ich liebe den alten Kasten auch sehr, obwohl er eigentlich nach heutigen Maßstäben völlig unpraktisch ist. Viel zu groß, viel zu hohe Räume, die man nur mit riesigem Aufwand beheizen kann. Alles an dem Haus ist groß, selbst die Kamine sind so ausladend geraten, dass man einen Ochsen darin grillen könnte. Und der Weinkeller hat solche Ausmaße, dass er auch jahrelang ohne Nachschub auskommen würde. Als Kinder haben wir da unten in den Gewölben immer Räuber und Gendarm gespielt."

„Tut es dir nicht leid, dass du nicht mehr hier leben kannst?"

„Nein, ich habe mich eigentlich schnell anders orientiert, als ich erst einmal ausgezogen war. Wahrscheinlich deshalb, weil ich genau weiß, ich kann immer hierher zurückkommen, wenn ich will. Komm, der Wind ist unangenehm, lass uns hineingehen. Die Koffer können wir später holen."

Sie stiegen die breiten Steinstufen hinauf zur Haustür. An der Tür befand sich ein gewaltiger Messingklopfer in Form eines Löwenkopfes. Caine betätigte den Griff und sah, dass Diana neugierig die Inschrift studierte, die sich darüber befand.

„Königlich ist mein Geblüt", übersetzte er ihr die gälischen Worte. „Sehr beeindruckend."

„Das will ich auch hoffen", meinte Caine mit einem breiten Lächeln und nahm Diana in den Arm. Als seine Lippen ihren Mund berührten, schlang sie die Arme um seinen Nacken und erwiderte seinen Kuss. Es war so leicht, alles um sich herum zu vergessen, wenn er sie küsste.

„Das ist auch eine Art, hier draußen nicht zu erfrieren."

Diana schaute erschrocken auf, als sie plötzlich eine fremde Stimme hörte. In der Tür stand ein großer Mann mit dunklen Haaren und schmunzelte.

„Mein Bruder Alan", stellte Caine sie nicht im Mindesten verlegen vor. „Diana Blade."

Alan ergriff ihre Hand und zog sie ins Haus. Caine folgte und legte besitzergreifend sofort wieder seinen Arm um Dianas Taille.

„Schön, dass Sie gekommen sind, Diana", sagte Alan und half ihr aus dem Mantel. „Die ganze Familie ist im Thronsaal versammelt."

Diana blickte erstaunt von einem zum anderen. „So nennen wir das große Wohnzimmer", erklärte Caine lachend. „Das heißt, von der Größe her ähnelt es eigentlich mehr einer Scheune als einem Zimmer. Ist Serena hier?", fragte er seinen Bruder.

„Justin und Serena sind schon vor mir angekommen", antwortete Alan.

„Ach du liebe Zeit, dann bin ich ja diesmal derjenige, der den Segen abbekommt", meinte Caine und verdrehte die Augen.

Alan grinste. „Damit wirst du dich wohl abfinden müssen."

Caine griff nach Dianas Arm und führte sie einen langen Flur hinunter. „Vielleicht wird er milder gestimmt sein, weil ich Diana bei mir habe", sagte er und sah seinen Bruder an. „Wie ich dich kenne, bist du allein hier, oder?"

„Ja, und dafür hab ich meine Standpauke bereits hinter mir."

„Besser du als ich", meinte Caine und lachte.

„Darf ich wissen, worüber ihr beide da sprecht?", mischte Diana sich ein.

Caine sah zuerst sie, dann Alan an. „Keine Angst, das wirst du noch schnell genug herausbekommen."

Diana wollte gerade noch eine Frage stellen, als plötzlich eine mächtige Stimme aus dem Zimmer schallte, auf das sie zugingen.

„Der Junge sollte seine Mutter häufiger besuchen. Was denken sich die Kinder heutzutage eigentlich? Sie sollten sich besser um Nachwuchs kümmern und dafür sorgen, dass die Familie nicht ausstirbt. Wo bleibt bei der heutigen Jugend der Stolz auf den ererbten Namen?"

Als Diana in das Zimmer trat, blieb sie überwältigt stehen. Diesen Riesensaal Zimmer zu nennen war eine glatte Untertreibung. Er hätte jedem Schloss als Ballsaal Ehre gemacht. Die Fenster auf der einen Seite reichten vom Boden fast bis zur Decke, die gegenüberliegende Wand wurde von einem so gewaltigen Kamin eingenommen, wie Diana ihn noch nie gesehen hatte. Das Feuer spiegelte sich in den Fensterscheiben tausendfach wider und tauchte diesen Teil des Raumes in ein warmes Licht.

Die andere Längswand war mit Holz getäfelt, und selbst die Bilder, die daran hingen, hatten wesentlich größere Ausmaße als die, die man normalerweise in einem Wohnzimmer fand. Die schweren alten Möbel aus massivem Holz waren ebenfalls nicht zierlich zu nennen, und doch wirkten sie fast verloren in diesem Saal.

Diana konnte so schnell gar nicht überblicken, wie viele Sessel, Stühle und Sofas in dem Raum standen. Die Familie allerdings hatte sich hinten am Kamin um einen großen Sessel versammelt, der wirklich wie ein Thron aussah. Auf ihm saß ein Mann, für den dieser Thron wie gemacht schien. Er war groß und breitschultrig, ein Mann wie ein Baum. Der rote Bart gab seinem Gesicht ein verwegenes Aussehen, und Diana dachte unwillkürlich, dass er besser in einen Kilt passen würde als in den maßgeschneiderten italienischen Anzug, den er trug.

Neben ihm saß eine zierliche Frau mit dunklem Haar, das von ersten grauen Strähnen durchzogen wurde. Während ihr Mann fortfuhr, sich über die heutige Jugend im Allgemeinen und seine Kinder im Besonderen auszulassen, saß sie still neben ihm und stickte.

Neben ihr auf der Couch saß Serena. Sie hielt ein Glas in der Hand und schaute in das Kaminfeuer. Justin hatte es sich an ihrer Seite bequem gemacht und einen Arm um die Schultern seiner Frau gelegt.

Diana sah ihren Gesichtern an, dass sie solche Strafpredigten vom Oberhaupt der Familie gewöhnt waren. Daniel MacGregor nahm noch einen Schluck aus seinem Glas, bevor er fortfuhr: „Es ist ja schon beinahe ein Wunder, dass die Kinder wenigstens zum Geburtstag ihres Vaters kommen. Schließlich könnte es ja mein letzter sein."

„Das sagst du jedes Jahr", antwortete Caine und machte damit seinen Vater auf die Neuankömmlinge aufmerksam.

Serena stand sofort auf und ging auf ihren Bruder zu. Sie umarmte ihn, küsste ihn auf die Wange und nahm dann auch Diana in den Arm. „Ich freue mich, dass du gekommen bist, Diana", murmelte sie und küsste sie ebenfalls auf die Wange.

Serena hatte ihre Schwägerin kaum losgelassen, als plötzlich Justin vor ihr stand.

„Diana." Er nahm ihre Hände und zog sie an sich. „Gib mir einen Kuss, Schwesterherz."

Diana stellte sich auf die Zehenspitzen, und einem plötzlichen Impuls folgend schlang sie die Arme um seinen Nacken und drückte ihren Bruder an sich. „Ich freue mich so, dich wiederzusehen, Justin."

Er erwiderte ihre Umarmung, und dabei fiel sein Blick auf Caine. Er hätte nicht sagen können, wieso, aber Justin wusste mit einem Mal, dass zwischen seiner Schwester und seinem Freund Caine eine Beziehung bestand, die sich nicht auf die gemeinsame Arbeit in der Kanzlei beschränkte. Er sah Caine fragend an, aber der Freund ging nicht darauf ein. Es war ihm nicht anzumerken, ob er die Frage in Justins Blick verstanden hatte.

Dabei wusste Caine genau, was Justin dachte. Er hatte genau das Gleiche erlebt, damals, als er festgestellt hatte, dass seine Schwester und Justin zusammenlebten. Im ersten Moment hatte er gegen ein Gefühl der Eifersucht ankämpfen müssen, weil ihm plötzlich bewusst geworden war, dass seine kleine Schwester erwachsen geworden war und nun ein anderer Mann in ihrem Leben die Hauptrolle spielte, nicht mehr der große Bruder. Caine konnte sich nur zu gut vorstellen, dass sein Freund jetzt mit ähnlichen Empfindungen kämpfte.

„Ja, zum Teufel, werde ich denn heute unseren Besuch auch noch einmal begrüßen dürfen?", schallte Daniel MacGregors kräftige Stimme durch den Raum. „Lass mich deine Schwester anschauen, Justin. Serena, mein Glas ist leer."

„Mich willst du wohl gar nicht begrüßen, oder?" Caine ging auf seinen Vater zu.

„Komm nur her", antwortete Daniel grollend und zog die buschigen Augenbrauen zusammen. „Schämst du dich gar nicht, deine arme Mutter so lange warten zu lassen? Wieso kommst du so spät?"

Er wartete die Antwort seines Sohnes gar nicht ab. „So, Sie sind also Diana?" Er nahm ihre beiden Hände zwischen seine und betrachtete sie von oben bis unten. „Sie sind ein hübsches Mädchen, Diana. Und die Ähnlichkeit mit Justin ist unverkennbar. Ich sag's ja, aus einem guten Stall seid ihr beide."

„Danke für die Einladung, Daniel", antwortete Diana lächelnd.

„Hübsches Mädchen, nicht wahr, Anna?", wandte er sich an seine Frau.

„Ja, wirklich." Caines Mutter stand auf und streckte Diana beide Hände entgegen. „Sie dürfen sich nichts daraus machen, Diana, dass Daniel Sie so ungeniert mustert. Das ist nun mal seine Art. Kommen Sie, setzen Sie sich zu mir."

„Was ist meine Art?", polterte Daniel gleich dazwischen. „Darf ich mir ein hübsches Mädchen etwa nicht mehr ansehen?"

„Als ob du dir das verbieten lassen würdest!" Caine lachte und setzte sich auf die Lehne des Sofas neben seiner Mutter.

Daniel lehnte sich wieder in seinen Thronsessel zurück und streckte die langen Beine aus. „So, dann haben wir also jetzt noch einen Anwalt in der Familie", bemerkte er und übersah einfach den warnenden Blick, den Caine ihm zuwarf. „Ich habe großen Respekt vor dem Recht, müssen Sie wissen", wandte er sich wieder an Diana. „Alan hat ja auch Jura studiert, aber jetzt steckt er so tief in der Politik, dass er für nichts anderes mehr Zeit hat."

„Jetzt bist du dran", flüsterte Caine seinem Bruder zu und lächelte breit.

„Und Sie haben auch in Harvard studiert?", fragte Daniel und nahm noch einen Schluck aus seinem Glas. „Ja, ja, die Welt ist klein. Jetzt seid ihr beide Partner in einer Kanzlei."

„Wir sind keine Partner", antworteten Caine und Diana gleichzeitig.

„So, ihr seid keine Partner?", fragte das Familienoberhaupt gedehnt zurück, und jeder im Raum wusste, dass er das Wort „Partner" natürlich nicht nur auf die Kanzlei bezog. „Wie komme ich denn darauf?"

„Serena hat mir erzählt, dass Sie auch in Boston aufgewachsen sind, Diana", rettete Anna die Situation. „Kennen Sie die Familie O'Marra?"

„Ja, meine Tante war befreundet mit Louise O'Marra."

„Louise, richtig. Und wie hieß ihr Mann …? Ach ja, Brian. Brian und Louise O'Marra. Ich kann mich noch gut an sie erinnern", sagte Anna MacGregor und nahm ihre Handarbeit wieder auf. „Sie konnten stundenlang Bridge spielen. Mir völlig unverständlich."

„Wie war das, Anna?", mischte Daniel sich wieder ein. „Haben die O'Marras nicht drei Enkelkinder?"

„Wobei wir wieder beim Thema wären", murmelte Caine.

„Mögen Sie Kinder, Diana?", wandte Daniel sich dann direkt an sie und beobachtete Diana dabei sehr genau.

„Kinder?" Die Frage überraschte sie, und ihr Blick ging Hilfe suchend zu Caine. „Ich habe eigentlich nicht viel Erfahrung mit kleinen Kindern."

„Kinder sind das Wichtigste überhaupt auf dieser Welt", antwortete Daniel und unterstrich dabei jedes seiner Worte, indem er mit dem Finger auf die Lehne seines Thronsessels tippte. „Mit Kindern wird aus einer Ehe erst eine Familie. Sie tragen den Namen weiter und geben Eltern das Gefühl, in ihrem Leben etwas geleistet zu haben."

„Dein Glas ist leer", unterbrach Caine ihn und nahm es ihm aus der Hand. Dabei flüsterte er seinem Vater zu, indem er ein strenges Gesicht aufsetzte: „Wenn du jetzt nicht aufhörst, trink ich den ganzen Whiskey-Vorrat leer, den du im Haus hast."

„Nun ja", sagte Daniel laut und räusperte sich. „Wie wäre es mit Abendessen? Ich habe einen Bärenhunger, Anna."

„Sollen wir es sagen?", wisperte Serena und sah ihren Mann an.

„Ja, tu es. Ich bin gespannt auf sein Gesicht."

„Da wir gerade von Kindern sprechen", sagte Serena laut und übersah Caines bösen Blick. „Ich glaube, Vater hat da recht."

„Nicht wahr?", ging Daniel hocherfreut wieder auf sein Lieblingsthema ein. „Es ist schon schlimm, dass eure Mutter nicht ein einziges Enkelkind im Arm halten kann."

„Nun, Justin und ich haben beschlossen, dass sich das in ungefähr sechseinhalb Monaten ändern soll", teilte Serena der erwartungsvoll dasitzenden Runde mit.

Ihr Vater saß plötzlich ganz aufrecht und starrte mit offenem Mund erst seine Tochter, dann seine Frau an.

„Nun, Daniel MacGregor", meinte Serena lächelnd, „hast du nichts dazu zu sagen?"

„Du bist schwanger?"

„Ja", antwortete Rena, beugte sich vor und gab ihm einen Kuss auf die Wange. „Irgendwann im September könnt ihr euer erstes Enkelkind im Arm halten."

Dem bärenstarken Mann traten Tränen in die Augen. Ganz vorsichtig legte er seine Hände um das Gesicht seiner einzigen Tochter. „Mein kleines Mädchen", murmelte er. „Meine kleine Serena."

Diana spürte, dass ihr auch die Tränen in die Augen stiegen und wandte sich schnell ab. Ihr Blick fiel auf Caine. Der starrte seine Schwester an, als könnte er es nicht fassen.

Justin! Jetzt erst dachte Diana daran, dass es ja auch das Kind ihres Bruders war. Spontan sprang sie auf und ging zu ihm.

„Auf dein Kind", sagte sie leise und hob ihr Glas. „Auf die Gesundheit eures Kindes und auf unsere Eltern, die das nicht mehr miterleben dürfen."

Gerührt gab Justin ihr einen Kuss und murmelte einige Worte in der Sprache ihres Stammes. „Ich hab's verlernt", sagte Diana.

„Danke", übersetzte Justin, „Tante meiner Kinder."

„Wo bleibt der Champagner?", ertönte plötzlich Daniels Stimme. „Das muss gefeiert werden. Ein kleiner MacGregor ist unterwegs."

„Blade", korrigierten Justin und Diana gleichzeitig.

„Richtig, Blade." Daniel hielt seine Tochter immer noch im Arm, und jetzt legte er auch Justin einen Arm um die Schulter und zog ihn an sich. „Das Blut der Blades und der MacGregors vereint – unschlagbar!"

Er ließ Justin und Serena los, kam auf Diana zu und drückte sie an sich. „Blade und MacGregor", wiederholte er noch einmal und lachte laut. „Wenn die nicht unschlagbar sind!"

Diana fühlte sich so fest an seinen mächtigen Brustkasten gedrückt, dass sie beinahe keine Luft mehr bekam. Erst einige Augenblicke später wurde ihr bewusst, was Daniel MacGregor damit gemeint hatte. Er hatte nicht mehr von Justin und Rena gesprochen … Nein, von Caine und ihr!

Sie sah verstohlen zu Caine hinüber. Er begegnete ihrem Blick, lächelte zärtlich und prostete ihr dann mit seinem vollen Glas zu.

Caine hatte sich in den Schaukelstuhl in seinem Zimmer gesetzt, rauchte und sah hinaus in die fahle Winternacht. Er wusste genau, dass er nicht würde schlafen können, und so hatte er sich gar nicht erst ins Bett gelegt. Im Haus war alles still, nachdem es vor einer Stunde noch vom Reden und Lachen der großen Familie erfüllt gewesen war.

Erstaunlich, wie gut Diana sich hier sofort angepasst hat, dachte er. Von Anfang an hatte es ausgesehen, als gehöre sie hierher, in das Haus seiner Kindheit. Er sah auf die Glut seiner Zigarette und dachte wieder einmal darüber nach, warum er nicht aufhören konnte, an sie zu denken. Ob er in der Kanzlei am Schreibtisch saß, im Auto zu einem Termin fuhr – ja, selbst vor Gericht ertappte er sich immer wieder dabei, dass er an Diana dachte.

Einem Impuls folgend, drückte Caine seine Zigarette im Aschenbecher aus und stand auf. Wenn er ehrlich war, musste er sich eingestehen, dass er mehr wollte, als ihr zu helfen, ihr beizustehen bei dem Aufbau eines neuen Lebens auf eigenen Füßen. Es gab Augenblicke, in denen Caine sich eingestand, dass er Diana liebte, um dann jedoch jedes Mal vor diesem Eingeständnis zurückzuschrecken.

Es war selbstverständlich für ihn, dass er eine Frau begehrte, sie haben wollte – aber lieben? Das bedeutete Verpflichtung, nicht nur Nehmen, sondern auch Geben, bedeutete eine gewisse Selbstverleugnung um des anderen willen. War er dazu wirklich bereit?

Aber selbst wenn er bereit wäre, dieses Risiko einzugehen, dann blieb da immer noch die Frage, wie Diana dazu stand.

Caine ging hinüber zum Fenster und sah hinaus in die Nacht. Er kannte sich gut genug mit Frauen aus, um zu wissen, dass er rein körperlich eine große Anziehungskraft auf Diana ausübte, dass es ihm immer wieder gelang, sie zu erregen, das Verlangen in ihr zu erwecken. Aber was hatte das mit Liebe zu tun?

Caine wandte sich vom Fenster ab, zündete sich noch eine Zigarette an und wanderte ruhelos in seinem Zimmer auf und ab. Plötzlich blieb er stehen und blickte nachdenklich vor sich hin.

Er würde um Dianas Liebe werben müssen. Doch wie stellte ein Mann so etwas an? Um Liebe werben … Irgendwie wusste er, dass Diana ganz sicher nicht zu der Art Frau gehörte, um deren Liebe ein Mann werben konnte. Entweder sie liebte oder sie liebte nicht.

Vielleicht liebte sie ihn, war aber nicht bereit, es zuzugeben.

Auf einmal begehrte er sie wieder. Es kam ganz plötzlich – diese Sehnsucht nach ihrer Weichheit, ihrer Wärme. Diana würde jetzt in dem hohen weiten Himmelbett schlafen. Ohne noch länger darüber nachzudenken, drückte er seine Zigarette aus und verließ das Zimmer.

Caine kannte jeden Zentimeter dieses Hauses. Ohne zu stolpern oder irgendwo anzustoßen, fand er die Tür zu Dianas Zimmer, öffnete sie und betrat den Raum. Durch die großen Fenster fiel blasses Mondlicht und tauchte das große Bett in ein unwirkliches Licht. Nur schwach leuchteten die ausgebrannten Scheite im Kamin.

Diana hatte sich unter dem Oberbett zusammengerollt. Ihr regelmäßiges leises Atmen war kaum zu hören. Sehnsüchtige Gefühle überkamen Caine, die ihn fast schmerzten, während er sie betrachtete. Und auf einmal wusste er, wie es wäre, Nacht für Nacht neben ihr zu schlafen, wie es wäre, jeden Morgen neben ihr aufzuwachen. Und er wusste auch, wie es wäre, sein Leben ohne sie zu verbringen. Er beugte sich zu ihr hinunter und strich mit den Lippen zärtlich über ihr Gesicht.

„Diana", murmelte er, als sie im Schlaf seufzte und sich unter der Decke streckte. Dann wisperte er wieder ihren Namen und küsste ihr schlaftrunkenes Gesicht. „Ich will dich." Er schloss ihre Lippen in einem leidenschaftlichen Kuss, der sie in die Wirklichkeit zurückholte.

Sie gab einen leisen Ton des Entzückens von sich, und einen Augenblick erwiderte sie seine Liebkosungen, ehe sie ganz wach wurde und erschrocken auffuhr.

„Caine?", rief sie empört und spürte, wie sehr ihr Herz klopfte aus Angst, aber auch aus Verlangen. „Du hast mich zu Tode erschreckt."

„Den Eindruck hatte ich nicht", erwiderte er leise und setzte sich auf das Bett. Er nahm sie bei den Schultern und zog sie an sich.

„Was tust du hier? Es ist mitten in der …" Sein Mund brachte sie zum Schweigen. Langsam ließ er seine Hände unter die Decke gleiten und fand zu seiner Lust, dass Diana warm und weich und nackt war. „Caine", flüsterte sie, als er seinen Mund von ihren Lippen wegzog und anfing, ihre Schulter zu küssen. „Du kannst doch nicht … im Haus deiner Eltern."

„Ich kann", widersprach er und hörte, wie sie nach Atem rang, als er seine Hand tiefer gleiten ließ. „Ich will dich. Ich kann nicht einschlafen, so sehr will ich dich. Oh Diana, lass dir zeigen, wie sehr ich dich will."

„Caine …" Aber seine Lippen hatten wieder ihren Mund verschlossen, und Diana protestierte nicht mehr, als er sie zurück in die Kissen drückte.

Hat er mich je zuvor so geliebt? fragte Diana sich benommen, als Caine sie mit Lippen und Händen liebkoste. Einmal hatte er es getan – einmal, in diesem traumgleichen Zusammenkommen. Da gab es kein Bedrängen, keine Eile. Es war, als ob sie beide Jahre vor sich hätten, die sie auf diese Weise zusammen genießen konnten. Langsam kostete Caine den Geschmack ihres Mundes, den Geschmack ihrer Haut, während er seine Bewunderung vor sich hin murmelte.

Ganz versunken in seine Liebkosungen ließ Diana es geschehen, dass Caine sich damit Zeit nahm. Ihre Leidenschaft hatte Caine noch nicht herausgefordert, sie schwelte wie eine Flamme, die jeden Augenblick auflodern konnte.

Sie bewegten sich in dem gleichen trägen Rhythmus, wisperten sich Zärtlichkeiten zu, gaben kleine befriedigte Laute von sich und kosteten das Gefühl aus, den eigenen Körper am anderen zu spüren.

Diana hatte bisher nicht gewusst, dass Caine zu so viel Zärtlichkeit fähig war oder dass sie selbst diese Zärtlichkeit in sich hatte. Sie wollte nur eins: ihm Vergnügen bereiten. Mit ihren Händen berührte sie ihn nur sanft, wie er es tat, aber auch das steigerte ihr Verlangen.

Während sie fortfuhren, sanfte Liebkosungen auszutauschen, spürte Diana jede Faser ihres Körpers wie noch nie zuvor. Ihr war, als ob sie zum ersten Mal wirklich zum Leben erweckt worden wäre. Mit einem langen leisen Aufstöhnen gab Diana sich ganz ihrer immer heftiger werdenden Leidenschaft hin.

Caine bemerkte, wie ihr Atem schneller ging, wie der Rhythmus ihrer Bewegungen sich beschleunigte. Ihr Begehren fachte sein Begehren an. Ihm war schwindlig von dem Duft ihres Körpers, der sich mit dem Rauch des ausgehenden Feuers im Kamin hier im Zimmer vermischte. Als sein Verlangen größer wurde, erschien Diana ihm noch süßer. Er ließ seinen Mund nur leicht auf ihren Lippen liegen, ließ seine Zunge mit ihrer Zunge spielen, während sie alle Finger in sein Haar verkrallte.

Caine drang langsam in Diana ein. Seine Erregung steigerte sich noch durch ihr überraschtes Atemholen, das in ein sehnsuchtsvolles Seufzen überging. Obwohl sie sich ihm entgegenbog, bewegte er sich weiterhin träge, murmelte ihr Versprechungen zu, bis sie vor Verlangen noch mehr unter ihm erzitterte. Je größer sein Begehren wurde, desto mehr bemühte er sich um Selbstkontrolle. Flutwellen der Leidenschaft überschwemmten ihn, als er Diana auf den Höhepunkt brachte und sie dann wieder dorthin führte – und wieder.

Noch nie zuvor hatte sie diese Befriedigung in sich gespürt und noch nie zuvor diese Dankbarkeit und Liebe Caine gegenüber, der ihr dieses unbeschreibliche Empfinden verschafft hatte. Lange und zärtlich küsste sie ihn, murmelte seinen Namen. Caine konnte es fast fühlen, wie Diana in seinen Armen dahinschmolz, und er wusste, dass im Augenblick ihr Bewusstsein nur mit ihm ausgefüllt war. Jetzt erst gab er seinem unbändigen, quälenden Verlangen nach und nahm sich das, was Diana ihm nur allzu willig zu geben bereit war.

11. Kapitel

Bereits nach einigen Stunden stellte Diana fest, dass sie mindestens einige Tage brauchen würde, um das Haus der MacGregors wirklich vom Keller bis zur Turmspitze kennenzulernen. Nur eines wurde ihr sehr schnell klar: Hier hatte nie ein hoch bezahlter Innenarchitekt seine Vorstellungen verwirklicht. Dieses Haus war gewachsen mit seinen Bewohnern. Stück für Stück war im Laufe der Jahre zusammengetragen worden, und keiner hatte sich dabei den Kopf darüber zerbrochen, ob das eine auch wirklich zum anderen passte. Wahrscheinlich machte das den Charme des Hauses aus.

Diana hatte ihr Leben in dem sorgfältig eingerichteten, immer wieder anders dekorierten Haus ihrer Tante verbracht. Jeder Besucher war beeindruckt von den teuren Antiquitäten und dem exzellenten Geschmack, mit dem die einzelnen Räume eingerichtet waren. Und doch hatte Diana sich unzählige Male vergeblich gefragt, warum sie sich in dem Haus nie hatte heimisch fühlen können. Irgendwie war es ihr immer vorgekommen, als würde sie durch Ausstellungsräume eines sündhaft teuren Möbelgeschäftes laufen, nicht aber durch ein bewohntes Haus.

Jetzt, nachdem sie wenigstens einen Teil des großen Hauses der MacGregors kennengelernt hatte, wusste sie die Antwort. Hier hatte jedes Möbelstück seine Geschichte, hier verlor selbst Kitsch seinen Schrecken, weil er mit Liebe ausgesucht worden war und sich problemlos in das Gesamtbild einfügte.

Diana wusste nicht, was sie mehr faszinierte – das Haus oder die MacGregors selbst. In dieser Familie war jeder auf seine Art liebenswürdig und benahm sich so natürlich, dass Diana sich vom ersten Augenblick an wohlgefühlt hatte.

Dominiert wurde die Familie fraglos von Daniel, ihrem Oberhaupt. Er war so stolz auf seinen Namen und vor allem auf seine Kinder, wie es eigentlich in der heutigen Zeit gar nicht mehr üblich war.

Was Caine betraf, so hatte Diana schnell feststellen können, dass er sich im Kreise seiner Familie überhaupt nicht anders benahm, als er es in Boston tat oder wie sie ihn in Atlantic City kennengelernt hatte. Dass er so stark, so selbstbewusst war und es nicht nötig hatte, sein Verhalten einer veränderten Umgebung anzupassen, lag sicher darin begründet, dass er in der starken, liebevollen Familie aufgewachsen war und sich bis heute der Liebe seiner Eltern und seiner Geschwister sicher sein konnte. Diana fragte sich, ob er dieses Glück wirklich zu schätzen wusste.

Auf ihrem Erkundungsgang durch das riesige Haus kam Diana auch wieder in das Zimmer, das Caine scherzhaft die Waffenkammer genannt hatte. Sie schloss die Tür hinter sich und sah sich um.

Hier bewahrte Daniel MacGregor alle Arten von modernen und alten Waffen auf. Schwerter, Degen, die verschiedenen Pistolen und Gewehre – ja, sogar eine kleine Kanone, die Diana jetzt lächelnd betrachtete. Es war kalt in dem großen Raum, und sie hatte die Arme um ihren Oberkörper geschlungen, während sie langsam an den gläsernen Schaukästen vorbeiging.

Es wäre besser gewesen, Caine hätte sie vor seinem Vater gewarnt, bevor sie hierhergekommen waren. Immer wieder musste Diana an Daniels Bemerkungen gestern Abend denken. Sie hatte mit Caine darüber reden wollen, aber als er vergangene Nacht in ihr Zimmer gekommen war, hatte es dazu keine Gelegenheit gegeben.

Sosehr sie die Familie MacGregor mochte, so hatte Diana doch nicht die Absicht, sich von ihr zu einer Entscheidung drängen zu lassen, an die sie vorher nicht einmal gedacht hatte. Oder vielleicht doch?

Diana blieb nachdenklich stehen. Ja, wenn sie ehrlich zu sich war, musste sie zugeben, dass ihr in den letzten Wochen durchaus der Gedanke an eine Ehe mit Caine gekommen war, aber sie hatte ihn immer schnell wieder verworfen. Es machte ihr Angst, überhaupt darüber nachzudenken. Bedeutete Ehe nicht wieder Abhängigkeit? Und war sie dieser nicht gerade erst entflohen?

Nein, sie wollte weder an Liebe noch an Ehe denken. Nie wieder wollte sie sich so an einen Menschen hängen wie damals an ihre Eltern und Justin. Dann würde es ihr wenigstens erspart bleiben, noch einmal den Verlust eines geliebten Menschen ertragen zu müssen.

Außerdem war es ja nicht Caine, der das Thema angeschnitten hat, dachte Diana. Er hatte bisher weder davon gesprochen, dass er sie liebe, noch gar davon, dass er sie heiraten wolle. Ob seine Eltern das wollten oder nicht, spielte im Grunde ja gar keine Rolle. Schließlich waren die Zeiten, in denen die Eltern die Ehepartner für ihre Kinder aussuchten, lange vorbei.

„Was machst du denn so allein hier?"

Sie drehte sich herum und sah ihren Bruder auf sich zukommen. „Ich kann gar nicht genug von diesem Haus bekommen", antwortete Diana und lächelte ihm zu. „Ich komme mir hier vor wie in einem verwunschenen Schloss, das hinter jeder Ecke neue Geheimnisse birgt. Und ich weiß nicht, was faszinierender ist – das Haus oder die Familie MacGregor."

„Wie solltest du auch?", erwiderte Justin und lachte. „Das habe ich ja bislang auch noch nicht herausbekommen. Wobei Daniel wohl am schwierigsten einzustufen ist. Ich weiß bis heute nicht, ob er nun ein Genie oder ein Schlitzohr ist."

„Du magst ihn sehr, nicht wahr?"

„Ja. Er ist ein Mann, der sich nie schämt, seine Gefühle zu zeigen. Das bewundere ich sehr an ihm. Wer kann das heutzutage noch?", fügte er nachdenklich hinzu. „Weißt du, Diana, eigentlich ist mir erst bei Serenas Entführung bewusst geworden, dass ich die MacGregors längst als meine eigene Familie anerkannt und geliebt habe. Ich wünschte nur, dass es dir ähnlich ergangen wäre."

„Oh, dafür hatte ich andere Pluspunkte einzusetzen", antwortete Diana und zuckte mit den Schultern. „Zumindest habe ich gelernt, Selbstbewusstsein zu entwickeln und mich auf eigene Füße zu stellen."

„Ja, aber zu welchem Preis? Meinst du nicht, Diana, dass du deine Selbstständigkeit übertreibst?", fragte Justin.

Ärgerlich zog sie ihre Brauen hoch. „Fängst du jetzt auch damit an? Ihr habt euch wohl alle verschworen, um mich mit Caine zu verkuppeln, oder?"

„Ist das wirklich noch nötig?", fragte Justin ganz ruhig. „Es scheint, dass ihr beide euch darüber bereits klar geworden seid."

„Und wenn es so wäre, ginge es euch gar nichts an."

„Natürlich nicht", gab Justin zu. „Diana, es ist wohl ein wenig zu spät, jetzt noch den großen Bruder hervorzukehren, aber immerhin habe ich dir versprochen, dein Freund zu sein … erinnerst du dich?"

Diana ging plötzlich auf ihn zu und schlang die Arme um seinen Nacken. „Justin, es tut mir leid", murmelte sie schuldbewusst und barg den Kopf an seiner Schulter. „Es fällt mir wirklich schwer zuzugeben, dass ich … nun ja, dass ich dich doch sehr brauche."

„Das fällt dir nicht nur bei mir schwer, nicht wahr?" Er umfasste mit beiden Händen ihr Gesicht und zwang sie, ihn anzusehen. „Diana, liebst du Caine?"

Diana löste seine Hände und trat einen Schritt zurück. „Tu mir einen Gefallen, und frag mich nicht danach", antwortete sie und vermied es, ihn anzusehen.

„Okay", stimmte Justin zu, als er den hilflosen Ausdruck in ihren Augen bemerkte. „Diana, ich möchte gern etwas über die Jahre hören, die du bei Tante Adelaide verbracht hast. Wärst du bereit, mir darüber zu erzählen?"

Diana zögerte ein wenig. „Nein", erwiderte sie dann und sah ihn an. „Nein, Justin, das ist endgültig vorbei, und ich möchte nicht mehr darüber sprechen."

„Du lügst, Diana." Sie wollte gerade scharf protestieren, aber Justin gab ihr keine Gelegenheit dazu. „Wenn es wirklich vorüber wäre, könntest du auch darüber sprechen. Es steht mir nicht an, dir Ratschläge zu geben oder gar dir zu sagen, was du zu tun hast, Diana, aber ich möchte dir gern etwas von mir erzählen."

Langsam ging er hinüber zu einem der Waffenschränke und lehnte sich dagegen, die Arme vor der Brust verschränkt.

„Als ich mich damals in Serena verliebte", fuhr Justin fort, „habe ich dieses Gefühl lange zu unterdrücken versucht. Ich wusste genau, ich liebte sie, aber ich habe es mir nicht eingestanden, geschweige denn ihr. Weißt du, ich war so lange daran gewöhnt, für mich allein zu sorgen, meinen eigenen Weg zu finden, dass ich einfach nicht an diese Liebe glaubte. Ja, ich habe unsere Eltern geliebt und auch dich, aber das war lange vorbei. Unsere Eltern waren tot, dich hatte ich lange nicht gesehen. Du kannst dir nicht vorstellen, wie schwierig es für mich war, Serena dann endlich doch meine Liebe zu gestehen. Es gibt Menschen, die können ihre Gefühle ganz einfach zeigen, Diana. Zu denen gehören wir beide jedoch leider nicht."

„Und wie war es mit Serena? Ist es ihr leichtgefallen?", fragte Diana.

„Wesentlich leichter als mir." Justin lächelte versonnen, setzte sich auf die Sessellehne und zündete sich langsam eine Zigarette an. „Sie ist ihrem Vater sehr ähnlich, mehr noch als ihre beiden Brüder. Später hat sie mir gestanden, dass sie auch einige Zeit mit sich gekämpft habe, aber als sie dann schließlich zu mir nach Atlantic City kam, stand ihr Entschluss fest. Daniels Rechnung war also voll aufgegangen."

„Daniels Rechnung? Wieso?"

Lachend stieß Justin den Rauch der Zigarette aus. „Er hat uns mit voller Absicht zusammengebracht, indem er mir eine Passage auf dem Kreuzfahrtschiff besorgte, auf dem Serena arbeitete. Natürlich hat er mir nicht gesagt, dass sie auch an Bord sein würde, und ihr genauso wenig. Er hat darauf gebaut, dass das Schicksal uns zusammenbringen würde – wie er es später nannte."

„Schicksal", murmelte Diana, als sie das wohlbekannte Wort hörte. „Er ist wohl doch ein Schlitzohr."

„Das ist noch milde ausgedrückt", antwortete Justin mit einem breiten Grinsen. „Er setzt seinen Willen immer durch – wie alle MacGregors." Justin stand auf und ging auf seine Schwester zu. „Komm", sagte er und legte aufmunternd einen Arm um ihre Schulter, „lass uns zurückgehen, sonst schickt Daniel vielleicht noch einen Suchtrupp los."

Irgendetwas stimmte nicht mit Caine. Diana war sich nicht sicher, was es war, aber sie vermutete, dass der Prozess von Virginia Day dahintersteckte. In der nächsten Woche war der Gerichtstermin, und sie wusste, dass Caine seine Mutter sehr ausführlich nach allem ausgefragt hatte, was sie über Dr. Francis Day wusste.

Ganz oberflächlich betrachtet war Caine wie immer. Aber Diana spürte, dass das nur die äußere Fassade war, die er ihr und allen anderen zeigte. Manchmal, wenn er sich unbeobachtet glaubte, starrte er ausdruckslos vor sich hin, und wenn sein Blick dann auf sie fiel, sah er sie an, als hätte er sie nie im Leben gesehen.

Seinen Eltern und Geschwistern gegenüber verhielt er sich unverändert, aber Diana hatte das Gefühl, dass etwas anders geworden war seit der letzten Nacht, als er in ihr Zimmer gekommen war.

„Nun denn", sagte Daniel MacGregor und lehnte sich in seinen Thronsessel zurück, umgeben von den Geburtstagsgeschenken seiner Lieben. „Jetzt bin ich wieder ein Jahr älter."

„Sollen wir dir jetzt versichern, dass man es dir nicht ansieht?", fragte Serena lächelnd.

„Jetzt sehen Sie mal, mit welch respektlosen Kindern ich gestraft bin", seufzte Daniel und sah hinüber zu Diana.

„Das ist Elternlob", antwortete Diana schlagfertig. Sie kannte ihn mittlerweile gut genug, um auf sein Spiel einzugehen.

„Mein eigen Fleisch und Blut", seufzte Daniel und schüttelte den Kopf. „Sie haben keinen Respekt mehr vor dem Alter."

„Mir kommen gleich die Tränen", sagte Serena trocken.

„In deinem Zustand will ich dir das erlauben", meinte Daniel und sah seine Tochter mit erhobenem Zeigefinger an. „Aber meinst du, ich hätte vergessen, wie du über mich hergefallen bist, als ich Justin die Passage auf dem Schiff besorgt habe? Angeschrien hat sie mich", sagte er zu Diana. „Und dabei noch mindestens ein halbes Dutzend meiner besten Zigarren vor lauter Wut zerbrochen."

„Zigarren?", fragte Anna und sah ihn strafend an.

„Ja, ja – das waren alte, schon halb vertrocknet, die hier noch herumlagen", antwortete er hastig.

„Es muss schwierig sein, drei so … so temperamentvolle Kinder großzuziehen", sagte Diana und tat, als würde sie Caines festen Griff in ihrem Nacken nicht spüren.

„Und wie!" Daniel war offensichtlich in seinem Element. Er zeigte auf Caine. „Der da", sagte er. „Keine Sekunde hat der Junge Ruhe geben können. Meine Frau kann Ihnen davon ein Lied singen." Aber bevor Anna noch den Mund aufmachen konnte, fuhr er schon fort: „Kein Baum war ihm zu hoch, keine Situation gefährlich genug, als er ein Junge war. Ja, und als er dann größer wurde, kamen die Mädchen. Immer wieder neue, man blickte gar nicht mehr durch. Eine richtige Parade!" Ein gewisser Stolz in seiner Stimme war unüberhörbar.

„Soso, eine Parade." Diana drehte sich um und lächelte Caine an. Erstaunt stellte sie fest, dass sein Gesicht ganz ernst geblieben war.

Er hielt ihren Blick fest, während er ihr Gesicht mit beiden Händen umfasste. „Das ist lange vorbei", murmelte er und küsste sie.

„Nun denn", sagte Daniel mit einem zufriedenen Lächeln, als Caine ihren Mund wieder freigab und Diana leicht verlegen in die Runde blickte.

„Sie spielen Klavier, Diana?", wechselte Anna schnell das Thema.

„Bitte?" Verwirrt sah Diana sie an. Sie war so durcheinander, dass sie die Frage gar nicht verstanden hatte.

„Sie spielen Klavier?", wiederholte Anna noch einmal.

„Ja."

„Ach, würden Sie uns bitte etwas vorspielen? Unser Klavier ist so lange nicht mehr benutzt worden. Sie würden uns eine große Freude machen."

„Natürlich. Sehr gerne." Diana war froh, auf diese Weise Daniels sarkastischen Anspielungen entkommen zu können.

„Lass die Kinder in Ruhe, Daniel", bat Anna leise ihren Mann. „Du sollst dich nicht immer einmischen."

„Ich?" Daniel machte ein gewollt unschuldiges Gesicht. „Aber das tu ich doch gar nicht. Es ist doch ganz offensichtlich, dass …"

„Lass die beiden das allein machen. Sie brauchen deine Hilfe nicht."

Diana hatte lange nicht mehr gespielt, aber es fiel ihr nicht schwer, sich schnell wieder hineinzufinden. Ihre Tante hatte schon sehr früh darauf bestanden, dass sie Klavierstunden nahm, und im Laufe der Zeit hatte die Musik in ihrem Leben einen sehr wichtigen Platz eingenommen. Wann immer sie es nicht mehr auszuhalten glaubte, hatte Diana sich ans Klavier geflüchtet, und die Musik hatte ihr dabei geholfen, alles andere zu vergessen.

Was hatte Caine damit bezweckt, sie vor aller Augen so zu küssen? Hatte sie sich getäuscht, oder hatte er damit wirklich den anderen gegenüber Besitzansprüche demonstrieren wollen? Wenn ja, so hatte er damit nur erreicht, dass Diana sich noch mehr in die Enge gedrängt fühlte. Hatte sich tatsächlich seit gestern in ihrer Beziehung etwas geändert, seit er nachts in ihr Zimmer gekommen war, ohne dass sie es bemerkt hatte?

Als Diana den Blick hob, sah sie in Caines Augen. Sie waren ernst und nachdenklich auf sie gerichtet.

Während ihre Finger über die Tasten glitten, überlegte Diana, dass es besser gewesen wäre, nicht hierherzukommen. Es war nicht gut für sie, Caine in dieser Umgebung zu sehen, losgelöst von der Kanzlei, vom Alltag in Boston. Sie musste vorsichtig sein, wollte sie nicht riskieren, dass ihr sorgsam aufgebauter Plan für die nächsten Jahre über den Haufen geworfen wurde.

Sie wollte Erfolg haben, wollte endlich beweisen, dass sie es auch ohne Unterstützung ihrer Tante schaffte. Das aber war nur zu erreichen, wenn sie all ihre Kraft in ihre Karriere steckte und sich nicht ablenken ließ. Unwillkürlich suchte sie wieder Caines Blick.

Hatte sie nicht von Anfang an Angst davor gehabt, dass er ihr und ihren Zielen gefährlich werden könnte? Aber wieso hatte sie sich dann auf das Spiel mit ihm eingelassen? War sie doch eine Spielernatur, hatte das Risiko sie gereizt? Wie auch immer, jetzt war es geschehen, und sie musste mit den Folgen fertigwerden.

Als die letzten Töne in dem großen Raum verhallt waren, richtete Diana sich auf und verschränkte unwillkürlich ihre Hände im Schoß. Sie spürte, dass ihre Finger plötzlich wie verrückt zitterten.

„Bravo", sagte Daniel MacGregor und klatschte begeistert Beifall. „Hübsch, erfolgreich und dazu noch eine gute Musikerin, das ist beinahe zu viel. Findest du nicht auch, Caine?"

„Wenn dir daran liegt, auch noch deinen nächsten Geburtstag zu feiern, dann hörst du jetzt besser auf", zischte er seinem Vater zu.

„Nun hör sich einer das an", begehrte Daniel auf, aber als seine Frau ihm einen warnenden Blick zuwarf, wechselte er schnell das Thema. „Wir sollten noch eine Flasche Champagner aufmachen", meinte er und stand auf. „Caine, leg noch Holz nach, damit das Kaminfeuer nicht ausgeht."

Als alle hinüber ins Esszimmer gingen, blieb Serena am Klavier stehen. „Nimm es ihm nicht übel, Diana", bat sie und folgte dann den anderen.

„Möchtest du auch noch Kuchen?", fragte Caine und legte das Holz nach.

„Nein danke."

„Noch Champagner?" Caine drehte sich zu ihr um.

„Ja, bitte." Diana suchte krampfhaft nach einem unverfänglichen Thema. „Hat deine Mutter dir in der Sache Day helfen können?"

„Ich habe von ihr eigentlich nicht viel mehr erfahren, als ich ohnehin schon wusste. Allerdings sehe ich jetzt etwas klarer, was den Charakter von Dr. Francis Day angeht. Meine Mutter hat eine Art, den Dingen mit wenigen Worten auf den Grund zu gehen, die mich immer wieder erstaunt. Day war einer der Assistenzärzte meiner Mutter", sagte Caine und reichte Diana ein volles Glas. Als er dabei mit seinen Fingerspitzen über ihre Hand strich, zuckte sie zurück. Er sah sie mit hochgezogenen Brauen an, sagte aber nichts.

„Wenn deine Mutter dir auch nicht zu neuen Erkenntnissen verholfen hat, so ist es doch immer gut, so viele Informationen wie möglich zu haben, bevor man vor Gericht steht."

„Stehe ich eigentlich auch vor Gericht, Diana?"

Überrascht sah sie ihn an. „Wie meinst du das?"

Er trat auf sie zu, legte beide Hände auf ihre Schultern und küsste sie. Caine spürte, wie sie sich innerlich dagegen sträubte. Er ließ sie frei und blickte sie ironisch an. „Ja, ich stehe vor Gericht.

Aber solange ich die Anklage nicht kenne, kann ich mich auch nicht verteidigen."

„Sei nicht albern." Diana griff nach ihrem Glas und trank einen Schluck.

„Und sei du nicht feige", gab Caine zurück. „Ich dachte, wir wären mittlerweile so weit, dass wir offen miteinander reden können."

„Caine, hör auf, mich zu drängen."

„Wieso dränge ich dich?"

„Ich weiß auch nicht." Diana wandte sich ab und schüttelte den Kopf. „Lass uns das Thema vergessen, ja? Ich möchte mich nicht mit dir streiten."

„Ich wusste gar nicht, dass wir streiten. Aber wenn du meinst …"

„Hör auf, Caine. Lass mich in Ruhe."

„Den Teufel werde ich tun." Er stellte sein Glas weg und griff nach ihr. „Diana, was ist los? Warum ziehst du dich zurück?"

„Das bildest du dir nur ein." Sie nahm noch einen Schluck Champagner. „Es ist schon spät, und ich bin müde. Bitte, dränge mich jetzt nicht."

„Ich verstehe nicht, in welcher Weise ich dich dränge."

„Aber du tust es. Du, deine Familie, Justin – ihr alle", sprudelte es plötzlich aus Diana heraus. Sie setzte das Glas auf den Tisch. „Lass uns später darüber reden."

„Nein." Caine stand da und hätte sie so gern in die Arme genommen. Aber es schien, als hätte Diana eine Wand zwischen ihnen errichtet, die er nicht überwinden konnte. „Es ist nicht meine Absicht, dich zu drängen, Diana", flüsterte er. „Aber ich bin der Meinung, dass wir darüber reden müssen, und zwar jetzt und hier."

„Warum?", fragte Diana, und ihre Stimme klang ärgerlich. „Warum diese plötzliche Eile? Solange wir in Boston waren, war doch alles in Ordnung. Was ist jetzt anders?"

„Nichts ist anders, Diana. Wo ist das Problem?"

„Seit ich in dieses Haus gekommen bin, fühle ich mich wie unter einem Mikroskop, Caine. Du hättest mich darauf vorbereiten sollen, dass ich ganz oben auf der Liste der Frauen stehe, die dein Vater für dich ins Auge gefasst hat."

„Mein Vater hat absolut nichts mit dir und mir zu tun, Diana. Es tut mir leid, wenn er manchmal etwas direkt ist, aber dafür kann ich nichts."

„Du brauchst dich nicht zu entschuldigen, Caine, aber es wäre besser gewesen, du hättest mich vorher gewarnt. Dabei mag ich deinen Vater – sehr sogar – und den Rest der Familie ebenfalls. Aber es ist unerträglich für mich, ständig diese Spekulationen und die unausgesprochenen Fragen zu spüren."

„Ist es dir je in den Sinn gekommen, dass mir das auch nicht gefällt?", fragte Caine. „Dass ich auch nicht damit einverstanden bin, wenn mein Vater versucht, sich in mein Leben einzumischen – aus welchen guten Absichten heraus auch immer?"

„Es ist deine Familie, und du müsstest dich allmählich daran gewöhnt haben, ganz im Gegensatz zu mir. Ich habe zwanzig Jahre damit verbracht, es meiner Tante recht zu machen. Ich will einfach nicht, dass noch einmal jemand Pläne für mich macht."

„Zum Teufel mit deiner Tante!", explodierte Caine. „Was willst du wirklich, Diana? Warum sagst du es mir nicht?"

„Ich weiß es selbst nicht." Diana zuckte zusammen, als sie die so spontan hervorgestoßenen Worte hörte und plötzlich wusste, dass sie die Wahrheit gesagt hatte. „Verdammt, Caine, ich will meine eigenen Entscheidungen treffen. Es ist mein Leben, und keiner hat das Recht, mir da hineinzureden."

Einen Moment lang musterte Caine sie schweigend. Dann nahm er sein Glas und trank es leer. „Ich liebe dich, Diana."

Sie blieb unbeweglich stehen und starrte ihn an. Für einen Augenblick hatte sie das Gefühl, ihr Herzschlag hätte ausgesetzt. Überlaut hörte sie die Stimmen von nebenan, in ihrem Kopf schien sich alles zu drehen.

„Du scheinst nicht sehr erfreut darüber zu sein", stellte Caine trocken fest und ließ sie nicht aus den Augen. Nun hatte er mehr als dreißig Jahre gebraucht, um zum ersten Mal diesen Satz auszusprechen, und die Reaktion war alles andere als überwältigend. „Möchten Sie diesen Satz aus dem Protokoll gestrichen haben, Frau Anwältin?"

Endlich kam wieder Leben in Diana. Sie strich sich eine Haarsträhne aus dem Gesicht. „Caine, ich … ich weiß nicht, was ich dazu sagen soll. Wahrscheinlich ist es für dich leichter. Es hat schon andere Frauen …"

„Andere Frauen?", fiel er ihr ins Wort. Sein Gesicht hatte alle Farbe verloren, und seine Augen funkelten wütend. Diana trat einen Schritt zurück, als er auf sie zukam. „Wie kannst du so etwas sagen? Wie kannst du mir etwas vorwerfen, das bereits der Vergangenheit angehörte, als ich dir zum ersten Mal begegnet bin?" Er griff nach ihr, und seine Finger bohrten sich in ihre Arme. „Verdammt, Diana, ich habe gesagt, ich liebe dich. Ich liebe dich!"

Caine presste seinen Mund so fest auf ihren, dass es wehtat. Es war, als wollte er mit diesem Kuss alles vergessen machen – den Schmerz, den sie ihm zugefügt hatte, alle Zweifel, die noch in ihr waren.

„Du machst mir Angst." Diana riss sich von ihm los. Tränen traten in ihre Augen. „Ich habe es immer abgestritten, aber das war eine Lüge. Ich habe von Anfang an Angst vor dir gehabt." Sie schlug die Hände vors Gesicht, und ihre Stimme wurde ganz leise. „Ich habe immer Angst davor gehabt, einen Mann wie dich kennenzulernen. Kannst du das nicht verstehen? Mein Leben lang hat mir immer jemand gesagt, tu dies, und lass das, dann wird alles gut. Ich will das jetzt nicht mehr. Ich will so leben, wie ich will, und nicht, wie andere es mir vorschreiben."

„Ich habe dir nie vorgeschrieben, was du tun sollst, Diana. Ich wollte dich immer so, wie du bist."

Er hat recht, dachte Diana. Aber vielleicht war es gerade das, wovor sie am meisten Angst hatte. Sie nahm die Hände vom Gesicht und sah ihn an. „Woher soll ich wissen, dass du mich nicht auch eines Tages verlässt? Wenn ich mir wirklich erlauben würde, dich zu lieben – wer sagt mir, dass nicht irgendwann einmal eine andere kommt und du mich vergisst? Ich habe gerade erst gelernt, allein zu leben. Ich könnte es nicht ertragen, noch einmal verlassen zu werden."

„Ich habe dich mehr als einmal gebeten, mir zu vertrauen", antwortete Caine. „Du hast gar keine Angst vor mir, Diana. Du hast Angst, weil du deine Vergangenheit noch nicht verarbeitet hast."

Diana kämpfte gegen die aufsteigenden Tränen an und wandte sich ab. „Das verstehst du nicht, Caine. Du bist schließlich noch nicht verlassen worden."

„Wie stellst du dir das denn vor? Willst du dich nie im Leben mehr an jemanden binden, aus Angst davor, ihn wieder verlieren zu können?" Seine Augen blickten hart und kalt. „Ich wusste gar nicht, dass du so feige bist, Diana."

„Ich bin nicht feige. Ich will nur selbst entscheiden, ob ich mich an jemanden binde oder nicht. Ich will nicht wieder verletzt werden, und ich will meine Karriere …"

„Wieso setzt du ganz automatisch voraus, dass ich dir wehtun werde?", unterbrach er sie. „Und was zum Teufel hat deine Karriere damit zu tun, dass ich dich liebe? Wer sagt denn, dass du zwischen mir und deinem Beruf wählen musst?"

„Wo steckt ihr denn? Der Champagner ist schon fast …" Serena kam ins Zimmer gestürmt und blieb dann abrupt stehen, als sie in Caines und Dianas Gesichter blickte. „Oh, tut mir leid", sagte sie schnell und drehte sich wieder um. „Ich sag den anderen, dass ihr gleich kommt."

„Nein, bitte." Diana streckte eine Hand aus, als wollte sie ihre Schwägerin damit aufhalten. „Sag den anderen bitte, dass ich müde war und ins Bett gegangen bin." Ohne Caine noch einmal anzusehen, drehte sie sich um und lief aus dem Zimmer.

„Oh Caine, es tut mir so leid." Serena bemerkte, wie ihr Bruder Diana mit unbewegtem Gesicht nachsah. „Einen schlechteren Augenblick hätte ich mir wohl gar nicht aussuchen können."

„Macht nichts." Caine nahm noch einen Schluck. „Wir hatten sowieso alles gesagt, was es zu sagen gab."

„Caine …" Serena ging zu ihm und legte einen Arm um seine Taille. „Brauchst du jemanden, der dir zuhört?"

„Nein, ich brauche nur etwas zu trinken – und zwar möglichst eine ganze Flasche."

„Du liebst Diana. Nicht wahr?"

„Gut geraten", antwortete Caine und prostete seiner Schwester zu.

Serena ging nicht darauf ein. „Aber im Moment würdest du ihr am liebsten den Hals umdrehen, oder?"

„Wieder richtig geraten."

„Man braucht dich nur anzusehen, dann weiß man schon Bescheid. Ich habe zwar keine Ahnung, was hier vorgefallen ist, aber …"

„Wir haben uns gestritten, und während wir noch mittendrin waren, habe ich ihr gesagt, dass ich sie liebe." Er zuckte mit den Schultern und atmete tief durch. „Es scheint, ich habe mir dafür nicht den richtigen Augenblick ausgesucht."

„Dräng sie nicht, Caine", sagte Serena eindringlich. „Sie muss selbst damit fertigwerden. So, und jetzt gehst du ins Bett", kommandierte sie plötzlich und griff nach seinem Arm.

Caine lächelte. „Das hätte ich mir auch nicht gedacht, dass ich noch einmal Ratschläge von meiner kleinen Schwester annehmen muss. Ist es wirklich schon so lange her, dass du deinen rechten Haken an mir ausprobiert hast?"

Serena stand auf und versuchte ihn mit sich zu ziehen. „Geh jetzt ins Bett, oder ich probier das mit dem Haken noch einmal", drohte sie.

Caine stand auf, legte einen Arm um sie und gab ihr einen Kuss auf die Stirn. „Du warst immer schon ein kleiner Satan", sagte er. „Aber ein lieber."

Serena lächelte zu ihm auf. „Du auch, großer Bruder."

12. Kapitel

Diana saß allein in dem leeren Gerichtssaal. Ihre Hände waren eiskalt und zitterten leicht. Sie wusste, dass sie aufstehen, hinausgehen und nach Hause fahren sollte, aber sie hatte Angst, dass ihre Beine ihr nicht gehorchen würden, wenn sie jetzt aufstand.

Dabei hätte sie eigentlich jubilieren müssen. Sie hatte gewonnen, und das war eigentlich ein Grund zum Feiern. Chad Rutledge war freigesprochen worden. Beth Howards Vater musste sich auf eine Anklage wegen falscher Zeugenaussage gefasst machen – und Beth ebenso, fügte Diana in Gedanken hinzu und sah hinüber zum Zeugenstand. Es war nicht damit zu rechnen, dass Beth wirklich verurteilt werden würde. Die Geschworenen wussten, dass das Mädchen nur aus Angst gelogen hatte, und wer heute miterlebt hatte, wie Beth im Zeugenstand zusammengebrochen war, konnte nur noch Mitleid empfinden.

Diana vergrub ihr Gesicht in den Händen, als sie daran dachte, wie sie das Mädchen auseinandergenommen hatte. Sie glaubte, ihre eigene Stimme noch einmal zu hören. War das wirklich sie, die da so eiskalt und überlegt das ganze Lügengebilde zerpflückt hatte? Hinter sich hatte sie immer wieder Chads Zwischenrufe gehört, sie solle Beth in Ruhe lassen. Dann hatte der Richter Chad von der weiteren Verhandlung ausgeschlossen, und dann endlich hatte Beth unter Tränen, manchmal kaum verständlich, die Wahrheit erzählt.

Noch nie hatte Diana sich so einsam gefühlt. Wenn doch jetzt Caine bei ihr wäre! Nein, sie hatte kein Recht, nach ihm zu verlangen. Zwei Wochen waren vergangen, und doch hatte sie immer noch den Ausdruck in seinen Augen vor sich, damals, im Wohnzimmer seiner Eltern. Sie hatte ihm wehgetan, und jetzt behandelten sie sich wie Fremde.

Am besten wäre es wohl, sie suchte sich ein anderes Büro, in einer anderen Stadt. Willst du wieder weglaufen? fragte plötzlich eine kleine Stimme in ihr. Ja, sie wollte weglaufen – so schnell und so weit wie möglich. Nur ob es Zweck hatte, das wusste Diana nicht, denn eigentlich lief sie vor sich selbst davon.

Seit wann liebte sie Caine? Vielleicht seit damals in Atlantic City, als er ihr so viel Verständnis nach ihrem ersten Zusammentreffen mit Justin entgegengebracht hatte. Oder vielleicht seit dem eisigen Morgen am Strand? Geahnt hatte sie es schon lange, aber sie hatte sich nicht erlaubt, daran zu denken oder es gar sich oder ihm einzugestehen.

Es dauerte noch eine Weile, bis Diana sich endlich dazu zwang, aufzustehen und den Gerichtssaal zu verlassen. Draußen war es schon leicht dämmrig, der Himmel hing voller Wolken.

Als Diana die Stufen hinabging, entdeckte sie plötzlich Chad. Einen Augenblick zögerte sie, aber dann ging sie auf ihn zu.

„Chad."

Er sah auf und blickte in ihr Gesicht. „Ich habe auf Sie gewartet."

„Das sehe ich, aber Sie hätten besser drinnen gewartet. Es ist kalt."

„Nein, ich brauchte frische Luft", entgegnete der junge Mann. „Sie lassen mich Beth nicht sehen."

„Ich werde mich morgen darum kümmern, dass Sie zu ihr dürfen", versprach Diana.

„Miss Blade ..." Chad steckte die Hände in die Taschen und sah hinunter auf seine Schuhspitzen. „Ich habe es Ihnen wohl nicht leicht gemacht, oder?"

„Machen Sie sich deshalb keine Sorgen, Chad."

„Wissen Sie, als ich Beth weinen sah, vorhin im Zeugenstand ... Am liebsten wäre ich Ihnen an die Gurgel gesprungen, Miss Blade", gab der Junge zu und hob wieder den Kopf. „Während ich hier auf Sie gewartet habe, hab ich mir alles Mögliche überlegt, was ich Ihnen an den Kopf werfen wollte, wenn Sie herauskämen."

„Nun, Chad, dann mal los." Diana griff unwillkürlich ihren Aktenkoffer fester.

„Nein, ich hatte eine Menge Zeit zum Nachdenken." Chad nahm eine Zigarette aus der Schachtel und zündete sie sich an. „Ich weiß jetzt, dass Sie mein Leben gerettet haben, Miss Blade – und das von Beth wahrscheinlich auch. Ich möchte Ihnen danken."

Diana war unfähig zu sprechen. Sie starrte auf die ausgestreckte Hand des jungen Mannes, dann in sein Gesicht, und schließlich ergriff sie die Hand.

„Vorhin im Gerichtssaal konnte ich nur daran denken, dass Sie Beth wehtaten. Aber jetzt, hier draußen an der frischen Luft, habe ich wieder zurückgedacht an meine Zelle und mir vorgestellt, wie es gewesen wäre, wenn ich Jahre darin hätte verbringen müssen. Ich hätte es für

Beth getan, aber wahrscheinlich hätte es gar nicht lange gedauert, und ich hätte sie dafür gehasst. Und sie ... Beth hätte wohl nicht damit leben können, dass ich nur deshalb im Gefängnis saß, weil sie gelogen hat."

„Sie wird es bald überstanden haben", versuchte Diana ihn zu beruhigen. „Kein Gericht der Welt wird sie dafür verurteilen, dass sie Angst vor ihrem Vater hatte."

„Wenn Beth vor Gericht muss", sagte Chad und sah Diana bittend an, „würden Sie sie dann verteidigen?"

„Ja, wenn sie das möchte, werde ich sie verteidigen. Und Sie werden da sein, Chad, um ihr zu helfen."

„Ja, bestimmt. Wir werden bald heiraten. Zum Teufel mit dem fehlenden Geld, wir werden es schon irgendwie schaffen." Ein Lächeln spielte um seine Mundwinkel. „Wissen Sie, ich dachte immer, ich müsste aller Welt etwas beweisen – mir selbst, Beth. Merkwürdig, auf einmal ist es gar nicht mehr wichtig zu beweisen, dass ich es schaffe."

Diana sah ihn nachdenklich an. „Sie haben recht, Chad", erwiderte sie langsam. „Wenn man genügend Selbstbewusstsein hat, ist das gar nicht nötig."

„Es wird nicht leicht werden", meinte Chad. „Aber die Hauptsache ist, wir beide sind zusammen. Nur das zählt." Er strahlte Diana an. „Werden Sie zu unserer Hochzeit kommen, Miss Blade?"

„Ja." Diana drückte fest seine Hand. „Ja, Chad, ich werde zu Ihrer Hochzeit kommen. Und jetzt gehen Sie nach Hause. Ich sorge dafür, dass Sie Beth morgen sehen können."

Als Diana auf ihren Wagen zuging, waren die Kopfschmerzen verschwunden und auch die nagenden Zweifel, die sie noch kurz vorher im leeren Gerichtssaal gepeinigt hatten. Die beiden jungen Leute würden ihren Weg machen, dessen war sie jetzt sicher.

Während Diana den Motor startete und sich in den Verkehr einreihte, gingen ihr immer wieder Wortfetzen durch den Kopf. Wie hatte Justin gesagt? Sie beide gehörten leider nicht zu den Menschen, denen es leichtfiel, ihre Gefühle zu zeigen. Und dann Caine. Sie hörte wieder seine Stimme, seine Worte, dass er sie liebe und dass sie ihm vertrauen solle. Diana hörte sich selbst erwidern, dass sie es nicht ertragen würde, wieder alleingelassen zu werden. Aber was war sie jetzt? Noch einsamer konnte man kaum sein. Dabei sehnte sie sich nach Liebe – nach Caines Liebe. Statt seine Liebe zu genießen, ließ sie sich von Zweifeln leiten, die sie von ihm fernhielten. Brach sie damit nicht das wichtigste Versprechen, das sie sich je gegeben hatte – immer sie selbst zu sein?

Eigentlich hatte sie sofort nach Hause fahren wollen, aber ganz instinktiv musste sie dann wohl doch den Weg zur Kanzlei eingeschlagen haben. Als Diana neben dem Haus hielt, sah sie Caines Auto dort stehen.

Was sollte sie ihm sagen? War es nicht doch besser, erst einmal nach Hause zu fahren und sich alles in Ruhe zu überlegen? Noch während sie darüber nachdachte, stieg Diana aus und ging zum Haus.

In seinem Büro war Licht. Der Fall Day war jetzt beinahe abgeschlossen. Sie hatte mehr über den Prozess aus der Zeitung erfahren als von Caine selbst.

Die Empfangshalle war dunkel, als Diana eintrat. Wieder zögerte sie, aber dann zog sie doch den Mantel aus und stieg die Treppe hinauf. Caines Bürotür stand offen. Sie hörte das Knistern des Feuers in seinem Kamin, als sie langsam darauf zuging. Vor der offenen Tür angekommen, blieb Diana stehen und sah hinein. Caine saß am Schreibtisch, den Kopf über die Akten gebeugt. Er hatte sie nicht gehört.

Sein Jackett und die Krawatte hatte er achtlos über seine Sessellehne geworfen. Neben ihm im Aschenbecher lag eine brennende Zigarette. Während Diana so dastand und ihn beobachtete, fuhr er sich mit beiden Händen durchs Haar und griff dann ohne aufzusehen nach der Kaffeetasse.

Er sieht abgespannt aus, dachte Diana. Als hätte er in den letzten Nächten nicht gut geschlafen. Er stellte die Tasse wieder weg, seufzte und verbarg sein Gesicht in beiden Händen.

Diana hielt es nicht mehr in der Tür. Sie trat einige Schritte ins Zimmer. „Caine."

Er blickte überrascht hoch. „Diana", sagte er kühl. „Ich habe dich heute gar nicht zurückerwartet."

Sie verschränkte nervös ihre Hände ineinander und suchte nach den richtigen Worten. Seine Augen blickten sie so kalt an, dass sie sich am liebsten umgedreht hätte und geflohen wäre. „Chad Rutledge ist freigesprochen worden", flüsterte sie.

„Herzlichen Glückwunsch." Caine lehnte sich in seinem Sessel zurück. Wie lange würde er es noch aushalten, sie Tag für Tag zu sehen und zu wissen, dass seine Liebe nicht erwidert wurde?

„Ich weiß nicht, ob du mir dazu gratulieren solltest. Ich bin nicht sehr stolz auf die Art und Weise, wie ich Beth Howard im Zeugenstand auseinandergenommen habe."

Caine bemerkte die Zweifel in ihren Augen und musste sich zwingen, sitzen zu bleiben und sie nicht in die Arme zu nehmen und zu trösten. „Möchtest du etwas trinken?"

„Nein … Oder doch, ja", entschied Diana. „Warte, ich hole uns etwas." Sie ging auf den Schrank zu, griff nach der erstbesten Flasche und füllte zwei Gläser, ohne zu wissen, was sie eigentlich einschenkte.

Wenn ihr doch nur die richtigen Worte einfallen würden! Sie wusste genau, was sie ihm sagen wollte, aber es war so schwierig, das auch in Worte zu fassen – zumal sein Gesichtsausdruck überhaupt nicht verriet, was er dachte.

Wie sollte sie ihm sagen, dass sie jetzt endlich bereit war, ihm zu vertrauen, ihre Zweifel endgültig zu begraben? Diana musste sich räuspern, um überhaupt sprechen zu können. „Hast du Probleme mit dem Fall Day?"

„Nein, eigentlich nicht. Er ist so gut wie abgeschlossen." Er nahm das Glas, das sie ihm reichte, und trank einen Schluck. „Die Staatsanwaltschaft hat gar nicht so schwere Geschütze aufgefahren, wie ich befürchtet hatte. Ich habe Ginnie heute in den Zeugenstand geholt. Sie hat ihre Sache gut gemacht. Der Staatsanwalt hat es im Kreuzverhör nicht geschafft, dass sie auch nur einen Millimeter von ihren Aussagen abwich."

„Dann bist du also zuversichtlich?"

„Virginia Day wird freigesprochen werden", antwortete Caine ohne jegliche Gefühlsregung. „Aber nur vor Gericht", fügte er hinzu. Als er Dianas fragenden Blick bemerkte, stand er auf und ging hinüber zum Fenster. „Für die Öffentlichkeit wird sie die reiche, verwöhnte Frau bleiben, die ihren Mann umgebracht hat und ihren Freispruch nur der Tatsache verdanken kann, dass sie einflussreich und berühmt ist. Ich kann sie zwar vor dem Gefängnis bewahren, aber nicht davor, von der Öffentlichkeit als schuldig angesehen zu werden."

„Ich kann mich erinnern", antwortete Diana leise, „dass mir einmal ein Rechtsanwalt, den ich sehr bewundere, gesagt hat, ein Anwalt müsse immer objektiv bleiben."

Caine sah sie an und wandte dann den Blick schnell wieder ab. „Du musst nicht alles glauben", murmelte er.

Diana stellte ihr Glas ab und ging zu ihm. „Hättest du etwas dagegen, wenn ich dich zum Abendessen einladen würde?"

Es kostete Caine große Anstrengung, nicht die Hand auszustrecken und sie zu berühren. Abrupt drehte er sich um und ging zurück zum Schreibtisch. „Nein, ich habe heute noch viel zu tun."

„Gut, dann werde ich unten im Kühlschrank nachsehen, was noch da ist, und uns hier ein Abendessen machen."

„Nein."

Diana war bereits auf dem Weg zur Tür. Sie blieb stehen, und es dauerte einen Moment, bevor sie nach dieser Abfuhr ihre Stimme wieder unter Kontrolle hatte. Ohne ihn anzusehen, fragte sie leise: „Möchtest du, dass ich dich allein lasse?"

„Ich habe dir gesagt, dass ich noch viel zu tun habe."

„Ich könnte ja warten", bot sie unsicher an. „Wir könnten nachher in meiner Wohnung essen."

Caine starrte zu ihr hinüber. Sie drehte ihm immer noch den Rücken zu und machte auch keine Anstalten, ihn anzusehen. Sie bot ihm an, da weiterzumachen, wo sie vor dem Wochenende bei seinen Eltern aufgehört hatten. War es nicht das, was er früher immer gewollt hatte? Eine aufregende, unkomplizierte Liebesaffäre mit einer hübschen Frau? Genau das hatte er jahrelang praktiziert. Nur, jetzt wollte er das nicht mehr. Eine solche Affäre erschien Caine plötzlich leer und nichtssagend.

Er blickte auf seine Hände. Wie oft hatte er in den letzten zwei Wochen über sich und Diana nachgedacht. Manchmal war er so weit gewesen, sie ohne Rücksicht auf seinen Stolz anzuflehen, wieder zu ihm zurückzukommen. Dann hatte er überlegt, einfach zu ihr zu fahren und sie zu zwingen, wieder mit ihm zu schlafen. Es gab wohl keine Möglichkeit, die ihm in dieser Zeit nicht in den Sinn gekommen wäre, aber alle hatte er wieder verworfen. Er hatte eingesehen, dass man keinen Menschen zur Liebe zwingen konnte – schon gar nicht eine Frau wie Diana.

Caine brauchte Diana, sehnte sich nach ihr und sah doch keinen Weg, sie zurückzugewinnen. Es tat weh zu wissen, dass seine Liebe nicht erwidert wurde, und doch blieb ihm nichts anderes übrig, als sich damit abzufinden.

„Danke für das Angebot", entgegnete er kühl, „aber ich bin nicht interessiert."

Diana schloss die Augen und zwang sich, ihre Stimme ruhig klingen zu lassen. „Ich habe dir sehr wehgetan, Caine", flüsterte sie. „Und ich wünschte, ich könnte es wiedergutmachen."

„Ich komme auch ohne dein Mitleid aus, Diana."

Jetzt drehte sie sich doch um und sah ihn flehend und zugleich zärtlich an. „Caine, einen Augenblick, bitte. Das ist doch …"

„Hör auf, Diana."

„Caine, bitte …"

Er schlug mit der flachen Hand auf die Schreibtischplatte. „Hör endlich auf! Geh nach Hause, ich muss arbeiten."

„Aber ich muss mit dir reden", versuchte Diana es noch einmal.

„Ich aber nicht mit dir", fuhr er sie an. „Ich hab mich schon genug zum Narren gemacht. Meinst du, ich will mir noch einmal anhören, warum du mir nicht geben kannst, was ich von dir will?" Er schüttelte heftig den Kopf, ehe er fortfuhr: „Ich glaube nicht, dass ich das noch einmal ertragen könnte."

„Caine, hör mir doch wenigstens zu." Jetzt war auch ihre Stimme laut geworden. Verzweiflung stieg in Diana auf. Sie wusste nicht, wie sie an ihn herankommen sollte.

Bevor sie noch weitersprechen konnte, war er plötzlich aufgesprungen, kam mit wenigen Schritten auf sie zugestürmt und riss sie in seine Arme. Seine Finger bohrten sich schmerzhaft in ihre Schultern, und sein Mund presste sich so hart auf ihren, dass sie leise aufstöhnte.

Zum Teufel mit der Liebe, dachte Caine. Wenn das alles war, was sie von ihm wollte, körperliche Befriedigung, dann sollte sie es haben. Er achtete nicht auf ihre Gegenwehr, hielt sie eisern fest und spürte, wie ihre Kraft schließlich erlahmte und ihr Körper zu zittern begann. Erst jetzt kam er wieder zur Vernunft und ließ sie los.

„Geh, Diana", sagte er rau. „Lass mich allein."

Diana hielt sich an dem Stuhl fest, der vor seinem Schreibtisch stand. Sie zitterte immer noch, aber so leicht wollte sie nicht aufgeben. „Nein, ich will jetzt mit dir reden."

„Gut, dann gehe ich."

Diesmal war sie schneller. Sie warf die Tür ins Schloss und lehnte sich dagegen, um ihm den Weg zu versperren. Für einen Moment dachte sie, er würde sie einfach beiseiteschieben, aber dann blieb er doch stehen und steckte die Hände in die Hosentaschen. „Okay, fang an."

„Setz dich", forderte Diana ihn auf.

„Nein. Entweder du sagst jetzt sofort, was du zu sagen hast, oder ich gehe wirklich."

„Nun gut. Ich mache es kurz. Caine, ich habe nicht vor, mich für das zu entschuldigen, was ich vor zwei Wochen im Haus deiner Eltern sagte. Meine Karriere ist wichtig für mich, damit musst du dich abfinden. Sie ist das Erste, was ich mir in meinem Leben selbst erschaffen habe. Und was das Vertrauen angeht, so gebe ich zu, dass es für mich sehr schwierig ist, jemandem restlos zu vertrauen. Dazu kann mich auch niemand zwingen, das muss ich ganz allein entscheiden."

„Gut, dann tu das, und lass mich jetzt vorbei."

„Nein, ich bin noch nicht fertig." Diana atmete tief durch und fuhr fort: „Ich glaube, wir sollten wirklich Partner werden."

„Partner?" Völlig überrascht sah er sie an. „Meine Güte, Diana, nach allem, was ich dir gestanden habe, schlägst du mir jetzt ernsthaft eine geschäftliche Partnerschaft vor?"

„Das hat nichts mit geschäftlichen Sachen zu tun", fuhr sie ihn an. „Ich möchte, dass du mich heiratest."

Er betrachtete sie aus zusammengekniffenen Augen. Es war ihm unmöglich, irgendetwas daraus zu lesen. „Was hast du gesagt?"

„Ich habe dich gebeten, mich zu heiraten." Diana wagte kaum noch zu atmen, sie spürte, wie ihre Knie weich wurden.

Plötzlich hörte sie Caine lachen. Dann brach er abrupt ab, strich mit beiden Händen durch sein Haar und ging hinüber zum Fenster. Diana sah auf seinen breiten Rücken. „Das gibt es doch gar nicht", murmelte er und lachte wieder.

Diana kam sich vor wie eine Närrin. Allmählich stieg Zorn in ihr hoch. „Ich finde das gar nicht lustig."

„Ich weiß nicht …" Caine starrte immer noch aus dem Fenster. Nach all den Zweifeln und dem Schmerz der letzten beiden Wochen erschien sie plötzlich in seinem Büro und bot ihm an, sie zu heiraten.

„Ich glaube, ich gehe jetzt besser", sagte Diana „Dann kannst du dich von mir aus ausschütten vor Lachen." Sie ging zur Tür und wollte sie gerade aufreißen, als Caine plötzlich neben ihr stand und die Tür wieder ins Schloss warf.

„Diana …"

„Lass mich raus." Sie versuchte ihn zur Seite zu schieben, aber es gelang ihr nicht.

Er griff nach ihren Schultern und drückte sie gegen die Tür. „Diana, ich möchte wissen, warum du mich heiraten willst."

Diana atmete tief durch. „Ich wusste, dass du mich nicht mehr darum bitten würdest, nach all dem, was ich dir an den Kopf geworfen habe", wich sie ihm aus.

Er schüttelte den Kopf, und seine Finger griffen noch etwas fester in ihre Schultern. „Das ist keine Antwort auf meine Frage."

„Caine …" Sie wollte ihn so gerne berühren, aber sie wagte es nicht. „Verzeih mir doch, Liebling. Ich habe dir sehr wehgetan."

„Ja, das kann man wohl sagen."

„Es tut mir leid", flüsterte Diana und wich seinem Blick aus.

„Du hast meine Frage immer noch nicht beantwortet." Caine ließ nicht locker. „Diana, warum willst du mich heiraten?"

„Ich habe eingesehen, dass ich eine gewisse Sicherheit brauche", antwortete sie leise. „Wenn zwei Menschen nur so zusammenleben, dann ist es zu leicht, einfach wegzugehen …"

„Nein." Caine schüttelte den Kopf. „Das ist immer noch keine Antwort. Warum, Diana?"

Diana spürte Panik in sich aufsteigen. Sie schloss die Augen und versuchte sich aus seinem Griff zu befreien. „Ich …"

„Sag es!"

Sie öffnete die Augen und sah ihn an. Sie wusste, wenn sie es ausgesprochen hatte, gab es kein Zurück mehr. „Ich liebe dich", flüsterte sie und seufzte tief auf. „Oh Caine, ich liebe dich." Sie warf die Arme um seinen Hals und lachte, während ihr die Tränen über die Wangen liefen. „Ich liebe dich", murmelte sie noch einmal. „Wie oft willst du das noch hören?"

Caine hielt ihren Kopf fest und küsste sie. Erleichtert und glücklich hielt er sie in seinen Armen. „Noch einmal", kommandierte er lachend. „Sag es noch einmal."

Diana zog ihn mit sich, bis sie nebeneinander auf dem Teppich lagen. „Ich liebe dich. Ich wusste gar nicht, wie wunderbar es ist, das auszusprechen. Caine …" Diana hielt seinen Kopf fest und sah ihn ernst an. „Ich wusste immer, dass ich dich wollte, aber ich hatte nicht den Mut, es zuzugeben. Es erschien mir sicherer, mir einzureden, dass ich auch ohne dich leben könnte."

Er griff nach ihrer Hand und zog sie an seine Lippen. „Ich kann dir auch jetzt noch keine Garantie geben, Diana. Ich kann dich nur lieben."

„Ich will keine Garantien." Sie zog ihn fester an sich und küsste ihn auf die Wange. „Jetzt nicht mehr. Ich nehme den Kampf auf, Caine

MacGregor." Langsam und zärtlich glitt ihre Hand über seinen Rücken. „Und ich werde gewinnen."

Caine schob ihr die Kostümjacke von den Schultern. „Heute Nacht geschieht alles zum ersten Mal", flüsterte er und begann die Knöpfe ihrer Seidenbluse zu öffnen. „Mein erster Heiratsantrag …" Seine Finger berührten zart ihre Haut. „Zum ersten Mal ist es mir gelungen, dir diese Worte zu entlocken …" Seine Lippen strichen über den Ansatz ihrer Brust. „Und wir werden zum ersten Mal in meinem Büro miteinander schlafen."

Diana hatte sein Hemd geöffnet und spielte mit den Haaren auf seiner Brust. „Da gibt es aber noch eine offene Frage, Herr Rechtsanwalt."

„Hm?"

„Du hast meinen Antrag noch nicht angenommen."

„Gibst du mir Bedenkzeit?"

„Nein."

„In diesem Fall nehme ich den Antrag an." Diana sah das amüsierte Blitzen in seinen Augen. „Bist du bereit, dafür zu sorgen, dass die MacGregors nicht aussterben?", fragte er.

Diana hatte die Augen halb geschlossen und lächelte. „Natürlich. Vergiss nicht, ich komme aus einem guten Stall."

Lachend presste Caine sie fester an sich. „Mein Vater wird sich freuen."

– ENDE –

Heather Graham

Wie ein Stern in dunkler Nacht

Roman

Aus dem Amerikanischen von
M. R. Heinze

1. Kapitel

„Und was möchtest du zu Weihnachten haben, du kleines Mädchen?",
fragte Cary Adams. Sie beugte sich über den Tisch und stützte ihr Kinn
vergnügt in die Hände, während sie ihre Freundin June Harrison ansah. Carys Haare – glatt, schimmernd und dunkel – umrahmten ihre
zart geschnittenen Züge, und ihre lustigen kaffeebraunen Augen waren so groß und unschuldig wie die eines Kindes. Nun ja, es war immerhin Weihnachten. Beinahe.

„Es geht nicht darum, was ich mir wünsche, sondern wen", erwiderte June lachend. „Sein Name spielt keine Rolle. Er muss nur groß,
dunkel und attraktiv sein. Und reich", fügte sie nach kurzem Überlegen hinzu und verzog das Gesicht. „Ich bin ja kein materiell einge-
stelltes Mädchen, aber wir leben nun einmal in einer Welt, in der nur
das Geld zählt."

Cary lehnte sich lächelnd zurück und drohte ihr mit erhobenem
Zeigefinger. „Das ist nicht fair. Ich kann dir zu Weihnachten keinen
Mann schenken."

„Nein? Na ja, ich habe ohnedies keinen erwartet. Du aber, Kleine,
verdienst einen. Und er sollte auch groß, dunkel und attraktiv sein.
Und reich."

„Was ist, wenn mir ein Blonder lieber ist?"

June schüttelte den Kopf. „Nein, tut mir leid. Es heißt allgemein
‚groß, dunkel und attraktiv'. Entweder nimmst du den, oder du be-
kommst keinen."

Cary lachte und sah sich in dem großen Saal um.

Abgesehen davon, dass die jährliche Verlagsparty stets unpassend
früh abgehalten wurde – knapp eine Woche nach Thanksgiving –,
mochte Cary diese Feier. Sie liebte die Musik, die bunten Lichter, den
Duft von Mistelzweigen, Tannennadeln und Kerzen. Dazu passte auch
der Schnee, der sich heute auf Bürgersteige und Straßen herabsenkte.

Im Büro von „Elegance" fand jedes Jahr noch eine andere Weihnachtsparty statt, und zwar immer einen Tag vor Heiligabend. Cary
bevorzugte jedoch die heutige Feier. Sie wurde für die Familien der

Angestellten abgehalten. Ehemänner, Ehefrauen, Kinder, Großeltern und sogar Cousins und Cousinen konnten Einladungen ergattern.

Alljährlich mietete Jason McCready, der Herausgeber von „Elegance", den Ballsaal eines der besten Hotels von Boston. Es war immer eine reine Freude zu beobachten, wie Kleinkinder und Teenager zwischen Kellnern im Smoking Amok liefen.

Kostenlose Getränke wie Champagner, Eierpunsch, Bier und Wein flossen reichlich für die Erwachsenen. Alkoholfreie Weihnachtsbowle – natürlich in Anbetracht des bevorstehenden Festes leuchtend rot – fand bei der minderjährigen Meute reißenden Absatz. Gewaltige Truthähne und ganze Schinken wurden verlost, und es gab auch einen Hauptgewinn, meistens einen Mikrowellenherd, einen Fernseher oder Videorekorder. Immer das Neueste, immer etwas, das jeder gut gebrauchen konnte.

Trotz seiner exzentrischen Art plante Jason McCready Weihnachten für seine Angestellten sehr umsichtig. Bei der Tombola bekam jeder etwas, niemand ging leer aus. Diese Ziehung nannte er „Festtagsbescherung". Sämtliche Verlagsangestellte und viele ihrer Familien nahmen an dieser Party teil, völlig ungeachtet ihres religiösen Bekenntnisses. Alles lief mit unglaublicher Wärme und sehr viel gutem Willen ab. Zwar gab es einen riesigen geschmückten Weihnachtsbaum und ein Santa Claus überreichte den Kindern Spielzeug, aber McCready sorgte auch dafür, dass die schönen alten jüdischen Lieder gespielt wurden, sodass sich niemand benachteiligt fühlte.

„Hey, Kleine, du bist aber schrecklich still! Das ist hier eine Party, eine Feier! Schon vergessen?"

Cary sah verblüfft hoch und lächelte. June, ihre Freundin aus der Anzeigenabteilung, betrachtete sie eingehend. June war fünf Jahre älter als sie. Anfangs hatte es Cary geärgert, ständig „Kleine" genannt zu werden, doch sie hatte schnell herausgefunden, dass June mit der Bezeichnung nur ihre Zuneigung zum Ausdruck brachte. Nach einem stürmischen Anfang waren sie beide die besten Freundinnen geworden.

„Ich habe nachgedacht", erklärte Cary.

„Wie grauenhaft!", murmelte June gespielt entsetzt. Sie war eine attraktive Frau mit wildem platinblondem Haar und sanften grauen Augen. Ihr Körper hätte für ein Foto der Rubrik „Girl des Monats" herhalten können. Sie besaß einen messerscharfen Verstand und kannte ihr Geschäft in- und auswendig. „Worüber hast du nachgedacht? Männer?", fragte sie und rührte ihren Irish Coffee mit einem Löffel um.

„Nein. Das heißt ja. Über einen Mann. Ich finde, dass McCready immer sagenhafte Partys veranstaltet – vor allem, wo er doch … McCready ist", endete Cary ein wenig lahm.

June lächelte und hob die Schultern. Cary wusste, dass ihre Freundin sie völlig verstand. Jason McCready war ein gut aussehender Mann – eindeutig als „groß, dunkel und attraktiv" einzuordnen – und sehr jung für seine Position, erst neununddreißig. Gerüchten zufolge sollte er mit Anfang zwanzig wie ein Dynamo gewesen sein – klug, energiegeladen und voller Ideen. Dank dieser Eigenschaften hatte er aus einer sterbenden vierzehntägigen Zeitschrift eine auflagenstarke, geachtete Illustrierte gemacht.

„Elegance" brachte Artikel über die schönsten Wohnungen Amerikas, besaß eine Unterhaltungsrubrik, einen Spezialteil über aktuelle Politik und Tagesereignisse. Außerdem gab es die Sparte „American World", Carys eigene Kolumne, angefüllt mit Informationen über interessante, meist prominente Leute und deren Privatleben. Das Magazin hatte eine moderne Aufmachung, der Inhalt jedoch bestand aus traditionellem, gehobenem Journalismus. Und das alles war Jason McCreadys Werk.

Er war der Herausgeber und Vorstandsvorsitzender des Verlages. McCreadys Karriere stellte eine amerikanische Erfolgsgeschichte dar. Vor Jahren, lange bevor Cary in dieses Geschäft eingestiegen war, hatte er oft die Covers verschiedener Glamourmagazine geziert. Sie erinnerte sich ganz besonders an ein Foto, das von ihm und seiner Frau auf der New Yorker Rockefeller Plaza gemacht worden war.

Seltsamer Zufall – es war ein Weihnachtsfoto gewesen. Der gewaltige Tannenbaum, der jedes Jahr den Platz zierte, ragte hinter den beiden auf. Vor ihnen erstreckten sich die Eisbahn und fantasievoll geschmückte Straßenzüge. McCready trug einen langen schwarzen Mantel, der sein gutes Aussehen, die dunklen Haare sowie sein starkes männliches Profil betonte.

Seine in einen weißen Nerz gehüllte Frau Sara bildete mit ihrem weißblonden Haar und den unwahrscheinlich blauen Augen einen totalen Kontrast zu ihrem Mann. Die beiden lächelten einander auf dem Foto zu. Saras schönes Gesicht drückte hingebungsvolle Liebe aus, während er sie mit einer Zärtlichkeit betrachtete, die jeden Beobachter in seinen Bann zog. Die beiden waren einmalig gewesen. Ein richtiges Traumpaar!

Sara hatte das nächste Weihnachtsfest nicht mehr erlebt.

Seitdem hatte Jason McCready nie wieder ein Interview gegeben. Cary hatte eines für ihre eigene Kolumne machen wollen. Es war eine der wenigen Gelegenheiten gewesen, bei denen sie mit ihm persönlich gesprochen hatte.

Und er war ihr beinahe an die Gurgel gesprungen!

Sie erinnerte sich noch immer lebhaft an den Vorfall in seinem Büro. Sie hatte mit seiner Sekretärin einen Termin vereinbart und war gut vorbereitet und mit einer wirklich intelligenten Präsentation hingegangen.

Cary hatte sein riesiges, doch karg eingerichtetes Büro betreten. Weiße Wände mit zwei Grafikdrucken, pfirsichfarbener Teppich, ein massiver Eichenschreibtisch, ein Ledersofa, zwei Sessel.

Das war alles.

McCready hatte ihr nicht einmal einen Platz angeboten!

Er blieb hinter seinem Schreibtisch sitzen, und seine hellgrünen Augen richteten sich so scharf, kalt und gezielt auf sie, dass sie das Gefühl hatte, von Stahlklingen durchbohrt zu werden. Er hörte ihr ungefähr eine Minute zu, bevor der Bleistift, den er bis dahin lässig zwischen den Fingern gehalten hatte, plötzlich zerbrach. Dann stand er auf, erhob sich zu seiner imposanten Größe von eins neunzig, kam um den Schreibtisch herum und baute sich vor Cary auf. Sie duckte sich beinahe, als seine Hände ihre Schultern berührten. Hart. Kraftvoll, aber nicht gewalttätig.

Und er stieß nur ein einziges Wort hervor: „Nein!"

Er stand da und starrte sie an. Eine Strähne seines für gewöhnlich makellos gekämmten dunklen Haares fiel über eine seiner pechschwarzen Augenbrauen. Sein gebräuntes Gesicht hatte plötzlich alle Farbe verloren, und er presste seinen vollen Mund zu einer grimmigenschmalen Linie zusammen. Er starrte Cary immer noch an, als wäre sie ein alter Feind. In diesem Moment wollte sie nur eines: weglaufen!

Nicht Mut brachte sie dazu, stehen zu bleiben – sie war einfach zu überrascht, um sich zu bewegen. Endlich nahm er seine Hände von ihren Schultern und wandte sich ab. „Ich sagte Nein, Miss Adams ..."

„Ich bin Mrs. Adams", unterbrach sie ihn, drängte die aufsteigenden Tränen zurück und fragte sich, warum es ihr in diesem Moment so wichtig war, auf ihre richtige Anrede hinzuweisen.

„Mrs. Adams. Entschuldigen Sie", sagte McCready kalt. Er ging um den Schreibtisch herum und setzte sich wieder, wobei er in seinem maßgeschneiderten Anzug geradezu aristokratisch wirkte. „Könnten Sie jetzt bitte gehen? Ich bin beschäftigt, und diese Unterredung ist beendet."

Sie straffte die Schultern, überzeugt, dass er nicht nur ihren Vorschlag abgelehnt, sondern auch sie selbst entlassen hatte. „Ich räume meinen Schreibtisch bis siebzehn Uhr", erklärte sie tonlos. „Und ich erwarte meinen Abfindungsscheck genauso pünktlich."

Erst jetzt hob er die dunklen Augenbrauen, und für einen Moment zeigte sich Überraschung in seinen harten, markanten Zügen. „Warum, um alles in der Welt, wollen Sie Ihren Schreibtisch räumen, Mrs. Adams?"

Cary versuchte nicht zu stottern, aber sie tat es. Außerdem wusste sie, dass ihre Wangen flammend rot wurden. „Mr. McCready, es hat sich eindeutig so angehört, als wären Sie verärgert und wollten mich nicht länger beschäftigen."

„Ich bin tatsächlich verärgert, Mrs. Adams, aber ich feuere niemanden, nur weil er oder sie mich gelegentlich einmal wütend macht. Ich finde Ihre Arbeit ausgezeichnet. Ich wünsche lediglich, dass Sie mein Büro verlassen und mir in Zukunft keinen solchen Artikel mehr vorschlagen."

Sie sah ihn noch immer ausdruckslos an. Sie hatte sich oft gefragt, ob dieser Mann überhaupt noch las, was in seiner Illustrierten gedruckt wurde. Offenbar tat er es.

„Ist noch etwas, Mrs. Adams?"

„Nein!" Sie rührte sich jedoch nicht von der Stelle und hörte sich zu ihrer eigenen Überraschung weitersprechen. „Mr. McCready, es geht um Ihr eigenes Magazin! Warum wollen Sie nicht …?"

Er stand wieder auf, und Cary hatte das Gefühl, als habe sie diesmal wirklich seine ungeteilte Aufmerksamkeit erregt. Und zwar nicht nur seinen Ärger, sondern sein ehrliches Interesse.

„Weil ich nicht über mein Privatleben sprechen kann, und damit ist die Sache erledigt! Haben Sie mich verstanden?"

„In Ordnung", lenkte Cary ein. Er starrte sie unverändert an. Heiße und kalte Schauer jagten über ihren Rücken.

Für einen ganz kurzen Moment glaubte sie, Schmerz in seinen Augen schimmern zu sehen, und intuitiv wusste sie, dass er an seine tote

Frau dachte. Seit Sara in seinem Leben fehlte, wollte er der Öffentlichkeit nichts mehr über sich sagen.

„Es tut mir leid …", setzte Cary an.

„Nicht nötig!", unterbrach er sie.

Die Worte waren leise, das Gefühl hinter ihnen heftig. Cary sprach trotzdem weiter. „Mr. McCready, Sie haben sie sehr geliebt. Das verstehe ich. Es tut mir leid, sehr sogar. Doch Sie sind nicht der einzige Mensch, der jemanden verloren hat, den er liebte. Vielleicht ist der Artikel keine gute Idee, aber Sie sollten mit jemandem sprechen. Sie sollten …"

Ihre Stimme verklang, als er sie mit eisigem Zorn betrachtete.

„Sind Sie jetzt fertig, Mrs. Adams?"

Sie nickte. Sein Leben ging sie nichts an.

„Möchten Sie dann vielleicht wieder an Ihre Arbeit zurückkehren?", fragte er leise.

Cary wirbelte herum. Sie bedankte sich nicht für seine Zeit. Er hatte sie ihr nicht bereitwillig gegeben. Und sie brauchte sich auch nicht dafür zu bedanken, dass er ihr nicht kündigte. Ihre Arbeit war gut. Nur das zählte. Doch jetzt wollte er sie einfach nicht mehr in seinem Büro haben.

„Mrs. Adams!"

Sie sah ihn an.

„Entschuldigen Sie", fuhr er fort. „Ich bitte Sie aufrichtig um Verzeihung." Seine Stimme klang sanft. Und wie er mit verschränkten Armen hinter seinem Schreibtisch saß, mit diesen dunklen Haaren und diesen unglaublich grünen Augen, fand Cary ihn umwerfend – und noch mehr: Er war ihr sympathisch! Sie biss die Zähne zusammen und erschrak, weil die Versuchung so groß war, zu ihm zu laufen, die Arme um ihn zu legen und ihm ein wenig Trost zu bieten.

Doch das waren Hirngespinste. McCready wollte nichts von ihr. Und es gab keine Schwachstellen in seinem Panzer. Er wollte nur, dass sie sein Büro verließ.

Cary gehorchte.

Und sie hatte sich nie wieder zu ihm gewagt …

„McCready veranstaltet wirklich sehr hübsche Feiern", bemerkte Cary beiläufig und lächelte ihrer Freundin zu. „Fast so, als würde er noch an den Geist von Weihnachten glauben. Hohoho!"

„Du redest, als würdest du selbst noch daran glauben", meinte June weise und betrachtete ihre Freundin über den Tisch hinweg.

Carys Herz schlug plötzlich heftig in ihrer Brust, und das Atmen fiel ihr schwer. Das tat weh! Nun, sie bemühte sich. Jedes Jahr um diese Zeit bemühte sie sich sehr. Sie hatte wieder gelernt, fröhlich zu sein und viel zu lachen. Um ihrer Familie willen, wenn schon nicht um ihrer selbst willen. Das war ihr auch gut gelungen … Zumindest hatte sie das immer gedacht.

Sie hatte den Schock, den Schmerz und das Gefühl von Wut und Hilflosigkeit überwunden. Sie hatte ein eigenes Apartment gefunden, sie war unabhängig geworden, und sie hatte es geschafft, sich ein neues Leben aufzubauen. Es war angefüllt mit den schulischen Aktivitäten ihres Sohnes, mit ihrer Arbeit und mit Besuchen bei den Schwiegereltern und bei ihrer eigenen Familie. Es war überhaupt nicht fair, dass June sie wegen des Geistes von Weihnachten angriff.

Doch die Freundin griff sie im Grunde gar nicht wirklich an. June ließ das Thema sofort wieder fallen. Sie schüttelte ihre wilde Mähne, leckte ihren Löffel ab und deutete damit auf das große, kunstvoll geschmückte Papphaus auf der Bühne, in dem Santa Claus jetzt die Kleinen empfing. „Jeremy spielt dieses Jahr den Weihnachtsmann, nicht wahr?"

Cary nickte. „Unter dem Mantel ist er bis zur Halskrause ausgestopft. Er erzählt den Kindern das Blaue vom Himmel herunter und amüsiert sich blendend. Danny sollte jetzt bald an der Reihe sein. Bin gespannt, ob er Jeremy erkennt."

„Gehen wir doch hin", schlug June vor.

Sie standen auf, drängten sich durch die fröhliche Menschenmenge und hielten ein paarmal an, um jemanden zu begrüßen. Als sie die Schlange vor dem Häuschen erreichten, blieb Cary lächelnd stehen. Danny war der Nächste, der mit dem Weihnachtsmann sprechen durfte. Das kleine Mädchen vor ihm war soeben hinter die leuchtend roten Vorhänge geführt worden. Durch einen Spalt sah Cary, wie Jeremy seine langbeinige schöne Gehilfin da kniff, wo der kurze Rock ihres Engelkostüms ihren Schenkel entblößte.

„Der Weihnachtsmann ist ein Lüstling", erklärte Cary seufzend.

„Und Isabelle genießt garantiert jede Sekunde", versicherte June.

Die Gehilfin des Weihnachtsmanns war eine Collegestudentin, die seit einigen Wochen im Postzimmer jobbte. Isabelles Lächeln zeigte eindeutig, dass sie sich blendend amüsierte.

Danny, Carys achtjähriger Sohn, drehte sich plötzlich um. Auf seinem sommersprossigen Gesicht erschien beim Anblick seiner Mutter ein breites Lächeln, und sofort schlug ihr Herz schneller. Er sah seinem Vater unglaublich ähnlich. Die klaren himmelblauen Augen, die hellblonden Haare, die blassen Sommersprossen auf seinem Nasenrücken … Er war ein niedliches Kind, und das fand Cary nicht nur, weil es ihr eigenes war. Die meisten Kinder waren süß, aber bei Danny war es noch mehr. Es lag an seinen Augen … an einer gewissen Weisheit in ihnen. Weisheit und Mitgefühl. Danny war nicht bitter geworden, nicht einmal, als er richtig begriff, was mit seinem Vater geschehen war. Er hatte nur geweint.

Das tat er auch jetzt noch in manchen Nächten.

Dennoch hatte er sich nie sein Leben und das anderer durch den Tod seines Vaters vermiesen lassen. Er war nur reifer geworden als für sein Alter üblich. Das hatte ihm Charme und ein Verantwortungsgefühl verliehen, das bei Achtjährigen selten war. Sprach er, hatten einige Leute das Gefühl, sie unterhielten sich mit einem Teenager, weil er sich so ernsthaft und gut verständlich ausdrücken konnte.

„Mom, komm her!", rief Danny Cary zu.

„Geh nur", forderte June sie auf. „Ich warte hier auf dich."

Cary lächelte. „In Ordnung. Wenn es geht, möchte ich Danny und dem Weihnachtsmann zusehen und feststellen, ob Jeremy seinen Job auch beherrscht."

June nickte. Cary entschuldigte sich, während sie sich zwischen Eltern und Kindern hindurchwand, um zu Danny zu gelangen. Isabelle empfing sie mit freundlichem Lächeln. „Hi, Mrs. Adams. Ist das Ihr Sohn?", fragte sie und deutete auf Danny.

Cary nickte. „Das ist er. Danny, das ist Miss Isabelle LaCrosse. Sie arbeitet jetzt bei uns. Isabelle, mein Sohn Daniel."

Danny schüttelte ihr feierlich die Hand. „Und ich dachte, Sie wären wirklich ein Engel", meinte er mit einem leichten Seufzer.

Verdutzt sah Isabelle Cary an, die nur die Schultern hob und ein Lächeln unterdrückte. „Er mag Engel", erklärte Cary lahm.

Isabelle blickte hinter den Vorhang. „Ich glaube, der Weihnachtsmann ist jetzt für dich bereit, Daniel. Komm herein! Mrs. Adams, wenn Sie möchten …"

Sie deutete auf einen Spalt im roten Vorhang, durch den Cary heimlich ihren Sohn beobachten konnte. Sie lächelte Isabelle freundlich zu und schob sich näher, während Danny hineinging.

„Hohoho, das ist doch Mr. Daniel Adams, nicht wahr?", sagte der Weihnachtsmann, und Cary beobachtete, wie ihr Sohn überrascht die Augen aufriss, als Santa Claus ihn so vertraut ansprach.

Sie fand Jeremy perfekt. Er war herrlich ausgestopft, sein Kostüm großartig. Ein künstlicher Vollbart aus Watte verdeckte die untere Hälfte seines Gesichts. Die große weiße Bommel seiner roten Mütze fiel ihm in die Stirn, und eine kleine goldene Brille saß auf seiner Nasenspitze.

„Ja, Sir, Weihnachtsmann", erwiderte Danny voll Hochachtung. Vor Kurzem hatte er Cary erklärt, da er nun ein großer Junge sei, habe er nicht die Absicht, sich auf den Schoß des Weihnachtsmanns zu setzen. Er hatte aufrecht stehen und von Mann zu Mann mit Santa Claus sprechen wollen.

Doch nun setzte er sich schnell auf den Schoß des Weihnachtsmanns und schien keine Ahnung zu haben, dass er mit dem Cousin seiner Mutter sprach.

„Ich weiß, dass du in diesem Jahr wie immer lieb und gut warst, Danny. Also sage mir, was wünschst du dir denn zu Weihnachten?"

Danny zögerte. Cary runzelte die Stirn, während sie ihn beobachtete. „Was ich mir wirklich zu Weihnachten wünsche?", fragte Danny leise.

„Ja, Junge, natürlich."

„Ich glaube an dich, weißt du", versicherte Danny hastig. „Ich glaube an den lieben Gott und an Wunder, besonders an Weihnachtswunder. Und ich weiß, dass du mir helfen kannst, Mr. Santa Claus. Ich weiß das."

„Danny, ich …"

„Ich möchte einen Vater, Weihnachtsmann. Oh, nicht den richtigen! Ich weiß, dass du mir meinen Dad nicht zurückbringen kannst. Er lebt oben im Himmel, weil er ein großartiger Dad war. Der liebe Gott kann Menschen nicht mehr zurückgeben, wenn er sie einmal zu sich geholt hat. Und es ist auch nicht für mich. Ich möchte jemanden für meine Mom. Sie versucht es nicht zu zeigen, aber sie ist sehr unglücklich. Sie denkt, dass ich es nicht bemerke, aber ich sehe es."

„Danny …"

„Sie ist eine großartige Köchin und eine gute Hausfrau. Sie macht tolle Schokoladenplätzchen. Und sie schreibt. Sie schreibt über Leute, die Hilfe brauchen, und manchmal kann sie auch wirklich damit helfen. Sie ist wirklich gut, Weihnachtsmann. Bitte!"

Cary stiegen Tränen in die Augen, und sie bekam kaum Luft. Sie schluckte ein paarmal hart. Dann erschien ganz langsam ein Lächeln auf ihren Lippen. Oh, ich liebe dich so, Danny, dachte sie.

„Sieh mal, Junge", sagte der Weihnachtsmann, als es ihm endlich gelang, das Kind zu unterbrechen. „Ich … ich würde dir gern etwas versprechen, aber ich kann das nicht. Sieh mal, Erwachsene müssen … also, sie müssen selbst jemanden finden, den sie mögen."

„Ich weiß aber, dass du mir helfen kannst", behauptete Danny starrsinnig.

Santa Claus öffnete den Mund und schloss ihn wieder. Dieser Kleine neigte zur Dickköpfigkeit, und keiner wusste das besser als Jeremy.

„Ich sage dir etwas, Danny: Ich werde zusehen, was sich machen lässt. Doch das ist keine einfache Bestellung für Weihnachten. Das ist absolut die schwierigste, die ich je hatte. Du musst mir vielleicht mehr als ein Weihnachten Zeit lassen, um diesen Wunsch zu erfüllen, in Ordnung?"

„Du wirst aber daran arbeiten?"

Santa Claus seufzte. „Das habe ich schon getan", murmelte er leise und lächelte dann. „Natürlich werde ich daran arbeiten. Hart sogar. Das verspreche ich dir."

„Danke", sagte Danny schlicht. „Ich werde dir helfen. Ich werde jede Nacht zum Polarstern sehen und es mir wünschen."

Der Weihnachtsmann nickte. „Und was ist mit diesem Weihnachtsfest?"

„Ach ja, ich hätte gern diesen Computer, der speziell für Kinder in meinem Alter gemacht ist. So einen, wie sie in der Schule haben."

Vor Überraschung hätte Cary beinahe einen lauten Ruf ausgestoßen. Danny sagte nie, dass er etwas wollte. Und jetzt bat er um etwas, das sie sich nicht leisten konnte. Sie kannte den Computer, mit dem er in der Schule arbeitete. Es war eine wunderbare Erfindung mit Schreib- und Grafikprogramm für Mathematik-, Deutsch- und Kunstunterricht.

Wahrscheinlich könnte ich damit sogar meine Einkommensteuer machen, dachte sie trocken.

Doch im Gegensatz zu den meisten anderen Computern musste dieser erst noch im Preis sinken. Die gesamte Anlage kostete Tausende, und Cary wusste nicht, ob sie sich den PC leisten konnte, selbst wenn sie ihn auf Raten kaufte.

Jeremy dagegen schien offenbar den Preis des Computers nicht zu kennen. „Das ist einfach", versicherte er Danny. „An diesem Wunsch kann ich ganz sicher arbeiten!" Er stellte Danny wieder auf die Beine und griff in den großen roten Sack neben sich. „Für den Moment, mein Junge, habe ich für dich ein Auto mit Fernsteuerung. Wie ist das denn?"

„Toll, Santa Claus", versicherte Danny. „Das ist großartig, ehrlich, einfach riesig! Danke, vielen Dank."

Er verschwand durch den Vorhang. Jeremy wollte schon Isabelle rufen, damit sie das nächste Kind hereinbrachte, als er hochblickte und Cary entdeckte. Er sah sie einen Moment an und winkte ihr dann mit dem Finger.

„Komm hierher, Cary Adams!", befahl er.

Sie trat vor. „Tut mir leid, ich habe gelauscht. Ich konnte nicht ganz …"

Sie unterdrückte einen kleinen Aufschrei, als er die Arme um sie schlang und sie auf seinen Schoß zog.

„Ich habe gehört, du warst ein sehr braves Mädchen", meinte er und blinzelte ihr zu.

„Würdest du damit aufhören, du Lüstling? Ich bin deine Cousine!", protestierte sie lachend.

„Nur Cousine zweiten Grades", erinnerte er sie und seufzte wehmütig.

„Nahe genug verwandt. Also, benimm dich!"

„Nun, du hast deinen Sohn gehört, Mrs. Adams", meinte er. „Er wünscht sich jemanden für dich. Und ich habe mich bemüht und immer wieder bemüht …"

„Jeremy, du bist ein Schatz, und ich liebe dich von ganzem Herzen, das weißt du. Und ich weiß, dass du es mit mir nicht im Geringsten ernst meinst …"

„Ich könnte es aber ernst meinen, wenn du nur aufhörst, immer über unser Verwandtschaftsverhältnis zu reden", meinte er scherzhaft.

„Jeremy …"

„Was war mit diesem Elektriker, der eine Figur wie ein Bodybuilder hatte?", fragte er düster.

Sie musste lächeln. „Tut mir leid. Er hat seine Boxershorts bis zu seinen gewaltigen Brüsten hochgezogen. Ich fand das unerträglich."

„Und mit dem Anwalt aus Concord?"

„Er hat geschielt, ich schwöre es."

„Cary", erklärte Jeremy ernst, „niemand wird wie Richard sein. Dieser Anwalt hat nicht geschielt."

Sie hielt den Atem an, blickte ihm in die Augen und sah darin seine Sorge und seine Liebe. Langsam stieß sie die Luft wieder aus. „Ich weiß, dass niemand wie Richard sein wird, Jeremy, ehrlich. Doch er … er müsste sich an Richard messen lassen können, verstehst du?"

Er wollte schon nicken, weil er wohl bemerkte, dass sie den Tränen sehr nahe war. Dann aber schüttelte er heftig den Kopf. „Mrs. Adams, dein Junge war das ganze Jahr über sehr brav, und ich finde …"

„Ich finde, dass du mir eine Menge Ärger aufgehalst hast!", unterbrach Cary ihn.

„Ich?", fragte Jeremy gespielt betroffen. „Ich war ein absoluter Engel!"

„Jeremy, du warst noch nie ein Engel, aber das meine ich jetzt nicht."

„Ach?", murmelte er verletzt.

„Du hast ihm einen Vater versprochen!"

„Hey, ich habe dir immerhin einige Monate Zeit verschafft."

„Danke. Das war wirklich großzügig von dir!"

„Ich tue mein Möglichstes, um andere zufriedenzustellen."

„Und darüber hinaus hast du Danny ein Geschenk versprochen, das ich mir unmöglich leisten kann!"

„Was?" Für einen Moment war Jeremy ehrlich verwirrt. „Ich dachte, die Computerpreise wären gepurzelt."

„Stimmt, aber nicht für die Anlage, die Danny möchte. Die kostet Tausende, Jeremy."

„Ich kann dir helfen."

„Den Teufel wirst du tun! Ich nehme von der Familie keine Wohltaten an, und du weißt das."

„Hey! Ich habe absolut das Recht, meinem kleinen Cousin ein Weihnachtsgeschenk zu kaufen."

„Sicher. Falls ich mir jemals diese Anlage leisten kann, darfst du ihm gern ein Spiel oder Software kaufen."

„Dickköpfig, störrisch und starrsinnig", erklärte Jeremy. Dann leuchteten seine Augen auf. „Vielleicht bekommen wir einen Weihnachtsbonus."

„Einen so hohen?"

„Vielleicht. Immerhin", neckte er sie, und seine Stimme nahm wieder einen munteren Klang an, „warst du selbst auch ein braves Mädchen, für meinen Geschmack allerdings ätzend langweilig. Also werde ich dich mit Weihnachtsstaub bestreuen. Und der Nächste, den du siehst, wird der Mann deiner Träume sein. Reich wie Midas, besser gebaut als ein Mercedes, zärtlich, sanft und freundlich. Groß, dunkel und attraktiv. Dannys Weihnachtsgeschenk – und deines. Und der Weihnachtsstaub wird dich dazu bringen, mit diesem Traummann loszuziehen und dich ganz schlimm zu benehmen. Wie klingt das?"

Sie lachte. „Der nächste Mann, den ich sehe, wird wahrscheinlich der alte Pete aus dem Postzimmer sein, der mit den zehn Kindern und den achtzehn Millionen Enkelkindern. Doch was soll's, mach voran! Bestreue mich schon! Vielleicht finde ich dann endlich einen passenden Begleiter für die Weihnachtsparty der Erwachsenen. Was denkst du?"

„Ich denke, dass deine Zeit um ist", erklärte Jeremy. „Wenn die einzige Erwachsene, die ich den ganzen Tag über auf meinen Schoß bekomme, nicht um ein einziges lausiges, dekadentes Geschenk bitten kann, dann kannst du genauso gut wieder aufstehen!"

Lachend raffte sich Cary hoch. „Ich sage dir, der Weihnachtsmann ist auch nicht mehr, was er einmal war", versicherte sie in gespieltem Entsetzen. Sie wollte zum Ausgang, stockte jedoch, als sie plötzlich bemerkte, dass jemand den Spalt des roten Vorhangs versperrte.

Der Mann war groß. Sie konnte nicht erkennen, wer es war, weil die hellen Lichterketten sie blendeten. Sie sah nur, dass es eine hohe, imposante Gestalt war, die den Ausgang völlig blockierte. Eine dunkle Gestalt, geradezu unheimlich.

Einen Moment lang flatterte ihr Herz, und sie hatte nicht die geringste Ahnung, weshalb. Dennoch verspürte sie aber ein deutliches Unbehagen.

Wie albern, sagte sie sich. Sie wusste nicht, wieso sie diese Männergestalt in dem dunklen Smoking so erschreckte.

Cary tat einen Schritt vorwärts und erkannte den Mann. Allein schon der Größe nach hätte sie sofort wissen müssen, wer er war.

Es war niemand anderer als der Gastgeber höchstpersönlich. Ihr Boss, der erhabene Mr. Jason McCready!

Gerüchte besagten, dass zahlreiche Frauen bei „Elegance" seinetwegen dummerweise ihr Herz und ihren Stolz verloren hatten. McCready war jedoch nicht interessiert. Er war nie mit einer seiner Angestellten ausgegangen, und wenn er zu gesellschaftlichen Anlässen mit Frauen auftreten musste, dann tat er das nie zweimal mit derselben. Dennoch wusste Cary, dass sogar June ihn unwiderstehlich fand!

Das kommt eindeutig daher, dass June sich niemals in sein Büro gewagt hat, um ihm eine Story vorzuschlagen, dachte sie.

Cary trat einen Schritt vorwärts und ärgerte sich über sich selbst. Dann blieb sie wieder stehen, weil er sie so ansah. Erneut kam es ihr vor, als würden diese grünen Augen sie mit Blicken förmlich durchbohren. Sein Duft hüllte sie ein, dezent, aber sehr männlich und … ansprechend, das musste sie einräumen. Der Mann war beeindruckend, wie er da stand. So groß, so dunkel, mit breiten Schultern und schmalen Hüften. Bestimmt waren die Muskeln auf seiner Brust stark ausgebildet. Behaart oder glatt? Ganz sicher behaart. Dunkle Locken, die einen Wirbel bildeten und dann in einer Linie von seiner Brust zu seinem …

Betroffen hob sie ruckartig den Kopf und blickte ihm in die Augen. Er wich zurück und hob für sie den Vorhang an.

„Mrs. Adams?"

Cary knirschte mit den Zähnen und schob sich vorwärts. Irgendwann im Verlauf des Tages hatte sie zu ihm gehen und sich für die Party bedanken wollen. Jetzt jedoch brachte sie nicht einmal ein einfaches „Danke" zustande. Sie konnte überhaupt nicht sprechen.

„Mrs. Adams!"

Sie blickte wieder hoch und stellte fest, dass sie ihm sehr nahe gekommen war. Nahe genug, um die Stoffstruktur seines Smokings und die feinen Falten seines schneeweißen Hemds betrachten zu können – sowie seinen sinnlich vollen Mund.

„Ja?", brachte sie hervor.

„Ich hatte den Schoß des Weihnachtsmannes eigentlich für diejenigen Kinder unter uns vorgesehen, die – sagen wir – unter fünfzehn sind."

Wie lange stand er schon da? Wie konnte sie es erklären?

Sie wusste nicht, ob er wirklich ärgerlich war oder sie nur neckte. Noch immer hatte sie ihre gewohnte Schlagfertigkeit nicht wiedergefunden. Sie konnte ihren Blick nicht von ihm wenden.

„Mr. McCready, ich …"

Er lächelte, was ihn noch attraktiver und auch jünger aussehen ließ. Er wirkte nicht ganz so unnahbar wie sonst. Die Stimme versagte ihr, während er sie von Kopf bis Fuß musterte.

„Ich möchte nicht, dass Sie bis siebzehn Uhr Ihren Schreibtisch räumen, Mrs. Adams", sagte er leise. „Ich finde Ihre Arbeit noch immer außergewöhnlich gut."

„Danke", schaffte sie gerade noch zu sagen. Er betrachtete sie unverändert. Sie konnte nicht lächeln, sie konnte nicht sprechen. Er erwartete es auch nicht von ihr. Er sah sie einfach nur an.

Endlich wandte sie sich ab, floh die Stufen hinunter und eilte auf June zu. Als sie die unterste Stufe erreicht hatte, wartete dort ein kleines Mädchen darauf, dass Cary sich entfernte, damit es seinerseits hinauflaufen konnte.

Das Mädchen stand höflich da und lächelte. Die Kleine musste sechs oder sieben Jahre alt sein und hatte hellblondes Haar, das zu zwei Zöpfchen mit roten Bändern geflochten war. Sie sah wie ein Engel aus, zart und süß und mit einem beeindruckenden, wehmütigen Lächeln, das sofort Carys Herz berührte.

„Ist der Weihnachtsmann jetzt frei?", fragte sie Cary.

Cary hörte Junes Lachen und wurde rot. Dann erwiderte sie das Lächeln des Mädchens. „Ja, ich glaube, der Weihnachtsmann ist jetzt frei. Allerdings steht auf der anderen Seite eine lange Schlange. Ich weiß nicht …"

„Oh!", rief das Mädchen betroffen aus. „Wissen Sie, ich muss gleich nach Hause, und mein Vater hat gemeint, ich könnte hier reinschlüpfen. Doch es wäre unhöflich, jemandem den Platz wegzunehmen."

„Angela, es ist wirklich in Ordnung. Wir machen ja ganz schnell, und die anderen Kinder werden es verstehen", ertönte eine tiefe Männerstimme hinter Cary.

Betroffen drehte sie sich um. Wieder McCready! Dieses süße, zarte, kleine Mädchen konnte doch unmöglich seine Tochter sein …

Sie war es tatsächlich. Cary starrte von McCready zu dem Kind mit den großen Augen. „Entschuldige", murmelte Cary. „Schatz, der Weihnachtsmann wird sich bestimmt über dich freuen, und sicher stört sich niemand daran, dass du jetzt an die Reihe kommst."

Angela lächelte wieder. „Danke." Sie lief die Stufen hinauf und drehte sich noch einmal um. „Es war schön, Sie kennenzulernen, Miss …"

„Mrs. Adams", erwiderte Cary. Und wieder huschte ein Lächeln über die Lippen des kleinen Mädchens.

„Mrs. Adams!", rief Angela McCready erfreut. Cary sah sie fragend an, und hastig fuhr das Kind fort: „Sie müssen Dannys Mutter sein."

Cary nickte und war noch immer verwirrt.

Angela erklärte es ihr: „Wir haben während der Zaubervorstellung nebeneinandergesessen. Und er hat mir auch einen Trick beigebracht. Danny ist ganz toll!"

„Ja, das finde ich auch", stimmte Cary zu.

„Hoffentlich sehe ich ihn – und Sie – wieder", sagte Angela.

Auf ihrem Gesicht zeigte sich so viel Hoffnung, dass Cary sie nicht enttäuschen konnte. „Wir werden uns bestimmt wiedersehen", versicherte sie.

McCready richtete seine Augen scharf und unergründlich auf sie. Cary wurde ganz warm ums Herz. Doch dann verschwand er mit seiner Tochter in der Hütte des Weihnachtsmanns, und Cary wandte sich ab.

Alles hatte sich in kürzester Zeit abgespielt. Sie war mit McCready zusammengetroffen, hatte seine Tochter kennengelernt und auf Jeremys Schoß gesessen …

Der Weihnachtsstaub! Jetzt wusste Cary, was sie von Jeremys Prophezeiungen zu halten hatte!

„Danny sieht dem Puppenspieler zu. Ich habe es ihm erlaubt", erklärte June. „Holen wir uns ein Glas von diesem herrlichen Champagner. Sonst bekommen wir viel zu selten solch gutes Zeug."

„Klingt wunderbar", stimmte sie zu. Ihre Kehle war völlig ausgetrocknet. Cary konnte sich nicht erinnern, sich jemals dermaßen ausgedörrt gefühlt zu haben. Abgesehen von dem einen Mal, als sie sich mit Notizbuch und großen Erwartungen in Jason McCreadys Büro gewagt hatte.

Sie gingen an den Tisch mit dem Champagner, wo sie von einem höflichen Barkeeper bedient wurden. Cary prostete June zu, hob dann das Glas an ihre Lippen und nahm einen Schluck.

„Der nächste Mann, den du siehst, ist für dich bestimmt", hatte Jeremy ihr gesagt. Sie wollte aber keinen Mann zu Weihnachten. Manchmal fragte sie sich, ob sie überhaupt jemals wieder in ihrem Leben einen Mann wollte.

Aber dann wiederum …

Manchmal war Cary einsam und verängstigt und wütend auf Richard, weil er sie verlassen hatte. Oft litt sie, weil er ihr beigebracht hatte, dass Liebe so unglaublich süß sein konnte. Er war gegangen und hatte ihr nichts weiter zurückgelassen als ein Leben voller Schmerz,

Trostlosigkeit und Leere. Sie hatte versucht, sich mit anderen Männern zu treffen, hatte sich aber immer schnell zurückgezogen. Weil ...

Weil nie ein Mann sie so berührt hatte. Bei keinem hatte ein Kuss so natürlich und selbstverständlich gewirkt. Keiner hatte es jemals geschafft, dass sie Richard vergessen konnte ...

„Cary, weilst du noch unter uns?"

„Wie? Oh, tut mir leid." Sie erkannte, dass sie June völlig vergessen hatte. Wieder prosteten sie sich mit dem Champagner zu. Dies hier war eine Party. Und Cary amüsierte sich gut. Nun ja, beinahe ...

Sie lächelte. Jeremy, der Weihnachtsmann, und seine Prophezeiungen!

Der erste Mann, den Cary gesehen hatte, war absolut nicht der alte Pete aus dem Postzimmer gewesen.

Plötzlich verschluckte sie sich an ihrem Champagner.

Nein, noch viel schlimmer!

Sie hatte Jason McCready gesehen!

Groß, dunkel und attraktiv. Und reich. Genau, wie June sich einen Mann für ihre Freundin vorstellte ...

Cary trank schnell ihr Glas leer.

Nein, nein, nein ...

So viel zu Weihnachtsstaub und Wundern!

2. Kapitel

Als Jason McCready heimfuhr, hatte er dröhnende Kopfschmerzen, die immer schlimmer wurden.

Er wusste, dass Angela enttäuscht war, weil er die Party so zeitig verließ, aber er wollte wirklich nach Hause.

Die Party war stets Saras Anliegen gewesen.

Oh ja, er hatte immer eine Weihnachtsparty abgehalten. Und er hatte sich auch sehr bemüht, für seine Angestellten alles richtig zu machen. Er war nicht mit Geld geboren worden, und er hatte das Magazin auch nicht geerbt. Er hatte es aufgebaut. Er wusste, wie es war, hart zu arbeiten. Und darüber hinaus wusste er, wie es war zu träumen.

Und einmal hatte sogar Jason gewusst, wie es war, wenn man etwas Wunderbares festhalten konnte. Es hatte eine Zeit gegeben, in der er alles gehabt hatte.

Er hatte Sara gehabt.

Sara hatte Weihnachten geliebt, den Winter, den Schnee und die saubere kalte Luft. Sie hatte die hellen Lichter und den Weihnachtsschmuck gemocht, all die Santa-Claus-Figuren in den Läden und an den Straßenecken und die Weihnachtssendungen im Fernsehen. Allein mit ihr vor einem flackernden Kaminfeuer zu sitzen hatte ihm mehr als alles andere auf der Welt bedeutet. Er hatte wirklich und wahrhaftig alles gehabt.

Das war vor jenem Dezemberabend gewesen, an dem ein Betrunkener mit seinem Auto so heftig Saras silbergrauen Sportwagen gerammt hatte, dass sie auf der Stelle starb. Das einzige Wunder war gewesen, dass sie kurz zuvor Angela bei einer Weihnachtsparty abgesetzt hatte. So blieb Jason wenigstens seine kleine Tochter, als ihm seine Frau genommen wurde.

Doch er hatte es zugelassen, dass sich andere um Angela gekümmert hatten. Jetzt erkannte er, dass er ihr in seiner Trauer beide Elternteile genommen hatte anstatt nur einen. Es hatte Monate gedauert, bis er sich so weit aufraffen konnte, um für sein Kind selbst zu sorgen. Und jetzt bemühte er sich sehr, es an Angela wiedergutzumachen.

„Darf er, Dad?"

„Wie? Entschuldige, Schatz, ich habe nicht zugehört", sagte Jason. Der Verkehr war heute Abend schlimm. Frischer Schnee hatte die Straßen rutschig gemacht.

„Danny. Danny Adams. Darf er mit uns zum Skifahren?"

„Wie?"

„Ich habe gesagt …"

„Nein, nein, tut mir leid, ich habe gehört, was du gesagt hast. Ich …"

„Er war so nett, Dad. Er … er hat mich zum Lachen gebracht. Und er hat es verstanden, als ich …"

Angela unterbrach sich.

„Was hat er verstanden?", fragte Jason neugierig und bremste rasch vor einer roten Ampel. In einem Geschäft an der Straßenecke glitzerten bunte Lichterketten, und wieder wurde er daran erinnert, dass bald Weihnachten war. Er fragte sich, wieso er seinen Verlust gerade zu dieser Zeit besonders schmerzvoll spürte. Eigentlich waren es doch Tage des Friedens und des Glaubens.

„Nichts", wich Angela aus. „Er ist einfach … toll. Können wir ihn nicht einladen? Bitte!"

„Schatz, seine Mutter ist eine meiner Angestellten. Ich weiß nicht, ob ich sie damit belästigen sollte." Seine Mutter war nicht nur einfach eine Angestellte. Sie war Mrs. Cary Adams. Da Jason sie nun schon eine Zeit lang beobachtete, konnte er fast garantieren, dass sie seinen Vorschlag ablehnen würde.

Angela sah es offenbar nicht so. „Dannys Mutter war sehr nett, und ich glaube nicht, dass sie es doof findet", behauptete sie starrsinnig.

Warum sollte er nicht für Angela einen Freund einladen? Schlechtes Gewissen quälte Jason. Er hatte nicht daran gedacht, wie einsam sie sich gelegentlich fühlen musste. Sie gab natürlich im Haus den Ton an, aber es stimmte, dass sie keine richtigen Freunde hatte.

Abgesehen von diesem Danny. Sie schien verrückt nach ihm zu sein.

Jason musste zugeben, dass er ein ganz besonderes Kind war. Das lag an seinem Lächeln. Es war nett, offen und strahlend. Obwohl er selbst harte Schicksalsschläge hatte einstecken müssen, hatte er sie mit diesem großartigen Lächeln überstanden. Jason wusste über Dannys Leben Bescheid, weil er sich intensiv mit der Personalakte seiner Mutter beschäftigt hatte. Er hatte das schon an dem Tag getan, an dem sie in sein Büro gekommen und hocherhobenen Hauptes wieder hinausgegangen war.

Diesen Tag würde er nie vergessen. Genauso wenig, wie er sie selbst hatte vergessen können.

Ihre Figur war sehr zierlich. Cary besaß eine weiche, sanfte, melodische Stimme, in der jedoch eine gewisse stählerne Härte mitschwang. Wenn er darüber nachdachte, musste er zugeben, dass sie eine schöne Frau war mit ihrem dunklen Haar, den haselnussbraunen Augen und den dichten Wimpern. Diese sanften Augen konnten aber auch aufblitzen, wenn sie empört oder wütend war.

Jason lächelte. Sie war nicht auffällig, sondern auf nette und stille Art attraktiv. Keckheit oder ein herausgeputztes Äußeres erweckten zwar für kurze Zeit Aufmerksamkeit, Cary Adams sah man eher auf den zweiten Blick. Doch dann wollte man nicht mehr wegsehen!

Nicht ihr Aussehen hatte sein Interesse geweckt. Er lebte in einer Welt, in der die meisten Frauen schön und weltgewandt waren. Es war ihre Entschlossenheit, mit der sie zu ihm gekommen war, ihre stolze Haltung, nachdem er sie abgewiesen hatte.

Und dann lag es daran, wie sie ihn mit ihren glänzenden Augen angesehen hatte, als sie ihm direkt ins Gesicht sagte, er wäre nicht der Einzige, der jemanden verloren hatte.

Jason hatte sich damals auf einem schlimmen eingefahrenen Gleis befunden, in einem Teufelskreis aus Selbstmitleid. Cary hatte nicht die Last der Welt von seinen Schultern genommen, aber ihr Ärger hatte etwas bewirkt. Seit jenem Tag war das Leben ein wenig heller geworden. Er hatte dafür gesorgt, dass es besser wurde. Sie hatte ihn zu der Einsicht gebracht, dass nur er selbst es ändern konnte.

Und deshalb wusste er auch über sie Bescheid. Schon fünf Minuten nach ihrem Besuch lag ihre Personalakte auf seinem Schreibtisch. Daraus hatte Jason erfahren, dass Richard Adams in ein brennendes Gebäude gelaufen war, weil er drinnen ein Kind schreien hörte, und nicht wieder herausgekommen war.

„Daddy?"

Er seufzte. Die schöne Mrs. Adams mochte ihm Vorwürfe an den Kopf geworfen haben, aber sie hatte auch etliche eigene Fehler. Unter anderem besaß sie die Abwehrbereitschaft eines Stachelschweins. Ganz bestimmt würde sie seinen Vorschlag ablehnen.

„Ich werde es versuchen, Angela."

„Danke, Daddy!" Sie schlang von hinten einen Arm um ihn und gab ihm einen Kuss.

„Vorsicht, ich muss fahren!", warnte er.

„Tut mir leid, Daddy."

Er fing ihren Blick im Rückspiegel auf. Sie lächelte, ja, sie strahlte geradezu!

Noch nie hatte er sie so glücklich und aufgeregt gesehen.

Jason biss die Zähne zusammen. Irgendwie musste er Mrs. Adams dazu bringen, Danny mit ihnen reisen zu lassen.

Selbst ein Stachelschwein musste irgendwo in seinem Abwehrsystem einen wunden Punkt haben!

Schon am nächsten Montag wurde Cary in McCreadys Büro zitiert.

Sie hatte gerade Fotos für eine Spezialnummer zum Valentinstag durchgesehen, als sie fühlte, dass jemand sie beobachtete. Sie blickte hoch und stellte überrascht fest, dass June sie mit einer Mischung aus Erregung und Sorge betrachtete.

„Was ist los?"

„McCreadys Büro", antwortete June nervös.

„Was ist damit?"

„Dein Typ wird verlangt. Du sollst zu ihm kommen."

Carys Herz zog sich zusammen. Wurde sie doch gefeuert? Vielleicht hatte es ihn wirklich geärgert, dass sie auf Jeremys Schoß gesessen hatte.

„Jetzt?", murmelte sie. Natürlich jetzt! Sie stand auf und sah June an. Fühlten sich so Menschen, wenn sie zum Galgen schritten?

Nein, nein, das war nicht so schlimm, selbst wenn er sie hinauswarf! Sie war talentiert und konnte bestimmt einen neuen Job finden …

Ausgerechnet einen Monat vor dem Fest! Danny würde nie seinen Computer bekommen! Der Boss konnte sie nicht entlassen! Nicht so kurz vor Weihnachten!

Doch trotz seiner wundervollen Partys besaß McCready keinen Sinn für dieses Fest. All seine Gefühle waren zusammen mit seiner schönen Frau begraben worden.

„Ich bin hier, wenn du mich brauchst", versicherte June leise.

„Es geht mir gut", murmelte Cary, während sie den Kopf hob, die Schultern straffte und von ihrem Büro aus zu den Aufzügen ging. Als sie den Knopf für das Penthouse drückte, stellte sie fest, dass ihre Finger bebten. Cary verschränkte sie rasch ineinander.

Sie verließ den Aufzug und stand vor Billy Jean Clanahan, McCreadys attraktiver, eleganter Sekretärin. Cary erwartete Mitleid in Billy Jeans Blick, fand jedoch keines. Stattdessen wurde sie mit einem breiten Lächeln begrüßt. „Oh, gut, dass Sie schon hier sind!" Verschwörerisch senkte Billy Jean die Stimme. „Er ist bereits so ungeduldig, dass ich dachte, er würde nach unten laufen und sich in Ihrem Büro auf Sie stürzen! Gehen Sie bloß rasch hinein!"

Cary hatte keine andere Wahl, weil Billy Jean sie zur Tür schob.

Als Cary eintrat, hielt McCready den Kopf über einige Papiere gesenkt, hob ihn jedoch sofort. Seine unergründlichen grünen Augen richteten sich voll auf sie, als er aufstand, um den Schreibtisch herumging und ihr die Hand reichte. „Mrs. Adams! Vielen Dank, dass Sie so schnell gekommen sind."

Sie nahm gar nicht bewusst wahr, dass sie ihm ihrerseits die Hand reichte. Als sich aber seine Finger um ihre legten, fühlte sie elektrisierende Spannung und unglaubliche Kraft. Und eine unbeschreibliche Wärme.

Hastig zog sie ihre Hand zurück.

„Bitte, Mrs. Adams, setzen Sie sich." Er rückte ihr einen der Sessel zurecht, und sie setzte sich, während er vor ihr stehen blieb. Wie immer war sein Äußeres makellos. Trotzdem wirkte er völlig natürlich. Und er hatte wieder dieses angenehm dezent duftende Aftershave benutzt.

Ein warmer Schauer lief über Carys Rücken. Sie umspannte die Armlehnen ihres Sessels und hielt den Atem an. Am liebsten wäre sie aufgesprungen. McCready lehnte sich gegen die Ecke seines Schreibtisches und verschränkte die Arme über der Brust.

„Ich muss Sie um einen Gefallen bitten", erklärte er.

Sie wurde also nicht entlassen! Niemand entließ eine Angestellte auf diese Art.

Langsam und unendlich erleichtert stieß Cary die Luft wieder aus. Er betrachtete sie neugierig, und sie bemühte sich um eine selbstsichere Haltung. „Einen Gefallen?"

„Ja, und ich möchte gleich von Anfang an betonen, Mrs. Adams, dass Ihre Zustimmung oder Ablehnung überhaupt keine Auswirkung auf Ihre Position hier bei uns haben wird." Erneut lächelte er.

Sie fühlte, wie sie errötete, setzte sich aufrecht hin und senkte ihren Blick trotz ihrer inneren Entschlossenheit. „Ich habe nicht angenommen …"

„Doch, Sie haben angenommen", erwiderte er. Als er unerwartet auflachte, schaute sie betroffen hoch. Doch es lag Humor in seinen Augen, nicht Spott. „Sie dachten, ich wollte Sie entlassen, weil Sie auf dem Schoß des Weihnachtsmanns gesessen und den Kindern die Zeit gestohlen haben. Sie sollten sich schämen, Mrs. Adams."

„Mr. McCready!" Sie fühlte sich zutiefst gedemütigt und wollte aufstehen. Er aber legte die Hände beruhigend auf ihre Schultern. Sein Lachen war überraschend warmherzig und angenehm, als er sie wieder in ihren Stuhl drückte. „Soviel ich weiß, sind Sie und Jeremy verwandt, richtig?"

Cary befeuchtete ihre trockenen Lippen. „Ja, aber wenn Sie …"

„Mrs. Adams." Er ging hinter seinen Schreibtisch. „Erinnern Sie sich an Ihren letzten Besuch in diesem Büro?"

Natürlich erinnerte sie sich. Das würde sie nie vergessen. Es überraschte sie allerdings, dass er noch daran dachte.

„Ja, Mr. McCready, das tue ich", erwiderte sie würdevoll.

Er schmunzelte. „Nun, Sie haben mir gegenüber eine ziemlich persönliche Bemerkung gemacht. Sie sagten, ich wäre nicht der einzige Mensch, der jemanden verloren hat."

Cary hatte plötzlich das Gefühl zu ersticken. Mehr als alles andere wünschte sie sich, einfach aus seinem Büro verschwinden zu können.

„Sehen Sie", setzte sie an und stand auf. „Es tut mir leid. Ich hatte wirklich nicht das Recht …"

Er trat erneut vor sie hin. „Aber Sie haben sich dieses Recht genommen! Mrs. Adams, möchten Sie bitte wieder Platz nehmen?" Diesmal hatte sie keine Chance, noch einmal aufzustehen. Er saß lässig vor ihr auf der Schreibtischkante und ließ seine Hände auf ihren Schultern liegen.

Sie betrachtete ihn, und es machte sie verlegen, dass sie von einer Wärme umhüllt wurde, als wäre die Sonne aufgegangen. Sie erinnerte sich nicht daran, jemals dermaßen stark auf einen Mann reagiert zu haben. Und sie konnte sehr wenig dagegen tun. Er war ihr so nahe, dass sie beinahe den Stoff seines Anzugs fühlen konnte. Vor allem aber spürte sie die Elektrizität, die von ihm ausstrahlte, die gezügelte, aber dennoch mächtige Energie.

„Mr. McCready …"

„Sie fanden es richtig, über mein Privatleben zu sprechen. Nun finde ich, dass ich das Recht habe, eine Bemerkung über das Ihre zu machen.

Sie sind empfindlich, Mrs. Adams. Sehr, sehr empfindlich. Ich habe nie jemanden getroffen, der so schnell in die Defensive geht. Wollen Sie sich bitte entspannen! Ihre Arbeit ist sehr gut, und ich bewundere Sie als Redakteurin."

Benommen starrte sie ihm in die Augen. „Dann …"

„Ich möchte mir Ihren Sohn ausleihen."

„Meinen Sohn?"

„Nur für eine Woche. Und Sie haben selbstverständlich das Recht, Nein zu sagen, wie ich schon vorhin erklärte. Ich würde mich jedoch um ihn kümmern, als wäre er mein eigenes Kind."

„Wovon sprechen Sie?", fragte Cary verwirrt.

„Ich trete nächste Woche einen Skiurlaub an. Halb Geschäft, halb Vergnügen. Angela kommt mit mir. Auf der Weihnachtsparty war sie von Danny begeistert."

„Oh!", murmelte Cary. Dies hier hatte nichts mit ihrem Job zu tun! Überhaupt nichts.

Zum ersten Mal sah McCready besorgt aus. Nie zuvor hatte sie auch nur andeutungsweise diesen Ausdruck in seinen Augen gefunden.

Auch wenn seine Frau nicht mehr lebte, gab es doch noch etwas, das ihm viel bedeutete: Angela.

Cary war betroffen. „Es tut mir wirklich leid …"

„Es wäre für Danny ein wunderbares Erlebnis. Wie ich schon sagte, ich würde die ganze Zeit für seine Sicherheit sorgen. Mrs. Adams, mir ist klar, dass Sie mich nicht besonders mögen, aber Angela war nicht mehr so begeistert, seit … nun, seit ihre Mutter starb. Auf jeden Fall ist es schon lange her. Wenn Sie mir gegenüber Bitterkeit empfinden, beschwöre ich Sie, trotzdem an die Kinder zu denken."

Cary schüttelte den Kopf. „Nein, nein! Es ist nichts dergleichen. Es ist nur … Danny ist Diabetiker. Er kann selbst sehr gut mit seinen Insulinspritzen umgehen, aber er ist noch ein kleiner Junge. Und wenn er nicht zu Hause ist und durch Spielen abgelenkt wird, könnte er die Spritzen vergessen. Wirklich, Mr. McCready, ich sähe es gern, wenn er mit Angela zusammen wäre. Sie ist ein liebes Kind. Wäre Danny nicht krank, würde ich ihn reisen lassen, glauben Sie mir."

Erst jetzt stellte sie fest, dass sie ihn berührte. Während sie sprach, hatte sie ihre Hand auf seine gelegt, um ihre Aufrichtigkeit zu betonen.

Ruckartig zog sie ihre Hand weg und wandte den Blick ab. „Es tut mir leid."

McCready ging um sie herum hinter seinen Schreibtisch, setzte sich und klopfte mit einem Bleistift auf die Schreibunterlage. „Wenn das der wahre Grund ist, gibt es überhaupt kein Problem."

„Wie bitte?"

„Sie kommen eben auch mit."

„Oh! Ich … kann nicht. Ich kann wirklich nicht."

„Warum nicht?"

„Nun, ich habe hier Arbeit …"

„Sie können dort in New Hampshire arbeiten."

„Aber ich brauche vielleicht etwas, das hier ist."

„Das kann mit Eilboten geschickt oder gefaxt werden."

Es war so einfach für Jason McCready. Alles hatte stets zu seiner Verfügung zu stehen. Nun, sie nicht!

„Es tut mir leid."

„Aha", murmelte er. „Nun, wenn Sie eine Beziehung zu jemandem haben …"

„Nein, nein, nichts dergleichen!", protestierte sie und wurde auf sich selbst wütend, weil sie diesem Mann gegenüber soeben zugegeben hatte, dass es niemanden gab. Cary stand auf. „Das Leben ist nicht so einfach!", rief sie. „Sie leben doch gar nicht in der Realität! Niemand kann bloß mit den Fingern schnippen und immer alles bekommen, was er haben will!"

Ein bedauerndes Lächeln erschien langsam auf seinen Lippen. „Ich lebe schon in der wirklichen Welt, Mrs. Adams. Ich habe einst geschworen, alles dafür zu geben, wenn Sara nur noch ein einziges Mal atmen oder sprechen könnte. Es sollte nicht sein. Ich bin mir sehr bewusst, dass die Welt sich nicht immer nach meinen Wünschen richtet."

Er lehnte sich nachdenklich in seinem Stuhl zurück. „Es gibt zwei Gründe, aus denen ich die Trümmer eingesammelt und weitergemacht habe, Mrs. Adams. Dieses Unternehmen ist der eine. Fast hundert Menschen hängen davon ab. Und zweitens habe ich es für meine Tochter getan. Ich verlange doch nichts Schreckliches. Ich lade Sie und Ihren Sohn zu einer Woche Skiurlaub ein, und vielleicht können Sie zulassen, dass Sie beide ihn genießen!"

Cary wusste nicht, was sie eigentlich so störte. Sie sprang auf. „Es tut mir leid!" Damit wirbelte sie herum und eilte so schnell sie konnte aus dem Büro.

June wartete schon neugierig, aber Cary konnte jetzt nicht mit ihr sprechen. Kopfschüttelnd lief sie an ihrer Freundin vorbei und warf ihr einen Blick zu, der versprach, dass sie später alles erklären würde.

„Bist du entlassen worden?", rief June ihr nach.

„Nein!", rief Cary zurück, schloss die Tür ihres Büros, lehnte sich dagegen und betrachtete ihre Hände. Sie zitterten.

Was war denn so falsch an der Idee? Jason McCready hatte sie und Danny zu einem netten Urlaub eingeladen. Sie sollte dankbar sein und mitfahren. Skilaufen in New Hampshire. Das wäre schön. Schneebedeckte Berge und weihnachtlich geschmückte Häuser!

Sie schloss die Augen. Sie wusste, warum sie Nein gesagt hatte. Sie wollte nicht in einem schön geschmückten Skihotel sein. Nicht mit Jason McCready.

Weil sie ihn viel zu interessant fand. Sie hatte ihn lieber gemocht, als er kalt und unnahbar gewesen war. Sie wollte einfach keinen tieferen Einblick in seine Persönlichkeit gewinnen.

Sie wurde sich seiner nämlich immer deutlicher bewusst ... als Mann!

Das Telefon auf ihrem Schreibtisch klingelte. Sie ging hin und nahm ab.

„Cary Adams."

„Bitte!"

Die Stimme klang leise, tief und sehr männlich. Und Cary stellte betroffen fest, dass sie lächelte.

„Es ist einfach nicht möglich. Bestimmt ist der Ort um diese Jahreszeit sehr überlaufen. Ich könnte keine geeignete Unterkunft finden ..."

„Doch, Sie könnten."

„Es kann nicht so einfach sein ..."

„Doch, es kann."

„Aber ..."

„Mrs. Adams", unterbrach er sie indigniert, „mir gehört das ganze Hotel."

„Oh", erwiderte Cary leise.

„Also?"

„Ich ..." Sie zögerte erneut. Alles sprach dafür, dass sie mitfuhr. Danny würde begeistert sein. Und sie würde Angela McCready eine Freude machen, diesem reizenden kleinen Mädchen. Es gab überhaupt keinen Grund, aus dem Cary nicht mitfahren sollte.

Aus Carys Sicht gab es einen. McCready.

Er hat doch keinerlei Annäherungsversuche unternommen, erinnerte sie sich nüchtern. Er hatte überhaupt keine Anstalten gemacht.

Dennoch war da etwas zwischen ihnen …

„Mrs. Adams?"

„Also schön, ja gut, wir fahren mit!"

„Ich hole Sie am Sonntagmorgen um neun bei Ihnen zu Hause ab. Einverstanden?"

Ihre Handflächen waren feucht. „Ja." Am Sonntagmorgen.

Was hatte sie bloß getan?

Der Sonntagmorgen kam, und Cary wartete nervös darauf, dass es endlich neun Uhr wurde. Wie reiste Jason McCready? Würde er sie mit einem ganzen Gefolge abholen? Was für einen Luxusschlitten er wohl fuhr? Einen Mercedes? Nein, sicher besaß er einen Rolls-Royce.

„Geht es dir gut, Mom?"

Unruhig blickte sie aus dem Fenster ihres Apartments. Der glückliche Danny! Er fand es ganz natürlich, dass ihr Boss sie beide zu einem Skiurlaub einlud. Oh, diese kindliche Unschuld!

Andererseits war sie die Einzige, die daran irgendetwas falsch gefunden hatte. June war in Ekstase geraten. „Er mag dich, Kleine, er mag dich wirklich!" Und dann hatte sie mitten in Carys Büro laut und deutlich gesagt: „Hmm! Er ist eindeutig groß, dunkel und attraktiv!"

„Und ein Einsiedler. Und er ist in seine verstorbene Frau verliebt", hatte Cary tonlos geantwortet.

„Also, höre man sich das an! Du bist in deinen verstorbenen Ehemann verliebt, er ist in seine verstorbene Ehefrau verliebt. Was für ein Paar!"

„Wir sind überhaupt kein Paar! Bestimmt wartet da oben in den Bergen ein fesches Skihaserl auf ihn. Ich fahre nur mit als … als …"

„Als Kindermädchen?", warf June amüsiert ein.

„Richtig, als Kindermädchen", stimmte Cary zu und zog ihr eine Grimasse.

„Nun ja, wir hatten einen großen, dunklen und attraktiven Mann zu Weihnachten bestellt, und reich ist er auch."

„Wir haben keinen bestellt. Du hast das getan", erinnerte Cary ihre Freundin.

„Das ist richtig. Nach Jeremys Aussage brauchen wir für dich nur jemanden zu finden, der seine Boxershorts nicht bis zu seiner Brust hochzieht."

„Würdest du bitte von hier verschwinden?" Cary stöhnte.

„Hmm." June betrachtete sie spöttisch, und Cary warf sie so nett wie möglich aus ihrem Büro.

Doch jetzt, da sich der Zeitpunkt näherte, war Cary nervös. Sie mochte Dannys wegen eingeladen worden sein, aber Jason McCready hatte kein Wort davon gesagt, dass sie mitkam, um Kindermädchen zu spielen.

Andererseits gehörte sie auch nicht zu seinen richtigen Gästen. Was also war sie? Und warum war ihr das so wichtig?

Sie lehnte die Stirn gegen die Fensterscheibe und fühlte die beißende Kälte des Glases. Carys Magen war vor Aufregung verkrampft.

Zu empfindlich. Und zu schnell in Verteidigungsstellung. Sie musste sich entspannen. Nun ja, sie wollte es versuchen.

Plötzlich, während sie noch aus dem Fenster starrte, hielt ein Jeep am Straßenrand. Sie riss die Augen weit auf, als Jason McCready ausstieg.

Er trug Bluejeans, eine Lederjacke und trotz der Kälte keine Kopfbedeckung. Dann blickte er hoch und entdeckte ihr Gesicht am Fenster. Sein dunkles Haar war vom Wind zerzaust und fiel ihm in die Stirn. Seine Augen waren so hellgrün wie ein Gebirgsfluss. Instinktiv wollte Cary sich zurückziehen, doch er hatte sie erkannt und winkte lachend. Sofort vollführte ihr Herz einen Purzelbaum, weil ihr plötzlich klar wurde, wie attraktiv dieser Mann war.

Sie schmunzelte. Von wegen Rolls-Royce, Limousine oder Mercedes! Er war in einem ganz normalen Jeep gekommen.

„Er ist da!", schrie Danny begeistert.

„Ja, ja, er ist da. Nimm deine Sachen, Danny. Und schrei nicht ganz so laut, sonst überstehen wir nicht einmal den ersten Tag", riet sie ihm.

Doch Danny war nicht im Geringsten gekränkt. Er lächelte ihr verschmitzt zu, und seine Augen funkelten vor Vergnügen. Er griff nach seiner Reisetasche, ging lässig zur Wohnungstür und stieß sie auf, als Jason McCready gerade davor erschien.

„Ich wollte fragen, ob du fertig bist, aber das ist wohl nicht mehr nötig", sagte er zu Danny.

„Ja, Sir! Danke, Sir! Ich bin bereit! Das ist toll! Einfach toll! Habe ich schon Danke gesagt?"

Jason McCready nickte amüsiert. „Ja, das hast du. Und ich danke dir, dass du mitkommst. Angela ist auch schon sehr aufgeregt. Sie ist im Wagen. Willst du deine Sachen nehmen und hinunterlaufen? Ich trage das Gepäck deiner Mutter."

Danny rannte hinaus, und Cary stand Jason McCready von Angesicht zu Angesicht gegenüber. Nervös befeuchtete sie die Lippen mit ihrer Zungenspitze.

Es kam ihr vor, als würde sie schon eine Ewigkeit da stehen und den Blick dieser grünen Augen auf sich gerichtet fühlen. Und trotz des kalten Tages wurde sie von Wärme erfüllt.

„Haben Sie nur diese Tasche?", fragte er.

„Wie? Oh ja, das ist mein einziges Gepäck, danke", murmelte sie.

Er griff danach und ließ gleichzeitig seinen Blick durch das Apartment schweifen.

Offenbar liebte Cary Antiquitäten, die auch sehr gut zu dem Haus passten, in dem sie wohnte, einem dreigeschossigen Backsteingebäude, das im frühen neunzehnten Jahrhundert erbaut worden war. Im Wohnzimmer gab es eine Mischung aus alten Möbeln verschiedener Stilrichtungen, die sie liebevoll arrangiert hatte. Ein geknüpfter Teppich lag vor dem Kamin, eine Decke war über ein altes Ledersofa gelegt. Kleine Kupfertöpfe und andere Ziergegenstände schmückten Anrichten und Schränke. Vorhänge mit blauen und weißen Mustern hingen an den Fenstern. Es gab nichts Modernes. Wahrscheinlich war Jason McCready anderes gewöhnt. Doch es war ein warm wirkender, sehr einladender Raum.

Er sagte nichts darüber und fragte nur: „Fertig?"

„Ja."

Er lächelte. „Sie sehen aus, als würden Sie gleich in die Höhle des Löwen geführt."

Sie hob eine Augenbraue und machte ein abweisendes Gesicht. Jason McCreadys Lächeln verstärkte sich, wobei sie natürlich nicht wissen konnte, dass er dachte, sein kleines Stachelschwein stellte schon wieder die Stacheln auf.

Cary hastete zur Tür hinaus.

Sie wusste auch nicht, dass er den Duft ihres Haars einatmete, als sie an ihm vorbeiging. Oder dass er von ihrem Parfum bezaubert war.

Sie war zu sehr abgelenkt. Durch Jason McCready, wie er da groß und breitschultrig und attraktiv in ihrer Tür stand.

Ganz sicher hätte sie keine Klagen gehabt, wäre sie mit diesem

Mann ausgegangen. Er zog seine Unterwäsche garantiert nicht über die Gürtellinie hoch. Seine Taille war perfekt. Alles an ihm war perfekt.

Doch daran lag es gar nicht. Cary hatte schon oft attraktive Männer kennengelernt und sich trotzdem nicht von ihnen angezogen gefühlt. Es hatte sehr wenig mit dem Aussehen zu tun. McCreadys Reiz lag in seinen Augen, in den Falten um seinen Mund, in seiner volltönenden Stimme, in seinem so seltenen Lächeln …

Auf einmal hätte sie beinahe hörbar nach Luft geschnappt. Sie ging doch gar nicht mit Jason McCready aus! Sie begleitete nur ihren Sohn auf einen Urlaub!

Carys Wangen glühten, als sie die Treppe hinunterhastete. Sobald sie die Straße erreichte, hatte sie ihre Haltung einigermaßen wiedergefunden.

Die Kinder saßen bereits hinten im Jeep und plauderten. Da rutschte Angela von ihrem Sitz. Während Jason Carys Tasche hinten in den Wagen lud, schlang die Kleine ihre Ärmchen vertrauensvoll um Cary. „Danke! Danke, dass Sie mitkommen! Daddy hat gesagt, dass Sie Danny vielleicht nicht mitfahren lassen, aber ich habe gewusst, dass Sie es erlauben. Ich freue mich so, dass Sie mit uns fahren!"

„Danke", murmelte Cary. Jason umrundete den Wagen, um ihr die Tür zu öffnen. Sie sah ihn an, und er hob nur die Schultern. Es war ihr nicht klar gewesen, dass er sie gut genug kannte, um seine Tochter davor zu warnen, dass Cary Adams imstande war abzulehnen.

Die Beifahrertür war offen. Cary glitt in den Jeep, und McCready schloss hinter ihr die Tür.

Dann ging er um den Wagen herum und setzte sich auf den Fahrersitz. Eine karierte Decke lag zwischen ihnen. McCready lächelte Cary flüchtig zu. „Es ist eine lange Fahrt, ungefähr drei Stunden. Nur für den Fall, dass Ihnen kalt wird."

„Danke", erwiderte sie.

Selbst in Boston gab es nur wenig Verkehr. Die Kinder redeten pausenlos, während Jason den schweren Wagen erfahren durch die schmalen Straßen zur Autobahn steuerte.

„Fahren Sie Ski?", fragte er Cary. Als sie den Kopf schüttelte, hob er die Schultern. „Nun, das können wir innerhalb einer Woche beheben."

Ihr Herz setzte einen Schlag aus. „Sie brauchen sich wirklich nicht um mich zu kümmern", murmelte sie. „Ich komme nur wegen Danny mit. Ich finde mich schon zurecht."

Sie zuckte zusammen, als er den rechten Arm über ihre Sitzlehne legte und seine Finger dabei ihren Nacken berührten.

Jason bemerkte es und lächelte ihr zu. „Entspannen Sie sich, Mrs. Adams! Es ist schließlich ein Skihotel, die Leute dort lernen Skilaufen. Sie und Danny sind meine Gäste, und ich hoffe sehr, dass Sie alles genießen werden."

Ein völlig absurdes Gefühl stieg in Cary hoch. Tränen brannten in ihren Augen, und plötzlich sehnte sie sich von ganzem Herzen danach, näher zu ihm zu rücken. Es war verrückt, aber sie hatte das starke Verlangen, ihren Kopf an seine Schulter zu lehnen, zu relaxen und seine warmen und festen Finger zu fühlen, die alle Spannung aus ihrem Nacken wegmassierten …

Da zog er die Hand zurück. Cary musste heftig blinzeln, doch sie brachte ein Lächeln zustande. „Danke, Mr. McCready."

„Dad heißt Jason", warf Angela von hinten ein.

„Ja, ich weiß", erwiderte Cary.

„Mom heißt Cary", versetzte nun Danny.

Jason lächelte ihm im Rückspiegel zu. „Ich weiß, mein Junge, aber trotzdem vielen Dank."

„Na, wenn ihr es beide wisst", rief Angela genervt, „warum sagt ihr dann noch immer Mr. McCready und Mrs. Adams?"

Cary drehte sich auf ihrem Sitz um und blickte in die großen erwartungsvollen Kinderaugen. „Dein Dad ist mein Boss", erklärte sie Angela.

„Und sie ist eine meiner Angestellten", erklärte Jason.

„Das ändert doch eure Namen nicht, oder?", fragte Danny unschuldig.

„Nein, das nicht", bestätigte Jason und warf Cary einen Blick zu. „Ich kann mit Cary leben, wenn Sie mit Jason zurechtkommen."

„Ich denke schon. Das ist ziemlich einfach. Nur zwei Silben. Die sollte ich schaffen."

Der Jeep rollte über den Highway. Cary kannte Jason McCready bereits seit drei Jahren, und jetzt waren sie innerhalb von fünfzehn Minuten zu den Vornamen übergegangen!

Ihr war noch immer warm, sehr, sehr warm – trotz der winterlichen Kälte …

3. Kapitel

Das Skihotel war ein großer schlossartiger Holzbau mit vielen Erkern und prächtigen Giebelverzierungen. Im Empfangsbereich prangte ein gewaltiger Kamin aus Feldsteinen, der sich fast über die gesamte Wand erstreckte. Sein Sims war mit einer langen Buchsbaumgirlande geschmückt, um die rote Bänder gewunden waren. Um den Kamin herum gruppierten sich bequeme Ledersofas und Sessel für kleinere und größere Zusammenkünfte. Obwohl die Halle sehr geräumig war, strahlte sie Wärme und Intimität aus. Heiße und kalte Drinks wurden den ganzen Nachmittag über serviert. Es gab Glühwein und exotische Kaffeevariationen als Spezialitäten für Erwachsene und heißen Kakao mit Schlagsahne und Schokoraspeln für die kleine Bande.

Jason McCready gab Cary diese Erklärungen, während sie gemeinsam eintraten. Er zeigte Danny gerade einen fast sechs Meter hohen Weihnachtsbaum in der Halle, als ein blonder junger Mann zu ihnen kam und sie begrüßte. Er bemühte sich sichtlich, Jason McCready zufriedenzustellen. Cary erkannte auch Zuneigung in seinem Blick, offenbar mochte er seinen Boss.

„Mr. McCready, endlich sind Sie hier! Der Verkehr war hoffentlich nicht schlimm. Hat das Wetter Sie aufgehalten?"

Jason schüttelte den Kopf und zog seine Handschuhe aus. „Nein, Randy, die Fahrt war gut. Wir haben den Highway verlassen, um uns das Basin anzusehen." Dabei lächelte er Cary zu.

Er hatte das Basin erwähnt, als sie mittags anhielten, um Pizza zu essen. Es war nicht weit von dem Skihotel entfernt, gleich außerhalb einer Kleinstadt namens Franconia's Notch. Es war einer der schönsten Orte, die Cary je gesehen hatte, mit Wasserfällen und Bächen, die über Felsen durch den Schnee jagten und mit Donnergetöse in einen Teich stürzten. An seichteren Stellen fror das Wasser zu. Bestimmt war es hier zu allen Jahreszeiten schön. Laut Jason hatten viele berühmte Leute diese Gegend besucht und sie in Liedern und Gedichten verewigt.

Es war aufregend gewesen, dieses Naturschauspiel zu besichtigen, und durch Jason McCready war es noch aufregender geworden. Wegen des Eises hatte er Cary am Arm festgehalten und geführt, während die Kinder vorausliefen. Er hatte sie schweigend beobachtet und, als sie sich vor Begeisterung strahlend zu ihm wandte, zufrieden gelächelt.

„Es ist fast wie im Märchen! Im Sommer ist hier alles grün und üppig, überall wachsen Blumen. Im Herbst sind die klaren leuchtenden Farben einfach fantastisch. Im Winter ist es ein Kristallpalast aus Eis, wie Sie sehen können. Und im Frühling tobt das Wasser noch lauter, die Blumen beginnen zu blühen, die Vögel kehren zurück …“ Seine Stimme verklang, und er hob nur die Schultern. Sie standen da und sahen einander an.

Eine Antwort war offenbar nicht nötig. Cary hatte ihn noch nie so lebhaft gesehen, und sie hatte sich auch nicht ausgemalt, dass er bei einer Landschaft so poetische Gedanken entwickeln könnte. „Es ist wundervoll, einfach wundervoll“, murmelte sie und fügte rasch hinzu: „Danke, dass Sie sich die Zeit genommen haben, mir das hier zu zeigen … und natürlich auch Danny.“

„Es ist mir ein Vergnügen, Mrs. … Cary“, erwiderte er leise. Damit hatte er sich abgewandt und war weggegangen, sodass sie ihm rasch folgen musste und keine Fragen stellen konnte.

Sie hatte überlegt, ob er oft mit Sara hierhergekommen war und ob diese Stelle vielleicht wehmütige Erinnerungen in ihm ausgelöst hatte.

Im Wagen hatte er geschwiegen. Und er war zusammengezuckt, als Angela ihn bat, eine Kassette mit Weihnachtsliedern einzulegen. Er hatte Carys Blick aufgefangen und zu lächeln versucht.

Er hatte das Band gespielt, wie seine Tochter gebeten hatte, aber er hatte nicht mitgesungen.

Jetzt war Jason allerdings so höflich und umgänglich wie nur möglich. Er drehte sich um, ergriff Cary bei der Hand und stellte sie dem jungen Mann vor. „Randy, das ist eine meiner Spitzenkräfte, Cary Adams. Cary, das ist Randy Skylar. Und das ist Danny, Carys Sohn.“

Randy schüttelte ihr die Hand und lächelte breit. „Mrs. Adams, schön, dass Sie hier sind.“ Er sah wieder seinen Arbeitgeber an. „Ich habe die Zimmer nach hinten hinaus fertig gemacht, wie Sie verlangt haben. Soll ich Ihnen etwas bringen?“

„Ich habe leider gleich ein Treffen mit den Leuten vom Verkauf“, erwiderte Jason. „Cary, Sie und Danny möchten vielleicht etwas?“

Sie wollte schon den Kopf schütteln, dachte dann aber an die Kinder. „Angela, du könntest doch eine Weile zu uns ins Zimmer kommen, und Randy kann uns allen heiße Schokolade bringen, während dein Dad zu tun hat."

Angela lächelte schüchtern. „Das mache ich gern. Darf ich, Dad?"

„Na ja, vielleicht sollten Cary und Danny erst einmal ein wenig Zeit haben, um sich einzurichten …"

„Das geht schon in Ordnung", unterbrach Cary ihn und hätte beinahe hinzugefügt, dass sie nur Angelas wegen hier waren. Doch sie wollte nicht, dass Angela sich als Last empfand, weil das keineswegs der Fall war. „Ich bin überhaupt nicht müde. Das Einräumen in die Schränke wird nur wenige Minuten dauern."

Jason hob die Schultern. „Dann soll es mir recht sein. Ich sehe euch alle zum Abendessen."

Nachdem er gegangen war, führte Randy die drei in das Zimmer, das Jason für Cary und Danny reserviert hatte.

Die Tür zu diesem Zimmer sah ganz gewöhnlich aus. Es war eine schlichte Holztür, die von der Galerie abging, die oberhalb des Weihnachtsbaums über die ganze Länge der Wand verlief. Doch sobald sich diese Tür erst einmal geöffnet hatte …

Cary warf Randy einen Blick zu, ging dann durch das Wohnzimmer zu der ersten Tür und öffnete sie. Dahinter entdeckte sie ein Schlafzimmer mit einem riesigen Bett, auf dem ein farbenfroher dicker Quilt lag. Auch hier gab es einen Kamin. Daneben war in einer weiß gefliesten Nische ein großer Whirlpool in den Boden eingelassen.

Cary eilte zu der nächsten Tür. Das Schlafzimmer dahinter war kleiner, und es fehlte ein Whirlpool, aber es war genauso hübsch und anheimelnd eingerichtet.

Diese Zimmer waren als Zuflucht für eine Familie angelegt. Die Suite bot einen romantischen, abgeschiedenen Rahmen für Erwachsene, während die Kinder nur wenige Schritte entfernt waren …

Das Skihotel gehörte McCready. Er hatte es möglicherweise auch entworfen und nach seinem Geschmack eingerichtet.

Cary kehrte in den Wohnraum zurück, und sie zog wohl ein finsteres Gesicht, weil Randy rasch fragte: „Stimmt etwas nicht?"

„Nein, nein, natürlich ist alles in Ordnung. Es ist nur …" Es ist einfach zu schön für uns! wollte sie rufen, aber Angela betrachtete sie besorgt. Eigentlich war doch gar nicht Cary zu dieser Reise eingeladen worden. Danny hätte der Gast sein sollen. Und jetzt war sie hier, mitten im höchsten Luxus, und fühlte sich sehr unbehaglich. „Ich fürchte nur, dass ich … dass ich anderen Gästen den Platz wegnehmen könnte", fügte sie unbeholfen hinzu.

„Oh nein, das tun Sie nicht!", versicherte Angela. „Es gibt hier zwei von diesen Suiten. Mein Dad und ich haben die andere. Sehen Sie, die liegt dort hinter dieser Tür. Er vermietet diese Zimmer hier nie. Die sind immer für persönliche Gäste. Wirklich. Hoffentlich gefällt es Ihnen."

„Es gefällt mir sehr gut", versicherte Cary, doch ihr Unbehagen wuchs. Plötzlich fühlte sie sich doch ganz wie ein Kindermädchen.

„Kommen Sie, Mrs. Adams", forderte Randy Skylar sie auf. „Sie haben noch lange nicht alles gesehen."

Er geleitete sie durch den Wohnraum und öffnete eine Tür, die auf einen Balkon führte. Cary trat hinaus und stellte überrascht fest, dass sich direkt dahinter ein riesiger Wintergarten befand. Unter ihr, in Dunst gehüllt, schimmerte ein Swimmingpool. Aus einem höher gelegenen Sprudelbecken strömten künstliche Bäche über einen Felsen in das türkisfarbene Wasser.

Dahinter waren die Berge und die Skihänge durch Glaswände zu sehen. Es war atemberaubend.

Cary hörte Lachen und sah wieder hinunter. Einige Gäste hatten inzwischen die Skihänge verlassen und zogen die Wärme des beheizten Pools vor. Kinder spielten auf den Stufen. Und ein Liebespaar, vielleicht die Eltern, der Mann im Wasser, die Frau auf dem gefliesten Rand des Pools neben ihm, lachten miteinander.

Unvermutet krampfte sich Carys Magen zusammen. Sie war auch einmal so gewesen. Wenn sie die Augen schloss, erinnerte sie sich daran, wie sie, Richard und Danny einst Urlaub gemacht und ihre Sorgen hinter sich gelassen hatten.

„Die heiße Schokolade!", verkündete Randy. Cary drehte sich um. Eine junge Frau schob einen Wagen mit einer silbernen Kanne, Tassen und einem Teller voller Plätzchen herein.

„Das nenne ich Leben!", rief Danny glücklich und sah dann seine Mutter an, als er sich erinnerte, dass er sich mit Plätzchen in Acht nehmen musste. Sie enthielten viel Zucker, und das war schlecht für seinen Diabetes. „Darf ich welche essen?"

„Ja, natürlich. Einige schon." Sie lächelte ihm zu und machte sich im Geist eine Notiz, seinen Blutzuckerspiegel zu testen und ihm sein Insulin zu geben, sobald sie allein waren. Für den Test hatten sie ein kleines Gerät mitgenommen. Danny war daran gewöhnt, dreimal täglich sein Insulin zu bekommen. Trotz seines Alters konnte er das schon allein machen, und Cary war deshalb sehr stolz auf ihn. Da er aber noch sehr jung war, überwachte sie lieber alles. Im Moment konnte er ruhig einige der Plätzchen essen.

Cary lächelte den Kindern zu. „Ihr zwei könnt erst einmal kräftig zulangen und euch dann umziehen. Wir gehen schwimmen, und wenn wir geduscht und uns wieder angezogen haben, hat dein Vater vielleicht schon Zeit für uns, Angela."

Das Mädchen hielt ein Plätzchen in der Hand und strahlte Cary an. „Oh ja, er wird Zeit haben. Er ist immer pünktlich, und er lügt nie."

„Wie lobenswert", murmelte Cary, lächelte den beiden noch einmal zu, bedankte sich bei dem Hausmädchen sowie bei Randy Skylar und verschwand im Schlafzimmer. Wie Danny gesagt hatte, das nannte man Leben!

Sie konnte diese Gastfreundschaft nur einfach nicht annehmen. Es war zu viel.

Cary streckte sich auf dem Bett aus und schloss die Augen. Es wäre schön gewesen, hätte sie mit Richard in einer solchen Umgebung wohnen können.

Vor ihrem geistigen Auge sah sie den Pool und die verschneiten Berge außerhalb der Glasscheiben. Sie sah ein Feuer im Kamin brennen, und sie sah sich selbst, wie sie ihren Kopf an die Schulter eines dunkelhaarigen Mannes lehnte …

Cary setzte sich kerzengerade auf und drückte die Hände an ihre heißen Wangen.

Richard war blond gewesen. So blond wie Danny. Die dunklen Haare in ihrem Tagtraum hatten einem anderen Mann gehört!

Jason McCready.

Sie stöhnte leise und vergrub ihren Kopf im Kissen. So lag sie grübelnd da, bis Danny schließlich hereinkam und berichtete, dass ihr Gepäck heraufgebracht worden war, sodass sie sich für den Pool umziehen konnten.

Nach dem Schwimmen ging Angela durch die Verbindungstür in die Suite, die sie mit ihrem Vater teilte, um sich umzuziehen. Eine Stunde später klopfte sie. Cary ließ sie eintreten.

„Hat Ihnen schon einmal jemand gesagt, dass Sie wirklich schön sind, Miss McCready?", fragte Cary lächelnd.

Angelas Wangen wiesen plötzlich das gleiche Rot auf wie ihr Samtkleid. „Finden Sie das wirklich?"

„Allerdings."

„Sie sind auch sehr schön."

„Danke."

„Das habe ich auch zu meinem Vater gesagt."

„Oh", murmelte Cary.

„Ja, das hat sie gesagt, aber es war gar nicht nötig", erklang eine volltönende Männerstimme hinter Angela.

Jasons Haare waren noch feucht, er hatte geduscht und sich rasiert. Er sah sehr attraktiv aus in seinem schwarzen Dinnerjacket mit der roten Weste. Cary hatte nicht genau gewusst, wie sie sich anziehen sollte. Schließlich hatte sie sich für ein weiches weißes Strickkleid entschieden, das sich sanft um ihren Körper schmiegte und erst oberhalb der Knie weiter wurde. Nur am Rücken war es ausgeschnitten und ein wenig gewagt. Sie hoffte, damit für alle Anlässe passend gekleidet zu sein.

„Ich wusste bereits, wie schön Sie sind, Mrs. Adams", versicherte Jason.

Sie fühlte, dass sie genauso rot anlief wie Angela. Allerdings war sie nicht mehr so jung wie das Mädchen. Und sie war nicht im Geringsten unschuldig. Sie brauchte mehr Rückgrat, wenn es um diesen Mann ging.

„Danke. Darf ich das Kompliment erwidern?"

„Finden Sie meinen Dad schön?" Angela kicherte.

„Du nicht?", fragte Cary leichthin.

„Oh doch!", versicherte Angela ernsthaft. „Er ist attraktiv. Sehr, sehr attraktiv."

Groß, dunkel und attraktiv, meldete sich bei Cary eine neckende innere Stimme. Aber „groß, dunkel und attraktiv" hatte Junes Weihnachtswunsch gelautet. Cary hatte sich lediglich einen Mann gewünscht, der seine Boxershorts nicht bis zu den Ohren hochzog!

Nein, sie hatte sich gar keinen Mann gewünscht. Jeremy war derjenige, der ihr einen gewünscht hatte. Jeremy mit seinem verflixten Weihnachtsstaub!

„Nun, wir haben eine Reservierung in einem Lokal ganz in der Nähe", erklärte Jason. „Das Restaurant hier im Haus ist ausgezeichnet, aber in der kommenden Woche könnte es recht hektisch werden, und dann werden Sie vielleicht oft hier essen. Also dachte ich, dass ich Sie ausführe, solange das noch möglich ist. Sind Sie einverstanden?"

„Sicher. Das ist sehr aufmerksam von Ihnen", erwiderte Cary. „Sie müssen sich aber wirklich nicht um Danny oder mich bemühen …"

„Aber, aber, Mrs. Adams! Mir ist klar, dass ich nicht muss. Ich will es. Darf ich?"

Da war wieder dieses Lächeln. Offen und ehrlich. Dieses Lächeln, bei dem ihr warm wurde, bei dem wohlige Schauer über ihren Rücken liefen.

Cary nickte und stimmte so anmutig wie nur möglich zu.

Der Abend wurde wunderbar. Den Restaurantbesitzern war es gelungen, trotz Rentier-, Elch- und Hirschköpfen an den äußerst rustikalen Wänden, dem Lokal eine gewisse Eleganz zu verleihen. Das Dinner war köstlich, die Unterhaltung mit Jason McCready verlief locker und ungezwungen. Während des Essens war Cary überrascht, wie viele Themen sie streiften, von den besten Eigenschaften von Grundschullehrern bis hin zu der Lage im Mittleren Osten. Dank Angela und Danny lachte Cary auch immer wieder, zum Beispiel, als Danny beschrieb, wie man am besten auf einen Baseball spuckte, damit er besonders gut flog. Angela sang Lagerfeuerlieder, die einen hungrigen Bären hätten vertreiben können. So viel zu Eleganz …

Als sie das Restaurant verließen, war es spät. Sie waren kaum in den Wagen gestiegen, als Cary sich umdrehte und feststellte, dass die Kinder schon eng aneinandergekuschelt eingeschlafen waren.

Jason schwieg eine Weile. Cary fielen beinahe auch die Augen zu, als er plötzlich zu sprechen begann.

„Die Kinder schlafen?"

„Ganz tief", versicherte sie.

„Ich wollte mich nur bedanken. Es ist schön, dass Sie mitgekommen sind."

„Ich danke Ihnen. Die Suite ist schön. Zu schön. Ich wäre mit etwas Kleinerem glücklicher gewesen."

Er lächelte. „Mrs. Adams, Sie sind es wert."

„Vielen Dank", murmelte sie. Jason antwortete nicht. Die einlullende Bewegung des Wagens, der durch die Nacht rollte, und die Wärme der Heizung bewirkten, dass sich Carys Augen immer wieder schlossen. Endlich bekam sie sie gar nicht mehr auf.

Er erschrak, als ihr Kopf gegen seine Schulter sank. Dann jedoch hielt Jason ganz still. Der süße Duft ihres Haars stieg ihm in die Nase, und einen Moment hielt er den Atem an.

Ein scharfer Schmerz machte sich langsam in ihm breit und drang in ihn ein wie Wasser in einen porösen Stein.

Es war so lange her …

Wie oft war Sara auf diese Weise neben ihm eingeschlafen!

Seit ihrem Tod war er nur selten ausgegangen. Und obwohl er sich stets höflich gewesen war, blieb er distanziert. Er hatte sich mit einer Frau selten mehr als einmal getroffen. Etliche Klatschzeitschriften bezeichneten ihn als äußerst begehrenswerten Junggesellen, aber tief in seinem Inneren fühlte er, dass er das nie sein würde. Er konnte kein dauerhaftes Interesse an einer Frau entwickeln. Weibliche Schönheit beachtete er kaum noch. Einige flüchtige Bekanntschaften, und dabei war es geblieben. Seltsam, weil es mit einigen dieser Frauen auch zu intimen Beziehungen gekommen war, aber …

Er hatte sich keiner von ihnen jemals so weit angenähert, dass sie an seiner Schulter eingeschlafen wäre.

Cary Adams war ganz sicher die einzige Frau, der er diesen Platz zugestand.

Jason kannte den Grund dafür nicht. Er wusste nur, dass er ihr nicht nur Angelas wegen gedankt hatte, sondern auch seinetwegen. Es war Jahre her, dass er gelacht hatte. Jahre, seit er sich auf das Ende eines Tages gefreut hatte, um jemanden außer Angela wiederzusehen.

Ihr Haar berührte sein Kinn. Weich, glatt und warm wie Seide glitt es über seine Haut. Jason packte das Lenkrad fester und biss die Zähne zusammen, als er plötzlich Verlangen in sich hochsteigen fühlte. Der anfängliche Schmerz schwand. Die Gegenwart – Cary – hielt seine ganze Aufmerksamkeit gefangen. Er konnte sich nicht erinnern, eine Frau jemals so begehrt zu haben.

Es war eine Ironie des Schicksals. Vermutlich war sie die Einzige, die ihn nicht haben wollte.

Sie gab im Schlaf einen kleinen Seufzer von sich, als sie sich behaglicher gegen seinen warmen Körper lehnte. Ihre Finger legten sich an seine Schulter. Und dann glitt ihre Hand tiefer und blieb auf seinem Oberschenkel liegen.

Jason biss die Zähne noch fester zusammen.

Cary erwachte, als der Wagen mit einem Ruck hielt. Im nächsten

Moment setzte sie sich gerade auf und fragte sich, wie es kam, dass sie in dieser Situation hatte einschlafen können.

Doch Jason McCready war bereits aus dem Wagen, und sie wusste nicht, ob sie sich entschuldigen sollte.

„Das war es", erklärte er knapp. „Wir sind da." Zum ersten Mal auf dieser Fahrt war er nicht von ausgesuchter Höflichkeit.

„Ja. Ich … ich hole Danny."

„Ich übernehme Danny. Er ist viel schwerer als meine Tochter. Sie können Angela tragen … sofern Sie sich das zutrauen."

„Natürlich kann ich das …"

„Ich meine, da Sie selbst so müde sind. Außerdem sind Sie nicht viel größer als Angela oder Danny."

„Ich schaffe es", erwiderte Cary gereizt.

„Ja, ja, Sie schaffen es." Jason hob Danny rasch auf seine Arme. Cary beugte sich zu Angela, als seine nächsten Worte sie wie ein Schlag ins Gesicht trafen: „Habe ich Ihnen schon einmal gesagt, dass Sie mich gelegentlich an ein Stachelschwein erinnern?"

Mit Angela auf den Armen erstarrte Cary und wirbelte herum. „Was für ein reizender Vergleich! Vielen herzlichen Dank, Mr. McCready!"

„Ich habe nicht behauptet, dass Sie wie ein Stachelschwein aussehen, Mrs. Adams. Sie sind eine sehr schöne Frau, und Sie müssen das wissen. Auch wenn Ihr Mann es Ihnen schon lange nicht mehr sagen kann, haben das bestimmt andere Männer getan. Oder vielleicht auch nicht. Vielleicht hat es kein Mann bei diesen aufgestellten Stacheln geschafft, nahe genug an Sie heranzukommen."

„Ich danke Ihnen noch einmal ganz herzlich. Sie haben mein Leben auf den Punkt gebracht, Mr. McCready. Und das bei all den Frauen, mit denen Sie ausgehen! Wagen Sie es nicht, über mich zu urteilen!"

Cary reckte bei ihrer letzten Erklärung die Nase hoch in die Luft, machte auf dem Absatz kehrt und strebte dem Hotel zu.

Er war direkt hinter ihr. „Bei all den Frauen, mit denen ich ausgehe?", fragte er.

„Allerdings. Wenn heute Dienstag ist, muss es eine Rothaarige sein", erwiderte Cary zuckersüß, als sie den Hoteleingang erreichten.

„Ich wusste nicht, dass Sie sich so brennend für mein Privatleben interessieren", versetzte Jason.

Cary musste eine Antwort schuldig bleiben, weil Randy Skylar ihnen gerade die Tür öffnete. „Geben Sie sie mir", bot er an und nahm

Angela auf die Arme, bevor Cary sich weigern konnte. Sie folgte den beiden Männern die Treppe hinauf zu den Suiten und zwang sich zu einem Lächeln, als sie auf Randys höfliche Fragen nach dem Abendessen antwortete.

Jason legte Danny behutsam auf sein Bett. Randy hatte Angela inzwischen in die andere Suite gebracht, sodass Cary und Jason allein waren. Sie betrachteten einander, während Danny sich behaglich in die Kissen kuschelte.

„Gute Nacht, Mrs. Adams", sagte Jason leise.

„Gute Nacht", murmelte Cary. „Danke für das Abendessen. Es war sehr schön."

Er lächelte ein wenig traurig. „Ja, das war es wirklich." Dann schob er sich an ihr vorbei und ging.

Noch lange, nachdem er fort war, spürte sie an ihrer linken Seite seine Körperwärme. Es war die Stelle, mit der sich Cary im Auto an ihn gelehnt hatte …

Komisch, sie war sehr müde gewesen, aber selbst als sie sich die Zähne geputzt, ein Flanellnachthemd angezogen und Danny noch einmal zugedeckt hatte, konnte sie nicht schlafen.

Sie zog das Kissen über den Kopf, knirschte mit den Zähnen und beschwor den Schlaf, über sie zu kommen. Sehr, sehr lange tat er es nicht.

Cary fühlte noch immer diese einhüllende Wärme auf ihrer Haut. Sie wünschte sich, sie hätte bewusst mitbekommen, wie es gewesen war, an Jason McCready geschmiegt einzuschlafen …

Am Morgen fand Cary eine Nachricht, die unter ihrer Tür durchgeschoben worden war. Cary erkannte Jasons Handschrift von den Weihnachtskarten, die sie in den letzten Jahren erhalten hatte. Es waren breite, große Buchstaben, sehr gut lesbar und irgendwie wie der Mann selbst – fest und kraftvoll. Die Nachricht war kurz, aber höflich: Er wäre den ganzen Tag über beschäftigt, aber sie sollte sich nicht verpflichtet fühlen, sich nur um die Kinder zu kümmern. Für Danny und Angela gäbe es am Vormittag Programm – Filme, Unterricht auf den Anfängerpisten und noch vieles mehr. Sie könnte gern ihren Tag verbringen, wie immer sie wollte, und sie sollte sich keine Sorgen machen. Seine Angestellten könnten wunderbar mit Kindern umgehen.

Cary hatte gar nichts dagegen, ihre Zeit mit den Kindern zu verbringen, aber sie musste einen Artikel redigieren. Angesichts der Termine des Magazins konnte Zeit sehr kostbar sein. Sie beschloss, mit den Kindern zu frühstücken, danach eine Weile zu arbeiten und anschließend mit ihnen auf die Anfängerhänge zu gehen.

Der Tag verlief wie geplant. Sie frühstückten alle gemeinsam in Carys Suite. Dann verschwanden Angela und Danny, um sich Zeichentrickfilme anzusehen. Cary begann, vor dem großen Kamin im Wohnzimmer zu arbeiten. Sie war sich nicht sicher, ob sie sich würde konzentrieren können, aber zu ihrer großen Freude stellte sie fest, dass ihr der Komfort des Hotels und das Knistern des Feuers eindeutig dabei halfen. Bis vierzehn Uhr steckte sie ihre Nase in das Manuskript. Dann hatte sie alles erledigt, was sie sich vorgenommen hatte.

Zufrieden zog sie eine enge Steghose, einen warmen Wollpullover und eine Windjacke an – die beste Skikleidung, die sie besaß – und machte sich auf die Suche nach den Kindern. Die beiden waren gerade mit dem Mittagessen fertig und freuten sich, dass Cary mit ihnen auf die Piste kam.

„Ich kann nicht Ski fahren", sagte Cary zu Angela. „Daher lande ich automatisch mit dir und Danny auf der Anfängerpiste. Allerdings möchte ich wetten, dass du es bereits kannst."

Angela konnte es. Sehr gut sogar. Doch sie blieb den Nachmittag über bei Cary, Danny und dem jungen Skilehrer und lachte begeistert, während die Anfänger mit ihrem Gleichgewichtssinn und den Brettern kämpften.

Zuerst war Cary angesichts der schweren Stiefel, der Skier und all der Sicherheitstipps, die sie erhielt, überwältigt und schwor, sie würde das nie schaffen. Doch am frühen Abend war sie begeistert und außer sich vor Freude, dass sie die kleinen Hänge meisterte.

Allerdings war ihr sehr kalt, also kehrte sie mit Danny und Angela ins Hotel zurück. Die Kinder bekamen heiße Schokolade, Cary entschied sich für einen Irish Coffee. Er war sehr gut, aber da sie sich keine Zeit für das Mittagessen genommen hatte, fühlten sich ihre Knie danach an, als wären sie aus Blei.

Gemeinsam beschlossen alle in der Suite zu Abend zu essen. Nachdem sie den köstlichen Nudelauflauf vertilgt hatten, wollten die Kinder ins Bett. Angela schlüpfte durch die Tür in ihr eigenes Schlafzimmer. Cary zögerte, sagte Danny, er solle sich schon ausziehen und Zähne putzen, und folgte Angela in Jason McCreadys Privaträume.

Seine Suite wurde offenbar nie an andere Leute abgetreten. Sie bot den gleichen Blick auf den Pool, hatte ebenfalls eine schöne Balkendecke und dicke Teppiche. Seine Räume wirkten allerdings sehr viel persönlicher. An den Wänden hingen geschmackvolle Drucke mit Bergmotiven, ein Eckschrank war angefüllt mit allen möglichen Skulpturen und Kleinigkeiten. Auf dem schweren Eichensekretär lagen Papiere, auf einem Kaffeetisch vor dem Sofa verschiedene Ausgaben von „Elegance" und anderen Magazinen. Cary entdeckte auf einem Beistelltisch einen Bilderrahmen mit einem perfekten Familienfoto. Jason McCready, umgeben von den zwei Frauen, die er liebte: einer viel jüngeren Angela und Sara, beide mit leuchtend blauen Augen und engelgleichem blonden Haar.

Cary fühlte sich plötzlich wie ein Eindringling und wäre um ein Haar wieder gegangen. Doch Jason McCready hatte ihr schließlich nicht verboten, sein privates Reich zu betreten. Also eilte sie durch das Wohnzimmer und klopfte an eine der Schlafzimmertüren. „Angela?"

„Cary? Kommen Sie herein!"

Angela trug schon ihr rotes Nachthemd. Das Haar fiel ihr offen über den Rücken, ihre Augen waren groß und hell. Cary verspürte bei diesem Anblick ein tiefes Gefühl für Sara McCready. Sie ist so schön, Sara! dachte Cary. *Wenn du sie bloß sehen könntest!*

„Ich wollte nur wissen, ob du ins Bett gebracht werden möchtest", erklärte Cary.

Angelas Augen weiteten sich. „Ja, bitte. Vielen Dank."

Also packte Cary das Mädchen warm ein, küsste es auf die Stirn und wünschte Angela eine gute Nacht. Dann ging sie in ihre Suite und brachte Danny zu Bett, ehe sie in ihr eigenes Flanellnachthemd schlüpfte. Doch wieder konnte sie nicht schlafen, so erschöpft sie auch sein musste. Sie stieg aus dem Bett, machte sich eine Tasse Tee und trat auf den Balkon.

Zu ihrer Überraschung herrschte dort unten noch munteres Treiben. Sie erkannte zuerst Barney Mulray, einen Verkäufer aus Ohio, den sie bei einem Kongress kennengelernt hatte. Dann stellte sie fest, dass der ganze Pool voll von „Elegance"-Leuten war.

Und am entgegengesetzten Ende befand sich Jason McCready.

Carys erster Gedanke war, dass er in der knappen schwarzen Badehose sagenhaft aussah. Seine Brust war von dunklen Haaren bedeckt. Er war gebräunt, schlank und sehr muskulös, mit seinen breiten Schultern, der schmalen Taille und den wohlgeformten Beinen perfekt gebaut.

Jemand anderer fand das offensichtlich auch. Eine kleine junge Rothaarige mit einem Busen, der nicht zu übersehen war, saß neben ihm. Sie sprach mit ihm, und Jason antwortete. Doch dann rief Barney von der anderen Seite des Pools nach ihm. Cary beugte sich etwas weiter über die Balkonbrüstung und versuchte, die Worte aufzuschnappen.

„Kommen Sie, Zeit für einen Drink", forderte Barney ihn auf.

Jason schüttelte den Kopf. „Nein danke. Ich will gleich hochgehen und nach Angela sehen."

Andere riefen Jason Einladungen zu, doch er winkte ab. Die Leute kamen allmählich aus dem Pool heraus. Alle bis auf die Rothaarige. Sie beugte sich näher zu Jason – mit diesem Busen, der nicht zu übersehen war.

„Wirklich, Jason! Nur ein Drink. Komm schon! Es ist noch früh."

„Danke, Trudy", erwiderte er fest. „Ich bin müde und möchte jetzt allein sein, bitte."

Offenbar wagte nicht einmal Trudy, einem solchen Ton zu widersprechen. Sie stand achselzuckend auf und ging mit den anderen weg.

Am Pool wurde es plötzlich still. Nur Jason blieb noch mit geschlossenen Augen zurück. Erneut kam Cary sich wie ein Eindringling vor. Nun ja, sie war auch einer, weil sie so neugierig gelauscht hatte. Sie wollte sich gerade zurückziehen, als er die Augen öffnete und seinen Blick direkt auf sie richtete.

„Ah, Mrs. Adams!", rief er gedämpft.

„Hallo", antwortete sie unbehaglich.

Er lächelte wie der Kater, der soeben einen Kanarienvogel gefangen hatte. „War Ihr Tag schön?"

„Ja, sehr schön, danke."

„Was ist mit den Kindern?"

„Denen geht es gut. Sie schlafen."

„Angela?"

„Ich … ich habe sie zu Bett gebracht."

Seine Augen weiteten sich ein wenig. Cary wusste nicht, ob er sich freute, dass sie es getan hatte, oder ob er sich ärgerte, weil sie sich eine solche Vertraulichkeit angemaßt hatte.

„Nur Sie sind hellwach, wie ich sehe", bemerkte er.

„Ja, also, ich wollte gerade …"

„Tun Sie es nicht. Kommen Sie herunter!", forderte er sie auf.

Cary zögerte. Sie sollte zu Bett und nicht zu ihm hinuntergehen. Es kam ihr so vor, als würden jetzt schon Wassertropfen über ihren Rücken laufen.

Das war die Stelle, an der für gewöhnlich die Erinnerung einsetzte. In solchen Situationen kam ihr sonst Richards Lächeln in den Sinn …

Doch diesmal schweiften ihre Gedanken nicht in die Vergangenheit ab. Cary sah nicht das Gesicht ihres verstorbenen Ehemannes vor sich, sondern die kräftige, attraktive Gestalt des Mannes im Pool unter ihr.

„Ich habe gerade gehört, wie Sie sagten, dass Sie allein sein wollen", erwiderte Cary leise.

„Sie haben gelauscht?"

Cary wurde rot. „Ja", gestand sie ein.

„Nun, ich wollte tatsächlich allein sein – vorhin. Jetzt aber würde ich mich sehr über Ihre Gesellschaft freuen. Bitte, kommen Sie herunter! Das Wasser ist geradezu verboten warm."

Cary war sicher, dass viel mehr als nur das Wasser verboten warm war.

Plötzlich sehnte sie sich nach einer Kostprobe von dieser Wärme. Nur ein einziges Mal. Jason McCready bot nie mehr an. Und sie konnte diese Gelegenheit nie mehr wahrnehmen.

Heute Abend aber …

Diese verbotene Wärme schien direkt zu ihr hinaufzutreiben und sie zu umgeben. Sie befeuchtete ihre Lippen und zögerte noch.

„Cary?"

„Ich komme gleich", versprach sie.

Rasch zog sie ihren Badeanzug an und ging hinunter zum Pool – und zu der Wärme.

4. Kapitel

Als Cary den Swimmingpool erreichte, fragte sie sich, wozu sie hier war, denn Jason McCready war nirgends zu entdecken. Sie kam sich ziemlich albern vor, wie sie so unschlüssig dastand und sich nach ihm umsah.

„Hier, Mrs. ... Cary."

Er war in den Whirlpool übergewechselt. Und er hatte sie die ganze Zeit beobachtet. Das brachte Cary durcheinander.

Und es gab noch mehr, das sie verwirrte. Jason hatte ein Tablett neben sich, als er sich in dem heißen wirbelnden Wasser zurücklehnte, den Blick auf sie gerichtet. Zwei Gläser Champagner standen darauf sowie eine Schale mit Käsewürfeln, Krabben und Crackern.

Cary verkrampfte sich und zog den Gürtel ihres Frotteebademantels enger. Dann hörte sie Jasons heiseres Lachen, und ihre Haut begann zu prickeln.

„Ihre Stacheln stellen sich auf, Mrs. Adams."

„Tun sie das?" Sie betrachtete missbilligend den Champagner. „Ist der für mich gedacht?"

„Allerdings."

„Das hätten Sie nicht tun sollen."

„Warum nicht?"

„Weil es zu ... raffiniert ist. Als wollten Sie ..."

„Als wollte ich was?" Er griff nach einem der Gläser und nahm einen Schluck Champagner.

„Wenn Sie das nicht wissen ..."

„Nehmen Sie an, ich will Sie verführen? Ist das nicht ein wenig anmaßend von Ihnen?"

„Ach, du lieber Himmel, dieser ganze Urlaub war ein Fehler! Ich wusste es ..." Cary brach ab, drehte sich um und wollte rasch weggehen.

Doch sie schaffte es nicht. Jason McCready war im nächsten Moment aus dem Whirlpool heraus und baute sich vor ihr auf, triefend nass, sehr männlich und absolut imponierend.

„War es ein Fehler, weil Danny leidet?", fragte er. „Oder war es ein Fehler, weil Sie plötzlich Angst vor mir haben? Wenn ja, frage ich mich, warum? Ich habe Sie bewundert, weil ich den Eindruck hatte, Sie wären eine Frau, die keine Angst davor hat zu sagen, was sie wirklich denkt."

„Ich habe keine Angst vor Ihnen!", fauchte Cary.

„Aber?"

„Aber … warum haben Sie mich denn eingeladen?", platzte sie heraus.

Er betrachtete sie lächelnd. „Ich mag Sie. Sie sind hier als mein Gast. Ich hatte den ganzen Tag mit Geschäftsleuten zu tun, und Sie waren mit unseren Kindern zusammen. Und da es spät ist und es nett sein könnte, sich zu entspannen, habe ich Champagner und einen kleinen Imbiss bestellt. Ich dachte, vielleicht können Sie das genießen. Und das könnten Sie, wenn Sie es sich nur selbst erlauben."

Sie wusste nicht genau, wieso sie sich plötzlich so albern vorkam. Vielleicht hatte sie wirklich zu viel in die Sache hineininterpretiert. Vermutlich fand er sie überhaupt nicht attraktiv.

Bestimmt aber hatte er jedes seiner Worte ehrlich gemeint. Und sie hatte sich tatsächlich wie ein Stachelschwein aufgeführt.

Cary umkrampfte noch immer den Gürtel ihres Bademantels, während sie ihren Blick senkte. „Gibt es Cocktailsoße zu den Krabben?"

„Ja."

„Also schön, dann geht das in Ordnung."

Während sie den Bademantel abstreifte und in den Whirlpool stieg, sah sie Jason nicht an. Die Wärme war wundervoll, drang in jede ihrer Poren und nahm alle Spannung aus ihren Muskeln. Jason McCready stieg ebenfalls hinein, hielt auf Abstand und setzte sich ihr gegenüber. Er bot ihr ein Glas Champagner an. Sie bedankte sich, und er lehnte sich zurück und nahm einen Schluck aus seinem Glas.

„Wie war Ihr Tag?", fragte er.

„Großartig." Sie erzählte, wie sie zu dritt die Zeit verbracht hatten. Er stellte zwischendurch immer wieder Fragen, und der Klang seiner Stimme wirkte entspannender als die Wärme des Wassers. Ohne dass es ihr bewusst wurde, beugte sie sich näher und näher zu ihm. Sie hatte schon die Hälfte der Krabben gegessen, während er den Käse vorzog.

Und sie hatte zugelassen, dass er zweimal ihr Glas nachfüllte.

Sobald sie mit der Schilderung des Tages fertig war, trat plötzlich Stille ein. Jason lehnte sich zurück und hielt die Augen halb geschlossen, während er den Kopf auf den Rand des Whirlpools legte.

„Haben Sie eigentlich dieses Hotel entworfen?", fragte Cary.

Er öffnete die Augen und betrachtete sie eindringlich. „Ja."

„Das dachte ich mir. Es ist alles so gut geplant …" Sie unterbrach sich und versuchte unter seinem intensiven Blick nicht rot zu werden. „Sie haben es für Sara entworfen", hörte sie sich sagen.

Er nickte. „Ja."

„Dann muss es hier für Sie schmerzhafte Erinnerungen geben."

Er schüttelte den Kopf. „Meine Erinnerungen sind nicht schmerzhaft. Und was spielt das schon für eine Rolle? Laut Ihrer Aussage bin ich ein Roboter, der sich pausenlos mit Frauen verabredet."

„Nun, ich finde das wirklich albern."

Er hob erneut die Schultern. „Es ist besser als Ihr Verhalten."

„Und wie verhalte ich mich?"

„Sie stellen von Anfang an Ihre Stacheln auf."

„Ich stelle nicht …"

„Wissen Sie, dass ich recht gut mit Ihrem Cousin Jeremy befreundet bin? Cousin zweiten Grades, genau genommen."

Cary holte tief Luft und biss die Zähne zusammen. Jeremy! Was hatte er über sie erzählt?

„Er sagt, dass Sie in drei Jahren dreimal ausgegangen sind. Und dass Sie sich jedes Mal wie eine Eisprinzessin aufgeführt haben."

„Wie eine Eisprinzessin!"

„Genau. Und dass Sie nie die geringste Absicht hatten, sich zu amüsieren. Ich versuche es wenigstens."

„Ich auch", protestierte Cary.

Jason trank einen Schluck Champagner und betrachtete sie aus halb geschlossenen Augen.

„Würden Sie endlich damit aufhören!", fuhr sie ihn böse an.

„Womit?"

„Also, ich mag Sie ja an ein Stachelschwein erinnern, aber in diesem Moment ähneln Sie einem Krokodil! Scheinbar gelassen und gleichzeitig bereit, mir jederzeit den Kopf abzubeißen!"

Er lachte und beugte sich zu ihr. „Ich werde Ihnen nicht den Kopf abbeißen."

Jason war ihr nahe. Zu nahe. Sie konnte die Wasserspritzer auf seinen

Schultern und seiner Brust sehen und geriet in höchste Versuchung, einen dieser kleinen Tropfen zu berühren.

Sie hatte Lust, näher zu rücken und die Feuchtigkeit mit der Zungenspitze abzulecken …

„Sie … Sie führen ein völlig falsches Leben", erklärte sie spröde und konnte den Blick dennoch nicht von seiner Brust abwenden.

„Tue ich das?"

Sie hörte sein Flüstern und wusste, dass sie einander noch näher gekommen waren. Sein Zeigefinger streichelte ihre Wange und hob ihr Kinn an. Und dann fühlte sie seine Lippen auf ihren.

Die wirbelnde Wärme des Wassers durchdrang sie wie Fieber – ihren Mund, ihren Körper, ihre Seele. Cary hatte sich nie vorstellen können, irgendeinen Mann außer Richard so zu küssen.

Jason verführte sie nicht. Er drängte sie nicht. Er schenkte ihr nur den Druck seiner Lippen, die mit ihren verschmolzen und in ihr eine Woge von Empfindungen auslösten.

Vielleicht hatte sie von Anfang an gewusst, dass er sie so küssen würde, ohne zu zögern, herausfordernd und gekonnt. Mit seiner Zunge zeichnete er sinnliche Muster auf ihren Lippen, drang zwischen ihnen vor und erforschte die verborgenen Tiefen ihres Mundes. Verlangen, das so lange geschlummert hatte, erwachte urplötzlich.

Sie stöhnte leise, lustvoll und voll Sehnsucht. Cary konnte ihm nicht vorwerfen, sie zu verführen. Dafür war seine erste Berührung zu zart gewesen. Auch während dieses Kusses konnte sie jederzeit fliehen. Vielleicht war im Moment sogar sie diejenige, die ihn verführte, denn sie legte als Erste die Arme um seinen Nacken und ließ sich in dem sprudelnden heißen Wasser gegen ihn treiben, bis ihre Körper sich eng aneinanderschmiegten.

Er küsste sie wieder. Und noch einmal. Er strich mit seinen Fingern an ihrem Rücken hinunter, streichelte ihre Haut, ihren Po. Sie presste sich gegen seinen muskulösen Körper, wurde von der Erinnerung hin und her gerissen und fühlte sich gleichzeitig quicklebendig. Sie vergaß keinen Moment, dass er ein anderer, ein völlig anderer Mann war als jener, den sie geheiratet und geliebt hatte. Doch diesmal wurden all ihre Sinne mitgerissen. Sie wollte diesen Mann, und die Empfindungen waren so heftig und fordernd, dass sie sich um nichts anderes Gedanken machen wollte.

Sie war in seinen Armen, auf seinem Schoß, sehnte sich nach seinen

Berührungen. Seine Lippen lösten sich nur einen Hauch von ihren, während er flüsterte: „Ich glaube, endlich sind wir beide entspannt."

„Das liegt am Whirlpool."

„Nein, denn nicht alle meine Muskeln sind locker", erklärte er hintergründig.

Sie riss die Augen auf, und vielleicht wäre sie hochgeschreckt, doch er küsste sie wieder und legte die Arme fester um sie.

Nach einer Weile löste Jason sich erneut von ihr. „Wir können nicht hierbleiben."

„Nein", hauchte Cary benommen.

„Ich möchte, dass dies hier weitergeht."

„Ich weiß."

„Liegt es am Champagner?"

„Er hilft bestimmt", räumte Cary ein. Sie fühlte, dass Jason sich zurückziehen würde, falls sie das wollte. Doch sie wollte es nicht. Sie befeuchtete die Lippen und umarmte ihn leidenschaftlich. „Bitte …", murmelte sie.

Mehr brauchte sie nicht zu sagen. Sie stiegen aus dem Whirlpool und gingen Hand in Hand zu einer Tür, hinter der eine private Treppe direkt zu Jasons Schlafzimmer führte.

Eine Lampe warf ihren sanften Schein auf die schwarze Satindecke des großen Bettes, auf die Kunstdrucke an den Wänden, auf die Möbel aus Messing und Glas. Cary sah nur sehr wenig davon, weil sie ihren Blick auf Jason McCready gerichtet hielt. Sie schauderte plötzlich heftig trotz der im Raum herrschenden Wärme. Ihre Haut fühlte sich kalt an, aber nicht lange, denn Jason drückte sie auf das Bett und wärmte sie mit seinem Körper. Sein Kuss erfüllte Cary erneut mit Hitze, seine Zärtlichkeiten entfachten ein loderndes Feuer in ihr.

Noch einmal schaute er ihr in die Augen und bot ihr einen letzten Fluchtweg. „Möchtest du bleiben?"

Sie wollte sprechen, konnte es jedoch nicht. Sie nickte, schloss die Augen, schlang ihre Arme um ihn und presste ihr Gesicht gegen ihn.

„Öffne die Augen", befahl er und schob sie von sich. Sie gehorchte und begegnete seinem Blick. „Sag mir, dass du mich willst! Sag meinen Namen!"

„Ich will dich."

„Meinen Namen!"

„Mr. McCready."

Er lachte. „Meinen Vornamen!"

Sie brachte nur ein Flüstern zustande. „Jason. Ich will dich, Jason."

Danach verlangte er nichts mehr von ihr, und der Zauber der Nacht begann seine Wirkung zu zeigen …

Jason berührte sie … genau da, wo sie sich nach einer Berührung gesehnt hatte.

Und er küsste sie … genau an der Stelle, wo sie es am liebsten hatte.

Wie Flammen züngelten heiße Empfindungen in Cary hoch und brachten ihr Qual und süße Lust. Wie berauscht sah sie seine Augen über sich. Und sie sah seine Hände, so braun, so groß, so männlich und wunderbar auf ihrer hellen Haut.

Und sie küsste ihn. Sie berührte mit der Zungenspitze die nackte Haut an seiner Schulter, wie sie es sich erträumt hatte.

Es war so lange her, so schrecklich lange …

Und was er ihr bot, war richtig und schön. Er nahm nichts, das er nicht gab. Er forderte, er teilte, er hielt sie, er streichelte sie, er berührte sie zart und leidenschaftlich.

Beinahe so, als könnte er sie lieben.

Und als das Fieber immer weiter stieg und Verlangen und Begehren in schwindelerregende Höhen kletterten, erreichten sie beide gleichzeitig einen überwältigenden Höhepunkt.

Die Empfindungen waren so stark und so schön, dass die Welt für Cary eine lange Weile versank, und als sie wieder voll zu sich kam, war es ihr immer noch, als schwebte sie auf einer Wolke. Jason hielt sie in seinen Armen, und sie erbebte im Nachgenuss der Lust …

Und im Schock.

Sie war nicht plötzlich entsetzt darüber, was sie getan hatte. Sie hatte es ja mit weit offenen Augen getan.

Doch sie hatte nicht nachgedacht. Obwohl sie noch in Jasons Armen in dem sanften Schimmer der Nacht lag, die einen Schutzschild bildete, würde morgen die helle Sonne auf sie herunterscheinen, und Cary musste sich der Zukunft stellen.

Sie biss sich auf die Unterlippe. Ihr Badeanzug lag neben dem Bett. Konnte sie ihn anziehen, ohne dass es peinlich wurde? Sollte sie sich für das herrliche Erlebnis bedanken und lässig in ihrem eigenen Zimmer verschwinden?

Lieber Himmel, wie konnte sie unter diesen Umständen weiter bei „Elegance" arbeiten? Sie musste kündigen! Es sei denn, Jason warf sie hinaus. Nein, bald war ja Weihnachten! Sie konnte nicht kündigen. Danny wollte seinen PC!

In einem solchen Moment dachte sie an Computer!

Sie wollte sich bewegen, doch Jason hielt sie fest. „Ich … ich muss zurück", flüsterte sie in Panik. „Danny wird aufwachen und …"

„Um ein Uhr nachts?" Er sah sie an und lächelte wieder.

„Ich muss zurück", wiederholte sie starrsinnig.

Er küsste sie auf die Lippen, rückte ein Stück ab und stützte sich auf einen Ellbogen. Nachdem sie in ihren Badeanzug geschlüpft war, zog er sich ebenfalls seine Badehose an. „Ich begleite dich."

„Das brauchst du nicht."

„Ich habe gesagt, dass ich dich begleite."

Carys Badeanzug war noch immer nass und fühlte sich schrecklich kalt an nach der Wärme, die sie miteinander geteilt hatten. Während sie zur Treppe eilte, die zum Pool führte, um ihren Bademantel zu holen, kam sie am Nachttisch vorbei. Cary erstarrte, als sie das Bild sah, das Bild von Sara McCready, die so schön lächelte.

Lieber Himmel! Doch Jason schien es nicht zu bemerken. Er schob sich an ihr vorbei, öffnete die Tür und ging voraus. Er fand ihren Bademantel neben dem Pool, legte ihn um ihre Schultern und lächelte. „Du zitterst."

„Mir ist kalt."

„In meinem Bett wäre dir warm gewesen."

„Wir beide haben Kinder."

„Wir haben noch viel Zeit."

„Nein." Sie schüttelte den Kopf und wich vor ihm zurück.

„Cary, wenn du etwas bereust …"

„Nein, ich bereue nichts. Es war wunderbar, das weißt du. Ich meine …" Oh verdammt, hier halfen keine Ausflüchte. Es war besser, sie war ehrlich. „Es war mein erstes Mal seit … Richard. Und vielleicht werde ich nun wieder fähig sein, mein Leben besser in den Griff zu bekommen. Danke. Jetzt aber muss ich allein sein."

„Cary …"

„Ich muss gehen!"

„Warte!", verlangte Jason.

Wieso empfand sie auf einmal solche Panik und kam so schlecht mit dieser Situation zurecht? „Ich muss gehen! Und es ist mir gleichgültig, was daraus entsteht. Auch wenn du mich feuerst!"

Sein Gesicht wurde starr. „Cary! Ich feuere dich nicht!"

Sie wurde etwas ruhiger, aber sie musste sich trotzdem zurückziehen. „Dann muss ich also nicht meinen Schreibtisch räumen", murmelte sie und wollte lachen und weinen. Beinahe hätte sie sich wieder an ihn geklammert.

Doch vor allem wollte sie allein sein. Allein, um mit dem Schmerz fertigzuwerden, der sie plötzlich packte. Sie konnte sich von Jason nicht zurückbringen lassen. Entschlossen wandte Cary sich ab, eilte zu den Stufen, die zur Galerie führten, und floh in ihr Zimmer.

Den ganzen Vormittag über versuchte Cary verzweifelt, sich normal zu fühlen und sich auch so zu verhalten.

Offenbar schaffte sie es besser, als sie dachte, weil weder Danny noch Angela etwas bemerkten. Cary wusste nicht, wo Jason war. Sie hatte keine Nachricht von ihm erhalten, und er erschien nicht am Tisch, als sie zum Frühstück hinuntergingen.

Zu Carys Schrecken erschien er an diesem Nachmittag jedoch auf der Anfängerpiste. Er hatte ein geschäftliches Meeting einfach in den Schnee verlegt. Cary erkannte etliche Leute vom Verkauf, die ein wenig verblüfft über den von Jason gewählten Ort zu sein schienen.

Cary fand die ganze Sache lächerlich, besonders, als sie den kleinen Abhang hinunterfuhr und trotz aller Bemühungen mit dem Hinterteil im Schnee landete. Jason – elegant und sicher auf seinen Skiern – war sofort an ihrer Seite, um ihr zu helfen. „Wir werden heute Abend miteinander reden", erklärte er knapp.

„Nein, die Kinder ..."

„Die gehen in den Hotelkinderclub. Sie bekommen Hotdogs und können spielen und Popcorn machen. Und sie werden Weihnachtslieder singen und Geschenke herstellen und sich großartig unterhalten. Es ist Weihnachtszeit! Du musst ein wenig Stimmung für das Fest entwickeln. Sei um achtzehn Uhr bereit." Mittlerweile hatte er Cary auf die Beine gestellt und fuhr weg.

Sie konnte ihm nicht so schnell folgen. Sie konnte ihm überhaupt nicht folgen.

„Wofür bereit?", rief sie.

Jason McCready aber schien Cary nicht gehört zu haben, denn er antwortete nicht.

Danny ging schon zeitig in den Dinnerclub für Kinder. Das ließ Cary Zeit zu baden und sich sorgfältig anzukleiden. Da sie nicht wusste, wohin sie heute Abend gingen, entschied sie sich für ihr kleines Schwarzes. Das Samtkleid, so fand sie, wirkte gleichermaßen dezent und elegant.

Sie hatte nicht vor, einem Gespräch mit Jason aus dem Weg zu gehen. Sie wollte ihm nur einfach erklären, dass sie nicht weitermachen konnten. Weil …

Weil sie ihren Job brauchte. Und weil sie es nicht ertrug, dass die Atmosphäre von Befangenheit verdorben wurde.

Und weil sie nicht eine Frau unter vielen sein wollte …

Dies war der eigentliche springende Punkt, gestand sie sich ein.

Während sie ihre kleinen schimmernden Perlenohrringe anlegte, betrachtete sie ihr blasses Gesicht im Spiegel.

Warum? Was spielte das für eine Rolle? Jason war gut für sie. Er würde für sie die Welt öffnen, die sie ausgeschlossen hatte, und dann konnte sie weitermachen.

Nein. Das konnte sie nicht.

Weil er ihr etwas bedeutete, wie sie inzwischen festgestellt hatte. Von Anfang an hatte er sie fasziniert. Jetzt aber erkannte sie, dass niemand sonst sie dazu bringen konnte, Richard zu vergessen.

Sie hatte Richard nicht vergessen!

Doch, das hatte sie. In diesen kostbaren Momenten in Jasons Armen hatte sie ihn vergessen. Vollkommen!

Cary schloss die Augen. Jason hatte sie seinen Namen aussprechen lassen. Doch ihr eigener war nicht über seine Lippen gekommen, selbst nicht auf dem Höhepunkt ihrer Leidenschaft!

Es klopfte an der Tür. Rasch griff Cary nach ihrem Mantel. Sie wollte nicht, dass Jason erst in ihr Zimmer kam.

Ihr Zimmer! Also wirklich! Das ganze Hotel gehörte ihm.

Atemlos stieß sie die Tür auf und sah ihn an. In Jeans und Lederjacke war er wesentlich lässiger gekleidet als sie. Seine Augen funkelten, als wäre er zornig.

„Oh! Ich ziehe mich um", murmelte sie.

„Nein, das spielt keine Rolle. Es spielt überhaupt keine Rolle. Nicht da, wo wir hingehen. Komm!"

„Wohin gehen wir denn?", fragte Cary.

Er konnte sich unglaublich schnell bewegen, wenn er es eilig hatte. Er ergriff sie beim Arm, ohne ihre Frage zu beantworten. Vor dem

Hotel waren zu viele Leute, die alle Jason begrüßten und ihr zunickten, als dass sie etwas sagen konnte. Doch endlich waren sie im Jeep, und Cary wiederholte ihre Frage.

„Wohin fahren wir denn?"

„Dorthin." Er deutete auf ein Gebäude oben auf dem Hügel. Cary seufzte. Für einen Mann, der sich eigentlich mit ihr unterhalten wollte, war er extrem schweigsam.

Und sie hatte noch immer keine Ahnung, wohin sie unterwegs waren.

Die Fahrt war kurz und gleichzeitig endlos. Sobald sie das Holzgebäude auf dem Hügel betraten, erkannte Cary, dass es ein im Schweizer Chalet-Stil gebautes Ferienhaus war. Jemand schien es für ihre Ankunft vorbereitet zu haben: Ein Feuer brannte im Kamin, und aus den Warmhalteschüsseln auf dem rustikalen Tisch duftete es köstlich.

Jason zog seine Jacke aus und warf sie auf eine der Couches. Er nahm ihr den Mantel nicht ab, sondern ging direkt zum Tisch und hob den Deckel von einer der Schüsseln. „Bœuf Stroganoff. Und hier ist ein schöner Weißburgunder. Setz dich!"

Er zog für sie einen Stuhl zurecht. Cary hatte den Mantel noch an. „Jason, ich war nicht damit einverstanden, privat …"

„Wolltest du unsere sexuelle Beziehung öffentlich besprechen?", fragte er.

„Wir haben keine Beziehung!", behauptete sie.

Er lächelte. „Fein! Setz dich, und sag mir, warum nicht!"

Cary stöhnte genervt auf, streifte aber ihren Mantel ab und setzte sich. Jason schenkte den Wein ein und nahm ihr gegenüber Platz. Dann prostete er ihr zu. „Nun?"

„Ich kann dich einfach nicht mehr treffen", sagte sie.

„Warum nicht?"

„Erst einmal bist du mein Boss."

„Hier gibt es weit und breit keinen Arbeitsplatz."

„Irgendwann werden wir wieder zurückfahren."

„Das hier hat nichts mit unserem Beruf zu tun, und du weißt das."

Cary nahm einen Schluck Wein. „Na gut. Schön, du brauchst einen anderen Grund? Ich lege keinen Wert darauf, eine von vielen zu sein."

„Von vielen?" Er hob eine Augenbraue. „Wirklich, so schlimm ist es nun nicht."

Sie wurde rot. „Ich will einfach nicht …"

Jason beugte sich über den Tisch und ergriff ihre Hand. Die Wärme war elektrisierend, verführerisch … und Angst einflößend.

„Ich genieße es, mit dir zusammen zu sein. Ich mag dich. Ich bewundere dich."

„Du bist in deinen Erinnerungen verloren!", erwiderte sie.

Er lächelte traurig. „Tatsächlich? Nun, Cary, wir haben viel gemeinsam. Du bist auch in einen Geist verliebt. Aber gib es zu, du hast Spaß mit mir. Du hast dich richtig gehen lassen. Letzte Nacht hast du nichts bloß lässig oder beiläufig getan. Du hast dich von mir lieben lassen! Und das ist verdammt noch mal viel mehr, als du davor geschafft hast!"

Sie sprang auf, und er stellte sein Weinglas hart auf den Tisch.

„Zumindest versuche ich nicht ständig wegzulaufen!", rief er aus.

Du bist aber auch nicht in mich verliebt! dachte Cary. Und dann erstarrte sie bei der schrecklichen Erkenntnis, dass sie sich vielleicht, nur vielleicht, in Jason zu verlieben begann! Es hatte angefangen, als er sie für den Urlaub abholte …

Nein, es hatte schon früher begonnen. Es hatte mit der Faszination begonnen, die sie jedes Mal verspürte, wenn sie ihn sah.

Und jetzt …

„Gib uns doch diese Woche Zeit", sagte er.

„Was?"

„Du hast Spaß. Verdammt, du hast sogar Sex. Gib uns diese Woche Zeit! Wenn du dann aufhören willst, lassen wir es eben wieder sein. Wir können an unsere Arbeit zurückkehren und brauchen uns nicht einmal auf dem Korridor zuzunicken, wenn du willst."

Jetzt hätte sie Nein sagen sollen.

Er hatte sie hierher in völlige Abgeschiedenheit gebracht. In völlige Intimität. Doch er würde sie auch heimbringen, wenn sie es wollte. Das wusste sie. Sie brauchte nur ein Wort zu sagen.

Aber …

Cary mochte das Hotel. Sie war gern mit den Kindern zusammen. Und sie war gern mit Jason zusammen. Sie mochte sein Lachen, seine Bewegungen, und sie liebte es, wie seine Augen aufleuchteten, sobald er sie sah.

Und sie mochte seinen Körper. Seinen nackten Körper …

Den Rest der Woche …

Es war fast Weihnachten. Sie schuldete es sich selbst.

Langsam sank sie auf den Stuhl. „Essen wir", murmelte sie.

Und das taten sie auch. Doch dann begann es zu schneien, und sie standen am Fenster und beobachteten die fallenden Schneeflocken. Dann saßen sie vor dem Kaminfeuer und sprachen über Baseball, Politik und Kindererziehung.

Plötzlich lagen sie neben den Flammen auf dem Fußboden ausgestreckt.

Cary wusste, dass sie sich lieben lassen wollte. Wieder.

Die Flammen vor ihnen und zwischen ihnen schlugen höher und höher.

Draußen flackerten die Weihnachtslichter rot und grün.

Und Cary ahnte, dass sie sich ein größeres Geschenk machte, als sie für möglich gehalten hatte. Sie hatte sich selbst Lachen und ein wenig von der Weihnachtsstimmung geschenkt …

Und sogar einen Hauch von Frieden.

5. Kapitel

Die Woche verging wie im Fluge. Cary musste zugeben, dass es die schönste Zeit war, an die sie sich überhaupt erinnern konnte. Zum einen war sie in der Zeit eine passable Skiläuferin geworden. Von Jason und Angela hatte sie viel Hilfe bekommen. Und auch eine Menge Gelächter geerntet, wenn sie oder Danny im Schnee landeten.

Das Lachen. Vielleicht würde sie sich daran am liebsten erinnern. Oder an menschliche Wärme und die stillen Abende zu zweit vor dem Kamin. Oder vielleicht an das herrliche Gefühl, sich wieder quicklebendig und begehrenswert zu fühlen.

Jason riet ihr, sich zu entspannen und Spaß zu haben.

Und den hatte sie. Gemeinsam schwammen sie, liefen Ski, aßen. Sie verbrachten Zeit mit den Kindern, und sie verbrachten Zeit allein. Sie unternahmen ruhige Spaziergänge, spielten in der Abgeschiedenheit von Carys Schlafzimmer im Whirlpool. Sie lauschten Weihnachtsliedern, in denen die Freude des kommenden Festes verkündet wurde, und sie unternahmen lange Schlittenfahrten mit lustigem Schellengebimmel.

Danny genoss diese Zeit, wie noch nie etwas zuvor in seinem Leben.

Doch die Woche endete, und wenn Jason auch so tat, als müsse sich nichts ändern, nur weil sie zurückfuhren, wusste Cary, dass es anders war. Diese Woche war ein Traum gewesen. Jetzt kamen sie in die reale Welt zurück. Es war ein sehr unbehagliches Gefühl.

Und dann waren sie wieder zu Hause. In der letzten Nacht vor ihrem Arbeitsantritt lag Cary lange wach und grübelte, ob es nicht doch besser gewesen wäre, wenn sie den Urlaub abgesagt hätte. Diese Zeit hatte ihr ganzes Leben auf den Kopf gestellt, und Cary wusste nicht, wie sie sich im Alltag verhalten sollte.

Und dann war da noch Jason.

Höflich, charmant. Er hatte sie mühelos zum Lachen gebracht. Und sie konnte sich keinen zärtlicheren oder leidenschaftlicheren Liebhaber vorstellen. Doch ganz gleich, wie angenehm seine Gesellschaft gewesen war, er war noch immer in Sara verliebt und bevorzugte lockere

Bekanntschaften mit Frauen. Wenn er jetzt glaubte, dass Cary ihm zu nahe kam, würde er sich zurückziehen.

Sie schlief in dieser Nacht sehr wenig.

Der Montagvormittag verging, ohne dass Cary Jason sah. Sie aß mittags mit June und war fest entschlossen, nichts zu verraten. Gar nichts. Obwohl June hartnäckig bohrte, blieb Cary bei ihrer Geschichte, dass Jason charmant gewesen war, dass sie selbst, Danny und Angela eine schöne Zeit genossen hatten – und weiter nichts.

Sie erwartete, Jason irgendwann im Verlauf des Tages zu sehen, doch dazu kam es nicht. Und sie wusste nicht, ob sie darüber betroffen oder sehr, sehr froh war.

Ein zweiter Tag verging, ohne dass sie ihn sah, und dann ein dritter und ein vierter. Nachts lag sie wach und wälzte sich in ihrem Bett herum. Sie erinnerte sich an jede Berührung Jasons. Dann biss sie die Zähne fest zusammen und dachte, wie ironisch es doch war, dass sie sich endlich wieder verliebt hatte …

In einen Mann, der sie nicht lieben konnte, ja, der sie nicht einmal wiedersehen wollte. Dabei hatte sich Cary immer wieder selbst davor gewarnt.

Bis zum Freitag hatte sich Cary starrsinnig eingeredet, dass sie ihn nicht wiedersehen wollte. Nach Richards Tod war sie durch die Hölle gegangen, und sie hatte nicht die Absicht, so etwas noch einmal zu erleben. Falls Jason sie jemals wieder zum Abendessen, in eine Show, zum Kaffee oder zu irgendetwas anderem einladen sollte, würde sie ablehnen.

Um alles noch schlimmer zu machen, quälte June sie täglich beim Mittagessen. Und dabei war es die Weihnachtszeit! Wohin Cary sich auch drehte und wendete, sangen die Menschen von der Zeit der Freude.

„Bestimmt gehst du mit unserem gemeinsamen Boss auf die Party", neckte June sie am Freitag beim Mittagessen.

Cary biss die Zähne zusammen. „June, ich habe die nette Zeit mit den beiden McCreadys genossen. Das ist alles."

„Und haben die McCreadys die nette Zeit mit dir auch genossen?"

„June, hör auf", warnte Cary.

Doch als sie nach dem Mittagessen in ihr Büro zurückkam, fand sie dort den Computer. Und natürlich war gerade June bei ihr.

„Das ist das Gerät, das Danny sich so sehr gewünscht hat und von dem du gedacht hast, dass du es dir nicht leisten kannst!", rief June aus. „Wie kommt das hierher? Du hast doch nicht … oh!" Sie starrte Cary durchdringend an und begann zu lachen. „Ich wette, einer der beiden McCreadys hat dich genossen! Sehr sogar!"

„June!", stieß Cary hervor.

„Oh Kleine, es tut mir leid, ich wollte damit gar nichts andeuten. Ausgenommen, dass du wohl … nun, ich meine, du musst ziemlichen Eindruck auf unseren Boss gemacht haben. Er … er … hat wohl auch eine äußerst nette Zeit gehabt. Oh, das klingt keineswegs besser, oder? Lieber Himmel, wie viele Leute haben wohl gesehen, wie dieses Ding hier hereingebracht wurde?"

Dieser verdammte Jason McCready! Er hatte Cary gezwungen, sich in ihn zu verknallen, dann hatte er sie ignoriert …

Und nun schaffte er es, sie zum ergiebigsten Thema des Büroklatsches seit Monaten zu machen!

Carys Wangen brannten vor Scham. Ihr fiel kein einziges Wort ein, das sie zu June sagen konnte. Auf jeden Fall konnte sie jetzt nicht direkt zu Jason in sein Büro stürmen und ihn zur Rechenschaft ziehen. Seine Sekretärin würde sie hören, und bevor der Nachmittag um war, würde überall im Haus getuschelt und gewispert werden.

Der verdammte Jeremy mit seinem Weihnachtsstaub! dachte Cary wütend. Der Computer war in ihrem Büro und musste wie Bezahlung für geleistete Dienste weit über das normale Maß der Pflichterfüllung hinaus wirken!

Ach was, zum Teufel mit dem richtigen oder falschen Zeitpunkt! Sie stürmte aus dem Büro, den Korridor entlang zu den Aufzügen. Und sie wartete nicht darauf, dass Jasons Sekretärin sie anmeldete, sondern öffnete gleich selbst die Tür.

Jason hatte erwartet, von Cary zu hören. Allerdings hatte er mit einem Anruf gerechnet.

Diese letzte Woche war ein absolutes Chaos gewesen. Von morgens bis abends war er den Terminen hinterhergehetzt. Zweimal war er auf der Fahrt von der Arbeit nach Hause spätabends an Carys Apartment vorbeigekommen. Als er schon nach oben gehen wollte, um nachzusehen, ob sie noch wach war, hatten zu seiner Überraschung seine Hände gezittert, und er war doch heimgefahren.

Zeitig an diesem Morgen hatte er an den Computer gedacht. Jason hoffte, dass es der richtige war und Cary ihm sagen würde, wie viel er für Danny bedeutete. Der Junge hatte während des Urlaubs oft genug davon gesprochen und Angela erzählt, was er alles Sagenhaftes damit in der Schule gemacht hatte.

Jason wollte mit Cary sprechen. Er wollte wieder ihre Stimme hören. Seit dem Moment, wo er sie nach dem Urlaub zu Hause abgesetzt hatte, fehlte sie ihm. Ihr Blick fehlte ihm, ihr Lächeln. Ihm fehlte die schlichte Schönheit ihres Gesichts und die Sinnlichkeit ihres Körpers. Ihm fehlte die Nähe zu jemandem, der seine Liebe zu Kindern teilte.

Ihm fehlte, wie sie über sich selbst lachen konnte, wenn sie im Schnee landete. Ihm fehlten ihre energischen Augen, wenn sie ihm etwas sagte, das er unbedingt hören sollte. Und ihm fehlten ihre Seufzer und ihr Flüstern, wenn sie sich liebten. Die bloße Erinnerung daran löste schmerzhafte Sehnsucht in ihm aus.

Die ganze Nacht hatte er wach gelegen, verwundert das heftige Verlangen in seinem Herzen gefühlt und darüber nachgedacht, was das alles zu bedeuten hatte. Er wollte diese Woche zurückhaben. Er wollte mit Cary zusammen sein. Zum ersten Mal seit fünf Jahren war er glücklich gewesen. Er hoffte, dass der Computer auch sie glücklich machen würde.

Offensichtlich tat er es nicht.

Jason staunte, als sie in sein Büro stürmte, ihre Augen vor Wut funkelten und ihr schönes Gesicht hart wie Stahl wirkte. Sie hielt einen Bleistift in den Händen. Noch bevor sie zu sprechen begann, zersplitterte er.

„Was zum Teufel tust du mir an?", rief sie.

Jason sprang auf, kam hinter dem Schreibtisch hervor, lehnte sich gegen die Kante und verschränkte die Arme vor der Brust. „Wovon sprichst du überhaupt?"

„Von dem Computer!"

„Der ist für Danny!"

„Ach, der ist für Danny! Aber er ist auch für mich! Und ich kann ihn mir nicht leisten. Und ich will nichts von dir haben, das ich mir nicht leisten kann. Das sieht aus wie eine … eine Bezahlung!"

„Bezahlung?", brüllte Jason.

„Alle wissen jetzt, dass … dass …"

„Dass du mit mir schläfst?", warf Jason ein. Er sagte es, als wäre es etwas Schlechtes, aber es hatte ihm alles bedeutet. Es hatte für ihn die Rettung bedeutet.

„Ich schlafe nicht mit dir. In dieser Richtung läuft nichts."

„Es sollte keine Bezahlung sein, Cary, und ich kann einfach nicht glauben …"

„Oh!", stieß sie gereizt hervor. „Ich werde wirklich kündigen müssen und …"

„Warum?"

„Begreifst du denn nicht, was du getan hast? Meine Stellung ist unhaltbar geworden. Ich wurde zu einer weiteren deiner flüchtigen Bekanntschaften, und zu allem Überfluss muss ich jeden Tag hier erscheinen!"

„Ich wusste nicht, dass wir eine flüchtige Bekanntschaft hatten." Er zog seine Augen wütend zusammen. „Ich hatte vor, dich heute Nachmittag anzurufen …"

„Wirklich? Nein! Nein, das ändert nichts. Ich kann nicht weitermachen, verstehst du das nicht? Ich kann nicht hier arbeiten, wenn alle mich ansehen, als wäre ich … als wäre ich eine deiner Frauen", endete sie tonlos.

„Es war gut zwischen uns", sagte er schroff. „Alles war gut."

„Es ‚war'! Es ist vorbei. Ich werde dich nicht wiedersehen!"

Er war still. Totenstill. Absolut still und angespannt. Dann sagte er leise: „Also gut, ich werde dich heiraten."

Cary war so betroffen, dass sie ihn stumm anstarrte. Dann fühlte sie Tränen in ihren Augen brennen. Also gut, er würde sie heiraten? Das klang, als habe er bei einem geschäftlichen Vorschlag einen Kompromiss gefunden. Und er konnte es nicht ernst meinen. Ganz gleich, wie … gut … es zwischen ihnen gewesen war, wie sagenhaft attraktiv und reich Jason auch sein mochte – nein, nein, wie konnte sie das bloß vergessen? Er war „groß, dunkel und attraktiv" und reich. Zum Teufel mit June, Jeremy, dem Weihnachtsstaub und der gesamten Weihnachtszeit! Er wollte sie nicht ernsthaft heiraten! Das hatte er nur so einfach dahergesagt, um Zeit zu gewinnen.

Sie schüttelte den Kopf. „Das kannst du nicht ernst meinen. Es ergibt keinen Sinn. Und wenn …"

„Ich meine es absolut ernst." Er kam auf sie zu und blieb einen Zentimeter von ihr entfernt stehen. „Und es ergibt einen perfekten Sinn. Du bist diejenige, die sagte, wir hätten viel gemeinsam. Wir sind beide in Geister verliebt. Ich verstehe dich, du verstehst mich. Wir teilen etwas miteinander."

Cary schüttelte den Kopf. Sie verstand nicht, wieso sie solchen Schmerz empfand. Er meinte es wirklich ernst. Er wollte sie heiraten, um sie in seiner Nähe zu haben. Sie sollte sich geschmeichelt fühlen. Stattdessen hätte sie am liebsten geweint. „Ich brauche keinen, der mich heiratet. Und am wenigsten dich. Ich komme sehr gut allein zurecht …"

„Ja, ja, das weiß ich. Doch mit mir kommst du besser zurecht. Und ich kann viel für Danny tun, das du nicht kannst."

„Ich bin eine gute Mutter …"

„Aber du bist kein Vater."

„Das ist verrückt."

„Angela liebt dich. Und ich möchte mir damit schmeicheln, dass Danny mich mag."

Er legte die Hände auf ihre Schultern und senkte den Blick in ihre Augen, als wollte er sie zwingen, sich seinem Willen zu beugen.

Erregung ergriff von ihr Besitz. Sie konnte ihn heiraten. Er hatte ihr etwas angeboten, das er keiner anderen Frau angeboten hatte. Etwas fehlte, aber was sie bekam, wäre bestimmt besser als Einsamkeit. Sie war dabei, sich in ihn zu verlieben. Und vielleicht reichte das.

„Tu es!", drängte er.

„Ich …" Sie riss sich plötzlich von ihm los. „Ich muss gehen!"

„Ich bin heute Abend zu Hause. Sorge dafür, dass jemand auf Danny aufpasst. Komm zu mir! Ich will eine Antwort."

Cary verließ sein Büro.

Sie verbrachte den Nachmittag in tiefem Elend. Jeremy steckte seinen Kopf zu ihrer Tür herein, und es war klar, dass er und das gesamte Büro von dem Computer gehört hatten.

„Wow! Stell dir einmal vor, was du bekommen könntest, wenn du einen ganzen Monat mit ihm verreist!", neckte ihr Cousin.

Cary war in der Stimmung, ihren Schreibtisch nach ihm zu werfen. „Verschwinde mitsamt deinem Weihnachtsstaub!", warnte sie ihn wütend.

So leicht wurde sie Jeremy nicht los. Er kam herein, setzte sich auf die Kante ihres Schreibtisches und blickte sie stirnrunzelnd an. „Cary, ich habe doch nichts Schlimmes damit angerichtet."

„Schon gut!"

„Und Jason hat es doch nur gut gemeint. Er macht sich nichts daraus."

„Er macht sich aus nichts etwas! Er ist daran gewöhnt, dass alles nach seinem Willen läuft, und er ist an Geld gewöhnt …"

„Cary, er war ein Waisenkind, ein verlassener Junge, der auf der Straße aufgewachsen ist. Er hat sich alles, was er besitzt, sehr mühsam erarbeitet. Es stimmt nicht, dass ihm alles egal ist, was um ihn herum passiert."

Cary starrte auf ihren Schreibtisch. Sie hatte nichts über Jasons Vergangenheit gewusst. Er hatte nie darüber gesprochen. Vielleicht hatte er sich einst über eine harte und steinige Straße quälen müssen, aber das war viele Jahre her. Vielleicht war seine Karriere bewundernswert. Nun gut, der ganze Typ war eben bewundernswert, und auf diese Weise war es ihm ja auch gelungen, in ihr Herz vorzudringen. Deshalb bedeutete er ihr so viel.

Aber es stimmte auch, dass er glaubte, nur mit den Fingern schnippen zu müssen, damit sie Haltung annahm.

Nein, nicht mit mir, mein Lieber, dachte Cary.

Um sieben Uhr an diesem Abend war Cary zu Jasons Haus in Cambridge unterwegs. So viel zu ihren guten Vorsätzen. Doch während der Taxifahrt redete sie sich immer wieder ein, dass sie Nein sagen würde. Und zwar ganz unmissverständlich.

Das Haus war schön, alt und mit wertvollen Antiquitäten eingerichtet. Cary wurde in einen Salon mit stuckverzierten Decken geführt, in dem Jason Brandy trank und offenbar auf sie wartete.

Sie fühlte sich befangen, als sie eintrat. Und Jason machte es ihr nicht gerade leicht. Er sah sie einfach an und wartete.

„Wie geht es Angela?", fragte sie.

„Gut. Sie schläft."

Cary nickte. „Jason, ich kann nicht …"

Sie sah die Enttäuschung in seinen Augen nicht. Seine gesenkten Wimpern verbargen sie zu schnell.

„Ich kann das wirklich nicht machen. Ich kann dir das nicht antun."

„Mir das nicht antun? Cary, ich will dich!"

„Und du scheinst bereit zu sein, einen gewaltigen Preis dafür zu bezahlen. Jason, ich kann nicht!"

„Der Preis spielt keine Rolle, Cary. Es ist Weihnachten. Dich wünsche ich mir mehr als alles andere auf der Welt."

In diesem Jahr, dachte Cary. *Und was ist im nächsten?*

„Ich werde alles in meiner Macht Stehende tun, um dir zu geben, was immer du willst", sagte er schroff.

„Jason, es ist nicht einfach so, dass ..."

„Cary, ich weiß, du willst nicht eine in einer ganzen Reihe von Frauen sein. Nun, ich mache dich zu meiner Ehefrau! Ich kann sehr viel für Danny tun, die besten Schulen, alles, was er will. Eine sichere Zukunft ohne Sorgen für dich. Cary, es ist Weihnachten! Und ich kann dir und Danny jedes erdenkliche Geschenk auf dieser Welt bieten."

„Aber ich kann dir nichts bieten!"

„Verdammt, Cary, hör doch auf! Du würdest Angela und mir ein richtiges Zuhause geben!", rief er aus.

Sie ballte ihre Hände zu Fäusten. Es war ein geschäftlicher Vorschlag. Schlicht und einfach. Dennoch musste sie im Stillen zugeben, dass es kein schlechtes Angebot war.

„Also ... also gut", erwiderte sie.

„Geschafft!" Ein zufriedenes Lächeln erschien auf seinem attraktiven Gesicht. Im nächsten Moment war er bei ihr, ergriff ihre Hand, und bevor sie überhaupt mitbekam, was er machte, hatte er ihr einen Diamantring auf den Finger geschoben.

Der Stein war schön. Er war groß, aber nicht protzig. Kleine Smaragde umgaben ihn, und er passte genau neben ihren alten goldenen Ring.

„Jason, ich kann nicht ..."

„Das ist ein Verlobungsring! Er besiegelt unsere Abmachung."

Und er passte. Er passte ihr genau und schmiegte sich richtig und warm um ihren Finger. „Einen Ring und einen Kuss", erklärte er leise. Und plötzlich lag Cary in seinen Armen.

Auch der Kuss war mit einem Versprechen erfüllt. Ihre Besorgnis wuchs, aber als sich ihre Erregung steigerte, fand sie darin einen süßen Fluchtweg aus ihrer Angst vor der Zukunft. Es war so natürlich geworden, mit ihm zusammen zu sein. So natürlich und schön, seine Berührung zu fühlen. Dieses herrliche Verlangen zu empfinden ...

In dieser Nacht lernte sie Jasons Zimmer kennen. Sie sah den großen Schrank und die Kommoden aus Eiche, sein beeindruckendes Marmorbad, sein breites Bett. Sie verlor sich in den Kissen, in dem weichen warmen Komfort. Überdeutlich fühlte sie jede seiner Berührungen. Das Streicheln seiner Hand, den Druck seines Körpers, seine

Leidenschaft. Sie schwebte und flog mit ihm, und als es vorüber war, erbebte sie erneut in ihrer gemeinsamen Lust.

Und abermals spürte sie Tränen in ihre Augen steigen.

Cary lag auf den weichen Laken und fühlte Jasons Arme um sich, und von irgendwo hörte sie ein Weihnachtslied.

Weihnachten …

Die Zeit des Gebens, des Glaubens. Die Zeit der Wunder. Die Zeit des Vertrauens.

Und auch die Zeit, in der ihr Jason geschenkt wurde …

Doch etwas fehlte. Und während sie lauschte, wie in der Ferne die Schönheit von „Stille Nacht" die Dunkelheit erfüllte, wusste sie plötzlich, was: Liebe!

Er berührte sie. Berührte ihre Schulter. Und sein Kuss brannte auf ihrer Haut.

Einmal noch, dachte Cary und konnte nicht widerstehen, es ein letztes Mal zu genießen. Und sie schmiegte sich in seine Arme und kam seinem Kuss mit aller Leidenschaft, derer sie fähig war, entgegen.

Als Jason später befriedigt und niedlich wie ein großer Junge mit zerzausten dunklen Haaren eingeschlafen war, stand sie auf und zog sich rasch an.

Da erwachte er. „Wohin gehst du?" Er richtete seine grünen Augen träge auf sie.

„Nach Hause. Zu Danny."

„Ich fahre dich."

Sie schüttelte den Kopf. „Nein, bitte, es ist schon spät. Ich komme zurecht."

Doch allmählich hätte sie Jason McCready besser kennen müssen. Selbst wenn dies nur eine flüchtige Verabredung gewesen wäre, hätte er sie nach Hause gebracht. Der Mann, den sie liebte, besaß Manieren.

Er begleitete sie bis an die Tür ihres Apartments und blieb dort stehen. „Ich rieche Popcorn", murmelte er.

„June und Danny. Bestimmt basteln sie Ketten für den Baum."

Er legte die Hände an ihre Wangen. „Ich liebe dein Apartment. Habe ich dir das jemals gesagt?"

Sie schüttelte den Kopf und fragte sich, ob das stimmen konnte. Seine Villa war doch so großartig. „Ich liebe dein Haus", erklärte sie.

Jason lächelte. „Gut. Vielleicht kannst du es verändern, damit ich es auch liebe." Er beugte sich hinunter und küsste sie. Cary wollte sich von ihm lösen, konnte es jedoch nicht. So klammerte sie sich an ihn und ließ sich von ihm verzaubern.

Als sie endlich ihr Apartment betrat, waren June und Danny tatsächlich dabei, Popcornketten herzustellen.

„Hi, Mom!" Dannys Augen schimmerten aufgeregt. Er wusste, dass sie bei Jason gewesen war.

„Hi, Schatz." Sie drückte einen Kuss auf sein blondes Haar, und ihre Entschlossenheit geriet ins Wanken. Es wäre so gut für Danny gewesen. Vielleicht war ihre Einstellung dumm.

Nein, es wäre ein Fehler gewesen. Cary konnte es nicht, obwohl sie Jason versprochen hatte, ihn zu heiraten. Und sie konnte ihn auch nicht wiedersehen. Unter gar keinen Umständen. Denn jedes Mal, wenn sie ihn sah, wünschte sie sich ihn. Zu Weihnachten.

Für immer.

„Schlafenszeit", erklärte sie Danny, und endlich schaffte sie es, ihn ins Bett zu bringen.

June war nicht so leicht loszuwerden. „Na? Du bist aufgewühlt. Du wirst gleich weinen. Oh dieser Mistkerl! Er hat dir den Laufpass gegeben!"

Cary schüttelte den Kopf. „Nein, er hat mich gebeten, ihn zu heiraten."

„Was?", stieß June hervor. „Oh! Wie wunderbar!" Sie begann, mit einem Kissen durch das Zimmer zu tanzen, blieb dann jedoch wie angewurzelt stehen. „Du hast doch zugesagt, oder?"

Cary seufzte. „Ja, ich habe zugesagt! Aber ich werde es nicht machen. Ich … ich werde morgen kündigen. Ich komme nicht mehr ins Büro. Ich werde meinen laufenden Auftrag beenden, und dann kannst du alles von mir übernehmen."

„Was?" June starrte sie an, als habe die Freundin plötzlich den Verstand verloren. Sie stritt mit Cary, flehte sie an.

Doch Cary zog den Diamantring vom Finger und legte ihn in Junes Hand. „Bring den auch zurück", bat sie.

„Oh Cary, du kannst Jason doch unmöglich dermaßen ablehnen oder so wütend auf ihn sein, dass du …"

„Ich lehne ihn nicht ab, und ich bin auch nicht wütend auf ihn." Cary lächelte. „Im Gegenteil, ich liebe ihn."

Nun verstand June überhaupt nichts mehr. Cary gab ihr jedoch keine weiteren Erklärungen, sondern brachte sie hinaus und eilte ins Schlafzimmer, wo sie das Radio einschaltete.

Der Sender spielte wieder „Stille Nacht".

Cary ließ den Kopf auf das Kissen sinken und gab sich einer Flut heißer Tränen hin.

Jason McCready war auf der Spitze der Welt angelangt.

Ja, das Leben war schön. Zum ersten Mal seit Jahren konnte er Weihnachten kaum erwarten. Der Schmerz war auf wundersame Weise aus seinem Herzen genommen worden, und er liebte alles, was einst so schrecklich wehgetan hatte. Die Hochzeit soll noch vor dem Fest stattfinden, entschied er. Er hatte vergessen, Cary zu bitten, Angela bei der Auswahl eines Kleides zu beraten, das das Mädchen in der Kirche tragen sollte. Ganz sicher würde sie ihrer zukünftigen Tochter gern helfen.

Er saß hinter dem Schreibtisch in seinem Büro, lehnte sich zurück und schloss die Augen. Er verschränkte die Finger hinter dem Kopf und überlegte, ob Danny wohl einen neuen Baseballschläger brauchte oder vielleicht einen Handschuh. Er wusste, dass Danny Eintrittskarten von Baseballspielen sammelte, das hatte er in New Hampshire erzählt. Jason freute sich schon darauf, mit dem Jungen Wettkämpfe seiner Lieblingsmannschaft zu besuchen.

Seine Sekretärin meldete sich und gab durch, dass June mit ihm sprechen wollte.

„Schicken Sie sie herein", bat Jason.

Sobald er June sah, beschlich ihn eine böse Vorahnung. Er wusste sofort, dass etwas im Busch war.

„Mr. McCready, ich …" Sie verstummte.

„June, ich hatte immer gehofft, dass alle meine Angestellten jederzeit zu mir kommen und sagen könnten, was sie auf dem Herzen haben", erklärte er geduldig.

Sie wurde sehr blass.

„June?"

„Oh Mr. McCready, ich bin so ungern hier", erwiderte sie. „Aber ich …"

Sie trat vor und legte den Diamantring auf den Schreibtisch. Jason starrte auf den Ring und dann auf sie.

„Cary kündigt", stieß June hastig hervor.

Sein Gesicht verlor alle Farbe, und er staunte über die Heftigkeit des Schmerzes, der ihn packte.

„Warum sagt sie mir das nicht selbst?"

June befeuchtete die Lippen. „Ich glaube, sie hat Angst davor, Sie wiederzusehen. Sie fürchtet, Sie würden ihr nicht zuhören. Also, ich verstehe das auch nicht."

Jason starrte auf den Ring, stand auf, ließ ihn in seine Tasche gleiten und trat ans Fenster.

„Sie wird ihre Arbeit zu Ende führen, aber sie kommt nicht mehr ins Büro", fuhr June ruhig fort.

Er drückte den Rücken durch, während er auf die Straße starrte, und schüttelte den Kopf. „Das sieht ihr nicht ähnlich", sagte er. „Cary Adams besitzt die Gabe, stets zu sagen, was sie denkt."

Jason erkannte, dass sie tatsächlich dieses wunderbare Talent besaß. Seit dem Tag, an dem sie zu ihm gekommen war und ihm gesagt hatte, was sie von ihm dachte, hatte sie sein Leben verändert. Zuerst ganz behutsam. Sie hatte ihn nur dazu gebracht, sie zu beobachten. Das sonnige Leuchten in ihren Augen. Die Art, wie sie durch die Korridore ging. Lieber Himmel, er hatte ihr Lächeln lieben gelernt!

Weihnachtsglocken erklangen irgendwo in der Ferne. Helle Lichter in Grün und Rot flammten auf, als sich die Dunkelheit des Winters zeitig herabsenkte.

Trostlosigkeit breitete sich in Jason aus. Die Zukunft war leer ohne Cary. Plötzlich traf es ihn wie ein Ziegel, der ihm auf den Kopf fiel. Er begriff, warum er so verzweifelt war.

Er liebte ihre Augen. Er liebte ihr Haar. Er liebte ihr Lachen. Und er liebte ihren Geist und ihren Verstand. Er liebte, wie vertrauensvoll sie ihn ansah, wenn sie eng umschlungen beisammenlagen.

Er liebte Cary!

Und sie wollte nichts von ihm wissen.

June beobachtete, wie er schweigend dastand, die Schultern gestrafft, und unglücklich in den Schnee hinausstarrte. Am liebsten hätte sie ihn getröstet.

Und sie hatte Lust, Cary ordentlich zu schütteln, weil sie ihm so offensichtlich wehtat. Was war denn bloß mit der Freundin los?

„Cary ist für gewöhnlich sehr entschlossen, wenn es um sie persönlich geht. Wahrscheinlich dachte sie, dass es diesmal einfacher wäre, wenn sie nichts damit zu tun hat", sagte June. Warum hatte Cary nicht

Jeremy geschickt? Er war mit McCready befreundet, und obwohl June ihren Arbeitgeber immer sehr gemocht hatte, befand sie sich im Moment in einer schlimmen Lage. „Es ist viel schwerer, wenn man jemanden liebt. Obwohl ich absolut nicht verstehen kann …"

„Was?"

June brach verblüfft und durch seinen schroffen Ton sogar verängstigt ab. Sie konnte sich nicht mehr erinnern, was ihr herausgerutscht war. „Ich … ich …"

„Was haben Sie gesagt?"

„Ja, was?", wiederholte June. „Oh, ich verstehe Cary nicht. Ich weiß nicht, warum sie das macht, um Himmels willen. Sie liebt Sie und …"

„Das! Das war es! Wiederholen Sie das!"

„Ich sagte, sie liebt Sie …"

„Woher wissen Sie das?"

„Na ja, das hat sie selbst gesagt …"

Erneut brach June ab. Er kam so schnell und mit solcher Energie auf sie zu, dass sie mit einem Aufschrei zur Seite springen wollte, aber sie hatte nicht die geringste Chance.

Er packte sie an den Armen, hob sie vom Boden hoch und drückte ihr einen Kuss auf die Wange.

Die Trostlosigkeit war wie ein dunkler Mantel von ihm abgefallen.

Cary liebte ihn! Und er liebte sie! Und während Jason breit zu lächeln begann, begriff er plötzlich. Sie waren beide zu sehr in der Vergangenheit verloren gewesen. Verloren in einem Schmerz, den sie nicht hatten loslassen können. Und dann hatte er ihr wie ein Narr alles auf der Welt zu Füßen gelegt. Alles, ausgenommen das Einzige, was eine Frau wie Cary wollte: Liebe!

„Sie wird mich heiraten! Danke, June, aber Sie brauchen sich keine Gedanken mehr zu machen. Cary Adams wird mich heiraten!"

Und während June ihn noch mit offenem Mund anstarrte, verließ er sein Büro.

Am späten Nachmittag war Cary überzeugt, dass Jason mit Anstand seinen Ring zurückgenommen und ihre Kündigung akzeptiert hatte.

Sie weinte sich noch einmal ordentlich aus und beschloss dann, damit aufzuhören, sonst würde sie den Rest ihrer Tage in Tränen verbringen. Doch das Herz war ihr schwer, so schwer …

Von Zeit zu Zeit blickte sie zum Telefon und dachte, dass sie ihn anrufen sollte. Dann wurden ihre Wangen heiß, und sie schämte sich, weil sie nicht persönlich zu ihm gegangen war. Niemals und unter gar keinen Umständen hätte sie June losschicken dürfen, um diese Schlacht für sie zu schlagen.

Cary hatte Angst davor gehabt, Jason McCready zu sehen, denn wenn er sie gedrängt hätte, wäre sie seinem Charme sicher erlegen gewesen.

Danny kam aus der Schule nach Hause, und sie fragte sich, ob sie schon mit ihm sprechen sollte. Sie hatte ihm nur erzählt, dass sie sich einen Tag freigenommen hatte, von der Kündigung wusste er noch nichts.

Immerhin war Weihnachten.

Es war nicht richtig, sich so elend zu fühlen.

Sie sagte Danny nichts, und er redete den ganzen Abend von Jason und davon, wie wunderbar es im Skihotel gewesen war und wie sehr er hoffte, dass sie alle bald wieder zusammenkamen.

Cary hätte beinahe geschrien.

Um zweiundzwanzig Uhr ging sie zu Bett. Sie lag da, starrte zur Decke und versuchte, sich zum Schlafen zu zwingen. Doch die Müdigkeit wollte sich nicht einstellen.

Tränen dagegen schon. Gerade begannen sie zu fließen, als Cary den ersten dumpfen Schlag am Fenster hörte. Sie setzte sich ruckartig auf und fragte sich, was denn da bloß vor sich ging. Ein zweiter Schlag traf die Scheibe. Mit klopfendem Herzen sprang Cary aus dem Bett und lief ans Fenster.

Zwei Etagen tiefer stand eine Gestalt unter einer Straßenlaterne. Und dann flog ein Schneeball durch die Luft und klatschte neben Cary an den Rahmen.

Erstaunt erkannte sie, dass Jason McCready ohne Mütze und ohne Schal auf dem Bürgersteig stand, zu ihr heraufgrinste und Schneebälle formte!

Sie riss das Fenster auf und fröstelte unter der beißenden Kälte.

„Jason! Was machst du da unten?", fragte sie fassungslos.

Statt einer Antwort begann er plötzlich zu singen: „I'm dreaming of a white Christmas …"

Er hatte eine volltönende gute Stimme. Eine sehr gute sogar.

Jason konnte das Lied fast genauso toll singen wie der beliebte Bing Crosby.

Das Fenster neben ihr wurde geöffnet, und Mrs. Crowley aus der Nachbarwohnung sah heraus. „Was ist denn hier los?", rief sie.

„Jason, sei still!", flehte Cary.

"… may your days be merry and bright …"

Das nächste Fenster flog auf. Das war der alte Mr. Calahan aus der Wohnung unter ihr.

„Hey, nicht schlecht!" Mr. Calahan lachte leise. „Wie wäre es mit ‚Jingle Bells'?"

„Jason, bitte, was machst du da?"

„Ich versuche, deine Aufmerksamkeit zu erregen."

„Also, meine haben Sie erregt, junger Mann", informierte Mrs. Crowley ihn. In ihren dicken Hausmantel eingehüllt, bot sie mit ihren roten Wangen und den hüpfenden rosa Lockenwicklern ein lustiges Bild. Jason lächelte ihr zu.

„Ich bin hier, um Cary noch einmal zu bitten, mich zu heiraten. Ich wollte ihr nur sagen, dass ich in richtiger Weihnachtsstimmung bin. Sie glaubt, dass sie alles über mich weiß, aber viele Dinge hat sie noch nicht begriffen."

„Jason!", rief Cary entsetzt. „Ich habe dir erklärt, dass ich dich nicht heiraten kann …"

„Warum nicht? Im Detail!"

Mr. Calahan verrenkte sich den Hals, um zu Cary hinaufzusehen. „Ja, warum nicht? Im Detail!"

„Jason!", rief sie tödlich verlegen.

„Schon gut, ich weiß bereits Bescheid", erklärte Jason Mr. Calahan und Mrs. Crowley, während er seine Augen zärtlich auf Cary gerichtet hielt. „Ich habe sie aus den falschen Gründen gebeten, mich zu heiraten, müssen Sie wissen. Ich sagte, wir wären gut zusammen. Wir wären gute Eltern für unsere Kinder. Wir würden dafür sorgen, dass wir nicht einsam sind. Ich habe eine eigene Firma, deshalb würde Cary nie wieder Sorgen haben müssen. Ich würde mich um sie kümmern."

„Das klingt doch gar nicht so schlecht", versetzte Mr. Calahan.

„Weiter!", drängte Mrs. Crowley.

Jason lächelte. Es war ein schönes, mutwilliges und sehnsüchtiges Lächeln. „Ich möchte meinen Heiratsantrag anders formulieren. Ich möchte Cary sagen, dass ich sie nur aus einem einzigen Grund heiraten will. Aus dem wichtigsten Grund der Welt. Weil sie wieder Licht in meine Welt gebracht hat. Weil sie jede meiner Stunden lebenswert gemacht hat. Und weil ich sie von ganzem Herzen liebe!"

„Oh Jason", flüsterte Cary.

„Wie romantisch!" Mrs. Crowley klatschte erfreut in die Hände.

„Also, junge Frau, sagen Sie schon Ja!", befahl Mr. Calahan. „Sagen Sie dem armen Kerl Ja, bevor er da unten noch erfriert!"

„Ja! Ja!", rief Cary. „Bleib da, bleib genau da stehen! Ich komme sofort herunter!"

„Oh Jason! Ist das alles wirklich wahr?"

Er legte die Hand unter ihr Kinn. „Ja, es ist wahr. Cary, ich will dir und Danny alles geben, was ich kann. Ich will dich glücklich machen. Ich will, dass du weiterarbeitest, wenn du das möchtest. Und ich weiß, dass Angela und Danny begeistert sein werden. Und, Cary, ich liebe dich wirklich von ganzem Herzen."

„Jason! Ich liebe dich auch!"

„Küssen Sie ihn endlich!", befahl Mrs. Crowley.

„Lauschen Sie noch immer da oben?" Mr. Calahan schien sich erst jetzt darüber zu wundern, dass er nicht der einzige Zeuge dieser Liebesszene war.

„Ach, halten Sie den Mund, Sie alter Ziegenbock!"

„Pah! Na gut, junge Dame, machen Sie voran, und küssen Sie ihn! Und dann kommen Sie ins Haus, damit wir alle weiterschlafen können!"

Cary gehorchte, stellte sich auf Zehenspitzen und küsste Jason lang und ausgiebig.

Mrs. Crowley seufzte und schloss ihr Fenster.

Und plötzlich fing es an zu schneien. Schöne, bezaubernde kleine Schneeflocken rieselten zur Erde. Wahrscheinlich gab es jetzt auch noch weiße Weihnachten!

Jason löste die Lippen von ihren. Cary ergriff seine Hand, und gemeinsam liefen sie die Treppe hinauf.

Sobald sie im Apartment waren, lag Cary wieder in seinen Armen. Und als der Kuss endete, lehnte sie sich an Jason, benommen, erstaunt, verwirrt und dann gleichzeitig auch besorgt und verängstigt.

„Jason, es ist noch immer nicht ganz in Ordnung. Du hast mir schon so viel gegeben. Was soll ich dir jemals geben?"

„Was ich mir zu Weihnachten am allermeisten wünsche."

„Und das wäre?"

„Dich!", erwiderte er. „Mit einer roten Schleife. Und sonst nichts. Einfach dich." Sie lächelte scheu, und er küsste sie noch einmal, ehe er sich von ihr löste. „Vielleicht noch etwas."

„Was?"

„Ich habe mir immer eine wunderbare, eine große Familie vorgestellt. Ich bin allein aufgewachsen, und das bringt einen dazu, Kinder zu lieben. Wir haben einen großartigen Jungen und ein großartiges Mädchen, aber vielleicht könnten wir uns irgendwann noch zwei anschaffen. Wenn du willst. Was meinst du?"

„Ich finde Kinder einfach herrlich", flüsterte Cary.

Er wusste das bereits.

„Dann heiratest du mich also?"

„Ja, Jason, ja! Oh ja, ich heirate dich!"

„Wow! Oh wow! Wow, oh wow, ach du lieber Himmel!", erklang plötzlich eine verschlafene Jungenstimme.

Danny war wach. Und Danny hatte alles ganz ungeniert belauscht.

„Wirklich?", fragte er.

„Du solltest doch im Bett sein", sagte Cary.

„Wirklich", versicherte Jason grinsend.

„Wann?", fragte Danny. „Es muss zu Weihnachten sein!"

„Danny!"

„Es wird zu Weihnachten sein", bestätigte Jason.

Cary und Jason heirateten tatsächlich zu Weihnachten. Die Zeremonie fand am zwanzigsten Dezember statt. Danny und Angela streuten Blumen, außerdem waren Jeremy und June da sowie die gesamte Belegschaft von „Elegance".

Sie verschoben die Flitterwochen, weil sie nicht zu den Feiertagen wegfahren wollten. Jason und Angela hatten vor, mit Cary und Danny in deren Apartment bis Neujahr zu bleiben. Dann sollten Cary und Danny in Jasons Villa ziehen.

Und die beiden würden es in ein richtiges Zuhause verwandeln, wie Jason mit Sicherheit wusste.

Am Heiligen Abend gingen sie alle zur Kirche. Und als sie heimkamen, sangen sie Weihnachtslieder und legten Päckchen unter den Baum.

Sobald die Kinder im Bett lagen und solange Cary noch oben war, schaltete Jason die Weihnachtslichter ein. Da entdeckte er verblüfft eine Karte im Baum. Es war eine Nachricht für ihn: „Ich habe ein besonderes Geschenk für Dich. Mein Zimmer. In fünf Minuten."

Neugierig und fasziniert wartete Jason fünf Minuten und jagte dann in Carys Schlafzimmer.

Und da lag auf schneeweißen Laken – seine Frau!

Sein Geschenk, sein größtes Weihnachtsgeschenk aller Zeiten.

Und sie trug nichts, absolut nichts, außer einer großen roten Schleife im Haar.

Er stand einen Moment nur da und schickte ein stummes Dankeschön zum Himmel.

Dann ging er lachend zu ihr und nahm sein Weihnachtsgeschenk zärtlich in die Arme.

Epilog

Obwohl es sehr spät war, schlüpfte Danny noch einmal aus dem Bett. Im Haus war es still. Alle schliefen endlich.

Er lief zum Weihnachtsbaum und war so verblüfft, dass er erstarrte und den Mund weit aufriss.

Danny hatte Geschenke erwartet, aber er hatte nicht mit so vielen gerechnet.

Und er hatte ganz sicher nicht mal gehofft, seinen brandneuen Computer vorzufinden, der, mit einer großen roten Schleife versehen, nur auf ihn zu warten schien. Er konnte es kaum glauben und freute sich sehr.

Er schloss die Augen und öffnete sie wieder. Die Geschenke waren noch immer alle da.

Warte mal ab, bis Angela sie sieht ...!

Wie würde sie sich darüber freuen und ganz aus dem Häuschen sein! Sie verhielt sich immer großartig, auch wenn sie ein Mädchen war. Seine beste Freundin und jetzt zusätzlich seine Schwester.

Wir haben viel Glück gehabt, dachte Danny. Zu Weihnachten hatten die Kinder schon alles bekommen, was man nicht mit Geld kaufen konnte. Er hatte einen neuen Vater. Jason McCready würde nie seinen ersten Dad ersetzen, genau wie Cary niemals Angelas richtige Mom ersetzen konnte. Doch beide waren das Zweitbeste, was es nur gab. Und beide konnten das schönste Geschenk der Welt verschenken: Liebe.

Jason war garantiert immer bereit, zeitig von der Arbeit heimzukommen und Baseball zu spielen. Und Angela bekam eine Mom, die sie zu Kinderpartys brachte und sich um ihre seidenweichen blonden Haare kümmerte, sie zu Zöpfchen flocht und mit Schleifen schmückte.

Danny zitterte plötzlich. Das war das beste Weihnachtsfest, das man sich vorstellen konnte.

Er ging durchs Zimmer und trat an die schöne kleine Krippe, die seine Mutter aufgestellt hatte. Ganz vorsichtig streckte er die Hand aus und berührte die winzige Jesusfigur. Dann lief er zum Fenster.

Jetzt konnte er den Polarstern sehen. Danny wusste, welcher es war, weil Jason ihm den funkelnden Punkt am Himmel gezeigt hatte. „Hallo", murmelte der Kleine und räusperte sich. So fing doch kein Gebet an! „Lieber Gott", begann er noch einmal leise, „ich wollte dir einfach danken. Ich … also, ich glaube an Weihnachten und an Wunder, aber ich weiß, dass der Santa Claus, mit dem ich gesprochen habe, Moms Cousin Jeremy war. Und darum weiß ich, dass alle diese Wunder nur durch dich geschehen sind. Alles habe ich durch dich bekommen."

Er lächelte. „Einen neuen Dad und einen Computer!" Vielleicht sollte er mit Gott keine Scherze machen. Nein, fand Danny, Gott versteht das. „Vielen Dank jedenfalls!", flüsterte er ernsthaft. „Einst hast du uns allen deinen Sohn geschenkt. Und jetzt hast du mir einen Dad und Angela eine Mom geschenkt. Und ich habe eine Schwester, und sie hat einen Bruder. Und Mom hat Jason, und Jason hat Mom. Das ist wirklich ein Wunder! Danke!" Er verstummte, weil er keine Worte mehr hatte, mit denen er seinen Dank ausdrücken konnte.

Der Polarstern funkelte plötzlich besonders hell.

Und dann begann er zu verblassen.

Danny sah noch eine Weile hin und lächelte. Der Stern verblasste, weil der Morgen dämmerte. Der Weihnachtsmorgen!

Er stieß einen wilden Schrei aus und rannte zu Angelas Tür. „Es ist Weihnachten, du Schlafmütze! Wach auf!"

Angela hatte die Augen kaum offen, als sie nach einer Weile in einem flauschigen Morgenmantel an der Tür erschien.

„Es ist noch so früh!", murmelte sie. „Können wir sie denn schon aufwecken?"

„Aber sicher! Wir sind Kinder, und es ist Weihnachten", erklärte Danny.

Cary erwachte vom Freudengeschrei der Kinder, hatte jedoch Angst, die Augen zu öffnen.

Weil sie wussten, dass die Kinder zeitig aufstehen würden, hatten sie und Jason Pyjamas angezogen, bevor sie eingeschlafen waren. Er hatte seine Arme fest um sie geschlungen und sie so an sich gezogen, dass sich seine Brust gegen ihren Rücken schmiegte. Cary fühlte ihren Mann, fühlte seine Wärme und wagte nicht, die Augen zu öffnen. Sie befürchtete, Jason würde sich als Weihnachtstraum entpuppen.

Doch er war keiner. Sie war seine Frau. Sie liebte ihn, und wundersamerweise liebte er sie. Kein Geschenk konnte größer sein.

„Mom!"

„Dad!"

Danny rief nach ihr, Angela weckte Jason. Doch als die beiden ins Schlafzimmer geschossen kamen, landete Angela auf ihr, und Danny warf sich auf Jason.

„He, langsam! Was soll das?", protestierte Jason verschlafen, lachte jedoch dabei.

„Es ist Weihnachten!", verkündete Danny.

„Wow! Glaubst du, wir haben alles verpasst?", fragte Cary mit weit aufgerissenen Augen.

„Mom!" Danny stöhnte. „Steht ihr zwei jetzt bitte auf!"

„Ich mache Kaffee", bot Cary an, lächelte und glitt aus dem Bett. Sie blinzelte den Kindern zu, während Jason so tat, als wollte er weiterschlafen. Doch als sie das Zimmer verließ, hörte sie das Gelächter, mit dem die Kids sich auf Jason stürzten und ihn erbarmungslos kitzelten.

Offenbar reagierte Jason genauso erbarmungslos.

Kaffee und Kakao waren fertig, alle marschierten ins Wohnzimmer. Cary setzte sich neben Jason und lehnte sich behaglich in seine Armbeuge, während die Kinder ihre Geschenke öffneten. Überall war Papier. Cary freute sich, dass Danny von den kleinen Dingen genauso beeindruckt war wie von dem wunderbaren neuen Computer. Angela war ebenfalls von ihren Geschenken begeistert, obwohl sie mit allem aufgewachsen war, was es für Geld zu kaufen gab.

Und Jason McCready, der Selfmademan, war über Dannys selbst gefertigte Weihnachtskarte gerührter als über jedes andere erdenkliche Geschenk.

Cary war soeben über einen Teil des Papierberges geklettert, um noch Kaffee zu holen, als es an der Tür schellte. Sie warf Jason einen fragenden Blick zu.

„Sieh mich nicht an", wehrte er ab. „Das muss dein Cousin Jeremy sein."

Und er war es auch. Allerdings nicht allein. Vor der Tür war er mit June zusammengetroffen, und nun standen die beiden da – Stapel von Päckchen für die Kinder auf den Armen.

Die beiden kamen rasch herein, und dann gab es noch mehr Chaos, als die Kinder sie abküssten und sich für die Geschenke bedankten. Jason sorgte für mehr Kaffee, während Cary die Verteilung der Präsente überwachte. Der totale Aufruhr ging noch eine Weile weiter, bis es allmählich ruhiger im Zimmer wurde.

„Ich wollte fragen, ob ich die Kinder zur Parade mitnehmen darf", sagte June dann. „Das ist ganz in der Nähe. Ich würde sie nur für zwei Stunden entführen."

Jason war nicht einverstanden. „June, ich weiß, dass Weihnachten ist, aber da draußen könnte es heute ein wenig wild zugehen. Wollen Sie die Kinder wirklich ganz allein ausführen?"

„Jeremy kommt mit mir", erklärte June.

„Tue ich das?", fragte Jeremy, und June versetzte ihm einen Tritt. Er sah sie empört an und begriff dann, dass sie versuchte, den Jungvermählten etwas freie Zeit zu verschaffen. „Oh, äh, ja, natürlich tue ich das." Er warf June einen tadelnden Blick zu, sobald er dachte, dass Cary nicht mehr hinsah.

Die konnte ein Lächeln nur mühsam unterdrücken. Jason hatte bestimmt nichts mitbekommen.

„Ich weiß nicht ..." Stirnrunzelnd sah er zu Cary.

„Den Kindern wird nichts passieren, und sie werden liebend gern mitgehen", versicherte sie.

Minuten später hatte sie dafür gesorgt, dass die Kinder fertig angezogen waren. June und Jeremy warteten an der Tür.

June und Jeremy ... Hmm, dachte Cary. Warum eigentlich nicht? Sie würden gut zueinanderpassen.

Als Jeremy seiner Cousine zum Abschied einen Kuss auf die Wange drückte, schüttelte sie ihre Finger über seinem Kopf.

„Was war das?", fragte er.

„Weihnachtsstaub."

„Was?"

„Schon gut. Zieht nur los, und unterhaltet euch gut. Und vielen Dank."

„Gern geschehen. Bis später."

„Ihr seid zum Weihnachtsdinner hier bei uns", erklärte Jason über Carys Schulter hinweg. „Ich mache die Füllung."

„Nein, ich mache die Füllung!", protestierte Cary.

„Nein, du bist der Truthahn und das Gemüse und der Kartoffelbrei und die Kuchen. Ich bin die Füllung."

Cary lachte, als er die Arme um sie legte. „Na, meinetwegen. Weihnachtsdinner findet hier statt. Kommt nur rechtzeitig zurück, in Ordnung?"

„Schon verstanden", bestätigte Jeremy.

June drängte ihn, er solle sich endlich bewegen und mitkommen, woraufhin er die Augen verdrehte. „Kommt sie denn auch zum Essen?"

„Ja."

„Na, großartig …"

„Weihnachtsstaub", wiederholte Cary.

Jeremy machte zwar ein verwirrtes Gesicht, zog dann aber mit den anderen los.

Nun ja, dachte Cary, wenn es dieses Jahr nicht mit den beiden klappt, gibt es ja nächstes Jahr wieder Weihnachten.

Sie drehte sich in den Armen ihres Mannes um. Er senkte die Lippen auf ihren Mund. Als er sie liebevoll küsste, verspürte sie die vertraute Erregung in sich hochsteigen.

Jason warf noch einen Blick zur Tür. „Bist du sicher, dass ihnen nichts passieren wird?"

„Ja, ich bin sicher!" Sie ergriff ihn bei der Hand und zog ihn lächelnd zur Couch. „June und Jeremy wirken nur auf den ersten Blick ein wenig chaotisch, doch niemandem könnte ich die Kinder mit besserem Gewissen anvertrauen. Und abgesehen davon habe ich auch noch ein kleines Geschenk für dich."

Er lächelte und zog eine Augenbraue hoch. „Ach ja?"

Sie nickte.

„Wo ist das Päckchen?"

„Es ist nicht direkt ein Päckchen", erklärte sie und hatte ihre Finger noch immer mit den seinen verschlungen, als sie ihn zum Schlafzimmer führte.

Er zog die Augenbraue höher. „Ist es ein Fußmassagegerät?"

Cary lachte. „Vielleicht …" Sie stellte sich auf die Zehenspitzen, küsste ihn auf den Mund und begann dann zu flüstern: „Erinnerst du dich, als ich dir sagte, ich könnte dir nichts schenken, das du nicht schon hast? Und du sagtest, ich könnte mich dir schenken. Nun, du hast mich bekommen."

„Ein Geschenk, das ich mein Leben lang in Ehren halten werde", versprach er zärtlich.

Sie errötete. „Danke. Du hast aber auch noch gesagt, du hättest gern vier Kinder – sofern ich einverstanden wäre, natürlich. Ich dachte, ich könnte dir die zwei noch fehlenden schenken."

„Jetzt?"

„Nun, ich dachte, wir könnten damit anfangen. Wir sind allein, wir sind wach, wir wissen, was wir wollen …"

„Und wir sind so begierig und so bereit, wie wir nur sein können!", fügte Jason lachend hinzu.

Er hob sie auf die Arme. Und dann küsste er sie – tief und warm und hingebungsvoll. Cary fühlte, wie sie bebend und innerlich prickelnd zu neuem Leben erwachte.

Der Kuss schien ewig zu dauern, und als Jason ihn beendete, hielt er sie zärtlich fest und führte sie zum Fenster.

Der Polarstern war gerade noch zu erkennen. Vor dem herrlich blauen Himmel funkelte er ganz schwach im Morgenlicht.

Cary wurde von einem neuen Beben ergriffen, diesmal allerdings anderer Art. Danke! dachte sie inbrünstig. *Tausend Dank!*

Ihre Blicke begegneten sich. „Ich dachte gerade …", setzte Jason an.

„Ich auch."

„Ich bin so dankbar, dass ich dich habe."

Sie nickte. „Und ich bin für dich dankbar. Für mein ganz persönliches Wunder. Und für den Weihnachtsstaub."

Er lächelte breit und mutwillig. „Weihnachtsstaub? Das musst du mir noch erklären …"

„Ach, weißt du …"

„… aber später", fügte Jason energisch hinzu.

Er trug Cary ins Schlafzimmer, legte sie auf das Bett und küsste sie leidenschaftlich. Sehr bald bekam der Tag neuen Glanz und Erregung und Wunder und Zauber. Die Magie der Ekstase verging, doch der Frieden blieb in ihren Herzen. Nachdem der Sturm ihrer Lust verebbt war, hielt Jason Cary noch immer in den Armen.

„Wir müssen uns an den Truthahn machen", murmelte er träge.

„Ja, das müssen wir wohl", stimmte Cary zu.

Doch er bewegte sich genauso wenig wie sie. Vielleicht hatte er keine Ahnung vom Weihnachtsstaub, aber über Weihnachtswunder wusste er sehr gut Bescheid.

Und wie er das wusste! Endlich stand er auf und drückte Cary einen Kuss auf die Nase.

„Wunder", flüsterte er. „Dem Himmel sei Dank für dich – mein Weihnachtswunder!"

Er küsste sie noch einmal und zog sie dann unter den Decken hervor.

„Jetzt muss sich aber wirklich jemand um diesen Truthahn kümmern! Es sei denn, du willst dich auf unser Glück verlassen und abwarten, ob irgendwelche Engel auftauchen und für uns das Kochen übernehmen."

Cary lächelte. Bestimmt kamen keine Engel. Sie und Jason hatten ja beide schon ihre Weihnachtswunder erhalten. „Ich mache die Füllung", erklärte sie. „Du kannst die Kartoffeln übernehmen."

„Du machst die Kartoffeln!", ordnete er an.

Sie lachte, fand ihren Morgenmantel, eilte durch den Korridor und öffnete sehr vorsichtig die Küchentür.

Immerhin war es nur eine Frage des Glaubens.

Vielleicht waren ja doch Engel in der Küche!

– ENDE –

Sherryl Woods

Heiße Nächte in Colorado

Roman

Aus dem Amerikanischen von
Dorothee Halves

1. Kapitel

Lindsay griff zögernd nach der Tafel Schokolade, hielt dann aber inne und überlegte, ob sie nicht doch lieber die Schachtel mit den kandierten, schokoladenüberzogenen Mandeln nehmen sollte. Oder das Studentenfutter daneben? Es sah ebenfalls sehr verlockend aus.

Unschlüssig ließ sie den Blick über das reich bestückte Süßwarenregal des Flughafenkiosks wandern. Dafür, dass sie es gewohnt war, schnelle Entscheidungen zu treffen, schien dieser vergleichsweise einfache Fall sie hoffnungslos zu überfordern.

Kein Wunder, denn Lindsay war nicht nur erschöpft und überarbeitet, sondern ausgesprochen schlecht gelaunt Sie hatte eine anstrengende und ergebnislose Geschäftsreise hinter sich, einen zermürbenden Arbeitstag mit endlosen, einschläfernden Sitzungen und aufreibenden Gesprächen, und nun stand ihr auch noch dieser Wochenendtrip ins winterliche Denver bevor, von dem sie jetzt schon wusste, dass nichts dabei herauskommen würde.

Allein für dieses Unternehmen hätte Trent Langston ihr eine Gehaltserhöhung geben müssen. Eine gewaltige Gehaltserhöhung, wenn nicht gar eine Beförderung.

Da dies aber nicht geschehen war, musste zumindest sie selbst sich belohnen. Lindsay streckte die Hand nach den in Goldfolie verpackten Mandeln aus…

„Nun greifen Sie schon zu!", ertönte plötzlich eine rauchige männliche Stimme, in der ein belustigter Unterton mitschwang. „Nehmen Sie doch beides, wenn Ihnen die Entscheidung so schwerfällt." Eine Hand griff Lindsay über die Schulter, nahm beide Packungen aus dem Regal und hielt sie ihr vor die Nase.

„Sie haben gut reden", erwiderte Lindsay, ohne sich nach dem Unbekannten umzusehen. „Sie müssen ja die Kalorien nicht zählen."

Ein leises, amüsiertes Lachen war die Antwort, ein Lachen mit einem unerhörten Sex-Appeal. „Um Ihre Figur zu ruinieren, bedarf es wohl etwas mehr als eines Stückchens Schokolade", sagte die verführerische Stimme.

Das eindeutige Kompliment, das in dieser Bemerkung enthalten war, tat Lindsay ungemein wohl und machte sie neugierig auf denjenigen, der es ausgesprochen hatte. Sie drehte sich um und blickte in ein Paar sehr dunkle Augen, in denen unzählige Lichtfünkchen tanzten. Trotz des liebevollen Spotts, der in diesen Augen lag, schienen sie Lindsay zärtlich zu liebkosen.

Ihr Herzschlag beschleunigte sich, und die schlagfertige Antwort, die sie sich zurechtgelegt hatte, erstarb ihr auf den Lippen. Sie löste den Blick von den Augen des Fremden und musterte ihn diskret. Er war hochgewachsen, breitschultrig und schmal in den Hüften, sein Aufzug sportlich-lässig und einfach. Die imposante Erscheinung hätte Lindsay beinahe ein bewunderndes „Oh!" entlockt.

Der Mann sah aus, als sei er einem Reklamefoto entsprungen, das einen kernigen, athletischen und keine Gefahr scheuenden Naturburschen darstellt: blau kariertes Flanellhemd, zerschlissene Jeans, markante, entschlossene Gesichtszüge, die innere Stärke und einen festen Charakter verrieten, schwarzes dichtes Haar, das etwas länger als bei einem ordentlichen Bürger, aber dennoch gepflegt war, und eine gebräunte Gesichtsfarbe – die für die Jahreszeit ziemlich ungewöhnlich erschien.

Der braune Teint des Fremden ließ auf lange Sonnenstunden an den Stränden Hawaiis oder auf den Hängen der Rocky Mountains schließen. Seine Kleidung sprach eher für die letztere Vermutung. Lindsay war fast sicher, dass ihr ein schneebegeisterter Skiläufer gegenüberstand.

Sonderbar – eben noch war ihr beim bloßen Gedanken an die raue Bergwelt Colorados ein Schauer des Grauens über den Rücken gelaufen, und nun dachte sie plötzlich an den Duft von Kiefern und frisch gebrühtem Kaffee, der in einer abgestoßenen Emaillekanne über dem Lagerfeuer zubereitet wurde.

Wenn noch mehr solche Männer die Bergkulissen Colorados bevölkerten, dann würde sie dieses gefürchtete Wochenende vielleicht doch noch genießen.

Lindsay wunderte sich über sich selbst. Ihre ungewöhnlich heftige Reaktion auf die sinnliche Ausstrahlung dieses Unbekannten irritierte sie, und sie ertappte sich dabei, dass sie ihn noch immer mit klopfendem Herzen anstarrte. Schnell blickte sie zur Seite.

Ihre Gedanken aber machten weiterhin wilde Sprünge. Die Tatsache, dass ihre kleine, wohlgerundete Figur vor den Augen dieses Mannes bestanden hatte, versetzte sie in einen Zustand prickelnder Erregung. Etwas Angenehmeres hätte ihr in diesem Moment der Frustration und Unlust nicht widerfahren können. Ausnahmsweise haderte sie einmal nicht mit ihrem Schicksal, das ihr die Idealfigur eines hochgewachsenen, langbeinigen Mannequins versagt hatte.

Wortlos griff Lindsay nach der Tafel Schokolade, und ihre fast instinktive Geste wurde mit einem breiten, zustimmenden Lächeln quittiert. Die tiefen Grübchen, die auf den Wangen des charmanten Fremden erschienen, machten ihn noch anziehender. Lindsay konnte sich lebhaft vorstellen, dass allein dieses hinreißende Lächeln auch bei anderen Frauen außergewöhnliche Gefühle und Wünsche weckte.

Er lächelte noch immer, als er ihr die Schokolade in die Hand drückte. Ihre Hände berührten sich nur für den Bruchteil einer Sekunde, und doch fühlte Lindsay sich wie elektrisiert.

Ehe sie etwas sagen konnte, hatte der Mann sich umgewandt und ging wortlos davon. Und dann war er verschwunden – wie ein flüchtiger Traum. Nur der leichte Duft von Eau de Toilette, der noch in der Luft schwebte, bewies, dass Lindsay keinem Trugbild aufgesessen war. Sie war einem hinreißenden, außergewöhnlichen Mann begegnet Für einen winzigen Moment hatte sie sich lebendig und leicht, beinahe glücklich gefühlt Und nun spürte sie voller Beunruhigung, wie sich unvermittelt eine Leere in ihr ausbreitete – das quälende Gefühl eines Verlusts.

So etwas Verwirrendes hatte sie noch nie erlebt Sie hatte mit diesem Mann nur wenige Blicke und noch weniger Worte getauscht, und doch fühlte sie sich ohne ihn einsam. Ihr war, als hätte ein sehr vertrauter Mensch sie allzu plötzlich und unvorbereitet verlassen.

Eine Sekunde lang erwog sie, die Schokoladentafel zurückzulegen und auf die Suche nach dem schönen Fremden zu gehen, als sei er eine Art Märchenprinz, der den Schlüssel zum ewigen Glück besaß.

„Lächerlich!", murmelte sie leise und wandte sich entschlossen dem Kioskverkäufer zu, der ungeduldig darauf wartete, dass sie endlich ihre Einkäufe bezahlte.

Lindsay zückte ihr Portemonnaie und zeigte auf die Tageszeitungen, Zeitschriften und das Wirtschaftsmagazin, die sie ausgewählt hatte. Ein schneller Griff, und zu der Tafel Schokolade gesellte sich die Schachtel mit den Mandeln. „Was macht das, bitte?"

Während Lindsay langsam zu der Abflughalle für den Flug nach Denver schlenderte, musste sie fortwährend an ihre flüchtige traumartige Begegnung denken. Noch nie hatte ein Mann sie in einem so kurzen Zeitraum derartig fasziniert und gefangen genommen.

Sie sah seine dunklen lachenden Augen vor sich, die vor Unternehmungslust sprühten und einfache harmlose Vergnügungen versprachen, die in der Hektik der Großstädte entweder arrogant belächelt wurden oder in Vergessenheit geraten waren.

Auch Lindsay hatte sich den gefühlsarmen Trends der modernen Karrierewelt verschrieben und sich in all den vergangenen Jahren erfolgreich eingeredet, dass ihr in ihrem Leben nichts fehlte. Dieser Mann aber hatte verschüttete Sehnsüchte in ihr geweckt, die sie längst überwunden glaubte.

Als Anwältin einer großen Filmgesellschaft hatte sie tagein, tagaus mit Männern zu tun, die zwar intelligent, geistreich und auf ihre Weise nicht minder attraktiv waren als der ominöse Fremde. Aber die meisten dieser Herren waren egozentrische Kindsköpfe, die ständig nach Aufmerksamkeit verlangten und uneingeschränkt vergöttert werden wollten. Kein einziger von ihnen hatte je auch nur einen Funken jener erotischen Ausstrahlung ausgestrahlt, mit der dieser eher raubeinig wirkende Fremdling Lindsay verzaubert hatte. Ein Blick von ihm hatte genügt, um Empfindungen in ihr wachzurufen, die sie noch nie in ihrem Leben verspürt hatte. Eine einzige flüchtige Berührung hatte es vermocht, sie mit einem schmerzlichen sinnlichen Begehren zu erfüllen.

Es war, als meldeten ihr Körper und ihre Weiblichkeit nach neunundzwanzig Jahren disziplinierten, strikt durchorganisierten und erfolgsgekrönten Lebens urplötzlich und fordernd ihre Rechte an, die bisher vernachlässigt wurden.

Lindsay war ihrem Traummann begegnet. Einem Traum-Mann im wahrsten Sinne des Wortes. Denn war er nicht aus ihrem Leben verschwunden, kaum dass sie ihm begegnet war? Sie stieß einen resignierten Seufzer aus.

Tabor! schalt sie sich im Stillen. *Deine Tagträume sind gefährlich! Wahrscheinlich leidest du unter akutem Schlafmangel – sonst würden deine Gedanken nicht verrücktspielen. Traummann – das ist doch absurd …!*

Die pausenlose Fliegerei schadet offensichtlich meiner Gesundheit, dachte Lindsay, als sie die Wartehalle betrat. Allein in der letzten Woche war sie zweimal quer über den Kontinent geflogen. Vermutlich konnte sie wegen der schlechten Sauerstoffversorgung auf den Langstreckenflügen nicht mehr vernünftig denken …

Sie lächelte in sich hinein. Vielleicht waren ihre Sinne nur noch fähig, auf starke Reize wie nachtschwarze Augen und erotisierende Wangengrübchen zu reagieren …

Kein allzu schreckliches Schicksal, dachte sie, wenn es mit so angenehmen Gefühlen verbunden ist. War es nicht tausendmal erfreulicher, einem Phantom in Jeans und kariertem Holzfällerhemd nachzuträumen, als einem exaltierten Verrückten hinterherzujagen, der nicht den geringsten Wert auf ihren Besuch legte?

Aber unseligerweise wurde sie nun einmal für diesen Job und nicht für ihre Tagträumereien bezahlt. Sie musste ihre Mission erfüllen, ob sie wollte oder nicht.

„Schade!", murmelte Lindsay ziemlich laut. Dann suchte sie sich einen Platz und entfaltete seufzend das „Wall Street Journal".

Lindsay hatte alle Mandeln verzehrt, sich die Hälfte der Schokolade einverleibt und sich durch die erste Seite ihrer Zeitung gearbeitet, als eine Lautsprecherstimme verkündete, dass die Maschine nach Denver sich wegen Nebels erheblich verspäten würde.

„Verehrte Fluggäste – wir bedauern diese unvorhergesehene Verzögerung und bitten Sie um Ihr Verständnis. Sobald der Flugplatz von Denver wieder geöffnet wird, geben wir die neue Abflugzeit bekannt. Bitte achten Sie auf die Lautsprecherdurchsagen."

Lindsay stöhnte auf. *Oh nein! Nicht schon wieder – bitte nicht!* Flugverspätungen waren bei Leuten, die geschäftlich viel unterwegs waren, zwar an der Tagesordnung, doch Lindsay konnte sie noch immer nicht gelassen hinnehmen. Störungen dieser Art bedeuteten nicht nur Zeitverlust und nervtötendes Warten – sie weckten vor allem stets von Neuem Lindsays mühsam verdrängte Angst vorm Fliegen.

Diesmal war sie besonders aufgebracht. Eine Flugverspätung fehlte ihr noch zu ihrem ohnehin verpatzten Wochenende. Sie verfluchte nachhaltig ihren Chef, der ihr diese völlig sinnlose Reise zumutete.

Denver. Das bedeutete Schnee, Eis und Kälte. Und es bedeutete, mit einem gesprächsunwilligen Exzentriker zu verhandeln, der klar und deutlich zu verstehen gegeben hatte, dass er von dem Angebot ihrer Firma nichts wissen wollte. Wie ihr vor diesem Mann graute!

Wieso bildete sich Trent Langston eigentlich ein, dass ausgerechnet sie David Morrow zu einem Vertragsabschluss überreden könne, wenn es nicht einmal dessen eigenem Agenten gelungen war?

Langston schien sich tatsächlich Erfolg von diesem unangekündigten Hausbesuch zu versprechen, während sie, Lindsay, nicht die geringste Chance sah, zumal Morrow auf seinem eigenen Grund und Boden in einer weitaus stärkeren Position war.

„Wir verschwenden nur unsere Zeit", hatte sie zu protestieren versucht.

„Unsinn! Sie werden ihn umstimmen", hatte der Chef im Brustton der Überzeugung erklärt. „Ich habe volles Vertrauen zu Ihnen, Lindsay."

„Wie und womit soll ich ihn denn umstimmen?", hatte sie aufgebracht entgegnet. „Er hat sämtliche Angebote ausgeschlagen, wie Sie wissen. Weder will er mehr Geld, noch ist er an einer Limousine mit Chauffeur interessiert. Auch mit der Luxus-Suite am Drehort inklusive weiblicher Betreuung rund um die Uhr konnten Sie ihn nicht locken."

„Sie meinen: inklusive einer persönlichen Sekretärin", hatte Langston sie korrigiert.

„Okay – also eine Sekretärin", hatte Lindsay grimmig eingeräumt „Wie dem auch sei – der Vertragsentwurf für Mister Morrow ist ein Zuckerstückchen, nach dem sich jeder andere Autor die Finger lecken würde. Aber die entscheidende Klausel fehlt, und auf die hat der Mann es vermutlich abgesehen. Wenn Sie Morrow nicht die künstlerische Kontrolle über den Film überlassen, Trent, dann sehe ich keine Chance für einen Abschluss. Wie soll ich den Mann denn herumkriegen?"

„Mit Ihrem Lächeln, Lindsay. Sie müssen viel lächeln."

„Vielen Dank für den Tipp!", hatte sie Langston ärgerlich angefaucht. „Diese Methode, für die ich übrigens kein Jurastudium gebraucht hätte, habe ich bereits bei Morrows Agenten ausprobiert. Mit dem Ergebnis, dass der Kerl mir seine signierten Picasso-Drucke zeigen wollte. In seiner Wohnung in Monte Carlo, wohlgemerkt."

„Es wäre bestimmt eine hübsche Reise geworden …"

„Ach Trent, gehen Sie zum Kuckuck!"

„Nur, wenn Sie nach Denver fahren." Trent Langston hatte sie mit seinem bohrenden Blick angesehen. „Ich will, dass Morrow dieses Drehbuch für uns schreibt, Lindsay!"

Sie hatte sich schließlich ins Unvermeidliche gefügt. Und nun saß sie hier auf dem Flughafen von Los Angeles fest, an einem kostbaren Freitagabend, wo andere Leute ausgingen und sich amüsierten. Wie hatte sie sich darauf gefreut, ihre müden Glieder in ein duftendes Schaumbad zu tauchen, ihren erschöpften Körper ausgiebig zu verwöhnen und ein Wochenende voller Nichtstun zu genießen!

An Tagen wie diesem bereute sie es manchmal, dass sie ins Showgeschäft gegangen war, statt in einer ruhigen Anwaltskanzlei in der Provinz einer regelmäßigen Arbeit nachzugehen. Aber zum Glück waren solche Momente der Reue selten. Meistens fand sie es aufregend und interessant, in der Unterhaltungsindustrie zu arbeiten, und auch diesen unangenehmen Auftrag würde sie irgendwie hinter sich bringen.

Noch mindestens eine Stunde Wartezeit! Seufzend raffte Lindsay ihre Zeitungen zusammen und machte sich auf den Weg zum Flughafencafé. Jetzt erst, nachdem sie ein Weilchen gesessen hatte, merkte sie, wie sehr ihre Füße schmerzten.

Kein Wunder – nach diesem nervenaufreibenden Sechzehnstundentag, in dessen Verlauf sie in den weitläufigen Etagen des Bürohochhauses von Langston GmbH und auf dem Gelände der Filmstudios etliche Kilometer zurückgelegt hatte. Und das in nicht allzu bequemen Pumps.

In der Cafeteria setzte Lindsay sich in die erstbeste freie Nische und streifte sich sofort die Schuhe von den Füßen. Welch eine Wohltat, was für ein himmlisches, befreiendes Gefühl! Sie schloss die Augen und lehnte sich aufatmend zurück.

„Stehen Sie auf", befahl eine Stimme, die ihr merkwürdig bekannt vorkam. Ihr Herz begann zu rasen. Das konnte doch nicht wahr sein! Sie öffnete die Augen. Er war es.

„Stehen Sie auf", sagte er noch einmal, diesmal allerdings in wesentlich sanfterem Ton. Seine Aufforderung war von einem Lächeln begleitet, das einen Kinosaal voller Frauen schwach gemacht hätte.

„Seien Sie vorsichtig!", warnte sie. „Sie wissen nicht, was Sie sagen."

„Wieso?"

„Weil meine Füße wahrscheinlich abfallen würden und Sie mich notgedrungen zu meiner Maschine tragen müssten."

Er maß sie mit einem kurzen abschätzenden Blick und grinste. „Kein Problem", lautete sein Kommentar.

„Komisch – ich dachte mir, dass Sie das sagen würden", brummte Lindsay, die sich natürlich nicht von ihrem Platz rührte. In Gedanken malte sie sich aus, wie der Fremde in der Bergeinsamkeit von Colorado Holzstämme von der Stelle bewegte, die dreimal größer und schwerer waren als sie.

„Aber ganz davon abgesehen würde mich interessieren, weshalb ich aufstehen soll."

„Weil ich gern sehen möchte, ob die Schokolade großen Schaden angerichtet hat .Sie haben sie sicher schon verputzt, oder nicht?"

„J … ja, fast", gab Lindsay verschämt zu.

„Und? Hat sie geschmeckt?"

„Und ob! Jeder Bissen war die Sünde wert."

Sein Blick schweifte über die leere Tischfläche. „Und nun scheinen Sie sich durch strenges Fasten zu bestrafen. Habe ich recht?"

Lindsay lachte. „Nein. Ich habe mich mit letzter Kraft in diesen Stuhl fallen lassen und konnte mich noch nicht aufraffen, ans Buffet zu gehen und mir eine Tasse Kaffee zu holen."

„Wie möchten Sie ihn? Mit Milch und Zucker oder schwarz?"

„Schwarz", antwortete Lindsay abwesend.

„Dachte ich mir's doch! Bleiben Sie sitzen, ich bin gleich wieder da."
Im ersten Moment wollte Lindsay protestieren und ihn zurückhalten. Sie griff in ihre Handtasche, um ihr Portemonnaie hervorzuholen und dem Mann zumindest Geld mitzugeben.

Unsinn! dachte sie dann. Man durfte es mit der Emanzipation nicht übertreiben, schon gar nicht in einer Situation wie dieser. Zudem war sie sicher, dass dieser Mann ungeachtet ihrer Proteste auf seinem Kavaliersdienst bestanden hätte. Er hatte anscheinend beschlossen, sie unter seine Fittiche zu nehmen.

Lindsay nutzte seine Abwesenheit, um sich unauffällig die Füße zu massieren und sie dann wieder in die Schuhe zu zwängen. Die wenigen Minuten unerwarteter Freiheit hatten ihre Füße so stark anschwellen lassen, dass sie kaum noch in die schmalen Pumps passten.

Ich werde auf Strümpfen zum Flughafen laufen, dachte sie, oder mich von meinem ritterlichen Helden tragen lassen.

„Sie schmunzeln – was gibt es denn so Komisches?", drang die Stimme des Fremden wie aus weiter Ferne zu ihr.

Lindsay errötete. „Nichts. Gar nichts."

„Jedenfalls nichts, was Sie für mitteilenswert halten", berichtigte er. Er stellte das Tablett auf den Tisch und setzte sich ihr gegenüber.

„So ist es", stimmte sie ihm zu. „Vielen Dank übrigens für den Kaffee."

„Oh, nichts zu danken. Hoffentlich bringt er Sie wieder auf die Beine."

Lindsay lachte und beobachtete mit wachsendem Staunen, wie der Fremde eine Zuckertüte nach der anderen aufriss und in seine Tasse leerte. Sosehr sie Schokolade liebte, so heftig verabscheute sie puren Zucker. Die Geschmäcker waren eben verschieden.

Nachdem er sein Gemisch gründlich umgerührt und den ersten Schluck getrunken hatte, sah er Lindsay mit dem ihr nun schon vertrauten liebevoll-spöttischen Lächeln an. „Verraten Sie mir eins: Verbringen Sie Ihre Freitagabende immer in Flughafenhallen?"

„Sooft ich kann", erwiderte sie trocken. „Ich sehe für mein Leben gern Flugzeuge starten und landen."

„Ein sehr interessanter Zeitvertreib", bemerkte er mit unbewegter Miene. „Darf ich Ihnen einen bescheidenen Rat geben?"

„Selbstverständlich."

„Nehmen Sie einen Platz am Fenster. Dort hätten Sie einen etwas besseren Blick."

Mit gespielter Überraschung sah Lindsay ihn an. „Donnerwetter! Dass ich darauf noch nicht von selbst gekommen bin!"

„Nun geben Sie es schon zu – Sie sind hier, um sich einen attraktiven Herrn zu angeln und sich zum Wochenende an einen exotischen Ort einladen zu lassen."

„Verflixt! Woher wissen Sie das?" Lindsay riskierte einen verführerischen Augenaufschlag. „Darf ich fragen, wohin Sie reisen?"

„Nach Hause."

„Nehmen Sie mich mit?"

Sein langer weicher Blick sprach Bände. „Das ist ein sehr verlockender Vorschlag", sagte er leise. Der warme Klang seiner Stimme umhüllte Lindsay wie eine intime zärtliche Liebkosung.

Lindsays Puls raste. Das Blut brannte wie Feuer in ihren Adern. Ein harmloses Spielchen war plötzlich in Ernst umgeschlagen. Eben noch hatten sie herumgealbert – und nun…

Ja, was denn eigentlich? Wie kam sie darauf, dass sich etwas geändert haben sollte? Zwei Menschen vertrieben sich die Wartezeit mit einem nichtssagenden Wortgeplänkel – das war alles.

Wo gab es das, dass wildfremde Reisende, die sich zufällig über den Weg liefen, beschlossen, zu einem der beiden „nach Hause" zu fliegen?

Lindsay fühlte den Blick des Fremden auf sich gerichtet Als sie das Gesicht hob und in seine dunklen, unglaublich weichen und schönen Augen blickte, wurde sie unsicher. War es vielleicht doch kein Spiel?

„Sie trinken Ihren Kaffee ja gar nicht", sagte er ruhig. Lindsay griff geistesabwesend nach ihrer Tasse. Ihre Hand zitterte leicht.

Wenn er darüber auch nur eine einzige Bemerkung macht, bekommt er den Kaffee ins Gesicht geschüttet! dachte sie wütend. Wie kam er dazu, sich derart aufdringlich in ihr Leben zu drängen!

Aber ihn trifft doch keine Schuld! gestand sie sich ein. Konnte er etwas dafür, dass sie sich in einem alarmierenden nervlichen Zustand befand? Dass sie müde, erschöpft, mit den Nerven am Ende war? Nein, dieser Mann war vollkommen unschuldig.

Lindsay überlegte, seit wann sie sich so merkwürdig fühlte. Konnte es an der Schokolade oder an den Mandeln liegen? Vielleicht waren sie nicht mehr frisch gewesen.

Nein! Die sonderbare Veränderung hatte sich just in dem Moment vollzogen, als sie zum ersten Mal in diese fremden schwarzen Augen geblickt hatte.

Es lag also doch an ihm, dass ihre Sinne sich binnen einer Stunde auf bedenkliche Weise verwirrt hatten. Einen Vorwurf konnte sie ihm jedoch kaum machen.

„Wann geht Ihr Flug?", fragte Lindsay, voller Hoffnung auf einen baldigen Abschied.

„Noch lange nicht. Wir haben genug Zeit, um uns über die guten alten Zeiten zu unterhalten und Erinnerungen aufzuwärmen."

„Gute alte Zeiten? Erinnerungen?", wiederholte sie perplex. Sie verstand überhaupt nichts mehr! War sie im Begriff, verrückt zu werden, oder hatte sie in der gefühlsarmen und vernunftbetonten Welt der Bilanzen, Produktionsziffern und Wirtschaftstrends verlernt, die feineren und manchmal poetischen Zwischentöne zu verstehen?

Auf jeden Fall hatte sie Schwierigkeiten, den Gedankengängen ihres Gegenübers zu folgen.

„Nun – wir haben uns eine Ewigkeit nicht gesehen", erklärte er.

„Wie ist es Ihnen in der letzten Stunde ergangen? Was haben Sie erlebt?"

Lindsay sah ihn unsicher an und fragte sich, ob er unter einer ähnlichen nervlichen Störung litt wie sie selbst. In seinem Gesicht konnte sie keine ungewöhnlichen Anzeichen entdecken. Sie blickte in Augen, die sie wach und ruhig, ein wenig amüsiert und – sehr interessiert ansahen.

„Haben Sie mich vermisst?", fragte er lächelnd.

„Nicht im Geringsten", erwiderte Lindsay kühl. Seine bestürzte Miene jedoch ließ ein Gefühl der Reue aufkommen. „Entschuldigung", hörte sie sich sagen, „ich wollte Sie nicht kränken." Sie nippte an ihrem Kaffee. „Und Sie – haben Sie mich vermisst?", fragte sie, ohne sich etwas dabei zu denken. Aber kaum hatte sie diese belanglosen Worte ausgesprochen, merkte sie zu ihrer eigenen Überraschung, dass sie seiner Antwort entgegenfieberte.

„Ja. Ich habe Sie schrecklich vermisst", sagte er voller Ernst.

Ehe Lindsay in spöttisches Lachen ausbrechen konnte, begegnete sie seinem Blick, und ihre Heiterkeit verwandelte sich unvermittelt in ein Gefühl prickelnder Erregung. Da war es wieder – jenes beunruhigende Kribbeln in der Magengrube, dieses nagende Verlangen, dieser Schmerz tief in ihrem Innern, der sich wie eine Welle in ihrem ganzen Körper ausbreitete. Wieder klopfte ihr Herz wie wild.

Der Mann war zu viel – einfach zu viel…

Oder reagierte sie nur deshalb übermäßig heftig, weil die Warterei auf das Flugzeug an ihren Nerven zerrte und sie frustriert war?

War es vielleicht mehr als nur das Warten auf den Flug? War ihr ganzes Leben eine einzige Frustration? Hatte sie das Wesentliche versäumt?

Dieser Verdacht brach so unvermittelt in ihr auf, dass es ihr den Atem nahm. Sie hob zögernd den Blick und sah schnell wieder zur Seite, denn er fixierte sie noch immer.

Diese magischen schwarzen Augen …

Undeutlich hörte Lindsay eine Lautsprecherdurchsage, die sie zum Vorwand nahm, sich davonzumachen. „Mein Flug", sagte sie und stand hastig auf. „Ich glaube, mein Flug ist aufgerufen worden."

Sie streckte ihm die Hand hin. „Nochmals vielen Dank für den Kaffee."

Sein warmer Händedruck, der lächelnde Mund, die hinreißenden Grübchen, die dunklen Augen mit dem spöttischen Funkeln … Lindsay wurde von einem Taumel ergriffen, als sie sich von dem Fremden verabschiedete. Es müsste sein. Jetzt und für immer.

„Gern geschehen, Rotschopf", sagte er zärtlich und ließ nach zwei endlosen Sekunden ihre Hand los.

Lindsay stürmte hinaus, zwang sich, ihre Konzentration auf die Sache zu lenken, derentwegen sie hier war: auf ihren Flug nach Denver. Kopflos rannte sie den Gang entlang, als wäre der Teufel hinter ihr her.

„Hey ...!"

Sie blieb stehen und drehte sich um. Dort stand er, lächelnd, die Hand zum Gruß erhoben. Verschwörerisch zwinkerte er ihr zu. Allein dieses lässige, charmante, unverwechselbare Zwinkern hätte genügt, um jede Frau aus der Fassung zu bringen.

„Bis zum nächsten Mal, Rotschopf", rief er, „dann essen wir in aller Ruhe den Kuchen."

2. Kapitel

„Was sagen Sie da? Sie haben keinen Platz mehr auf einer anderen Maschine?"

Die Angestellte hinter dem Buchungsschalter schüttelte bedauernd den Kopf, doch um Lindsay ihren guten Willen zu beweisen, befragte sie noch einmal ihren Computer. „Nein, Miss Tabor, tut mir leid."

„Ich muss aber unbedingt morgen früh geschäftlich in Denver sein", erklärte Lindsay und bemühte sich diesmal um einen höflicheren Ton. Was konnte die arme Person dafür, dass der Flug annulliert war? Es war unfair, dass sie ihre schlechte Laune ausgerechnet an ihr ausließ. Schließlich stand noch eine lange Schlange anderer Fluggäste hinter ihr, die alle dasselbe Problem hatten wie sie und die junge Frau gleichfalls ins Schwitzen bringen würden.

„Heute Abend geht nur noch eine Maschine nach Denver", sagte die Angestellte, „aber die Touristenklasse ist total ausgebucht."

Lindsay horchte auf. „Haben Sie denn in der ersten Klasse noch etwas frei?", fragte sie hoffnungsvoll. Normalerweise gestattete sie sich diesen Luxus nie. In ihren Augen war es absolute Geldverschwendung, erster Klasse zu fliegen, obwohl die Langston GmbH reich genug gewesen wäre, um sich eine eigene Luftflotte zu leisten. Dies aber war ein Ausnahmefall, der noch dazu auf das Konto von Trent Langston ging. Sie dachte nicht daran, für ihren Chef zu sparen.

Und außerdem – warum sollte sie sich nicht einmal verwöhnen lassen? Dies würde ihr fünfter Flug in einer Woche sein. Seit Tagen hatte sie nicht mehr richtig geschlafen oder vernünftig gegessen. Das letzte Mal, dass sie gepflegt gespeist hatte, war vor fünf Tagen gewesen – in einem der besten italienischen Restaurants von New York.

Aber nicht einmal jenen Abend hatte sie genießen können, denn die plumpen Annäherungsversuche von Moris Samuels hatten ihr den Genuss der vorzüglich zubereiteten Pasta verleidet. David Morrows' Agent hatte sie mit dem anzüglichen Spiel seiner Knie und Hände so bedrängt, dass sie vor lauter Verteidigungsmanövern kaum einen Bissen von den Spaghetti Primavera genossen hatte. Seitdem hatte sie sich hauptsächlich von Sandwiches und Kaffee ernährt. Und von Schokolade … Ein Lächeln huschte über Lindsays Gesicht, denn unwillkürlich schweiften ihre Gedanken wieder zu dem mysteriösen Traummann im Holzfällerhemd. Plötzlich fühlte sie sich heiter und gelöst.

Als die Angestellte vom Monitor ihres Computers aufsah, strahlte Lindsay sie freundlich an. „Nun, wie sieht es aus?"

„Ein Platz ist noch frei." Auch die Stimme der Angestellten klang erleichtert.

„Fantastisch! Ich nehme ihn." Lindsay hatte noch immer ein Lächeln auf den Lippen, als sie mit dem Ticket in der Hand die Halle durchquerte. Nun könnte sie auch endlich einmal die Theorie ihrer Mutter erproben, die behauptete, dass es in den Erste-Klasse-Kabinen der Flugzeuge von attraktiven, interessanten und erfolgreichen Männern nur so wimmelte. Sie hatte Lindsay mehr als einmal ans Herz gelegt, ihre Fluggewohnheiten zu ändern, damit sie endlich den Mann ihres Lebens kennenlernte.

„Dem intelligenten, gut aussehenden Mann, den du brauchst, wird es nicht im Traum einfallen, stundenlang mit angezogenen Knien auf einem schmalen Sitz der Touristenklasse zu hocken und sich von ungezogenen Kleinkindern belästigen zu lassen", hatte Marie Tabor gepredigt.

Lindsays Einwand, dass sie einen Mann weder wollte noch brauchte, ignorierte ihre Mutter. „Er will sich während des Flugs wohlfühlen", pflegte sie zu sagen, wenn sie den Erste-Klasse-Typus beschrieb. „Sobald er Platz genommen hat, wird er sich behaglich zurücklehnen wollen, er wird die Beine ausstrecken und entspannt seinen Imbiss und sein Glas Champagner genießen. Und dann braucht er den Platz natürlich auch, um seine Geschäftspapiere ausbreiten zu können, all die lukrativen Verträge und gelungenen Abschlüsse."

An dieser Stelle machte Marie Tabor für gewöhnlich eine bedeutsame Pause. „Hör auf mit der albernen Sparerei, und flieg erster Klasse! Wenn du schon keinen Mann willst, dann denk doch wenigstens an die beruflichen Vorteile, an all die geschäftlichen Perspektiven. Die Welt des Business ist doch dein Ein und Alles."

„Der Mann, den du beschrieben hast, wird so in sein Aktenstudium vertieft sein, dass er nicht einmal Notiz von mir nehmen wird", hatte Lindsay eingewandt.

„Aber natürlich wird er das! Du bist doch schön! Allerdings könntest du viel mehr daraus machen, Darling. Zum Beispiel diese Schneiderkostüme … verzeih, aber sie sehen alle gleich aus, trist und langweilig. Und dein Haar…" – auch diese Litanei wiederholte sich ständig – „… du hast so hübsches Haar. Willst du es nicht mal mit einem schicken Schnitt versuchen? Dieser ist so … nun, verwegen. Dein Haar sieht aus wie … wie mit dem Schaumquirl geschlagen."

Lindsay hatte daraufhin nur geschmunzelt. Sie wusste, dass ihre Frisur nicht viel Stil hatte, dafür war sie aber überaus praktisch. Ihr dunkles rostrotes Haar war kurz geschnitten und bedurfte wegen der kräftigen Naturkrause keiner großartigen Frisierkunst.

„Was hältst du davon, wenn ich es mir pink färben lasse?", hatte sie ihre Mutter gehänselt.

„Lindsay – das ist doch absurd!"

„Nicht absurder als deine Idee, ein Erster-Klasse-Ticket sei ein Garantieschein für die große Liebe."

„Versuch es doch einmal, Kind. Tu es für mich."

Nun erfüllte sich also Marie Tabors Wunsch. Der Versuch konnte starten. Lindsay war drauf und dran, ihre Mutter anzurufen, um sie mit der frohen Botschaft zu überraschen. Sie sah auf die Uhr. „Zu spät", sagte sie zu sich selbst. „Ich werde von Denver aus telefonieren und ihr dann gleich meine Verlobung mitteilen."

Sie musste sich beeilen. Im Laufschritt hastete sie die Gänge entlang und passierte als Letzte den Ausgang zu ihrer Maschine.

Alle anderen Passagiere saßen bereits auf ihren Plätzen, als sie das Flugzeug betrat. Eine Stewardess wies ihr ihren Platz an. Eilig verstaute sie ihren Bordcase und ließ sich aufseufzend in den Sitz fallen.

Sie wollte sich anschnallen, aber das eine Ende des Sicherheitsgurts schien zwischen den Sitzen eingeklemmt zu sein. Nervös zerrte sie an dem Gurt – ohne Erfolg.

Plötzlich wurde ihre Hand sanft beiseitegeschoben. „Warum so ungeduldig?", ertönte eine wohlbekannte Stimme. „Mit ein wenig Zartgefühl werden wir das gleich haben."

Lindsay fuhr herum und – blickte in zwei dunkle lächelnde Augen. Ihr Herz schien einen Schlag auszusetzen.

„Typisch Frau", hänselte er sie, „von Technik keine Ahnung." Seine Hand berührte fast ihren Schenkel. Mit angespannten Muskeln, die Hände im Schoß zusammengekrampft, saß Lindsay da und wagte nicht, sich zu rühren.

Trotzdem setzte sie ein kokettes Lächeln auf. „Sie scheinen die Frauen gut zu kennen."

„Gut genug", erwiderte er knapp, während die Schließen ihres Gurts ineinander schnappten. Seine Hände streiften ihre Schenkel. „Ich kenne sie genauso gut wie die Mechanik von Sicherheitsgurten."

Seine Bemerkung machte Lindsay misstrauisch. Einerseits freute sie das unerwartete Wiedersehen, andererseits begann sie sich zu fragen, ob der Mann ein bestimmtes Ziel verfolgte. Es musste eine Erklärung für diese wiederholten Treffen geben, denn an so obskure Dinge wie Schicksalsfügung glaubte sie nicht.

„Sagen Sie, verfolgen Sie mich aus irgendeinem Grunde?", fragte sie ihn unverblümt und beobachtete genau sein Mienenspiel. Es kam ihr vor, als hätte sie diesen Satz gerade kürzlich in einem Drehbuch gelesen.

Er lachte leise auf. „Rotschopf, wenn ich mich nicht irre, sind Sie nach mir in dieses Flugzeug gestiegen."

Da hatte er allerdings recht. Aber hatten clevere Spione, oder was auch immer er war, nicht stets plausible Erklärungen parat?

„Und das Zusammentreffen am Kiosk?", setzte sie ihr Verhör fort.

„Zufall. Oder vielmehr ... Glück ..."

„Und Ihr Erscheinen im Café?"

„Zufall. Purer Zufall."

Lindsay sah ihn prüfend an. Was für ein unglaublich attraktiver und sympathischer Mann er war! Und was für ein unwahrscheinliches Glück sie doch hatte, dass er nun auch noch im Flugzeug neben ihr saß! Hatte sie das große Los gezogen? Oder steckte hinter der Sache mehr, als sie wusste?

„Warum, um alles in der Welt, sind Sie hier?", fragte sie ihn eindringlich.

„Sie werden überrascht sein. Aber ich will genau wie Sie nach Denver fliegen."

„Und warum wollen Sie nach Denver?" Lindsay wusste, wie unmöglich ihr Verhör war, doch sie musste der Sache auf den Grund gehen.

„Ich dachte, ich hätte es Ihnen schon gesagt. Ich will nach Hause ... nach Boulder." Er grinste boshaft. „Und nun sind Sie an der Reihe.

Was zieht Sie nach Denver? Geben Sie es zu: Sie haben sich an meine Fersen geheftet."

Lindsay warf ihm einen empörten Blick zu. „Wie kommen Sie denn auf die Idee? Das ist doch eine bodenlose …"

„Hey, hey, beruhigen Sie sich." Sein leises Lachen sandte einen Schauer über ihren Rücken. „Sie haben angefangen. Ist es nicht erlaubt, zu kontern?"

Lindsay stieß einen tiefen Seufzer aus. Sie antwortete nicht, aber im Stillen musste sie ihm recht geben.

Es war ihm nicht zu verdenken, dass er nach ihrem Kreuzverhör mit den gleichen Waffen zurückschlug. Noch immer wusste sie nicht, was sie von diesem Mann eigentlich halten sollte. Aber wenn sie sich auf ihre gesunde Menschenkenntnis verließ, dann musste sie zu dem Urteil kommen, dass nichts Bedrohliches von ihm ausging. Abgesehen von seiner fatalen Wirkung auf ihr Herz …

„Warum sind Sie so nervös?"

Lindsay fuhr zusammen, als die Stimme ihres Nachbarn sie aus ihren Gedanken riss. Seine Worte erschreckten sie mindestens so wie die Attacke jenes Römers, der sie vor Jahren, als sie ahnungslos über die Via Veneto spaziert war, in einen bestimmten Körperteil gezwickt hatte.

„Ich bin nicht im Mindesten nervös", behauptete sie mit einer Entschiedenheit, die ihm ein belustigtes Lächeln entlockte.

„Dann frage ich mich, weshalb Sie so verkrampft dasitzen. Gleich sterben Ihre Hände ab. Die Knöchel sind schon schneeweiß."

Das Dröhnen der Triebwerke hatte Lindsay in Panik versetzt. Wie jedes Mal vor einem Flugstart wurde sie von einer unüberwindlichen Angst erfasst. Wenn ihr Sitznachbar geahnt hätte, dass ihre Nerven nun aus zweierlei Gründen zum Zerreißen gespannt waren … Sie brachte kein Wort heraus.

„Haben Sie etwa Angst vorm Fliegen?", fragte er besorgt.

„Ich? Was glauben Sie, wie oft ich fliege!" Lindsay gab sich ganz locker und unbeschwert. Sie mochte ihre Schwäche nicht zugeben. Es gelang ihr sogar, die Hände voneinander zu lösen und – scheinbar entspannt – in den Schoß zu legen.

Sie musste ihre Ängste für sich behalten, denn ihr war klar, dass sie nie wieder ein Flugzeug besteigen würde, wenn sie sie erst einmal offen geäußert hätte.

Als sie sich jetzt ihrem Nachbarn zuwandte, versuchte sie, ein selbstbewusstes Lächeln aufzusetzen. „Wenn ich bei jedem Start die Nerven verlieren würde, hätte man mich schon lange in eine Gummizelle gesperrt." Natürlich sagte sie nicht, dass sie sich nie weit von dieser Zelle entfernt sah – besonders in Augenblicken wie diesem, wenn das Flugzeug in rasendem Tempo die Startbahn entlangdonnerte.

Sein ungläubiger Gesichtsausdruck verriet, dass ihre Worte nicht überzeugend geklungen hatten. „Dann möchte ich wissen, wovor Sie sich fürchten. Doch hoffentlich nicht vor mir."

„Wohl kaum. Ich habe einen langen, frustrierenden Arbeitstag hinter mir und bin vielleicht etwas überreizt." Dass sie nicht nur wegen ihrer Flugangst feuchte Handflächen und weiche Knie hatte, musste sie ihm nicht unbedingt anvertrauen.

„Aha", sagte er mit verständnisvollem Lächeln. „Das also ist der Grund für die Überdosis Schokolade."

Lindsay lächelte verschämt. „Sie sagen es." Er brauchte nicht zu wissen, dass nicht zuletzt er selbst der Auslöser für ihren abnormen Süßwarenkonsum war.

„Warum erzählen Sie mir nicht ein wenig von sich?", bat er. „Es interessiert mich, was eine so hübsche Frau dazu bringt, sich in Kalorienkonflikte zu stürzen."

Lindsay mochte sich noch so sehr wehren, aber der Blick des Mannes schien eine magische Kraft auszuüben. Er befreite sie aus ihrer engen Karrierewelt und ließ sie sogar ihre momentane Angst vergessen. Sie fühlte sich in ein Traumreich versetzt, wo Romantik und Liebe kein Hirngespinst, sondern greifbare Wirklichkeit waren.

Ihr Blut war in Wallung. Ihre Wangen glühten, ihre smaragdgrünen Augen waren von einem tiefen Leuchten erfüllt. Zum ersten Mal seit undenklichen Zeiten fühlte sie sich schön und begehrenswert.

Ein Augenpaar, der Blick eines Fremden hatte eine unfassbare Veränderung in ihr bewirkt. Es war eine berauschende, beinahe erschreckende Erkenntnis.

„Hey", kam es leise, „ich dachte, Sie wollten mir etwas erzählen. Weshalb war Ihr Tag so schlimm?" Sein Lächeln war umwerfend.

Sie lächelte zurück. „So schrecklich erscheint er mir gar nicht mehr", gab sie offen zu. In der Tat – sie hatte nicht einmal gemerkt, wann das Flugzeug vom Boden abgehoben hatte. Der Mann wirkte Wunder.

„Umso besser", sagte er, „dann können wir über erfreulichere Themen reden. Über Sie zum Beispiel. Wer sind Sie? Und warum musste ich ein halbes Leben warten, um Ihnen erst heute zu begegnen?"

„Wahrscheinlich haben Sie an den falschen Plätzen gesucht", meinte sie trocken.

„Das wird's sein. Flughäfen beispielsweise meide ich wie die Pest."

„Ich halte mich nicht nur auf Flughäfen auf."

„Wo hätte ich denn noch nach Ihnen forschen können?"

„Oh, eigentlich überall."

„Das ist mir etwas zu ungenau. Bei so unpräzisen Angaben hätte ich mein Leben lang suchen müssen. Stellen Sie sich vor, wir würden uns erst kennenlernen, wenn wir beide alt und runzlig sind."

„Dann hätten Sie vermutlich kein Interesse mehr an mir", gab Lindsay mit einem koketten Lächeln zurück. Sie kannte sich selbst nicht wieder. Noch nie in ihrem Leben hatte sie sich zu einem solch gewagten, direkten Flirt hinreißen lassen.

Er musterte sie aufmerksam. „Da mögen Sie recht haben. Aber ich glaube, bei diesen Augen könnte ich alles andere übersehen. Und nun erzählen Sie – ich möchte alles über Sie wissen. Dann können wir später unseren Enkelkindern erzählen, dass wir uns in einer Winternacht, hoch über den Wolken und von Sternen umgeben, ineinander verliebt haben."

Lindsay blinzelte, seufzte unhörbar auf und spürte, dass sie sich ein klein wenig verliebte. War es verwunderlich? Nein, denn die Männer, die sie kannte, flüsterten ihr keine romantischen, poetischen Worte ins Ohr, und schon gar nicht in zehntausend Metern Höhe. Sie redeten über Verträge, Millionenbeträge und den Verkauf von Fernsehrechten. Es war wesentlich langweiliger, aber sicherer, so viel sicherer.

„Ich finde, wir sollten zuerst über Sie sprechen", schlug sie vor, „über mich wissen Sie schon eine ganze Menge."

Er schüttelte stur den Kopf. „Abgelehnt. Sie kommen zuerst. Vielleicht finde ich dann heraus, was man anstellen muss, um dieses Leuchten in Ihre Augen und dieses betörende Lächeln auf Ihre Lippen zu zaubern."

Wieder stieß Lindsay einen leisen Seufzer aus. Der Mann war ein Meister in der Kunst zu schmeicheln. Er musste irischer Abstammung sein. Aber was machte es schon? Seine Redekünste taten ihr unendlich wohl, und sie fügte sich willig in das Spielchen.

Eine solche Romanze widerfuhr einem vielleicht einmal im Leben.

Man musste sie ausleben, auch wenn sie nur einen Flug lang dauerte. Es war prickelnd und aufregend – ein herrliches Abenteuer in Lindsays prosaischem Alltag.

„Also gut", willigte sie ein und sprach betont nüchtern, als handele es sich um einen bedeutenden Geschäftsabschluss; in Wirklichkeit konnte sie kaum noch klar denken. Sie fühlte sich auf einer rosaroten Wolke schweben, als hätte sie das Glas Champagner, das der Steward eben vor ihr abgestellt hatte, bereits geleert.

„Abgemacht", bestätigte er den sonderbaren Vertrag und ergriff ihre Hand. Die Berührung erfüllte Lindsay mit einem Gefühl unerklärlicher Geborgenheit und Sicherheit, einem Gefühl, das sie fast vergessen hatte. Es war wie damals, als ihr Vater sie in die Luft gestemmt, herumgeschwenkt und dann fest in die Arme genommen und an sich gedrückt hatte.

Er hatte es Abend für Abend getan, wenn er von der Arbeit nach Hause gekommen war. Bis zu ihrem neunten Lebensjahr. Bis zu jenem Tag, an dem er gestorben war.

Nach dem Tod ihres Vaters war der ruhende Pol aus Lindsays Leben verschwunden. Seitdem hatte sie sich rastlos und getrieben gefühlt, ohne Halt und Sicherheit. Sie hatte Ängste entwickelt, die sich immer deutlicher herausbildeten. Ihrer Furcht vor dem Alleinsein begegnete sie, indem sie rastlos von einem Ort zum anderen eilte und sich ständig mit Menschen umgab. Aber aus Angst vor einem erneuten Verlust vermied sie es, enge Bindungen einzugehen. So war sie ständig auf der Flucht und lief vor etwas davon, dass sie nicht einmal genau benennen konnte. Und dennoch wuchs ihre vage Sehnsucht nach einem festen Halt, die sie mit besessener Arbeit zu betäuben versuchte. Ihre Verlustangst begann, ihr Leben zu bestimmen. Selbst zu ihrer Mutter hielt sie eine emotionale Distanz, um sich vor dem erneuten Schmerz eines jähen Abschieds von vornherein zu schützen.

Lindsay blickte in die Augen des Fremden, der noch immer ihre Hand hielt. Sie fühlte seine Wärme auf sich überströmen, fühlte seine Kraft und seinen Schutz. Schlagartig wurde ihr klar, dass ihre permanente Flucht mit dieser Begegnung ein Ende haben könnte. Doch ebenfalls wusste sie, dass sie nicht ohne Widerstand aufgeben würde. Dafür hatte sie viel zu lange und viel zu erbittert ihren einsamen Kampf gekämpft.

Sie war ja nicht einmal imstande, über sich selbst zu sprechen! Auch wenn sie es diesem Mann mit Handschlag versprochen hatte – sie konnte und sie würde sich ihm nicht öffnen. Es war zu gefährlich.

„Sie sind zuerst dran", beharrte sie. „Wer sind Sie?"

Er fragte sich, was sie mit ihrem Versteckspiel bezweckte, drang aber nicht weiter in sie und gab nach. „Na gut – wenn es Ihnen so schwerfällt, Ihr Inkognito zu lüften, dann fange ich eben an. Ich heiße Mark Channing und lebe etwas außerhalb von Boulder in einem behaglichen kleinen Haus."

Lindsay lehnte sich in ihren Sitz zurück und ließ sich von der samtweichen tiefen Stimme davontragen. Sie kam sich vor wie ein Kind, das der Gutenachtgeschichte eines Märchenerzählers lauscht, und befand sich bald in einem wundervollen tranceähnlichen Zustand.

„Kein Großstadtlärm, kein Mensch stört mich dort", fuhr er fort „Ich bin von nichts als Natur umgeben, mit der großartigen Gebirgskulisse im Hintergrund. Jetzt im Winter beherrschen die mächtigen Kiefern und Tannen das Bild. Dunkel und geheimnisvoll heben sie sich vor dem weißen Bergpanorama ab. Im Frühjahr verwandelt die Landschaft sich dann in einen riesigen bunten Flickenteppich, wenn überall die ersten wilden Blumen aus dem Boden schießen. Es ist ein wahres Feuerwerk der Natur."

Trotz der leidenschaftlichen Begeisterung, die in der tiefen, ruhigen Stimme mitschwang, fühlte Lindsay ein Gefühl der Beklommenheit in sich aufsteigen. Wie konnte ein Mensch nur in solch einer weltabgeschiedenen Einsamkeit leben?

„Fühlen Sie sich nicht manchmal sehr isoliert?", fragte sie.

„Nein. Sonst hätte ich mir diesen Hecken ja nicht ausgesucht. Außerdem leben in meiner Nachbarschaft ein paar sehr nette und interessante Leute, und die Stadt ist auch nicht allzu weit entfernt. Ich fahre mindestens einmal pro Woche zum Einkaufen hin und treffe mich dann meistens mit Freunden zum Essen oder zu einem Kinobesuch. Das reicht mir vollauf. Im Grunde bin ich jedes Mal froh, wenn ich wieder in meiner Klause bin."

„Sind Sie denn oft auf Reisen?", fragte Lindsay hoffnungsvoll.

„Nur, wenn es unbedingt sein muss. Zum Glück habe ich jetzt erst einmal Ruhe. Die letzten Wochen waren mörderisch. Los Angeles, New York und wieder Los Angeles. Lauter unerfreuliche Angelegenheiten. Das Gespräch mit meinem Agenten steckt mir jetzt noch in den

Knochen. Er hat gegen meinen ausdrücklichen Willen Verhandlungen mit einer Filmgesellschaft aufgenommen, und nun muss ich sehen, dass ich aus diesem lächerlichen Vorvertrag wieder herauskomme. Aber ich bin optimistisch. Mit etwas Glück brauche ich Boulder in den nächsten sechs Monaten nicht mehr zu verlassen. Auf keinen Fall möchte ich den Frühling und Sommer in den Bergen versäumen."

Je länger der Mann redete, desto mehr wuchs Lindsays Unbehagen. Dieser Mark Channing redete von Dingen, die ihr verdächtig bekannt vorkamen. Es war kaum vorstellbar, aber in der Gegend um Denver schien es mehr als nur einen Autor zu geben, der zu genau demselben Zeitpunkt mit einer Filmgesellschaft Katz und Maus spielte.

„Was sind Sie denn eigentlich von Beruf?", fragte sie so beiläufig wie möglich.

Er lächelte in einer Weise, dass Lindsay sich fragte, ob sie vielleicht zu indiskret gewesen war.

„Ich schreibe ein wenig."

„Bücher?"

„Ja, in der Hauptsache", antwortete er ausweichend.

„Und was noch?"

„Nun, ich habe einige Drehbücher verfasst."

„Unter Ihrem eigenen Namen?"

„Ja."

Lindsay atmete erleichtert auf. Gott sei Dank! Mark Channing war also nicht der Mann, auf dessen Spuren man sie gesetzt hatte, um ihn mit allen Mitteln der Überredungs- und Verführungskunst zum Unterschreiben eines Vertrags zu bewegen. Es wäre nicht auszudenken gewesen, wenn sie mit diesem Menschen, der ihr schon halb den Verstand geraubt hatte, geschäftlich hätte verhandeln müssen.

„Drehbücher – wie interessant! Welche Filme haben Sie denn auf dem Gewissen?", fragte sie aufgeräumt.

Er seufzte, als würde ihn die Frage zu Tode langweilen, und spulte mehrere Titel herunter, die Lindsay nur allzu bekannt waren. Also doch – er war es! Ihre Stimmung sank auf den Nullpunkt.

„Aber … aber sagten Sie nicht, dass Sie Mark Channing heißen?", stieß sie hervor.

Er sah sie irritiert an. „Ja. So heiße ich auch."

„Die Filmdrehbücher, die Sie eben erwähnten, stammen aber von David Morrow."

„Sie sind ja erstaunlich gut informiert", wunderte er sich. „David Morrow oder Mark Channing – beides ist richtig. Ich heiße nämlich mit vollem Namen David Mark Channing Morrow. Als Privatmann trage ich nur die Mittelstücke. Es macht vieles einfacher."

„Oh nein!", stöhnte Lindsay auf und vergrub das Gesicht in den Händen. Wie hatte sie nur die Initialen M. C. vergessen können? Oft genug hatte sie sie in David Morrows Namen gelesen.

Dies also war das Ende einer noch nicht begonnenen Romanze – schade! Schluss mit der Träumerei. Jetzt galt es, ein Millionengeschäft unter Dach und Fach zu bringen.

„Was haben Sie denn plötzlich?", fragte Mark Channing alarmiert.

Lindsay versuchte, ein strahlendes Lächeln aufzusetzen, aber es misslang. „Sie lagen mit Ihrem Verdacht gar nicht so falsch, Mr. Channing", sagte sie. „Ich verfolge Sie."

„W…was sagen Sie da?"

„Sie haben richtig gehört. Ich bin im Auftrag der Langston-Studios nach Denver unterwegs. Der Vertrag schlummert in dem Köfferchen dort unten." Die kleinen weißen Zornesfältchen, die sich um Mark Channings Mund bildeten, ließen nichts Gutes ahnen, und Lindsay bemühte sich, seinem Wutausbruch mit einem noch charmanteren Lächeln zuvorzukommen.

„Ist das nicht ein wahnsinniger Zufall?", flötete sie kokett.

Wortlos starrte er sie an. Das Lächeln war gänzlich aus seinen Augen geschwunden; ebenso die Grübchen, die Lindsay bereits jetzt schmerzlich vermisste. Nichts Vertrautes war mehr in seiner Miene zu lesen, die nun einer Unheil verkündenden Donnerwolke glich.

„Finden Sie nicht auch, dass es ein unglaublicher Zufall ist?", wagte Lindsay sich noch einmal vor. Beschwörend hob sie die Hände.

Mark Channing sah sie lange an. Dann endlich kam Bewegung in sein Gesicht. Der zornige Ausdruck schwand zusehends, wurde immer weicher und wich schließlich dem allbekannten, vertrauten Lächeln. Und auf einmal begann Mark Channing zu lachen.

Sein plötzlicher Stimmungsumschwung irritierte Lindsay nur noch mehr. „Was ist denn so komisch?", fragte sie aufgebracht.

„Sie."

„Ich?"

Er nickte, brach von Neuem in Lachen aus und sah sie kopfschüttelnd an. „Entschuldigen Sie, aber von dieser Überraschung muss ich mich erst erholen." Wieder musterte er Lindsay mit einem amüsierten Schmunzeln. „Die Beschreibung meines Agenten wird Ihnen absolut nicht gerecht, Miss Tabor."

Meinen Namen kennt er immerhin, stellte Lindsay befriedigt fest. *Er hat sich also zumindest von Moris über unser Gespräch informieren lassen.*

„Was hat er denn gesagt?", fragte sie neugierig, nachdem sie eine Weile vergebens auf eine weitere Erklärung Channings gewartet hatte.

Der hob in ohnmächtiger Geste die Hände. „Wenn Sie unbedingt darauf bestehen … warten Sie, ich will versuchen, es genau wiederzugeben. Er sagte, Sie seien – ich zitiere wörtlich – ‚aggressiver als ein Dobermann'. Und falls Sie überhaupt ein Herz hätten, dann eins aus Eisen. Ihr Verstand – Moment, wie drückte Moris sich noch aus? Ja, Ihr Verstand sei gefährlicher als eine stählerne Fuchsfalle. Er benutzte noch einige andere blumige Ausdrücke, die mir entfallen sind. Aber ich denke, Sie können sich ungefähr ein Bild machen."

Channing sah Lindsay von der Seite an und warf ihr einen belustigten Blick zu. „Ich habe es mir gleich gedacht Sie müssen Moris eine gehörige Abfuhr erteilt haben. Sonst hätte er nicht so auf Sie geschimpft. Er wollte mit Ihnen anbändeln, stimmt's?"

Lindsay verzog verächtlich die Mundwinkel. „Ich musste ziemlich deutlich werden, bis er endlich begriff, dass er bei mir keine Chancen hat", sagte sie.

„Das hat ihn natürlich niedergeschmettert."

„Ach wo! Ich glaube, dass nichts Ihren Agenten wirklich erschüttern kann."

Channing lachte. „Wahrscheinlich haben Sie recht. Moris lässt sich von Niederlagen nicht lange entmutigen. Deshalb ist er auch in seinem Job so tüchtig. Und Ihnen ist er im Grunde gar nicht böse. Ich glaube, dass er Sie sehr mag – trotz Ihrer Abfuhr."

Wieder sah Channing Lindsay forschend von der Seite an. „Sonst hätte er wohl kaum gesagt, dass Sie mein Typ wären und dass ich an seiner Stelle mit Ihnen hätte verhandeln sollen."

„Ich Ihr Typ? Ein zähnefletschender Dobermann?"

Channing lachte aus vollem Halse. „Sagte ich nicht, dass er Sie nicht ganz zutreffend beschrieben hat? Sein verletzter Stolz ließ es wohl nicht zu, diese wunderschönen grünen Augen zu erwähnen …"

Ein Finger strich zärtlich über Lindsays Wange und zeichnete in einer liebevollen Berührung die Linie unterhalb des Auges nach. Lindsay fühlte, wie das Blut schneller durch ihre Adern pulsierte.

„... oder die Art und Weise, wie Sie die Lippen schürzen, wenn Sie nachdenken. Oder dieses herrliche, seidig schimmernde Haar."

Er ließ ein paar kurze dicke Haarlocken durch seine Finger gleiten und heftete den Blick auf Lindsays Augen. Eine erregende Wärme durchströmte sie.

„Oder die Tatsache, dass Sie kaum größer als ein Kätzchen sind und bequem in meiner Handfläche Platz hätten?"

Seine weiche Stimme war vor Sinnlichkeit heiser. Sie legte sich in sanften, berauschenden Wellen auf Lindsays Bewusstsein und drohte sie erneut in jenen gefährlichen hypnoseartigen Zustand zu versetzen, dem sie sich unbedingt entziehen musste.

Oh nein – so ging es nicht! So nicht! Sie sollte diesen Mann dazu bringen, einen Vertrag zu unterschreiben – okay – aber den Umweg über sein Bett würde sie nicht nehmen.

Wenn sie sich jetzt aber nicht zusammenriss, würde es aber unweigerlich darauf hinauslaufen. Denn im Gegensatz zu dem Widerling Moris vermochte dieser Mark Channing, sie um den Finger zu wickeln. Ein Blick, ein Augenzwinkern genügten, und sie war zu allem bereit.

Wenn sie bedachte, was sie in der letzten Zeit alles unternommen hatte, um ein Treffen mit ihm herbeizuführen, und wie er sie Mal für Mal versetzt hatte! Bis nach New York war sie ihm nachgereist und hatte dort zwei Tage auf ihn gewartet, um schließlich zu erfahren, dass er trotz des zugesagten Gesprächs bereits nach Los Angeles zurückgeflogen war.

Und nun saßen sie in demselben Flugzeug nebeneinander, unwiderstehlich voneinander angezogen. Es war einfach absurd.

Plötzlich löste sich Lindsays Spannung, und sie fing an, unbändig zu lachen. Als sie zur Seite blickte, sah sie, dass es auch um Mark Channings Mundwinkel zuckte.

„Die Macht des Schicksals ist offenbar stärker als die raffinierteste Verhandlungsstrategie", bemerkte sie, als sie sich etwas beruhigt hatte. Dann begann sie von Neuem zu lachen.

„Das Gleiche dachte ich auch gerade." Mark Channing schüttelte reumütig den Kopf. „Wenn ich das geahnt hätte ...", sagte er.

„Was dann? Hätte ich dann keinen Kaffee bekommen?", spottete sie.

„Miss Tabor", begann er, und seine Stimme klang auf einmal sehr ernst. „Ich hätte Sie zu dem fürstlichsten Dinner eingeladen, das Sie je in einem Flughafenrestaurant eingenommen haben."

Lindsays Herz setzte einen Schlag aus. Wie sollte sie diese Bemerkung deuten? War sie rein persönlich gemeint, oder enthielt sie einen versteckten Hinweis, dass Mr. Morrow alias Channing unter den veränderten Umständen nun doch zu Verhandlungen bereit war?

Ironischerweise war sie sich nicht darüber im Klaren, welche der beiden Interpretationen sie vorzog. Sie entschied sich für die geschäftliche Version – allein schon, um ihr Nervensystem zu schonen.

„Da ist mir ja einiges entgangen", sagte sie, „und zum Dessert hätten Sie den Vertrag unterschrieben, nicht wahr?"

Channing schüttelte langsam den Kopf. „Oh nein" – sein entschlossener Ton machte alle ihre Hoffnungen zunichte – „ich habe keinerlei Interesse an einem Abschluss. Das sagte ich bereits Trent Langston, meinem Agenten, und nun sage ich es auch Ihnen. Nichts und niemand auf der Welt wird mich dazu bewegen, meine Meinung zu ändern."

„Aber was sollte dann Ihre Bemerkung eben?", fragte Lindsay irritiert.

„Das will ich Ihnen sagen." Seine Stimme sank zu einem heiseren Flüstern herab. „Wenn ich geahnt hätte, was für eine hübsche und bezaubernde Frau Sie sind, dann hätte ich mich schon viel früher mit Ihnen getroffen." Er sah Lindsay tief in die Augen. „Aber ich hätte es nur aus einem einzigen Grund getan."

Lindsay war nicht imstande, seinem Blick auszuweichen. „Und der wäre?", fragte sie mit zitternder Stimme.

„Um Sie besser kennenzulernen, Miss Tabor."

3. Kapitel

Nachdem Lindsays Herzschlag sich einigermaßen normalisiert hatte und sie wieder etwas klarer denken konnte, hätte sie vor Frustration am liebsten laut geschrien und um sich geschlagen.

Oder – noch besser – ihrem lächelnden Nebenmann eine Ohrfeige versetzt, um nicht länger seine strahlende Miene und seine verführerischen Wangengrübchen ertragen zu müssen.

Channing schien, was sie beide betraf, große Hoffnungen zu hegen, während sie ihre Träume jäh begraben sah.

Vor nicht einmal fünfzehn Minuten hätte sie noch alles darum gegeben, um jene vielversprechenden Worte aus seinem Munde zu vernehmen.

Nun aber, da seine Identität feststand, hätte er sie mit einem anderen Satz weitaus glücklicher gemacht – etwa folgendem: „Wo ist der Vertrag? Ich unterschreibe."

Danach hätte er sie gern mit den betörendsten Komplimenten erfreuen können – doch das Geschäft ging entschieden vor. Ihr beruflicher Ehrgeiz stand weit über ihren ureigenen weiblichen Bedürfnissen, die dieser Mann in ihr geweckt hatte.

Lindsay starrte Mark Channing fassungslos an. „Wollen Sie damit sagen, dass mein mitternächtlicher Flug und womöglich noch die Fahrt in dieses verschneite Bergnest absolute Zeitvergeudung sind?", schnaubte sie.

Sein dreistes Lachen versetzte sie noch mehr in Wut. „Wieso denn Zeitverschwendung?", fragte er mit der unschuldigsten Miene. „Wir können uns ein paar nette Tage machen und uns auf Trent Langstons Kosten kennenlernen."

„Ich missbrauche mein Spesenkonto nicht für hoffnungslose Fälle", fuhr sie ihn ärgerlich an. Allmählich entpuppte der Mann sich als genau derjenige, für den sie ihn während ihrer ergebnislosen Verfolgungsjagd quer durch die Staaten gehalten hatte; als ein Verrückter, ein Chaot, ein unverschämter, unreifer, egozentrischer Macho – wie all die anderen Männer auch.

„Dann muss eben Moris herhalten", schlug Channing vor. „Er kann sich über zu knappe Spesen nicht beklagen und wird mal etwas springen lassen müssen. Zumal er uns diese Geschichte eingebrockt hat. Es wird ihm eine Lehre sein, wenn er für seine Voreiligkeit zahlen muss." Lindsay sah ihn fast feindselig an. „Sie finden das alles sehr komisch, nicht?"

Mark Channing schien nachzudenken. „Komisch?", wiederholte er, „nein, eigentlich nicht. Ich finde es eher spannend. Ein Abenteuer, das voller Möglichkeiten steckt. Stimmen Sie mir nicht zu?"

Sein umwerfendes Lächeln entwaffnete sie. Nein, er war kein Lump, kein egoistischer Draufgänger. Wie konnte man einem Mann mit diesen Augen, mit diesem hinreißenden Charme böse sein?

Lindsay fühlte, wie von Neuem eine Welle der Erregung ihren Körper durchlief. Kein Zweifel – ein Wochenende mit Mark Channing barg Möglichkeiten, die sie sich lieber nicht weiter ausmalte …

Vor Nervosität und innerer Anspannung verkrampfte sie wieder die Hände in ihrem Schoß. Ich werde mir einfach einreden, er sei Moris, sagte sie sich. *Dann werde ich ihm widerstehen können.*

Sie riskierte einen Blick aus den Augenwinkeln. Nein, unmöglich! Zu einem solchen Gewaltakt reichte ihre Fantasie denn doch nicht aus. Moris Samuels hatte kleine Schweinsaugen, verschwitzte Hände und Gesichtszüge, bei deren Anblick man eine Gänsehaut bekam, während sie den Mann neben ihr nur anzusehen brauchte, um in einen Zustand sinnlicher Erregung zu geraten.

Nun – sie würde Mark Channings Reizen widerstehen, auch wenn der Trick mit Moris Samuels nicht funktionierte.

„Ich glaube, Sie sind von allen guten Geistern verlassen", sagte sie und registrierte voller Genugtuung, dass ihre Stimme nur unmerklich schwankte. „Sie bilden sich doch nicht etwa ein, dass ich für nichts und wieder nichts ein Wochenende in Denver vertrödele. In einer Stadt noch dazu, wo täglich Kälterekorde gebrochen werden." Lindsay schüttelte sich vor Grauen. „Ich hasse Schnee!"

„Ich lebe in Boulder und nicht in Denver, Miss Tabor."

„Ihr idyllisches Boulder befindet sich Ihren Beschreibungen zufolge in derselben Klimazone wie Denver", konterte sie.

„Ich habe in meinem Haus einen Kamin."

Lindsay warf ihm einen vernichtenden Blick zu. „Das kann ich mir lebhaft vorstellen! Einen Kamin mit einem kuscheligen Schaffell davor, nehme ich an."

„Und ein wunderhübsches, behagliches Gäste …"

„Schon gut, schon gut! Vergessen Sie es, Mr. Channing. Ich werde den Rest der angebrochenen Nacht in einem Hotelzimmer in Denver verbringen und morgen früh mit der ersten Maschine zurück nach Los Angeles fliegen."

„Und was werden Sie am Montag Ihrem Chef erzählen?"

„Genau das, was ich ihm bereits heute Nachmittag sagte, dass Sie an einem Vertragsabschluss nicht interessiert sind."

Channing musterte Lindsay skeptisch. „So wie ich Trent Langston einschätze, wird er sich mit dieser Erklärung nicht zufriedengeben."

„Was heißt Erklärung?", brauste Lindsay auf. „Es ist die Wahrheit – oder etwa nicht?" Lindsay machte eine nachdenkliche Pause. „Nein – natürlich wird Trent nicht zufrieden sein", räumte sie ein. „Vermutlich wird er mir unterstellen, dass ich irgendeinen Fehler gemacht habe. Von mir aus soll er denken, was er will. Wenn er darauf besteht, mit Ihnen ins Geschäft zu kommen, dann soll er sich doch selbst nach Boulder begeben und Sie höchstpersönlich einer Gehirnwäsche unterziehen."

„Was? So schnell wollen Sie aufgeben?"

„Was heißt ,so schnell'? Sie tun gerade so, als würden wir zum ersten Mal an Sie herantreten."

„Identifizieren Sie sich dermaßen mit Ihrer Firma, Miss Tabor? Es ist das erste Mal, dass wir beide miteinander reden."

„Was soll denn das heißen?"

„Bleiben Sie übers Wochenende in Boulder, und finden Sie es selbst heraus."

„Sie scheinen mich für eine Masochistin zu halten."

„Nein. Aber ich weiß von Moris, dass Sie ehrgeizig sind. Erfolg bedeutet Ihnen offenbar eine ganze Menge."

„Moris' Urteil trifft nur bedingt zu. Natürlich verbuche ich lieber berufliche Erfolge als Niederlagen. Aber in Ihrem Fall sieht das anders aus. Sie haben des Öfteren klargestellt, dass Sie mich in dieser Drehbuchangelegenheit nicht einmal anhören wollen. Gewiss haben Sie Ihre Gründe, weshalb Sie unter keinen Umständen mit Langston-Studios verhandeln wollen. Habe ich recht?"

„Ja."

„Sehen Sie. Und deshalb sehe ich nicht ein, warum ich mein schönes Wochenende vergeuden soll."

„Immerhin könnten Sie Trent Langston berichten, dass Sie nichts unversucht gelassen haben."

„Er wird entzückt sein", erwiderte Lindsay sarkastisch, „und mir wegen besonderer Tapferkeit im Feld eine Medaille verleihen. Und Sie? Was versprechen Sie sich eigentlich von meinem Bleiben? Das sadistische Vergnügen, mich vor sich kriechen zu sehen?"

„Aber nein! Ich sagte Ihnen doch, dass ich Sie näher kennenlernen möchte. Dieses Wochenende wäre eine einmalige Chance dazu."

Seine Direktheit verschlug Lindsay die Sprache. Warum interessierte er sich ausgerechnet für sie, die Vertreterin eines Konzerns, dem er zutiefst misstraute? Gewiss, sie war einigermaßen attraktiv, aber gab es nicht genug andere gut aussehende Frauen? Allein das Flugzeug war voll davon – voller hübscher weiblicher Wesen, die es nicht abwarten konnten, sich im Schnee zu tummeln.

„Warum wollen Sie mich eigentlich kennenlernen?", fragte sie schließlich und zwang sich, ihm dabei offen ins Gesicht zu sehen.

Mark Channing schüttelte verdrossen den Kopf. „Scheinbar kann ich mich nicht mehr verständlich ausdrücken, aber ich will versuchen, es Ihnen zu erklären. Schon immer habe ich mir gewünscht, mich im mitternächtlichen Himmel in eine Frau mit smaragdgrünen Augen zu verlieben."

Lindsay sah ihn an wie jemanden, der den Verstand verloren hat „Sie sind ja wahnsinnig", murmelte sie.

Er zuckte schicksalergeben mit den Schultern. „Was wollen Sie? Ich bin Schriftsteller…" Da war es wieder – dieses augenzwinkernde, unwiderstehliche Lächeln. „Was ist, kommen Sie nun mit mir nach Hause oder nicht?"

Nach Hause. Zu ihm. Lindsay fühlte sich von einem Taumel ergriffen. „Nein. Wie ich bereits sagte, ist für mich in Denver ein Hotelzimmer reserviert. Dort werde ich übernachten."

„Und was haben Sie dann vor?"

Lindsay stieß einen tiefen Seufzer aus. In einem Punkt hatte ihr Gesprächspartner recht. Trent Langston würde vor Wut toben, sobald er erführe, dass sie ihren Auftrag nicht zu Ende ausgeführt hatte. Irgendwie würde es herauskommen – das wusste sie.

„Und dann?", wiederholte Channing seine Frage. „Was wollen Sie tun?"

„Das werde ich mir noch überlegen."

Er lächelte zufrieden. „Gut", sagte er, während die Maschine auf der Landebahn aufsetzte. „Ich werde Sie jetzt in Ihr Hotel begleiten, und morgen früh sehen wir weiter."

Ein lautes Klopfgeräusch weckte Lindsay aus tiefem Schlaf. Blinzelnd schob sie die dicke Daunendecke zurück, die ihren Körper wohlig umhüllte, und riskierte einen vorsichtigen Blick in die fremde feindliche Umwelt. Mittlerweile war sie überzeugt, dass sie das Opfer eines nicht enden wollenden Albtraums war. Kaum, dass sie in diesem himmlischen Bett eingeschlummert war, kam irgendein Verrückter daher, um die Qualen der letzten Wochen und Tage fortzusetzen.

Missmutig sah sie zum Fenster. Durch den schmalen Spalt zwischen den Vorhängen drang fahles kaltes Licht herein. Ein Grauen überlief Lindsay, als sie an den bevorstehenden Tag dachte.

Schnell verkroch sie sich wieder in ihrem behaglichen Nest und zog sich die Decke über die Ohren. Vielleicht war das Klopfen nur Einbildung gewesen. Ja, sie musste sich getäuscht haben. Kein normaler Mensch, und schon gar nicht ein Hotelangestellter, würde einen schlafenden Gast zu dieser frühen Stunde stören.

Gerade als sie in einen angenehmen Halbschlaf hinüberdämmerte, hämmerte es von Neuem an ihrer Tür, und eine nur allzu vertraute Stimme rief leise ihren Namen.

Lindsay stöhnte auf und vergrub das Gesicht in den Kissen. Hatte sie nicht richtig vermutet? Ein normaler Mensch wäre nie auf die Idee gekommen, sie zu nachtschlafender Zeit zu wecken. Aber David Mark Channing Morrow – das wurde ihr immer klarer – war alles andere als ein normaler Mensch.

Entweder hatte er einen so abnormen Stoffwechsel, dass er völlig ohne Schlaf auskam, oder er war ein teuflischer Sadist.

Vermutlich traf das Letztere zu, denn eine Person, die freiwillig an einem Ort lebte, wo man täglich sein Auto aus einer Schneeverwehung freigraben musste, musste psychisch schwer gestört sein. Sicher litt Channing noch unter einigen anderen krankhaften Verhaltensweise. Er gehörte in ein Sanatorium oder in psychotherapeutische Behandlung, auf keinen Fall jedoch hatte er etwas vor ihrem Hotelzimmer zu suchen.

„Aufstehen, Rotschopf!", drang die tiefe heisere Stimme zu ihr hinein. „Oder soll ich kommen und Sie wach machen?"

Während Lindsay noch über seinen atemberaubenden Vorschlag

nachsann, der zwar unverschämt, aber nicht uninteressant war, sah sie voller Entsetzen, wie der Türknauf sich drehte und die Tür sich einen Spaltbreit öffnete.

Ein Cowboystiefel – Größe fünfundvierzig – kam zum Vorschein und hinterließ auf dem blauen Auslegteppich hässliche Flecken von schmelzendem Schnee.

Dem Stiefel folgte der restliche Mark Channing, der sich freundlich lächelnd neben der Tür postierte und Lindsay artig einen guten Morgen wünschte.

Aufrecht im Bett sitzend, die Steppdecke bis unters Kinn gezogen, starrte Lindsay ihn wutentbrannt an. „Was fällt Ihnen ein?", erboste sie sich. Schlaftrunken, wie sie war, klang ihre Stimme bei Weitem nicht so energisch, wie sie sollte. Der Vergleich mit einem Chihuahua-Hündchen drängte sich auf: kläffen und nichts dahinter …

„Ich wollte Sie zum Frühstück abholen", sagte Channing ruhig und mit gleichbleibend freundlicher Stimme. Bewundernd ließ er den Blick über Lindsays bloße Schulter gleiten, ehe er weitersprach. „Ich dachte natürlich, dass Sie schon lange angezogen sind."

„Haben Sie den Verstand verloren?", schnaubte Lindsay empört. „Es ist mitten in der Nacht."

Er lächelte. „Habe ich mir's doch gedacht, dass für euch Leute aus Hollywood eine andere Zeitrechnung gilt. Für einen Hinterwäldler wie mich ist es neun Uhr morgens. Höchste Zeit, dass Sie in die Kleider kommen. Sonst wird es zu spät zum Skilaufen."

Lindsays Blick wanderte erneut zum Fenster, und ihre Miene nahm einen verächtlichen Ausdruck an. „Das ist alles, was eure Sonne hier oben um neun Uhr morgens an Kraft aufzubieten hat?"

„Keine voreiligen Schlüsse, bitte! In den Bergen ist sie viel heller und klarer. Sie hätten den Sonnenaufgang erleben sollen!"

Mark redete sich immer mehr in Begeisterung, während Lindsays Mut bei jedem seiner Worte tiefer sank.

„Sonnenaufgang?", wiederholte sie mit schwacher Stimme. „Sagten Sie Sonnenaufgang?"

„Es war wunderschön", schwärmte er. „Die Berge leuchteten in allen Farben – vom sanftesten Grau bis zu den kräftigsten Orange- und Rottönen."

Ganz allmählich registrierte Lindsay den Sinn seiner Worte.

„Nein!", sagte sie entschlossen. „Keine Berge! Kein Schnee! Und vor allem kein Skilaufen!"

„Aber warum denn nicht? Sie werden sehen, wie schön es hier in Colorado ist. Und Skilaufen bringt enorm viel Spaß."

„Mir nicht – stellen Sie sich vor. Wintersport war mir von jeher verhasst."

„Lassen Sie uns beim Frühstück weiter darüber reden", meinte er geduldig.

„Da gibt es nichts zu reden und nichts zu diskutieren!"

„Nun, wir werden sehen", sagte Mark unbeirrt. „Ich schlage vor, Sie ziehen sich jetzt an, und ich helfe Ihnen packen."

„Packen?" Lindsay war fassungslos. Channing mochte ein begabter Schriftsteller sein, doch er war nicht nur verrückt, sondern auch noch ohne jegliche Manieren. Zuerst betrat er ungefragt ihr Zimmer, und nun wollte er unter einem läppischen Vorwand ihre persönlichsten Dinge in Augenschein nehmen. Es war ungeheuerlich!

„Mister Channing! Sie werden es nicht glauben, aber ich bin durchaus in der Lage, meinen Koffer selbst zu packen. Und zwar werde ich es tun, bevor ich aus diesem Hotel auschecke und nach Los Angeles zurückfliege. Den Zeitpunkt meiner Abreise, Mr. Channing, bestimme noch immer ich."

Er lachte erfreut. „Ich habe doch geahnt, dass Sie sich zum Bleiben entschließen würden. Ehrlich gestanden habe ich es vorausgesetzt. Okay – Sie packen also selbst. Wie Sie wollen. Aber beeilen Sie sich. Sonst haben wir nichts mehr vom Tag."

„Ich … ich verstehe überhaupt nichts mehr … Warum soll ich packen?"

„Weil Sie zu mir übersiedeln. Die tägliche Hin- und Rückfahrt auf der vereisten Straße zwischen Boulder und Denver wäre viel zu strapaziös für Sie. Und gefährlich, denn Sie sind ja winterliche Straßenverhältnisse offenbar nicht gewohnt."

Lindsay seufzte auf und zog die Decke fest um ihren Oberkörper. Ihr Entschluss, nicht zu ihm nach Boulder zu ziehen, stand spätestens seit seinem Einfall, in ihr Zimmer zu kommen, unumstößlich fest. Ob Boulder oder ein Vipernnest – es kam auf dasselbe hinaus. Der Mann war einfach lebensgefährlich.

„Ich bin in diesem Hotel sehr gut aufgehoben", sagte sie eisig, „und ich denke nicht daran, auszuziehen."

„Es ist aber leider schon geschehen. Ich habe Sie eben ausgecheckt", gestand Mark und sah sie abwartend an.

„W…was haben Sie?" Der schrille Ton in Lindsays Stimme kündigte einen ihrer höchst seltenen, aber von ihren Mitmenschen äußerst gefürchteten Wutanfälle an. Normalerweise sparte sie sich diese Ausbrüche für jene raren, aber umso unerfreulicheren Situationen auf, in denen Leute auftraten, die sie nie, nie wiedersehen wollte. Und eine solche Situation bahnte sich jetzt an.

Zornfunkelnd blitzte sie Channing an, während sie sich ihren nächsten Satz zurechtlegte.

„Ich habe nur an Ihr Spesenkonto gedacht", kam ihr Channing zuvor. „Sagten Sie nicht gestern im Flugzeug, dass Sie das Geld Ihrer Firma nicht für aussichtslose Fälle verschleudern?" Er kam einen Schritt auf sie zu. „Und diesem lobenswerten Zug habe ich Rechnung getragen. Sie wollen doch Ihrem Chef nicht eine teure Hotelrechnung für ein privates Ski-Wochenende präsentieren …?"

„Von Skilaufen ist keine Rede!", rief Lindsay aufgebracht, „und erst recht nicht von einem lauschigen Wochenende in Ihrer Schneehütte!" Ihre Gefühle und Gedanken befanden sich in einem heillosen Durcheinander. Nicht einmal der vorausgeahnte Wutanfall stellte sich ein. Stattdessen sorgte dieser Mensch dafür, dass sie langsam, aber sicher den Verstand verlor.

„Oh Lindsay", hörte sie ihn mitleidig sagen, „gönnen Sie sich doch ein wenig Spaß. Ein kleines Abenteuer, eine Abwechslung. Ich glaube, es wird Ihnen guttun."

„Spaß!", stieß sie verächtlich hervor. „Ich kann mir angenehmere Freizeitbeschäftigungen vorstellen. Zum Beispiel einen Spaziergang am Meer bei sommerlichen Temperaturen. Oder einen Besuch im Louvre. Oder einen Abend im Dachrestaurant des World Trade Center bei einem exotischen Cocktail. Von mir aus sogar eine durchtanzte Nacht in einer Londoner Disco oder eine Saharadurchquerung auf dem Kamel. Lieber würde ich eine Schulklasse durch Disneyland führen, als auch nur eine Stunde bei klirrender Kälte durch meterhohen Schnee zu stapfen, noch dazu auf Skiern. Nein, vielen Dank!"

Mark Channing schüttelte seufzend den Kopf. „Ich sehe schon, mir steht ein gewaltiges Stück Arbeit bevor."

„Es ist nicht Ihr Job, mich zu einem Schnee-Fan zu bekehren,

Mr. Channing. Sollten Sie das fälschlicherweise angenommen haben, dann betrachten Sie sich bitte als fristlos entlassen."

Er lächelte hintergründig. „Darin kann ich Ihnen als Alternative nur noch ein Abkommen vorschlagen."

Lindsay brauchte ihn nur anzusehen, um zu wissen, was für eine Art Abkommen er meinte. Er verzehrte sie förmlich mit seinem lüsternen Blick.

Aber als verhandlungserfahrene Anwältin hielt sie sich an die eiserne Regeln, den anderen anzuhören, bevor man Nein sagte.

„Wie lautet Ihr Vorschlag?", fragte Lindsay kühl.

„Sie kommen mit nach Boulder und machen sich ein Bild von dem Leben dort…"

„Und …?", unterbrach sie ihn ungeduldig.

„Und ich höre mir Ihre Vorschläge an."

„Das ist glatte Erpressung!"

„Nein, es ist ein Abkommen", berichtigte er sie mit sanfter Stimme. Natürlich – nach deinen selbst geschneiderten Maßstäben schon, erwiderte sie im Stillen. Dieser Mann schien sein Ziel noch hartnäckiger zu verfolgen als sie das ihre. Es fragte sich, wer der Siegerin diesem unfairen Kampf sein würde.

Lindsay ließ den Blick noch einmal zum Fenster wandern. Das graue Licht war beklemmend. Voller Sehnsucht dachte sie an den nur wenige Flugstunden entfernten Strand von Malibu. Dies wäre ein ideales Wochenende gewesen, um mit dem längst geplanten Windsurf-Kurs zu beginnen. Dahingleiten auf der sanft gekräuselten Oberfläche des Meeres – unter einem strahlend blauen, wolkenlosen Himmel, gekühlt von einer lauen Brise …

„Was für ein widerlicher Tag", sagte sie mit kläglicher Stimme.

„Aber der einzige, der uns für die Verwirklichung unseres Abkommens zur Verfügung steht."

Lindsay musterte Channing mit einem grimmigen Blick. „Ich verstehe immer weniger, warum Sie nicht für Trent Langstom arbeiten wollen. Sie beide sind aus demselben Holz geschnitzt."

„Vielleicht gelingt es Ihnen ja, mich zu überzeugen", meinte er grinsend. „Lassen Sie es auf einen Versuch ankommen."

Sie seufzte auf. „Mir bleibt wohl keine andere Wahl." Umständlich wickelte sie sich in die Daunendecke und stand, mürrisch vor sich hin fluchend, auf.

„Haben Sie etwas gesagt, Lindsay?"

„Jedenfalls war es nicht für Ihre Ohren bestimmt." Sie zögerte. „Also gut – packen Sie meine Tasche, wenn Sie möchten. Ich gehe inzwischen duschen."

In die schwere Decke gehüllt, bewegte Lindsay sich unbeholfen in Richtung Badezimmer. Ärgerlich spürte sie, wie Channings belustigter Blick ihr folgte.

Eine Kapitulation war ohnehin schon demütigend! Warum musste sie ihm nun noch diesen unattraktiven Anblick bieten. Sie hätte sich einen würdigeren Abgang gewünscht – mit majestätisch gesetzten Schritten und stolz erhobenem Haupt.

Wütend schlug sie die Tür hinter sich zu. Seit der Begegnung am Flughafenkiosk hatte sie sich von ihrer schwächsten Seite gezeigt. Wie sollte sie je gegenüber Mark Channing die Oberhand gewinnen?

Nun – zum Glück war ihre anfängliche Verwirrtheit einer wachsenden Wut gewichen. Und Wut war eine hervorragende Waffe, männlichen Verführungskünsten zu widerstehen.

Sie würde stark bleiben – das schwor sie sich. Und sie würde mit seiner Unterschrift unter dem Vertrag nach Hause fliegen und ihn bereits im Flugzeug vergessen haben.

4. Kapitel

Der Blick der Hostess sagte alles. Sie musterte Mark mit unverhohlener Bewunderung, als er mit Lindsay den Frühstücksraum des Hotels betrat und sich suchend nach einem freien Tisch umschaute. Wäre Lindsay irgendwie an Mark Channing interessiert oder gar mit ihm liiert gewesen, so hätte sie allein dieser ungenierte Blick in rasende Eifersucht versetzt.

So aber empfand sie nur eine Art solidarischen Mitgefühls für die arme Person, die offenbar genauso spontan und eindeutig auf Marks sinnliche maskuline Ausstrahlung reagierte, wie sie selbst es getan hatte.

Seine Wirkung auf Frauen war verblüffend. Aber war es ein Wunder? Lindsay musste zugeben, dass er trotz seines saloppen Aufzugs – wie am Vortag trug er Jeans, Holzfällerhemd und dazu die derben handgearbeiteten Stiefel – aussah wie ein griechischer Gott, der soeben vom Olymp herabgestiegen war, um sich unter die Sterblichen zu begeben.

„Ich habe einen sehr schönen Tisch für Sie. Dort drüben in der Ecke", zwitscherte die Hostess und schenkte Mark ein strahlendes Lächeln. „Wollen Sie mir bitte folgen?" Mit wippenden Hüften trippelte sie voraus, nicht ohne sich noch einmal lächelnd nach Mark umzusehen.

Der aber blieb auf halbem Weg stehen und zeigte zu einem kleinen Zweiertisch hinüber. „Der Tisch dort wäre mir lieber. Es ist ein Fensterplatz."

„Kein besonders geschickter Schachzug", murrte Lindsay, die ihm widerstrebend folgte. „Soll ich mich an den Balanceakten und Stürzen der Passanten ergötzen?"

„Die Gehwege sind freigeschaufelt und gestreut", erwiderte Mark trocken. „Kommen Sie, und sehen Sie selbst."

Lindsay blickte widerwillig nach draußen. „Alles, was ich sehe, sind kleine weiße Flocken, die vom Himmel schweben. Sie wollen mir doch nicht weismachen, dass dort oben jemand sitzt und

Rosenblätter ausstreut. Und diese bedauernswerten Menschen da draußen – vermummt und verfroren. Die Worte, die sie sprechen, gefrieren in der Luft. Was passiert bloß mit all den vereisten Sätzen, wenn es taut?"

Er sah sie nur wortlos an und führte sie zu dem Tischchen am Fenster.

Kaum hatten sie Platz genommen, als es Lindsay wie Schuppen von den Augen fiel. Channing hatte den Tisch weder wegen seiner Lage noch aus anderen feinsinnigen Gründen ausgesucht. Es war allzu offenkundig, weshalb er diese Wahl getroffen hatte: Der Tisch war so winzig, dass eine Berührung ihrer Knie unvermeidlich war.

Lindsay war außer sich. Er musste geahnt haben, dass diese intimen Berührungen eine verheerende Wirkung auf sie haben würden.

Sie war ihm ausgeliefert, ihm und diesem erregenden Gefühl sinnlichen Begehrens, das sich in heißen Wellen in ihrem ganzen Körper ausbreitete.

Unbehaglich rutschte sie auf ihrem Stuhl hin und her. Es gab keine Ausweichmöglichkeit, es sei denn, sie verdrehte und verrenkte sich auf ihrem Platz und versperrte den anderen Gästen mit den Füßen den Durchgang.

Es gab nur eine Lösung aus dem Dilemma. Sie musste das Frühstück so schnell wie möglich hinter sich bringen, um sich aus ihrer brisanten Lage zu befreien. Aber ein Blick aus dem Fenster versetzte ihr den nächsten Schock. Das Schneetreiben hatte zugenommen, und beim Anblick der wirbelnden Flocken lief ihr ein kalter Schauer über den Rücken.

Zur Hölle mit Trent Langston und Mark Channing! Lindsay war nicht gewillt, sich diesem grauenhaften, menschenunwürdigen Wetter auszusetzen! Irgendwie würde es ihr schon gelingen, ihre Sinne unter Kontrolle zu halten. Was würden ihr Mark Channings Knie schon anhaben? Sie waren nichts als zwei unattraktive Körperteile, die man einfach ignorieren musste.

Ein letzter Blick auf die Straße, und Lindsay änderte entschlossen ihre Strategie. Sie würde aus dem Frühstück eine Hauptmahlzeit machen und es so lange wie nur irgend möglich ausdehnen. Und mit dieser Absicht griff sie zur Karte und traf ihre Auswahl.

Sie musste auf zweierlei achten: erstens auf die Dauer der Zubereitungszeit der Gerichte und zweitens auf die Zeit, die ihr Verzehr in Anspruch nehmen würde.

Schon der Gedanke an die zu erwartenden Platten verursachte ihr Magenschmerzen. Normalerweise frühstückte sie überhaupt nicht, wenn man einmal von dem Becher Kaffee und dem trockenen Croissant absah, die sie allmorgendlich während der Durchsicht neuer Vertragsentwürfe hastig zu sich nahm.

„Bringen Sie mir bitte Porridge, Rührei mit einer Portion Röstkartoffeln, Toast, Marmelade, Käse, ein Glas frisch ausgepressten Orangensaft und eine Kanne Tee", zählte sie dem Serviermädchen ihre Wünsche auf.

Mark hob überrascht die Augenbrauen, als er die gigantische Bestellung vernahm. Dann schmunzelte er amüsiert. Er schien begriffen zu haben, enthielt sich aber jeglichen Kommentars.

Tja, dachte Lindsay spöttisch, das passt nicht in sein Bild von einer eins fünfundfünfzig großen Frau, die noch vor zwölf Stunden wegen eines lächerlichen Riegels Schokolade um ihre Figur besorgt war. Sollte er denken, was er wollte.

Als sie aufsah und seinen unverschämt wissenden Blick auffing, bestellte sie sich aus lauter Trotz noch eine Portion gebratenen Frühstücksspeck.

„Ich möchte statt Tee eine große Kanne Kaffee", sagte er ruhig. „Sonst bitte das Gleiche wie die Dame."

Die Serviererin schrieb mit unbewegter Miene und dachte sich ihr Teil. Wahrscheinlich hielt sie die beiden für zwei Flitterwöchner, die seit Tagen nicht ihre Hochzeitssuite verlassen hatten und jetzt dem Hungertod nahe waren.

Die reizvolle Vorstellung löste abermals ein Feuerwerk sinnlicher Empfindungen in Lindsay aus. Sie hoffte inständig, dass ihr Gegenüber ihr die innere Erregung nicht anmerkte, und suchte krampfhaft nach einem unverfänglichen Gesprächsstoff.

Nachdem die Serviererin entschwunden war, hatten sie kein Wort gewechselt, und sie empfand das wachsende Schweigen als äußerst unangenehm.

Ihr fiel aber partout nichts ein. Sie war ohnehin kein Morgenmensch und ließ für gewöhnlich den Tag ganz langsam angehen. Nach ausreichendem Nachtschlaf, wohlgemerkt …

Warum sagte er denn nichts? Er schien weder unter der kurzen Nacht noch unter dem beklemmenden Schweigen zu leiden. Im Gegenteil, es sah ganz so aus, als würde er es aus vollen Zügen genießen, still dazusitzen und sie anzusehen.

Ja, zweifellos war er mit der Situation vollauf zufrieden, während sie immer nervöser wurde und, um sich abzulenken, unruhig im Raum umherblickte.

Aber schon bald gestand Lindsay sich widerwillig ein, dass Mark Channing weit und breit die interessanteste, attraktivste und aufregendste Person war, und ihr Blick wanderte unwillkürlich zu ihm zurück.

Für einen kurzen Moment versanken ihre Blicke ineinander. Lindsays Puls begann zu rasen, und ein süßer Schmerz des Verlangens durchzuckte ihren Körper.

Sie konnte noch so sehr ihre Willensstärke beschwören – es half nichts. Der Mann zog sie mit einer magischen, gleichsam hypnotischen Kraft in seinen Bann.

Zum Glück erschien gerade im rechten Augenblick die Kellnerin mit dem überladenen Tablett, und die Situation schlug unvermittelt ins Komische um. Lindsays Mund begann verdächtig zu zucken, als sie die arme Frau bei ihren Bemühungen beobachtete, ihre Ladung auf dem Tischchen unterzubringen.

Sie fühlte sich an jene groteske Zirkusszene erinnert, in der eine unübersehbare Schar von Clowns einer nach dem anderen einem winzigen Auto entsteigt.

Mit geschultem Auge maß die Kellnerin zuerst den Tisch und dann das Tablett. Dann schritt sie zur Tat. Die Blumenvase und der Aschenbecher wurden kurzerhand auf den Nebentisch gestellt. Als Nächstes beförderte die Frau die knusprigen Speckstreifen auf die Platte mit dem Rührei, schob das Geschirr auf engsten Raum zusammen und zwängte Teller und Platten dazwischen. Da kein Millimeter mehr auf dem Tisch frei war, wurden die Schalen mit dem Porridge auf die leeren Frühstücksteller gestellt.

„Kaffee und Tee bringe ich sofort", murmelte die Kellnerin und überprüfte, bevor sie ging, noch einmal mit Genugtuung ihre Meisterleistung.

„Ich habe einen Bärenhunger", verkündete Mark und machte sich über das Rührei her, wie ein Holzfäller, der einen harten Arbeitstag hinter sich hat.

Lindsay rührte ihr Ei kaum an.

„Das nenne ich einen frischen Orangensaft!", lobte er und trank einen kräftigen Schluck. „Man merkt, dass er nicht aus der Dose kommt."

„Hmm." Sie nippte an ihrem Glas.

„Sie sollten mal die Kartoffeln probieren, Lindsay! Köstlich."

„Eins nach dem anderen, Mr. Channing."

„Aber Sie essen ja gar nicht. Ihr Rührei ist sicher schon kalt. Langen Sie tüchtig zu! Sie müssen sich für heute Nachmittag kräftigen. Außerdem dachte ich, Sie seien hungrig…"

Lindsay knabberte lustlos an einem Speckstreifen, nachdem sie nur einen Löffel von dem Porridge gegessen und die Schale dann aus Platzmangel auf die Fensterbank gestellt hatte. Sie hasste Haferflockenbrei …

„Ich bin hungrig!", bestätigte sie, „aber ich bin ein sehr langsamer Esser." Sie ließ den Blick über all die schrecklichen „Köstlichkeiten" wandern, als könnte sie es gar nicht abwarten, sie zu verzehren.

Wenn ich das alles doch nur ein bisschen schneller verputzen könnte! log ihr treuherziger Blick, dem ein hinreißendes Lächeln folgte. Dann trank sie einen Schluck Saft. Einen winzigen Schluck …

Bestürzt stellte sie fest, dass Mark sich in rasendem Tempo durch seine Portionen aß. *Rede, Lindsay Tabor! Du musst ihn in eine Unterhaltung verwickeln, sonst ist er gleich fertig. Und dann?*

Sie sah aus dem Fenster und erschauerte. Sprich endlich! befahl sie sich aufs Neue. *Es ist deine einzige Rettung.*

„Darf ich Sie etwas fragen, Mr. Channing?", begann Lindsay mit mühsam geheucheltem Interesse. „Weshalb haben Sie sich ausgerechnet in Boulder niedergelassen? Stammen Sie aus dieser Gegend?"

Er schüttelte den Kopf und verspeiste den letzten Happen Rührei.

Sie machte einen neuen Anlauf. „Wohnen Sie schon lange hier?"

„Fast sechs Jahre", antwortete er, bevor er das letzte Stück Speck verputzte.

„Wo sind Sie denn geboren und aufgewachsen?"

Er leerte sein Saftglas in einem Zug und zeigte fragend auf ihres, das noch halb voll war. Sie nickte, und er trank es ebenfalls aus. „New York", sagte er und verstummte wieder.

In diesem Augenblick dankte Lindsay ihrem Schicksal, dass sie keine Journalistin war, die einen Artikel über Mark Channing alias David Morrow schreiben musste.

Ihrer Absicht kam er natürlich sehr entgegen, denn unwissentlich zögerte er mit seiner Wortkargheit den gefürchteten Augenblick des Aufbruchs hinaus.

Wieder spähte Lindsay ängstlich nach draußen und zuckte entsetzt zusammen. Die arktische Außentemperatur hatte das Kondenswasser an der Innenseite der Fensterscheibe in Eis verwandelt. Ungläubig fuhr sie mit dem Finger über die im Sonnenlicht glitzernden gefrorenen Rinnsale.

„Sie machen ein Gesicht, als stünden Ihnen die schlimmsten Qualen bevor", sagte Mark, der sie beobachtet hatte. „Was haben Sie nur gegen das bisschen Schnee und Eis?"

„Es ist mir einfach zu kalt."

In seine Augen trat ein warmes Leuchten, als versuchte er, sie für die Kälte dort draußen zu entschädigen. „Dann wissen Sie nicht, wie gemütlich es ist, bei Winterwetter mit einem Glas guten Kognak vor dem Kamin zu sitzen."

„Dagegen habe ich auch nichts", entgegnete Lindsay, „aber Sie wollen mir ja unbedingt das Skilaufen schmackhaft machen."

„Warten Sie ab, Lindsay, es wird Ihnen gefallen. Und die Wärme des Kaminfeuers genießt man doppelt, wenn man nach Stunden aus der knackigen Schneeluft ins Haus zurückkehrt. Der Körper ist dann wohlig entspannt und müde. Glauben Sie mir, Wintersport belebt und kräftigt."

Lindsay sah ihn skeptisch an. Offenbar war diesem Mann nicht klarzumachen, dass es nun einmal Menschen gab, die die Begeisterung der Wintersportfanatiker nicht teilen konnten. Zum Glück fiel ihr eine andere plausible Erklärung ein, die ihn überzeugen musste.

„Aber ich habe doch gar nicht die passende Kleidung dabei. Soll ich in Pumps und Kostüm Ski laufen? Ich habe nicht einmal lange Hosen eingepackt." Was sie sagte, entsprach sogar der Wahrheit. Außer einem warmen Pullover hatte sie nur noch ein zweites Kostüm und mehrere Seidenblusen in ihrem Gepäck.

„Wo hatten Sie denn bloß Ihre Gedanken, als sie für diese Reise packten?", fragte er. „Wussten Sie nicht, was Sie hier erwartet?"

„Oh doch. Ich war der Meinung, mich auf eine Geschäftsreise zu begeben", erwiderte sie spitz. „Konnte ich ahnen, dass mein Verhand-

lungspartner seine Besprechungen im Schnee abzuhalten pflegt?" –
Mark ignorierte ihre sarkastische Bemerkung. „Lassen Sie nur – es ist
halb so schlimm. Das Garderobenproblem werden wir schon lösen.
Nicht weit vom Hotel ist ein gutes Sportbekleidungsgeschäft. Dort
können Sie sich einkleiden." Er warf einen kurzen Blick auf ihr kaum
angerührtes Frühstück. „Essen Sie das noch auf?"

Schuldbewusst schüttelte Lindsay den Kopf. Welch eine sinnlose
Verschwendung, wo Millionen von Menschen in Asien und Afrika
verhungern mussten. In Gedanken sah sie den vorwurfsvollen Blick
ihrer Mutter vor sich. Sie schämte sich.

„Warum haben Sie denn nur so viel bestellt?"

„Weil … nun, weil ich …"

„Lassen Sie nur, ich weiß, was Sie sich dabei gedacht haben", schnitt
er ihr das Wort ab.

„Aha. Gedankenlesen können Sie also auch."

„Das ist bei Ihnen gar nicht nötig. Ihr Mienenspiel ist ein offenes
Buch." Er beugte sich zu ihr vor. „Lindsay", sagte er seufzend, „geben
Sie Ihren Widerstand auf. Wir werden jetzt zusammen nach Boulder
fahren und dort Ski laufen. Ich möchte das Erlebnis des ersten Mals
mit Ihnen teilen. Und noch vieles mehr … Hören Sie auf, sich zu sträu-
ben. Merken Sie nicht, dass Sie das Unvermeidliche nur aufschieben?"

Lindsay sah ihn mürrisch an. „Ich frage mich, wieso dieser Unsinn
unvermeidlich sein soll."

„Fragen Sie lieber die Götter."

„Eigentlich hatte ich vor, Trent anzurufen. Oder einen Psycholo-
gen", konterte sie.

„Die werden Ihnen auch nicht antworten können. Auf diese Frage
jedenfalls nicht."

Mit einem Ausdruck unerschütterlichen Selbstbewusstseins lehnte
Mark sich in seinen Stuhl zurück. Er schien sich seiner Sache vollkommen sicher zu sein.

Lindsays Irritation wuchs. Woher nahm er diese Gewissheit und
Zuversicht? Sie empfand seine stoische Ruhe als hinterhältig und
provozierend. „Ich habe Ihnen nun schon wiederholt dieselbe Frage
gestellt", sagte sie schließlich unter Aufbietung ihrer ganzen Selbstbeherrschung. „Warum inszenieren Sie dies alles?"

„Sie meinen das Frühstück?"

„Werden Sie nicht komisch! Sie wissen ganz genau, was ich meine.

Was Sie tun, grenzt an Entführung." Lindsay zögerte. „Ein Mann wie Sie … ich meine, Sie sind doch attraktiv…"

„Vielen Dank!"

„… und intelligent. Es dürfte Ihnen an Verehrerinnen nicht mangeln. Etwas verrückt, gewiss, aber viele Frauen finden das interessant Ich wette, dass unzählige hübsche junge Frauen aus dem Häuschen gerieten, wenn Sie ein Wochenende in Ihrem abgeschiedenen Blockhaus verbringen dürften."

„Interessiert mich nicht."

„Und warum nicht?", fragte Lindsay, der Verzweiflung nahe.

Er zuckte gleichmütig mit den Schultern, aber dann trat ein sanfter Ausdruck in seine Augen. „Es könnte sein", sagte er mit leiser und rauer Stimme, „dass wir beide zu Tode erschrecken würden, wenn ich dieser Frage weiter nachginge."

„Sie wissen es also nicht." Lindsay sah ihn fassungslos an.

Mark schüttelte den Kopf.

„Aber Sie wirken so selbstsicher, so überzeugt, als kennen Sie ein Geheimnis, aus dem Sie mich ausschließen."

„Sie irren sich, Lindsay. Nur die Götter kennen dieses Geheimnis. Ich weiß nur eins: dass es ein Fehler wäre, Sie gehen zu lassen. Das sagt mir mein Instinkt."

„Gehorchen Sie immer Ihren Instinkten?"

Er antwortete nicht sofort, aber es fiel Lindsay auf, dass sein Gesicht heftige Gefühlsregungen widerspiegelte. „Inzwischen tue ich es", sagte er dann. Seine Stimme klang fast feierlich, und Lindsay hörte in seinen Worten eine tiefe Trauer mitschwingen.

„Sie haben es also früher nicht getan?", fragte sie leise.

„Nein. Ich war zu sehr mit dem Schreiben beschäftigt und habe meinen Instinkten keine Beachtung geschenkt."

„… bis etwas geschah?"

„Ja. Bis etwas geschah." Marks Stimme klang gepresst, und seine Augen blickten starr und ausdruckslos in de Feme. Lindsay spürte, dass er weit fort war. Sie drang nicht weiter in ihn, wohl wissend, dass ihre Unterhaltung zu einem Ende gekommen war.

Sie hatten Denver hinter sich gelassen und fuhren eine gewundene Landstraße entlang. Mark ließ sich ununterbrochen über die Schönheiten der Landschaft aus und gab detaillierte Erklärungen ab, die

Lindsay allerdings wenig nützten, da das Land ringsum in dichtem Nebel lag.

Kurz vor Boulder klarte es auf. Schneebedeckte Berge vor einem blauen Himmel, im Tal das idyllische Städtchen. In der Tat, ein eindrucksvolles, pittoreskes Bild. Doch Lindsay hätte es dennoch lieber als Postkartenfoto bewundert. Mark hatte, aus Furcht, Lindsay könnte ihm doch noch in letzter Minute entwischen, seine Meinung geändert und sie nicht in Denver eingekleidet, sondern gleich nach dem Frühstück in sein Auto geladen und die Stadt fluchtartig verlassen.

Deshalb führte sie jetzt ihr erster Weg zum Einkaufszentrum von Boulder. Trotz Lindsays Lamento über die unnütze Geldausgabe gelang es Mark, sie mit einem Paar Stiefel, einer warmen Daunenjacke und wattierten Hose, langen Unterhosen, einem Pullover, Wollstrümpfen und -handschuhen und der dazu passenden Mütze auszustatten. Das Wichtigste kam zum Schluss: ein Paar Langlaufskier.

Skeptisch starrte Lindsay auf die langen schmalen Holzbretter und die Skistöcke. Windsurfen, ja, aber auf diesen Marterinstrumenten würde sie sich keine Minute im Gleichgewicht halten.

Als Nächstes ergriff sie die Unterhose und hielt sie mit ausgestreckten Händen hoch. „Dieses hässliche Ungetüm soll Damenunterwäsche sein?", stieß sie angewidert hervor. „So etwas Unerotisches habe ich noch nicht gesehen!"

Ein boshaftes Leuchten trat in Marks Augen. „Entweder warm oder sexy, Sie haben die Wahl", sagte er grinsend. „Beides gleichzeitig geht leider nicht."

„Oh doch!", widersprach sie. „Natürlich nicht hier, aber in Los Angeles. Jetzt am Strand von Santa Monica …", begann sie laut zu träumen.

„Sie sind aber nun mal in Boulder, meine Liebe."

„Ja", seufzte sie. „Ein Fehler, den ich schon jetzt bereue. Ich frage mich, wie ich diese Idiotie begehen konnte."

„Sie konnten meiner Überzeugungskraft nicht widerstehen, ganz einfach", meinte Mark mit einem spöttischen Augenzwinkern.

Lindsay entging nicht, dass die Verkäuferin beim Anblick seiner Grübchen beinahe in Ohnmacht fiel. Er muss an derlei Huldigungen gewöhnt sein, dachte sie, denn er nahm keine Notiz von dem auffälligen Gebaren der Person.

Warum ich, warum ausgerechnet ich? dachte sie voller Selbstmitleid.

Wo tausend andere Frauen sich um ein Ski-Wochenende mit ihm reißen würden! Nun ja, eine Stunde im Schnee würde sie in Kauf nehmen. Immerhin hatten sie ein Abkommen getroffen, bei dem sie vielleicht doch noch als Siegerin hervorgehen würde …

„Ganz recht, Sie haben mich überredet", bestätigte sie. „Juristisch gesehen war es Nötigung … Erpressung. Sie erinnern sich hoffentlich noch an unsere Abmachung, Mark Channing. Wann werden wir über den Vertrag reden?"

„Bald."

„Was heißt bei Ihnen ‚bald'?"

„Bevor Sie nach Los Angeles zurückfliegen."

Lindsays Miene erhellte sich. „Heute Abend geht ein Flug."

„So bald nun auch wieder nicht. Gehen Sie in die Kabine, und probieren Sie die Sachen an."

Ein anerkennendes Lächeln ging über Marks Gesicht, als Lindsay wenig später mit brummiger Miene aus der Kabine trat. „Sehr hübsch", murmelte er und zog ihr die dicke Strickmütze bis über die Ohren hinunter.

„Das finde ich überhaupt nicht! Ich sehe aus wie eine pralle Leberwurst!"

„Nein, Sie sehen süß aus. Ein richtiger Schneehase."

„Sie haben eine reichlich übertriebene Fantasie!"

„Übertrieben? Nein! Fantasie, ja. Für einen Schriftsteller unerlässlich." Mark wandte sich an die Verkäuferin. „Okay. Wir nehmen die Sachen."

Ehe Lindsay protestieren konnte, hatte er an der Kasse bezahlt, nahm von der Verkäuferin die große Plastiktüte in Empfang und komplimentierte Lindsay zum Ausgang.

„Ich hoffe, das geht auf Moris Samuels' Rechnung", sagte sie in eisigem Ton, als sie auf der Straße waren. „Wollten Sie ihm nicht einen Denkzettel verpassen?"

„Das kommt noch. Dies ist ein Geschenk von mir."

„Ich nehme von Ihnen keine Geschenke an!", fauchte Lindsay. „Und schon gar nicht diese unkleidsame Astronauten-Verpackung, die sich Skiausrüstung nennt."

„Lindsay, seien Sie nicht undankbar. Das schickt sich nicht."

„Schickt es sich etwa, eine Dame in einen Marsmenschen zu verwandeln?"

Mark lachte. „Seien Sie ehrlich: Ist Ihnen jetzt nicht wärmer? Sie müssen sich doch wohler fühlen als in Ihrem dünnen Kostüm."

„Hmm. Kann schon sein."

„Na also. Dann erfüllt der neue Anzug ja seinen Zweck." Er öffnete ihr die Wagentür und setzte sich dann ans Steuer. „So", verkündete er fröhlich, „und jetzt starten wir in unser kleines Abenteuer."

5. Kapitel

Nach einer weiteren Stunde Autofahrt erreichten sie Marks Haus. An Lindsays Maßstäben gemessen, lag es in absoluter Wildnis und Einsamkeit. Das perfekte Motiv für eine Weihnachtskarte, dachte sie, aber kein Ort zum Leben.

Allein diese tiefe überwältigende Stille! Für einen Schriftsteller mochte sie lebensnotwendig sein, während sie selbst – das stand fest – an solch einem Ort früher oder später verrückt werden würde. Das völlige Fehlen von Geräuschen empfand sie als bedrohlich und beklemmend. Nicht einmal mit einem so interessanten, anstrengenden und aufregenden Mann wie Mark Channing würde sie es hier lange aushalten.

Da Mark es nicht abwarten konnte, sie auf ihre Skier zu stellen, bevor ihr eine neue gerissene Ausrede einfiel, hatte sie kaum Zeit, sich sein Haus anzusehen. Aber ihr erster Eindruck war nicht unangenehm.

Die Architektur des Hauses passte sich harmonisch der Landschaft an – so, als wäre es schon immer da gewesen und nicht von Menschenhand erbaut. Der einfache Bau bestand aus roh behauenen Steinen, derben, kaum bearbeiteten Holzbalken und sehr viel Glas.

Der Holzfußboden des großen Wohnraumes war mit bunten handgewebten Indianerteppichen belegt. Nur vor dem Kamin lag das obligatorische Schaffell, dick und zottelig. Genau wie Lindsay vermutet hatte.

Sie warf Mark ein boshaftes, wissendes Lächeln zu. Mit mir nicht, signalisierte sie ihm, bevor sie das kuschelige Lager für intime Stunden aus der Nähe inspizierte. Plötzlich fuhr sie vor Schreck zusammen, denn das Fell begann sich zu bewegen. Langsam erhob es sich, tapste auf Mark zu und leckte ihm zur Begrüßung die Hand. Es war der größte, zotteligste und liebenswerteste Hund, den Lindsay je gesehen hatte.

„Randy, das ist Lindsay", stellte Mark seinen Gast vor, als der Hund neugierig zu ihr hinübersah. Er scheint mir freundlich gesonnen zu sein, dachte Lindsay erleichtert, denn Randy wedelte träge mit dem Schwanz und ließ sich ohne Protest von ihr den Kopf kraulen. Dann trottete er, von der anstrengenden Begrüßungszeremonie sichtlich ermattet, zu seinem Platz vor dem prasselnden Kaminfeuer zurück und sank mit einem Seufzer in sich zusammen.

„Ist Randy ein verwunschener Prinz, der sich selbst seine Mahlzeiten zubereitet und das Kaminfeuer anzündet?", fragte Lindsay. „Lassen Sie ihn immer allein, wenn Sie auf Reisen sind?"

Mark lachte. „Natürlich nicht Mrs. Tynan kümmert sich um ihn, wenn ich nicht da bin. Sie hat ihn heute zurückgebracht und bei der Gelegenheit auch gleich Feuer gemacht, damit mein Gast es warm hat. So wie ich sie kenne, hat sie auch den Kühlschrank mit Vorräten gefüllt, denn als ich heute Morgen auf dem Weg nach Denver bei ihr hereinschaute, habe ich ihr von meinem bezaubernden Besuch erzählt."

„Ist Mrs. Tynan Ihre Haushälterin?"

„Um Himmels willen, nein. Sie betreibt einen Gemischtwarenladen, den einzigen weit und breit, etwa eine Meile von hier. Sara Tynan ist ein verwittertes altes Mädchen mit einem Mundwerk, das nie stillsteht. Aber sie hat ein Heiz aus Gold."

Die liebevolle Art, in der Mark Mrs. Tynan beschrieb, ließ vermuten, dass sie in seinem Leben eine ganz besondere Rolle spielte. Trotzdem behagte Lindsay die Idee nicht, dass Mark sie eingeweiht hatte. Sie konnte sich lebhaft vorstellen, dass in einer gottverlassenen Gegend wie dieser hier der Krämerladen der Umschlagplatz für den neuesten Klatsch war. Die ganze Angelegenheit war schon peinlich genug, und sie verspürte nicht die geringste Lust, bei der örtlichen Bevölkerung auch noch zum Gegenstand wilder Spekulationen zu werden.

„Sie haben Mrs. Tynan von mir erzählt?", fragte sie entgeistert. „So wie Sie sie beschreiben, muss ihr Laden eine bessere Nachrichtenagentur sein."

„Ich habe weder Ihren Namen noch Ihren Beruf noch Ihre Taillenweite oder Augenfarbe angegeben, sondern nur eine ganz vage Andeutung gemacht", verteidigte Mark sich. „Und denken Sie nur nicht, dass Sara nicht selbst herausgefunden hätte, dass Sie hier sind. Für so etwas hat sie eine Spürnase, zumal sie seit Jahren versucht, mich zu verheiraten. Sicher wird sie bald einen Vorwand finden, Sie kennenzulernen. Ich wette, dass sie höchst angetan sein wird."

Da war es wieder, dieses seltsam aufregende Gefühl in der Magengrube. Mark hatte es mit der flüchtig hingeworfenen Bemerkung vom Heiraten ausgelöst.

Lindsay ärgerte sich über ihre unkontrollierte, verräterische Reaktion, die Mark hoffentlich entgangen war. Sie wartete ab, bis ihr Pulsschlag sich wieder beruhigt hatte, und sah ihn kühl an. „Mrs. Tynans Begeisterung wird schnell schwinden, sobald sie herausgefunden hat, weshalb ich wirklich hier bin. Sie wird ihren nach Romanzen dürstenden Kundinnen erklären müssen, dass mein einziges Interesse darin besteht, Sie zu einer Unterschrift zu bewegen. Einer Unterschrift unter einen Geschäftsvertrag und nicht unter eine Heiratsurkunde, wohlgemerkt."

Mark sah sie zweifelnd an, als sie ihren Vortrag beendet hatte. „Sind Sie sicher, dass das Ihr einziges Interesse ist?", fragte er mit schmeichelnder Stimme und ging einen Schritt auf sie zu, sodass sie sich auf Tuchfühlung gegenüberstanden.

Augenblicklich war das Magenkribbeln wieder da, und als Mark die Hand hob und ihr sanft über die Wange und die Lippen strich, wurde Lindsay von einem schwindelerregenden Taumel ergriffen.

Sie brachte keinen Ton heraus und nickte nur schwach.

„Und das soll ich glauben?" Mit einem spöttischen Lächeln wandte er sich ab und ging in die Diele. „Ich bringe Ihren Koffer ins Gästezimmer."

Lindsay stand wie angewurzelt da und starrte ihm nach, wie er mit dem Koffer in der Hand den Flur hinunterging.

Die Berührung seiner Hand brannte wie Feuer auf ihrer Haut. Noch eine solche Liebkosung, und sie wäre verloren. Ein Streicheln, ein Kuss, eine Umarmung ... sie würde Mark Channing nie wieder loslassen, das spürte sie.

Oh nein, Lindsay Tabor, sagte sie zu sich selbst. *Soweit wirst du es nicht kommen lassen.*

Als Mark etwas später ins Zimmer zurückkam, hatte Lindsay sich noch immer nicht vom Fleck gerührt. Er konnte sich denken, warum. „Sie kommen nicht drum herum, Rotschopf, jetzt geht's los", sagte er hintersinnig. „Kommen Sie, wir gehen Ski laufen."

Seine Stimme klang so weich, so verführerisch, so einladend, dass sie in diesem Moment zu allem bereit gewesen wäre. Unter diesem Aspekt erschien ihr das verhasste Skilaufen nun fast schon als die Rettung aus einer Situation, deren sie nicht mehr Herr war.

Trotzdem war es eine Tortur, genau wie sie befürchtet hatte. Nein, es übertraf ihre schlimmsten Vorstellungen. Ihre Nase wurde kalt wie ein Eiszapfen. Dann die Hände und Füße, die ihr nicht gehorchten und sich auf den teuflischen Holzbrettern selbstständig zu machen schienen. Immer wieder landete sie auf dem Hinterteil, das nach und nach zu Eis gefror und von den dauernden Stürzen wund wurde.

Jede Minute war eine Qual, aber trotzdem gab Lindsay, die geborene Kämpferin, nicht auf. So schnell würde sie nicht klein beigeben, schon gar nicht vor Mark Channing. Es wäre doch gelacht, so redete sie sich unentwegt ein, wenn sie sich von einem Sport entmutigen ließe, den sogar Kinder spielerisch erlernten.

Dank ihrer Durchhalteparolen machte sie erste winzige Fortschritte. Immerhin gelang es ihr nach einer Weile, sich schrittweise auf den Skiern fortzubewegen. Sobald sie allerdings versuchte, nach den Anweisungen ihres Lehrers in weichen, rhythmischen Bewegungen über den Schnee zu gleiten, geriet ihr Körper unweigerlich aus der Kontrolle. Wild mit den Armen rudernd, ging sie zu Boden, wurde von ihrem unerbittlichen Lehrmeister unverzüglich wieder auf die Beine gestellt, damit sie erneut hinfallen konnte.

Der Sadist hat sein Opfer gefunden, dachte Lindsay sarkastisch.

„Morgen wird es schon viel besser gehen", versuchte Mark sie aufzumuntern und setzte seine Lektion noch eine Weile fort, bis er endlich ein Erbarmen hatte und sie zurück zum Haus schleifte.

„Wenn ich dann noch am Leben bin", entgegnete Lindsay mit kraftloser Stimme.

Als sie das Haus betraten und vom Kamin her mit einem müden Schwanzwedeln begrüßt wurden, hatte Lindsay nur einen Wunsch: sich neben Randy auszustrecken und mit dem Kopf auf seinem flauschig weichen Rücken einzuschlafen.

Mark schien ihre Gedanken zu erraten. „Müde?", fragte er lächelnd. „Sie werden jetzt ein heißes Bad nehmen, und dann sind Sie wieder quicklebendig." Er sah sie mit einem bittenden Ausdruck an. „Sie müssen doch zugeben, dass es ein herrlicher Nachmittag war. Allein der Himmel. Solch ein intensives Blau habe ich noch nie gesehen."

„Ich schon", entgegnete Lindsay kühl und rieb sich die erstarrten Hände, „und zwar am Strand von Maui auf Hawaii." In ihren Händen stach es jetzt wie von tausend Nadeln. Der taube Zustand war ihr im Vergleich zu diesem Schmerz noch lieber gewesen.

„Das kann man doch nicht vergleichen."

„Ich finde, doch."

Mark machte ein niedergeschlagenes Gesicht. „Hat es Ihnen nicht einmal ein kleines bisschen gefallen? Ich dachte, Sie würden auf den Geschmack kommen …"

„… nein, ich bin nicht auf den Geschmack gekommen", fiel sie ihm ins Wort. „Wie sollte ich auch? Soll es spaßig sein, stundenlang mit verhedderten Beinen und erfrorenen Gliedmaßen einen Überlebenskampf zu führen?"

„Morgen geht es besser", versprach er von Neuem, und als Lindsay seine zerknirschte Miene bemerkte, überkam sie so etwas wie Schuldgefühl.

Da wollte nun ein attraktiver, erfolgreicher, interessanter und begehrenswerter Mann ihr Freude bereiten, sie an seinem Leben teilhaben lassen, ihr etwas Neues zeigen – und sie benahm sich wie eine ungezogene Göre. Ihre Mutter würde einen Herzanfall bekommen, wenn sie sie so sehen würde. Flieg nur weiter Touristenklasse, würde sie ihr raten. *Du verdienst nichts anderes!*

Ihrer Mutter zuliebe sann Lindsay nach ein paar freundlichen Worten. „Ach, so schlimm war es nun auch wieder nicht", sagte sie, um gleich darauf festzustellen, dass ihr das Kompliment nicht besonders gut gelungen war. Ein wenig mehr Begeisterung sollte schon aus ihren Worten herausklingen. Sie machte einen neuen Versuch. „Es war … es war weiß draußen. Ja, sehr weiß. Ich liebe Weiß."

Dann verzog sie das Gesicht und nieste. Sie nieste noch einmal, heftiger, Mark sah sie erschreckt an und erntete einen leidenden, vorwurfsvollen Blick.

„Um Gottes willen. Erkälten Sie sich bloß nicht", sagte er besorgt und half ihr schnell aus der feuchten, schneeverkrusteten Jacke. Für einen kurzen Moment trafen sich ihre Blicke. „Dann würde ich Ihnen nie glaubhaft beweisen können, wie schön es hier ist", setzte er leise hinzu.

Lindsay spürte seine Hände hinter ihrem Rücken, als sie sich mit seiner Hilfe aus der Jacke schälte. Die leichte Berührung genügte, um ihr das Blut in die Wangen zu treiben.

Die Schönheit des Ortes wird er mir schwerlich nahebringen können, dachte sie, und wenn er eine Sauna installiert und mich dort rund um die Uhr schwitzen lässt.

Aber klammerte sie den Ort einmal aus und ließ nur die Nähe dieses Mannes auf sich wirken, dann musste sie zugeben, dass sie sich wie im

Paradies fühlte. Eben noch halb erfroren, durchströmte sie jetzt eine himmlische Wärme. Eine süße, berauschende, erregende Wärme, die sie vom Kopf bis in die Zehenspitzen erfüllte.

„Ich lasse Ihnen ein Bad ein", sagte Mark mit rauer Stimme. Seine Hände lagen auf ihren Schultern, und Lindsay spürte seinen warmen Atem über ihr Haar streichen.

Sie holte tief Luft, schüttelte ihn ungeduldig ab und ging aus dem Zimmer. „Das kann ich auch selber", rief sie ihm über die Schulter zu. „Ich finde mich schon zurecht."

„Sie sind eine selbstständige Frau, alle Achtung", bemerkte Mark ironisch. Dann stieß er einen tiefen Seufzer aus. „Na gut, wie Sie wollen. Ich kümmere mich inzwischen um das Kaminfeuer und das Abendessen. Handtücher und die üblichen Utensilien finden Sie in dem Holzschränkchen. Ich wünsche einen angenehmen Aufenthalt."

Die „üblichen Utensilien", entpuppten sich als ein buntes Sortiment der verschiedensten Schaumbäder. Etwas sonderbar für einen allein lebenden Junggesellen, aber keiner näheren Betrachtung wert.

Lindsay entschied sich für „Fliederduft", gab eine Verschlusskappe voll in die Wanne und drehte den Hahn auf, aus dem ein kräftiger heißer Strahl rauschte.

Endlich, nachdem sie mehrere Schichten feuchter einzwängender Kleidungsstücke abgestreift hatte, ließ sie sich mit einem befreiten Seufzer in die riesige Wanne gleiten.

Wohlig streckte sie sich aus und tauchte bis zum Kinn in das heiße Wasser ein, das von duftenden Schaumkappen bedeckt war. Ja, so stellte sie sich das ideale Ende eines anstrengenden Tages vor. Dies entsprach ihrer Vorstellung von Entspannung und Genuss. War sie am Ende gar im Schnee erfroren und ins Paradies eingetreten? Sie schloss die Augen, öffnete sie wieder und … erblickte über sich den Sternenhimmel. Einen Moment lang war sie völlig verwirrt, bis ihr klar wurde, dass ein Glasdach ihr den märchenhaften Ausblick gewährte. Der reizvolle architektonische Einfall erhöhte den sinnlichen Genuss des Bades. Lindsay hätte stundenlang so daliegen können, eingehüllt von den köstlich duftenden Schaummassen, den Blick zum Nachthimmel gerichtet, von träumerischen Gedanken davongetragen.

Was für eine wunderbare romantische Idee, aus einem Badezimmer einen Ort für Träume zu machen.

Plötzlich durchfuhr Lindsay ein Stich der Eifersucht. Sie stellte sich vor, wie Mark sich in dieser riesigen Wanne mit schönen verführerischen Unbekannten erotischen Badefreuden hingab.

Bist du von allen guten Geistern verlassen, Lindsay Tabor? schalt sie sich. Eifersucht – einfach lächerlich! Channings Privatleben war ihr gleichgültig. Sollte er seine perversen Gelüste befriedigen, mit wem und wie er wollte.

„Hallo, leben Sie noch?", ertönte auf einmal überraschend seine Stimme hinter der Tür.

Lindsay hatte die unkonventionelle Art, mit der er sich Eintritt ins Zimmer einer Dame verschaffte, noch frisch in Erinnerung und griff schnell nach dem Waschlappen, um damit ihre Brust zu verdecken.

„Natürlich lebe ich noch."

„Gut. Es war so verdächtig still. Ich hatte Angst, Sie könnten einschlafen. Das Essen ist gleich fertig."

„Ich komme gleich." Lindsay seifte sich eilig ab, spülte mit der Brause den Schaum von ihrem Körper und stieg aus der Wanne. Sie hüllte sich in ein großes flauschiges Badetuch, das über einem beheizten Handtuchständer gehangen hatte, und gab einen zufriedenen Seufzer von sich. Eifersucht, Ärger und Frust hin und her – Mark Channing war ein umsichtiger, fürsorglicher Mann.

Sie frottierte sich schnell trocken und zog einen sehr sexy Spitzenslip und einen dazu passenden BH an. Als sie sich in dem großen Wandspiegel betrachtete, fand sogar sie selbst sich sehr feminin und verführerisch. Aber wollte sie das überhaupt? Sie ging der Frage nicht weiter nach und schlüpfte in die neuen Jeans, die Mark ihr ebenfalls spendiert hatte. Dazu der neu erstandene dicke Pullover, dessen abgestufte Braun- und Rosttöne das kräftige Rotbraun ihres Haars hervorhoben. Ihre Löckchen hatten sich zu einem frechen Wirrwarr gekringelt und gaben ihr ein fast jungenhaftes, verwegenes Aussehen, kombiniert mit einer sinnlichen, herausfordernden Weiblichkeit.

Ein kurzer Bürstenstrich durchs Haar, ein wenig Lippenstift und Augen-Make-up, und sie war mit ihrer Erscheinung zufrieden. Nicht zu viel und nicht zu wenig. Sie verließ das Badezimmer und schlenderte in den Wohnraum, wo Mark sie erwartete.

Er musterte sie mit einem anerkennenden Blick, stand von seinem Sessel auf und ging ihr entgegen, bis sie sich Auge in Auge gegenüberstanden.

Lindsay fragte sich irritiert, ob dies seine gewohnte Pose war, in der er Unterhaltungen führte. Oder war er vielleicht kurzsichtig? Oder wollte er sie ganz einfach nur einschüchtern?

Wie auch immer – irgendwann später würde sie ihm einmal gestehen, dass seine Technik überaus wirkungsvoll war. Wieder zog er sie magisch in seinen Bann und gab ihr keine Chance, sich seiner Anziehungskraft zu entziehen.

Die Gefühle, die er schon in der ersten Minute ihrer Begegnung am Flughafen in ihr entfacht hatte, wurden mit jedem Moment, den sie in seiner Nähe verbrachte, intensiver und beherrschender.

Sekundenlang starrte sie auf seine Brust. Dann hob sie zögernd den Blick und sah ihm ins Gesicht.

„Wie fühlen Sie sich?", fragte Mark sanft.

„Ausgezeichnet." Sie brachte das Wort nur mühsam heraus. Ihre Stimme schien ihr den Dienst zu versagen.

„Sie sehen phantastisch aus." Auch Mark litt offenbar unter den ersten Symptomen einer Erkältung. Seine heisere Stimme war kaum hörbar. Er neigte den Kopf und näherte die Lippen bedenklich ihrem Ohr. „Hmm. Und wie wunderbar Sie duften!"

Sein Atem strich wie ein Feuerhauch über ihren Hals, und die leichte Berührung seiner Hände, die locker auf ihren Hüften ruhten, versetzte sie in eine Erregung, wie die heißesten Umarmungen anderer Männer es niemals vermocht hätten.

Ein einziger Schritt nach rückwärts hätte sie befreit. Ein halber Meter Abstand, und Lindsay wäre der Gefahrenzone entkommen. Aber sie blieb stehen, mit wild klopfendem Herzen, den Blick in seinen versenkt.

Ihre Blicke lieferten sich ein stummes Duell, das nicht auf ein Resultat drängte, sondern lediglich Fragen aufwarf. Beunruhigende, gefährliche Fragen.

„Das Essen wird kalt", sagte Mark schließlich. Seine Stimme war zu einem kaum hörbaren heiseren Flüstern herabgesunken.

„Essen?", fragte Lindsay benommen, als würde sie aus einem Traum erwachen.

Er lachte, und damit löste sich die lähmende Spannung. „Hatten Sie das ganz vergessen? Nun, es wird Ihnen schon wieder einfallen, sobald Sie sich zu Tisch gesetzt haben."

Mark führte sie zum Esstisch, und Lindsay stieß einen Ausruf der Überraschung aus, als sie sah, mit wie viel Sorgfalt und Geschmack er gedeckt war. Auf dem weißen leinenen Tischtuch standen zwei Leuchter mit brennenden Kerzen und verbreiteten eine heimelige, romantische Atmosphäre. Das bäuerliche weiße Porzellan und die bauchigen Gläser entsprachen der rustikalen Schlichtheit des Hauses und verrieten Stilgefühl und Sinn für Ästhetik.

Den eigentlichen Blickfang aber bildete die einfache, appetitlich angerichtete Mahlzeit: gebackene Kartoffeln mit Kräuterbutter, ein knackiger gemischter Salat und saftige Steaks, die auf einer Warmhalteplatte brutzelten. Auf der Mitte des Tisches stand eine geöffnete Flasche mit rotem Beaujolais.

Lindsay lief beim Anblick des Mahls das Wasser im Mund zusammen. Erst jetzt wurde ihr bewusst, wie hungrig sie war.

Sie setzten sich zu Tisch, und Mark füllte die Gläser und trank ihr zu.

„Ich hoffe, ich habe Ihren Geschmack getroffen", sagte er mit seinem hinreißenden Lächeln. „Ich wäre untröstlich, wenn Sie Ihren Teller genauso hinterließen wie heute Morgen nach dem Hotelfrühstück."

Lindsay hob lächelnd ihr Glas und trank einen Schluck von dem schweren Wein, der wie Öl ihre Kehle hinabbrann und ihren Magen angenehm wärmte. Jetzt war ihr Appetit erst richtig geweckt, und mit wahrem Heißhunger machte sie sich über ihr Steak her. Lindsay konnte sich nicht erinnern, wann sie zum letzten Mal mit einem so gesunden Appetit gegessen hatte.

Mit jedem Bissen, mit jedem Schluck Wein wuchs ihr Wohlbefinden. Sie vergaß den Schnee und die Kälte draußen, sie vergaß, dass sie sich in dem einsamsten, abgelegensten, abschreckendsten Winkel der Erde befand, und dann vergaß sie sogar, aus welchem Grund sie eigentlich hierhergekommen war. Mit jeder Minute verfiel sie mehr dem unwiderstehlichen Zauber ihres Gastgebers.

Mark Channing war ein aufmerksamer, unterhaltsamer Gesellschafter – geistreich, intelligent und charmant. Ganz offensichtlich mochte er Lindsay und warb um ihre Zuneigung, obwohl sie noch immer nicht recht verstand, weshalb er sich ausgerechnet um sie bemühte.

Aber warum fragte sie noch – es spielte keine Rolle mehr. Sie war zufrieden, fast glücklich, und sie hatte das merkwürdige Gefühl, als würde sie in dieses Haus gehören. Ein Gedanke, der sie faszinierte und zugleich verwirrte.

Aber Lindsay wollte sich ihre schöne Stimmung nicht mit Grübeleien verderben. Sie beabsichtigte, diesen Moment absoluten Wohlbefindens zu genießen und das Gefühl, schön und begehrenswert zu sein, voll auszukosten.

Als sie mit dem Essen fertig waren, stand Lindsay auf und begann, den Tisch abzuräumen. Aber Mark ließ es nicht zu. „Das hat Zeit bis später", sagte er und schob sie sanft in Richtung Sofa. „Kommen Sie, wir setzen uns vor den Kamin."

Sie ließen sich in die weichen Polster des rostbraunen Daunensofas sinken, und als Mark einen tiefen Seufzer des Wohlbehagens von sich gab, hob Randy leicht den Kopf. Es war seine Art zu zeigen, dass er von ihrer Gegenwart Notiz genommen und nichts daran auszusetzen hatte. Er bewegte sich ein paar Zentimeter vorwärts und bettete sein Haupt auf Marks Füße, um gleich wieder einzunicken.

„Wissen Sie was, Lindsay Tabor?", fragte Mark mit weicher Stimme und fuhr mit den Fingern spielerisch durch ihre Locken, wobei er wie zufällig ihre Wange berührte.

„Was denn?", fragte sie mit angehaltenem Atem.

„Sie haben mir noch immer nichts über sich erzählt. Erinnern Sie sich an unsere Abmachung? Jetzt sind Sie an der Reihe."

„Da gibt's nicht viel zu erzählen. Moris hat ja bereits alles Wissenswerte über mich gesagt."

Mark lachte. „Dass das nicht wahr ist, wissen Sie selbst. Die Lindsay Tabor, die sich mir in den letzten vierundzwanzig Stunden präsentiert hat, entspricht seiner Beschreibung nur zum Teil.

Nun ja, Sie sind stur, schwierig und sehr klug – in diesen Punkten trifft Moris' Charakterisierung zu. Aber dass Sie auch humorvoll, warmherzig und … sehr weiblich sind, hat er mir verschwiegen."

„Hören Sie …"

Marks Finger begannen zärtlich ihren Nacken zu liebkosen. „Warum fällt es Ihnen nur so schwer, zuzugeben, dass sich hinter dieser kühlen Fassade der Intellektuellen eine lebenslustige, lebendige Frau mit Gefühlen und Sehnsüchten verbirgt?"

„Es ist keine Fassade", protestierte Lindsay. „Ich bin, wie ich bin."

„Okay. Vielleicht habe ich mich im Ausdruck vergriffen. Doch ich bleibe dabei, dass Sie mehr Seiten haben als die der knallharten Juristin, die Sie so hartnäckig herauszukehren versuchen. Sie sind eine Frau, Lindsay. Eine Frau mit Feuer im Blut."

Seine Stimme wurde noch weicher, noch zärtlicher. „Eine schöne, verführerische Frau", fuhr er fort. „Wissen Sie das nicht?" Er näherte seine Lippen ihrem Mund. „Eine Frau, die sehr, sehr begehrenswert ist … Lindsay …"

Marks dunkle Augen blitzten auf, und Lindsay wünschte sich nichts sehnlicher, als sich in dem Verlangen zu verlieren, das sich in diesen Augen widerspiegelte.

Ihre innere Spannung wuchs ins Schmerzliche. Eine Liebkosung noch, ein Kuss, eine Umarmung, und ihre brennende Sehnsucht würde sich in einer Explosion von ungeahnter Heftigkeit entladen.

Doch sie durfte ihrem Begehren nicht nachgeben. Es entsprang Gefühlen, die unecht und flüchtig waren, und war Ausdruck einer rein körperlichen Anziehung.

Die Stimme des Verstandes sagte ihr, dass es ein Fehler wäre, sich jetzt von ihren Gefühlen treiben zu lassen. Zum einen verbot es sich, mit einem Mann, mit dem sie geschäftlich verhandeln sollte, eine Affäre einzugehen, und zum anderen – und dies war der weitaus wichtigere Punkt – zum anderen konnte eine solche „Affäre" ihr gefährlich werden.

Lindsay spürte nämlich, dass sie sich bei diesem Mann ernsthaft engagieren könnte, und das kam nicht infrage. Eine feste Bindung hatte keinen Platz in ihrer Lebensplanung, auch wenn Mark Channing Träume in ihr weckte, die sie bisher aus ihrem Leben verbannt und ausgeschlossen hatte.

Seit ihrer ersten Begegnung am Flughafenkiosk bemühte Lindsay sich verzweifelt, zwischen sich und Mark eine Mauer zu errichten, die er stets von Neuem wieder einriss. Ein zärtliches Wort, ein Lächeln genügten, und sie fühlte sich ihm hilflos ausgeliefert. Gleich einem Magier beförderte er Gefühle aus ihrem Unterbewusstsein zutage, die sie bislang erfolgreich geleugnet hatte.

Plötzlich fühlte Lindsay sich in die Tage ihrer Kindheit zurückversetzt, als die Welt noch heil und in Ordnung gewesen war. Wie damals empfand sie die wärmende Geborgenheit, die ihr das Nest der Familie gewährt hatte. Doch jäh zerriss der Schleier der Erinnerung, und der Schmerz des Verlusts überwältigte sie und stürzte sie in die Leere zurück, die sie seit dem Tod des Vaters nicht zu füllen vermocht hatte.

Ihr Gesicht überschattete sich.

„Hey, wo sind Sie?", fragte Mark zärtlich und wischte die Träne fort, die über ihre Wange lief.

Unfähig zu sprechen, den drängenden Tränenstrom zurückhaltend, schüttelte Lindsay den Kopf.

„Ich bin ein guter Zuhörer, Lindsay. Vielleicht erleichtert es Sie, wenn Sie über das, was Sie quält, reden." Mark wartete geduldig, aber Lindsay sagte nichts.

„Lindsay", drang er in sie, „glauben Sie mir, es hilft …"

„Ich kann nicht", brachte sie schließlich in kläglichem Ton heraus. „Es ist auch nicht der Rede wert, nach all den Jahren … nein, es ist nicht wichtig …"

„Wie können Sie das behaupten, wenn es Sie noch immer traurig macht?"

Sie streckte trotzig das Kinn vor. „Weil ich nicht mehr daran denken will! Ich möchte nicht, dass es noch eine Bedeutung hat!"

Mark nahm sie in die Arme und hielt sie ganz fest. Und so verbannte er die Vergangenheit und erfüllte Lindsays Bewusstsein mit der Gegenwart. Augenblicklich fühlte sie sich wieder sicher und beschützt. Es war das verloren gegangene und wiedergefundene Glücksgefühl ihrer Kindheit, das er ihr schon einmal, gestern im Flugzeug, mit seinem warmen Händedruck vermittelt hatte.

Wie war es möglich, dass ein Mensch, den sie kaum kannte, ihr ein solches Vertrauen einflößte? Und wie kam es, dass Mark ihre verborgensten Bedürfnisse erkannte, die sie vor aller Welt geheim gehalten hatte … und besonders vor sich selbst?

Mark Channing war der erste Mann, nein, der erste Mensch, der hinter der Fassade ihrer Tüchtigkeit, ihres Ehrgeizes, ihres beruflichen Erfolgs ihre Verletzlichkeit entdeckt hatte. Jene liefe Wunde, die sie so meisterhaft zu verbergen verstand.

Obwohl es ihr jetzt wieder besser ging und sie sich in Marks Armen spürbar beruhigt hatte, war er noch immer um sie besorgt In seinem Blick lag ein tiefes Mitgefühl, als wüsste er um ihre Trauer. „Es wäre schön, wenn es so einfach wäre", sagte er leise. „Mit dem Willen die Vergangenheit zu bezwingen … Aber manchmal gehorcht der Wille nicht."

„Es muss aber möglich sein."

„Nein", widersprach er sanft und schüttelte gedankenverloren den Kopf. So konnte nur jemand mitfühlen, der genauso litt, der Ähnliches durchgemacht hatte. Aus seinem Gesichtsausdruck sprach die Erfahrung eigenen Leids. „Es ist nicht so einfach, wie Sie sich und mir weismachen wollen, Lindsay. Möchten Sie nicht doch darüber reden?"

„Ich möchte schon, aber ich kann nicht." Was sie sagte, entsprach der Wahrheit, denn sie wusste instinktiv, dass Marks Mitgefühl ehrlich sein würde. Doch sie war sich über ihre komplizierten Gefühle selbst nicht richtig klar, und es fiel ihr sehr schwer, sie auszudrücken.

„Man muss nur einen Anfang finden", sagte Mark, als hätte er ihre Gedanken gelesen. „Sobald die ersten Worte heraus sind, kommen die anderen wie von selbst. Der Anfang ist immer am schwersten."

„Nein. Wenn man noch nicht einmal weiß, wo das Problem liegt, was man eigentlich loswerden will, dann fällt einem nicht einmal das erste Wort ein. Ich wüsste gar nicht, wie und wo ich beginnen sollte."

„Wissen Sie, dass dies ein idealer Ort ist, um seine Gedanken zu ordnen und Probleme zu durchdenken? Nutzen Sie die Gelegenheit. Vielleicht entwirren Sie das Knäuel."

Mark hauchte einen Kuss auf Lindsays Stirn und drückte sie fest an sich. „Gehen Sie jetzt schlafen. Was Sie jetzt brauchen, ist vor allem Schlaf. Morgen ist ein neuer Tag. Ein Tag zum Nachdenken und zum Reden."

Lindsay blickte ihn voller Erwartung an. Mark lächelte zärtlich und nahm den Arm von ihrer Schulter. „Gehen Sie schlafen", sagte er noch einmal.

Wie berauscht ging sie den Flur hinunter, von den widersprüchlichsten Gefühlen heimgesucht.

Auf der einen Seite war sie Mark dankbar, dass er sich die Stimmung des Abends nicht für ein flüchtiges Vergnügen zunutze gemacht hatte.

Andererseits hatte er, ohne es zu ahnen, ihre verdrängten Ängste und seelischen Konflikte an die Oberfläche befördert. Sie wusste schon jetzt, dass ein Wochenende in dieser friedlichen, stillen Oase nicht ausreichen würde, um all dies zu verarbeiten.

Und als wäre das nicht genug, hatte er zudem Bedürfnisse in ihr geweckt, die sie jahrelang nicht hatte wahrhaben wollen und in ihrem Innern verschlossen hatte.

Die Entdeckung ihrer Sinnlichkeit, dieses plötzliche hungrige Begehren nach körperlichen Zärtlichkeiten erschreckte sie.

War vielleicht das Wiederaufleben ihrer Trauer mit dem anderen – dem Erwachen ihrer weiblichen Sinne – eng verknüpft? Mark Channing hatte Emotionen in ihr ausgelöst, die sie zutiefst aufwühlten und die sie noch nicht deuten konnte.

Plötzlich fühlte Lindsay sich verloren und allein gelassen. Sie blieb mitten im Flur stehen und drehte sich um.

Mark saß vornübergebeugt auf dem Sofa und starrte ins Feuer. Er schien mit seinen Gedanken weit, weit fort zu sein, in seiner eigenen Welt, Lichtjahre von ihr entfernt. Sein Gesicht spiegelte Schmerz und Trauer wider, deren Ursache sie nicht kannte.

Am liebsten wäre Lindsay zu ihm gegangen, um ihn in die Arme zu nehmen und zu trösten, so wie er sie getröstet hatte. Aber sie kannte ihn schon viel zu gut, um zu wissen, dass Stolz einer seiner stärksten Wesenszüge war.

Was immer ihn niederdrückte, er musste seine Bürde allein tragen. Bis er bereit wäre, sich ihr anzuvertrauen und die Last mit ihr zu teilen. Er würde sein Geheimnis nicht so leicht fortgeben, das ahnte sie. Genauso wenig wie sie ihres.

6. Kapitel

Schon im ersten Morgengrauen erwachte Lindsay. Sie hatte nur oberflächlich und unruhig geschlafen, zu sehr hatten sie die Ereignisse des vergangenen Tages aufgewühlt. Stundenlang hatte sie sich im Bett herumgewälzt und darüber nachgegrübelt, warum sie eine panische Angst davor hatte, sich mit dem attraktiven, intelligenten, mit allen Vorzügen gesegneten Mark Channing auf eine Romanze einzulassen.

In diesem Zusammenhang fragte sie sich ebenfalls, weshalb sie in ihrem bisherigen Leben generell einen großen Bogen um Männer gemacht hatte. Es hatten sich nicht wenige um sie bemüht, aber sie hatte sie alle zurückgewiesen.

Jahrelang hatte sie sich eingeredet, dass eine feste Beziehung sie nur beim Aufbau ihrer Karriere behindern würde. Doch wenn sie ehrlich war, galt diese Erklärung schon lange nicht mehr, denn mittlerweile hatte sie sich beruflich etabliert und war erfolgreich. Wenn sie gewollt hätte, hätte sie genügend Zeit für ein Privatleben er übrigen können. Wenn sie gewollt hätte …

Gewiss, vor Jahren hatte sie die eine oder andere kurze Affäre gehabt, aber weder hatten ihr die Männer noch die körperlichen Intimitäten etwas bedeutet. Es war ihr nicht schwergefallen, allein zu bleiben. Flucht vor Nähe war zu ihrer Lebensform geworden.

Bei Mark Channing allerdings, das wusste sie schon jetzt, würde ihr die Trennung schwer werden. Lindsay wurde nachdenklich. Musste sie denn bei jeder beginnenden Beziehung den Abschied schon mit einbeziehen? Die Vorstellung war ihr offenbar so selbstverständlich geworden, dass nichts anderes mehr für sie infrage kam.

Mark hatte recht. Es war höchste Zeit, dass sie über die Ursache ihrer Ängste nachdachte. Vielleicht würde sie eine Erklärung finden, und eventuell könnte sie dann sogar mit Mark darüber reden, damit er sie besser verstand.

Aber auch ihn wollte sie näher kennenlernen. Sie wusste so gut wie gar nichts über ihn, doch spätestens seit gestern Abend war Lindsay sicher, dass auch er ein ungelöstes Problem mit sich herumtrug.

Fragen über Fragen. Fragen, an die sie vor gut vierundzwanzig Stunden noch keinen einzigen Gedanken verschwendet hätte.

Lindsay schlug die Bettdecke zurück und stand auf. In Erinnerung an den trüben grauen Himmel von Denver trat sie ans Fenster und lugte durch einen Spalt zwischen den Jalousien nach draußen.

Der Himmel war von goldglänzenden Streifen durchzogen, und die aufgehende Sonne hatte die Schneelandschaft in ein Märchenland aus Millionen glitzernder Diamanten verwandelt.

Lindsay sah auf die Uhr. Kurz vor sieben. Sie horchte auf Geräusche, aber es war still im Haus. So wie sie Mark einschätzte, war er sicher schon lange draußen.

Es war unglaublich und erstaunte sie selbst, doch Lindsay verspürte Lust auf einen Morgenspaziergang im Schnee. Nicht nur das, sie ertappte sich bei dem Gedanken, dass sie es noch einmal mit dem Skilaufen versuchen müsste. Sie schmunzelte in sich hinein. Ihr Gehirn musste gestern in dem Frost Schaden genommen haben, anders konnte sie sich ihren Sinneswandel nicht erklären.

Nach einer Blitzdusche schlüpfte sie schnell in ihren Skianzug, der wunderbarerweise über Nacht getrocknet war. Dann schlich sie auf Zehenspitzen über den Flur, um Mark nicht zu wecken, falls er wider Erwarten doch noch schlafen sollte.

Im Wohnzimmer war es kalt, denn das Kaminfeuer war bis auf einige schwach glimmende Scheite erloschen. Lindsay überlegte, ob sie frisches Holz holen und ein neues Feuer machen sollte, doch dann sah sie ihn.

Mark lag schlafend auf dem Sofa, noch immer in seinen Jeans und in demselben karierten Hemd wie am Abend. Das zerzauste Haar hing ihm in die Stirn, und seine Wangen wirkten durch den dunklen Bartschatten eingefallen.

Sein Anblick rührte Lindsay und weckte in ihr ein Bedürfnis der Fürsorge. Irgendwie wirkte er schutzbedürftig und verletzlich, wie er da auf dem viel zu kurzen Sofa zusammengerollt lag. Welche schweren Gedanken mochten ihn beschäftigt haben, dass er noch stundenlang dagesessen hatte, bis er schließlich vom Schlaf übermannt worden war?

Lindsay holte eine Felldecke aus ihrem Zimmer und breitete sie behutsam über ihn. Sekundenlang ließ sie die Hand auf seiner Schulter ruhen, doch sie widerstand der Versuchung, seine Wange zu streicheln, und ging schnell hinaus.

Als sie die Haustür öffnete und sich hinausstehlen wollte, war Randy plötzlich an ihrer Seite und sah schwanzwedelnd mit seinen schwarzen Knopfaugen zu ihr auf.

„Na, Randy, willst du mit?", flüsterte sie und tätschelte seinen struppigen Kopf. „Okay, dann komm."

Sie zog den Reißverschluss ihrer Jacke zu und schnallte sich die Skier an, die an die Hauswand gelehnt waren. Schon nach den ersten vorsichtigen Schritten blies ihr ein eisiger Windstoß ins Gesicht und nahm ihr beinahe den Atem. Aber sie zog sich die dicke türkisfarbene Strickmütze über die Ohren und marschierte tapfer weiter, fest entschlossen, sich weder vom Wind noch von der Eiseskälte abschrecken zu lassen.

Und wenn das Wetter noch so abscheulich war, sie würde sich zum Skiprofi mausern, während Mark sanft und selig auf seinem Sofa schlummerte. Er würde sich wundern.

Randys Fröhlichkeit und sein urplötzlich entfesselter Bewegungsdrang steckten sie an. Obwohl ein höllischer Muskelkater sie peinigte, war Lindsay wild entschlossen, den neuen, nun schon gar nicht mehr so verhassten Sport zu erlernen.

Zuerst das eine Bein vorgeschoben und dann das andere. Im Gleichtakt dazu die Arme mit den Skistöcken. Das Gelände hinter dem Haus erwies sich als ideales Übungsfeld.

Und auf einmal ging es wie von selbst. Plötzlich stapfte sie nicht mehr ungelenk und schwankend gleich einem Tanzbären durch den Schnee, sondern glitt elegant über die Oberfläche.

„Randy, ich hab's!", rief sie aufgeregt. Prompt kam der Hund angelaufen und umsprang sie fröhlich kläffend, wie um ihr zu gratulieren.

Sie waren noch mitten in ihrer ausgelassenen Freudensfeier, als Mark verschlafen den Kopf aus der Hintertür steckte. „Was ist denn das für ein Lärm?", fragte er, die Stimme noch heiser vom Schlaf.

Lindsay fuhr lachend zu ihm hin, ließ die Skistöcke fallen und schlang die Arme um seinen Hals. „Ich kann's, Mark! Ich bin richtig Ski gelaufen!"

Mark nahm sie in die Arme und drückte sie an sich. „Es ist gar nicht mehr so schlimm, wenn man es einmal kapiert hat, nicht wahr?", sagte er lächelnd.

„Es ist herrlich!", erwiderte Lindsay begeistert. Doch als sie seinen selbstgefälligen Gesichtsausdruck bemerkte, versetzte sie ihm schnell einen Dämpfer. „Na ja, herrlich nun auch wieder nicht", sagte sie mit verlegenem Lächeln, „aber irgendwie … toll."

„Habe ich das nicht…?"

„Psst! Kein Wort!", warnte sie. „Wenn Sie jetzt mit Ihrem triumphierenden ‚Hab ich dir's nicht gleich gesagt?' kommen, binde ich Ihnen dieses Paar Skier um den Hals."

„Okay, okay, ich sag ja gar nichts", versprach Mark mit gestellt furchtsamer Stimme. „Ich ziehe es vor, Ihre Arme an meinem Hals zu spüren."

Lindsay wich erschrocken zurück, denn erst jetzt merkte sie, wozu sie sich in ihrem Überschwang hatte hinreißen lassen.

„Oh nein!" Mark schüttelte den Kopf und hielt sie fest „Sie haben den Anfang gemacht Jetzt werden Sie doch wohl nicht kneifen und mich im Stich lassen." Er zögerte. „Da wäre allerdings eine Kleinigkeit, die mich stört …"

„Und die wäre?"

„Ich friere mich zu Tode. Entweder Sie lassen mich schnell meine Jacke holen, oder Sie kommen mit ins Haus."

Lindsay lachte schallend. „Wie schnell die Fronten doch wechseln können!"

„Nicht wahr?", setzte er trocken hinzu. „Also, wie soll es weitergehen? Sie entscheiden."

„Gut Dann ziehen Sie sich an, und kommen Sie zu uns heraus. Randy und ich amüsieren uns viel zu gut, um den Spaß jetzt schon zu beenden."

„Randy?"

Lindsay sah sich suchend um. Der Hund war verschwunden. „Merkwürdig, er war doch eben noch …"

Mark wies lächelnd hinter sich ins Wohnzimmer, wo Randy bereits wieder an seinem angestammten Platz lag und vor sich hin döste.

„Verräter!", murmelte Lindsay verächtlich. „Er war solch ein lustiger Begleiter. Doch jetzt habe ich ja Sie. Kommen Sie gleich? Ich will unbedingt weiterüben."

Der ganze Tag verlief in derselben heiteren, verzauberten Stimmung, in der er begonnen hatte. Während ihres Skitrainings plauderten

Mark und Lindsay über die verschiedensten Themen, nur zwei wurden geflissentlich umgangen: Bücher und Filme. Als hätten sie gewusst, dass dies unweigerlich zu einer unangenehmen Diskussion über den Vertrag geführt und somit die harmonische Eintracht zerstört hätte.

Auf irgendeine Weise – über Waldtiere, Umweltschutz, Fernsehserien und Pressefreiheit – kamen sie auf Politik zu sprechen. Dann auf Frauen in der Politik und auf Karrierefrauen im Allgemeinen.

Eine Äußerung Marks zu diesem Thema versetzte Lindsay in Rage. Er behauptete nämlich, dass viele allzu ehrgeizige Karrierefrauen Gefahr liefen, ihre Weiblichkeit zu verlieren.

Als Reaktion auf diese unerhörte Diffamierung bückte Lindsay sich, formte einen dicken Schneeball, rief Mark und wartete, bis er sich nach ihr umdrehte. Dann zielte sie und traf mitten in sein Gesicht. „Na warte …!", drohte er, schüttelte sich den Schnee aus dem Haar und fuhr sich mit dem Ärmel über das schneebespritzte Gesicht. Seiner Miene nach zu urteilen, beabsichtigte er nicht, sie für ihren Meistertreffer zu beglückwünschen, als er drohend auf sie zukam.

Lindsay versuchte zu flüchten, aber als ihr klar wurde, dass man sich auf Skiern nur sehr schwer rückwärts bewegen konnte, und sie es schließlich mit einem Wendemanöver versuchte, war es zu spät.

„So, Sie kleine Rebellin. Das werden Sie mir büßen!", verkündete Mark und pflanzte sich drohend vor ihr auf.

„Ich – eine Rebellin? Ha! Ich bin eine Frau, die ihren Beruf sehr wohl mit einem ausgefüllten Privatleben in Einklang bringen kann", trumpfte sie auf. Vorsichtshalber behielt sie für sich, dass ihr erfülltes „Privatleben" in gelegentlichen Kinobesuchen mit einer Freundin und aus unzähligen einsamen Fernsehabenden bestand. „Und abgesehen von der grauenvollen Unterwäsche, die Sie mir verpasst haben, betrachte ich mich durchaus als sehr weiblich", fuhr sie fort.

„Oh, ist das wahr?", spottete Mark und fuhr noch näher auf sie zu. „Lassen Sie mich das nachprüfen."

„Nicht nötig. Ich gebe Ihnen mein Wort darauf."

„Tss, tss", schnalzte er entrüstet, „und Sie wollen Anwältin sein?"

„Was soll denn das nun wieder?"

„Nun – als Juristin sollten Sie wissen, dass Behauptungen durch Beweise belegt werden müssen. Ohne Beweise nützt das klügste Plädoyer nichts."

Lindsays Augen verengten sich. „Und an was für einen Beweis haben Sie gedacht, wenn ich fragen darf?"

„An einen Kuss, zum Beispiel. Ja, an einem Kuss von Ihnen könnte ich vermutlich feststellen, ob Sie so weiblich sind, wie Sie behaupten." Lindsay wurde von einer Welle heißer Erregung erfasst bei diesem sinnlichen Vorschlag. „Von meiner Weiblichkeit war überhaupt nicht die Rede", widersetzte sie sich Marks Attacke.

„Oh doch! Sie haben sogar als Erste davon gesprochen."

„Das ist nicht wahr! Sie haben dieses Thema aufgebracht."

„Ich habe nur ganz allgemein die mangelnde Weiblichkeit bei gewissen Vertreterinnen Ihres Geschlechts beklagt", korrigierte Mark sie lächelnd. „Sie aber haben es persönlich genommen. Und nun sollten Sie auch einen Schritt weitergehen und Ihre These durch einen überzeugenden Beweis untermauern."

„Sie verfolgen doch nur eine ganz egoistische Absicht!"

„Aber wieso denn? Ich dachte, ein Kuss könnte ein Genuss für uns beide sein. Oder wollen Sie Ihre Weiblichkeit infrage stellen lassen?"

Lindsay fühlte sich herausgefordert. „Wird es auch bestimmt bei einem Kuss bleiben?", fragte sie stockend.

Mark nickte. „Ich denke schon", meinte er trocken. „Für den Anfang dürfte es genügen."

„Also gut, ich …"

Ehe Lindsay ihren Satz beenden konnte, hatte Mark sich über sie geneigt. In einer federleichten Berührung strich er mit dem Mund über ihre Lippen. Dann ließ er die Zunge über die zarte Haut ihres Mundes gleiten, als wolle er ihn Stück für Stück ertasten und erforschen, bis ihre Lippen sich unter der sinnlichen Liebkosung teilten. Leise aufseufzend, erwiderte sie seinen Kuss, und als er ihre wachsende Bereitschaft spürte, umarmte er sie und küsste sie mit einer Heftigkeit, die sie völlig benommen machte.

Lindsay fühlte sich leicht und schwerelos, als schwebte sie durch erdenferne Glücksgefühle, in denen Zeit und Raum aufgehoben waren. Von ihren Empfindungen berauscht, wünschte sie, der Kuss würde ewig dauern.

Doch unversehens löste Mark seine Lippen von ihren, und dann fühlte sie sich tatsächlich emporgehoben. „Lassen Sie das! Sie Wahnsinniger, lassen Sie mich herunter!", rief sie lachend. Ihre Beine baumelten ohne Halt in der Luft, und die Skier klapperten aneinander wie lockere Dachschindeln im Wind. „Was soll das, was haben Sie vor?"

„Ich bringe Sie jetzt hinein. Die Beweisaufnahme wird im Haus fortgesetzt."

„Nein!", protestierte sie. „Wenn Sie unbedingt noch mehr Beweise benötigen, dann geht es auch hier draußen."

Er musterte sie belustigt und stellte sie unverzüglich wieder auf die Füße. „Wenn das so ist …"

Lindsays Augen weiteten sich vor Entsetzen, als Mark den Reißverschluss ihrer Jacke aufzog und seine Hände ihrem Oberkörper näherte. „Was … was tun Sie da?", murmelte sie mit rauer Stimme.

„Ich habe mich geirrt, als ich dachte, ein Kuss würde genügen", stellte er lakonisch fest, während er ihre Brüste berührte. „Dies ist ein noch viel eindeutigerer Beweis."

Die aufreizende Berührung weckte in Lindsay nie gekannte Lustgefühle. „Sie sagten doch, ein Kuss wäre Beweis genug", stieß sie atemlos hervor, in einem verzweifelten Versuch, die Selbstbeherrschung zu bewahren. Wenn Mark sie noch eine Minute länger diesem sinnenbetörenden Taumel aussetzte, dann könnte sie für nichts mehr garantieren. Sie musste ihn bremsen, jetzt sofort. Lindsay wusste, es fehlte nicht viel, und sie würde ihn anflehen, seine Liebkosungen fortzusetzen. Mehr noch, sie würde ihn ins Haus zerren und ihm zeigen, was weibliche Verführungskünste waren.

„Ein Kuss und nicht mehr. So war es abgemacht", wiederholte sie mit schwacher Stimme.

„Da hatte ich noch keine Ahnung, dass der Kuss nur die Spitze des Eisbergs war", murmelte Mark und begann, ihren Pullover hochzuschieben.

Ein Rest ihres Kampfgeistes flackerte auf. „Wenn Sie so weitermachen, werde ich tatsächlich gleich zum Eisberg", kündigte sie drohend an. Mark lachte hoffnungsvoll. „Sie wollen also hineingehen?"

„Ja", erwiderte Lindsay mit ihrem strahlendsten Lächeln. „Ich gehe ins Haus, und Sie bleiben hier. Wälzen Sie sich im Schnee, bis Sie wieder bei Verstand sind. Es dürfte der berühmten kalten Dusche gleichkommen, die ein Mann wie Sie offenbar zuweilen nötig hat."

Gekränkt verzog Mark das Gesicht. „Allmählich kann ich mir vorstellen, wie Moris zumute gewesen ist, als Sie ihm Ihre Abfuhr erteilten", sagte er niedergeschlagen. „Sie sind ja wirklich grausam und herzlos, dazu ehrgeizig und von kaltem Karrierestreben besessen. Ein typisches Opfer der Berufswelt."

„Denken Sie ja nicht, dass Sie mich in Ihr Bett bugsieren können, indem Sie mich bei meiner weiblichen Eitelkeit packen, Mark Channing", versetzte Lindsay gereizt. „Ich schlafe höchstens mit Ihnen, wenn ich es will, wenn ich dazu bereit bin und Lust dazu habe."

Als sie Marks Augen aufleuchten sah, wurde ihr bewusst, welch eine verräterische und verfängliche Erklärung sie ungewollt abgegeben hatte. „Sie werden also mit mir schlafen?", fragte er gespannt. „Wann?"

„Wenn die Hölle zufriert", versprach sie mit einem vielsagenden Blick zu den Eiszapfen, die von den Zweigen hingen. Dann bückte sie sich, um sich von ihren Skiern zu befreien, und verschwand kurz darauf ohne ein weiteres Wort im Haus.

Im Verlauf des restlichen Tages blieb Mark auf Abstand, obwohl er reichlich Gelegenheit gehabt hätte, Lindsay zumindest „versehentlich" im Vorbeigehen, beim Kochen, beim Lunch oder gemeinsamen Abwasch zu streifen oder zu berühren. Nichts von alledem geschah, und Lindsay fragte sich insgeheim, was er mit seiner veränderten Taktik bezweckte.

Den Nachmittag verbrachten beide lesend auf dem Sofa vor dem Kamin. Aus der Stereoanlage erklang gedämpfte klassische Musik, und Lindsay empfand das einträchtige Schweigen als verbindend und wohltuend. Von Zeit zu Zeit schaute sie über den Rand ihrer Zeitschrift, um Mark, der völlig in seine Lektüre vertieft war, unauffällig zu betrachten.

Lindsay konnte sich nicht entsinnen, sich jemals in der Gegenwart eines Mannes so wohl und entspannt gefühlt zu haben. Ganz davon abgesehen, hatte sie seit einer Ewigkeit nicht so viel Zeit für sich gehabt wie jetzt. Unverplante, freie Zeit zum Verschwenden, zum Nichtstun, zum Nachdenken und Zu-sich-selbst-Kommen. Dieses Wochenende war ein ungeahntes, wunderbares Geschenk. Lindsay empfand weder ein Bedürfnis nach Gesprächen noch nach Zerstreuung und Unterhaltung. Marks Gegenwart genügte, um sie mit Ruhe und Zufriedenheit zu erfüllen.

Als sie später gemeinsam das Abendessen richteten, gerieten sie in Streit über die fachgemäße Zubereitung von grünem Salat. Während Mark die Blätter mit dem Messer zerschneiden wollte, bestand Lindsay darauf, dass man sie nur mit den Fingern zerpflücken dürfe. Da sie sich nicht einigen konnten, bereitete jeder den Salat auf seine Weise zu.

„Okay, sie schmecken beide gleich", gestand Lindsay widerwillig ein, als sie bei Tisch Marks Produkt probierte. „Aber ich bin sicher, dass Craig Claiborne und Julia Child, die kulinarischen Wächter der Nation, beim Anblick klein gehobelter Salatfetzen entsetzt wären. Im ‚Vierjahreszeiten' bekäme man so etwas nicht vorgesetzt."

„Wir sind aber nicht im ‚Vierjahreszeiten'", konterte Mark, „und Ihre beiden Küchenkoryphäen würde ich nie zu mir, zum Essen einladen. Kulinarische Snobs haben an meinem Tisch nichts zu suchen." Lindsay lenkte ein. „Nun, dieser Eintopf würde bestimmt ihre Anerkennung finden. Stammt der von Ihnen?"

„Natürlich. Vorgekocht und eingefroren."

„Was ist denn alles dran?"

„Mohrrüben, Kartoffeln, Zwiebeln, halt das Übliche …"

Lindsay spießte ein Stück Fleisch auf ihre Gabel. „Und das hier? Rind kann es nicht sein."

„Ist es auch nicht. Es ist Rehfleisch."

Fast wäre Lindsay die Gabel aus der Hand gefallen. Der Schock stand ihr im Gesicht geschrieben. „Reh? Sie essen Rehfleisch? Die niedlichen kleinen Bambis?"

„Ach du liebe Zeit! Gehören Sie etwa zu diesen sentimentalen Städtern, die das Jagen von Wild für eine Barbarei halten?"

„Allerdings! Wie können Sie so grausam sein und ein kleines unschuldiges Reh töten!"

„Ich töte keine kleinen unschuldigen Rehe", erwiderte Mark gereizt. „Ich töte ausgewachsene Tiere. Und zwar nicht aus Spaß am Schießen und Jagen, sondern einzig und allein zum Zweck der Nahrungsbeschaffung."

Lindsay schüttelte sich vor Abscheu. „Trotzdem ist es grausam."

„Gestern Abend haben Sie mit dem größten Genuss ein Beefsteak verzehrt. Ohne ein Wort des Protestes …"

„Das ist etwas völlig anderes."

„Können Sie mir erklären, wieso? Die Kuh hatte nicht einmal eine Chance, zu fliehen."

„Hören Sie bitte auf. Ich möchte nicht länger darüber reden." Mark lachte spöttisch. „Natürlich! Weil Sie wissen, dass das, was Sie sagen, unlogisch ist."

„Genau. Und ich stehe dazu. Ich bin ein unlogischer Gefühlsmensch. Typisch weiblich. Ich dachte, Ihnen gefiele das. Ist dies nicht Beweis Nummer drei?"

„Oh nein! Dies ist etwas vollkommen anderes. Mit Weiblichkeit hat es absolut nichts zu tun, und das wissen Sie auch."

Lindsay sagte nichts. Selbstverständlich hatte Mark recht, aber da sie diese Runde ohnehin verloren hatte, wollte sie ihm keinen weiteren Triumph gönnen. „Könnten wir nicht das Thema wechseln?", schlug sie vor, nachdem sie schweigend ihren Teller geleert hatte.

„Gern. Sind Sie fertig? Kommen Sie, wir setzen uns hinüber", willigte Mark ohne Umschweife ein. „Worüber wollen Sie reden?"

Lindsay setzte sich auf das äußerste Ende der Couch. „Über Sie. Sie sagten, dass Sie erst seit einigen Jahren hier in Boulder leben. Wo waren Sie vorher? Was haben Sie gemacht?"

„Ich bin viel herumgereist. Wissen Sie, als Schriftsteller kann man überall leben. Den größten Teil der Zeit verbrachte ich in Europa, die Kindheit meist in einem kleinen Alpendorf in der Schweiz. Aber ich habe auch einen unvergesslichen Sommer auf Bali verlebt, und einen anderen auf einer winzigen karibischen Insel."

Lindsay hörte aufmerksam zu, und dann endlich wagte sie die Frage, die sie schon lange auf dem Herzen hatte: „Ganz allein?"

„Manchmal, nicht immer", war die knappe Antwort. Lindsay spürte, dass er nicht gewillt war, sich weiter über dieses Thema auszulassen. Trotzdem fasste sie noch einmal Mut. „Mark, darf ich Sie etwas fragen?"

Er musterte sie stutzig, dann nickte er. „Fragen Sie."

„Haben Sie schon einmal geliebt?"

„Ich bin neununddreißig Jahre alt. Genügt Ihnen das als Antwort?"

„Nein. Ich glaube, Sie wollen mir ausweichen."

Mark versuchte es mit einem Lächeln, aber es gelang ihm nicht so wie sonst. „Lindsay, hat nicht ein kluger Mensch einmal gesagt, dass nur die Gegenwart zählt?"

„Ja. Wahrscheinlich war es jemand, der nicht über die Vergangenheit reden wollte."

„Sehr weise, nicht wahr?"

„Nein, das finde ich nicht. Prägt die Vergangenheit nicht in starkem Maße die Gegenwart?"

Ein Lächeln ging über Marks Gesicht. „Welch eine kluge Bemerkung, Lindsay Tabor! Und damit wären wir wieder bei Ihnen. Erzählen Sie mir etwas über Ihre eigene Vergangenheit."

Wie geschickt er den Spieß wieder umgedreht hatte! Lindsay schüttelte fassungslos den Kopf.

„Sie wollen nicht? Wovor haben Sie eigentlich Angst?", fragte Mark, als er die Abwehr in ihrem Blick las.

„Ich habe keine Angst. Das bilden Sie sich nur ein."

„Meinen Sie? Wenn das so ist, dann kommen Sie doch ein bisschen näher zu mir …"

Lindsay senkte den Blick und zögerte – einen winzigen Moment zu lange.

Mark lachte leise. „Einbildung oder nicht – ich bleibe bei meiner Behauptung: Sie haben Angst."

Trotzig reckte Lindsay das Kinn vor. „Ich soll Angst haben, nur weil ich mich nicht auf eine oberflächliche Wochenendbeziehung einlassen will? Sehr interessant und aufschlussreich, Mr. Channing."

„Es wäre weder oberflächlich noch ein seichtes Bettabenteuer, Lindsay. Das wissen Sie so gut wie ich."

Lindsay stieß einen Seufzer aus. „Na gut, vielleicht haben Sie sogar recht. Und womöglich ist das der Grund für das, was Sie Angst nennen. Ich will mich eben nicht fest binden."

„Warum nicht? Weshalb kapseln Sie sich so von der Welt ab? Sie tun es ja mehr als ich!"

„Wie kommen Sie denn auf diese absurde Idee? Ich soll mich abkapseln, wo ich ständig in der Weltgeschichte herumreise und mehr unterwegs bin, als mir lieb ist?"

„Genau das ist es ja! Sie sind allein … J…ja."

„Und einsam. Warum, Lindsay? Sie sind eine attraktive und intelligente junge Frau. Kontaktfreudig und gesellig. Wieso haben Sie solch ein Leben gewählt? Und versuchen Sie nicht wieder, sich herauszureden, denn ich bin ziemlich sicher, dass Sie sich nicht von ungefähr für diese Lebensform entschieden haben. Zwei Tage lang habe ich Sie jetzt beobachtet, Lindsay. Sie haben eine undurchdringliche Mauer um sich errichtet, an der sich vor mir gewiss schon andere Männer den Kopf eingerannt haben. Sie leben in einer unsichtbaren Festung. Warum diese selbst gewählte Isolation, frage ich Sie."

„Weil … weil ich schon sehr früh erkannt habe, dass man auf keinen Menschen zählen kann", antwortete Lindsay betont sachlich, obwohl ihr innerer Schmerz sie fast zerriss. „Man kann sich nicht einmal auf jene verlassen, die man am allermeisten liebt", fügte sie leise hinzu.

Mark ergriff ihre Hand und sah Lindsay zärtlich und mitfühlend an. „Jemand muss Sie sehr verletzt haben. Wer war es? Wer ist schuld, dass Sie zu niemandem mehr Vertrauen haben?"

Lindsays Augen füllten sich mit Tränen. Als wäre es erst gestern gewesen, sah sie in aller Deutlichkeit die fremden Männer vor sich, die damals wie düstere Schicksalsboten in ihr Haus gekommen waren, um ihrer Mutter die Nachricht von dem Flugzeugabsturz zu überbringen. Keine Überlebenden. Ihr Vater war tot. Er hatte sie einfach verlassen. Sie und ihre Mutter.

„Es war nicht seine Schuld", sagte sie wie zu sich selbst, „Es war unrecht von mir, ihm Vorwürfe zu machen. Aber in meinem kindlichen Unverständnis habe ich mir lange eingeredet, dass er uns absichtlich im Stich gelassen hat."

„Wer?"

„Mein Vater."

„Er hat seine Familie verlassen?"

Lindsay schüttelte weinend den Kopf und berichtete stockend von dem traumatischen Erlebnis ihrer Kindheit, das sie bis auf den heutigert Tag quälte.

„Auf einmal war er nicht mehr da", schloss sie, „der Mensch, der mir am meisten bedeutet hatte. Oh, wie habe ich ihn geliebt! Und wie habe ich ihn nach seinem plötzlichen Verschwinden gehasst. Es tat so furchtbar weh."

„Ich kann verstehen, wie sehr Sie unter diesem Verlust gelitten haben", sagte Mark leise. Er zog Lindsay in die Arme und streichelte zärtlich ihre Wange. „Es tut mir so leid, kleine Lindsay."

Und wieder fühlte sie sich beschützt und geborgen wie einst. Marks Kraft floss auf sie über und linderte ihren Schmerz. „Nun habe ich auch die Erklärung für alles", hörte sie ihn mit seiner tiefen weichen Stimme sagen. „Seit dem Tod Ihres Vaters haben Sie Ihr Leben – bewusst oder unbewusst – so eingerichtet, dass nic wieder ein Verlust Sie treffen konnte. Stimmt das?"

Plötzlich fiel es Lindsay wie Schuppen von den Augen. Mit erschreckender Klarheit hatte Mark analysiert und ausgesprochen, was sie zwar geahnt, aber nie zu Ende gedacht hatte. Nie hatte sie sich den Grund für ihre Flucht eingestanden. Und so hatte sie auch stets von Neuem ihre panische Angst vor dem Fliegen bezwungen, jedes Mal halb wahnsinnig vor Angst, denselben Tod zu sterben wie ihr Vater.

„Stimmt es, was ich gesagt habe, Lindsay?", wiederholte Mark ruhig seine Frage.

„Vermutlich", antwortete sie ausweichend, obwohl sie wusste, dass er sie bis auf den Grund ihrer Seele erkannt hatte.

„Ich verstehe Sie so gut, Lindsay", sagte er sanft, „aber statt sich zu schützen, schaden Sie sich nur. Sie können nicht dauernd unter einer Glasglocke leben. So vermeiden Sie vielleicht Schmerzen, doch Sie schneiden sich auch vom Leben ab."

„Das ist nicht wahr!", versuchte Lindsay erneut zu protestieren. „Ich arbeite hart, und die Arbeit macht mir Spaß. Ich habe Freunde, gehe aus …"

„… und verbringen Ihre Nächte allein", ergänzte Mark.

„Was spricht dagegen?", begehrte sie auf. „Ich brauche niemanden, der die Nächte und das Bett mit mir teilt."

„Das habe ich auch einmal gedacht, bis mir klar wurde, dass ich gar nicht mehr lebte. Ich existierte zwar, aber ich lebte nicht. Geben Sie acht, Lindsay, dass es Ihnen nicht genauso ergeht. Beginnen Sie zu leben, ehe dieses Strahlen in Ihren Augen erlischt Es wäre ein Jammer."

Die Intensität und der Ernst seiner Worte wühlten Lindsay in einer Weise auf, dass sie zu keinem klaren Gedanken mehr fähig war. Sie fühlte sich ausgelaugt und kraftlos.

„Ich denke, ich sollte jetzt besser schlafen gehen", sagte sie mit schwacher Stimme.

Wie am vorhergegangenen Abend unternahm Mark auch jetzt keinen Versuch, sie zu halten. Wieder drückte er ihr nur einen liebevollen Kuss auf die Stirn. „Gute Nacht, Liebes."

Als Lindsay zusammengerollt in ihrem Bett lag, vermisste sie schmerzlich Marks Nähe und Wärme. Zum ersten Mal in ihrem Leben empfand sie das Alleinsein als unnatürlich und bedrückend. Es zog sie mit einer Macht zu diesem Mann hin, die ihr, unheimlich war.

Wie konnte sie sich dieser Kraft entziehen? Weglaufen? dachte sie, als sie in einen unruhigen Halbschlaf verfiel. Ja, Flucht wäre die einzige Lösung. Morgen würde sie packen und abfahren.

Es war leichter gedacht als getan. Denn bevor Lindsay die Flucht ergreifen konnte, musste sie ihren Auftrag erledigen. Aber als ahnte Mark ihre Absicht, ignorierte er kaltblütig ihre Bemühungen, das Gespräch auf den Vertrag zu lenken. Die Schachzüge, die er sich ausdachte, um sie abzuschmettern, hätten den Trainer eines Tennishelden mit Stolz erfüllt. Lindsay aber wurde zusehends ungeduldiger. Der Tag ging dahin, ohne dass sie ihrem Ziel auch nur einen Schritt näher kam.

Endlich, als sie nach dem Lunch beim Kaffee saßen, entschloss sie sich zu einem Frontalangriff. Sosehr sie diesen letzten Tag mit Mark genoss – jetzt galt es, im Klartext zu reden.

„Mark", begann Lindsay in resolutem Ton, „Sie scheinen vergessen zu haben, dass wir beide eine Vereinbarung getroffen haben. Sie versprachen, den Vertrag zu lesen, wenn ich einwilligte, das Wochenende in Boulder zu verbringen. Nun, das Wochenende ist vorbei, und ich muss unbedingt nach Los Angeles zurück. Trent Langston erwartet mich."

„Sie brauchen ihn nur anzurufen und zu sagen, dass Sie länger bleiben", antwortete Mark ungerührt.

Fantastisch! Das also war das Ergebnis ihres Ultimatums! Es hatte nicht den geringsten Eindruck gemacht. Trent anrufen! Ihr Chef würde sie bis zum Sommer hier oben schmoren lassen, wenn es not tat. Hauptsache, es sprang etwas dabei heraus. Langstons fixe Idee war nun einmal das Drehbuch von David Morrow, und war er einmal von einer Idee besessen war, dann war ihm kein Cent zu schade, um sie in die Realität umzusetzen. Nein, ihr Boss würde ihr nicht helfen. Sie musste selbst sehen, wie sie sich aus der Affäre zog.

„Mark, bitte, ich muss zurück. Ich habe wichtige Dinge zu erledigen."

„Etwas Persönliches?", erkundigte er sich neugierig. „Ist da etwa ein anderer Mann im Spiel?"

Aus seiner markigen Formulierung schloss Lindsay, dass er sich bereits für den Mann Nummer eins in ihrem Leben hielt. Obwohl sie sich über seine selbstgefällige Äußerung ärgerte, antwortete sie wahrheitsgemäß mit „Nein".

„Sie sollten inzwischen wissen, dass ich allein bin", setzte sie kühl hinzu. „Aber Ihnen scheint nicht bekannt zu sein, dass es außer Männern noch andere Dinge im Leben einer Frau gibt. Zu Hause wartet eine Menge Arbeit auf mich. Sie hat sich angesammelt, während ich wie eine Geheimagentin hinter Ihnen herjagte."

„Was klagen Sie? Es geht Ihnen doch prächtig, seit Sie mich gefunden haben. Oder etwa nicht?"

Lindsay wich seinem durchdringenden Blick aus. Mark hatte das Problem beim Namen genannt. Jetzt, da sie die Trennung herbeizuzwingen suchte, ging ihr auf, wie sehr sie Mark vermissen würde. Sie wünschte sich sehnlichst, dass er ein Teil ihres Lebens würde, und gleichzeitig wehrte sie sich heftig gegen diesen Wunsch. Denn noch immer hatte sie Angst vor einer emotionalen Bindung. Auch wenn sie jetzt die Ursache ihrer tiefen Ängste kannte, konnte sie nicht von einem Tag zum anderen ihre fest verwurzelten Verhaltensmuster ändern.

„Ich bin nicht hier, um mich zu amüsieren", sagte sie schroff.

Mark lächelte. „Lindsay, warum denken Sie immer nur an Ihre Arbeit? Sie muten sich zu viel zu."

„Unsinn! Ich weiß schon, was ich mir zumuten kann."

„Da bin ich nicht so sicher. Wenn ich nur an Freitagabend denke…!" Er schüttelte betrübt den Kopf. „Sie sahen aus wie ein Häufchen Elend. Ein Bild des Jammers."

„Dann wundert es mich, warum Sie es ausgerechnet auf mich abgesehen hatten", erwiderte Lindsay spitz.

„Genau deshalb! Ich wollte diese wunderschönen grünen Augen einmal strahlen sehen."

„Nichts leichter als das", antwortete sie mit einem betörenden Lächeln. „Sobald ich den Vertrag unterschrieben in meinen Händen halte, werden Sie vom Strahlen meiner Augen geblendet sein. Sie haben das verdammte Ding noch nicht einmal gelesen. Wann werden Sie es endlich tun?"

„Wenn die Zeit gekommen ist."

Lindsay verdrehte die Augen. „Sie machen mich noch wahnsinnig! Ich kann doch nicht ewig hierbleiben", rief sie verzweifelt aus. „Ich habe in Los Angeles einen Job, Mark. Auf meinem Schreibtisch stapelt sich die Arbeit."

„Wollen Sie meine Meinung hören?", antwortete er ungerührt. „Sie beabsichtigen, zu flüchten."

„Wovor denn?"

Er bannte sie mit seinem Blick, und sie las in seinen vor Leidenschaft brennenden schwarzen Augen die Antwort. „Das müssen Sie schon allein herausfinden", sagte er. „Sie brauchen nur etwas nachzudenken. " Dann nahm er seine Jacke, rief Randy und verließ das Haus, um einen langen Spaziergang zu machen.

7. Kapitel

Der Vertrag wurde weder gelesen noch unterschrieben, und so blieb Lindsay auch noch die Nacht zum Dienstag. Wie an den Abenden zuvor hatten sie geplaudert, gegessen, Backgammon gespielt, vor dem Kamin gelesen – das Zusammensein genossen. Weiter nichts.

Als Lindsay Dienstagmorgen erwachte, hörte sie das Klappern von Marks Schreibmaschine. Augenblicklich überkam sie ein Gefühl der Einsamkeit. Sie fühlte sich aus seinem Leben ausgeschlossen. Ihr war, als hätte er ein „Bitte-nicht-stören"-Schild an die Tür seines Arbeitszimmers gehängt. Zum ersten Mal seit ihrer Ankunft in Boulder empfand Lindsay die Weltabgeschiedenheit von Marks Domizil als bedrohlich und beklemmend.

Nichts und niemand war mehr da, was sie hätte unterhalten und beschäftigen können. Um sie herum breitete sich eine gähnende Langeweile aus. Es war keiner da, außer einem trägen, ständig schlafenden Hund und einem Egozentriker, der sie vergessen zu haben schien.

Lindsay sprang aus dem Bett und ging ans Telefon. Ein Anruf bei Trent, und er würde sie erlösen.

„Wo zum Teufel stecken Sie?", begrüßte Trent sie barsch, nachdem sie eine geschlagene Viertelstunde gewartet hatte, bis er ihren Anruf in sein Büro hatte durchstellen lassen.

„Wo soll ich schon sein?", schimpfte sie. „Seit Tagen versuche ich, Ihren idiotischen Auftrag auszuführen."

„Das soll ich glauben? In Denver sind Sie jedenfalls nicht. Ich habe hinter Ihnen hertelefoniert, als Sie sich weder meldeten noch zur Arbeit erschienen. Aber der Rezeptionist des Hotels, das Sie gebucht hatten, informierte mich, dass Sie bereits Samstag früh wieder abgereist seien. Was hat das zu bedeuten?"

„Ich bin nicht abgereist, Trent …"

„Hören Sie, Lindsay, mir ist nicht nach Spielchen zumute!"

„Und mir erst recht nicht. Wenn Sie wüssten, was ich für Ihre ehrenwerte Firma durchstehe! Ihr reizender Oscarpreisträger hält mich in seinem Haus fest!"

Auf der Stelle wurde Langstons Stimme sanft und freundlich. „Ach so ist das", sagte er erfreut. „Sie sind große Klasse, Lindsay." Er schien überglücklich, dass wieder einmal ein Unternehmen nach seinen Vorstellungen gelaufen war.

„Sie kapieren überhaupt nichts, Sie Dummkopf!", fauchte Lindsay ihn an. „Ich sitze hier in der absoluten Wildnis und bin zur Untätigkeit verdammt, während Ihr umworbenes Genie sich in seinem Büro verbarrikadiert hat und wie ein Wilder auf seine Schreibmaschine eindrischt."

„Schreibt er das Drehbuch für unseren Film?", fragte Langston hoffnungsvoll.

„Mit Sicherheit nicht."

„Und der Vertrag?"

Lindsays Stimme triefte vor Sarkasmus. „Sie glauben doch nicht im Ernst, dass ich dann noch hier wäre …"

„Nun, Schätzchen, man kann nie wissen", bemerkte Langston anzüglich.

Normalerweise hätte Lindsay eine solche Bemerkung nicht ungestraft durchgehen lassen. Sie nahm ihrem Chef gegenüber kein Blatt vor den Mund, und er schätzte ihre Zivilcourage. Sie waren ebenbürtige Partner und konnten es durchaus miteinander aufnehmen. Umso erstaunter war Langston, als er Lindsays flehende Stimme vernahm.

„Bitte, Trent, lassen Sie mich nach Hause kommen."

„Natürlich. Sobald Sie den Vertrag in der Tasche haben, nehmen Sie das nächste Flugzeug. Fliegen Sie von mir aus erster Klasse …"

„Ich möchte sofort abreisen, Trent. Haben Sie je David Mark Channing Morrows Bekanntschaft gemacht?"

„Ja. Ich habe mich einmal auf einer Premierenparty kurz mit ihm unterhalten. Sehr sympathisch."

„Sympathisch", äffte sie Langston höhnisch nach. „Der Kerl ist stur wie ein Maultier. Stellt sich absolut taub. Ich habe alles versucht, ihn wenigstens zum Lesen des Vertrags zu bewegen. Zwecklos! Vielleicht lässt sich etwas machen, wenn Sie ihm einen schneebedeckten Berg schenken."

„Warum nicht? Klappern Sie die Makler ab und versuchen Sie, etwas Preiswertes aufzutreiben."

„Trent, das sollte ein Scherz sein!"

„Sehr komisch. Sparen Sie sich Ihre Scherze für andere Gelegenheiten. Mir ist es verdammt ernst. Sie müssen bleiben, bis Sie es geschafft haben. Ich weiß doch, wie tüchtig Sie sind."

Lindsay seufzte vernehmlich. „Dann weisen Sie die Buchhaltung an, meine Altersbezüge auszurechnen und mir den Rentenbescheid zuzuschicken."

„Keine Angst, Kindchen, Sie werden dort oben nicht alt. Ich weiß doch, wie sehr Sie die Kälte hassen. Machen Sie's gut und bis bald …"

„Trent!"

Es knackte in der Leitung. Langston hatte aufgelegt. Mitleidslos und unbarmherzig. Leute wie er machten ihr Vermögen ganz bestimmt nicht, indem sie Rücksicht auf ihre Angestellten nahmen.

Schicksalsergeben bereitete Lindsay in der Küche ihr Frühstück zu und trug das Tablett ins Wohnzimmer. Suchend ließ sie den Blick über Marks vollgestopfte Bücherregale wandern, bis sie einen vor Jahren erschienen Bestseller entdeckte, den sie schon immer hatte lesen wollen.

Das Frühstück vor sich auf dem niedrigen Couchtisch, ließ sie sich auf dem Sofa vor dem Kamin nieder. Zu ihren Füßen lag Randy, der Kaffee duftete verlockend, und das prasselnde Feuer verströmte eine wohltuende Wärme. Die Umstände waren wie geschaffen für einen herrlichen, entspannenden Ferientag.

Aber statt das unerwartete, kostbare Geschenk zu genießen, blieb Lindsay innerlich nervös und angespannt. Und es lag weder an Marks Verhalten noch an ihrer Wut auf Trent noch am Nichtzustandekommen des Vertrags. Es lag schlicht und einfach an ihrer Unfähigkeit, untätig zu sein. Sie hatte keine Erfahrung darin, hatte nie gelernt, im Nichtstun Entspannung zu finden.

In ihrem bisherigen Leben hatte sie es peinlichst gemieden, war von einer Konferenz zur nächsten, von einem Termin zum anderen gehetzt, hatte sich tagtäglich mit Arbeit betäubt, bis sie todmüde in irgendeinem Hotelbett eingeschlafen war.

Das Buch, ein entsetzliches Gebräu aus Sex, Gewalt, Reichtum und Machtkämpfen, langweilte sie maßlos. „Unerträglich", sagte sie laut und legte es beiseite.

Lindsay legte sich auf den Boden und versuchte es mit Gymnastik. Vom Skilaufen noch arg mitgenommen, gab sie nach einigen Übungen wieder auf. Auf dem Kaminsims entdeckte sie ein Kartenspiel und legte sich Patiencen. Keine ging auf.

Völlig frustriert ging sie schließlich wieder in ihr Zimmer, zog die verhasste Winterunterwäsche und den Skianzug an und ging ins Freie.

Zu ihrer eigenen Überraschung fühlte sie sich an der frischen Luft augenblicklich besser und von allen trüben Gedanken befreit.

Sie verließ das Grundstück und marschierte die Landstraße hinunter, in der Hoffnung, auf Mrs. Tynans Laden und damit auf menschliche Gesellschaft zu stoßen.

Tatsächlich hatte sie das kleine Geschäft nach etwa zwanzig Minuten erreicht. Sie stampfte sich den Schnee von den Stiefeln und ging hinein. Ein alter bärtiger Mann saß Pfeife rauchend vor einem bullernden Kanonenofen, und hinter dem Tresen war eine Frau damit beschäftigt, eine riesige Einkaufstasche mit Lebensmitteln zu füllen. Ihre Kunden, ein junges Paar, waren offensichtlich Skiurlauber, denn sie erkundigten sich nach dem Weg zu einer nahe gelegenen Hütte. Und die Frau konnte niemand anders als Sara Tynan sein.

„Sie sehen ja halb erfroren aus", sprach der Alte Lindsay an und wies einladend auf einen freien Stuhl neben dem Ofen. „Setzen Sie sich, junge Frau, und wärmen Sie sich auf."

„Vielen Dank."

Er musterte sie einen Augenblick. „Sie sind sicherlich Mark Channings Freundin", sagte er dann in seiner breiten Mundart, „und Sie sind noch hübscher, als die Leute sich erzählen."

Es hatte also schon die Runde gemacht – genau wie Lindsay es sich gedacht hatte. Im Grunde konnte ihr der Dorfklatsch gleichgültig sein, aber sie fühlte sich trotzdem bemüßigt, den Alten zu korrigieren.

„Ich halte mich zu geschäftlichen Besprechungen bei Mr. Channing auf", erwiderte sie steif.

„Hmm." Der Mann lächelte milde. „So nennt ihr jungen Leute das also heutzutage. Nun, ich finde nichts dabei, wenn zwei Leute, die sich mögen, zusammenleben. Und hier oben schert sich sowieso niemand darum, was der andere tut. Das versuche ich jedenfalls seit zehn Jahren der guten Sara klarzumachen."

Er warf der drahtigen kleinen Frau hinter dem Ladentisch einen bedeutungsvollen Blick zu, doch sie ignorierte ihn völlig. Der Alte zuckte gleichmütig mit den Schultern. „Na ja, wahrscheinlich ist es besser, wenn das alte Mädchen allein bleibt", murmelte er.

Jetzt traf ihn ein vernichtender Blick. „Es ist auf jeden Fall besser, als mit dir zu leben, Josh Davis. Es reicht schon, dass du meinen Laden mit deiner Pfeife verpestest. Mein Haus wirst du mir nicht auch noch vollqualmen!", giftete Mrs. Tynan ihren Verehrer an. Dennoch klang ihre Stimme nicht unfreundlich. Zweifellos empfand sie eine gewisse Zuneigung für Josh Davis.

„Hmm. Du weißt nicht, was dir entgeht", knurrte er. „Na ja, selbst schuld Gut, dass diese jungen Leute nicht den gleichen Fehler machen. Jedenfalls hoffe ich, dass sie klüger sind als du."

„Kümmere dich gefälligst um deine eigenen Angelegenheiten, Josh!", polterte Sara. Dann kam sie hinter ihrem Ladentisch hervor und gab Lindsay die Hand. „Ich bin Sara Tynan. Guten Tag und willkommen in unserer Einöde. Geben Sie nichts auf Joshs Gerede. Sein Mundwerk war schon immer flinker, als er denken kann."

Lindsay lächelte und stellte sich ebenfalls vor. Sie fand die Frau mit dem freundlichen runzligen Gesicht und den fröhlichen kornblumenblauen Augen auf Anhieb sympathisch. Sicher konnte Sara Tynan eigensinnig und widerborstig sein, doch Lindsay spürte instinktiv, dass sie eine humorvolle und warmherzige Frau war, die zudem selbstlos und hilfsbereit war. Sie wusste nicht, warum, aber sie wünschte sich, dass die Sympathie auf Gegenseitigkeit beruhte. Vielleicht, weil es für Mark eine Rolle spielen würde.

„Ich bin wirklich nur geschäftlich hier", sagte sie noch einmal nachdrücklich.

„Wie schade." Sara Tynans Stimme klang enttäuscht. „Und ich hatte gehofft, dass Mark endlich jemanden gefunden hätte, der sich um ihn kümmern würde. Sie sind die erste Frau, die ihn hier oben besucht. Ich dachte, Sie seien diejenige, welche … Mark braucht so dringend eine Frau, damit er wieder weicher und menschlicher wird."

Hörte Lindsay richtig? Sie sah Mrs. Tynan fragend an. Mark war doch nicht hart. Vielleicht etwas eigenbrötlerisch, aber doch sanft, freundlich und einfühlsam.

Sie wollte widersprechen, bremste sich jedoch noch rechtzeitig. So nett dieses alte Pärchen war – ihr Urteil über Mark Channing ging niemanden etwas an. Schon gar nicht zwei nach Neuigkeiten dürstende Dorfbewohner.

„Was haben Sie denn so Wichtiges hier oben zu tun, kleines Fräulein?", fragte Josh unverblümt. „Sind Sie von einem Verlagshaus von der Ostküste?" So wie er das Wort „Ostküste" aussprach, musste New York sich für ihn um einen Ort des Grauens handeln.

„Nein. Ich komme aus Los Angeles. Dort arbeite ich als Anwältin für eine große Filmgesellschaft. Wir möchten, dass Mark für uns eins seiner Bücher zum Drehbuch umschreibt."

„Ach, ich halte nicht viel von Filmen", war Joshs Kommentar. „Es ist viel interessanter, Menschen aus Fleisch und Blut zu beobachten. Das ist das wirkliche Leben."

„Warum gibst du es nicht ehrlich zu, Josh?", stichelte Sara. „Deine Lieblingsbeschäftigung ist, in der Nachbarschaft herumzuspionieren und über andere Leute zu tratschen."

„Das ist nicht wahr, Sara Tynan! Du bist selbst eine ganz schöne Klatschbase, besonders letzten Winter, als der Schneesturm sämtliche Telefonleitungen lahmgelegt hatte und jedermann auf dich als einzige Nachrichtenquelle angewiesen war. Erinnerst du dich …?"

„Ach, sei still, Josh!", schnitt Sara ihm das Wort ab. Sie wechselte schnell das Thema. „Welches von Marks Büchern soll denn verfilmt werden?", wandte sie sich an Lindsay. „Ich kenne sie alle. – ‚Samtschwarze Nächte'!"

Saras Lächeln schwand, und mit steinerner Miene blickte sie Lindsay an. „‚Samtschwarze Nächte'? Damit werden Sie kein Glück haben, liebes Kind. Ich an Ihrer Stelle würde die Finger davon lassen."

„Aber wieso denn?", fragte Lindsay irritiert „Das fragen Sie Mark lieber selbst. Ich kann es Ihnen nicht sagen. Mit diesem Buch hat es seine eigene Bewandtnis. Das ist alles, was ich weiß. Es hat ihn unglaublich beschäftigt."

„Wie kommen Sie darauf?"

„Nun, er hat nicht mit mir darüber gesprochen, aber ich habe aus seinem sonderbaren Verhalten meine Schlüsse gezogen. Wissen Sie, normalerweise lässt Mark sich nicht zweimal bitten, wenn die Buchhandlung im Ort ihn zu einer Signierstunde oder zu einem Diskussionsabend einlädt."

Lindsay merkte an Saras liebevollem, zärtlichem Ton, wie viel sie von Mark hielt – und dass zwischen diesen beiden so grundverschiedenen Menschen eine ganz besondere Beziehung bestehen musste. Wenn die Frau sie doch nur ins Vertrauen ziehen würde, damit auch sie Mark besser verstehen würde …

„Erzählen Sie weiter", bat Lindsay Sara, als diese nachdenklich schwieg.
„Sobald Marks Roman ‚Samtschwarze Nächte' erschienen war und

die ersten Exemplare in den Schaufenstern lagen, verbarrikadierte er sich in seinem Haus – genauso übrigens, wie er es nach seinem Einzug getan hatte. Er wollte keinen Menschen sehen oder sprechen. Ich brachte ihm wie gewöhnlich seine Lebensmittel und die Post hinauf, aber er ließ mich nicht über die Schwelle seines Hauses treten. Er nahm mir die Sachen mit einem höflichen Dankeschön an der Tür ab und zog sich sofort wieder zurück. Sonst hatte er mich immer hereingebeten und mit mir Tee getrunken und geplaudert. Damit war es nun vorbei. Als hätte das Buch ihn krank gemacht. Er war schlimm dran, Liebes, glauben Sie mir. Ich könnte ihn nicht noch einmal so leiden sehen. Am besten, Sie rühren das Thema gar nicht mehr an, Miss Tabor."

Allmählich begann Lindsay zu verstehen. Nur eines begriff sie nicht: Warum schrieb und veröffentlichte jemand ein Buch, wenn es ihn derart belastete?

„Und wie lange hat es gedauert?", fragte sie, nachdem sie eine Weile nachdenklich geschwiegen hatte. „Ich meine – wie lange hat er sich so abgekapselt?" Ein Gefühl des Mitleids überwältigte sie, als sie sich Mark in seiner Hütte vorstellte, einsam und verloren, ohne menschlichen Trost seinen schweren Gedanken ausgeliefert. Hätte sie ihn damals schon gekannt, sie wäre für ihn da gewesen, hätte ihn umsorgt und versucht, ihm die schwierige Zeit zu erleichtern.

Lindsay wunderte sich über sich selbst. Noch nie in ihrem Leben hatte sie das Bedürfnis gehabt, einem Mann zur Seite zu stehen, ihm Schutz und Fürsorge zu gewähren. Es war eine ebenso überraschende Erfahrung wie dieses neue Gefühl der Geborgenheit und Wärme, das Mark ihr mit seinem zärtlichen Trost vermittelt hatte.

Saras Stimme riss sie aus ihren Gedanken. „Es dauerte genau drei Monate, bis er wieder der Alte war", erinnerte sie sich. „Eines Tages tauchte er hier in meinem Laden auf, heiter und bei bester Laune, als wäre nichts geschehen. Er holte seine Post und seine Zeitungen ab, kaufte ein, und wir hielten wie gewohnt unser Schwätzchen. Von dem Tag an war er wieder wie früher, bis vor einigen Wochen, als dieser Brief von seinem Agenten kam. Ich habe ihn beobachtet, während er ihn noch hier im Laden las. Seine Stimmung wechselte von einer Sekunde zur anderen. Sie hätten sein Gesicht sehen sollen! Er schoss wie von Furien gehetzt aus dem Laden."

Lindsay ahnte, von welchem Brief die Rede war. Es musste Moris' Mitteilung vom Angebot der Langston-Studios gewesen sein, den

Roman „Samtschwarze Nächte" zu verfilmen. Die Nachricht hatte Mark in die Flucht geschlagen und ihre eigene Irrfahrt quer über den Kontinent eingeleitet.

„Ich glaube, ich sollte mich jetzt auf den Rückweg machen", sagte Lindsay unvermittelt. Sie musste unbedingt mit Mark reden und ergründen, was es mit diesem Buch auf sich hatte. „Samtschwarze Nächte" musste eine geheimnisvolle schicksalhafte Bedeutung für ihn haben. Merkwürdig genug: Sein eigenes Werk schien ihn zu bedrohen und in Panik zu versetzen.

Sara sah stirnrunzelnd zum Fenster hinaus. „Es sieht ganz so aus, als würden wir noch mehr Schnee kriegen. Warten Sie noch eine Minute. Ich werde Ihnen eine Tasse Tee machen, damit Sie sich schön aufgewärmt auf den Rückweg machen können."

„Vielen Dank, Miss Tynan. Aber ich gehe lieber jetzt gleich. Ein andermal gern."

„Heißt das, dass Sie doch noch eine Weile hierbleiben?", fragte Sara Tynan hoffnungsvoll. „Das würde uns sehr freuen, nicht wahr, Josh? Vielleicht haben Sie und Mark Lust, demnächst mal zum Abendessen vorbeizukommen."

Lindsay lächelte höflich. „Danke für die Einladung. Ich werde es ihm ausrichten", versprach sie. Sara Tynan sollte sich nur nicht allzu viele Hoffnungen machen, denn bevor sie und Mark wie ein trautes Paar Nachbarschaftsbesuche abstatteten, gäbe es mit Sicherheit noch einiges zu regeln.

Tatsächlich begann es auf dem Rückweg zu schneien. Von dem immer dichter werdenden Schneegestöber umwirbelt, ließ Lindsay sich noch einmal Mrs. Tynans Erzählung durch den Kopf gehen. Hätte sie den Inhalt von „Samtschwarze Nächte" gekannt, dann wäre sie des Rätsels Lösung vielleicht schon auf der Spur. Aber sie hatte keine Zeit mehr gehabt, sich das Buch vor ihrer Abreise zu besorgen. Und – das fiel ihr erst jetzt auf – es stand nicht einmal neben Marks anderen Romanen in seinem Bücherregal.

Schon nach wenigen Minuten musste Lindsay sich so stark auf den Weg konzentrieren, dass sie nicht länger an Mark und sein rätselhaftes Buch denken konnte. In kürzester Zeit war die Landstraße von einer dicken Schicht Neuschnee bedeckt, und Lindsay hatte Mühe, durch den dichten Vorhang der wirbelnden Flocken die Wegmarkierungen zu erkennen, die ihr auf dem Hinweg aufgefallen waren. Obwohl sie noch nie einen Schneesturm erlebt hatte, war sie nicht sonderlich beunruhigt Zwar war ihr ziemlich kalt, doch in der Gewissheit, bald Marks Haus zu erreichen, ertrug sie es tapfer. Zuversichtlich marschierte sie weiter.

Plötzlich hörte Lindsay jemanden ihren Namen rufen. Als sie Marks Stimme erkannte, schlug ihr Herz schneller. Sie antwortete, und wenig später kam auch schon Randy kläffend auf sie zugerannt. Ungestüm sprang er an ihr hoch und leckte ihr vor Wiedersehensfreude das Gesicht.

„Randy!", protestierte sie lachend, „nicht so stürmisch!" Während sie sich noch der Liebkosungen des Hundes erwehrte, stand plötzlich Mark neben ihr, als wäre er aus dem Nichts aufgetaucht.

„Hallo", begrüßte sie ihn fröhlich, ohne seine finstere Miene zu bemerken.

„Wo zum Teufel waren Sie?", fuhr er sie an und packte sie so grob bei den Armen, dass sie trotz der dicken Kleiderschichten den Druck seiner Finger bis auf die Haut spürte.

Sie sah ihn überrascht an, und erst jetzt fiel ihr sein panischer Gesichtsausdruck auf. In seinem Blick lag die nackte Angst, und aus seinem Gesicht war jegliche Farbe gewichen.

„Lassen Sie mich los", sagte Lindsay ärgerlich. „Sie tun mir weh! Was haben Sie eigentlich?"

Augenblicklich ließ er die Arme sinken, sah Lindsay etwas schuldbewusst an und stieß dann einen tiefen Seufzer aus. Es war ein Seufzer der Erleichterung, und allmählich wich der Ausdruck des Schreckens aus seinem Gesicht und machte einem befreiten Lächeln Platz.

„Alles in Ordnung?", fragte er sie besorgt.

„Natürlich. Ich bin okay. Was soll denn sein?"

„Seit wann sind Sie schon unterwegs?", setzte er sein sonderbares Verhör fort.

„Nicht sehr lange. Sie waren so sehr mit dem Schreiben beschäftigt, dass ich mich zu einem Spaziergang entschloss."

„Zu einem Spaziergang!", brauste er auf. „In diesem verdammten Blizzard?!"

„Als ich losging, schneite es noch nicht."

Er schien gar nicht hinzuhören. „Sie hätten sich verirren können."

„Ach wo! Ich wusste die ganze Zeit, wo ich war. Von Mrs. Tynans Laden findet wohl auch eine instinktarme Kalifornierin den Weg im

Schnee zurück", bemerkte Lindsay bissig. Sie lächelte. „Sara Tynan und Josh Davis sind übrigens ein köstliches Paar. Ehe ich's vergesse – Mrs. Tynan hat Sie ... hat uns ... zum Abendessen eingeladen."

„Wie nett", kommentierte Mark geistesabwesend. Dann sah er Lindsay eindringlich an, und wieder entdeckte sie diesen Ausdruck äußerster Besorgnis in seinem Blick. „Bitte, Lindsay", beschwor er sie, „gehen Sie nie wieder aus dem Haus, ohne mir vorher Bescheid zu sagen."

Zuerst hatte Lindsay ein schlechtes Gewissen. Doch dann, als sie daran dachte, wie auch Mark sie an diesem Morgen allein gelassen hatte, packte sie die Wut.

Was fiel diesem Mann ein? Statt sich für sein unhöfliches Benehmen zu entschuldigen, empfing er sie mit einer Strafpredigt. Es war beinahe schon ungeheuerlich.

„Ich bin eine erwachsene Frau und kann sehr gut auf mich selbst aufpassen."

„Sie haben keine Ahnung, Lindsay. Sie wissen nicht, was auf solch einem harmlosen kleinen Ausflug alles passieren kann. Sie kennen die Gegend und die Wetterverhältnisse nicht. Bei einem Schneesturm wie diesem kann man sich im Handumdrehen verirren. Tun Sie mir den Gefallen, und gehen Sie nicht mehr allein spazieren. Bitte ..."

„Den Teufel werde ich tun!", brauste sie auf. „Ich werde tun und lassen, was mir beliebt. Und wenn mir nach einem Spaziergang zumute ist, dann gehe ich spazieren." Sie warf Mark einen feindseligen Blick zu. „Was soll ich denn machen, wenn Sie sich einigeln und arbeiten? Was kann man denn hier schon anfangen? Ich fühle mich zur Untätigkeit verdammt. Irgendwo muss ich mich beschäftigen – dafür bin ich sonst viel zu aktiv. Ich bin es nicht gewohnt, herumzusitzen und Däumchen zu drehen!"

Ihre ganze Wut und Frustration entlud sich in einem endlosen Lamento. Dass Mark ihr ruhig und gelassen zuhörte, machte sie nur noch ärgerlicher. Zornig blitzte sie ihn aus ihren grünen Augen an.

„Lindsay", sagte er schließlich, jetzt wieder mit sanfter und weicher Stimme. „Es tut mir furchtbar leid, dass Sie heute Morgen sich selbst überlassen waren. Aber wenn ich einen Einfall habe, dann muss ich ihn zu Papier bringen – sonst geht er mir wieder verloren. Ich hatte nicht einmal gehört, dass Sie aufgestanden waren, und dachte die ganze Zeit,

Sie würden endlich einmal ausschlafen. Erst als ich nach Ihnen schauen wollte, merkte ich, dass Sie fort waren. Und dann dieser Blizzard! Ich hatte keine ruhige Minute mehr."

Mark lächelte versöhnlich. „Verstehen Sie doch, Lindsay, ich war in Sorge um Sie. Wie können Sie annehmen, dass ich Ihnen Vorschriften machen will?"

„Es hörte sich aber ganz so an", erwiderte Lindsay gehässig. Sie fand sein väterliches Gehabe anmaßend und albern.

„Sie kennen sich hier nicht aus", erklärte er von Neuem. „Ich hätte ja nicht einmal gewusst, wo ich Sie hätte suchen können."

Plötzlich schien alles über Lindsay zusammenzubrechen. Es war einfach überwältigend – die emotionsgeladene Atmosphäre, neue, unerklärliche Gefühle, die beklemmende Isolation, ein ungewohntes Klima und schließlich und endlich Mark Channings hartnäckige Weigerung, mit ihr zu verhandeln. Sie hielt es nicht mehr aus.

„Ich hasse alles hier", stieß sie hervor. Und obwohl sie Mark ansah, wie sehr sie ihn mit ihren Worten verletzte, fuhr sie unbarmherzig fort: „Ich will nach Hause! So bald wie möglich!"

Marks langer trauriger Blick traf sie bis ins Herz, aber sie hielt ihm stand und ließ sich nichts von ihren Gefühlen anmerken.

„Na gut", seufzte er, „ich halte Sie nicht auf."

„Oh doch, das tun Sie. Ich kann nicht eher zurück, bis Sie den Vertrag nicht wenigstens gelesen haben. Das hat mein Chef mir heute Morgen klar und deutlich gesagt."

„Sie haben mit ihm telefoniert?"

„Ja."

„Sie würden also nur aus einem einzigen Grund hierbleiben?" Lindsay konnte seinen traurigen Blick kaum noch ertragen, aber sie nickte nachdrücklich. „Ja. Was für einen Grund sollte es sonst noch geben?", log sie.

„Also schön. Gehen wir. Ich werde mir das verdammte Ding ansehen. Es scheint ja Ihr einziger und größter Wunsch zu sein."

„Ja, allerdings …"

Lindsay konnte sich über ihren Sieg nicht einmal freuen.

8. Kapitel

„Okay", sagte Mark eine halbe Stunde später mit tonloser Stimme. „Ich habe ihn gelesen. Gründlich. Jeden Paragraphen. Ist dieser durchtriebene Bestechungsversuch Trent Langstons oder Ihr eigenes Machwerk?"

„Es ist kein Bestechungsversuch", protestierte Lindsay. Doch als Mark skeptisch die Augenbrauen hochzog, begann sie blitzschnell zu überlegen, wie offen sie mit ihm sein konnte.

Normalerweise hielt sie sich an das ungeschriebene Gesetz der Verhandlungsstrategie, dass ein Käufer dem Anbieter nicht zeigte, wie sehr er an dessen Ware interessiert war.

Bei Mark Channing verhielt es sich anders, denn er wollte ja gar nichts verkaufen. Statt lange hin- und herzupokern, konnte sie die Karten ebenso gut gleich offen auf den Tisch legen.

Sie setzte ihr charmantestes Lächeln auf. „Glauben Sie mir, Mark, Trent Langston will Sie weder bestechen, noch hat er irgendwelche anderen Hintergedanken. Seit dem Erscheinen von ‚Samtschwarze Nächte' ist er von der Idee besessen, einen Film aus dem Roman zu machen. Und was liegt dann näher, als dass er Sie als Drehbuchautor gewinnen will? Eigentlich dürfte ich es Ihnen nicht sagen, doch ich vermute, dass Sie es ohnehin wissen: Sie können verlangen, was Sie wollen – Langston wird Ihnen nichts abschlagen."

„Dann soll er mir den Mond vom Himmel holen."

„Das ist doch lächerlich! Sehen Sie denn gar nicht, wie viele Vorteile in dem Geschäft stecken?" Verzweifelt suchte Lindsay nach Argumenten, obwohl sie wusste, dass sie auf verlorenem Posten kämpfte. Es war klar, dass Mark seine Entscheidung schon lange gefällt hatte. Den Vertrag hatte er nur ihr zu Gefallen gelesen.

„Und welche Vorteile wären das?", fragte Mark. „Geld habe ich genug. Für meine Ansprüche jedenfalls genügt es. Zweitens bin ich viel zu gern hier, als dass ich Lust hätte, mich monatelang in Hollywood oder an irgendwelchen Drehorten aufzuhalten. Bliebe drittens der Ruhm. Ich will nicht überheblich erscheinen, aber ich denke, dass ich schon jetzt ein angesehener und etablierter Buch- und Filmautor bin und einen Namen habe. Frage: Wo ist für mich der Vorteil bei dem Geschäft?"

Lindsay überlegte fieberhaft, wie sie Mark überzeugen könnte. Schließlich versuchte sie es mit dem Scherz von dem eigenen Ski-Berg. Doch Mark verzog das Gesicht nicht einmal zu einem Lächeln.

Er blieb dabei: kein Vertrag mit den Langston-Studios. „… und auch keinen mit einer anderen Filmgesellschaft", fügte er hinzu, „falls Sie das befürchten sollten."

„Aber warum …?", wagte sie zu fragen.

„Weil ‚Samtschwarze Nächte' eine ganz persönliche Bedeutung für mich hat", sagte er mit gepresster Stimme. Seine Lippen waren nur noch zwei dünne Striche, und sein harter Gesichtsausdruck ließ keine weiteren Fragen zu.

Doch Lindsay gab noch nicht auf. Zwar fiel es ihr zunehmend schwerer, Mark zu etwas zu drängen, was für ihn offensichtlich mit Unglück und Kummer verbunden war. Wäre es nach ihr gegangen, hätte sie schon lange das Handtuch geworfen und Mark gebeten, die ganze Sache zu vergessen. Doch ihr beruflicher Ehrgeiz und ihr Pflichtgefühl gegenüber Trent ließen keine persönliche Rücksichtnahme zu. So versuchte sie es ein letztes Mal mit ihrer Überredungskunst.

„Ich verstehe", sagte sie gedehnt, „aber wäre nicht gerade Ihre persönliche Betroffenheit ein Grund, das Drehbuch zu diesem Roman zu schreiben? Ich bin sicher, dass Trent Ihnen sogar die künstlerische Leitung bei der Produktion des Films überlassen würde …"

„Verstehen Sie denn immer noch nicht?", explodierte Mark und warf den Vertrag wütend auf den Tisch. „Ich pfeife auf die künstlerische Leitung. Ich spucke auf Ihr lukratives Angebot und alle Ihre lockenden Versprechungen!", schrie er aufgebracht. Dann wurde er ruhiger. „Hören Sie gut zu, Miss Tabor", sagte er kühl und kontrolliert. „Schauen Sie auf meine Lippen, damit Ihnen kein Wort entgeht. ‚Samtschwarze Nächte' wird nicht verfilmt. Weder von den Langston-Studios noch von irgendeiner anderen Filmgesellschaft! Habe ich mich jetzt deutlich genug ausgedrückt?"

Seine beißenden, sarkastischen Worte brachten Lindsay beinahe aus der Fassung. Sie konnte nicht mehr. Wäre sie durch ihren Beruf nicht so hart im Nehmen geworden, wäre sie in Tränen ausgebrochen. Doch statt ihren Gefühlen freien Lauf zu lassen, holte sie zum Gegenschlag aus. „Dann möchte ich verdammt noch mal wissen, warum

Moris Samuels sich überhaupt auf Gespräche mit uns eingelassen hat. Der Mann ist schließlich Ihr Agent. Oder führt er etwa hinter Ihrem Rücken Verhandlungen, von denen Sie nichts wissen?"

Mark lächelte müde. „So ungefähr verhält es sich", gab er zu. „Sie haben Moris ja kennengelernt – sobald es um eine sechsstellige Zahl geht, hat er nur noch seine Prozente im Kopf und vergisst alles andere. Er hat ohne meine Zustimmung verhandelt."

Lindsay starrte Mark ungläubig an. „Dann gab es also gar keine Gegengebote anderer Studios?"

„Um Himmels willen – nein! Hat Moris das etwa Trent Langston erzählt?"

„Natürlich. Warum wäre mein Boss wohl sonst so hysterisch? Er hat Angst, dass die Konkurrenz ihn mit höheren Geboten aussticht. Und das ausgerechnet bei einem Projekt, das ihm dermaßen am Herzen liegt."

„… was Moris offensichtlich weiß", ergänzte Mark. „Sonst hätte er nicht so hoch gepokert und diesen unglaublichen Vertragsentwurf ausgehandelt. Ich beginne zu verstehen …"

„… und ich ebenfalls", sagte Lindsay kopfschüttelnd. „Trotzdem – nur zu meiner Vergewisserung: Ihr reizender Agent wusste also, dass ‚Samtschwarze Nächte' für Verträge aller Art tabu ist?"

„Ich habe es ihm ungefähr dreitausendmal gesagt. Doch als Trent ihn auf die Verfilmung ansprach, konnte er der Verlockung nicht widerstehen." Mark zuckte bedauernd mit den Schultern. „Ich habe beiden – sowohl Moris als auch Langston – meinen Standpunkt sehr deutlich klargemacht, das können Sie mir glauben. Aber diese beiden Füchse geben nicht so leicht auf, und Sie sind das arme Opfer. Offenbar haben die beiden sich geeinigt, Sie als Köder zu mir zu schicken. Sie dachten wohl, bei einer hübschen Frau würde ich eher nachgeben."

Lindsay stöhnte auf. „Und ich Närrin habe mir eingebildet, dass Trent mich wegen meiner fachlichen Kompetenz mit dieser Mission betraut hat. Was für eine bodenlose Gemeinheit!"

„Es tut mir leid für Sie, Lindsay." Marks Stimme war jetzt voller Mitgefühl. „Sie wissen, ich mag Sie persönlich sehr gern. So gern, dass Trents und Moris' Rechnung eigentlich aufgehen müsste. Aber nichts und niemand – nicht einmal ein ganzer Harem – könnte mich von meinem Entschluss abbringen. Das Buch bleibt unangetastet."

Lindsay musterte ihn schweigend. So demütigend das Ergebnis dieses Gesprächs für sie auch war – irgendwie waren sie und Mark sich nähergekommen. „Mark", begann sie mit weicher Stimme, „was für ein Geheimnis birgt dieses Buch? Es muss eine schreckliche Bedeutung für Sie haben."

Sie musste es wissen – nicht für Trent Langston, nicht für das Filmstudio oder um einen weiteren beruflichen Erfolg verzeichnen zu können, sondern für sich selbst und ihre Beziehung zu diesem Mann.

Marks Augen weiteten sich in ungläubigem Staunen. „Haben Sie den Gegenstand Ihres verdammten Vertrages nicht einmal gelesen? Das ist ja nicht zu fassen!"

Lindsay sah ihn schuldbewusst an. „Nein", gestand sie kleinlaut. „Ich hatte wegen meiner hektischen Reiserei leider keine Gelegenheit dazu."

Mark schüttelte müde den Kopf. Dann stand er von seinem Stuhl auf und ging langsam den Flur hinunter, bis er in seinem Arbeitszimmer verschwand. Kurz darauf kam er mit dem Buch in der Hand zurück. „Hier, lesen Sie es", sagte er ruhig, als er es ihr reichte. „Dann unterhalten wir uns weiter. Ich mache jetzt einen Spaziergang. Die frische Luft wird mir guttun."

Mit einem beklommenen Gefühl sah Lindsay durch das Fenster der schemenhaften Gestalt nach, die in dem fahlen Zwielicht dieses düsteren Wintertages im Nichts verschwand. Sonderbar – mit dem Wechsel des Wetters hatte sich eine dunkle Stimmung auf die unbeschwerte Heiterkeit, auf die zarten Anfänge der Freundschaft und des Vertrauens gelegt, die sich zwischen ihr und Mark entwickelt hatten. Sie fragte sich, ob es ihnen nach diesem Riss je gelingen würde, die anfängliche Harmonie wiederherzustellen.

Dann verscheuchte sie die sinnlosen Grübeleien, nahm das Buch und machte es sich auf dem Sofa bequem. Von der ersten Seite an war sie von dem Stil gefesselt, der voller Zärtlichkeit und Intensität war. Die beiden Hauptpersonen waren mit so viel Einfühlungskraft und Liebe beschrieben, dass Lindsay mit ihnen lebte, ihre Romanze, ihre Konflikte und Abenteuer mit ihnen teilte.

Das Buch war so mitreißend geschrieben, so angefüllt mit spannungsreicher Handlung und der ganzen Palette menschlicher Gefühle, dass Lindsay gut verstehen konnte, weshalb Trent es unbedingt haben wollte.

Der Kern der Handlung war eine altmodische, leidenschaftliche

Liebesgeschichte, um die sich spannende Verwicklungen, atemberaubende Abenteuer, zu Herzen gehende menschliche Episoden und komische Begebenheiten rankten.

Lindsay war so in ihre Lektüre vertieft, dass sie Marks Kommen nicht bemerkt hatte. Sie blickte lächelnd auf, als er ein Sandwich und eine Tasse Kaffee vor ihr auf den Tisch stellte und dann wieder in sein Arbeitszimmer ging.

Sie las die ganze Nacht hindurch. Als sie die letzte Seite aufschlug, brach die Morgendämmerung an.

Lindsay klappte das Buch zu und blieb zusammengekauert in der Sofaecke sitzen. Die Tränen strömten ihr übers Gesicht.

Sie wusste, dass sie Marks eigene Lebens- und Liebesgeschichte gelesen hatte, die er nur geringfügig zum Romanhaften verfremdet hatte. Das tragische Ende zerriss ihr das Herz. Es erklärte alles.

Es erklärte Marks Weigerung, seine persönliche Tragödie für die Kinoleinwand freizugeben. Es erklärte seine melancholischen Stimmungen, wenn er grübelnd dasaß und in eine andere Welt eintauchte. Und es erklärte sein Verständnis und Einfühlungsvermögen für Lindsays eigene persönliche Situation.

Genau wie sie hatte er einen schmerzlichen Verlust erlitten. Er hatte die Person verloren, die er liebte, und dennoch hatte er die Kraft gefunden, weiterzuleben. Und diese Kraft hatte er ihr vermitteln wollen.

„Nun, haben Sie es durch?", hörte sie Mark plötzlich fragen. Er sah blass und übernächtigt aus. Instinktiv wusste sie, dass auch er nicht geschlafen hatte.

„Es tut mir so leid", sagte sie leise. „Ich hatte eine Ahnung …"
Er zuckte mit den Schultern. „Sie haben getan, was Sie tun mussten. Schließlich ist es Ihr Job."

„Nein, das meine ich nicht. Ich meine diese Geschichte. Es ist schrecklich! Sie müssen sie sehr geliebt haben."

Er nickte. Sein Mund war zusammengepresst, und seine Augen blickten stumpf ins Leere. „Ja. Ich habe sie geliebt."

„Wollen Sie mir nicht von ihr erzählen?"

„Es steht alles im Buch."

„Nein, nicht alles, Mark", widersprach sie sanft. „Wissen Sie noch, was Sie mir sagten? Es ist nicht überwunden, solange man noch darüber weint."

„Ich weine nicht mehr. Schon lange nicht mehr."

„Mag sein. Aber trotzdem leiden Sie noch. Der Schmerz in Ihrem Blick verrät es. Denken Sie, ich hätte es nicht gesehen? Nacht für Nacht, wenn ich schlafen ging, sind Sie hier zurückgeblieben und haben abwesend ins Feuer gestarrt. Sie trauern noch immer, Mark. Auch jetzt sehe ich wieder diese Schatten in Ihrem Gesicht. Bitte, reden Sie es sich von der Seele."

Er antwortete nicht, und Lindsay sah ihn einen langen Moment schweigend an, bis ihre Blicke ineinander versanken. „Ich liebe dich, Mark. Ich möchte alles von dir wissen, damit ich dich verstehen kann." Er reagierte nicht. Es war, als hätte er ihr Geständnis, das sie unerhört viel Mut gekostet hatte, gar nicht vernommen. Doch sie verübelte ihm sein Schweigen nicht. Sie wartete. Sie würde warten, bis die Trauer aus seinem Gesicht verschwand.

Dann, nach einer Ewigkeit, ließ er sich schwer neben ihr auf das Sofa fallen. Wortlos starrte er in die Flammen. Lindsay ließ ihn gewähren. Ruhig saß sie neben ihm und bezwang den Wunsch, ihn in die Arme zu nehmen. Es war wichtig, ihm Zeit zu lassen.

Schließlich begann Mark zu sprechen. Stockend, in unzusammenhängenden, unbeholfenen Sätzen. War dies derselbe Mann, der sonst so brillant und geschliffen zu plaudern verstand? Der Schriftsteller, der mit der Kunst der Sprache seinen Lebensunterhalt verdiente?

Nein, es war der Mensch Mark Channing. Ein verletzlicher, trauernder Mann, der Lindsay sein Innerstes preisgab. Die Worte kamen zuerst langsam und zögernd, dann fließender. Sie formten sich zu einer Geschichte, die noch nie geschrieben worden war und nie geschrieben werden würde.

„Ich lernte Alicia in der Schweiz kennen. Sie war die zauberhafteste Frau, der ich je begegnet war. Wir haben uns vom ersten Tag an verstanden. Alicia war klug, sanft, sensibel und unternehmungslustig. Sie respektierte mein Bedürfnis, von Zeit zu Zeit allein zu sein. Aber wenn wir zusammen waren, kostete sie es voll aus. Wir liebten uns, wir redeten stundenlang, unternahmen die aberwitzigsten Dinge und konnten herumalbern wie die Teenager.

Sie konnte so wunderbar lachen. Immer war sie heiter und gut gelaunt. Ich glaube, ich habe sie nie weinen sehen, und ich erinnere mich nicht, dass sie jemals hässlich zu mir war. Sie steckte voller Unternehmungsgeist und verrückter Ideen. Es gab nichts, was sie nicht mitgemacht hätte.

Die Winter verbrachten wir in der Schweiz, denn sie war eine begeisterte Skiläuferin, und ich hatte Zeit und Muße, zu schreiben. Im Sommer machten wir herrliche Reisen. Wir waren glücklich."

Obwohl Lindsay spürte, welch tiefe und intensive Gefühle die Erinnerung in Mark wachrief, fühlte sie sich nicht zurückgesetzt. Sie empfand nur Trauer – Trauer darüber, dass diese beiden Menschen ihr Leben nur so kurze Zeit teilen durften. Wie unsagbar glücklich mussten sie gewesen sein! Mark hatte die Einmaligkeit ihrer Liebe in seinem Buch so wunderbar beschrieben, dass Lindsay nachempfinden konnte, was ihnen ihre seltene Beziehung bedeutet hatte.

Und da sie selbst – und zum ersten Mal in ihrem Leben – eine Liebe in sich entstehen spürte, konnte sie Marks Leiden und seine Trauer ermessen, nachdem sein Glück so grausam zerstört worden war. „Wie geschah es?", fragte sie behutsam. „War es so wie in ‚Samtschwarze Nächte'?"

„Ja. So ungefähr."

Sie berührte ihn leicht an der Schulter. „Möchtest du lieber nicht mehr darüber sprechen?" Das vertrauliche Du kam wie von selbst über ihre Lippen. Bei der Intimität, die während dieser wenigen Minuten zwischen ihnen entstanden war, war es fast selbstverständlich.

Mark zögerte. Beinahe hätte er die Rettungsleine ergriffen, die sie ihm zuwarf. Aber er überwand sich. „Doch. Du hattest recht. Ich muss darüber reden. Mit dem Buch habe ich es nicht verarbeitet, obwohl ich es mit dieser Absicht geschrieben habe."

Lindsay wartete geduldig, bis er weitersprach.

„Eines Morgens – ich saß im Studio und schrieb – kam Alicia herein, um mir zu sagen, dass sie Ski laufen gehen würde. Ich nickte abwesend und blickte kaum auf, als sie ging. Hätte ich richtig hingehört, hätte ich sie von ihrem leichtsinnigen Vorhaben abgehalten, denn sie hatte eine Piste erwähnt, die nicht ungefährlich war. Alicia lief zwar für ihr Leben gern Ski, doch für diese Strecke nicht gut genug.

Aber wie gesagt war ich viel zu sehr mit meiner Arbeit beschäftigt. Das Buch stand kurz vor dem Abschluss, und ich steckte gerade in einer sehr produktiven Arbeitsphase, die ich nicht unterbrechen wollte.

Irgendwann gegen Nachmittag sagte mir mein Instinkt, dass Gefahr in der Luft lag. Doch ich ignorierte die warnende Stimme und schrieb wie ein Besessener weiter. Ich kam so gut voran wie lange nicht. Nur noch wenige Seiten, und das Buch wäre beendet. Ich freute mich schon darauf, abends mit Alicia mein Werk zu feiern."

Mark stand auf und wanderte unruhig im Zimmer auf und ab. Wie ein gefangenes Tier, das aus seinem Käfig auszubrechen sucht. Plötzlich schlug er so heftig mit der Faust gegen die Wand, dass die Deckenlampe leise klirrte. „Wie konnte ich nur so egozentrisch sein, so dumm und so blind!", brach es aus ihm heraus. „Wäre ich sie doch nur suchen gegangen, als mein Gefühl mir sagte, dass etwas nicht stimmte. Vielleicht hätte ich sie noch retten können."

Jetzt erinnerte Lindsay sich wieder an die Bemerkung, die er vor ein paar Tagen gemacht und die sie nicht verstanden hatte. Er hatte gesagt, dass er im Gegensatz zu früher wieder seinen Instinkten gehorchte. Ein weiteres Puzzleteil in dem unvollständigen Bild war gefunden.

„Was geschah, Mark?"

„Sie kam von der Piste ab. Jedenfalls nahm man das später an. Und dann kam der Schneesturm." In seine Augen trat wieder derselbe verzweifelte Ausdruck, der sie nach ihrem Alleingang zu Mrs. Tynans Laden so irritiert hatte. Ein Puzzleteilchen mehr fügte sich in das Bild.

„Alle Skiläufer waren zu der Berghütte zurückgefahren, als es zu schneien begann. Nur Alicia wollte unbedingt noch eine Tour fahren. Niemand konnte es ihr ausreden, und niemand wagte, sie mit Gewalt zurückzuhalten. Denn wenn sie sich einmal etwas in den Kopf gesetzt hatte, dann war sie nicht zu bremsen.

Sobald ihre Begleiter wieder unten im Dorf waren, kamen sie zu mir und erzählten mir, dass Alicia allein oben zurückgeblieben sei. Ich wollte sofort hinauf und sie holen, aber inzwischen schneite es so stark, dass die Bergwacht mir den Aufstieg verbot. Wir warteten und warteten, und mit jeder Minute, die verstrich, verringerten sich Alicias Überlebenschancen."

Marks Stimme klang gebrochen. In sich zusammengesunken stand er da. Er hatte Lindsay noch immer den Rücken zugekehrt, und sie sah, wie sein Körper von lautlosem Schluchzen geschüttelt wurde. „Alicia starb im Berg. Mutterseelenallein."

Lindsay stand auf, um Mark zu trösten. Sie legte eine Hand um seine Schulter und führte ihn behutsam zum Sofa zurück. Die Hand fest um seine geschlossen, war sie es jetzt, die ihm Kraft und Trost gab.

„Ich verließ die Schweiz, sobald man Alicia gefunden hatte", fuhr Mark fort, nachdem er sich wieder gefasst hatte. „In ihrer Heimat in Vermont habe ich sie dann beerdigt. Und anschließend kaufte ich dieses Haus, um mich zu verkriechen. In den ersten Monaten hauste ich hier wie ein Tier im Winterschlaf. Ich ging nicht aus und vermied jegliche Kontakte. Sara Tynan war der einzige Mensch, der sich um mich kümmerte. Sie wusste nichts von dem Unglück, aber sie sorgte mit eiserner Entschlossenheit dafür, dass ich nicht zum verschrobenen Einsiedler verkam."

Zum ersten Mal lächelte Mark. „Sara Tynan ist wie eine alte Glucke. Ob man will oder nicht – unter ihrer Obhut muss man sich einfach zum Leben entschließen. Sie lässt einen nicht aus den Augen. Als sie eines Morgens wieder anklopfte und mir ein frisches selbst gebackenes Landbrot brachte, entschloss ich mich, in mir Ordnung zu schaffen und neu anzufangen. Ich begann, ‚Samtschwarze Nächte' zu schreiben.

Nur so – das wusste ich – könnte ich meine Seele retten."

Mark sah Lindsay mit schmerzvollem Lächeln an. „Jetzt weißt du, warum ich das Buch nicht verfilmen lassen will. Es ist Alicias Geschichte, und ich lasse es nicht zu, dass auf der Leinwand eine kitschige Lovestory daraus wird."

„Meinst du nicht, dass du das durch deine Mitarbeit verhindern könntest?", wandte Lindsay ein.

Mark schüttelte den Kopf. „Ich könnte es, aber ich will es nicht. Alicia ist jetzt fünf Jahre tot Es ist Zeit, dass ich sie in Frieden ruhen lasse. Ich wusste es in dem Moment, in dem ich dich sah. Die Begegnung mit dir hat Gefühle in mir geweckt, die ich für immer verschüttet glaubte. Und diesen neuen Gefühlen will ich mich jetzt zuwenden, statt einer Erinnerung nachzuhängen, die der Vergangenheit angehört."

Lindsay sah nachdenklich vor sich hin. Sie fühlte, dass sich in ihrer beider Leben eine Veränderung anbahnte, und gleichzeitig wurde ihr klar, dass sie ihren Auftrag vergessen konnte.

„Ich werde es Trent sagen. Er wird sich damit abfinden müssen, dass es mit dem Vertrag nichts wird", sagte sie ruhig.

Ihre Blicke trafen sich und versanken ineinander. Als Lindsay das Leuchten in Marks Augen sah, schlang sie die Arme um seinen Hals und schmiegte sich voller Hingabe an ihn. Sie hielt all die Liebe für ihn bereit, die sie ein Leben lang zurückgehalten hatte.

Ohne ein Wort zu sprechen, hielt Mark sie eng umschlungen. Liebevoll und sanft begann er sie zu streicheln. Als er die Hand unter ihren Pullover schob und Lindsay seine weichen Berührungen auf ihrer Haut spürte, begann ihr ganzer Körper vor Erwartung zu vibrieren.

Seine Hand wanderte langsam höher und legte sich auf ihre Brust, die sich vor Erregung spannte. Die rosigen Knospen wurden hart, und als er mit dem Daumen leicht darüber hinstrich, durchfuhr sie ein heißer Strom brennenden Begehrens.

Mark sah Lindsay unentwegt an. Doch als sie scheu zur Seite blickte, um ihre Verletzlichkeit und ihr Verlangen vor ihm zu verbergen, deutete er dies auf seine Weise.

„Lindsay, ich will nicht dein Mitleid", sagte er zärtlich.

„Wer spricht denn von Mitleid? Ich meine es ernst, Mark. Ich liebe dich."

Ihre Lippen teilten sich, und Mark senkte seinen Mund darüber und streichelte sie mit kleinen, verführerischen und erregenden Berührungen. Als er ihre Bereitschaft spürte, wurde sein Kuss drängender und leidenschaftlicher. Er schob die Zunge zwischen ihre Lippen, und mit lockenden weichen Bewegungen erkundete er die warme Höhlung ihres Mundes.

Lindsay erwiderte seine Liebkosungen ohne Vorbehalte. Alles um sie herum versank in einem rosigen Nebel, und willig drängte sie sich ihm entgegen.

„Kleiner Rotschopf, ich brauche dich so sehr", flüsterte Mark und strich mit dem Mund über ihre Wangen und ihren Hals. Seine Hände setzten währenddessen ihr verführerisches Spiel fort. Als sie von den Brüsten abwärts über ihre Hüften und Schenkel glitten und sich dem Zentrum ihrer Sinnlichkeit näherten, wuchs Lindsays Begehren ins Unerträgliche.

Noch nie zuvor hatte sie so empfunden. Es erschien ihr wie ein Wunder, dass ihr Körper plötzlich von innen heraus, von einem verborgenen Mittelpunkt her mit sinnlichem Leben erfüllt wurde. Sie fühlte sich von einer süßen Wärme durchströmt, die in kleinen tanzenden Flammen explodierte.

Ihre vagen Sehnsüchte, jene neuen und unbekannten Gefühle, die seit ihrer ersten Begegnung am Flughafen immer stärker geworden waren, mündeten nun, da sie in seinen Armen lag, in einen einzigen Wunsch. Und sie wusste, dass Mark der erste und einzige Mann sein würde, der ihren Traum von wahrer Liebe und Leidenschaft erfüllen konnte. Denn geträumt hatte sie davon, obwohl sie es so hartnäckig geleugnet hatte.

Ja, sie wollte diesen kraftvollen männlichen Körper erkunden und in allen Einzelheiten kennenlernen. Sie wollte ihn überall berühren und fühlen und seine sinnliche Kraft erleben.

In der Vereinigung mit Mark wollte sie das mystische Wunder der Liebe erleben, die Mann und Frau zu einem vollkommenen Ganzen zusammenfügt. Eine Liebe, die sie noch nie erfahren hatte.

„Komm mit, Mark. Ich möchte mit dir schlafen. Trage mich in dein Bett, und liebe mich."

Er schüttelte den Kopf. Leidenschaft brannte in seinen Augen. „Nein, Darling. Wir werden uns hier im Schein des Feuers lieben. Deine Haut leuchtet in dem warmen Licht so wunderschön, wie schimmerndes Perlmutt."

Er zog Lindsay behutsam den Pullover über den Kopf. Jeans und Unterwäsche folgten in einem verführerischen Striptease, der Lindsays Erregung noch steigerte.

Als sie nackt in den Kissen lag, beugte er sich über sie und küsste und streichelte sie überall. Lindsay bäumte sich auf. Ihr nach Liebe ausgehungerter Körper verlangte nach stärkeren, intensiveren Liebkosungen. Er drängte nach Erfüllung, ohne dieses Gefühl genau zu kennen.

Lindsay hob die Arme und begann, mit zittrigen Fingern Marks Hemd aufzuknöpfen. Aber er hielt ihre Hand fest und drückte auf jede Fingerspitze einen sanften Kuss. „Noch nicht", flüsterte er mit rauer Stimme. „Noch nicht …"

Seine Augen waren dunkel wie die Nacht, so dunkel, dass man sich darin hätte verlieren können, wären nicht diese winzigen tanzenden Lichtflecken gewesen, die Lindsay wie Leitsterne durch das berauschende Labyrinth seiner Zärtlichkeiten führten.

Marks Hände setzten ihre erotischen Spielereien fort. Sie strichen an ihren Beinen entlang, verharrten kurz an der Innenseite ihrer Schenkel, und plötzlich berührten sie das Zentrum ihrer weiblichen Sinnlichkeit.

Als Mark den sensibelsten Punkt ihres Körpers zu liebkosen begann, durchschoss Lindsay eine heiße Flamme. Instinktiv begann sie, das Becken rhythmisch zu bewegen. Eine schmerzende Sehnsucht ließ sie vor Verlangen aufstöhnen. „Mark, bitte, komm zu mir", flehte sie und drängte sich ihm lustvoll entgegen.

„Seht. Warte. Erst bist du an der Reihe. Ich will dich glücklich sehen", flüsterte er und fuhr mit seinen Zärtlichkeiten fort, bis sie vor Lust zu vergehen glaubte. „Lass dich fallen, Liebling. Gib dich ganz deinen Gefühlen hin."

Lindsay wand sich hin und her und konnte die lustvolle Qual kaum noch ertragen. Unter seinen drängender werdenden Liebkosungen trieb sie der erlösenden Erfüllung entgegen, und die Welt um sie her versank hinter einem Schleier des Vergessens. Nichts hielt sie mehr zurück. Die lähmende Angst vor ihren eigenen Gefühlen wurde von einer Welle übermächtiger Lust fortgespült. Und plötzlich schien ihr Inneres in einem funkelnden Feuerwerk zu explodieren, und mit einem leisen Aufschrei erreichte sie den Gipfel sinnlicher Lust.

Langsam trieb sie in die Wirklichkeit zurück und öffnete die Augen. Mark sah sie an. Er lächelte. Ob er wusste, dass er ihr Gefühlsbereiche eröffnet hatte, in die sie noch nie eingedrungen war? Er hatte ihr die höchsten Sinnenfreuden verschafft, ohne an sich selbst zu denken. Verdiente sie einen Mann, dem das Vergnügen der Frau wichtiger war als die eigene Befriedigung?

Diesmal ließ Mark Lindsay gewähren, als sie ihm das Hemd von den Schultern streifte. Sie entkleidete ihn in demselben aufreizend langsamen Tempo, wie er es bei ihr getan hatte. Der Anblick seines durchtrainierten, kraftvollen Oberkörpers entfachte von Neuem ihr Verlangen. Für sie war Mark der Inbegriff maskuliner Sinnlichkeit.

Mark bog die Hüften in die Höhe, als sie ihm die Jeans auszog und dann – nach kurzem Zögern – den Slip herunterstreifte. Lindsay ließ die Hand über seine behaarte Brust, den flachen festen Bauch und Unterkörper wandern, bis sie sich seiner pulsierenden Männlichkeit näherte.

Mark erbebte unter ihren Berührungen. Sein Atem beschleunigte sich, und als Lindsays Zärtlichkeiten gewagter wurden, konnte er sich nicht länger beherrschen und zog sie ungestüm an sich.

Ihr Verlangen nach einander kannte keine Grenzen mehr. Als Lindsay Marks Gewicht auf ihrem Körper spürte, fieberte sie ihm verlangend entgegen. Obwohl noch im letzten Moment ein Fünkchen von Angst und Zweifel ihren sinnlichen Rausch trübte, gab sie sich ihm willig hin.

Als sie ihn in sich aufnahm, stieß sie einen leisen Schrei des Schmerzes und der Wollust aus, und durch die halb geöffneten Augen sah sie, wie Mark sie überrascht anblickte. Ihre heftige Reaktion schien ihn irritiert zu haben, und eine Sekunde lang zögerte er.

Dann aber legte er die Hände um ihr Becken und zog sie zu sich heran. Er drang tief in sie ein, bis er sie ganz ausfüllte.

Aufstöhnend schloss sie die Augen, berauscht von dem Glücksgefühl, mit ihm vereint zu sein. Als Mark begann, sich in ihr zu bewegen, wurde Lindsay von einem Sinnestaumel erfasst, wie sie ihn noch nie erlebt hatte. Sie versank in einem tosenden Strudel der Empfindungen, und instinktiv erwiderte sie die rhythmischen Bewegungen seiner Hüften.

Der Rhythmus wurde schneller und heftiger, und so trieben sie beide dem Höhepunkt der Leidenschaft entgegen.

Lindsays Erregung wuchs ins Unerträgliche. Es war, als sei in ihrem Innern eine Feder zum Zerreißen gespannt, die jeden Moment zerspringen und sie in ungeahnte Höhen emporschleudern konnte.

Als Marks Lippen sich um eine ihrer harten Brustspitzen schlossen und er sie aufreizend mit der Zunge umkreiste, war dieser Moment nicht mehr fern. Lindsays ganzer Körper vibrierte vor Leidenschaft. Die Empfindungen, die sie durchströmten, ließen sie alles um sie her vergessen. Sie umklammerte Marks Rücken und krallte die Finger in seine Haut. Dann glitten ihre Hände an seinen Hüften entlang. Sie zog seinen Unterkörper eng an sich heran, um seine Bewegungen zu steuern.

Und plötzlich schnellte die Feder auseinander. Lindsays Körper erschauerte in der Ekstase der Erfüllung. Mark hielt still, bis ihr Glücksrausch abgeebbt war. Dann drang er von Neuem mit tiefen, gleichmäßigen Bewegungen in sie ein, bis auch er den Gipfel der Lust erreichte und aufstöhnend über ihr niedersank.

„Oh Mark", murmelte Lindsay vor Glück benommen. „Ich hatte keine Ahnung, wie schön es sein kann. Durch dich habe ich die Liebe entdeckt."

„Wirklich? Dann bin ich also gewissermaßen der erste Mann in deinem Leben", sagte er mit zärtlichem Lächeln und ließ sich mit Lindsay in den Armen auf die Seite rollen.

„Ja. Im Grunde war ich bis heute noch Jungfrau", gestand sie scheu. „Du bist der erste Mann, dem ich mich mit Leib und Seele hingegeben habe. Und der erste, der mich glücklich gemacht hat. Abgesehen von ein paar nichtssagenden College-Erlebnissen habe ich ohnehin seit Jah-

ren keinen Mann mehr angerührt. Den Grund kennst du. Schlimm?",
fragte sie etwas verschämt.

„Wieso schlimm? Im Gegenteil, kleiner Rotschopf", sagte Mark
liebevoll und zog sie an sich. Eng aneinandergeschmiegt lagen sie da.
„Ich bin stolz. Welcher Mann kann schon von sich behaupten, der erste
und einzige im Leben einer Frau zu sein?"

„Der einzige? Wie soll ich das verstehen?", fragte sie schläfrig.

„Ich erkläre es dir später, Darling", flüsterte Mark und bettete ihren Kopf behutsam in die Höhlung seiner Schulter. „Liegst du bequem so?"

Lindsay antwortete nicht. Sie war eingeschlafen.

9. Kapitel

„Wo waren wir stehen geblieben?", fragte Mark, als sie eng umschlungen erwachten. „Ach ja, jetzt fällt es mir wieder ein. Wann heiraten wir?" Er ließ die Finger liebkosend an Lindsays Rücken entlangfahren. „Sag jetzt bloß nicht, dass dies zu plötzlich kommt. Es würde nicht für deine Intelligenz sprechen."

Lindsays Herz setzte einen Schlag aus. Wie gern hätte sie spontan „Ja" gesagt! Denn sie liebte Mark. Sie liebte ihn mit der ganzen Kraft ihres Herzens. Seit einigen Stunden wusste sie mit absoluter Sicherheit, obwohl sie es schon all die Tage vorher geahnt hatte, dass sie sich seiner magischen Anziehungskraft nicht wieder würde entziehen können. Einem Mann wie ihm würde sie nie wieder begegnen. Er hatte ihr eine neue Welt eröffnet, hatte sie an Dinge herangeführt, für die sie bisher keine Augen gehabt hatte. Durch ihn hätte sie sich selbst kennengelernt, ihre Ängste entdeckt und überwunden. Sogar das Skilaufen hatte er ihr schmackhaft gemacht – eine Tatsache, die an Wunder grenzte …

Kein Zweifel, durch Mark war für sie das Leben unendlich reich geworden. Er hatte ihr einen neuen Weg gezeigt.

Und dennoch – konnte sie sicher sein, dass er sie liebte? Würde nicht seine unvergessene Liebe zu Alicia ihre Beziehung überschatten?

In ihrem tiefsten Innern nagte der Verdacht, dass sie Mark zufällig zu einem Zeitpunkt über den Weg gelaufen war, an dem er beschlossen hatte, seine selbst auferlegte Isolation zu beenden. Er hatte noch nicht einmal gesagt, dass er sie liebte.

Sein Heiratsantrag konnte ebenso gut dem verständlichen Bedürfnis entspringen, nicht länger allein zu leben. Sie hatten zusammen geschlafen, hatten sich auch nachts, nachdem er sie in sein Bett hinübergetragen hatte, noch mehrere Male leidenschaftlich geliebt. Vielleicht genügte es ihm, wenn sie körperlich harmonierten. Aber liebte er sie?

Es war zu früh. Weder war sich Lindsay seiner Gefühle sicher, noch wusste sie, ob sie selbst schon zu einem solch entscheidenden Schritt bereit war. Ihre Angst, sich emotional zu binden, war noch lange nicht überwunden.

Was wäre, wenn sie Mark verlieren würde? Wie würde sie reagieren? Gewiss, sie war nicht mehr das kleine Mädchen, das über dem Verlust eines geliebten Menschen einen fast irreparablen seelischen Schaden erlitten hatte. Sie war älter und reifer geworden und sicherlich in der Lage, Schicksalsschläge besser zu verkraften als damals. Trotzdem war sie nicht weniger verletzlich. Eine Trennung von Mark würde sie innerlich zerreißen – das wusste sie.

„Hey – bist du wieder eingeschlafen?" Mark stupste Lindsay zärtlich.

„Keine Angst, ich bin hellwach. Deine Frage hat dafür gesorgt."

„Und? Wie lautet die Antwort?"

Lindsay zögerte noch immer, unfähig, sich zu einer klaren Entscheidung durchzuringen. Weder ein „Ja" noch ein „Nein" wäre die richtige Antwort.

„Könnten wir… könnten wir nicht eine Weile probeweise zusammenleben?", schlug sie vor, obwohl ihr bewusst war, dass auch diese lose Form schon ein großes gefühlsmäßiges Risiko einschloss. „Über das Wo und Wie müssten wir sowieso noch reden. Immerhin habe ich einen Beruf."

Marks Liebkosungen hörten abrupt auf, und er sah Lindsay ungläubig an. „Darf ich fragen, wie du dir dieses Zusammenleben vorstellst?", fragte er. „Du in Los Angeles und ich in Boulder. So etwa wird es aussehen, nicht wahr?"

„In Los Angeles bin ich nur ganz selten. Meistens reise ich in der Weltgeschichte herum."

„… was die Sache nur noch komplizierter macht."

„Nein, warum?" Nachdenklich schürzte Lindsay die Lippen. „Ich sehe da keine Probleme. Denver ist genau wie Los Angeles ein Verkehrsknotenpunkt. Von allen Orten der Welt aus leicht erreichbar."

„Aha – ich verstehe. Du wirst also, wann immer deine Flugroute, deine Zeit und Trent Langstom es erlauben, bei dem guten alten Mark Channing Zwischenstation machen."

Der Sarkasmus in seiner Bemerkung war unüberhörbar, aber Lindsay ignorierte ihn. „Warum denn nicht?", sagte sie. „Es gibt viele Paare, die mit solchen ‚Pendler-Verhältnissen' gut leben können."

„Das sind alles Leute, die zu engen Beziehungen nicht fähig sind", bemerkte Mark trocken.

Obwohl Lindsay seine Behauptung mangels Erfahrung nicht beweiskräftig widerlegen konnte, nahm sie sie nicht widerspruchslos hin. „Das ist nicht fair, Mark! Es gibt auch andere Gründe für solche Lebensformen. Zum Beispiel berufliche."

Ihre letzte Bemerkung überhörte er. „Nicht fair? Mag sein, aber gib zu, dass ich der Wahrheit ziemlich nahe gekommen bin. Du hast Angst vor einem regelmäßigen Zusammenleben. Die Möglichkeit, du könntest dich zu stark engagieren, schreckt dich ab. Habe ich recht?"

„Sagte ich dir nicht, dass ich dich liebe?"

„Was sind Worte, Lindsay? Lass Taten folgen. Zeig, dass du Mut zu einer Bindung hast."

„Es ist zu früh!", versuchte Lindsay sich zu wehren. „Außerdem scheinst du vergessen zu haben, wie sehr mir dieses Klima zusetzt. Ganz abgesehen von der Einsamkeit."

Statt zu antworten, sah Mark sie verlangend an und begann, Lindsay mit verführerischen Liebkosungen zu reizen. Während er mit der einen Hand die sensibelsten Stellen ihres Rückens streichelte, ließ er die andere über ihre Brüste gleiten. Seine Finger spielten zärtlich mit den rosigen Knospen, bis sie hart hervorstanden. Die intimen Berührungen erregten Lindsay aufs Höchste. Lustvoll stöhnte sie auf und drängte sich verlangend an Mark.

„Ist Einsamkeit nicht das, was Flitterwöchner sich wünschen?", flüsterte er dicht an ihrem Ohr, während er mit den Fingerkuppen über ihre Schenkel strich.

„Mark!", stieß sie keuchend hervor. „Hör bitte auf. Du bist unfair …"

„Ich versuche nur, dich zumindest in einem Punkt zu überzeugen. In einem sehr wichtigen Punkt, wie ich finde …"

„Willst du damit sagen, dass meine Argumente nebensächlich sind?"

„Meins ist das bessere. Trotzdem kannst du mir deinen Standpunkt gern noch einmal erläutern. Ich bin ganz Ohr, Frau Anwältin."

„Mir ist nicht zum Scherzen zumute, Mark. Sei doch einmal realistisch! Du sprichst von Flitterwochen – gut und schön. Aber früher oder später wird uns der raue Alltag einholen. Und das bedeutet Arbeit. Du wirst schreiben –, und ich …? Was soll ich tun? In Saras Laden in einem Schaukelstuhl sitzen und mit Josch die Frühjahrskataloge für Sämereien studieren?"

Mark schmunzelte. „Natürlich nicht! Du kannst doch auch arbeiten."

„Und wie stellst du dir diese Arbeit vor? Ich bin Angestellte einer großen Filmgesellschaft und reise sehr viel. Du scheinst das einfach nicht wahrhaben zu wollen."

„Du könntest doch auch etwas anderes tun. Etwas, was man zu Hause machen kann."

„Hast du einen Vorschlag?"

„Im Moment noch nicht. Aber du bist intelligent und flexibel. Schau dir doch mal die Stellenanzeigen in den Zeitungen an."

„Eine fantastische Idee!", schnaubte Lindsay ärgerlich, rückte von ihm ab und wickelte sich fest in ihre Bettdecke, damit er sie nicht länger mit seinen Zärtlichkeiten irritieren konnte. „Ich soll mir einen neuen Job suchen, nachdem ich mich endlich in meinem Beruf etabliert habe?"

„Nun, allzu viel Spaß scheint er dir nicht zu machen", erwiderte Mark ungerührt. „Vielleicht wäre ein Wechsel nicht von Übel."

Ohne es zu ahnen, hatte er wieder einmal ganz beiläufig eine Wahrheit ausgesprochen, vor der sie hartnäckig die Augen verschlossen hatte. War es nicht so, dass sie mit diesem hektischen und nervenaufreibenden Job nur sich selbst etwas beweisen wollte? Hatte sie nicht absichtlich die Rolle der weitläufigen Karrierefrau gespielt, um ihre Einsamkeit und Kontaktscheu zu überdecken? Wenn sie ehrlich war, war sie nur vor sich selbst weggerannt. Vielleicht war es an der Zeit, auch hier eine Bilanz zu ziehen.

Aber selbst wenn Mark recht hatte, so würde Lindsay sich von ihm zu keiner Entscheidung zwingen lassen. Ihre wirtschaftliche Selbstständigkeit war ihr viel zu wichtig, als dass sie leichtfertig ihren hoch qualifizierten Beruf aufgegeben hätte. Eine berufliche Neuorientierung würde sie sich reiflich überlegen.

Sie sah Mark finster an. „Die Entscheidung musst du schon mir überlassen."

„Ja, das denke ich auch. Dann müssen wir eine andere Lösung finden. Ich schlage ein kleines Abkommen vor."

„Schon wieder ein Abkommen …!" Seine Kompromissvorschläge

kannte sie mittlerweile. Er hätte einen besseren Anwalt abgegeben, als sie es war. Sie jedenfalls war seinen Waffen nicht gewachsen.

„Was ist es denn diesmal?", fragte sie misstrauisch.

„Wir versuchen es einen Monat nach deinem Plan."

„Einen Monat? Das kann nicht dein Ernst sein! Du kennst meine Arbeit inzwischen. Es ist sehr gut möglich, dass ich den ganzen nächsten Monat unterwegs bin. In Cannes, New York oder wer weiß wo …"

„Dann geht es also nicht", sagte er schulterzuckend.

Lindsays Misstrauen wuchs. „Ich habe den Verdacht, du willst mich in eine Falle locken."

„Ganz und gar nicht", beteuerte Mark unschuldig, obwohl es in seinen Augen verdächtig blitzte. „Aber wenn der Versuch schiefgeht, wird mein Vorschlag realisiert."

„Und der wäre?"

„Ich sagte es bereits: Wir heiraten."

Damit waren sie wieder am Ausgangspunkt der Diskussion angelangt. „Nennst du das eine Lösung?", fragte Lindsay. „Damit sind doch meine Reisen nicht beendet."

Er lächelte boshaft. „Doch. Das ist ein wichtiger Teil des Abkommens. Wenn wir heiraten, bleibst du hier."

„Mark! Hast du mir überhaupt nicht zugehört?", brauste Lindsay auf.

„Doch. Mir ist kein Wort entgangen."

„Und dennoch stellst du mich vor die plumpe Alternative, zwischen dir und meinem Beruf zu wählen?"

„Warum denn nicht? Stell dir vor, du hättest dich in einen Mann in einer kleinen Stadt irgendwo in Maine verliebt. Was hättest du getan? Hin- und hergependelt, deinen Job aufgegeben oder den Mann fallen gelassen?"

„Was für eine absurde Annahme! Ausgerechnet Maine, wo ich keinen Menschen kenne."

„Bis vor ein paar Tagen kanntest du auch in Boulder keine Seele; du wusstest nicht einmal, dass der Ort existiert. Da das Schicksal – oder der Zufall – dich nun einmal hierhergeführt hat, musst du dich wohl oder übel entscheiden. Es gibt Momente im Leben, wo man Prioritäten setzen muss."

„Das ist die arroganteste, überheblichste und chauvinistischste Bemerkung, die ich je gehört habe!", empörte Lindsay sich. „Was bildest du dir ein, mich über Prioritäten zu belehren! Warum sollte ich wohl meinen Beruf aufgeben, in ein gottverlassenes Nest nahe am Polarkreis ziehen und von morgens bis abends die Wände anstarren, während du dich absonderst und nach Herzenslust schreibst? Du könntest deinem Beruf an jedem beliebigen Ort nachgehen. Warum bist du zu keinem Kompromiss bereit? Es wäre logischer, wenn du umziehen würdest."

„Das stimmt", gab Mark zögernd zu, „aber ich hasse nun mal Los Angeles. Was soll ich dort, da du ohnehin ja kaum zu Hause bist?"

„Du kannst mit mir reisen", schlug Lindsay vor. „Dann sind wir immer zusammen. Es gibt jetzt so praktische kleine Reiseschreibmaschinen. Du könntest sogar im Flugzeug tippen."

„Sehr witzig!"

„Es ist nicht weniger absurd als deine Zumutung, alles aufzugeben und das Hausmütterchen zu spielen", sagte Lindsay gereizt. Sie stieß einen resignierten Seufzer aus. „Merkst du nicht, dass wir in einer Sackgasse sitzen? Es hat keinen Zweck, Mark. Keiner von uns beiden ist bereit, ein Zugeständnis zu machen. Ich will nicht nach Boulder, du willst nicht nach Los Angeles. Du brauchst mich an deiner Seite, und ich will nicht auf meine Unabhängigkeit verzichten. Für einen Scheidungsrichter wäre dies ein Musterbeispiel für ‚unvereinbare Gegensätze'."

„Du liebe Güte", sagte Mark mit gespieltem Schrecken. „Wir sind noch nicht einmal verheiratet, und du sprichst schon von Scheidung."

„Spaß beiseite, Mark", erwiderte Lindsay ernst. „Siehst du denn nicht, dass es niemals funktionieren würde?"

„Nein. Ich bin überzeugt, es würde gut gehen."

„Nur, wenn ich nachgeben würde."

„In ein oder zwei Punkten – was ist das schon?"

„Für mich eine ganze Menge. Und nun erzähl mir doch bitte, worin dein Kompromiss bestehen würde."

„Nun ... also ... ich ..."

„Dachte ich mir's doch!", triumphierte sie.

Plötzlich ging ein strahlendes Lächeln über sein Gesicht, und seine hinreißenden Grübchen hatten die gleiche Wirkung auf Lindsay wie am allerersten Tag. „Darf ich aus dem Wirrwarr unserer Unterhaltung schließen, dass du der Grundidee, nämlich mich zu heiraten, zustimmst?"

„Nein, natürlich nicht!"

„Warum streiten wir dann darüber, wo und wie wir nach unserer Eheschließung leben werden?"

Sie erwiderte sein Lächeln. „Weil es unverbindlich ist, nehme ich an. Ein harmloser Schlagabtausch."

„Das denkst du! Muss ich deutlicher werden, damit du begreifst, wie ernst es mir ist? Willst du wissen, warum ich nicht nach Los Angeles ziehen will? Weil unsere Kinder nicht im Smog ersticken sollen. Oder möchtest du, dass sie unter einer giftigen Dunstglocke aufwachsen und nie die Berge und den blauen Himmel hinter den Abgasschwaden sehen?"

„Nicht unbedingt. Aber du willst sie an einem Ort groß werden lassen, wo es Stunden dauert, bis ihre blau gefrorenen Händchen aufgetaut sind!"

„Endlich nimmt unser Gespräch vernünftige Formen an", freute sich Mark.

„Das nennst du ‚vernünftig'?"

„Ja, in gewisser Weise schon. Etwas verdreht, aber durchaus von Vernunft geleitet."

Lindsay schüttelte den Kopf. „Da sieht man, was dieses Klima anrichtet! Dein Verstand läuft zickzack – das ist das ganze Problem."

„Falsch! Ich verliere den roten Faden nicht aus den Augen. Kommen wir zum Hauptthema zurück, zu unserer Heirat."

„Ich sehe keinen Sinn darin."

„Aber wir lieben uns doch. Ist das nicht Grund genug?"

Lindsay sah ihn groß an. „Sag das bitte noch einmal …"

„Wir lieben uns. Du liebst mich, und ich liebe dich", sagte Mark mit feierlichem Nachdruck. Seine Worte kamen mit solcher Überzeugung, dass Lindsay ihn wie elektrisiert anstarrte.

„Du liebst mich?", fragte sie ungläubig.

„Natürlich. Würde ich dich sonst fragen, ob du meine Frau werden willst? Was dachtest du denn?"

„Nun, ich dachte, du seist des Alleinseins müde …" – sie lächelte vielsagend – „… was ich absolut verstehe. Ich fange ja schon nach ein paar Tagen an, durchzudrehen."

„Oh Lindsay! Dachtest du wirklich, ich könnte aus einem vorübergehenden Einsamkeitsgefühl heraus so weit gehen? Meine Isolation könnte ich auch auf andere Weise beenden. Aber gleich heiraten? Ohne zu lieben? Das wäre ja Wahnsinn!"

„Es ist Wahnsinn, Mark. Allmählich dreht sich mir der Kopf. Ich bin gekommen, um mit dir einen Vertrag auszuhandeln, und nun ist es genau umgekehrt. Das ist zu viel für mich."

„Macht nichts. Ich bringe meine Frauen gern aus dem Gleichgewicht."

„‚Meine Frauen'", höhnte Lindsay.

„Ich meinte ‚meine Frau'", korrigierte Mark sich. „Dich, Lindsay." Er wollte sie küssen, aber sie entzog sich ihm. „Du bist die einzige, Lindsay, ich schwöre es! Es gibt nur dich."

„Schon gut. Wie viele fragst du denn so ungefähr monatlich?"

„Bitte, Lindsay. Du bist die erste" – er zögerte – „nach Alicia."

„Oh …" Plötzlich quälten Lindsay Schuldgefühle. Sie war in ihrem Hohn zu weit gegangen. „Verzeih mir, Mark", murmelte sie und umarmte ihn. „Es tut mir leid."

„Du brauchst dich nicht zu entschuldigen", sagte er mit heiserer Stimme. „Sag einfach ‚Ja'."

„Ich kann nicht."

Mark löste sich aus ihrer Umarmung und sprang mit einem Satz aus dem Bett. „Okay", sagte er leichthin, „wir werden ja sehen."

Sie warf ihm einen bewundernden Blick zu, als er in der ganzen Pracht seiner männlichen Nacktheit ins Bad ging. „Okay?", murmelte sie fragend, außerstande, den Blick von seinem Körper zu lösen. „Okay – was soll das heißen?"

„Wir werden Sara einen Besuch abstatten. Sind wir nicht ohnehin bei ihr eingeladen? Sie wird dich schon zur Vernunft bringen."

„Mark Channing. Dies ist unsere Angelegenheit. Kein Dritter wird uns hineinreden."

„Wart's nur ab. Sara mag dich. Sie lauert schon lange auf eine Ehekandidatin für mich. Und ich bin sicher, dich wird sie nicht so leicht ziehen lassen."

Lindsay konnte nicht sagen, wie Mark ihren Widerstand gebrochen hatte. Tatsache war, dass sie eine Stunde später Hand in Hand mit ihm durch den Schnee stapfte, in dieselbe Richtung, in die sie vor zwei Tagen allein gegangen war.

Selbst durch die dicken Handschuhe fühlte sie seine Körperwärme, die wie eine geheimnisvolle Energie auf sie überströmte. Sie spürte die Eiseskälte kaum, und auch die meterhohen Schneewehen zu beiden

Seiten der Straße sah sie nicht. Marks hypnotische Fähigkeit, einen alles um sich herum vergessen zu lassen, war einer Frau, die seinem Heiratsantrag widerstehen wollte, nicht gerade zuträglich.

Sara und Josh warfen sich ein verschwörerisches Lächeln zu, als Lindsay und Mark einträchtig den Laden betraten. Sie schienen sich wie zwei Ehestifter zu fühlen, die sich an ihrem gelungenen Werk erfreuten.

„Hallo, ihr beiden", begrüßte Josh sie jovial. „Tretet näher. und macht die Tür zu. Die Kälte friert einem ja den …"

„Josh!", drohte Sara mit warnender Stimme. Dann wandte sie sich an Lindsay und Mark. „Was für eine nette Überraschung!", sagte sie überschwänglich. „Setzt euch an den Ofen. Ich mache uns einen Tee. Oder – wie wär's mit heißer Schokolade?"

„Schokolade klingt sehr verlockend", seufzte Lindsay. „Wenn es nicht zu viel Arbeit macht …?"

„Ganz und gar nicht. Außerdem weiß ich, wie gern Mark sie trinkt"

Lindsay fing Marks triumphierenden Blick auf. Offenbar wollte er ihr signalisieren, dass ihre gemeinsame Vorliebe für Kakao einen Pluspunkt mehr auf der Pro-und-Contra-Skala ihrer Romanze ergab. Und aus Saras zufriedenem Lächeln schloss er, dass auch sie es so sah.

„Nun, was hat euch aus der warmen Hütte gelockt?", wollte Josh wissen. „Die Post und die Zeitungen, stimmt's?"

„Unter anderem." Mark sah Lindsay von der Seite an und schmunzelte. „Vor allem wollte ich Sara um einen Gefallen bitten."

„So?", rief die aus einem der hinteren Räume. „Was ist denn?"

„Ich möchte, dass Sie für mich um Lindsays Hand anhalten."

Josh schlug sich begeistert aufs Knie. „Sara, hast du das gehört? Das ist mal eine gute Neuigkeit!" Er lehnte sich in seinem Schaukelstuhl zurück und musterte Lindsay neugierig.

„Mark!", protestierte sie schwach. Vor Verlegenheit war sie rot geworden.

„Doch, genau deshalb sind wir hier", beharrte Mark.

„Das ist nicht wahr. Wir wollten Sara und Josh nur einen Besuch abstatten."

„Du vielleicht. Ich bin mit anderen Absichten hergekommen. Sara, hiermit ernenne ich Sie zu meiner Brautwerberin."

Sara steckte den Kopf um die Ecke. „Wir leben im zwanzigsten Jahrhundert, junger Mann! Können Sie nicht für sich selbst sprechen?"

„Lindsay erhört mich ja nicht."

„Und was bringt Sie auf die Idee, ich könnte sie überzeugen?"

„Nun, ich dachte, Sie könnten vielleicht besser als ich meine Vorzüge rühmen", meinte Mark. „So ähnlich wie mein Agent, wissen Sie?"

„Von Agenten habe ich genug", mischte Lindsay sich ein. „Bringe nicht wieder Moris ins Spiel, sonst verlasse ich dich sofort."

„Wer spricht denn von Moris, Lindsay? Eine delikate Angelegenheit wie diese gehört in die Hände einer Frau. Bitte, Sara. Ich weiß, Sie schaffen es."

„Ich denke, Miss Tabor wird schon ihre Gründe haben, warum sie ‚Nein' gesagt hat", ertönte Saras Stimme aus dem Nebenraum. „Vielleicht hat sie Sie von einer Seite erlebt, die wir noch nicht kennen. Oder – noch einfacher – sie liebt Sie nicht."

„Natürlich liebt sie mich", entgegnete Mark entrüstet. „Sie ist nur störrisch."

„Störrisch!" Lindsay funkelte ihn ärgerlich an. „Ist man störrisch, nur weil man sich weigert, sein Leben radikal zu ändern?"

„Was heißt das?", fragte Josh.

„Es heißt zum Beispiel, dass sie Schnee und Kälte hasst", sagte Mark trocken.

„Das kann ich ihr sogar nachfühlen. Meine Knochen wären auch für etwas mehr Wärme dankbar", bemerkte Josh hintersinnig.

„Deine Knochen sind auch ein ganzes Stück älter als ihre", zeterte Sara, die mit einem voll beladenen Tablett wieder im Verkaufsraum erschien und es auf dem Tresen abstellte. Sie reichte den dreien ihre dampfenden Kakaobecher und pflanzte sich vor Josh auf. „Was hindert dich alten Griesgram, nach Florida oder Arizona zu ziehen? Dort kannst du nach Herzenslust in der Sonne schmoren."

„Würdest du denn mitkommen?", fragte Josh.

„Ganz bestimmt nicht. Mir gefällt es hier. Was soll überhaupt die Frage?"

„Du weißt verdammt gut, dass ich ohne dich nicht von hier wegziehe, Sara Tynan. Nicht nach so vielen langen Jahren."

„Dann sei still, und wärme dir deine arthritischen Hände an meinem Kanonenofen. Und Mark und Lindsay redest du gefälligst nicht mehr hinein. Lass sie ihre Probleme allein lösen."

Josh schritt zur Gegenattacke. „So gut scheinen sie das aber nicht zu können, wenn sie sich sogar hierherbemühen und dich um Rat fragen", murrte er. „Ausgerechnet dich", fügte er boshaft hinzu.

„Was willst du damit sagen, Josh Davis?" Saras Stimme nahm einen drohenden Ton an, und ihre blauen Augen blitzten kampflustig auf.

„Dass du dein eigenes Leben in Ordnung bringen solltest, bevor du bei anderen Leuten Schicksal spielst."

„Da muss ich ihm allerdings recht geben", kam Mark Josh zu Hilfe, als er Saras bitterbösen Blick auffing.

„Mark Channing, wenn Sie sich auf Joshs Seite schlagen, dann werde ich Lindsay die schlimmsten Greuelgeschichten über Sie erzählen", drohte Sara.

„Auf Joshs Seite?" Mark tat verwundert. „Und ich dachte, dass wenigstens ihr beide euch einig wärt."

„Von wegen!", höhnte Sara. „Doch das gehört nicht hierher. Wir kommen vom Thema ab. Wollen Sie meinen Rat hören, Mark? Wenn Sie wollen, dass Lindsay Sie heiratet, dann müssen Sie sie von Ihrer Liebe überzeugen."

„Sie weiß, dass ich sie liebe."

„Sind Sie sicher, dass sie Sie auch liebt?"

Lindsay hatte das unbehagliche Gefühl, dass man ihre Anwesenheit völlig vergessen hatte. Nur Josh warf ihr einen mitfühlenden Blick zu. „Sie liebt mich. Das sagte ich doch schon."

Sara schüttelte den Kopf. „Dann verstehe ich nicht, wo das Problem liegt."

„Das Problem ist Ihr geliebter, dickköpfiger Schriftsteller-Freund, Mrs. Tynan", rief Lindsay aufgebracht dazwischen. „Er ist zu keinem Kompromiss bereit. Ich soll ihm alles opfern."

„Aha. Ich verstehe. Was zum Beispiel?"

„Zum Beispiel meinen Beruf. Dann will er, dass ich zu ihm ziehe und den Rest meines Lebens bis zu den Knien im Schnee verbringe."

„Im Sommer liegt hier kein Schnee", konterte Mark.

„Könnt ihr denn nicht im Sommer in Boulder und im Winter in Kalifornien wohnen?", schlug Sara vor. „Das wäre doch ein für beide annehmbarer Kompromiss, oder nicht?"

Lindsay nickte.

„Aber ich liebe den Winter hier oben", beklagte Mark sich sofort. Lindsay hob resigniert die Hände. „Da sehen Sie es. Verstehen Sie jetzt, was ich meine?"

„Ich glaube, ja." Sara wandte sich Mark zu und nahm ihn ins Verhör. „Was lieben Sie mehr Lindsay oder Boulder im Winter?"

Lindsay ergötzte sich an Marks verlegenem Gesichtsausdruck. „Tja, nun sitzt du in der Zwickmühle, nicht wahr? Wie fühlst du dich?"

„Ziemlich ungemütlich." Er versuchte, ein Lächeln aufzusetzen, aber es misslang ihm gründlich.

„Dann möchtest du vielleicht jetzt lieber gehen?"

„Ja, ich denke schon", sagte er mit kläglicher Stimme.

Lindsay lächelte Sara dankbar zu. „Vielen Dank, Mrs. Tynan." Sara lächelte zurück. „Keine Ursache, Liebes. Kommen Sie jederzeit wieder. Sie sind immer willkommen."

Sie verabschiedeten sich und traten in die Kälte hinaus. Eine ganze Weile gingen sie schweigend nebeneinanderher.

„Du wirst also abreisen?", fragte Mark schließlich beklommen.

„Ja. Ich denke, es ist an der Zeit, dass ich meine Sachen packe. Obwohl …" Ein kleines Lächeln umspielte ihre Lippen …

„Ja?", fragte Mark hoffnungsvoll. Seine Augen leuchteten auf.

„So viel ist es ja gar nicht. Es hat Zeit bis morgen früh."

10. Kapitel

Es war eine Nacht voller Zärtlichkeit und Leidenschaft. Mark liebte Lindsay mit einer unglaublichen Hingabe und Intensität. Sie hatte zwar keine Vergleichsmöglichkeiten, doch instinktiv wusste sie, dass die Gefühle, die Mark in ihr entfachte, einmalig und unwiederholbar waren. Zwischen ihnen bestand eine ganz besondere, perfekte Harmonie, eine erotische Anziehung, die eine wilde, berauschende Sinnlichkeit in ihr auslöste. Mit keinem anderen Mann würde sie je solch ekstatische Gefühle erleben.

Als das schwache Licht der Morgendämmerung ins Zimmer fiel, las Lindsay eine tiefe Traurigkeit in Marks Blick. Sie war nicht weniger unglücklich als er, aber in einem stundenlangen Gespräch hatte sie ihm klarmachen können, dass es für sie zu früh für eine endgültige Entscheidung war. Ihre explosive Begegnung hatte sie beide an einen Wendepunkt in ihrem Leben geführt, und nun brauchte jeder von ihnen Zeit, die Dinge für sich zu klären. Und jeder musste auf seine Weise versuchen, den Weg zu dem anderen wiederzufinden.

„Ach Lindsay, wenn du erst einmal abgereist bist, wirst du mich bald vergessen haben", prophezeite Mark, der auf dem Bettrand saß und Lindsay beim Packen zusah. „Ich glaube nicht, dass du zurückkommst. Es ist viel zu kompliziert für dich."

„Warum nicht? Wenn wir zusammengehören, wird sich auch ein Weg finden. Und wenn nicht, dann …" Sie sprach den Satz nicht zu Ende, denn die Vorstellung von einer Zukunft ohne Mark war ihr plötzlich unerträglich.

Also war das, was sie am meisten befürchtet hatte, bereits eingetreten. Ein faszinierender Mann hatte sie derart in seinen Bann gezogen, dass sie sich ihm nicht mehr entziehen konnte. Mark war ein Teil ihres Lebens geworden, und auch die größte Entfernung würde nichts daran ändern.

Am liebsten hätte Lindsay sich in seine Arme geworfen und wäre wieder zu ihm ins Bett gekrochen. Wie undenkbar schön wäre es jetzt gewesen, neben ihm zu liegen, die Wärme seiner Haut zu spüren und von seiner Kraft und Liebe erfüllt zu werden. Sie wünschte sich in diesem Moment nichts sehnlicher, als bei ihm zu bleiben und nie von ihm fortzugehen.

Aber sie wusste, dass es falsch gewesen wäre. Sie mussten zuerst ihre Differenzen bereinigen und sich über die Zukunft einigen – sonst würde es irgendwann für einen von beiden ein böses Erwachen geben. Sie war sicher, dass sich eine Lösung finden würde. Zwei Menschen, die sich so liebten wie sie beide, konnten auf die Dauer nicht getrennt bleiben.

Die Fahrt zum Flughafen schien eine Ewigkeit zu dauern. Die Straßen waren spiegelglatt, und Mark musste beim Fahren seine ganze Konzentration aufbieten. Er hielt mit den Händen das Lenkrad umklammert, aber Lindsay ahnte, dass seine verspannte Haltung nicht allein der gefährlichen Straßenlage zuzuschreiben war.

Offenbar hatte er genauso viel Angst vor dem Abschied wie sie, auch wenn er nicht darüber redete. Die Spannung, die von ihm ausging, sprach für sich. Seit ihrem Besuch bei Sara und Josh war er in sich gekehrt und wortkarg gewesen. Nicht einmal während der Liebe, auf dem Gipfel der Leidenschaft, hatte sich seine emotionale Spannung gelöst. Mit beinahe verzweifelter Heftigkeit hatte er von ihr Besitz genommen, wieder und wieder, als wollte er die glückliche Stimmung ihrer ersten Liebesnacht beschwören. Aber trotz der atemberaubenden sinnlichen Höhepunkte, trotz der ekstatischen Wildheit, mit der ihre Körper sich vereinigt hatten, war danach keine Ruhe über ihn gekommen.

Lindsay litt maßlos unter der spannungsgeladenen Atmosphäre, unter der Wortlosigkeit ihres quälenden Abschieds.

In der Flughafenhalle begleitete Mark sie zu ihrem Schalter und ließ sie dann für einen Moment allein. Plötzlich – sie stand noch in der Schlange – reichte jemand von hinten über ihre Schulter und hielt ihr einen Regel Schokolade vor die Nase. Als Lindsay sich umdrehte und den großzügigen Spender anlächelte, traten ihr unversehens Tränen in die Augen. Sie wollte sie fortzwinkern, aber es war zu spät – Mark hatte sie schon entdeckt.

„Geh nicht", bat er sie sanft, während er ihr die Tränen von der Wange wischte.

„Ich muss, Darling." Sie streckte die Hand aus und streichelte ihn zärtlich. Vergeblich suchte sie die geliebten Grübchen in seiner Wange.

„Du musst gar nichts. Du willst." Sein Blick war ernst, ohne die Spur eines Lächelns.

„Ich bitte dich, Mark, fang nicht von Neuem an. Wir haben alles wieder und wieder beredet, und du weißt, dass ich nicht anders kann. Kannst du dir noch immer nicht vorstellen, was es bedeutet, alles Gewohnte mit einem Schlag aufzugeben? Ich bin dazu nicht fähig, und wenn ich mich dazu zwingen würde, würde es uns am Ende nur beide unglücklich machen."

Mark stieß einen herzzerreißenden Seufzer aus. „Wirst du mich auch nicht vergessen?", fragte er leise.

Die Verletzlichkeit, die aus seinen Worten klang, erfüllte Lindsay mit grenzenloser Rührung. „Wie könnte ich dich jemals vergessen?", sagte sie mit sanftem Spott. „Schließlich hast du mir das Skilaufen beigebracht."

Er lächelte, und Lindsay entdeckte die Spur eines Grübchens. „Wieso ist das plötzlich ein Pluspunkt?"

Sie schlang die Arme um seine Mitte und schmiegte sich dicht an ihn. Gierig nahm sie seinen Duft und seine Wärme in sich auf, um die Erinnerung daran tief und für lange Zeit in sich einzuschließen. „Weil ich dich liebe, Mark."

Er küsste sie auf den Mund, und sobald sie die leichten Liebkosungen seiner Zunge spürte, durchströmte ein brennendes Verlangen ihren Körper. „Ich werde dich nicht vergessen", flüsterte sie. Dann löste sie sich aus seinen Armen und ging schnell durch die Kontrollsperre und zu ihrer Abflughalle. Sie konnte die Tränen kaum noch zurückhalten.

Als sie im Flugzeug saß, versuchte Lindsay sich einzureden, dass der nagende Trennungsschmerz mit der Zeit abnehmen würde. Selbst wenn ihre Liebe zu Mark andauern würde, so würde diese rasende, schmerzende körperliche Sehnsucht sicherlich abklingen und einem warmen beständigen Gefühl tiefer Zuneigung weichen.

Sobald sie wieder in ihrem alten Leben Fuß gefasst hätte, würden die Erinnerungen verblassen, und sie hätte wieder ihren Frieden.

Lindsay hatte sich getäuscht. Schon nach wenigen Tagen in Los Angeles vermisste sie Mark so schmerzlich, dass sie in ihrer Arbeit, ohne die sie angeblich nicht existieren konnte, kaum noch Befriedigung fand.

Zwar zog es sie nicht nach dem verschneiten Boulder zurück, aber sie sehnte sich nach den behaglichen Abenden zu zweit vor dem Kaminfeuer, nach den langen, ruhigen Gesprächen mit Mark und nach seinen zärtlichen Umarmungen. Sie sah seine dunklen Augen vor sich, seine hinreißenden Grübchen, wenn er lachte, und den Ernst in seinem Blick, wenn sie sich liebten.

Seine häufigen Anrufe und ihre langen Mitternachtsgespräche, die mit schläfrigen Gutenachtwünschen und sehnsüchtigen Liebesworten endeten, verstärkten ihre Einsamkeitsgefühle, statt sie zu mildem.

Lindsay nahm ihre Reisen wieder auf, flog zu Verhandlungen, nahm dringende Termine wahr und focht für Trent Langstons Firma Abschlüsse und Verträge durch. Aber es war nicht wie früher.

Nach einem Monat endlich musste sie sich eingestehen, dass es kein Zurück mehr gab. Es war zu spät, der Bindung auszuweichen, denn sie steckte schon viel zu tief darin.

Unabhängigkeit und Schutz vor emotionalem Verlust konnten keine Lebensinhalte mehr sein, wenn man die Liebe kennengelernt hatte. Nicht einmal Sonnenschein und warme Seebrisen bedeuteten Lindsay noch etwas, da sie sie nicht gemeinsam mit dem geliebten Mann genießen konnte. Und mit jeder weiteren Nacht, die sie allein in einem Hotelzimmer verbrachte, litt sie mehr unter ihrer Einsamkeit.

Dennoch war sie noch immer nicht bereit, Mark zuliebe all das aufzugeben, was sie sich in jahrelanger Arbeit aufgebaut hatte. Lindsay wusste, dass sie ohne ihren Beruf unausgefüllt wäre, denn alles in allem fand sie ihn doch interessant und befriedigend. Nicht einmal Trent Langston konnte sie mehr aus der Fassung bringen, obwohl er ihr seit dem Fiasko in Boulder schlimmer zusetzte als je zuvor.

Wie erwartet war er nach ihrer Rückkehr tagelang ungenießbar gewesen, aber dann schien er seine Enttäuschung überwunden zu haben und überhäufte Lindsay von Neuem mit immer verantwortungsvolleren Aufgaben.

Sie arbeitete mehr denn je, sodass ihr weder Zeit zum Grübeln noch für die geplanten Stippvisiten in Boulder blieb.

Vielleicht war es besser so, denn allmählich wuchs der Verdacht in ihr, dass Marks Interesse nachgelassen hatte. Er hatte sie kein einziges Mal mehr gebeten, nach Boulder zu kommen. Zunächst hatte sie dies auf seinen verletzten Stolz zurückgeführt, aber war es nicht ebensogut möglich, dass seine Liebe zu ihr die wenigen Wochen der Trennung nicht überdauert hatte?

Ihre prophetischen Worte fielen ihr ein: „… es wird sich zeigen, ob wir wirklich zusammengehören …"

Als Lindsay an einem Montagmorgen nach einem einsamen, verregneten Wochenende in ihrer Wohnung ins Büro kam, fand sie auf ihrem Schreibtisch die Nachricht vor, dass sie sich umgehend bei Trent melden solle. Es sei sehr dringend.

Da für ihren Boss alles „dringend" war, ignorierte sie die Notiz eine Weile und sah ihre Post durch. Dann rief sie Trent in seiner Chefetage an. „Was gibt's?", fragte sie gleichgültig.

„Warum melden Sie sich erst jetzt?", polterte er sofort los. „Sie müssen sofort nach New York fliegen."

„Daher komme ich doch gerade", protestierte Lindsay. „Vor noch nicht einmal drei Tagen war ich dort." Da sie das Wochenende damit vertan hatte, fällige Rechnungen zu überweisen und ihre Wäsche zu waschen, hatte sie sich ein paar ruhige Tage mehr zu Hause erhofft.

Trent tat, als hätte er ihren Protest nicht gehört „Janice hat Sie auf den Elf-Uhr-dreißig-Flug gebucht", teilte er ihr mit, „und heute Abend werden Sie sich mit Moris Samuels zum Dinner treffen. Er sieht wieder Chancen. Anscheinend will David Morrow doch mitspielen."

„Oh nein!", stöhnte Lindsay. „Nicht wieder das! Nicht noch einmal …"

„Lindsay!"

„Ich weiß hundertprozentig, dass David Morrow nichts von einem Vertrag wissen will", sagte sie mit Nachdruck. „Ausnahmsweise würde ich sogar darauf wetten. Moris Samuels ist seiner Profitgier zum Opfer gefallen. Sie hat ihn völlig blind für die Realität gemacht Der Mann weiß nicht, wo die Grenzen sind. Trent, Sie glauben doch nicht im Ernst, dass ich mich noch einmal für diesen aussichtslosen und verlorenen Fall über den Kontinent jagen lasse."

„Lindsay, haben Sie einen neuen Job im Auge?", fragte Trent scheinheilig.

Sie verstand seine versteckte Drohung, machte sich aber nichts daraus. „Nein. Ich bin mit dem hier ganz zufrieden. Meistens jedenfalls", setzte sie betont hinzu.

„Na also. Dann packen Sie besser Ihre Sachen, und machen sich auf die Reise. Und beeilen Sie sich. Sonst versäumen Sie die Maschine."

„Wollen Sie wissen, was bei diesem Meeting herauskommen wird?

Nichts! Absolut nichts", prophezeite Lindsay wütend. „Außer dass ich Moris Samuels' Finger brechen werde, falls er wieder wie beim letzten Mal meine Knie betätschelt. Der Mann ist ein Polyp mit mindestens fünfzig Saugarmen."

„Lindsay!", donnerte Trent.

„Okay, okay. Ich fliege, wenn es Ihnen Spaß macht, Ihr Geld für teure Flugtickets zu vergeuden."

„Keine Sorgen. Ich besitze Aktien der Fluggesellschaft."

„Das hätte ich mir eigentlich denken müssen", konterte Lindsay und knallte den Hörer auf.

Zwölf Stunden später saß sie in einem exklusiven Restaurant in Manhattan, ihr gegenüber Marks Agent. Sie hatte sich so hingesetzt, dass sie außer Reichweite für Moris war, und es gelang ihr auch, seine lüsternen Blicke zu ignorieren. Wenn schon nichts bei diesem Gespräch herauskam, so wollte sie wenigstens das sicherlich vorzügliche Dinner genießen – angefangen bei Weinbergschnecken über Coq au Vin bis zum Schokoladendessert.

Doch ehe sie bestellen konnte, kam ein Kellner mit einem Telefon zu ihrem Tisch und stöpselte es ein. „Für Sie, Madam. Sie sind doch Miss Tabor, nicht wahr?"

„Ja, ganz recht."

„Ein Ferngespräch für Sie."

In Erwartung von Trents polternder Stimme nahm Lindsay den Hörer ab. Es sah ihm ähnlich, sie sogar noch beim Essen zu stören, nur um sich nach dem Stand der Dinge zu erkundigen.

„Hallo", rief sie nicht gerade freundlich in den Hörer.

„Was zum Teufel treibst du schon wieder in New York?"

„Oh Mark, wie nett, dass du anrufst", sagte sie überrascht, und ihre Stimme nahm einen sanfteren Ton an.

„Sagtest du nicht, dass du die ganze Woche in Los Angeles sein würdest?"

„Ja, aber Trent hat mir einen Strich durch die Rechnung gemacht Ich sitze hier mit einem reizenden Freund von dir zusammen. Rate mal, mit wem."

„Doch nicht etwa mit Moris?", fragte Mark ungläubig.

„Mit wem sonst? Er will mit mir verhandeln. Angeblich hast du dir die Sache anders überlegt ..."

„Den Teufel habe ich! Gib mir den Halunken bitte."

Mit einem betörenden Lächeln reichte Lindsay Moris den Hörer. „Ihr Klient wünscht, mit Ihnen zu sprechen", flötete sie.

Moris erblasste unter seiner Sonnenbank-Bräune, während er Mark schweigend zuhörte. Nur hin und wieder murmelte er Worte der Entschuldigung und abgerissene Sätze. Schließlich gab er Lindsay mit ergebener Miene den Hörer zurück.

„Wie lange bleibst du noch in New York?", wollte Mark von ihr wissen.

„Wahrscheinlich noch einen Tag. Mindestens …"

„Ist das sicher?"

„So sicher, wie etwas für einen Leibeigenen von Trent Langston nun mal sicher sein kann", schränkte sie ein. „Er hat mich noch mit einigen kleinen Recherchen beauftragt. Warum fragst du?"

„Du fehlst mir – das ist alles."

Lindsay senkte die Stimme. „Ich vermisse dich auch", antwortete sie im Flüsterton. „Ich kann dir gar nicht sagen, wie sehr."

„Gute Nacht, kleiner Rotschopf. Pass auf dich auf."

„Gute Nacht. Liebster."

Von nun an war Moris wie umgewandelt. Er benahm sich Lindsay gegenüber wie ein ausgemachter Kavalier. Nach dem Dinner begleitete er sie artig zu ihrem Hotel und entschuldigte sich bei ihr, dass sie die weite Reise umsonst gemacht hatte.

„Ich werde Trent anrufen und ihm alles persönlich erklären", versprach er.

„Eine gute Idee. Das erspart mir seine Standpauke", sagte Lindsay erleichtert. Insgeheim fragte sie sich, wie Mark dieses Wunder einer völligen Persönlichkeitsveränderung bewirkt hatte … „Gute Nacht, Moris."

In ihrem Schlüsselfach an der Rezeption lagen drei Nachrichten. Ein kurzer Blick genügte, um zu erkennen, dass sie alle drei von Trent waren. Vermutlich wieder „sehr dringend".

Diesmal gehorchte Lindsay ihrem Instinkt und warf die Zettel in den Papierkorb. Dann duschte sie und ging schlafen.

Zwanzig Minuten später wurde sie von dem schrillen Läuten des Telefons geweckt.

„Hallo?", murmelte sie schlaftrunken.

„Lindsay, sind Sie es?"

Trent! Sobald sie seine Stimme erkannt hatte, war sie hellwach. „Natürlich bin ich es", brummte sie. „Wen erwarten Sie denn sonst in meinem Zimmer?"

„Warum haben Sie mich nicht zurückgerufen?"

„Weil ich keine Lust hatte."

„Keine Lust! Was glauben Sie eigentlich, wofür ich Sie bezahle?", schrie er aufgebracht. Dann besann er sich und wurde ruhiger.

„Na ja, schon gut", sagte er versöhnlich. „Setzen Sie sich in das nächste Flugzeug, und kommen Sie nach Los Angeles zurück."

Lindsay hätte aufheulen können. „Trent, was ist denn nun schon wieder los? Ich bin doch gerade erst angekommen. Sollte ich nicht noch …?"

„Das hat Zeit", fiel er ihr ins Wort. „Ich brauche Sie hier."

„Und was ist diesmal so brandeilig, dass es nicht noch ein paar Tage warten kann?"

„Morrow ist in der Stadt."

Augenblicklich saß Lindsay kerzengerade in ihrem Bett. „Was?"

„David Morrow hält sich in Los Angeles auf. Ich habe ihn heute Abend in einem Restaurant gesehen. Sie müssen sofort kommen und ihn unterschreiben lassen, bevor er es sich wieder anders überlegt."

„Trent, es gibt nichts zu unterschreiben."

„Was soll das heißen? Haben Sie und Moris sich etwa nicht geeinigt?"

„Natürlich nicht. Da war nichts, worüber man sich hätte einigen können. Lassen Sie sich das morgen von Moris erklären. Ich möchte jetzt weiterschlafen."

„Sie sollen es mir erklären, und zwar sofort!", befahl Langston mit Donnerstimme. „Nun, verschieben wir es auf morgen. Die Hauptsache ist, dass Sie so bald wie möglich zurückkommen und sich mit Morrow treffen. Und lassen Sie Ihren ganzen Charme spielen! Sie sollten inzwischen wissen, wie man an ihn herankommt." Er hatte aufgelegt, ehe Lindsay etwas erwidern konnte.

Noch nie hatte Lindsay eine Order ihres Chefs so gern ausgeführt wie diese. Sie war lange vor der Abflugzeit am Flughafen, und dann, als es endlich so weit war, vergaß sie zum zweiten Mal in ihrem Leben ihre panische Angst vor dem Fliegen. Alle fünf Minuten sah sie während des langen Fluges auf ihre Uhr, voller Ungeduld, Mark endlich wiederzusehen.

Vom Flughafen aus fuhr sie geradewegs mit dem Taxi zu den Langston-Studios. Zu ihrer großen Enttäuschung fand sie keine Nachricht von Mark auf ihrem Schreibtisch vor, und als sie ihre Sekretärin befragte, erfuhr sie, dass er am Vortag nur einmal angerufen und sich nach ihrem Aufenthaltsort erkundigt hatte. Immerhin wüsste sie nun, wie er sie in dem französischen Restaurant aufgespürt hatte. Das half ihr aber nicht weiter. Wo steckte Mark?

Ratlos ging Lindsay in ihr Büro, setzte sich an den Schreibtisch und überlegte. Dann wählte sie seine Nummer in Boulder. Eine freundliche weibliche Stimme meldete sich: das Mädchen vom Anrufbeantwortungsdienst. „Er hat nicht hinterlassen, wo er ist", gab sie zur Auskunft, „aber ich bin sicher, dass er sich irgendwann meldet, um sich die Anrufe durchsagen zu lassen, die für ihn gekommen sind."

„Dann richten Sie ihm bitte aus, dass Lindsay angerufen hat. Er kann mich in meinem Büro erreichen."

Ungefähr zwei Stunden später ertönte der Summton der Gegensprechanlage. „Ein Anruf von Mr. David Morrow", verkündete Lindsays Sekretärin.

Ohne ihr übliches „Dankeschön" drückte Lindsay die Blinktaste auf ihrem Telefon und riss den Hörer vom Apparat. „Hallo, Mark."

„Hallo." Seine Stimme klang alles andere als erfreut. Seinem Ton nach zu urteilen, war er extrem müde und schlecht gelaunt.

„Wolltest du nicht noch mindestens einen Tag in New York bleiben?", fragte er gereizt.

„Ja, das war geplant, aber Trent hat mich zurückbeordert, weil du in Los Angeles bist. Du hättest mir übrigens gestern ruhig verraten können, von wo aus du angerufen hast. Warum hast du es mir verheimlicht?"

„Weil es völlig belanglos war. Schließlich warst du ein paar tausend Kilometer entfernt."

„Nun, jetzt bin ich wieder da, und ich habe riesige Lust, in einem verschwiegenen kleinen Restaurant mit dir zu essen." Der sinnliche Klang ihrer weichen Stimme hätte jedes männliche Wesen angelockt. „Das Lokal, das mir vorschwebt, ist ein Geheimtipp. Fantastische Küche und ein herrlicher Blick aufs Meer."

„Klingt sehr verlockend. Leider muss ich dich enttäuschen."

„Und warum?"

„Weil ich in New York bin. Ich wollte dich überraschen."

Lindsay fehlten die Worte. „Nun, die Überraschung ist dir gelungen", sagte sie nach sekundenlangem Schweigen.

„Und wie lange, glaubst du, bleibst du diesmal in Los Angeles?"

„Bis Trent herausfindet, dass du in New York bist, nehme ich an."

„Du wirst ihm kein Wort sagen!", beschwor Mark sie. „Und du wirst in den nächsten vierundzwanzig Stunden kein Flugzeug besteigen. Auch nicht, wenn die Chinesen euch ihre Mauer als Hintergrund für einen Agenten-Krimi anbieten. Bleib, wo du bist!"

„Gibt es irgendeinen besonderen Grund?", fragte sie betont beiläufig.

„Ich habe Pläne."

„Klingt interessant. Darf man Näheres erfahren?"

„Noch nicht. Aber ich bin überzeugt, dass sie dir gefallen werden. Sie haben auch etwas mit dir zu tun …"

„Mark, du machst mich neugierig …"

„Versprichst du mir also, dortzubleiben, bis ich komme?"

„Ich werde mich nicht von der Stelle rühren."

„Mir wäre es lieber, wenn du mich bei dir zu Hause empfängst", flüsterte er mit rauer Stimme. „Möglichst in einem sexy Negligé."

„Mark …"

„Ja, Darling?"

„Oh Mark, ich liebe dich."

„Und ich dich, Rotschopf. Glaub mir, diesmal werden wir es schaffen. Mein Plan ist einwandfrei."

„Meinst du?", kam es zögernd.

„Wenn ich es sage, Mark!"

„Keine Widerrede! Das letzte Kapitel ist schon geschrieben."

11. Kapitel

Lindsay nahm zwei Stufen auf einmal, als sie zur Chefetage hinaufstürmte. Sie lächelte grüßend zu Janice, der Sekretärin, hinüber und wartete nicht darauf, dass diese sie bei Trent ankündigte. Ohne zu klopfen, öffnete sie die Tür zu seinem Büro.

„Habe ich Sie nicht eben mit einem dringenden Schreiben ins Besetzungsbüro geschickt?", knurrte Trent, ohne aufzublicken.

„Sie verwechseln mich, verehrter Chef", säuselte Lindsay. „Ich bin nicht Janice, sondern einer Ihrer anderen fliegenden Boten."

Trents Kopf fuhr hoch, und mit einem strahlenden Lächeln begrüßte er sie, nicht ohne sie wie stets mit seinen durchdringenden stahlblauen Röntgenaugen von oben bis unten kritisch zu mustern.

„Sie sind also zurück. Großartig! Nun, was gibt es Neues? Haben Sie sich schon mit Morrow verabredet? Wann werden Sie sich treffen? Ich will diesen Vertrag, ist das klar?"

„Ja. Sie haben es oft genug gesagt", antwortete Lindsay kühl. „Und?"

„Nichts: und … Ich möchte Sie nur darüber in Kenntnis setzen, dass ich mir für den Rest der Woche freinehme." Ungerührt beobachtete Lindsay, wie seine freundliche Miene sich von einer Sekunde zur anderen verdüsterte. „Ich brauche ein paar Tage Erholung" fuhr sie mit überlegenem Lächeln fort.

„Nichts da!", explodierte Langston. „Es gibt keinen Urlaub! Sie werden sich mit Morrow treffen, haben Sie verstanden?"

„Gewiss werde ich mich mit ihm treffen", antwortete Lindsay mit ungewohnter Heiterkeit und bereitete ihre Flucht vor, indem sie sich schrittweise rückwärts der Tür näherte.

„Na, dann ist ja alles in Ordnung. Warum haben Sie das nicht gleich gesagt?" Trent strahlte wieder. „Nehmen Sie sich so viel freie Tage, wie Sie wollen."

Lindsay verfluchte ihn innerlich. Trents abrupte Stimmungsschwankungen waren das Schlimmste an ihm. Sie hasste es am allermeisten, wenn er die Rolle des gnädigen Diktators spielte. Plötzlich wurde sie von der unwiderstehlichen Lust gepackt, sein aufgeblasenes Ego anzukratzen.

Vom Vorzimmer aus steckte sie noch einmal den Kopf durch die Tür. „Eines sollten Sie auf jeden Fall noch wissen, Trent."

Er sah sie erwartungsvoll an. „Ja?"

„Dieses Treffen mit Mark … ähm, mit Morrow, hat rein privaten Charakter."

Noch von der Treppe aus hörte Lindsay sein lautes Fluchen, und sie lachte triumphierend in sich hinein. Endlich einmal hatte sie es ihm richtig gegeben, in der Tat – sie und Trent Langston waren ebenbürtige Partner.

Eine Stunde später hatte Lindsay einen Großeinkauf getätigt, zu dem sie normalerweise eine Woche gebraucht hätte. Die Kartons und Tüten, die sie in ihre Wohnung schleppte, enthielten außer Lebensmitteln für eine verhungerte Kompanie die gewagteste Seiden- und Spitzenwäsche, die sie je erstanden hatte.

Sie stellte eine Flasche Wein kalt, nahm ein duftendes Schaumbad, cremte sich dick mit einer kostbaren Körperlotion ein und kuschelte sich wohlig in ihr Bett. Sofort schlief sie ein.

Mitten in der Nacht wurde Lindsay vom Läuten der Türglocke wach. Sie schlüpfte in eine spitzenbesetzte Satinrobe, spähte durch den Spion und sah Mark an der gegenüberliegenden Wand des Etagenflurs lehnen. Er sah müde und zerschlagen aus. Und unglaublich begehrenswert.

„Hey, Mister", schnurrte sie mit tiefer erotischer Stimme, nachdem sie die Tür einen Spalt geöffnet hatte. „Schon lange in der Stadt?"

„Gott sei Dank, du bist da", murmelte er mit einem Seufzer grenzenloser Erleichterung. „Noch einen Flug würde ich nicht lebend überstehen."

„Und ob ich da bin", sagte sie mit derselben verführerischen Stimme. „Kommst du nun herein, oder reicht deine Kraft dazu nicht mehr aus?"

Erst jetzt schien Mark ihrer gewahr zu werden. Er verschlang sie förmlich mit den Blicken, und eine glühende Sinnlichkeit verdunkelte seine Augen. „Ich glaube, ich habe mich gerade eben um Jahre verjüngt", murmelte er, während er sie vom Kopf bis zu den Füßen begehrlich musterte. „Sag mal, hast du noch irgendetwas unter diesem aufreizenden Gewand an?"

Lindsay lächelte betörend. „Nein. Nicht ein Stück."

Mit zwei langen Schritten war Mark bei ihr und schloss sie stürmisch in die Arme. Während er mit dem Fuß die Tür hinter sich zustieß, beugte er sich über ihr Gesicht und küsste sie. Sein brennender hungriger Kuss drückte seine viel zu lange zurückgehaltene Sehnsucht und seine ganze angestaute Leidenschaft aus.

Lindsay drängte sich verlangend an ihn. Die Liebkosungen seiner Hände auf ihrer satinbedeckten Haut erregten sie maßlos, und hingebungsvoll erwiderte sie das sinnliche Spiel seiner Zunge. Dann fühlte sie seinen Mund auf ihrem Hals brennen, sie spürte, wie seine Zunge über ihre Brust glitt, und ein Schauer des Begehrens durchlief ihren Körper.

Lindsay hielt den Atem an, als Mark den Gürtel ihres seidenen Überwurfs löste. Der fließende Stoff glitt an ihrem Körper hinab und bildete zu ihren Füßen einen seidigen türkisfarbenen See, der von bizarren Spitzengebilden wie von Schaum gekrönt war.

„Ich liebe dich, du grünäugige Nixe", murmelte Mark und bedeckte ihre Brust mit unzähligen kleinen Küssen. „Ich liebe dich, und ich will dich haben."

Lindsay bog in Erwartung heißerer Liebkosungen den Körper zurück. Aber nichts geschah. Verwirrt öffnete sie die Augen, um festzustellen, dass Mark so gut wie eingeschlafen war. Sie wunderte sich, dass er überhaupt noch auf den Beinen stand – so todmüde sah er aus.

„Komm mit, Darling", sagte sie zärtlich und ohne sich ihre Enttäuschung anmerken zu lassen. „Du gehörst ins Bett."

„Ja, aber ich will mit dir … ich möchte dich …"

„Später, Liebster. Wir haben alle Zeit der Welt."

Sie hatte einige Mühe, ihm das Hemd, die Stiefel und die Jeans auszuziehen, bevor er diagonal aufs Bett fiel und auf der Stelle einschlief. Lächelnd beobachtete Lindsay ihn eine Weile. Dann rollte sie sich in einem frei gebliebenen Eckchen zusammen und schmiegte sich an ihn, den Kopf an seiner Schulter.

Sie hatte sich ihr Wiedersehen zwar etwas anders vorgestellt, aber allein schon Marks Anwesenheit machte sie zuversichtlich. Sie wusste: Ihre Zeit würde kommen.

Und sie kam.

Ganz früh am Morgen, es war noch vor der ersten Dämmerung, erwachte Lindsay von einer federleichten Berührung. Sie hielt die Augen geschlossen, doch sie wusste, dass es Mark war, der liebkosend über ihre Brüste strich. Auf diese Liebkosung hatte sie gestern Nacht vergeblich gewartet. Sie hatte ihr entgegengefiebert, weil sie sich an ihre magische Wirkung erinnerte.

Die Magie war noch immer dieselbe. Augenblicklich begann ihr Körper unter Marks sanften Zärtlichkeiten zu vibrieren. Sie öffnete die Augen. Der Kontrast seiner gebräunten Haut und ihrer beinahe alabasternen Körperfarbe wirkte auf sie fast noch erregender als die Berührung selbst. Dann versuchte sie, die Reaktion ihres Körpers nicht länger zu beachten und sich nur auf Mark zu konzentrieren. Wie er sie liebkoste, wie das Feuer des Begehrens in seinen Augen brannte, wie er mit seinen sensiblen Händen die zartesten und empfindsamsten Stellen ihres Körpers erkundete, um ihr Vergnügen zu bereiten. Es war mehr als eine erotische Huldigung an ihre Weiblichkeit. Es war eine Bekundung innigster Sanftheit.

Denn er liebte sie.

Und sie liebte ihn.

Dann legte er sich auf sie, und mit einem verhaltenen Schrei höchsten Lustempfindens nahm Lindsay ihn in sich auf, willig und bereit. Sie gab sich ihm ganz hin, überließ sich, ohne zu denken, dem Rhythmus der Liebe und versank in einem tosenden Wirbel beglückender Empfindungen.

Als ihre Lust sich zu einer unerträglichen Spannung gesteigert hatte, und sie vermeinte, sich dem Moment der Erfüllung zu nähern, hielt Mark plötzlich inne, und die Welle verebbte.

Dann begann er von Neuem, trieb sie erneut dem Gipfel der Lust entgegen, um seinen Rhythmus plötzlich wieder zu verlangsamen und so den Augenblick des Glücks noch eine Weile hinauszuzögern.

Schließlich hielt sie es nicht länger aus. Drängend bäumte sie sich auf, bog ihm das Becken entgegen. „Bitte", flehte sie, „Mark, bitte."

„Habe ich dir gefehlt?", fragte er heiser.

„Ja, oh ja!", stöhnte Lindsay und grub die Hände in seinen Rücken. „Ich habe dich wahnsinnig vermisst."

„Das wollte ich nur hören", sagte er seufzend und begann, sich wieder schneller in ihr zu bewegen. Seine Bewegungen nahmen an Heftigkeit zu. Er hob ihr Becken hoch und presste es an seinen Unterkörper, während er mit den Lippen und der Zunge ihre harten Brustspitzen streichelte.

Wo immer er sie berührte, entfachte er eine heiße Glut von Empfindungen, bis ihr ganzer Körper schließlich wie Feuer brannte. Lindsay war sicher, dass nichts mehr dieses Gefühl steigern könnte, bis eine neue, nie gekannte Berührung ihre Erregung noch verstärkte.

Dann endlich überschritten sie gleichzeitig die Grenze und entschwebten gemeinsam auf einer großartigen Reise in ein Reich des Glücks und der Schwerelosigkeit. Langsam, ganz langsam kehrte sie auf die Erde und in die Wirklichkeit zurück.

Lindsay spürte, dass etwas Ungeheuerliches mit ihr geschehen war. Sie hielt Mark noch immer eng umschlungen und sah ihn schweigend an. Ihre Blicke sagten mehr, als Worte hätten ausdrücken können.

Schließlich ließ Mark sich auf die Seite rollen, und Lindsay schmiegte sich an ihn. Sie sprach als Erste: „Mark?"

„Hmm."

„Sagtest du nicht, du hättest einen Plan? Wie geht es nun weiter?"

„Einen Plan?" Er spielte den Ahnungslosen. „Ich glaube, der bestand darin, dich wieder in meinem Bett zu haben."

„Vergiss nicht – wir befinden uns in meinem Bett!"

„Das läuft auf dasselbe hinaus."

Lindsay starrte ihn mit einem misstrauischen Blick an. „Wenn das alles ist – wenn dies wirklich die Quintessenz deines so hochtrabend angekündigten Plans ist, David Mark Channing Morrow, dann beweg dein Hinterteil augenblicklich aus meinem Bett!"

„Ich finde es herrlich, wenn du die Hartgesottene spielst."

„Ich spiele nicht, Mister. Wenn du nicht sofort redest, mache ich meine Drohung war und werfe dich hinaus."

Mark lachte schallend und zog sie an sich. „Was willst du tun?", hänselte er sie. „Sag das noch einmal." Zärtlich liebkosten seine Lippen ihr Ohr.

„Dich vor die Tür setzen", wiederholte Lindsay mit bebender Stimme. Sie bemühte sich um einen resoluten Ton, obwohl sie ihr neu erwachendes Verlangen nach ihm kaum bezähmen konnte.

„Und wie, wenn ich fragen darf?" Er streichelte ihren Rücken und dann die weichen Innenseiten ihrer Oberschenkel.

„Das … wirst du schon sehen", erwiderte sie stockend und versuchte vergeblich, seine verführerischen Zärtlichkeiten zu ignorieren.

Er lachte leise. „Deine fürchterliche Drohung macht mir Angst, kleiner Rotschopf. Ich werde meinen Plan also wohl oder übel enthüllen müssen. Obwohl …" – er bedeckte ihr Gesicht, ihren Hals und ihre Brust mit leichten brennenden Küssen – „… obwohl ich mir gerade jetzt eine interessantere Beschäftigung vorstellen könnte …"

„Mark! Rede endlich!"

„Nun, ich habe einen kleinen Vertrag entworfen."

„Du meinst … du meinst so einen Ehevertrag?"

„Ja, so kann man es wohl nennen. Da du Expertin für alle Arten von Verträgen bist, dachte ich mir, dies sei die angemessenste Form, zu einer Einigung zu gelangen."

Lindsay sah ihn skeptisch an. Was führte er im Schilde? Natürlich hielt sie eine Menge von Verträgen, aber sie bezweifelte, ob sie für etwas so Intimes und Privates geeignet waren. Auf jeden Fall fehlte ihr die Erfahrung auf diesem Gebiet.

„Ich wüsste gern die näheren Einzelheiten dieses Vertrags."

Mark stützte den Kopf auf den Ellenbogen und sah lächelnd zu Lindsay hinab. Dann begann er. „Punkt eins: Ich habe mir überlegt, dass Los Angeles vielleicht doch nicht so übel ist, wie ich immer dachte."

„Ja", brachte Lindsay tonlos heraus und wartete ungeduldig und mit angehaltenem Atem auf die Fortsetzung.

„Deshalb wäre ich bereit, für eine gewisse Zeit im Jahr zu dir zu ziehen – unter einer Bedingung natürlich: dass du mich heiratest." Lindsay konnte es nicht glauben. „Oh Mark, träume ich auch nicht?"

„Nein, du bist wach und lebendig, und ich liege leibhaftig und im Vollbesitz meiner geistigen und körperlichen Kräfte neben dir im Bett. Brauchst du Beweise?" Er beugte sich über sie und wollte sie küssen, doch sie schob ihn fort.

„Mark, weiter!"

„Okay. Du hattest recht, als du einmal sagtest, ich könnte überall schreiben. Deshalb will ich es mit Los Angeles versuchen. Es sei denn, der Smog verstopft mir die kleinen grauen Zellen …"

Lindsay zog ihn zu sich herunter und gab ihm einen spontanen Kuss. „Ich kann also weiterarbeiten?"

„Bis wir Kinder haben. Und damit wären wir bei Punkt zwei angelangt."

„Kinder?"

„Ja. Ich hab an drei gedacht, aber ich bin zum Verhandeln bereit …"

„Wie großzügig von dir. Vielen Dank."

„Keine Ursache."

„Und die anderen Paragrafen?", drängte Lindsay.

„Der dritte ergibt sich praktisch aus Punkt eins: Wenn ich zustimme, einen Teil des Jahres in Los Angeles meine Lungen zu vergiften, dann musst du dich natürlich bereit erklären, die übrige Zeit nach Boulder zu kommen."

„Und an welche Jahreszeit hast du gedacht?", fragte sie misstrauisch. „Doch nicht etwa an den Winter?"

„Nun, du musst nicht den ganzen Winter dort sein, aber wenigstens um Weihnachten herum."

Diese Formulierung war Lindsay für eine Vertragsklausel viel zu vage, und sie verwandelte sich von der hoffnungslos verliebten Braut schnell wieder in die kühl denkende Anwältin.

„Ich verlange, dass du den Zeitraum klar definierst. Dann können wir weiterreden."

„Die Dauer kannst du selbst bestimmen", gestand Mark ihr zu. „Hauptsache, du bist über Weihnachten in Boulder."

„Ich wusste gar nicht, dass du so sentimental bist", bemerkte sie bissig.

„Wieso sentimental? Ich weigere mich ganz einfach, Weihnachten unter Palmen am Strand zu liegen. Für mich gehören Schnee und Tannen dazu."

„Hmm" war ihr ganzer Kommentar.

„Du scheinst nicht viel davon zu halten", meinte Mark enttäuscht, „reizt dich nicht der Gedanke, am Weihnachtstag eine Schlittenpartie zu machen?"

„Nein, ganz und gar nicht."

„Oder vor dem Haus einen Schneemann zu bauen?"

„Auch nicht." Lindsay dachte schaudernd an den Tag zurück, an dem sie und Mark zusammen einen Schneemann gebaut hatten. Zwar war er mit seiner Karottennase und dem schelmischen Grinsen sehr niedlich geworden, aber sie erinnerte sich noch jetzt sehr gut an ihre halb erfrorenen Hände und Füße.

„Und wie würde es dir gefallen, am Weihnachtsmorgen vor dem knisternden Kaminfeuer deine Geschenke auszupacken und dann noch einmal ins Bett zu kriechen? Ganz behaglich und gemütlich – und natürlich mit deinem Ehemann …"

Lindsays Augen begannen zu leuchten. „Jetzt sprichst du endlich meine Sprache."

„Der letzte Teil scheint dir am meisten zuzusagen", vermutete Mark mit einem unzweideutigen Lächeln.

„Du hast recht: Er gefällt mir mehr und mehr."

„Wenn das so ist, brauchst du den Winter nicht zu fürchten. Du wirst nicht einmal merken, dass du in Boulder bist", versprach Mark.

Lindsay lächelte glücklich. „Nein, wahrscheinlich nicht", seufzte sie.

„Siehst du. Dann steh auf, und pack deinen Koffer."

„Was ist denn jetzt in dich gefahren, Mark Channing?"

„Offenbar lässt dein Boss dir nicht einmal Zeit, ab und zu auf den Kalender zu schauen", spottete Mark. „Sonst wüsstest du, dass in ein paar Tagen Weihnachten ist."

Lindsay zog die Stirn kraus und schien nachzurechnen. „Du meine Güte! Das kann doch nicht wahr sein! Tatsächlich …"

„Du weißt also, was du zu tun hast. Am besten fängst du gleich an zu proben, damit der Text dann auch sitzt. Ich weiß doch, was für Schwierigkeiten du mit dem Ja-Sagen hast."

„Mark, soll das heißen …? Dass wir nächstes Wochenende heiraten", fiel er ihr ins Wort. „Jeder Widerstand ist zwecklos. Sara und Josh haben alles vorbereitet."

„Ach nein! Du warst dir deines Sieges wohl sehr sicher …", meinte Lindsay mit gespielter Entrüstung.

„Liebling, es war reine Überlebensstrategie. Ich weiß, dass ich es ohne dich nicht mehr lange aushalten würde. Ich brauche dich." Mit der unschuldigsten Miene sah er sie an, nur seine Mundwinkel zuckten verdächtig. „Und da ich annahm, dass du mir ohnehin etwas zu Weihnachten schenken würdest …"

„Ich verstehe", sagte Lindsay trocken. „Darf ich dann auch zwei bescheidene Wünsche anmelden?"

„Und die wären?"

„Erstens: Was hältst du davon, wenn wir diesen Vertrag schriftlich niederlegen und beide unterschreiben? Ich meine … der Sicherheit halber."

Die Grübchen in Marks Wangen vertieften sich. „Darüber lässt sich reden. Und der zweite Wunsch?"

„Eine Generalprobe für den Weihnachtsmorgen. Stell dir die Katastrophe vor, wenn die Premiere nicht klappt."

Er lachte. „Du meinst sicher den Teil nach der Übergabe der Geschenke. Sind wir da nicht schon perfekt?"

„Ich glaube, eine Probe mehr kann nicht schaden."

„Frohe Weihnachten!", flüsterte Mark Lindsay zu, als sie eine Ewigkeit später glücklich und erschöpft nebeneinanderlagen.

Ein sanftes Lächeln ging über Lindsays Gesicht. Sie wusste, es würde das schönste Weihnachtsfest ihres Lebens werden.

Und sie wusste sogar schon ein Geschenk für ihre Mutter: ein Flugticket nach Denver. Natürlich erster Klasse.

– ENDE –

Cindy Gerard

Hochzeitsnacht im Winterwald

Roman

Aus dem Amerikanischen von
Brigitte Bumke

1. Kapitel

„Vielleicht siehst du viel zu schwarz. Vielleicht hast du dich gar nicht verirrt. Ja, ja, und vielleicht geht die Sonne überhaupt nicht im Westen unter", murmelte Barbara Kincaid mit klappernden Zähnen vor sich hin und fragte sich, womit sie das alles verdient hatte. Die Ironie des Ganzen war nicht mehr zu überbieten. Wie sonst hätte das Schicksal sie von einer lebensbedrohenden Situation mitten hinein in die nächste führen können?

„Du hast zu viel hinter dir, um dich von ein bisschen Kälte und Schnee kleinkriegen zu lassen, Kincaid", beschwor sie sich in dem Bemühen, den eisigen Wind und den immer tiefer werdenden Schnee herunterzuspielen. Doch es war nicht zu übersehen, wie schwer ihr kleiner Bruder dagegen anzukämpfen hatte.

„Sieh es mal positiv." Sie klammerte sich sozusagen an ihren letzten Rest Optimismus. „Schließlich lernst du was dabei."

In der letzten halben Stunde hatte sie zum Beispiel gelernt, dass sie eigentlich nie gewusst hatte, was Kälte war. Doch dieser Schnee-sturm hier in Minnesota und die frostigen Blicke ihres Bruders hatten sie eines Besseren belehrt. Wenn der kalte Wind und der Schnee, der an ihren Knöcheln und Jeans klebte, sie nicht demnächst erstarren ließen, dann würde Mark schon dafür sorgen, mit seinem vorwurfs-vollen Schweigen, das nur ein schlecht gelaunter Fünfzehnjähriger so hartnäckig aufrechterhalten konnte. Lustlos stapfte er neben ihr durch Schneewehen von gut einem halben Meter.

„Muss das alles denn wirklich sein?", murmelte sie mit Blick zum Himmel. Ihre verzweifelte Entscheidung, die sie hierherge-führt hatte, lastete schwer auf ihr, ebenso die Lüge, die sie aufti-schen würde. Dagegen war ihre Nylon-Reisetasche, die ihre ge-samte Habe enthielt, geradezu leicht. Mark, dessen dunkles Haar schneeverkrustet war, mühte sich mit seiner eigenen Reisetasche ab. Seinen heiß geliebten Radiorekorder, den er den ganzen Weg aus L. A. mitgeschleppt hatte, drückte er schützend an die Brust wie einen kostbaren Schatz.

Barbara zog die Kapuze ihrer dünnen roten Jacke zurecht. Doch sie bot nicht viel Schutz vor dem Schnee, der ihr ins Gesicht wehte.

„Kopf hoch, Kincaid", befahl sie sich. „Du schaffst das. Auch wenn du frierst. Auch wenn du erschöpft bist. Aber du kannst jetzt nicht aufgeben. Es steht zu viel auf dem Spiel."

Immerhin Marks und ihr Leben.

Es schien ihr eine halbe Ewigkeit her zu sein, seit sie mit Mark in den Bus gestiegen war. Die Reise hatte sechsunddreißig Stunden gedauert und sie vom sonnigen Süd-Kalifornien durch endlose Wüste, wildes Gebirge und die winterlichen Ebenen des Mittelwestens hierhergeführt: nach Nord-Minnesota. Ihr kam es vor wie die Arktis.

Sie hatte damit gerechnet, dass ihr Ziel abgelegen sein würde. Allerdings nicht, dass sie in den Schneesturm des Jahrhunderts geraten und sich deswegen verirren würden.

„Manche Leute würden das als tolles Abenteuer ansehen", versuchte sie Mark zähneklappernd Mut zu machen. Dabei fragte sie sich, ob ihre Lippen genauso blau waren wie die ihres Bruders.

Mark ging nicht darauf ein. Er behielt seine Meinung für sich. Zum Glück seit etwa einer Stunde – sonst hätte er noch den einzigen Menschen weit und breit vergrault, einen freundlichen Holzfäller, den sie an der kanadischen Grenze getroffen hatten und der ihnen angeboten hatte, sie in seinem Wagen mit Vierradantrieb die dreißig Meilen bis zu ihrem eigentlichen Ziel mitzunehmen.

„Sein Blockhaus liegt etwa eine halbe Meile diesen Weg hinunter", hatte der Holzfäller erklärt, nachdem er sie am Waldrand abgesetzt hatte und sie ihm gesagt hatte, wohin sie wollten.

Blockhaus. Eine romantische Vorstellung, bis er hinzugefügt hatte: „Ich würde Sie ja hinfahren, aber der Mann ist ein klein wenig eigen, was das Betreten seines Grund und Bodens betrifft. So, und nun verliert keine Zeit. Dieser Sturm scheint sich zu einem wahren Prachtexemplar zu entwickeln."

Na wunderbar, hatte Barbara gedacht. Wenn dieser Schneesturm sich erst noch entwickelte, dann wollte sie ihn, wenn er in vollem Gang war, bestimmt nicht erleben. Und die wiederholte Frage des Holzfällers, ob sie wirklich zu dieser Blockhütte wollten, hatte die Zweifel an der Richtigkeit ihrer Entscheidung riesengroß werden lassen.

„Aussteigen kannst du nicht mehr", murmelte sie, während sie ihre

Reisetasche auf der Schulter höher schob. „Nicht, nachdem du nun schon so weit gekommen bist."

Und wie weit war das genau? Sie versuchte, in dem Schneetreiben etwas zu erkennen. Es war eine gute halbe Stunde her, seit der Holzfäller davongefahren war. Sie waren noch immer zu keiner Lichtung gekommen – geschweige denn auf ein Anzeichen einer menschlichen Behausung gestoßen.

„Wie auch, wenn du kaum die Hand vor Augen sehen kannst", sagte Barbara. „Bei dem Schneegestöber würdest du nicht mal das Empire State Building bemerken."

Es gelang ihr immer weniger, den Ernst ihrer Lage herunterzuspielen. Und ihre Hoffnung schwand zunehmend. Spätestens seit ihre Zehen vor Kälte taub waren, kämpfte sie gegen ihre Panik an. Sie fürchtete schon, den Kampf verloren zu haben, als sie die Umrisse eines Daches zwischen verschneiten Tannen und winterkahlen Birken ausmachte.

Sie stolperte weiter.

„Danke", flüsterte sie, den Tränen nah, als ein Blockhaus sichtbar wurde.

Es war keineswegs nur ein schlichtes Holzhaus, mit dem sie zu diesem Zeitpunkt auch zufrieden gewesen wäre. Es war ein architektonisches Meisterwerk mit hohem spitzem Dach, auf dem sich der Schnee türmte. Hinter den großen vereisten Fenstern brannte gedämpftes Licht. Aus einem gewaltigen Schornstein stieg Rauch auf, der einen wunderbar warmen Empfang verhieß.

Barbara hätte wieder Hoffnung geschöpft – wenn sie in der nächsten Sekunde nicht den Wolf erspäht hätte.

„Gütiger Himmel!", hauchte sie.

Das Tier war riesig. Und hungrig, wie sie instinktiv erfasste. Silbergraue Raubtieraugen starrten sie unverwandt an. Auf seinem schwarzgrauen Fell lag Schnee, doch die gebleckten Reißzähne waren nicht zu übersehen – und sein leises, warnendes Knurren war nicht zu überhören. Seine Schulterhöhe musste gut einen Meter betragen, und er wog bestimmt hundert Pfund. Barbara überkam die hysterische Vorstellung, dass sie in ihrer roten Jacke mit Kapuze wie Rotkäppchen aussehen musste …

Sie schob Mark hinter sich.

„Beweg dich nicht", flüsterte sie ihm mit wild klopfendem Herzen zu. „Tu … tu gar nichts. Bleib ganz ruhig."

Mark war wie erstarrt. „Was macht er?"

„Ich … weiß es nicht. Er beobachtet uns, nehme ich an. Vielleicht hat er genauso viel Angst vor uns wie wir vor ihm."

Das verächtliche Schnauben ihres Bruders verriet, wie viel er von dieser Version hielt. Ihr Verstand gab ihm recht, und als der Wolf ein Stück näher schlich, verwarf sie ihre Anweisung, ruhig zu bleiben, augenblicklich.

„Lauf!" Sie gab Mark einen kräftigen Stoß Richtung Blockhaus. Dann warf sie dem Wolf ihre Reisetasche entgegen. Er wich geschickt aus und kam noch etwas näher.

Erst jetzt bemerkte sie, dass Mark ihrer Aufforderung nicht gefolgt war, denn plötzlich stellte er sich schützend vor sie.

„Mark, nein!"

Er hörte nicht auf sie, sondern warf nun auch seine Reisetasche nach dem Wolf.

Leider verfehlte auch er sein Ziel. Das Raubtier duckte sich, sodass sein Bauch den Schnee berührte, und begann, sie beide einzukreisen.

Fast hätte Barbara verzweifelt aufgeschluchzt. Da hatte sie Mark mit aller Gewalt aus L. A. weggeschleppt, damit er nicht umgebracht wurde – und nun starben sie womöglich hier mitten im Wald. Eine schreckliche Vorstellung. Auf einmal hob Mark seinen heiß geliebten Radiorekorder über den Kopf und schleuderte ihn Richtung Wolf.

Das Radio streifte ihn an den Hinterläufen. Überrascht aufheulend suchte das Tier im nahen Wald Schutz.

„Los!", rief sie Mark zu, ergriff seine Hand und hastete mit ihm zum Blockhaus hinüber.

Doch schon nach wenigen Schritten hielt sie abrupt inne. Mit einem Aufschrei bremste sie auch Mark – und schlug sich im nächsten Moment die Hand vor den Mund, um einen weiteren Aufschrei zu unterdrücken.

Eine riesenhafte Gestalt kam drohend auf sie zu.

Barbara war unfähig, sich zu bewegen. Unfähig, einen klaren Gedanken zu fassen oder ihre Angst niederzukämpfen, weil Schock und Panik nur einen Schluss zuließen: Es war aus mit ihrem Leben!

Unter einer dunklen Wollmütze, die tief in die Stirn gezogen war, funkelten schwarze Augen sie wild und offenbar wütend über ihr Eindringen an. Auf einer Schulter, die so breit wie die eines Footballspielers war, trug die mächtige schneebedeckte Gestalt eine zweischneidige

Axt. Und falls sie womöglich noch anzweifelte, dass er eine Gefahr für Leib und Leben darstellte, hatte er außerdem ein langes Messer in einer an einem breiten Ledergürtel befestigten Scheide bei sich.

Verglichen mit diesem schwer bewaffneten, wutschnaubenden, finster dreinblickenden Riesen erschien ihr der Wolf etwa so gefährlich wie ein Schoßhündchen.

Es dauerte eine Weile, bis Barbara begriff, dass sie einem Mann gegenüberstand, keinem Monster. Auch wenn das im Augenblick keinen Unterschied machte, so zornig und böse, wie er aussah. Während sie noch unschlüssig dastand, ergriff Mark nun die Initiative. Mit einem gellenden Aufschrei warf er sich gegen den hünenhaften Fremden.

Entsetzt rief sie Mark zurück.

Der Mann brummte nur überrascht, als Mark ihn rammte, und schubste ihn dann völlig unbeeindruckt in eine Schneewehe.

Wütend kam Mark hoch. Er war nun wirklich kein Kämpfertyp, doch in geradezu selbstmörderischer Absicht griff er den Mann erneut an. Diesmal packte er ihn an den Stiefeln.

Dieses Manöver brachte den Mann aus dem Gleichgewicht. Die Axt entglitt ihm, und gleich darauf landete er selbst mit einem dumpfen Plumps im Schnee, während Mark wie eine Klette an seinen Beinen hing.

Barbara überlegte nicht lange, ob ihr kürzlich absolvierter Selbstverteidigungskurs sein Geld wert war. Sie sah nur, dass ihr kleiner Bruder in Schwierigkeiten war. Sie sprang dem Fremden auf den Rücken, presste ihm einen Arm auf die Augen und umklammerte mit den Beinen seine Taille.

„Lassen Sie ihn los!", zischte sie keuchend, ehe sie ihm an die Kehle ging.

Fluchend griff er über seinen Kopf hinweg, packte sie und beförderte sie von seinem Rücken herunter, als wäre sie das reinste Fliegengewicht.

Unsanft landete sie neben Mark im Schnee. Wieder zu Atem gekommen, blickte sie geradewegs in Augen, die so schwarz waren wie Onyx und so kalt wie Eis.

Neben ihr zappelte und strampelte Mark, spuckte Schnee und beschimpfte in einem fort den Mann, der über ihnen kniete.

„Verdammt, haltet doch endlich still!", knurrte der, während er sie ohne die geringste Mühe niederhielt.

Barbara wischte sich den Schnee aus dem Gesicht. „Lassen Sie uns los!", fuhr sie ihn an, als hätte sie überhaupt keine Angst.

Er tat nichts dergleichen. Nicht dass sie das erwartet hätte. Und so war ihre einzige Hoffnung, ihm zu entkommen, ihren Verstand zu gebrauchen.

„Es ist nicht sehr clever von Ihnen, uns festzuhalten", erklärte sie so bestimmt wie möglich. „Lassen Sie uns sofort los, oder Sie bekommen ernste Schwierigkeiten, Mister."

Unter seiner schwarzen Wollmütze zog er eine seiner dunklen Brauen hoch. „Ich bekomme Schwierigkeiten? Vielleicht haben Sie es noch nicht gemerkt, aber Sie liegen unten und ich bin obenauf."

„Hören Sie", sagte sie, wild entschlossen, sie schnellstens aus dieser misslichen Lage zu befreien. „Mein Mann …" Sie suchte nach Worten, und ihr fiel die Bemerkung des Holzfällers ein, der sie mitgenommen hatte. „Er ist sehr eigen, was das Betreten unseres Grund und Bodens betrifft. Glauben Sie mir, es ist besser für Sie, wenn er Sie hier nicht erwischt. Und wenn uns beiden etwas zustößt, wird er Sie ausfindig machen", ergänzte sie in der Hoffnung, dass ihre Lüge Wirkung zeigte.

Sie tat es. Wegen seiner in die Stirn gezogenen Wollmütze und der bis unters Kinn zugeknöpften Jacke konnte sie nicht viel von seinem Gesicht erkennen. Aber sie sah den Ausdruck seiner Augen – und der war niederschmetternd.

„Sie sagen, das hier sei Ihr Grund und Boden?" Seine Stimme klang gefährlich sanft.

Sie hielt an ihrer Schwindelei fest. „Ja, meiner und der meines Mannes."

„Ihrer und der Ihres … Mannes. Und wer sollte dieser Mann sein?"

Seine Skepsis war nicht zu überhören und auch nicht seine Ungeduld. Doch er lockerte ein wenig seinen Griff. Sie nahm das als gutes Zeichen. Nach einem warnenden Blick zu Mark hinüber, ruhig zu sein, schwindelte sie weiter: „Abel … Abel Greene."

Er blinzelte und atmete tief durch. „Abel Greene hat keine Frau."

Das Herz schlug ihr bis zum Hals. „Das … das stimmt schon", räumte sie ein, während sie sich sehr bewusst war, wie groß und kräftig die Hand war, die er mitten auf ihren Brustkorb gestützt hatte. „Aber das wird sich demnächst ändern. Wir … er … Abel und ich werden heiraten."

Verschiedenste Gefühlsregungen – Überraschung, Ungläubigkeit und, wenn sie nicht irrte, Resignation – blitzten in seinen Augen auf, ehe er den Blick forschend und unangenehm gründlich auf ihr Gesicht heftete.

„Sie sind doch nicht etwa …? Verflixt! Sagen Sie bloß nicht, Sie sind Barbara Kincaid!"

Noch während er fragte und sie eisern schwieg, schüttelte er langsam den Kopf. Er schloss die Augen und fluchte leise. Nach einem schweren Atemzug setzte er sich auf die Fersen zurück und gab Barbara dadurch frei. Es dauerte einen Moment, bis sie das erfasste, und noch einen, bis ihr bewusst wurde, dass er wusste, wer sie war.

Als sie sich dann aufsetzte, überlegte sie fieberhaft, wieso er ihren Namen kannte. Es gab nur eine Erklärung. Sie wehrte sich mit aller Macht dagegen. Doch schließlich musste sie den Tatsachen ins Auge sehen.

Nur ein Mann in dieser frostigen Gegend konnte wissen, wer sie war – und das war nicht der Weihnachtsmann.

Sein eisiger Blick, seine unwirsch gerunzelte Stirn drückten unmissverständlich tiefes Missfallen aus. Das also war der Mann, den zu heiraten sie das halbe Land durchquert hatte. Der Mann, der per Inserat eine Braut gesucht hatte.

Als Barbara die ganze Komik der Situation erfasst hatte, war sie sich nicht schlüssig, ob sie vor Erleichterung in Gelächter oder vor Wut in Tränen ausbrechen sollte. Am liebsten hätte sie laut geschrien. Doch so erschöpft, wie sie war, starrte sie ihn nur stumm an.

Sie hatte sich ihren Bräutigam eventuell älter und mit Glatze vorgestellt. Stämmig und mit Vollbart. Auf alles war sie gefasst gewesen, nur nicht auf diesen abgrundtief finster blickenden Mann. Allerdings, da sie ihn angegriffen hatten, war seine Reaktion eigentlich gerechtfertigt. Diese sachliche Erkenntnis nützte ihr jedoch wenig. Sie konnte nicht mehr. Sie hatte zu viel Angst ausgestanden, zu viele Sorgen gehabt, kurz, es war alles zu viel für sie.

Eine faire Chance. Mehr hatte sie nicht gewollt. Mehr hatte sie nicht gebraucht, um es bis hierher zu schaffen. Sie würde sie nicht bekommen – weder von den Mächten des Schicksals noch von ihm.

Sein Blick war hart. Und gefährlich wie der eines Tieres, das in der Falle sitzt. Nur ihre Vernunft hinderte sie daran, ihn zu bitten, das Ganze zu vergessen, und nach L. A. zurückzufahren. Sie konnten nicht zurück. Sie brauchte Abel Greene.

Er wusste es zwar noch nicht, aber er würde ihr Retter sein. Und sein Haus ihre Zuflucht. Eine einzige Erinnerung genügte, um die Richtigkeit ihrer Entscheidung, hierherzukommen, zu bekräftigen: der Junge, der in seinem Blut auf der Straße vor ihrem Apartment gelegen hatte.

Dieses schreckliche Bild brachte Barbara zur Besinnung. Aber es gab da immer noch ein Problem. Mit ihrer Selbstbeherrschung war es nahezu vorbei. Die letzten sechsunddreißig Stunden hatten sie einfach zu viel Kraft gekostet.

„Wie ich sehe, bin ich nicht mit den Sitten und Gebräuchen hier oben im Norden vertraut", fing sie an und hob die Stimme. „Aber falls es hier üblich ist, dass ein künftiger Bräutigam die Frau, die er heiraten will, misshandelt, dann möchte ich entschieden dagegen protestieren!"

Die letzten Worte hatte sie regelrecht geschrien, denn sie hatte endgültig die Beherrschung verloren. All ihre Ängste, all die Misserfolge der letzten Zeit entluden sich in blanker Wut.

Tief durchatmend versuchte sie, sich wieder zu fangen. Sie versuchte sogar zu lächeln – doch als sich seine Miene nur noch mehr verfinsterte, konnte sie sich nicht mehr bremsen.

Mit der ganzen Kraft ihrer einhundertundfünf Pfund holte Barbara aus und verpasste Abel Greene einen kräftigen Kinnhaken.

Er gab einen Laut höchster Überraschung von sich.

Unfähig, über ihre Reaktion schockiert zu sein oder wieder Angst zu haben, starrte sie Abel Greene einfach nur an und konnte sehen, wie es in ihm arbeitete. Und dann hörte sie, dass er erneut einen derben Fluch ausstieß, der auf keinen Fall als freudiger Willkommensgruß misszuverstehen war.

2. Kapitel

Alles in allem nahm Barbara es als gutes Zeichen, dass Abel Greene nicht zurückschlug – und dass er sie und Mark nicht in der Kälte stehen ließ. Nachdem er ihre Reisetaschen eingesammelt hatte, ging er schweigend mit ihnen ins Blockhaus. Er zeigte ihnen, wo sie trockene Sachen anziehen konnten, und ließ sie dann auf einem Sofa neben einem wärmenden Kaminfeuer Platz nehmen. Die ganze Zeit über sprach er kein Wort und mied auch jeden Blickkontakt.

Ihr sollte das recht sein. Sie brauchte Zeit, um sich zu beruhigen. Um zu begreifen, dass Mark und sie in Sicherheit waren. Und sie musste sich zusammennehmen, wenn das so bleiben sollte.

Abel Greene war nicht glücklich. Aus gutem Grund. Er hatte sie nicht erwartet. Und erst recht nicht Mark.

Sie und Mark wussten, dass er einen Brief geschrieben hatte, in dem er die ganze Sache abblies. Dieser Brief war einen Tag vor ihrer Abreise aus L. A. angekommen. Er hatte es sich überlegt, es tat ihm leid.

Barbara hatte sich den Luxus, es sich noch einmal zu überlegen, nicht leisten können. Und es tat ihr sogar sehr leid, dass sie ihre Beziehung zu Abel Greene mit einer Lüge beginnen würde. So etwas war nicht ihre Art. Aber um ihren Bruder zu retten, war sie sich für eine Täuschung nicht zu schade. Abel Greene würde nie erfahren, dass sie seinen Brief erhalten hatte. Solange er glaubte, sie habe ihn nicht bekommen, hatte sie eine Rechtfertigung für ihren Aufenthalt hier – und hoffentlich ein gutes Argument, um ihn davon abzuhalten, sie beide zurückzuschicken.

Barbara fröstelte. Sie konnten nicht zurück. Sie hatten kein Zuhause mehr.

Die Hände fest um ihre heiße Tasse Kaffee gelegt, kuschelte sie sich in ihrem schlichten grauen Jogginganzug in die Decke, die er ihr gegeben hatte. Dann beobachtete sie ihn schweigend, überrascht darüber, wie er ohne seine kriegerische Aufmachung aussah.

Er war nicht so, wie sie ihn sich vorgestellt hatte. Aber auch nicht der unzivilisierte Koloss aus der Eiszeit, für den sie ihn auf den ersten Blick gehalten hatte. Während er mit seinem Schweigen und seiner Größe noch immer bedrohlich auf sie wirkte, war er doch der am aufregendsten aussehende Mann, der ihr je begegnet war.

Er trug verblichene Jeans und ein gelbbraunes Flanellhemd, die seinen beeindruckenden Körper in einer Weise umschmeichelten, die so sexy war, dass eine Frau ihn sich unwillkürlich ganz ohne diese Kleidungsstücke vorstellte, um von seinem herrlichen Körper selbst Besitz zu nehmen – falls sie den Mut dazu hatte.

Barbara konnte nur hoffen, diesen Mut zu haben – eines Tages.

Mit ihrer Größe von eins sechzig war sie sich schon immer etwas zu klein vorgekommen, aber noch nie zwergenhaft. Bis jetzt, dachte sie, während sie zusah, wie er in weiche Wildleder-Mokassins schlüpfte. Sie schätzte, dass er mindestens eins neunzig groß war und, so stark und muskulös, wie er war, bestimmt zweihundert Pfund wog. Ihre besondere Aufmerksamkeit wurde jedoch immer wieder, während er geschmeidig wie ein Panther im Blockhaus hin und her ging, auf sein Haar und die rassige Schönheit seines Gesichtes gelenkt.

Wie ein glatter blauschwarzer Vorhang fiel es ihm bis auf den Rücken, nur gebändigt durch ein dunkelblaues Stirnband. Diese ungewöhnliche Haartracht unterstrich noch seine markanten, klaren Gesichtszüge, die hohen Wangenknochen und die edle gerade Nase. Selbst wenn er sein Haar nicht lang getragen hätte, wäre offensichtlich, dass unter seinen Ahnen der eine oder andere Ureinwohner Amerikas war. Sie konnte ihn sich leicht nur mit einem Lendenschurz bekleidet vorstellen, wie er, mit einem Kriegsspeer in der Hand, auf einem gefleckten Pferd an einem kristallklaren Bergsee entlangritt.

Das über mehrere Ebenen laufende Blockhaus aus honiggelbem Holz mit der Empore und den offenen, ineinander übergehenden Räumen verriet Sinn für Schönheit. Von jedem Punkt des Hauses aus war der riesige gemauerte Kamin ein beeindruckender Blickfang. In jeder Nische, jedem Winkel waren Regale angebracht, auf denen alle nur erdenklichen Bücher standen. Auf den gewachsten Holzböden lagen gewebte Teppiche in leuchtenden Farben. Wunderschöne Drucke zeigten die Natur und Darstellungen des Lebens der Ureinwohner in längst vergangenen Zeiten, die aber nicht vergessen waren. Wenigstens nicht für diesen Mann.

Seine Gegenwart schien überall im Haus spürbar. Und während

langsam die Dämmerung hereinbrach, schweifte Barbaras Blick immer wieder vom Kaminfeuer zu Abel Greene.

Der warme Bronzeton seiner Haut nahm dem markanten Gesicht die Strenge, ebenso sein weicher Mund. Dass er die Lippen im Moment fest aufeinandergepresst hatte, deutete eher auf Anspannung als auf Ärger hin. Wenn er wirklich wütend gewesen wäre, würden sie sich jetzt nicht an seinem Feuer wärmen. Dann hätte er sie weggeschickt.

Nachdem sich ihre Panik gelegt hatte und ihr unglückseliger Wutanfall verflogen war, gewann Barbara den Eindruck von einem Mann, der nicht nur sein Eigentum verteidigte, sondern auch sich selbst und seine Art zu leben.

Sie fröstelte, als er ihren Blick auffing und sie dabei ertappte, wie sie die lange, von seiner rechten Schläfe bis zu seinem Kiefer reichende Narbe betrachtete. Doch trotz ihrer Verlegenheit hielt sie seinem Blick stand.

Als er den überraschenden Blickkontakt schließlich löste, verspürte sie ein angenehmes Prickeln auf der Haut. Obwohl hier so vieles ungewiss war. Denn auch wenn sie auf sich aufpassen konnte, so war sie doch eine zierliche Frau und Mark, so verwegen er sich auch geben mochte, noch ein Junge. Sie waren allein mit einem Mann, der all seine Stärke gegen sie richten konnte. Er hatte es ansatzweise bereits getan. Allerdings hatte er sie nicht verletzt. Nicht einmal, als sie ihn provoziert hatte.

Sie hatte sich immer auf ihren Instinkt verlassen, und der sagte ihr jetzt, dass sie von diesem Mann nichts zu befürchten brauchten. Sie waren sicher bei ihm. Diesem Mann, der ihr Ehemann werden würde.

Mein Mann, dachte Barbara und fühlte ein seltsames Kribbeln im Magen.

Bestellte Bräute waren seit dem Goldrausch eigentlich aus der Mode. Dennoch war sie nun hier und drehte die Frauenbewegung damit sozusagen um hundert Jahre zurück. Nicht dass sie blindlings in dieses Abenteuer gestolpert wäre. Sie hatte durchaus Vorsicht walten lassen. Nachdem ihr klar geworden war, dass sie keine andere Wahl mehr hatte, als seine Annonce zu beantworten, hatte sie sich bei dem Bürgen erkundigt, der in der Annonce genannt war. Man hatte ihr begeistert versichert, dass Abel Greene im Grunde ein Heiliger sei. Irgendjemand hielt also große Stücke auf ihn. Das hatte ihr gereicht.

Sie hatte die Anzeige beantwortet. Die Vorstellung, dass zu einer

Heirat Liebe gehörte, hatte sie ohnehin längst aufgegeben. Ebenso wie den Glauben, dass in Amerika jeder eine Chance hatte. Aber sie wollte unbedingt, dass Mark eine Chance hatte. Diese arrangierte Heirat sollte sie ihm geben.

Es hatte jedoch wenig mit einem Arrangement zu tun, dass sie sich im Moment so sehr bewusst war, dass Abel Greene ein Mann war und sie eine Frau. Mit diesem ausgesprochen … gefühlsmäßigen Eindruck hatte sie nicht gerechnet.

Während sie sich auf dem Sofa zurechtkuschelte, dachte sie daran, was der Bürge ihr alles erzählt hatte. Abel Greene wäre sein eigener Herr und würde in sicheren Verhältnissen leben. Mit seinem Optimismus hatte der Bürge nicht hinter dem Berg gehalten, mit Einzelheiten schon.

Die waren ihr mittlerweile bekannt – wenigstens, was Abel Greenes körperliche Erscheinung betraf.

Nie und nimmer hatte sie erwartet, einen derart atemberaubend attraktiven Mann anzutreffen. Und sie hatte keinen blassen Schimmer, wie sie mit so viel Sex-Appeal umgehen sollte – oder damit, selbst keinen zu haben.

Sie hielt sich für eine graue Maus. Ihr kurzes, widerspenstiges Haar war schlicht und einfach braun, weder kastanienbraun noch dunkelbraun. Und sie war so klein, dass ihr schlaksiger fünfzehnjähriger Bruder sie um gut einen Kopf überragte. Aber immerhin war sie so schlank, dass sie seine Jeans tragen konnte, wenn sie die Hosenbeine aufkrempelte.

Auch ihr Busen war nichts Besonderes, sie trug Cup B. Mit Ausnahme ihrer grünen Augen, die die Leute ungewöhnlich fanden, fand sie sich farblos und unscheinbar, verglichen mit der malerischen, interessanten Erscheinung Abel Greenes.

Aber sie ließ sich davon nicht entmutigen. Indem er die Anzeige geschaltet hatte, war er ein Risiko eingegangen, ebenso wie sie, als sie darauf geantwortet hatte. Auch wenn Mark eine eher böse Überraschung für ihn sein dürfte, würde sie zusehen, dass er die Abmachung einhielt. Ihr blieb keine andere Wahl.

Wie zu erwarten war Mark nach wie vor schlecht gelaunt, während er in der anderen Sofaecke saß und an seinem Radiorekorder herumfummelte. Der Apparat war beschädigt worden, als er ihn nach dem Wolf geworfen hatte.

Der Wolf. Barbara umklammerte ihren Kaffeebecher fester und sah unbehaglich zum Kamin hinüber, vor dem sich der Wolf auf einem Flickenteppich zusammengerollt hatte.

„Sie leben also mit einem Wolf unter einem Dach", stieß sie hervor, nicht fähig zu verbergen, wie befremdlich sie das fand.

Greene reichte ihr eine zweite Decke und legte dann noch Holz ins Feuer. „Nashata ist nur ein halber Wolf."

„Nur ein halber Wolf, aha. Heißt das, dass er mir nur das halbe Bein abbeißen wird, sobald er keine Lust mehr hat, am Kamin zu liegen?"

Manche Frauen weinten, wenn sie nervös waren. Andere sagten kein Wort, sie dagegen wurde leider vorlaut. Das war eine Art Abwehrmechanismus. Auch jetzt konnte sie sich nicht bremsen. Sie war einfach zu müde. Ihre tauben Finger und Zehen brannten, während sie langsam wieder warm wurden. Und sie war hungrig, denn zuletzt hatte sie heute Morgen um halb acht etwas gegessen.

„Wie bitte?" Offenbar hatte sie eine Bemerkung, die er gemacht hatte, überhört.

„Sie", wiederholte er, und auf ihr verständnisloses Stirnrunzeln hin ergänzte er: „Nashata … sie ist ein Weibchen."

„Aha. Das ist natürlich etwas anderes. Vielleicht kann ich ja von Frau zu Frau mit ihr reden, damit sie heute Abend ihr Hundefutter frisst statt Mark und mich."

Greenes unglaublich breite Brust hob und senkte sich, als er müde durchatmete. „Sie brauchen keine Angst vor Nashata zu haben."

„Ach nein?", entfuhr es ihr, und sie bedauerte ihre Gereiztheit sofort. Sie zog die Decken fester um sich. „Meiner Erfahrung nach lassen verhaltenes Knurren und gefletschte Zähne eigentlich nicht auf ein nettes Hündchen schließen." Genau wie deine finsteren Blicke nicht gerade ein Happy End verheißen, dachte sie bedrückt. Sie hütete sich allerdings, das auszusprechen, weil durchaus die Möglichkeit bestand, dass er sie daraufhin aufforderte zu gehen. So beunruhigend die Vorstellung war, diesen mürrischen, gut aussehenden Mann tatsächlich zu heiraten, noch beängstigender war, dass er sie beide wegschickte.

Abel Greene blickte sie unverwandt an, doch sein Ärger schien inzwischen tiefer Nachdenklichkeit gewichen zu sein. „Sie hat nur ihr Zuhause verteidigt. Da sie nun weiß, dass ich Sie beide akzeptiert habe, hat sie das auch."

Neugierig schaute Barbara zu der Wolfshündin hinüber, als die erstaunlich menschlich aufseufzte und sich dann auf dem Flickenteppich ausstreckte. Sie musste zugeben, dass die Wolfshündin, so faul und entspannt, wie sie vor dem Kaminfeuer lag, wirklich harmlos aussah. Viel überwältigender als diese Erkenntnis war jedoch, dass Greene gesagt hatte, er habe sie akzeptiert. Genau das war es, was sie wollte.

Sie bedachte ihn mit einem versöhnlichen Lächeln. „Wenn ich ehrlich bin, scheint sie mir auch etwas zu wohlgenährt, um derart zähe Brocken wie Mark und mich verspeisen zu wollen." Sie hoffte gar nicht erst, dass er ihr Lächeln erwiderte. Das wäre natürlich zu viel verlangt gewesen.

„Sie wird in zwei Tagen werfen", erklärte er knapp.

„Werfen? Sie meinen … sie bekommt Junge?"

Er nickte und kniete sich dann neben Nashata, um sie zu streicheln.

Kein Wunder, dass er so wütend auf Mark und sie gewesen war. Immerhin hatten sie Reisetaschen und einen Radiorekorder nach seiner trächtigen Hündin geworfen.

Besorgt spähte sie über seine Schulter. „Ist sie in Ordnung?"

„Ich hab seinen verdammten Hund nicht verletzt", maulte Mark. Bisher hatte Mark sie alle beleidigt ignoriert. Jetzt warf er einen verdrießlichen Blick auf den Hund, ehe er seine Wut an Greene ausließ. „Dieser Köter ist schuld daran, dass mein Radio im Eimer ist."

„Mark", ermahnte Barbara ihn, obwohl sie wusste, dass er nur vorgab, den Hund nicht leiden zu können. Denn eigentlich war Mark sehr tierlieb.

„Lass diesen Ton!", schrie er sie an. „Lass mich einfach in Ruhe!" Er sprang auf und lief zum Fenster hinüber. Doch ihr cooler kleiner Bruder hatte sich nicht schnell genug abgewandt. Barbara sah, dass ihm Tränen in die Augen geschossen waren, und sie fühlte mit ihm, auch wenn er im Moment eine Szene machte.

„Ich hasse das alles hier!", brauste er auf. „Warum hast du mich hierhergeschleppt? Hier ist das absolute Ende der Welt! Du reißt mich von allem weg, was ich kenne, und bringst mich zu … zu wem?" Er wirbelte herum und starrte Abel Greene böse an, dann auf Nashata. „Zu Mad Max und einem dicken Wolf!" Mark stieß einen derben Fluch aus. „Das Radio war meine einzige Verbindung zur Zivilisation, und jetzt hab ich nicht mal mehr die!"

Er riss seine Jacke vom Garderobenständer neben der Tür, schlüpfte in seine Armeestiefel und lief in den Schneesturm hinaus.

Barbara war viel zu müde, um etwas zu unternehmen, und sah ihm einfach nur nach. Dabei fragte sie sich, ob sie je die tiefen Verletzungen würde heilen können, die ihr kleiner Bruder in seinem Leben bereits erlitten hatte. Und wie sie es anstellen sollte, Abel Greene davon zu überzeugen, dass sie und Mark als Doppelpack ein Angebot waren, das er sich einfach nicht entgehen lassen konnte.

Abel starrte noch immer auf die Tür, als der Junge schon eine Weile weg war. Widerstrebend sah er dann zu Barbara Kincaid auf dem Sofa hinüber. Der Ausbruch des Jungen hatte sie sichtlich verletzt.

Aber das war nicht sein Problem. Jedenfalls wollte er es auf keinen Fall zu seinem machen. Er wollte nicht bemerken, dass die Frau, die mutig genug gewesen war, um sich ihren Weg durch einen Schneesturm zu bahnen und ihn mit einem gezielten Kinnhaken mattzusetzen, nach dem Verschwinden des Jungen nun ganz geknickt dasaß.

Er rieb sich sein Kinn, das noch immer vom Hieb ihrer kleinen Faust schmerzte. Und er haderte noch immer mit sich, dass er sich und die beiden in diese Lage gebracht hatte.

Er verteufelte seinen Freund J. D. Hazzard mit seiner Schnapsidee. Und dann die Post, weil die seinen Brief, mit dem er alles hatte abblasen wollen, offenbar nicht rechtzeitig zugestellt hatte. Doch schließlich hatte er ganz allein Schuld. Auch wenn J. D. ihm die Sache eingeredet und der Whiskey, dem sie in jener Schicksalsnacht zugesprochen hatten, ein Übriges getan hatte, so war er es ganz alleine, der einer Schwäche nachgegeben hatte. Und nun musste er sich mit dem Resultat befassen.

Die beiden konnten natürlich nicht bleiben. Aber gehen konnten sie auch nicht. Jedenfalls nicht heute Nacht. Nicht bei diesem Schneesturm. Doch gleich morgen früh würde er es ihr sagen. Es tat ihm zwar leid, dass sie die weite Reise gemacht hatte, aber er konnte ja nichts dafür, dass sie seinen Brief nicht bekommen hatte. Wie auch immer, er würde sie die dreißig Meilen nach Bordertown fahren und in den ersten Bus zurück nach L. A. setzen.

Eine unbehagliche Stille hatte sich im Blockhaus ausgebreitet. Eigentlich hatte er Barbara Kincaid ignorieren wollen, doch da stand sie plötzlich auf, um dem Jungen nachzugehen.

„Er wird sich schon beruhigen", sagte er, als sich ihre Blicke kreuzten. Ihre Augen waren so strahlend grün wie der Wald im Frühling, und doch lag ein Ausdruck in ihnen wie hundert kalte Winter.

„Er kann dort draußen erfrieren." Ihre Stimme klang besorgt und müde, genau wie es ihr Blick war. Sie war zu jung für einen so abgeklärten Augenausdruck. Und sie war zu erschöpft, um ihre Verletzlichkeit erfolgreich mit einem losen Mundwerk zu verbergen.

„Er wird lange zurück sein, ehe es dazu kommen könnte."

„Er könnte sich verirren."

„Auch dazu ist er viel zu clever. Er wird sich schon fangen", wiederholte er mit einer Freundlichkeit, die ihn selbst erstaunte. „Bei der Kälte draußen wird es nicht lange dauern, bis er sich wieder einkriegt."

Müde lächelnd schüttelte sie den Kopf. „Auch die größte Kälte wird nicht reichen, um Marks ganze angestaute Wut abzukühlen."

„Warum zum Teufel haben Sie ihn dann hierher gebracht?" Die Frage war ihm entschlüpft, ehe er sich hätte bremsen können. Dabei wollte er doch gar nicht wissen, warum sie hergekommen waren. Er wollte nichts über Barbara Kincaid wissen – bis sie den Kopf hob und er erneut in diese grünen Augen blickte.

„Vielleicht aus den gleichen Gründen, weswegen Sie die Anzeige geschaltet haben."

Ihre Menschenkenntnis war alarmierend. Er hatte vermutet, dass sie aus Verzweiflung hergekommen war. Jetzt gab sie ihm zu verstehen, dass sie wusste, dass er selbst aus Verzweiflung annonciert hatte. Es behagte ihm gar nicht, dass jemand ihn so leicht durchschaute. Und noch weniger behagte ihm, dass er ihre Motive verstand.

Sie lief vor irgendetwas davon, da war er sich sicher. Er wollte aber lieber nicht wissen, wovor. Das würde ihm helfen, Distanz zu wahren. Und Distanz war das einzig Vernünftige, was zwischen ihnen existieren konnte.

Als sie sich am Sofa festhielt, weil sie plötzlich schwankte, merkte er, dass er vor lauter Panik, sie nicht an sich heranzulassen, das Nächstliegende vergessen hatte.

„Setzen Sie sich hin", befahl er barsch. „Sie brauchen dringend etwas zu essen." Und er brauchte mehr Abstand. Und Zeit, um zu überlegen, was er mit ihr machen sollte.

Missmutig runzelte er die Stirn. Eben noch hatte er genau gewusst, was er machen würde. Nämlich, sie nach L. A. zurückschicken. Aber das war, ehe er ihr tief in die Augen gesehen und einen Blick in ihre Seele erhascht hatte, die nur allzu sehr seiner eigenen ähnelte.

Abel beobachtete Barbara Kincaid von der Küche aus, während er einen kräftigen Eintopf aufwärmte. Statt über alles Mögliche zu jammern – angefangen von der Kälte bis hin zu seiner mürrischen Laune –, sagte sie kein Wort. Noch immer frierend, kuschelte sie sich zusammen und zog seine Decken fester um sich.

Erneut verwünschte er J. D. Hazzard. Seit seiner Hochzeit mit Maggie Adams hatte J. D. beständig versucht, auch ihm zu einer Frau zu verhelfen. Immer wenn J. D. aus Minneapolis anrief, wo er und Maggie zeitweise lebten, weil er dort ein Luftfrachtkontor betrieb und Maggie ein Fotostudio, lag er ihm in den Ohren, er solle sich endlich eine Frau suchen.

„Maggie zu heiraten war die beste Idee meines Lebens", versicherte J. D. ihm jedes Mal, wenn er mit Maggie an den See zurückkehrte, und die verliebten Blicke, die er ihr zuwarf, sprachen Bände.

Umgekehrt war die Ehe mit J. D. auch das Beste für Maggie. Denn als er, Abel, sie im letzten Frühjahr zufällig vor ihrer kleinen Hütte in der Nachbarbucht getroffen hatte, hatte sie ihn an ein verschrecktes Reh erinnert. Doch dann war J. D. mit seinem Wasserflugzeug buchstäblich vom Himmel gefallen und hatte Maggies Leben wieder ins Lot gebracht.

Maggie gehörte zu den wenigen Menschen am See, die Abel als Freund betrachtete. J. D. neuerdings auch, nachdem sie vergangenes Jahr gemeinsam gegen eine Bande von Wilddieben vorgegangen waren.

Aber Freundschaft hin oder her, wenn J. D. Hazzard im Moment hier gewesen wäre, hätte er ihm liebend gern eine verpasst, weil er ihn in so eine verrückte Situation gebracht hatte.

Er hatte einer Frau wenig zu geben, und einer Frau wie ihr gar nichts. Nichts Gutes jedenfalls. Keine Frau – nicht einmal eine, die dumm genug war, auf seine Annonce zu antworten – verdiente den Kummer, den eine Verbindung mit ihm mit sich bringen würde.

Barbara Kincaid mochte ja mutig sein. Doch trotz der Lebensweisheit, die aus ihrem Blick sprach, war er sicher, dass sie ziemlich unerfahren war. Er würde sie nicht – so verlockend das auch war – zu sich herunterziehen. Und er konnte das Problem nicht lösen, vor dem sie offenbar zu ihm geflüchtet war.

Er brachte ihr einen Teller Eintopf. Sie bedankte sich, aß jedoch nur zögernd, während sie immer wieder besorgt Richtung Tür blickte.

Der Junge musste ihr Bruder sein. Denn sie hatten nicht nur die gleichen ungewöhnlich grünen Augen und das gleiche zimtbraune Haar, auch ihre Gesichtszüge wiesen Ähnlichkeiten auf.

Ohne es eigentlich zu wollen, betrachtete er sie näher. Sie war nicht nur zierlich gebaut, auch ihre Gesichtszüge hatten etwas Zartes, Elfenhaftes. Insgesamt erinnerte sie ihn an einen kleinen Vogel.

Dass er ihre Augen und ihre von der Winterkälte rosigen Wangen immer faszinierender fand, irritierte Abel. Und trotz seiner Entschlossenheit, Barbara am nächsten Morgen wieder nach Hause zu schicken, konnte er nicht verhindern, dass er den Blick immer wieder wohlwollend über die weichen Kurven unter ihrem Jogginganzug gleiten ließ.

Er war sich ihrer Gegenwart immer stärker bewusst. Seit sie in seinem Blockhaus war, hatte sich dessen Atmosphäre seltsam verändert. Dunkle leere Ecken erschienen auf einmal licht und geräumig. Harte Kanten wirkten irgendwie weicher. Du hast sie nicht alle, sagte er sich, wenn du solche Gedanken zulässt.

„Wenn er in zehn Minuten nicht zurück ist, werde ich ihn suchen", erklärte er, um das Schweigen zu brechen – und auch, um sich abzulenken.

Das schien sie zufriedenzustellen.

Abel jedoch war alles andere als zufrieden.

Barbara Kincaid war eingeschlafen, als ihr Bruder kurz darauf zurückkam. Der Geruch von Pferden und Heu, der mit ihm durch die Hintertür ins Haus kam, sagte Abel, dass Mark den Stall gefunden hatte. Die sanfte Art der beiden schwarzen belgischen Stuten und die kalte Winternacht hatten den Jungen offenbar beruhigt. Er war genauso müde wie seine Schwester.

Abel weckte sie nicht. Schweigend gab er dem Jungen etwas zu essen, zeigte ihm das Bad und schickte ihn dann mit Schlafsack und Kissen auf die Empore hinauf.

Kaum war Mark oben in seinen Schlafsack gekrochen, da war er auch schon eingeschlafen.

Für Abel jedoch war an Schlaf noch lange nicht zu denken. Er saß gegenüber vom Sofa in einem Sessel, hatte das Kinn in die Hand gestützt und betrachtete Barbara Kincaid.

Sie bewegte sich im Schlaf. Und sein Verlangen erwachte, als ihr verführerischer Duft ihn daran erinnerte, was in seinem Leben fehlte.

Es war lange her, seit er mit einer Frau zusammen gewesen war. Aber die heiße Sehnsucht, die sich tief in ihm ausbreitete, war viel zu stark, als dass diese Erklärung ausgereicht hätte.

Früher hatte er viele, weitaus attraktivere Frauen gekannt. Barbara war auch ein weibliches Wesen, aber so klein, wie sie war, mit ihrem zerzausten braunen Haar, den lebhaften grünen Augen und ihrer knabenhaften Figur hatte sie doch eher etwas von einem hübschen bunten Vögelchen.

Nein, eine Sirene war sie nicht. Und trotzdem atemberaubend und herausfordernd. Und unerfahren, rief Abel sich ins Gedächtnis.

Es war Zeit für ihn, ins Bett zu gehen. Doch er blieb bis spät in die Nacht sitzen und betrachtete die schlafende Barbara.

3. Kapitel

„Crimson Falls an Greene's Point. Greenes Point bitte kommen. He, Abel, hier ist Casey. Wie geht es denn unserem Hundemädchen? Ist sie schon Mama geworden? Over."

Atmosphärisches Knistern und Rauschen und eine gedämpfte weibliche Stimme weckten Barbara auf.

Sie zog sich die Decke über den Kopf und wollte die Störung einfach ignorieren.

„Komm schon, Abel. Antworte. Mom sorgt sich, wie du den Schneesturm überstehst, ich sorge mich um Nashata. Over."

Barbara blinzelte. Okay, ignorieren nützte also nichts, denn die Stimme, die einem jungen Mädchen zu gehören schien, meldete sich erneut, diesmal noch nachdrücklicher.

Sie setzte sich auf. Als sie sich mit den Fingern durchs Haar fuhr, verzog sie das Gesicht, weil ihre rechte Hand schmerzte. Schlaftrunken sah sie sich um, um zu ergründen, woher die Stimme kam.

Erst jetzt wurde ihr wieder bewusst, dass sie nicht mehr in Kalifornien war. Vielmehr hatte sie die Nacht auf einem Sofa im Blockhaus eines Mannes verbracht, den sie nicht kannte, jedoch heiraten wollte. Und der ein Kinn aus Granit hatte …

„Abel, bist du zu Hause? Over." Die hübsche weibliche Stimme, die da über den Äther kam, klang immer ungeduldiger.

Barbara ging in die Richtung, aus der die Stimme kam, und gelangte dabei zu einer Tür unter der zur Empore hinaufführenden Treppe. Die Tür war offen und gab den Blick auf einen kleinen Raum frei, der unverkennbar ein Büro war. Zwei Aktenschränke standen darin, und das Regal an der einen Wand quoll über von Büchern, Zeitschriften, losen Unterlagen und diversen Skizzen. Dort, wo durch zwei Fenster am meisten Licht hereinfiel, stand ein Zeichentisch. Und auf einem alten Kiefernholztisch in der Ecke gegenüber standen Computer, Telefon, Fax und ein Gerät, das wohl ein Funkgerät war.

Das alles war zwar sehr interessant, doch die größte Überraschung für Barbara war, dass Mark am Schreibtisch vor dem Funkgerät saß und die Wolfshündin ihm zu Füßen auf dem Boden lag.

„Abel, komm schon. Antworte bitte. Over."

Barbara wollte sich das Funkgerät gerade näher ansehen, als Mark einen Schalter betätigte und unwirsch ins Mikrofon sagte: „Er ist nicht hier."

Seine mürrische Antwort ließ Barbara innerlich aufstöhnen. Doch ehe sie hätte eingreifen können, meldete sich die Unbekannte erneut.

„Ist dort die Station von Abel Greene? Over."

„Die von Mick Jagger jedenfalls nicht."

Barbara schüttelte den Kopf, hielt sich aber zurück.

Es herrschte eine Weile Stille, ehe das junge Mädchen es noch einmal versuchte. „Wer sind Sie? Und wo ist Abel? Over."

„Und wer bist du? Und woher soll ich wissen, wo er ist?"

„Du brauchst nicht gleich so grob zu werden", gab das Mädchen patzig zurück. „Over."

„Und du nicht so pampig. Immerhin hast du mich geweckt."

„Oh, entschuldige. Over."

Barbara musste schmunzeln. Was war das denn? Mark saß zwar mit dem Rücken zu ihr, als er jedoch den Kopf etwas zur Seite drehte, sah sie, dass er spöttisch grinste. Offenbar genoss er es, dass das Mädchen am anderen Ende nicht auf den Mund gefallen war.

„Also, wie war doch gleich dein Name, Süße?"

Barbara verdrehte die Augen.

„Das würdest du wohl gern wissen. Over."

„Nicht unbedingt. Aber es wäre immer noch besser, als zuzusehen, wie dieser blöde Hund auf meine Füße sabbert."

„Nashata? Ist Nashata bei dir? Over."

„Ja", antwortete Mark gedehnt, bemüht, angewidert zu klingen, schaffte es aber nicht ganz. „Der Köter ist hier."

„Ist sie okay? Hat sie schon ihre Jungen bekommen? Over."

Die Stimme des Mädchens war vor Besorgnis immer lauter geworden. Überraschenderweise ging Mark darauf ein.

„Es geht ihr gut", erwiderte er. Da er nicht wusste, dass er beobachtet wurde, beugte er sich vor und tätschelte Nashata.

Diese unverkennbar liebevolle Geste rührte Barbara und gab ihr Hoffnung, dass noch nicht Hopfen und Malz verloren war, was ihren kleinen Bruder betraf.

„Und nein", fuhr er fort, nun wieder ganz cool, „sie hat noch keine kleinen Köter gekriegt. Was geht dich das überhaupt an?"

„Du bist wirklich ein fieser Typ, weißt du das? Over."

„Und du bist wirklich eine Langweilerin."

Barbara seufzte auf. So viel zum freundlichen Umgang mit den Nachbarn. Doch auch wenn er es nie zugeben würde, genoss Mark dieses Geplänkel über Funk. Als das Mädchen nicht antwortete, schien er richtig enttäuscht.

„He, was ist los? Hab ich dich verschreckt, Kleine?"

„Mit wem spreche ich bitte?"

Das war unverkennbar die Stimme einer Frau. Blitzschnell verließ Barbara ihren Platz an der Tür und ergriff das Mikrofon, ehe Mark noch eine Fremde verprellte.

„Welcher Schalter?", fragte sie Mark eilig. Der warf ihr einen überraschten Blick zu, ehe er achselzuckend das Mikro für sie einschaltete und dann hinausging, dicht gefolgt von der Wolfshündin.

„Guten Morgen", meldete sich Barbara etwas zögernd. „Ich bin Barbara Kincaid, und der charmante junge Mann, der eben diese nette junge Dame gekränkt hat, ist mein kleiner Bruder. Tut mir leid, dass er so unhöflich war. Er ist seit ein paar Tagen etwas gestresst."

„Oh, hallo, Barbara. Ich bin Scarlett Morgan, und die pampige kleine Primadonna, die er beleidigt hat, ist meine Tochter Casey. Machen Sie sich bloß keine Gedanken deswegen. Wir brauchen nicht stolz darauf zu sein, wie die jungen Leute manchmal miteinander umgehen. Wir brauchen es nur zu ertragen. Over."

Barbara setzte sich auf den Stuhl, den Mark eben geräumt hatte. Sie entspannte sich ein wenig, denn sie mochte die Unbekannte auf Anhieb. „Da haben Sie recht."

„Also, Barbara, ist Abel in der Nähe? Over."

Sie spürte, dass er es war, noch ehe er sich über sie beugte.

Eine Flut von Empfindungen durchströmte sie, als sie über die Schulter hinweg zu ihm hochsah. Sie fand seine Größe noch genauso beeindruckend wie am Vorabend. Und sein Aussehen war schlichtweg fantastisch.

Sein Haar, das er im Nacken zusammengenommen hatte, hing ihm über die Schulter. Als er sich nun zum Funkgerät vorbeugte, streifte seine Brust ihren Rücken. Nur ganz kurz, und dennoch durchrieselte sie ein wohliger Schauer.

Abel roch nach frischer Winterluft und Zedernrauch, woraus sie schloss, dass er von draußen gekommen war und Holz nachgelegt hatte, ehe er sie in seinem Büro entdeckt hatte. Als er ihr das Mikrofon aus der Hand nahm und ihre Finger sich dabei berührten, war es, als würde der Blitz sie treffen. Und sie war sich der Wärme und Stärke seines Körpers dicht über ihr viel zu sehr bewusst. Sie sprang auf und wich ein paar Schritte zurück.

Fasziniert betrachtete sie sein Profil, während er, ohne sie zu beachten, mit der Frau plauderte.

„Morgen, Scarlett. Wie sieht es aus in Crimson Falls? Haltet ihr euch gut in diesem Schneesturm? Over."

Noch eine Gefühlsregung durchzuckte Barbara. Eifersucht. Obwohl es überhaupt keinen Sinn machte, war sie doch tatsächlich eifersüchtig.

Die wenigen Worte, die er an diese unbekannte Frau gerichtet hatte, spiegelten zärtliche Fürsorge und liebevolle Aufmerksamkeit wider. Nachdem sie selbst kaum mehr als knappe, barsche Äußerungen von ihm gehört hatte, überraschte dieser sanfte Ton sie ziemlich. Und ihr wurde einmal mehr bewusst, wie unsicher ihre Lage eigentlich war.

„Uns geht es gut, Abel. Aber dieser Sturm ist ganz schön heftig, nicht wahr? Ich kann mich nicht erinnern, dass so früh im Winter je so viel Schnee fiel. Over."

„Sieht nach einem langen Winter aus. Werdet ihr zurechtkommen? Over."

„Ja. Wir haben reichlich Holz, und unsere Vorräte habe ich gerade ergänzt. Und auch wenn das Telefon gestört ist, solange das Funkgerät funktioniert, werden wir schon keinen Rappel bekommen. Over."

„Meldet euch, wenn ihr etwas braucht. Over."

Es war nicht zu überhören, dass diese Frau und ihre Tochter ihm etwas bedeuteten. Und offenbar gab es keinen anderen Mann in deren Leben, der sich um sie kümmerte. Dann kamen sie auf Nashata zu sprechen, und Abel ließ Casey ausrichten, dass sie sich nach wie vor als Erste einen Welpen aus Nashatas Wurf aussuchen dürfe.

„Und wie geht's dir, Abel? Ist Barbara der … Gast, den du erwartest hast, wie J. D. mir erzählt hat?"

Barbara, die der Unterhaltung schweigend zuhörte, kam zu dem Schluss, dass Scarlett Morgan nur J. D. Hazzard meinen konnte, der mit seiner Frau Maggie als Bürge in Abels Anzeige angegeben gewesen war. Scarlett war anscheinend auch mit J. D. befreundet und wusste demnach über die Heiratsanzeige Bescheid.

Mit angehaltenem Atem wartete Barbara auf Abels Antwort.

„J. D. Hazzard hat eine große Klappe", brummte er.

„Und ein großes Herz", erwiderte Scarlett lachend. „Ich schwöre dir, dieser Mann gibt nicht eher Ruhe, bis wir beide verheiratet sind und …"

„Miss Kincaid und ihr Bruder wurden von diesem Schneesturm überrascht", unterbrach er sie. „Mutter Natur schert sich nämlich nicht darum, wen sie wo stranden lässt. Over."

Barbaras Mut sank, und ihre Hoffnungen schwanden. Er ließ Scarlett absichtlich glauben, sie und Mark seien nur Opfer des Schneesturms und sonst nichts. Und sie fragte sich mit noch größerem Unbehagen, was er wohl mit ihnen vorhatte.

„Na ja, wie auch immer. Ich dachte, sie wäre vielleicht … na, du weißt schon."

„Kann ich noch irgendetwas für dich tun, Scarlett? Over."

Scarlett verstand den Wink mit dem Zaunpfahl. „Nein. Wie gesagt, wir kommen klar. Aber vielleicht können wir etwas für dich tun. Du bist ja nicht gerade auf unerwarteten Besuch eingerichtet. Möchtest du Miss Kincaid und ihren Bruder nicht ins Hotel herüberbringen? Wir können sie ohne Weiteres in Crimson Falls einquartieren, bis der Sturm vorbei ist. Over."

Da ist sie, dachte Barbara. *Seine Chance, uns loszuwerden.*

„Keine gute Idee", erwiderte er zu ihrer Überraschung schnell. „Bei diesem Schneetreiben bleiben wir besser alle, wo wir sind. Das gilt auch für dich. Geh nicht hinaus, wenn du nicht unbedingt musst. Und Casey soll nicht mal daran denken, das Schneemobil anzuwerfen, ehe es aufhört zu schneien. Sie würde sich so schnell verirren, dass sie erfroren wäre, ehe jemand sie gefunden hätte. Over."

Aus dem Äther drang leises Lachen. „Du klingst genau wie J. D. Er hat uns auch schon gewarnt. Weißt du übrigens, dass er und Maggie in ihrem Blockhaus sind? Kurz bevor der Schneesturm losging, sind sie zu einem langen Wochenende hergekommen. Also, keine Sorge, Casey und ich können gut auf uns selbst aufpassen. Over."

„Das will ich hoffen. Over."

„Barbara", wandte Scarlett sich nun an sie, „wenn Sie schon in einen Schneesturm geraten mussten, dann hätten Sie sich keinen besseren Retter aussuchen können als Abel. Er wird sich bestens um Sie kümmern. Over."

Mit einem langen Blick reichte Abel ihr das Mikro, sorgfältig darauf bedacht, diesmal nicht ihre Hand zu berühren.

„Danke, Scarlett", erwiderte sie. „Ich will versuchen, das im Gedächtnis zu behalten."

„Und lassen Sie sich nicht davon einschüchtern, dass er sich wie der böse Wolf aufführt. Er meint es nicht so. Over."

„Nochmals danke. Ich werde daran denken, wenn er das nächste Mal die Zähne fletscht."

Scarlett lachte erneut. „Braves Mädchen. Irgendwie hab ich den Eindruck, Sie kommen schon mit ihm zurecht. Woher sind Sie übrigens? Over."

„Aus Kalifornien", antwortete sie wahrheitsgemäß. Der Blick, den Abel ihr daraufhin zuwarf, ließ sie wünschen, sie hätte das lieber nicht gesagt.

„Kalifornien?" Es war Scarlett anzuhören, dass sie neugierig geworden war. „Abel ... hat J. D. nicht gesagt ...?"

Ehe sie hätte weitersprechen können, griff er wieder nach dem Mikrofon. „Zeit, Schluss zu machen. Ich will die Frequenz nicht blockieren, falls jemand Hilfe benötigt. Sag mir Bescheid, wenn du irgendetwas brauchst. Over and out."

Mit einem Handgriff beendete er die Verbindung und trat vom Schreibtisch zurück. Barbara hätte schwören können, dass Scarlett von Abels plötzlicher Eile total überrascht war.

„Wieso habe ich das Gefühl, ein Geheimnis zu sein, über das niemand reden will?", murmelte sie mit einem letzten Blick auf das Funkgerät. Und warum wollten nicht nur J. D. und Maggie Hazzard, sondern anscheinend auch Scarlett Morgan, dass Abel Greene in den Hafen der Ehe einlief?

Falls er von der Abmachung zurücktreten wollte, konnten sich die Hazzards und Scarlett Morgan womöglich als hilfreiche Verbündete erweisen.

Sie drehte sich um, weil sie das Büro verlassen wollte – und stieß prompt mit Abel Greene zusammen. Sofort streckte er die Hände aus, um sie zu stützen, aber da hatte sie schon das Gleichgewicht verloren und lag an seiner breiten Brust. Ihre Eindrücke überstürzten sich. Das Gefühl seiner großen Hände auf ihren Oberarmen. Seine Körperwärme. Sein würziger Duft nach Wald und frischer Luft. Seine Stärke, gepaart mit natürlicher Sanftheit. Das wilde Klopfen seines Herzens an ihrem Busen.

Barbara atmete tief durch. Als sie sich etwas gefasst hatte, sah sie zu ihm hoch.

Er hielt die Augen geschlossen, die Lippen fest aufeinandergepresst. Und es dauerte einen Moment, ehe er ihre Arme freigab.

„Wir müssen uns unterhalten." Seine Stimme klang rau, und er vermied es, sie anzusehen.

Sie nickte langsam. „Sie haben recht. Das müssen wir. Aber könnte ich vorher vielleicht duschen? Ich fühle mich ganz verspannt, und eine heiße Dusche könnte da Abhilfe schaffen."

Als ihre Blicke sich trafen, hätte sie schwören können, dass er sie sich unter der Dusche vorstellte und versucht war, sich zu ihr zu gesellen.

Eine Sekunde später blickte er wieder finster drein. „Okay, dann duschen Sie. Handtücher sind im Schränkchen neben dem Waschbecken." Damit verließ er eilig das Büro.

Abel hatte schon häufiger in seinem Leben in der Klemme gesteckt, sowohl vor als auch nach seinem Ausscheiden beim Militär vor zehn Jahren. Statt im Golfkrieg war er im Drogenkrieg im Einsatz gewesen, zunächst bei der Polizei, dann bei der CIA. Später hatte er als unabhängiger Drogenfahnder für jedes Land gearbeitet, das seine Dienste in Anspruch nehmen wollte. Damit hatte er zwar noch immer Kopf und Kragen riskiert, doch war er dabei sein eigener Herr gewesen.

Aber bei all seinen schlimmen Erfahrungen hatte er sich nie derart hilflos gefühlt wie vor zwei Minuten, als er einer kleinen Frau mit grünen Augen gegenüberstand.

Während er nun im Feuer herumstocherte, dachte er, dass ein Krieg, egal, ob auf einem Schlachtfeld ausgetragen oder in den Slums, nie persönlich war. Krieg war knallharte Arbeit. Jemand versuchte, einen zu töten. Man versuchte, das zu verhindern. Dagegen waren die Gefühle, die er eben empfunden hatte, so persönlich, wie es persönlicher gar nicht ging.

Letzte Nacht war er in einen schlimmen Konflikt geraten. Nachdem sich der Junge auf der Empore schlafen gelegt hatte, hatte er am

Kamin gesessen und auf das Heulen des Schneesturms gelauscht. Es hatte ihn kaum überrascht, dass Nashata die Treppe hinaufgegangen war und sich leise neben Marks Schlafsack gelegt hatte.

Auch Nashata hatte also gespürt, dass der Junge Zuwendung brauchte, und war ihrem Instinkt gefolgt.

Erst war der Junge erschreckt ausgewichen, doch dann, schlaftrunken, wie er war, hatte er sich bereitwillig an die Hündin gekuschelt. Er verstand den Jungen – und das machte ihm zu schaffen. Ohne den Grund für dessen Wut zu kennen, spürte er, dass sie riesengroß war. Als er so alt wie Mark gewesen war, hatte er diese Wut auch gehabt. Selbst jetzt hatte er sie nicht ganz abgeschüttelt. Daher konnte er sich, sehr zu seinem Verdruss, so gut in den Jungen hineinversetzen.

Und was war mit der Frau?

Die Frau. Als er endlich zu Bett gegangen war, hatte er sich einzureden versucht, dass es ihm nicht gefiel, dass seine Privatsphäre gestört wurde. Dass es eher ein Fluch als ein Segen war, dass in seinem Haus noch jemand außer ihm selbst war und Wärme und Geborgenheit fand.

Das Problem war, dass ihre Anwesenheit in seinem Heim ihm überdeutlich machte, dass ihm etwas fehlte – dass es Einsamkeit gewesen war, warum er in jener Nacht schwach geworden war und J. D. die Annonce hatte aufgeben lassen.

Abel hängte den Feuerhaken an den Ständer, während seine Gedanken gegen seinen Willen weiter um Barbara Kincaid kreisten. Um ihre zierliche Gestalt und ihre niedlichen Kurven. Und um den rätselhaften Grund, der sie zu ihm geführt hatte. Und wieder ertappte er sich bei der Überlegung, ob er es fertigbringen würde, sie wegen ihres schwierigen Bruders und der Gefahr, die seinem Geschäft drohte, nach L. A. zurückzuschicken.

In seiner Vergangenheit gab es viele Ereignisse, die er bedauerte, und seine Zukunft würde noch mehr davon bringen. Er war jetzt fünfunddreißig und sein Leben lang allein gewesen oder hatte sich allein gefühlt. Er war ein Außenseiter und würde immer einer bleiben. Diese Tatsache hatte er bereits akzeptiert, als er als wütender, aufsässiger Achtzehnjähriger dem See den Rücken gekehrt hatte. Erst nachdem er keine andere Wahl mehr gehabt hatte, war er zurückgekehrt. Und erst als seine Einsamkeit übermächtig geworden war, hatte er sich dazu überreden lassen, diese verdammte Anzeige aufzugeben.

„Und was ist mir dir, Grünauge?", murmelte er, während er ins Feuer starrte. „Bist du deswegen hier? Weil du auch keine andere Wahl mehr hattest?"

Er rief sich in Erinnerung, dass er es sich nicht leisten konnte, sich um das Unglück anderer zu kümmern. Und sein eigenes konnte er damit schon gar nicht lindern. Egal, wie verführerisch diese Frau war.

Nein, er musste sie zu ihrem eigenen Besten wegschicken. Wenn sich sein Verdacht bestätigte und sein jüngstes geschäftliches Missgeschick – ein Brand in seinem Hauptlager letzte Woche – kein Unfall gewesen war, bedeutete das, dass es Sabotage war. Und er durfte sie oder ihren Bruder nicht einer möglichen Gefahr aussetzen.

Wenn jemand wollte, dass er von hier verschwand – und er hatte eine ziemlich genaue Vorstellung davon, wer dieser Jemand war –, dann würde dieser Jemand sich noch wundern. Er, Abel Greene, hatte sich wieder am See niedergelassen. Er würde nirgendwohin gehen. Und wenn er ein Problem hatte, würde er damit umgehen, wie er mit jedem Problem in seinem Leben umgegangen war. Allein.

Als er heute Morgen aus dem Pferdestall ins Haus gekommen war, hatte er das alles nüchtern und sachlich gesehen – und dann war er in seinem Büro mit Barbara Kincaid zusammengestoßen. Sie hatte noch ganz verschlafen ausgesehen und so weich und sinnlich. Worüber er vergangene Nacht noch spekuliert hatte – wie sie sich wohl anfühlte, wie sie wohl duftete –, hatte er dann unvermutet hautnah erlebt.

Er zitterte noch immer, weil er sie in den Armen gehalten hatte. Tief in seinem Innern hatte heißes Verlangen zu lodern begonnen, und es loderte noch stärker, wenn er daran dachte, wie ihre Schenkel sacht seine Beine gestreift hatten und ihre Brüste seine Brust.

„Geschieht dir ganz recht, Greene", brummte er, als er in die Küche ging. „Erst verkriechst du dich fünf Jahre lang hier draußen wie ein Einsiedler, und dann wunderst du dich, wenn weibliche Brüste dich aus dem Häuschen geraten lassen."

Er machte sich daran, frischen Kaffee zu kochen. Dann, um sich wieder in die Gewalt zu bekommen, stützte er sich mit beiden Armen auf dem Küchentresen auf und atmete mehrmals tief durch.

„Sie kann einen Kerl wirklich fertigmachen, was?"

Er wirbelte herum. Am Tisch saß der Junge und aß mit großem Appetit Cornflakes. Aus seiner Miene war zu schließen, dass der Junge jedes Wort gehört hatte, das er vor sich hin gemurmelt hatte.

Abel rieb sich das Kinn. „Ich bin nicht wütend auf deine Schwester."

„Ist auch egal." Der Junge grinste frech. „Also … werden Sie es ihr besorgen?"

Abel geriet in Wut. In zwei Sätzen war er um den Tisch herumgegangen, packte Mark am Kragen und zog ihn zu sich hoch. „Hör mal, du kleiner Punk. Ich weiß nicht, was mit dir los ist, aber ein Mann redet nicht abfällig von einer Frau, nur weil ihm die ganze Richtung nicht passt. Sprich nie wieder in diesem Ton von deiner Schwester. Verstanden?"

Mit hochrotem Gesicht nickte Mark. Erst einmal. Dann noch mehrmals schnell hintereinander.

Abel ließ ihn los und wich langsam zurück. Ohne den Jungen aus den Augen zu lassen, griff er hinter sich und nahm den Radiorekorder, den er am frühen Morgen repariert hatte, vom Tresen.

Wortlos stellte er ihn vor Mark auf den Tisch.

Völlig verunsichert starrte der Junge von dem Radio zu ihm.

„Gib mir keinen Grund, das Ding an die Wand zu werfen."

Zerknirscht, aber gleichzeitig hocherfreut darüber, dass sein geliebtes Radio nun wieder funktionierte, nickte Mark. „Nein, Sir." Rasch nahm er das Radio an sich.

„Schmutziges Geschirr kommt in die Spüle", sagte Abel, während er sich eine Tasse Kaffee einschenkte. Er hatte zumindest einen bösen Seitenblick erwartet, wenn nicht gar eine freche Bemerkung. Stattdessen trug Mark seinen Teller und Löffel brav zur Spüle. Ehe er nun erneut nach seinem Radio griff, bedankte er sich verlegen für die Reparatur.

Mit Nashata an seiner Seite und dem Radiorekorder unter dem Arm ging Mark Richtung Empore davon. Abel sah ihnen nach. Da merkte er, dass er beobachtet wurde.

Barbara stand an der Küchentür. Sie sah wie eine zerzauste Elfe aus. Keinesfalls wie eine Frau, die das Herz eines Mannes zum Rasen und sein Blut in Wallung bringen konnte. Doch genau das tat sie in null Komma nichts.

Er ließ den Blick über ihren schlichten grauen Jogginganzug gleiten, ihr zerzaustes Haar, ihre strahlenden grünen Augen. Ihr Gesichtsausdruck gab ihm beinahe den Rest. Er spiegelte einfach zu viel Respekt wider. Zu viel Dankbarkeit. Zu viel Hoffnung.

„Danke, dass Sie ihm den Kopf zurechtgesetzt haben", sagte sie leise. Nach diesen Worten wandte sie sich um und verschwand Richtung Bad.

4. Kapitel

Ich hätte es mir denken können, dass sie alles falsch versteht, sagte sich Abel. Er hätte sich denken können, dass sie die Zurechtweisung des Jungen als Zeichen dafür nahm, dass sie ihm nicht gleichgültig waren. Schön, er hatte sich über den Jungen Gedanken gemacht, hatte spontan reagiert, um ihn zur Räson zu bringen. Aber er wollte verdammt sein, wenn er sie in dem Glauben ließ, das alles würde einen Unterschied machen. Sie hatte sich heute Nacht ausruhen können, und sobald sie aus der Dusche kam, würde er sie mit den Tatsachen konfrontieren.

Als sie kurz darauf in engen alten Jeans und einem riesigen roten Pullover wieder erschien, war Abel bereit gewesen, die Dinge ohne lange Vorrede anzusprechen. Wenn Barbaras Anblick sein Vorhaben nicht augenblicklich zunichtegemacht hätte.

Er war wie hypnotisiert, sprachlos und … voller Verlangen. Wie brachte sie es nur fertig, dermaßen schnell und stark seine Lust zu wecken? Er sehnte sich nach der Weichheit, die sie ausstrahlte und die er zu lange in seinem Leben vermisst hatte. Er sehnte sich nach den verführerischen weiblichen Düften, die sie aus dem Bad mitbrachte. Sehnte sich nach dem, was J.D. und Maggie verband, und was er, so dumm, wie er war, auch für sich selbst erhofft hatte.

Er fluchte leise. Zum Teufel mit ihr, dass sie seine Anzeige beantwortet hatte! Und zum Teufel mit diesem fürchterlichen Schneesturm! Es gab noch immer keine Anzeichen dafür, dass der Sturm sich in absehbarer Zeit legen würde. Er hatte sie am Hals, bis das Wetter sich gebessert haben würde. Und so lange würde er sich zusammenreißen müssen, wenn er das Ganze heil überstehen wollte. Und er würde ihr klipp und klar sagen, dass aus dieser idiotischen arrangierten Heirat nichts werden würde.

„Setzen Sie sich", sagte er steif, nachdem sie barfuß in die Küche gekommen war. „Kaffee?", fügte er hinzu, um etwas mehr Höflichkeit bemüht.

„Ja gern." Lächelnd setzte sie sich im Schneidersitz auf einen Stuhl am Küchentisch und begann, ihr feuchtes Haar mit einem Handtuch trocken zu rubbeln.

Er schenkte ihr Kaffee ein und bemühte sich dabei zu ignorieren, dass sich durch die Rubbelei ihre Brüste unter ihrem Pullover sacht, aber aufreizend bewegten.

„Schwarz, richtig?"

„Genau. Schwarz und stark, so mag ich ihn am liebsten."

Noch als er ihr den Kaffee servierte, war er entschlossen zu sagen, was zu sagen war. Doch dann machte er einen Fehler. Er schaute sie an. Sofort schlugen ihre grünen Augen ihn in ihren Bann, als sie mit fast kindlicher Freude den Duft des frisch gebrühten Kaffees einatmete.

Und er machte sogar noch einen Fehler. Von ihren aparten Zügen glitt er mit dem Blick über ihr nasses, zerzaustes Haar, das sanft ihr Gesicht umspielte, um ihn schließlich auf ihren schönen vollen Lippen verweilen zu lassen, während sie die Tasse an den Mund führte.

„Hm." Sie seufzte genüsslich. „Das tut gut."

Er fasste es nicht, dass sie sich angesichts der ungeklärten Situation so behaglich wie eine Katze zu fühlen schien und so sexy aussah, wie man es von einem Persönchen wie ihr gar nicht erwarten sollte. Er setzte sich rittlings auf einen Stuhl und verschränkte die Arme auf der Lehne.

„Wie geht es Ihrer Hand?", fragte er schroff. Irgendwie hatte er ein schlechtes Gewissen, weil er an der leichten Schwellung ihrer Knöchel schuld war.

„Etwa so gut wie Ihrem Kinn, nehme ich an." Sie lächelte sanft. „Tut mir leid. Manchmal handle ich, ohne vorher zu überlegen."

Und er handelte nie, ohne vorher alles gründlich zu bedenken. Daher überraschte es ihn vollkommen, dass er drauf und dran war, ihr Lächeln zu erwidern. Es war geradezu ansteckend, und es bewirkte etwas in ihm, was ihm völlig fremd, zweifellos angenehm, aber genau deshalb ganz und gar nicht akzeptabel war.

„Hören Sie", fing er an, den Blick auf seine Tasse gerichtet, damit er nicht wieder von Barbara abgelenkt wurde. „Wir müssen miteinander reden wegen dieser …"

„Situation?"

„Genau. Situation." Er war leicht verstimmt, weil sie nicht nur seinen Satz beendet, sondern auch das von ihm gesuchte Wort gefunden hatte. „Als ich die Anzeige schaltete", begann er erneut, „gab es gewisse ..." Wieder suchte er nach dem passenden Wort.

„Umstände?"

Er zog eine Braue hoch. „Richtig. Es gab gewisse Umstände. Genau wie ich annehme, dass Sie aus bestimmten Umständen heraus Heiratsanzeigen gelesen haben." Er wartete einen Moment, da sie jedoch nichts sagte, räusperte er sich und fuhr fort: „Tatsache ist, dass ich nie damit gerechnet habe, jemand würde wirklich ..."

„Darauf antworten?"

Er stellte seine Tasse so heftig ab, dass es klirrte. „Beenden Sie immer die Sätze anderer Leute?"

„Entschuldigung." Sie grinste verlegen, aber kein bisschen reumütig. „Eine dumme alte Angewohnheit. Ich will versuchen, mich zu bremsen."

Er kratzte sich am Kinn und redete sich dabei ein, dass er ihre Vorwitzigkeit keineswegs erfrischend oder gar hinreißend fand. „Und ich will versuchen, direkt zu sein. Aber muss ich wirklich noch deutlicher werden?"

Zum ersten Mal, seit sie sich an den Tisch gesetzt hatte, wirkte sie unsicher. Sie schluckte und senkte den Blick. „Ich glaube, ja."

Ihre plötzliche Verletzlichkeit verwirrte ihn sehr. Da sie das nicht merken sollte, stand er auf, um sich Kaffee nachzuschenken. „Das Ganze ... Ihre Reise hierher ... hätte niemals stattfinden dürfen." Als er sich ihr wieder zuwandte, war sie blass geworden.

„Wie meinen Sie das?"

„Ich meine, dass ich die Anzeige niemals hätte aufgeben sollen. Und Sie hätten niemals darauf antworten sollen."

„Aber Sie haben es getan. Und ich habe darauf geantwortet."

An den Küchentresen gelehnt, blickte er zur Seite, um nicht die Entrüstung in ihren Augen zu sehen – und das stumme Flehen.

„Wenn es Ihnen nicht ernst war, warum haben Sie dann annonciert?"

„Nennen Sie es einen Moment der Schwäche", murmelte er, wütend auf sich selbst, weil er in jener Nacht von J. D. Hazzard gedrängt wurde und so beschwipst, wie er gewesen war, nachgegeben hatte. „Nennen Sie es einen Fehler. Nennen Sie es, wie Sie wollen, aber es hätte nie dazu kommen dürfen."

„Das ist es aber."

Obwohl äußerlich ganz ruhig, weckte der Anflug von Panik in ihrer

Stimme bei ihm erneut den Verdacht, dass sie vor irgendetwas weglief. Und so große Angst hatte, dass sie an diesem Arrangement festhalten wollte, statt unendlich erleichtert zu sein, dass er sie davonkommen lassen wollte.

Er wurde deutlicher. „Finden Sie die ganze Idee denn nicht verrückt? Finden Sie nicht, dass es nach einer Verzweiflungstat aussieht, wenn jemand eine Heiratsanzeige in einer Zeitung beantwortet und zustimmt, jemanden zu heiraten, den er überhaupt nicht kennt?"

„Irgendwann sind wir alle verzweifelt. Das heißt aber nicht, dass wir verrückt sind. Sondern nur, dass wir dringend nach einer Alternative suchen. Alternativen bergen Risiken. Ich habe akzeptiert, dass es ein Risiko war, hierherzukommen. Genau wie Sie bewusst ein Risiko eingingen, als Sie annoncierten."

„Ein Risiko", wiederholte er barsch, entschlossen, ihre Logik zu ignorieren. „An der Börse zu spekulieren ist ein Risiko. Bei Rot über eine Ampel zu fahren ist ein Risiko. Dass Sie hierhergekommen sind, ist weit mehr als ein Risiko. Es ist …"

„Wir haben eine Abmachung getroffen", erinnerte sie ihn, ebenso nachdrücklich wie verzweifelt, sodass er sie am liebsten gefragt hätte, wovor zum Teufel sie davonlief.

„Sie wollen über Abmachungen sprechen? Schön. Ich habe per Anzeige eine Braut gesucht – nicht eine Braut mit Anhang. Selbst wenn ich die Absicht hätte, an der Heirat festzuhalten, haben Sie gegen die Abmachung verstoßen, weil Sie Ihren Bruder mitgebracht haben."

„Wegen Mark …" Sie zögerte, als sein Radio von der Empore am anderen Ende des Blockhauses zu hören war. „Ich weiß, Sie haben ihn nicht erwartet. Aber er ist ein guter Junge. Er steht im Moment nur einiges durch. Er wird sich eingewöhnen und keine Probleme machen."

„Darum geht es doch gar nicht", erwiderte er in einem Ton, der schon ausgewachsenen Männern den kalten Schweiß auf die Stirn getrieben hatte.

Barbara Kincaid ließ sich davon nicht beirren. Sie saß einfach da, die Widersprüchlichkeit in Person – starr vor Entschlossenheit und doch sanft in ihrer Verletzlichkeit.

„Ich möchte die ganze Sache abblasen." Er war ärgerlich auf sie, weil sie ihn irgendwie berührte, und ärgerlich auf sich selbst, weil er das zuließ. Er wartete auf eine Reaktion von ihr. Als sie jedoch nur blinzelte und dann den Blick auf ihre Tasse senkte, fluchte er leise.

„Es tut mir leid, dass Sie die weite Reise gemacht haben." Selbst in seinen Ohren klang das wie ein reines Lippenbekenntnis. „Tut mir leid. Aber es wird keine Hochzeit geben." Dass sie jetzt in Tränen ausbrechen würde, erwartete er eigentlich nicht. Denn auch wenn sie zart wie ein kleiner Vogel aussah, war sie doch hart im Nehmen. „Sobald dieser Schneesturm vorbei ist, werde ich Sie und Ihren Bruder nach Bordertown fahren und in einen Bus zurück nach L. A. setzen. Ich werde alle Kosten für die Reise hierher übernehmen ... und was Sie sonst noch für angemessen halten."

Wieder keine Reaktion, nur Schweigen.

Frustriert stellte er seinen Becher auf den Tresen. „Verstehen Sie nicht? Ich lasse Sie vom Haken, Grünauge. Wenn Sie vernünftig sind, fällt Ihnen vor Erleichterung ein Stein vom Herzen, weil ich Ihnen diese Farce einer Heirat nicht zumuten werde."

Eine ganze Weile sagte sie immer noch nichts. Als sie dann endlich den Kopf hob, wirkte sie geradezu kämpferisch.

Sie blickte ihm fest in die Augen. „Sind Sie fertig?"

„Ja, bin ich." Ihre Beherrschung irritierte ihn über alle Maßen.

Da stand sie auf und baute sich direkt vor ihm auf. „Dann bin ich jetzt an der Reihe. Setzen Sie sich, Mr. Greene, ich möchte Ihnen ein paar Dinge erklären."

Als sie mit ihrer kleinen Hand energisch Richtung Tisch zeigte, fragte er sich, ob ihr bewusst war, dass sie aussah wie David, als der es mit Goliath aufnahm. Und während er sich hinsetzte, hatte er das beunruhigende Gefühl, dass er, sobald sie mit ihm fertig war, genau wissen würde, wie Goliath zumute gewesen war.

Barbara wünschte, sie würde sich so zuversichtlich fühlen, wie sie sich anhörte. Sie wünschte, dieser attraktive und verärgerte Mann, der ihr da gegenübersaß, würde sie nicht einschüchtern können. Und sie hoffte, dass ihre Entschlossenheit, die Sache durchzuziehen, sie letztendlich zum Ziel führte.

Sie hatte gewusst, dass diese Aussprache kommen würde. Und auch, dass sie eher auf ihren Stolz pfeifen würde, als sich von ihm zur Rückkehr nach L. A. überreden zu lassen. Dieser ihr physisch weit überlegene, unglaublich starke Mann hatte eine große Schwäche, wie sie heute Morgen herausgefunden hatte. Abel Greene hatte Sehnsucht. Sowohl in körperlicher als auch in seelischer Hinsicht. Sein Verhalten Mark gegenüber hatte ihr gezeigt, dass er ein gutes

Gespür für andere Menschen hatte. Er verstand Mark. Und die kleine Szene in der Küche heute Morgen belegte, dass er bestens mit dem Jungen umzugehen wusste.

Aber die große Überraschung – und das Schlachtfeld, auf dem sie diesen Krieg letztlich gewinnen würde – war Abel Greenes körperliche Sehnsucht. So unglaublich es auch sein mochte, sie, die graue Maus, Barbara Jane Kincaid, hatte sein männliches Interesse geweckt. Sie hatte es schon gestern Abend an der Art und Weise gemerkt, wie er sie beobachtet hatte. Daran, wie er verdrießlich vor sich hin starrte, wenn er sich unbeobachtet glaubte. Sie hatte sich alle möglichen Gründe dafür überlegt, angefangen von Schock bis hin zu Ungeduld.

Doch erst heute Morgen, als sie bei der Umarmung in seinem Büro das leichte Zittern gespürt hatte, das seinen starken Körper erfasste, war ihr aufgegangen, was wirklich mit ihm los war. Sie hatte das heiße Verlangen in seinem Blick gesehen, sein wildes Herzklopfen gespürt, als er um Fassung rang. Und ihr war klar geworden, dass er mehr wollte, als sie nur in den Armen zu halten. Er wollte, was Männer seit Urzeiten von Frauen wollten. Und das mit aller Macht.

Sie hatte es kaum fassen können. Es schien einfach unmöglich. Männer wie Abel gerieten wegen einer Frau wie ihr normalerweise nicht in Wallung. Doch später beim Duschen, immer noch seinen sehnsüchtigen Gesichtsausdruck vor Augen, hatte sie die atemberaubende Wahrheit akzeptiert. Abel Greene begehrte sie.

Sie bildete sich keineswegs ein, sich plötzlich in eine Sirene verwandelt zu haben. Ein Blick in den Spiegel genügte. Sie hatte nicht das Zeug, um einen derart attraktiven Mann wie Abel Greene zu betören. Nein, seine körperliche Reaktion auf sie lag eher an den Umständen – um seinen Ausdruck zu benutzen.

Er lebte seit Langem allein. Seit fünf Jahren, wenn sie sich recht an das erinnerte, was J. D. Hazzard ihr über ihn erzählt hatte. Das war eine lange Zeit für einen so sinnlichen Mann wie Abel Greene, um ohne die Annehmlichkeiten auszukommen, die das Zusammensein mit einer Frau ihm bieten konnten.

Sie hielt sich nicht für jemanden, der sein Mäntelchen nach dem Wind hängt – aber sie würde es tun, wenn Mark dadurch am Leben blieb. Sie würde also Abel Greenes fünf Jahre Enthaltsamkeit zu ihrem Vorteil ausnutzen. Sex konnte eine starke Waffe sein. Sie hätte nie geglaubt, genügend Anziehungskraft zu besitzen, um sie als Kampfmittel einzusetzen. Bis heute Morgen. Seither dachte sie ununterbrochen darüber nach.

War es Greene gegenüber fair? Nein – doch sie war über den Punkt hinaus, sich über Fair Play Gedanken zu machen. Oder darüber, wozu ihr Handeln sie machte. Zu viel stand auf dem Spiel. Wenn nötig, würde sie ihn so lange bezirzen, bis er es nicht mehr aushielt. Und wenn er sie auf Knien anflehte, ihn zu erhören, würde sie ihm das Paradies auf Erden schenken – sobald er sie geheiratet hatte.

Ehe sie jedoch zu Sex als letztem Mittel griff, musste sie ihm einiges erklären. Dabei wollte sie es darauf anlegen, dass er ein schlechtes Gewissen bekam. Auch wenn sie ihn kaum kannte, so hoffte sie doch, ihn dadurch zum Einlenken zu bewegen.

„Sie mögen bei dieser Sache die freie Wahl gehabt haben", fing sie an, überrascht, dass ihre Stimme so resolut klang. „Tatsache ist, dass ich keine mehr habe. Mit der Beantwortung Ihrer Anzeige ging ich eine Verpflichtung ein. Für mich gibt es kein Zurück. Ich habe meinen Job gekündigt und alles verkauft, was ich besaß, um meine Schulden zu begleichen. Dann habe ich zwei Busfahrkarten besorgt, mein letztes Kleingeld für ein Frühstück gestern Morgen ausgegeben, und nun bin ich absolut pleite."

Sie hielt inne, damit er das alles verdauen konnte.

„Und warum habe ich meinen Job aufgegeben und mich finanziell verausgabt?", fuhr sie fort. „Ihretwegen. Weil Sie per Anzeige eine Braut suchten. Ich habe in gutem Glauben darauf geantwortet. Und jetzt will ich, dass Sie zu Ihren Verpflichtungen stehen." Sie hätte ihm noch mehr erzählen können, doch sie wollte ja nicht nur Worte einsetzen.

Ganz langsam ging sie auf ihn zu. Dabei hoffte sie, die leise Rapmusik im Hintergrund bedeutete, dass Mark mit seinem Radiorekorder noch auf der Empore war. Mit klopfendem Herzen blieb sie vor Abel stehen und schaute ihm so verführerisch sie nur konnte tief in die Augen. Sie wartete seine Reaktion nicht ab, fragte sich nicht, ob sie verrückt geworden sei, sondern ging sofort zum Angriff über.

Mit kalkulierten und, so hoffte sie inständig, sinnlichen Bewegungen setzte sie sich auf seinen Schoß.

Abel war so perplex, dass er Barbara nicht zu bremsen versuchte, sondern ihr instinktiv die Hände um die Taille legte, um sie zu stützen.

Unter Aufbietung ihres ganzen Mutes schlang sie ihm die Arme um den Nacken. „Damit kein Zweifel besteht", flüsterte sie, und trotz ihrer Unsicherheit klang es seltsamerweise wie ein verführerisches Raunen, „ich werde meinen Teil der Abmachung auf jeden Fall einhalten. Und zwar in jedem Punkt." Ohne den Blickkontakt zu unterbrechen, schmiegte sie sich an Abel. Herausfordernd presste sie ihre Brüste an seine Brust, damit er sich ihrer als Frau körperlich noch bewusster wurde.

Nie zuvor hatte sie den Vamp gespielt. Aber das hielt sie nicht davon ab, jetzt ihr Bestes zu geben. Langsam strich sie mit den Lippen über seine, reizte ihn spielerisch, um ihre Botschaft klar und deutlich zu machen.

„Ich will deine Frau sein, Abel Greene." Sacht knabberte sie an seiner Unterlippe in der Absicht, ihn zu mehr zu verführen. „In jeder Hinsicht."

Doch plötzlich begann ihr Herz schneller zu schlagen, und sie war wie berauscht von seinem ureigenen Geschmack. Sie spürte die Aura von Einsamkeit und Gefahr, die ihn umgab, spürte seine Sehnsucht und wusste, sie hatte einen Mann vor sich, der sich nur noch mit Mühe beherrschte.

Als er sich erwartungsvoll anspannte, vergaß sie, dass sie eigentlich einen Plan hatte. Behutsam fuhr sie mit der Zunge die Konturen seines Mundes nach.

„In jeder Hinsicht", wiederholte sie, erstaunt darüber, dass ihre Stimme ganz heiser klang, ohne dass sie das beabsichtigt hätte.

Als sie sich nun an ihn drückte, tat sie es aus Verlangen, nicht aus Kalkül. Und als er nicht zurückwich, war es Versuchung, nicht Berechnung, dass sie in sein dichtes kräftiges Haar griff. Erwartung, nicht Täuschung, aus der heraus sie ihren Kuss vertiefte.

Einen Mann zu verführen war absolut neu für sie. Dass Abel Greenes anfängliche Abwehr dahinschmolz und er ihr die Hände fester um die Taille legte, beflügelte sie da ungemein.

Plötzlich riss er sie in die Arme. Sie spürte seinen rasenden Herzschlag, als er den Mund unter ihren Lippen öffnete – womit er ihr den letzten klaren Gedanken raubte.

Sie hatte vorgehabt, ihn in Versuchung zu führen, ihn mit einem sinnlichen Versprechen zu locken. Ihr Plan hatte jedoch nicht vorgesehen, dass er mit einer solchen Leidenschaft reagierte. Sie war sich nicht sicher, aber vermutlich verlor sie im selben Moment wie er die

Kontrolle über sich. Es war, als hätten ihre Körper ihre eigene Sprache gefunden, um ihr fieberhaftes Begehren auszudrücken.

Ohne den Kuss zu unterbrechen, hob Abel sie hoch, spreizte ihre Beine und setzte sie rittlings wieder auf seinen Schoß. So besitzergreifend, dass es ihr den Atem nahm, umfasste er ihren Po und zog sie dicht an sich. Dann schob er die Hände unter ihren Pullover und begann sie zu streicheln.

Erregt sog sie den Atem ein, als er mit seinen kräftigen und doch so sanften Fingern über ihre Rippen zielstrebig zu ihren nackten Brüsten strich. Hingebungsvoll schmiegte sie sich seinen Händen entgegen, während ihr letzter Rest Vernunft von der explosiven Wucht seines Gefühlsausbruchs hinweggefegt wurde.

Er stöhnte auf, als sie sich aufreizend bewegte. Sie flüsterte keuchend seinen Namen, als er ungestüm mit Zähnen und Zunge ihren Hals zu liebkosen begann.

Im nächsten Moment zog er voller Ungeduld ihren Pullover hoch. Erwartungsvoll bog sie sich ihm entgegen, als er ihre Brüste mit dem Mund liebkosen wollte.

„Hilfe."

Dieser Ausruf hätte von ihr sein können. Denn der Himmel wusste, sie brauchte Hilfe. Sie hatte einen Kuss geplant, keine heißen atemberaubenden Zärtlichkeiten, die sie in einem Strudel wilder Lust direkt in den Abgrund wirbelten.

Aber der Ausruf kam nicht von ihr. Und er konnte auch nicht von Abel kommen, denn der war vollauf damit beschäftigt, ihre Brüste zu streicheln.

Wie aus weiter Ferne hörte sie eine Stimme rufen: „Ich glaube, ich brauche hier oben Hilfe."

Fluchend löste sich Abel von ihr, um in die Richtung zu lauschen, aus der der Hilferuf gekommen war.

Es war Mark.

„He … kann mich jemand hören? Ich glaube, Nashata bekommt ihre Jungen."

Frustriert ließ sich Barbara gegen Abels breite Brust fallen.

„Ich bin sofort da." Seine Stimme klang gepresst, und er atmete heftig.

Barbara war noch dabei, selbst zu Atem zu kommen, als Abel ihr mit den Fingern durch das kurze Haar fuhr. Dann bog er ihren Kopf zurück, um ihr in die Augen zu sehen zu können. Mit dem Handrücken strich er sacht ihren Kiefer entlang.

„Du spielst mit dem Feuer, kleiner Vogel." Zur Betonung zog er sie leicht an den Haaren. „Wenn du wieder mal spielen willst, täusch dich nicht – du wirst dir die Federn verbrennen. Und dann wird es uns beiden leidtun." Damit hob er sie von seinem Schoß, setzte sie unsanft auf den Küchentisch und rannte zur Empore.

„Oje", seufzte Barbara, während sie die Hände auf ihre glühenden Wangen legte.

Etwas Derartiges war ihr noch nie passiert. Sie war keine Jungfrau mehr, aber sie hatte das Gefühl, eben absolutes Neuland betreten zu haben. Mit sechsundzwanzig hatte sie genau zwei Liebhaber gehabt. Den einen hatte sie heiraten wollen, doch er hatte sie wegen einer anderen verlassen. Als sie sich an der Schulter eines Freundes ausweinte, war der mit ihr ins Bett gegangen, weil er ihr mit Sex über ihren Schmerz hinweghelfen wollte.

Letztendlich hatte auch das nicht richtig geklappt. Ebenso wenig wie ihr Plan, Abel Greene zu verführen – wenn auch aus einem völlig anderen Grund.

Keine ihrer beiden Beziehungen hatte ein solches Feuer in ihr entfacht wie eben Abel. Sex mit Steven war so öde gewesen wie Turnübungen in der Schule. Sex mit Brian süß und sanft, aber nie wirklich aufwühlend. Die eine kurze wilde Begegnung mit Abel Greene – eigentlich kaum mehr als ein Kuss – ließ keinen Zweifel daran, dass Sex mit diesem Mann total anders sein würde als alles, was sie bisher erlebt hatte.

„Oje." Seine morgendlichen Bartstoppeln hatten ein angenehmes Prickeln auf der zarten Haut ihrer Brüste hinterlassen. Sie strich mit den Fingern über ihren Mund, der von seinen Küssen leicht brannte. Und sie spürte, dass die pulsierende Hitze zwischen ihren Schenkeln selbst jetzt, nachdem er sie auf den Tisch gesetzt hatte, nicht nachließ.

„In einem hat er recht", murmelte sie. „Dieses Feuer ist sehr heiß."

Sie sprang vom Tisch, und sobald sie Haare und Kleidung gerichtet hatte, ging sie mit leicht zitternden Knien zur Empore.

Nur eine Närrin würde ihm folgen. Aber nur ein Feigling würde einer weiteren Auseinandersetzung ausweichen. Zudem brauchte sie eine Verbündete. Vielleicht würden Nashata und sie sich während der

Geburt anfreunden. Und vielleicht konnte sie die Zeit nutzen, um zu ergründen, wer eigentlich wen eben in Abel Greenes Küche untergekriegt hatte.

Der Verlauf einer Geburt kleiner Hunde war neu für Barbara. Sie fand es beängstigend, interessant und bewegend zugleich. Kurz, sie fand, es war ein Wunder. Nicht nur die vier munteren Welpen trieben ihr die Tränen in die Augen. Sondern auch, dass Mark einen Teil seines vorlauten, toughen Macho-Gehabes ablegte, das er wie Stacheldraht um den sensiblen, hilfsbereiten Jungen gelegt hatte, der er einmal gewesen war.

Sie hätte nicht sagen können, wann genau es passierte, aber Mark und Nashata wurden dicke Freunde. Und sie erlebte, wie der aggressive Teenager, der Mark geworden war, ein Stückchen zurück zu seinem entspannten Verhalten fand.

Inmitten dieser wundersamen Erfahrung und der dreistündigen Geburt, die Nashata durchstehen musste, legte sich der Schneesturm. Mark, der sich wie eine Hebamme rührend um Nashata und ihren Wurf kümmerte, merkte nichts von dem hellen Sonnenlicht, das auf einmal durch die hohen Fenster längs der Empore fiel.

Barbara schon. Sie bemerkte die plötzliche Windstille sofort. Ebenso, dass der Mann an ihrer Seite auffallend still geworden war. Und dass er den Blick von Nashata und ihren Jungen löste und über ihr Gesicht schweifen ließ.

Sie spürte ein angenehmes Prickeln überall dort, wo er sie geküsst hatte. Sie spürte seinen inneren Kampf. Er wollte unbedingt leugnen, dass sie ihn anzog, aber es gelang ihm nicht.

Sie fühlte sich so lebendig wie nie zuvor in ihrem Leben. Sie war sich jedes Atemzuges bewusst, des Hebens und Senkens ihrer Brüste unter ihrem Pullover, und der Zartheit ihrer Haut, der Empfindsamkeit ihrer Knospen. Und sie war sich bewusst, dass ihm nicht entging, was sein intensiver Blick bei ihr bewirkte.

Sie schloss kurz die Augen. Dann sah sie den Mann, der sich so dagegen wehrte, sie zu begehren, offen an. Durch die hohen Fenster fielen Sonnenstrahlen auf sie und ihn, während sie Seite an Seite neben Nashatas Lager knieten.

Abel sah im Sonnenlicht genauso gut aus wie in der Dämmerung und beim Schein des Kaminfeuers. Sein dunkles Haar schimmerte blauschwarz, seine dichten Wimpern schienen in zartes Gold getaucht.

Aber es waren sein Gesicht und die Sprenkel von Licht und Schatten, die über seine hohen Wangen und sein markantes Kinn tanzten, die den Charakter dieses Mannes zum Ausdruck brachten. Und seinen inneren Kampf.

Auch wenn ihr klar war, dass er sie noch nicht als seine zukünftige Frau akzeptiert hatte, fühlte sie tief im Innern, dass alles gut werden würde. Und sie hatte keine Angst mehr.

In den letzten drei Stunden hatte sie einiges über Abel Greene gelernt. Seine barsche Unnahbarkeit war reine Tarnung. Sein Gerede, sie zurückzuschicken, nichts weiter als Abwehr. Die Sanftheit, mit der er Nashata geholfen hatte, ihre Jungen zur Welt zu bringen, die Geduld Mark gegenüber, der das Ereignis mit nervöser Sorge verfolgt hatte, deuteten auf einen Charakter, wie eine Frau ihn sich bei einem Mann nur wünschen konnte. Es besagte auch, dass er nicht wirklich allein sein wollte. Er hatte so viel in eine Beziehung einzubringen. Er wusste es nur noch nicht.

Dass sie sich bisher kaum kannten, spielte keine Rolle. Ihre Eltern waren fast zwanzig Jahre verheiratet gewesen und hatten einander nicht wirklich gekannt, als sie sich trennten.

Das würde ihr nicht passieren. Sie würde Abel Greene kennenlernen. Sie war nicht so dumm zu glauben, dass sie sich ineinander verlieben würden. Sie würde sich damit zufriedengeben, wenn sie einander respektierten.

Zu Abel Greene zu kommen war die absolut richtige Entscheidung gewesen. Für sie beide. Und sie würde ihn nicht den Fehler machen lassen, sie zurückzuschicken, auch wenn er wild entschlossen dazu war.

„Ich glaube, ich muss mich noch mal bei dir bedanken." Barbara saß mit Abel am Küchentisch, nachdem sie Mark mit Nashata und ihren Jungen allein gelassen hatte.

Abel trank einen Schluck Kaffee.

„Du bist oben auf der Empore einfach wunderbar mit Mark umgegangen – hast ihm vertraut und ihm das Gefühl gegeben, dass du auf seine Hilfe bei der Geburt zählst."

„Ich war auf seine Hilfe angewiesen."

„Warst du nicht." Sie lächelte ihn an. „Und Nashata auch nicht. Trotzdem hast du Mark das Gefühl vermittelt, gebraucht zu werden.

Außer mir hat ihm noch nie jemand solches Vertrauen entgegengebracht."

Als Antwort darauf stand Abel auf und nahm seine Jacke von der Garderobe neben der Tür. „Falls du es noch nicht bemerkt hast, es hat aufgehört zu schneien. Sobald ich die Zufahrt geräumt habe, bringe ich euch zurück zum Busbahnhof."

Ihr Mut sank. Sie hatte gewusst, dass er nicht jetzt gleich seine Meinung ändern und sie bleiben lassen würde. Aber sie hatte gehofft, etwas mehr Zeit zu haben, um ihn zu überzeugen. Ein Blick aus dem Fenster gab ihr neue Hoffnung. „Da brauchst du aber eine ziemlich große Schippe, um diese Schneemassen wegzuräumen."

Er zog dicke Lederhandschuhe an. „Zufällig habe ich eine ziemlich große Schippe." Er nahm ein Schlüsselbund vom Schlüsselbrett. „Mit dem Schneepflug werde ich die Auffahrt in etwa einer Stunde geräumt haben. Vielleicht willst du die Zeit ja nutzen, um zu packen."

„Verflixt und zugenäht!", schimpfte sie, nachdem die Tür hinter ihm ins Schloss gefallen war. „Was wirst du jetzt tun, Barbara Kincaid?"

Wie sich herausstellte, brauchte sie nicht viel zu tun. Das Schicksal in Gestalt von Abels Freunden nahm ihr alles Weitere ab.

5. Kapitel

Als sie Motorenlärm hörte, kurz nachdem Abel hinausgegangen war, dachte Barbara, er habe inzwischen seinen Schneepflug gestartet. Dann merkte sie, dass das zunächst leise Geräusch immer lauter wurde.

Sie spähte durchs Küchenfenster – genau in dem Moment, als zwei schnittige schwarze Schneemobile über eine Anhöhe gefahren kamen und Kurs auf das Blockhaus nahmen.

Gleich darauf hielten sie vor Abels Hintertür.

Die beiden Fahrer wirkten genauso futuristisch wie ihre stromlinienförmigen Gefährte. In ihren schwarzen Stiefeln und Handschuhen, eng anliegenden schwarzen Anzügen und Helmen mit Visieren sahen sie aus wie Doubles von Darth Vader, die es in die Eiszeit verschlagen hatte. Der dramatische Auftritt der beiden wurde nur durch einen riesigen braunen Labrador geschmälert, der aus dem Beiwagen der größeren Maschine sprang.

Barbara sah zu, wie die beiden Fahrer abstiegen und knietief im Schnee versanken, während der Hund ausgelassen um sie herumsprang.

„Cool! Sieh dir diese Maschinen an!"

„Cool", wiederholte sie, als Mark, den der Motorenlärm anscheinend von der Empore gelockt hatte, neben sie ans Fenster trat.

„Wer ist denn das?"

Genauso fasziniert wie Mark folgte sie dem Paar, das vor der Küchentür auf Abel traf, mit dem Blick. Der größere der beiden, offenbar ein Mann und fast so groß wie Abel, reichte ihm die Hand. Der kleinere Fahrer, zweifellos eine Frau und gertenschlank, umarmte ihn.

„Das werden wir gleich erfahren", murmelte Barbara, gespannt auf die beiden Leute, die Abel ganz offensichtlich wichtig waren.

„Das ist sie", flüsterte Mark. Vor Bewunderung stand ihm der Mund halb offen, als er zusah, wie J.D. und Maggie Hazzard ihre Helme abnahmen und aus ihren Schutzanzügen stiegen, um es sich in Abels Küche bequem zu machen. „Das ist Maggie. *Die* Maggie!", wiederholte er hingerissen.

Die Brünette, deren Gesicht und Figur jeden Mann in den Bann schlugen und jede Frau von perfekter Schönheit träumen ließen, lächelte nur.

„Diese Wirkung hatte sie auf mich auch, als ich sie das erste Mal sah." Grinsend zeigte J. D. Hazzard ganz offen, wie verliebt er in seine berühmte Frau war, die sich erst kürzlich, auf dem Gipfel ihrer Model-Karriere, aus der Welt der Mode verabschiedet hatte, um sich hinter der Kamera zu versuchen. „Liebe macht eben blind, stimmt's, Kleines?"

„Taub auch", konterte Maggie ebenso herzlich, wie ihr Mann sie geneckt hatte. „Sonst wäre ich wohl kaum auf dein Süßholzgeraspel hereingefallen, Blue Hazzard."

Barbara war ebenso überwältigt wie Mark von Maggies Schönheit. Aber sie war nicht minder davon angetan, wie gut der blonde J. D. aussah und was für ein perfektes Paar sie abgaben. Das also waren die Hazzards, die als Bürgen in Abels Anzeige genannt waren. Beide hatten keinen Zweifel daran gelassen, dass sie große Stücke auf Abel Greene hielten.

„Ein bisschen riskant, bei diesem Schnee loszufahren, findet ihr nicht?" Das war das Erste, was Abel sagte, nachdem er die Hazzards ins Haus gebeten und alle einander in knappen Worten vorgestellt hatte.

„Keineswegs", antwortete J. D. „Du vergisst, dass wir mit dem Schneemobil nur zehn Minuten von uns bis zu dir brauchen. Als nach diesem Sturm endlich die Sonne herauskam, wollten wir uns auch ein wenig draußen tummeln."

„Und herumspionieren", ergänzte Maggie mit einem entschuldigenden Seitenblick auf Barbara.

Als J. D. ihr zuzwinkerte, musste Barbara unwillkürlich schmunzeln. „Also schön, wir haben gehört, dass du Besuch hast. Da war es doch unsere nachbarschaftliche Pflicht, ihn hier im Norden Minnesotas willkommen zu heißen."

„Neuigkeiten verbreiten sich wie ein Lauffeuer", brummte Abel, und es war allen klar, dass Scarlett Morgan dahintersteckte.

J. D. beachtete Abels finstere Miene gar nicht. „Freut mich, Sie persönlich kennenzulernen, Barbara."

Abel warf Barbara einen fragenden Blick zu. „Persönlich?"

„Ich habe vor ein paar Wochen mit den Hazzards telefoniert."

„Die Annonce, weißt du noch?", warf J. D. hilfreich ein. „Als ich sie aufgab, gab ich Maggie und mich als Bürgen an."

Wieder sah Abel zu Barbara.

„Na ja, völlig blind wollte ich nicht in diese Sache hineinstolpern", verteidigte sie sich.

Maggie mischte sich ein, und ihre sanfte Stimme half, die Spannung etwas zu lockern. „Wir finden es wunderbar, dass Sie hier sind, Barbara. Es tut uns nur leid, dass Sie mitten in diesem Schneesturm angekommen sind. Aber jetzt, da er vorbei ist, wird Abel Ihnen sicher umgehend zeigen, wie schön und aufregend Minnesota im Winter sein kann."

Barbara war versucht, ihnen zu sagen, dass Abel ihr eigentlich nur den Teil von Minnesota zeigen wollte, der im Rückspiegel eines nach Süden fahrenden Busses zu sehen war. Sie hätte es vielleicht sogar getan, wenn Nashata nicht in dem Moment erschienen wäre.

Maggie begrüßte die Wolfshündin mit liebevollem Tätscheln.

Hershey, der braune Labrador, der die ganze Zeit über neben der Tür gelegen hatte, kam auch auf Nashata zu. Die Hunde beschnupperten sich schwanzwedelnd.

„Sie hat heute Vormittag vier Junge bekommen", sagte Mark und wurde puterrot, als Maggie spontan seine Hand ergriff.

„Sie hat ihre Babys bekommen?", rief sie begeistert aus.

„Hershey, alter Junge!" J. D. strahlte übers ganze Gesicht, stolz wie ein Großvater. „Du bist Daddy geworden."

Nashata stupste Hershey an und ging Richtung Empore. Hershey folgte ihr. Wenn diese beiden grundverschiedenen Hunde zueinandergefunden haben, dachte Barbara, dann gibt es für mich und Abel wohl doch noch Hoffnung. *Egal, wie mürrisch er im Moment dreinschaut.*

„Können wir sie sehen?", fragte Maggie aufgeregt.

Mark schaute Abel erwartungsvoll an, und als der zustimmend nickte, erklärte er strahlend: „Kommen Sie! Ich zeig sie Ihnen!"

Abel war sich nicht sicher, wann er die Kontrolle über sein Leben verloren hatte. Er wusste nur, dass sie ihm, seit Barbara Kincaid auf der Bildfläche erschienen war, in rasantem Tempo entglitt. Seit J. D. und Maggie aufgekreuzt waren, kam er sich vor wie jemand, der eine Katastrophe auf sich zukommen sieht, ohne etwas dagegen tun zu können. Es wäre sinnlos gewesen, den beiden zu sagen, dass Barbara und ihr Bruder nicht bleiben würden. Sie hätten gar nicht zugehört, denn sie waren viel zu sehr damit beschäftigt, sich einzumischen und die Kuppler zu spielen.

Auf Maggies Drängen hin hatte Abel widerstrebend Scarlett und Casey angefunkt, um ihnen zu berichten, dass die Welpen da waren. Er hatte gewusst, wohin das führen würde.

So hatte er nun, zwei Stunden später, das Haus voller Gäste, die allesamt abwechselnd hoch entzückt über die kleinen Hunde waren oder ihm und Barbara schmunzelnd Blicke zuwarfen. Keiner machte auch nur Anstalten zu verbergen, dass seine Heirat mit Barbara sie ebenso begeistern würde wie ein Lottogewinn.

Und dann war da noch die Sitte, Essen mitzubringen. Ehe er sich's versah, fand in seiner Küche eine improvisierte Party statt. J. D. war mit seinem Schneemobil zurück nach Hause gefahren und hatte den halben Kühlschrank leer geräumt. Auf seinen deutlich sichtbaren Spuren hatten Scarlett und Casey dann nicht lange gebraucht, um mit ihren Leckereien vor seinem Blockhaus vorzufahren.

So saß er nun inmitten seiner Freunde, die es alle nur darauf abgesehen hatten, mehr über Barbara und Mark zu erfahren und Barbara dabei gleichzeitig Näheres über ihn zu berichten.

Inzwischen wusste er schon mehr über sie, als ihm lieb war. Zum Beispiel, dass sie als Buchhalterin für einen kleinen Papierlieferanten gearbeitet hatte und zur Abendschule gegangen war, um Betriebswirtschaft zu studieren. Und dass Mark Maschinen aller Art und Musik mochte.

Während er den gutmütigen Scherzen und dem herzlichen Geplauder zuhörte, mit dem Barbara und Mark und die anderen sich kennenlernten, ertappte er sich auf einmal dabei, dass er wünschte, diese Heirat würde tatsächlich zustande kommen.

Sofort verdrängte er diesen Wunsch wieder. Was J. D. und Maggie verband, war etwas Besonderes. Für ihn war so etwas unerreichbar. Schon vor vielen Jahren hatte er gelernt, dass der Umgang mit ihm schwierig war. Irgendjemand hatte ihm das immer wieder deutlich gemacht. Und er hatte alles darangesetzt, ihnen recht zu geben.

Die Hazzards und Scarlett akzeptierten ihn so, wie er war. Scarlett und Casey hatte er durch J. D. und Maggie kennengelernt. Scarlett, eine attraktive Frau mit rotblondem Haar, mühte sich, mit dem historischen Crimson-Falls-Hotel Erfolg zu haben. Das war nicht leicht für eine alleinstehende Frau. Nach einer gescheiterten Ehe hatte sie die Hoffnung auf das große Glück aufgegeben. Doch sie würde ausgesprochen wütend werden, wenn sie wüsste, dass auch er sich keine Chance zum Glücklichsein gab.

Wie zu erwarten nutzte sie nun die Gelegenheit, um das Thema zur Sprache zu bringen.

„Ich mag deine Barbara.“ Offenbar hatte sie es nicht eilig, den anderen ins Wohnzimmer an den Kamin zu folgen.

„Sie ist nicht meine Barbara.“

„Noch nicht. Aber sie kann es werden. Du brauchst nur das bestimmte Wörtchen zu sagen.“

Abel atmete tief durch. „Dazu wird es nicht kommen.“

„Oh, ich weiß – so wie ihr euch kennengelernt habt, nicht unbedingt der übliche Weg. Aber das heißt nicht, dass es nicht funktionieren könnte. Es ist so … romantisch“, ergänzte sie mit sehnsüchtigem Lächeln, während sie sich eine Haarsträhne zurück in ihren französischen Zopf steckte.

„Es ist der reinste Wahnsinn, und das weißt du auch.“

Scarlett schaute ihn forschend an. „Nein, das weiß ich nicht. Aber ich glaube, obwohl du es nicht zugeben willst, würdest du es gern wagen. Warum auch nicht? Denk bitte gründlich nach, ehe du diese Chance vergibst.“

Mit Blick ins Wohnzimmer fuhr sie fort: „Zudem sieht es ganz danach aus, dass Casey und Mark sich ineinander verknallt haben. Mein kleines Mädchen würde es dir nie verzeihen, wenn du Barbara und Mark nach Kalifornien zurückschicken würdest, ehe sie und Mark die Chance hatten, sich richtig zu streiten. Ich habe mitbekommen, dass sie sich für morgen verabredet haben. Casey will herüberkommen, um mit Mark Schneemobil zu fahren, sobald sie genug mit den Welpen gespielt hat. Also, mein Freund, überleg es dir gut.“

Damit ging Scarlett hinaus und überließ es Abel, in der Küche seinen Gedanken nachzuhängen oder sich zu den anderen am Kamin zu gesellen.

Er entschied sich für die Küche, obwohl sein Blick immer wieder wie magisch angezogen zu Barbara hinüberwanderte. Der Schein des Kaminfeuers brachte ihr Haar zum Schimmern. Ihr Lächeln war offen, und sie schien die Herzlichkeit, die seine Freunde ihr entgegenbrachten, zu genießen.

Er wehrte sich dagegen, aber er musste sich eingestehen, dass er sie gern dort drüben sah, in seinem Zuhause. Es gefiel ihm, wie ihre Augen strahlten, wenn sie lachte. Dass sie kaum merklich den Atem anhielt, wenn sie Richtung Küche blickte und gewahr wurde, dass er sie beobachtete.

Und die Erinnerung daran, wie sie sich mit ihrem schlanken Körper verführerisch an ihn geschmiegt hatte, gefiel ihm nicht nur ungemein, sondern brachte sein Blut sofort wieder in Wallung.

Er biss die Zähne zusammen. Diese verflixte Frau brachte viel zu viele Saiten in ihm zum Klingen und förderte viel zu viele Schwächen zutage.

„So, nun sind wir unter uns", meinte J.D., nachdem er und Abel die Frauen im Wohnzimmer zurückgelassen hatten und Mark und Casey auf die Empore zu den Welpen gegangen waren. „Läuft alles gut?"

Abel schloss seine Bürotür hinter ihnen. „Da läuft rein gar nichts."

J.D. lehnte sich gegen Abels Zeichentisch. „Genau. Und als Nächstes erklärst du mir, dass du sie nicht attraktiv findest."

„Das spielt doch überhaupt keine Rolle."

J.D. tat erstaunt, sagte jedoch nichts.

„Hör auf, mich anzustarren, Hazzard. Ich schick sie nach L.A. zurück."

Daraufhin betrachtete J.D. eingehend die Sodadose, die er in Händen hielt. „Weiß sie das?"

„Ja. Sie will es nur nicht akzeptieren."

„Damit hab ich auch ein paar Schwierigkeiten. Wo liegt denn das Problem?"

Abel warf ihm einen bösen Blick zu.

„Okay." Beschwichtigend hob J.D. die Hand. „Zugegeben, per Anzeige eine Braut zu suchen, ist nicht gerade die Art, eine Beziehung anzufangen. Und ehrlich gesagt, wenn du und ich seinerzeit nicht so beschwipst gewesen wären, hätte ich dich bestimmt nicht dazu überredet." Er grinste. „Aber es ist passiert. Sie ist hier, und sie scheint nett zu sein. Warum gibst du dir da nicht wenigstens die Chance, sie kennenzulernen?"

Abel ging zum Fenster hinüber. Genau diese Frage stellte er sich auch immer wieder, seit Barbara ihm in der Küche ins Gewissen geredet hatte – um ihn anschließend so heiß zu küssen, als wollte sie die Versuchung neu erfinden.

„Du willst es", beharrte J. D. „Sie will es offensichtlich auch. Warum sträubst du dich also dagegen?"

„Selbst wenn ich es wollte, kann ich sie nicht bitten zu bleiben. Nicht jetzt."

„Nicht jetzt? Was heißt das?"

J. D. kannte ihn gut genug, um abzuwarten, bis Abel sich entschlossen hatte zu reden.

„Ich habe ein Problem beim Holzeinschlag", erklärte Abel schließlich und wandte sich wieder J. D. zu.

Der war ernst geworden. „Was für ein Problem?"

Daraufhin erzählte Abel ihm in knappen Worten von dem Feuer, dem Maschinenschaden davor und von seinem Verdacht, dass beide Vorfälle keine Zufälle gewesen waren.

„Wen verdächtigst du?"

Dass J. D. ihm sofort glaubte, war noch ein Grund dafür, dass Abel diese Freundschaft so viel bedeutete. Sein Leben lang hatte er seine Existenz und die Motive für sein Tun ständig rechtfertigen müssen. J. D. dagegen akzeptierte seine Erklärung, ohne sie zu hinterfragen.

„Ich kann nichts beweisen. Aber ich habe Grunewald in Verdacht." Das war der Inhaber von Grunewald-Castelle, der größten Papierfabrik im Bundesstaat.

„Warum gerade Grunewald?"

„Er will mein Land."

J. D. schnaubte verächtlich. „Ihm gehören drei Viertel der Nutzholzbestände im Bundesstaat. Warum sollte er da deinen Wald wollen? Du hast wie viel – ein paar hundert Morgen? Zugegeben, es sind erstklassige Holzbestände, aber verglichen mit Grunewalds riesigen Wäldern sind deine doch Peanuts."

„Er will meine Wälder nicht für seine Geschäfte, sondern um mich loszuwerden."

„Wieso?" Wieder drückte J. D. mit seiner Frage keinen Zweifel aus, sondern nur sein Interesse.

Unbewusst berührte Abel die Narbe, die über seine eine Gesichtshälfte verlief. „Wir hatten mal Streit. Vor Jahren. Als ich noch ein unvernünftiger Teenager war", sagte er, und seine Gedanken wanderten zurück zu jener Zeit, als er vor Stolz fast geplatzt war, sodass jeder versucht gewesen war, ihm einen Dämpfer zu verpassen. „Das trägt er mir immer noch nach."

„Deine Narbe verdankst du Grunewald?", fragte J.D. geschockt. „Wir dachten immer, die würde von einem Kampf mit einem Bären stammen."

„Nein. Das waren Grunewald und einige seiner Kumpel."

„Er hat dich mit dem Messer angegriffen?"

Abel nickte. „Er wollte mir eine Lektion erteilen. Mich auf meinen Platz verweisen."

„Damit ich dich richtig verstehe. Er hat dich verletzt, und da nimmst du an, er sei schlecht auf dich zu sprechen?"

„Oh ja, das ist er." Abel nahm einen Briefbeschwerer aus Glas in die Hand.

„Wieso hab ich das Gefühl, dass dabei eine Frau im Spiel gewesen sein könnte?"

Kaum merklich verzog Abel den Mund. Geistesabwesend stellte er den Briefbeschwerer zurück. „Ich war achtzehn. Der ‚Bastard', mit dem man keinen Umgang hatte. Und ich überschritt eine Grenze, als ich einem ‚respektablen' jungen Mädchen erlaubte, sich mit mir zu amüsieren."

„Lass mich raten. Grunewald betrachtete sie als sein Eigentum."

„Und jetzt betrachtet er sie als seine Frau", erwiderte Abel mit zynischem Grinsen.

„Das alles ist lange her."

„Stimmt ... wenn sie nicht wieder dort hätte anfangen wollen, wo sie aufgehört hatte, als ich an den See zurückkehrte." Abel erinnerte sich genau an jenen Abend, als Trisha Grunewald zu seinem Blockhaus gekommen war. Es hatte kein Zweifel bestanden, dass sie getrunken hatte und ihn hatte verführen wollen.

„Und Grunewald hat es herausgefunden."

Ruhelos ging Abel ans Fenster zurück. „Da gab es nichts herauszufinden, es sei denn, dass ich sie strikt abgewiesen habe."

„Warum ist er dann ...?" J.D. begriff. „Ich glaube, ich hab's kapiert. Eine verschmähte Frau und so weiter."

„Das nehme ich auch an. Sie war ziemlich wütend, als sie von hier wegging, und drohte, sie würde es mir heimzahlen. Das ist einige Jahre her, aber vermutlich hat sie Grunewald seitdem bearbeitet. Und schließlich hat er beschlossen, da er mich nicht aufkaufen kann, mich gewaltsam zu vertreiben."

„Er hat versucht, dich aufzukaufen?"

„Mehrmals. Genau wie er alle anderen auch aufgekauft hat." Abel hielt inne, während J. D. sein Mineralwasser austrank.

„Das ganze Land hier gehörte einst den Chippewa", fuhr Abel fort. „Als ein Franzose aus Quebec meine Ururgroßmutter heiratete, kaufte er ihr dieses Stück Wald als Hochzeitsgeschenk, damit ihr ihr Zuhause immer sicher war. Sie vererbte es später mit der Auflage, dass es immer in der Familie bleiben sollte. Meine Mutter respektierte diesen Wunsch." Was Abel nicht eingestand, war, dass ihre Entschlossenheit, den Wald an ihn, ihren Sohn, zu vererben, sie vermutlich das Leben gekostet hatte.

„Grunewald wird dieses Land hier niemals bekommen", stellte er klar.

„Was willst du also tun?"

„Nichts. Vorläufig. Bisher war der Schaden nicht allzu groß. Ich werde erst mal abwarten. Entweder wird Grunewald dieses Spielchens müde, oder er greift zu drastischeren Mitteln. Dann werde ich ihn zur Rede stellen."

„Wir werden ihn zur Rede stellen", korrigierte J. D.

„Die Sache könnte richtig gemein werden."

„Das ist sie bereits."

Abel betonte nicht extra, wie dankbar er seinem Freund für die Unterstützung war. Er wusste, dass er das nicht brauchte. „Und genau deshalb kann Barbara nicht bleiben. Selbst wenn ich es wollte, ich will nicht, dass sie oder der Junge zwischen die Fronten geraten."

J. D. dachte eine Weile nach. „Es ist gut möglich, dass Grunewald auch vor Gewalt nicht zurückschrecken würde. Ich habe schon von seinen rücksichtslosen Methoden gehört, um zu bekommen, was er will. Aber ich glaube, du unterschätzt Barbara. Eine Frau, die alles aufgibt, um einen Unbekannten zu heiraten, macht auf mich den Eindruck, als könnte sie sich sehr wohl behaupten. Zudem liegt Grunewald mit dir im Streit, nicht mit ihr."

Genau das hatte Abel sich auch schon gesagt.

„Und ich kenne dich", fuhr J. D. fort. „Du würdest Grunewald nicht an sie oder ihren Bruder heranlassen."

Das stimmte. Er verteidigte alles und jeden, der zu ihm gehörte.

Dieser Gedanke erschreckte Abel. Barbara Kincaid gehört nicht zu dir, berichtigte er sich. *Egal, wie sehr alle anderen das wollen.*

Nachdem es leise geklopft hatte, steckte Maggie den Kopf durch die Tür. „Feiert ihr hier eure Privatparty?"

Grinsend zog J. D. sie an sich, als sie eintrat. „Reine Männersache. Du würdest das nicht verstehen."

Daraufhin bestand Maggie darauf, dass sie nun an der Reihe sei, mit Abel unter vier Augen zu reden.

Sobald J. D. gegangen war, sagte Abel ahnungsvoll: „Bekomme ich jetzt etwa noch eine Lektion darüber, dass ich meine Chance auf Glück nicht leichtfertig verspielen soll?"

Maggie lächelte. „Wir setzen dir ganz schön zu, hm?"

Er brummte missmutig.

„Das liegt daran, dass du uns nicht gleichgültig bist. Und ab sofort sind uns auch Barbara und Mark nicht gleichgültig."

Er wandte ihr den Rücken zu, um ihr zu signalisieren, dass er sich auf keinen Fall von seinem Entschluss abbringen lassen wollte.

„Ich will dich nicht drängen, Abel. Ich bitte dich nur, dir alles gut zu überlegen. Ich selbst hätte nie geglaubt, mit Blue so glücklich werden zu können. Jetzt kann ich mir ein Leben ohne ihn gar nicht mehr vorstellen." Maggie trat hinter ihn und legte ihm eine Hand auf die Schulter. „Tu nichts, was du später bereuen könntest."

Damit ließ sie ihn allein.

„Alles in allem", sagte Barbara zu sich selbst, „war es ein ganz netter Tag."

Ha! Ebenso gut könnte sie behaupten, die Concorde sei ein normales Linienflugzeug oder Abel Greene bloß irgendein Mann.

Sie stand am Küchenfenster und wartete darauf, dass er und Mark mit dem Schneemobil nach Hause kamen. Nach Hause. Sie trat vom Fenster zurück. Sie sollte vorsichtiger sein. Sie war noch keine vierundzwanzig Stunden hier – wenn auch ereignisreiche vierundzwanzig Stunden –, und schon betrachtete sie dieses Blockhaus als Zuhause.

Leise ging sie die Treppe zur Empore hinauf, um nach Nashata und ihren Jungen zu sehen.

Die Sonne stand inzwischen tief am Himmel. Fast zwei Stunden waren vergangen, seit die Hazzards mit Hershey zu ihrem Blockhaus zurückgefahren waren, das, wie sie jetzt wusste, nur ein paar Meilen das Seeufer hinauf lag. Fast zwei Stunden, seit Abel und Mark mit dem Schneemobil losgefahren waren, um Scarlett und Casey zum Hotel zu begleiten, das tief in den nördlichen Wäldern versteckt lag.

Abel hatte ihr gesagt, er wolle die beiden nach Hause bringen, damit er sich keine Sorgen um sie zu machen brauche.

„Wahrscheinlich wollte er bloß eine Weile von mir weg. Was meinst du, Nashata?"

Nashata. Sie hatte gehört, wie Abel Mark erklärte, dass das „kleiner Häuptling" bedeute und er die Wolfshündin so genannt habe, weil sie sich, nachdem er sie neben ihrer von Wilderern getöteten Mutter gefunden hatte, mutig gegen ihn gewehrt hatte, obwohl sie ausgehungert und verängstigt gewesen war.

„Er hat sich prima um dich gekümmert, hm, mein Mädchen?" Sacht strich sie Nashata über das dichte graue Fell. „Meinst du, wir könnten ihn überreden, dass er sich auch um mich kümmert?"

Der Gedanke kam aus dem Nichts. Dabei hatte sie immer auf eigenen Füßen gestanden. Trotzdem wäre es schön zu wissen, dass ein einziges Mal, falls sie stolperte oder etwas brauchte, jemand wie Abel da wäre, um ihr beizustehen. Abrupt riss sie sich von solchen Gedanken los. Selbstmitleid war ein Luxus, den sie sich nicht leisten konnte.

Es war fast dunkel, als Barbara nach unten in die Küche ging, um heiße Schokolade zu machen. Gerade als sie sie vom Herd nahm, kam Mark mit vor Kälte roten Wangen ins Haus gestürzt.

„Mann, oh, Mann, war das eine Fahrt! Dieses Schneemobil ist einfach super! Das Ding hätte fast abgehoben!"

„Auch dir einen schönen Abend." Schmunzelnd nahm Barbara Becher aus dem Schrank.

Schnell begrüßte Mark seine Schwester und berichtete dann weiter. Er merkte gar nicht, dass er vor Begeisterung nur so sprühte, während er seine Jacke auszog und die Mütze und Handschuhe, die Abel ihm geliehen hatte.

„Und du hättest dieses alte Hotel sehen sollen, in dem Casey und ihre Mom wohnen. Es ist irgendwie cool. Bestimmt hundert Jahre alt. Die Dielen sind alle wellig, und überall hängen tolle alte Bilder. Es gibt sogar einen Geist. Ehrlich. Jetzt muss ich aber schnell mal nach Nashata schauen."

Und schon war Mark verschwunden.

Er sah nicht die Tränen, die Barbara in die Augen traten. Wusste nicht, dass sie in den letzten vierundzwanzig Stunden mehr von dem Jungen, den sie liebte, gesehen hatte, als in den letzten zwei Jahren. Er ahnte nicht einmal, dass sie vor Freude darüber weinte, dass er seine kindliche Unschuld wiedergefunden hatte.

Und Abel, der ein paar Minuten später in die Küche kam, ahnte ebenso wenig, dass sie das Gefühl hatte, tief in seiner Schuld zu stehen, weil er ihr ihren Bruder zurückgegeben hatte.

6. Kapitel

Abel wollte gar nicht wissen, warum Barbara weinte, obwohl er annahm, es hatte mit Mark zu tun. Er wollte nichts weiter über sie erfahren. Vielmehr wollte er, dass dieses ungewohnte Ziehen tief in seinem Inneren, sobald er sie nur ansah, aufhörte. Und er wollte, dass die verrückte Idee, vielleicht doch eine Zukunft mit Barbara Kincaid zu haben, aus seinen Gedanken verschwand. Er wollte, dass die beiden wegfuhren, ehe er noch weiter in die Sache hineingeriet.

Sie wären auch längst weg, wenn seine Freunde am Nachmittag nicht spontan eine Party arrangiert hätten. Jetzt war es zu spät, um die Auffahrt zu räumen. Was bedeutete, dass sie noch eine Nacht bleiben mussten – aber nicht, dass ihm das auch gefallen musste.

Die unangenehme Wahrheit war jedoch, dass es ihm durchaus gefallen könnte. Viel zu sehr sogar. Genau wie die Chance auf Glück, über die nachzudenken ihn seine Freunde gebeten hatten, ihm viel zu verlockend erschien.

Barbara setzte sich ihm gegenüber an den Kamin und reichte ihm einen Becher heiße Schokolade. „Maggie hat mir erzählt, dass du das Blockhaus selbst gebaut hast."

Er antwortete mit Schweigen.

„Sie sagte, dass du dir damit deinen Lebensunterhalt verdienst. Mit Häuserbauen."

„Ich baue nur Blockhäuser", stellte Abel klar. Weil das so barsch geklungen hatte, zwang er sich zu etwas mehr Freundlichkeit. „Und ja, es ist eine Einnahmequelle." War aber nicht seine einzige. Ein größeres Einkommen hatte er durch die Zinsen auf das Kopfgeld, das er in seinen Jahren als Söldner im Kampf gegen Drogen verdient hatte.

Er fragte sich, was Barbara Kincaid wohl denken würde, wenn sie über die dunklen Seiten seiner Vergangenheit Bescheid wüsste. Einen Moment lang war er versucht, ihr davon zu erzählen, um sie abzuschrecken. Im nächsten Moment überlegte er es sich anders – aus Furcht, es würde wirken.

Im Stillen schimpfte er sich einen Idioten. Unentschlossenheit war sonst nicht seine Art. Genauso wenig wie dummes Zeug zu reden. Doch beides schien ihm zur Gewohnheit zu werden, seit er Barbara im Schnee gefunden hatte.

„Du hast nicht viel zu sagen, oder?"

Obwohl ihre Bemerkung nicht bissig geklungen hatte, erwiderte er, frustriert, wie er war, unfreundlich: „In deiner Gegenwart brauche ich das allem Anschein nach auch nicht."

Lächelnd überging sie seine Spitze. „Du bist nicht der Erste, der darauf anspielt, dass ich manchmal zu viel rede."

Und nicht zum ersten Mal fand er ihr Lächeln betörend – und reagierte deswegen mit einer Dummheit. „Wenn du schon mal beim Reden bist, warum erzählst du mir nicht die volle Wahrheit?"

Er hatte keine Ahnung, warum er diese Tür aufstieß. Der Gedanke, etwas Unangenehmes zu hören zu bekommen, behagte ihm nämlich absolut nicht. Doch plötzlich war er wirklich interessiert.

„Warum bist du hergekommen? Ich verstehe das nicht. Du bist eine junge, attraktive Frau und brauchst doch keine Heiratsanzeige, um einen Mann zu finden. Also, warum? Warum hast du alles, was dir vertraut war, aufgegeben, um dich in ein Abenteuer voller Unbekannten zu stürzen?"

Sie schwieg, als wäge sie die Konsequenzen ab, wenn sie sich ihm anvertrauen würde.

„Du wirst doch nicht etwa kneifen, Grünauge. Und erzähl mir bitte nicht, du seist ein kalifornischer Freigeist und nur deinem Karma gefolgt oder dergleichen. Sag mir die Wahrheit. Du bist hier, weil du vor irgendetwas weggelaufen bist, stimmt's?" Ihre Miene verriet ihm, dass er den Nagel auf den Kopf getroffen hatte. „Ich habe ein Recht darauf, zu erfahren, was dahintersteckt."

Schuldbewusst wich sie seinem Blick aus. Dann gab sie sich einen Ruck. „Du hast recht. Du hast ein Recht darauf, es zu erfahren."

Barbara atmete tief durch und begann zu erzählen. „Meine Eltern würden nicht gerade die Eltern des Jahres werden." Nervös strich sie mit dem Daumen über den Rand ihres Bechers. „Ich war der Grund, warum sie heirateten. Mark der Grund, warum sie zusammenblieben. Dazwischen stritten sie entweder erbittert oder schwiegen sich endlos an."

Sie hielt für einen Moment inne, weil sie in Gedanken einige dieser Szenen noch einmal erlebte. „Ich kam besser mit diesem Familienleben zurecht als Mark. Ich weiß auch nicht, warum. Und erst recht nicht, warum sie all die Jahre zusammenblieben."

Abel drängte sie nicht. Er hörte einfach nur zu und war sich dabei im Klaren, dass sie mit ihrer Geschichte erreichen würde, dass sie und ihr Bruder ihm noch ein wenig mehr bedeuteten.

„Ich war schon von zu Hause ausgezogen, als sie sich vor fünf Jahren trennten. Ich war einundzwanzig und schaffte es gerade so eben, auf eigenen Füßen zu stehen", erklärte sie mit einem grimmigen Lächeln. „Mark war erst zehn. Die Scheidung traf ihn hart."

Barbara lächelte erneut, diesmal jedoch ziemlich traurig. „Ist es nicht schrecklich, was Kinder durchstehen müssen, wenn ihre Eltern sie im Stich lassen?" Sie starrte ins Leere. „Ja, ich weiß. Was Mark passierte, passierte auch schon Tausenden von anderen Kindern bei der Trennung ihrer Eltern. Aber eine Kleinigkeit hat es für ihn besonders schwer gemacht. Die meisten Eltern streiten sich um das Sorgerecht. Das taten unsere nicht. Mit der Scheidung kam die große Freiheit, und die genossen sie in vollen Zügen. Keiner von beiden wollte sich dabei von Mark bremsen lassen."

Die Wut war ihr inzwischen deutlich anzumerken. „Schlimm genug, dass sie ihn nicht haben wollten. Sie mussten es ihm auch noch zu verstehen geben. Vor zwei Jahren, als ich merkte, wie sehr ihm das zusetzte, nahm ich ihn zu mir. Nur, ich hatte zu lange damit gewartet."

Weil Abel ihr immer noch aufmerksam zuhörte, erzählte sie weiter.

„Er war in die denkbar schlechteste Gesellschaft geraten und kam mit dem Gesetz in Konflikt. Zunächst waren es Bagatellfälle, aber trotzdem gefährlich, wenn man bedachte, was er vielleicht als Nächstes tun würde – oder was er vielleicht schon tat und wobei er nur nicht erwischt wurde."

Wieder senkte Barbara den Blick auf ihren Becher, und wieder fuhr sie nervös mit dem Finger über den Rand. „Ich hätte Mark früher aus dieser schwierigen Situation herausholen sollen. Denn jedes Mal, wenn unsere Eltern ihn hin und her schoben, verlor er dabei etwas mehr Selbstachtung. Hätte ich früher eingegriffen, wäre er vielleicht nicht auf die schiefe Bahn geraten."

Tief aufseufzend ließ sie den Kopf gegen die Sofalehne fallen und starrte an die Decke. Abel konnte regelrecht spüren, dass Schuld und Bedauern sie schwer belasteten. Als sie nun seinen Blick suchte, wich er ihr nicht aus.

„Eines Nachts kam er nach Hause und trug die Farben einer Straßengang. Da wusste ich, die Gosse mit ihren Gangs und ihrer Gewalt hatte ihn vereinnahmt. Und als er dann kurz darauf übel zugerichtet heimkam und sich brüstete, er sei jetzt erwachsen, weil eine rivalisierende Gang ihm den Tod geschworen habe, da begriff ich, dass ich ihn wegbringen musste. In L. A. war er gebrandmarkt. Und es war nur eine Frage der Zeit, bis sie ihn umbrachten."

Ohne den Blickkontakt zu Abel zu unterbrechen, fuhr Barbara fort: „Damals stieß ich auf deine Anzeige. Es war in meiner Mittagspause, und eine Kollegin scherzte darüber, zu welchen extremen Schritten Leute bereit seien, nur um zu einer Gruppe zu gehören."

Weil ihre Offenheit ihm unangenehm zu werden begann, stand Abel auf und legte Holz im Kamin nach.

„Ich lachte auch. Zunächst. Aber ich hatte das Problem mit Mark noch nicht gelöst. Jeden Tag hatte ich Angst, dass es sein letzter sein könnte. Er musste raus aus L. A., doch wir konnten nicht einfach wegziehen. Dazu fehlte mir das Geld. Zu unseren Eltern zurück konnte er auch nicht. Nach allem, was sie ihm angetan hatten, wäre er sofort weggelaufen. Und ich hatte mir selbst und Mark gelobt, dass ich immer für ihn da sein würde."

Aus den Augenwinkeln sah er, dass sie sich tiefer in die Sofakissen kuschelte, wandte sich aber nicht zu ihr um.

„Ich musste immer wieder an deine Anzeige denken. Etwas in mir sträubte sich gegen die Idee, darauf zu antworten. Doch als sich keine andere Lösung finden wollte, sah ich zunehmend einen gangbaren Weg darin. Du botest Sicherheit, Schutz, Abgeschiedenheit. Und dann ereignete sich etwas, was mir die Entscheidung abnahm."

Weil Barbara das so trostlos gesagt hatte, drehte Abel sich nun zu ihr.

„Ein Junge wurde erschossen. Vierzehn Jahre war er alt. Vor unserem Apartmenthaus. Ein Junge, der Mark sehr ähnlich sah – die Kugel hatte mit Sicherheit Mark gegolten. Am nächsten Tag antwortete ich auf deine Annonce."

Kopfschüttelnd schloss Barbara die Augen und schluckte. Dann suchte sie wieder Abels Blick. „Hatte ich Angst? Ja. Die haarsträubende Vorstellung, einen Wildfremden zu heiraten, versetzte mich geradezu in Panik. Wenn ich es jedoch nicht tat, würde ich meinen Bruder verlieren. Und das machte mir genauso wahnsinnige Angst."

Er konnte den Blick nicht von ihr lösen.

„Frag mich, ob ich jetzt auch noch Angst habe, Abel."

Ihre Stimme bannte ihn ebenso sehr wie ihre Augen.

„Frag mich", fuhr sie leise fort, „ob sich meine Verzweiflungstat ausgezahlt hat, nachdem ich dich mit meinem Bruder erlebt habe, nachdem ich erlebt habe, wie du den unschuldigen Jungen in ihm wieder zum Leben erweckt hast, und nachdem ich nun weiß, dass er hier in Sicherheit ist."

Schweigend stützte Abel sich auf den Kaminsims.

„Ich habe keine Angst mehr. Ich bin nicht mehr verzweifelt, sondern zuversichtlich, dass es hier ein Zuhause für Mark gibt – und für mich auch. Du hast mir einen Ausweg geboten, Abel. Und wenn du mir nun die Chance gibst, werde ich alles daransetzen, damit unsere Abmachung funktioniert."

Das klang so überzeugt, dass es ihm das Herz zusammenzog. Er sollte unbedingt etwas sagen. Sie warnen, dass sie vom Regen in die Traufe geriet, wenn sie ihre Hoffung auf jemanden wie ihn setzte. Aber er sagte nichts. Er konnte es nicht. Vielmehr wollte er erst einmal über das, was sie ihm da alles erzählt hatte, nachdenken. Er wollte das Vertrauen annehmen, das sie ihm entgegengebrachte.

Und vor allem wollte er seinen Namen, so, wie sie ihn mehrmals ausgesprochen hatte, innerlich nachklingen lassen. Der Klang hüllte ihn ein wie Samt und Seide. Führte ihn in Versuchung, sie doch bleiben zu lassen.

Plötzlich kam ihm das weiträumige Blockhaus viel zu klein vor. All die Gefühle, die auf ihn einstürzten, schienen ihm die Luft zum Atmen zu nehmen.

Wortlos holte er seine Jacke und ging hinaus. Er fütterte die Pferde und blieb noch lange im Stall. Er dachte über ihre Ehrlichkeit nach, fühlte sich durch ihren Mut beschämt. Verdammte ihre Offenheit – und seinen Wunsch, sich ihr gegenüber anständig zu benehmen.

Er fühlte sich bedrängt. Sie verlangte zu viel. Sie wollte ihm ihr Vertrauen schenken. Vertrauen, das er nicht verdient hatte.

Fast wünschte er, sie hätte versucht, ihn zu belügen – hätte ihm irgendeine sentimentale Story erzählt, warum er sie aufnehmen sollte. Dann hätte er kein Problem damit gehabt, Nein zu sagen. Doch da er die meiste Zeit seines Lebens mit Lug und Betrug zu tun gehabt hatte, erkannte er instinktiv, wenn etwas wahr war.

Sie hatte ihn nicht ihretwegen gebeten. Sondern wegen Mark. Seine eigenen Motive für die Anzeige verblassten im Vergleich zu ihren. Bei ihm waren es zu viel Whiskey und Selbstmitleid gewesen. Bei ihr war es eine Frage von Leben und Tod.

Er bezweifelte nicht eine Sekunde, dass der Junge in L. A. in Gefahr war. Aus seinen Jahren als Undercover-Polizist wusste er, dass Mark so gut wie tot war, wenn eine Gang ihn zur Zielscheibe erklärt hatte.

Es ging nicht länger darum, was er für sich ersehnte. Es ging um Leben und Tod. Doch während er Barbara zugehört und den ganzen Ernst ihrer Lage erfasst hatte, war ihm trotzdem immer wieder ein egoistischer Gedanke durch den Kopf geschossen. *Das ist deine Chance, deinem Leben eine Wende zum Guten zu geben.*

Als Abel eine Stunde später wieder ins Haus kam, hörte er von der Empore fröhliches Gelächter.

Das hatte es viel zu lange in diesem Haus nicht gegeben – in diesem Haus, das groß genug für eine ganze Familie gewesen wäre, in dem aber meistens nur Stille geherrscht hatte.

Er sah sich in der Küche um, im Wohnbereich, dachte an sein leeres Doppelbett und daran, wie sehr er die Wärme einer Frau vermisste. Zum ersten Mal stellte er sich vor, jeden Tag, wenn er das Haus betrat, fröhliche Stimmen zu hören – in den Nächten etwas anderes zu erleben als Einsamkeit und Stille.

Und schließlich stellte er sich mit klopfendem Herzen die Katastrophe vor, die Barbara anrichten konnte, wenn er sie Teil seines Lebens werden ließ und sie dann eines Tages beschloss wegzugehen.

Verschlafen sah Barbara über den Rand ihrer Kaffeetasse hinweg in Abels mürrisches Gesicht.

Bei seinem unfreundlichen Blick hätte sie nicht wohlig erschauern sollen. Aber genau das tat sie. Ihr wurde heiß und heißer, denn Abel ließ sie an zerwühlte Laken und ungestüme Liebesnächte denken. An knisternde Feuer und erhitzte Haut. An erregtes Stöhnen und fieberhafte Leidenschaft.

Und er ließ sie wünschen, sie könne wieder an die Hoffnungen und Träume glauben, die sie längst aufgegeben hatte.

Schuldbewusst wandte sie sich ab. Hier ging es nicht um sie. Es ging um Mark.

Seit gestern Abend wusste Abel nun über alles Bescheid. Sie wünschte nur, sie wüsste, was er zu tun gedachte.

Am Vorabend war er leise ins Haus zurückgekommen, während sie gerade auf der Empore gewesen war. Später war seine Schlafzimmertür geschlossen gewesen. Sie hatte kurz daran gedacht, zu ihm zu gehen und ihn zu fragen, ob er seine Meinung geändert habe, hatte ihren letzten Rest Stolz riskieren wollen.

Dann hatte sie es doch nicht getan, sondern die halbe Nacht darüber gegrübelt, warum ein attraktiver Mann wie er, der das Vertrauen und die Freundschaft so netter Leute wie der Hazzards und Scarlett Morgans genoss, es nötig hatte, per Anzeige eine Frau zu suchen. Und sie hatte darüber gegrübelt, was er mit ihr, der Kandidatin, vorhatte.

Er hatte auch seine Geheimnisse, dessen war sie sicher. Es war beunruhigend, dass dieser faszinierende Mann voller Widersprüche Beschützerinstinkte in ihr weckte. Und heißes Verlangen.

Noch beunruhigender war allerdings, dass er ihre und Marks Zukunft in Händen hielt.

Doch obwohl sie immer noch einen Rückzieher hätte machen können, war sie nicht einmal versucht, das zu tun. Nicht, nachdem sie ihn kennengelernt hatte – und ihn geküsst hatte und sich dabei so lebendig gefühlt hatte wie nie zuvor in ihrem Leben.

Barbara war so in Gedanken versunken, dass es einen Moment dauerte, ehe sie merkte, dass Abel sie angesprochen hatte.

„Entschuldige. Was hast du eben gesagt?"

„Ich sagte, die Winter hier sind lang und streng."

Sie schaute ihm forschend in die Augen. Kein Zweifel, er gab ihr zu verstehen, dass sie bleiben konnte – und gleichzeitig riet er ihr davon ab. Aber eben nur indirekt. Ihr Herz begann vor Erleichterung heftig zu klopfen.

„Dein Feuer ist warm und einladend", erwiderte sie leise und bedeutete ihm damit, dass sie verstanden hatte und bereit war, die Herausforderung anzunehmen.

„Frühling und Sommer sind viel zu kurz."

Sie unterdrückte ein triumphierendes Lächeln. „Ich habe so viele endlos lange Sommer in Kalifornien erlebt, dass es für ein ganzes Leben reicht."

„Ich werde manchmal weg sein. Ich meine, nicht nur im Wald beim

Holzfällen. Gelegentlich muss ich verreisen – um Baumaterial zu besorgen, Verträge abzuschließen."

Versuch dein Bestes, Abel Greene, forderte sie ihn stumm heraus, während sie ihren Sieg genoss. *Du wirst mich nicht in die Flucht schlagen.* „Ein Mann muss arbeiten, wenn er etwas auf sich hält."

Er trank einen Schluck von seinem Kaffee. „Das Leben hier könnte dir zu schaffen machen. Ich meine die Isolation, die Einsamkeit."

So wie er das sagte, ahnte sie, dass er Einsamkeit aus eigener Erfahrung gut kannte, auch wenn er das nie zugeben würde. „Ich war auch die meiste Zeit meines Lebens allein", bekannte sie. „Das Leben hier wäre bestimmt eine Verbesserung." Ihr wurde klar, was er mit Sicherheit abstreiten würde. Sie hatten etwas gemein, so grundverschieden sie auch waren. Sie wussten beide, was es hieß, einsam und allein zu sein.

„Es wird dir langweilig werden."

Sie musste lachen, weil er einfach nicht aufgab. „Kaum."

„Mark wird zur Schule gehen müssen."

„Ganz recht."

„Seine Probleme sind längst noch nicht gelöst. Er ist nach wie vor ein aggressiver, desorientierter Teenager."

„Aber er ist auf dem besten Weg, sich zu fangen. Das verdanke ich dir und deinem Zuhause."

„Lass das", erwiderte er so scharf, dass sie zusammenzuckte. „Bewerte das nicht über. Ich bin kein Vorbild. Und will auch keins werden."

„Ich glaube, dazu ist es zu spät. Mark sieht schon zu dir auf, auch wenn er das nicht zugeben würde."

Langsam schüttelte Abel den Kopf und lächelte ironisch. „Du bist wirklich gut, Grünauge." Sein eisiger Ton ließ sie frösteln. „Du hast eine richtig gute Nummer gestern Abend abgezogen, voll ins Schwarze getroffen. Aber du hast bereits bekommen, was du wolltest … also treib's nicht zu weit, okay?"

Sein Blick war hart geworden, sein Mund schmal. „Ich übernehme die Verantwortung dafür, dass du hergekommen bist. Ich verstehe, dass du nicht zurück kannst. Deshalb werde ich dich nicht wegschicken. Aber nimm meine Entscheidung, wie sie ist, und deute bloß nicht mehr hinein. Angefangen mit deiner fixen Idee, ich hätte eine positive Wirkung auf deinen Bruder."

Sie hatte sich noch nicht von diesem Schlag erholt, da versetzte er ihr bereits den nächsten. „Bis hin zu der Vorstellung, die du womöglich hast, es könnte je etwas anderes zwischen uns geben als eine rein körperliche und geschäftliche Beziehung."

Aus eigener Erfahrung wusste Abel nur zu gut, dass nicht alle Wunden bluteten. So entsetzt, wie sie ihn ansah, hatte er Barbara tief getroffen. Sie war kreidebleich geworden. Er bedauerte, dass er ihr wehtat. Aber lieber jetzt als später. Er würde keinesfalls zulassen, dass sie sich irgendwelchen Illusionen hingab. Er konnte sich nicht erlauben, diese Frau auch gefühlsmäßig an sich herankommen zu lassen. Ausgeschlossen. Denn er war sich nicht sicher, ob er das überleben würde.

Gestern Abend hatte sie ihn fast so weit gebracht, die Schwäche einzugestehen, die er so lange Zeit unterdrückt hatte: den Wunsch, jemanden an seinem Leben teilhaben zu lassen. Doch sich vorzustellen, welchen Schaden Barbara anrichten könnte, hatte gereicht, um wieder einen klaren Kopf zu bekommen. Und jetzt wusste sie, woran sie war.

Er würde ihr also erlauben zu bleiben. Auch wenn seine Bedenken, dass Grunewald womöglich eine Gefahr darstellte, gerechtfertigt waren, so stellte L. A. für sie und Mark eine weit größere Gefahr dar. Und J. D. hatte recht. Falls Grunewald den Streit mit ihm auf Barbara und Mark übertrug, dann würde er schon dafür sorgen, dass ihnen nichts geschah.

„Das ist deine letzte Chance für einen Rückzieher. Wenn du bleibst, dann als meine Frau. Ich werde mich um deine Bedürfnisse kümmern und erwarte das umgekehrt auch von dir. Aber weiter wird diese Beziehung nicht gehen. Verstehen wir uns?"

Er hielt ihrem forschenden Blick stand, wissend, dass sie nach einem Anzeichen suchte … irgendeinem Anzeichen, dass sich mehr als kalte Berechnung hinter seinem unverblümten Ultimatum verbarg.

„Absolut", antwortete sie schließlich. „Als mein Mann wirst du dich um mich kümmern. Als deine Frau habe ich mich um dich zu kümmern … im Bett."

Das klang derart niedergeschlagen, dass sich seine Abwehr fast in Luft aufgelöst hätte. In diesem Moment wollte er wirklich gern der Mann sein, den sie brauchte. Aber so einfach war das nicht. Nichts in seinem Leben war einfach oder auch nur normal. Doch er wünschte sich verzweifelt, er könne ihr all das geben, was eine Frau wie sie verdiente. Es war einfach unfassbar, wie sie ständig sein Verlangen entfachte. Er begehrte sie heftiger als jede andere. Von dem Augenblick an, als sie auf seinen Rücken gesprungen war und ihn attackiert hatte, als sei sie eine Vogelmutter, die ihr Junges verteidigte.

„Es wird nicht unangenehm für dich werden." Dieses Zugeständnis konnte er ihr wenigstens machen. „Aber falls du mehr erwartest, wirst du nur enttäuscht werden."

Sie sah zum Fenster hinaus. „Was unrealistische Erwartungen sind, habe ich schon vor Jahren erfahren."

Er bedauerte, dass er ihr ihre Hoffnungen genommen hatte. „Mehr habe ich nicht zu geben. Tut mir leid."

„Das braucht es nicht. Und keine Sorge, ich werde mich an die Vereinbarung halten."

„Wir sind hier in der Wildnis, verdammt noch mal", schimpfte J. D. schlaftrunken, als Abel ihn ein paar Minuten später über Funk weckte. „Da sollte man eigentlich ausschlafen können, ohne dass die Nachbarn einen aus den Federn scheuchen."

„Ruf den Pfarrer an."

Schweigen. Dann: „Wie bitte?"

„Ruf ihn an, und find heraus, wann er zur Tat schreiten kann."

Abel hatte feuchte Hände, als er die Funkverbindung beendete.

Es war erledigt. Oder würde es bald sein.

In Winterstiefeln, einer warmen Jacke, Schal und Handschuhen, die sie gestern in der Stadt gekauft hatte, schlüpfte Barbara aus dem Haus, während J. D., Abel, Mark und Casey Nashata und die Welpen von der Empore in das leere Gästezimmer brachten und Maggie und Scarlett sich um die letzten Vorbereitungen kümmerten.

Es war der neunzehnte Dezember. Ihr Hochzeitstag.

Sie wollte ein wenig allein sein vor der Trauung, die für drei Uhr angesetzt war.

Jetzt war es kurz nach eins. Sie hatte also genügend Zeit, um eine Weile diesen herrlichen Wintertag zu genießen.

Wenn man an Omen glaubte, dann war dieser strahlende, sonnige Tag ein gutes Zeichen für ihre Zukunft als Abel Greenes Frau … und zum Teufel damit, was er gesagt hatte.

Erfüllt von neuer Hoffnung und einem unerschütterlichen Optimismus lauschte Barbara darauf, wie der Schnee unter ihren Schritten knirschte, wie ein Eichelhäher rufend von Baum zu Baum flog – kurz, sie genoss den tiefen Frieden und die harmonischen Laute dieses winterlichen Paradieses.

Hier würde sie nun zu Hause sein. Hier würde Mark zum Mann heranwachsen, und hier würde sie, mit ziemlicher Sicherheit, ihre Kinder großziehen.

Lächelnd schmiegte sie das Gesicht tiefer in ihren pelzbesetzten Jackenkragen. Die Vorstellung, Kinder zu haben, gefiel ihr. Sehr sogar, so unwahrscheinlich diese Vorstellung auch zu sein schien.

Genauso unmöglich erschien es ja, dass sie im Begriff war, einen Mann zu heiraten, den sie ganze fünf Tage kannte. Doch nicht nur, dass sie sich darauf freute, das Bett mit ihm zu teilen, sie freute sich auf ein gemeinsames Leben mit ihm – obwohl er so sehr betont hatte, dass es keine Liebe in ihrer Beziehung geben würde. Sex, ja. Aber niemals Liebe.

An jenem Morgen hatte sie erkennen müssen, dass sie sich etwas vorgemacht hatte. Sosehr sie sich auch eingeredet hatte zu akzeptieren, was er ihr zu geben bereit sein würde, in Wahrheit hatte sie mehr gewollt. Von Anfang an. Deshalb hatte Abels Unverblümtheit sie tief getroffen.

Als sie ihre Enttäuschung überwunden hatte, war ihr aufgegangen, dass etwas nicht ganz stimmen konnte. Abel hatte sich etwas zu sehr bemüht, sie davon zu überzeugen, dass er gefühllos und gleichgültig war. Viel zu beschäftigt damit, ihre eigenen Wunden zu lecken, hatte sie zuerst gar nicht gemerkt, dass auch er verwundet war. Und sich vor weiteren Verletzungen schützte, indem er sich panzerte.

Nach und nach hatte sie die Zusammenhänge erkannt und endlich verstanden, warum ein Mann wie er sich per Anzeige eine Braut suchte und dann für das Zusammenleben Regeln festlegte wie in einem Geschäftsvertrag.

Nein, er war nicht gleichgültig und auch nicht kalt und berechnend. Ein Mann ohne Gefühle hätte sich nicht solche Mühe gemacht, sie zu vergraulen.

Wenn sie alle Anzeichen richtig deutete, dann hatte Abel Greene Angst. Angst vor einer Bindung. Nicht weil er keine Verantwortung übernehmen wollte, sondern weil eine Bindung Vertrauen erforderte. Sich jemandem vertrauensvoll zu öffnen schloss auch die Möglichkeit ein, verletzt zu werden. Und wie es schien, hatte dieser Mann in seinem Leben schon sehr viele Verletzungen erlitten.

Er lebte bewusst wie ein Einsiedler und hatte nur wenige ausgewählte Freunde. Er war ein einsamer Mann, der für sich noch nicht akzeptiert hatte, dass er eigentlich gar nicht allein sein wollte.

Sein Umgang mit Mark untermauerte diesen Schluss. Er verstand Mark. Sie hatte die beiden in den letzten zwei Tagen beobachtet. Die Beziehung zwischen ihnen hatte sich vertieft, während sie sich gemeinsam um Nashata und die Welpen kümmerten, Holz hackten, die Pferde versorgten oder sich über den See und das Land ringsum unterhielten. Marks Wut verflog mehr und mehr.

Abel Greene konnte Stein und Bein schwören, dass ihm andere egal waren, sie nahm ihm das nicht ab. Und sei es nur aus Dankbarkeit, dass er ihr ihren Bruder zurückgab, sie würde ihm helfen, sich selbst zu erkennen.

Sie wischte sich über die Augen. „Du bist eine melancholische Närrin, Barbara Kincaid", murmelte sie, schniefte und nahm sich dann zusammen. „Und heute ist dein Hochzeitstag." Dank J.D. und Maggie und Scarlett. Sobald Abel sein Okay gegeben hatte, waren die drei aktiv geworden, wild entschlossen, die Hochzeit zu einem unvergesslichen Ereignis zu machen.

Als Abel sie ohne Widerspruch das Blockhaus für die Trauung hatte herrichten lassen, hatte sich ihr Eindruck noch verstärkt, dass ihm das Ganze gar nicht so sehr gegen den Strich lief, wie er vorgab.

„Zumindest nicht die Hochzeitsnacht", flüsterte sie.

An jenem Morgen in seiner Küche hatte sie sich mit ihrem Verführungsversuch sehr verheißungsvoll gegeben und seine Erwartungen geweckt. Erwartungen, die vermutlich weit über ihre begrenzten sexuellen Erfahrungen hinausgingen. Was, wenn sie ihn enttäuschte? Was, wenn er sie enttäuschte?

Sie brach in nervöses Gelächter aus. Als ob ein Mann wie Abel Greene eine Frau enttäuschen könnte.

„Ich fass es nicht, dass dir nach Lachen zumute ist."

Barbara fuhr herum, und ihr Lachen erstarb, als sie Mark mit hängenden Schultern und grüblerischer Miene vor sich sah. Sie hatte gemerkt, dass er die Hochzeitsvorbereitungen mit gemischten Gefühlen verfolgte und war versucht gewesen, ihn zu fragen, warum. Doch sie hatte längst gelernt, dass sie sich bei Mark in Geduld üben musste. Wenn er darüber reden wollte, dann würde er es schon tun.

Jetzt rückte er mit der Sprache heraus. „Du heiratest ihn meinetwegen."

Sie vergrub die Hände tief in ihren Taschen. „Ich habe mich in meinem Leben schon auf so manchen schlimmeren Handel eingelassen."

Ihm traten Tränen in die Augen, die er schnell wegblinzelte. „Du solltest dich meinetwegen auf gar keinen Handel einlassen müssen."

„Wenn nicht deinetwegen, wegen wem dann?"

Er zog die Schultern hoch und wandte sich ab.

„Ich habe dich sehr lieb, Mark", erklärte sie nach einem Moment des Schweigens. „Aber ich hatte dich verloren und wollte dich zurückhaben."

Mit gesenktem Kopf trottete er zu einer Pinie hinüber und kratzte geistesabwesend an der Rinde herum. „Es gefällt mir hier." Seine Stimme klang regelrecht schuldbewusst. „Ich will nicht nach L. A. zurück. Wenn ich ein Mann wäre, würde ich dich anlügen und behaupten, dass ich zurückwill, damit du auch in dein altes Leben zurückkannst. Dann müsstest du ihn nicht heiraten."

Bewegt ging Barbara zu Mark. „Ich dachte, du magst Abel."

Er trat schniefend gegen den Baumstamm. „Das tu ich auch. Aber heiraten musst du ihn."

Sie nahm sie ihn behutsam bei den Schultern und drehte ihn zu sich herum. „Er ist ein guter Mann, Mark. Ich könnte es schlimmer treffen. Und du sollst noch etwas wissen. Ich mag ihn. Sehr sogar." Dann versicherte sie ihm: „Es wird gut werden. Für uns alle drei."

Aus seinem Blick sprach so viel bange Hoffnung, dass sie ihn spontan in die Arme zog. Noch vor Kurzem wäre Mark wütend zurückgewichen. Jetzt ließ er sich umarmen. „Ich weiß, du kannst es dir schlecht vorstellen, aber ich glaube, Abel braucht uns genauso sehr wie wir ihn."

Verächtlich schnaubend löste er sich aus ihrer schwesterlichen Umarmung. „Abel braucht niemanden."

Diese knappe Bemerkung drückte Marks Bewunderung aus, weckte aber auch ihre allergrößte Angst. Ein heftiges Frösteln erfasste sie. Sie flehte innerlich darum, dass Mark unrecht hatte. Dass sie dem Mann, den sie heiraten würde, im Lauf der Zeit ebenso viel bedeuten würde wie er ihr und dass er sie ebenso sehr brauchen würde wie sie ihn.

„Komm." Barbara schob ihre Bedenken beiseite und ging zum Blockhaus zurück. „Lass uns nachsehen, ob inzwischen alles bereit ist."

Einschließlich des Bräutigams, dachte sie und verdrängte ihre Angst, dass er es sich womöglich wieder anders überlegt hatte und sie vor dem Altar stehen ließ.

7. Kapitel

Sie hatten das Blockhaus praktisch in eine Kirche verwandelt. Maggie und Scarlett behaupteten, dass wegen der hohen Decken und Fenster nicht viel dazu gehört habe. Barbara sah das anders.

Überall brannten Kerzen. Rote, grüne, cremefarbene. Große und kleine. Sie waren mit Girlanden aus Stechpalmen und Pinienzapfen umwunden oder mit Bändern und Glöckchen verziert. Das sanfte Kerzenlicht spiegelte sich in jeder Fensterscheibe wider, in den polierten Beistelltischchen und dem mit Tannenzweigen und Stechpalmen dekorierten Kaminsims, der symbolisch als Altar dienen sollte.

Das ganze Blockhaus duftete nach Punsch, Zimt und Tannengrün. Die Stufen der zur Empore hinaufführenden Treppe zierten Weihnachtssterne – in leuchtendem Rot, zartem Rosa oder gebrochenem Weiß. In einer Ecke des Wohnzimmers prangte ein fast vier Meter hoher Weihnachtsbaum, den J. D., Mark und Casey mithilfe der beiden Pferde gestern aus dem Wald geholt hatten. Er war prächtig geschmückt, was Scarlett mit einem Teil ihres Weihnachtsschmucks aus dem Hotel bewerkstelligt hatte.

Der Gesamteindruck war überwältigend. Und zu ihrem eigenen Erstaunen fand Barbara, dass sie durchaus in das Bild passte. Ihr Blick fiel auf ihr Spiegelbild in den hohen Wohnzimmerfenstern … und sie lächelte verstohlen. Unter der begeisterten Regie von Maggie und Scarlett war aus der unscheinbaren Barbara Jane Kincaid eine ganz hübsche Braut geworden.

Als Maggie gestern unbedingt mit ihr in die Stadt fahren wollte, um ein Kleid zu kaufen, hatte sie ihr gestehen müssen, dass sie kein Geld dafür habe.

„Kein Problem", hatte Maggie leichthin geantwortet. „Abel möchte, dass du dir alles kaufst, was du brauchst, und er wird es bezahlen."

Es war ihr zwar schwergefallen, das zu akzeptieren, aber er hatte ja versprochen, für sie zu sorgen. Er hielt also nur Wort. Wie zum Trost hatte Maggie ergänzt: „Er weiß, dass dir die ganze Situation unangenehm ist, und er möchte es dir so angenehm wie möglich machen."

Angenehm war gar kein Ausdruck dafür, wie sie sich in ihrem smaragdgrünen Brautkleid fühlte. Strahlend traf es schon eher, obwohl sie nie und nimmer geglaubt hätte, dass dieses Wort je auf sie zutreffen könnte.

Wohl wahr, es war kein konventionelles weißes Brautkleid. Aber es war ja auch keine konventionelle Hochzeit. Nach dem Kauf ihrer neuen Winterjacke hatte sie in einem anderen Geschäft in Bordertown zufällig dieses Kleid aus fließendem Samt entdeckt. Maggie hatte sie ermutigt, es anzuprobieren, und als sie aus der Umkleidekabine vor den Spiegel getreten war, war ihre Entscheidung gefallen.

Vorsichtig berührte Barbara ihr Haar, das Scarlett geschickt geföhnt und gestylt hatte. Ein paar Zweige Schleierkraut, die Casey ihr spontan gebracht hatte, waren statt eines Schleiers kunstvoll in ihre weichen Locken gesteckt. Lächelnd ließ sie die Hand über den dezenten, weich fallenden V-Ausschnitt ihres Kleides gleiten. Die langen Ärmel waren so geschnitten, dass sie bis auf die Handrücken reichten und damit den Stil des Dekolletés aufgriffen. Der weite Rock umspielte weich ihre Hüften und endete gut eine Handbreit unterhalb der Knie.

Barbara hatte sich noch nie derart feminin gefühlt. Doch nun riss sie sich von ihrem Spiegelbild in der Fensterscheibe los und blickte suchend nach ihrem Bräutigam. Es verschlug ihr den Atem, und ihr Herz begann heftig zu klopfen, als sie ihn dann sah.

Sie hatte ihn wild und ungestüm erlebt. Sie hatte ihn mürrisch erlebt. Aber noch nie gezähmt. Der dunkle Anzug – tiefschwarz wie sein Haar, das er mit einem schmalen schwarzen Band im Nacken zusammengebunden hatte – stand ihm ausgezeichnet. Und das weiße Hemd brachte seinen bronzefarbenen Teint bestens zur Geltung.

Doch es waren seine Augen, die die wahre Natur des Mannes widerspiegelten, der dort am Kaminsims, dem improvisierten Altar, auf sie wartete. Sie gehörten zu einem Ehrenmann. Einem warmherzigen und fürsorglichen Mann, der sie, Barbara, brauchte, um seinen Weg zu finden.

Sein Augenausdruck irritierte sie nicht länger. Am Anfang hatte sie ihn für unergründlich gehalten. Heute sagte er ihr unendlich viel. Und das erfüllte ihr Herz mit Hoffnung.

Sie umfasste fest ihren Brautstrauß aus rotbeerigen Stechpalmenzweigen, schneeweißen Nelken und roten Rosen und ging unbeirrt auf Abel zu.

Weil sie nur Augen für den Mann vor dem Altar hatte, beachtete sie weder J. D. und Maggie, die vielsagend lächelten, noch Scarlett und Casey, die ebenfalls lächelten. Mark jedoch nickte sie aufmunternd zu, bevor sie nun neben Abel trat.

Er nahm ihre Hand. Und obwohl sie auf diese Geste von ihm nicht gefasst gewesen war, gab sie ihm ihr Herz.

Wie in einem undeutlichen Traum, in dem sie nur tiefschwarze Augen, flackernde Kerzen und gemurmelte Antworten wahrnahm, wurde Barbara Kincaid Mrs. Abel Greene.

Unzählige Male wurden mit Champagner Toasts auf sie ausgebracht, wurde sie umarmt und beglückwünscht und so in Abels Freundeskreis aufgenommen. Schließlich sah sie, ganz nervös vor Anspannung, J. D. und Maggie nach, als sie zusammen mit dem Pfarrer die verschneite Auffahrt verließen.

„Du brauchst dir keine Sorgen um Mark zu machen." Aufmerksam betrachtete Abel ihr Gesicht.

Scarlett und Casey waren kurz vor den Hazzards aufgebrochen. Weil sie der Meinung waren, dass die Jungvermählten eine Weile ungestört sein sollten, hatten sie Mark für ein paar Tage mit zu sich ins Hotel genommen.

„Zu dieser Jahreszeit haben wir genügend freie Zimmer", hatte Scarlett erklärt. „Und da bis nach den Weihnachtsfeiertagen Ferien sind, weiß Casey sowieso nichts mit sich anzufangen. Sie kann Mark den See zeigen, ihn vielleicht sogar einigen ihrer Freunde vorstellen, damit er sich bei Semesterbeginn nicht so total fremd fühlt."

„Um Mark mache ich mir keine Sorgen." Barbara sah wieder zum Fenster hinaus. „Dann schon eher um Scarlett und Casey."

„Sie werden bestimmt mit ihm klarkommen."

Aber werde ich mit dir klarkommen? fragte sie sich im Stillen und wünschte, es würde sie nicht so nervös machen, als ihr Mann seine Krawatte löste und bedächtig abband.

Ihr Mann.

Andere Bräute sind vor der Trauung aufgeregt, ich mit zwei Stunden Verspätung, dachte sie voller Selbstironie. Typisch.

So zuversichtlich sie vorhin noch gewesen war, auf einmal war ihr voll bewusst, dass sie nun mit diesem Mann verheiratet war. Sacht strich sie über den Goldring an ihrem Finger, der sich ganz warm anfühlte, und stellte sich dabei vor, dass auch der Ring, den Abel trug, Körperwärme abstrahlte. Plötzlich war sie sehr befangen. Mit unsicheren Schritten ging sie zum Kamin hinüber, wohl wissend, dass Abel sie beobachtete.

„Ich werde nicht über dich herfallen."

Erschrocken fuhr sie herum. Seine Miene war unergründlich. Atemlos schaute sie zu, wie er seine Krawatte über eine Stuhllehne hängte und die beiden oberen Hemdknöpfe löste.

„Das … das hab ich auch nicht angenommen." In Wahrheit hatte sie an diesen Moment nicht zu denken gewagt. Immer wenn sie sich ihn und sich zusammen vorgestellt hatte – und das hatte sie sehr oft –, dann waren sie längst über diese Ouvertüre hinaus gewesen.

In ihrer Fantasie hatte sie Abel das Jawort gegeben, dann Schnitt. Nächste Szene: gedämpftes Licht. Flackernde Kerzen. Breites Bett. Ein Mann und eine Frau, die sich in den Armen lagen – nackt, begierig und ganz ihrer Leidenschaft hingegeben.

„Möchtest du noch etwas Champagner? J.D. wäre sicher enttäuscht, wenn wir ihn nicht austrinken würden."

„Oh, gern. Wenn du auch noch welchen trinkst."

Nachdem er ihnen noch ein Glas Champagner eingeschenkt hatte, ging er zu ihr und reichte ihr das Glas. Leicht zitternd führte sie es an die Lippen und hätte es dann fast fallen lassen, als er unvermittelt ihren Namen aussprach.

„Barbara …" Seine Stimme klang weich. Ihren Namen aus seinem Mund zu hören war wie eine zärtliche Liebkosung. „Dein Kleid ist hübsch. Es passt zu deinen Augen."

Vor Überraschung errötete sie. Wo war ihre Schlagfertigkeit geblieben? Doch Barbara Kincaid, die nie um eine passende Antwort verlegen war, fiel kein einziges Wort ein, während Abel Greene, der sonst so wortkarg war, damit überhaupt kein Problem zu haben schien.

„Du siehst heute wunderschön aus."

Der Mann war ein einziges Rätsel. Da behauptete er, gefühllos zu sein, und wusste doch ganz genau, wie er ihr Herz gewinnen konnte.

Sie senkte den Blick und versuchte, sich zu fassen.

„Ist es derart schwierig … ein Kompliment von mir anzunehmen?"

Sie hob den Kopf. „Nein, natürlich nicht. Es ist nur … ich habe keins erwartet. Und um ehrlich zu sein … habe ich nicht viel Erfahrung mit Komplimenten."

Vor Verlegenheit errötete sie. Sie trank einen Schluck Champagner, und weil Abel nichts sagte, wagte sie einen Blick in seine Richtung. „Danke für das Kompliment. Aber es wäre nicht nötig gewesen. Denn falls du es vergessen haben solltest …", sie hielt ihre Hand mit dem Ehering hoch, „ich bin dir sicher."

Er schwieg weiterhin, während sie wegen ihrer vorlauten Bemerkung immer verlegener wurde.

Auf einmal zog er behutsam einen der Schleierkrautzweige aus ihrem Haar. „Bist du noch Jungfrau, Barbara?"

Sie hätte nicht gedacht, dass er ihr gleich noch einen Schock versetzen würde. Doch bei näherer Überlegung hielt sie seine Frage für durchaus angebracht. „Nein, ich bin keine Jungfrau mehr. Aber ich hatte … nur wenige Beziehungen. Ich … ich war vorsichtig. Du brauchst dir keine Sorgen zu machen wegen …"

Er drückte sacht den Daumen auf ihre Lippen, um sie von weiteren Erklärungen abzuhalten. Ihr stockte der Atem, ihr blieb fast das Herz stehen.

„Deswegen war ich nicht in Sorge."

„Nein?"

„Nein."

Seine Berührung, der Duft und die Wärme seiner Haut erfüllten sie mit prickelnder Erregung.

„Meine Frage bezog sich auf deine Erfahrungen – oder deine Unerfahrenheit. Ich möchte dir nicht wehtun." Abel sah förmlich, wie Barbara die volle Bedeutung seiner Worte bewusst wurde. Sie begriff, dass er ihr auf die Schliche gekommen war, und ihr Blick verriet ihm, dass sie hin- und hergerissen war zwischen Beschämung und Erleichterung.

Es fehlte nicht viel, und Barbara hätte in diesem Moment sein Herz erobert.

Er lächelte innerlich. Sie hatte geglaubt, an jenem Morgen in seiner Küche als Vamp durchgegangen zu sein, so provozierend, wie sie sich auf seinen Schoß gesetzt hatte. Dabei hatte sie die ganze Zeit über eine Heidenangst ausgestanden.

Nicht dass ihr Vorhaben nicht gelungen wäre. Sie hatte ihn auf jeden Fall betört. Aber nicht mit erotischer Finesse oder sexueller Erfahrung. Es war ihre Unschuld, die ihn besiegt hatte. Das Zittern ihrer Hände, ihr fliegender Atem, als sie sich getraut hatte, sich an ihn zu schmiegen. Ihr hämmernder Pulsschlag, als er ihren spielerischen Kuss begierig vertieft hatte.

Seitdem hatte er sich nach ihr verzehrt. Dieses eine Mal, wo er ihren süßen Mund erobert hatte, hatte unstillbares Verlangen in ihm geweckt und ihm klargemacht, dass er ihr nach allen Regeln der Kunst die Sinnenfreuden zeigen wollte.

Eine emotionale Beziehung war ihm nicht möglich, eine körperliche schon. Er bedauerte, dass er ihr nicht das geben konnte, was sie ersehnte … aber er hatte fest vor, ihr wenigstens Lust zu schenken.

„Komm", sagte er nun und nahm sie an die Hand, um sie in sein Schlafzimmer zu führen.

Obwohl es erst fünf Uhr war, ging die Wintersonne bereits tiefrot am Horizont unter und tauchte das dämmrige Schlafzimmer in rosiges Licht – und den Mann, der abwartend vor Barbara stand.

Sie hatte gewusst, dass Abel atemberaubend schön sein würde. Noch ehe er sein Hemd aufgeknöpft hatte, hatte sie gewusst, dass seine nackte Haut goldfarben und glatt sein würde – seine Muskeln geschmeidig.

Was sie nicht geahnt hatte, war, dass sie ihn derart hemmungslos begehren würde. Als er vor dem Altar ihre Hand ergriffen hatte, hatte sie endgültig ihr Herz an ihn verloren.

Dabei kannte sie ihn doch erst so wenig und hätte ihm gegenüber eigentlich reservierter sein sollen. Schließlich hatte er ihr klipp und klar erklärt, dass er sie enttäuschen müsste, falls sie mehr als eine körperliche Beziehung von ihm erwarten würde. Aber es war ihr völlig unmöglich, ihre zärtlichen Gefühle für ihn und ihr glühendes Verlangen nach ihm zu trennen.

Sie streckte die Hand nach ihm aus. Ohne zu zögern und ohne einen Gedanken daran, dass er sie abweisen könnte, berührte sie seinen muskulösen Oberarm, als er das Hemd auszog und es auf den Boden warf. Ihre kleine blasse Hand bildete einen sinnlichen Kontrast zu seiner bronzefarbenen Haut. Wie gebannt begann Barbara, zärtlich über Abels Arm zu streichen.

Dann legte sie ihm die Hände auf die Schultern. Seine Haut fühlte sich wunderbar warm und geschmeidig an, doch sie merkte, dass er ebenso angespannt war wie sie.

Wie würde er sein, ihr wilder, mürrischer Geliebter? Was würde er anfangen mit all seiner Stärke, all seiner Kraft?

Sie schloss die Augen, während er den Reißverschluss ihres Kleides aufzog, und stemmte die Hände gegen seine Brust, um nicht das Gleichgewicht zu verlieren.

„Du hast keine Angst?"

Sie empfand so manches in diesem Moment. Ungeduld. Sehnsucht. Begierde. Aber Angst hatte sie nur davor, dass ihr Verlangen danach, endlich mit ihm zu schlafen, sie gleich um den Verstand bringen würde.

„Nein, ich habe keine Angst." Um es ihm zu zeigen, schlüpfte sie aus den Ärmeln ihres Kleides und ließ es langsam über ihre Hüften auf den Boden gleiten.

Abel verharrte bewegungslos. Nur mit dem Blick berührte er sie, steigerte damit das sinnliche Prickeln in ihr, regte ihre geheimsten Fantasien an, sodass sie es kaum noch erwarten konnte, dass er sie mit Mund und Händen liebkoste.

„Du verschenkst dein Vertrauen viel zu schnell."

Mit bebenden Fingern strich sie über seine markanten Wangenknochen. „Nur dann, wenn ich weiß, dass es nicht missbraucht wird."

Sein Blick verriet ihr, wie sehr er zwischen Verantwortung und Verlangen hin- und hergerissen war.

„Ich kenne die Spielregeln", sagte sie leise. „Und ich habe meine Wahl getroffen. Ich möchte dir vertrauen. Und ich weiß, dass ich mir das erlauben kann."

„Ich will dich nicht verletzen, Barbara." Damit meinte er seelische Verletzungen, die er selbst nur zu gut kannte und die ihn davon abhielten, mehr anzubieten als ein behagliches Zuhause und die körperlichen Freuden des Ehelebens.

„Ich weiß." Trotz seines Zögerns spürte Barbara, wie groß Abels Sehnsucht nach ihr war, und sie selbst verzehrte sich voller Ungeduld danach, den Akt zu vollziehen, der sie als Mann und Frau verbinden würde. „Bitte küss mich, Abel", flüsterte sie. „So wie neulich morgens in der Küche."

Behutsam legte er die Hände um ihren Kopf und schaute ihr forschend in die Augen, während er sich langsam zu ihr beugte. Zunächst berührten seine Lippen sie nur federleicht. Sie wollte Abel näher ziehen. Doch er tat ihr den Gefallen nicht, den Kuss zu vertiefen. Stattdessen schürte er spielerisch ihr Verlangen, bereitete ihr die süßeste Qual, die sie atemlos machte und sie immer wieder sehnsüchtig seinen Namen flüstern ließ.

Es war unendlich zärtlich, unglaublich verführerisch, wie er mit der Zungenspitze ihre Lippen kitzelte und ihr damit einen kleinen Vorgeschmack auf das gab, was sie so heiß begehrte, einen Vorgeschmack darauf, welche Sinnenlust sie noch erwartete.

Er bewegte den Mund über ihrem. Liebevoll. Aufreizend. Zog sich zurück und begann erneut. Jede Berührung entflammte sie noch stärker. Jedes Streicheln seiner Zunge war eine erotische Verheißung.

„Bitte … bitte." Sie grub die Finger in sein Haar und drängte sich herausfordernd an ihn.

Da war es um Abel geschehen. Seine Leidenschaft war nicht mehr zu bremsen. Ungestüm riss er Barbara in die Arme. Und endlich nahm er Besitz von ihrem Mund, wild und verlangend. Seine Küsse berauschten sie ungemein. Abel schmeckte nach Champagner und Gefahr und heißen Genüssen, die sie nur erahnen konnte. Erwartungsvoll überließ sie sich seinen sinnlichen Liebkosungen.

Seine Hände waren überall. Fieberhaft bewegte er sie über ihren Rücken, umfasste ihre Hüften und presste sie dicht an sich, zeigte ihr, wie erregt er war. Sie sog den Atem ein, als er sie plötzlich hochhob, und schlang spontan die Beine um seine Taille. Deutlich spürte sie die Hitze seines Körpers an ihrem Schoß, und schon hatte er die Finger in ihren Slip geschoben, um sie intim zu berühren.

Sie empfand keine Scham, sondern prickelnde Lust. Ebenso hingebungsvoll wie hungrig rieb sie sich an ihm, wollte mehr von diesen großen Händen, die besitzergreifend ihren Po kneteten, mehr von den rauen Fingern, die sie so wundervoll streichelten. Sie seufzte an seinem Mund, nahm sein heiseres Stöhnen auf, während seine elektrisierenden Zärtlichkeiten ihr Verlangen weiter steigerten.

Rasend schnell und mit solcher Intensität trieb sie auf den Höhepunkt zu, dass sie glaubte zu zerspringen. In ihrer Ekstase schrie sie auf. Keuchend drückte sie sich an seine Hand, packte Halt suchend seine Schultern und rief immer wieder seinen Namen, als die Wogen der Leidenschaft sie fortrissen.

Sie klammerte sich an ihn, während die herrlichen Lustgefühle tief in ihrem Innern verebbten, und ließ sich dann mit wild klopfendem Herzen gegen Abels Brust fallen.

Sie hatte keine Ahnung gehabt, dass es so überwältigend sein konnte. Dass ein kurzer Moment solche Dimensionen annehmen konnte. Und sie hatte keine Ahnung gehabt, dass sie sich so vollkommen verwöhnt fühlen konnte.

„Danke", flüsterte sie an seiner Schulter.

Abel hielt Barbara ganz fest. Als er ihre warmen Tränen auf der Haut spürte, verstärkte sich das Ziehen in seiner Brust noch mehr. Er hatte Erfahrung darin, Frauen im Bett Vergnügen zu bereiten. Dafür war ihm auch schon gedankt worden. Aber noch nie mit solcher Verwunderung und so süßer Unschuld. Und noch nie hatte ihm das Liebesspiel so viel Spaß gemacht.

So weich, wie sie sich jetzt an seine Brust lehnte, ahnte Barbara bestimmt nicht, was ihre zügellose Reaktion auf seine Liebkosungen bei ihm bewirkt hatte. Sie ahnte nicht, welche wunderbaren Dinge er noch mit ihr tun wollte.

Behutsam legte er sie auf sein Bett. Er ersehnte jetzt viel mehr als rein körperliche Befriedigung. Er wollte dieses seltsame Ziehen in seiner Brust lindern, das ihm zu schaffen machte, seit sie ihm ihr Leben anvertraut hatte.

Abel biss die Zähne zusammen, weil ihr Vertrauen eine Welle tiefer Zärtlichkeit in ihm ausgelöst hatte. Er verstand dieses Vertrauen nicht und war überzeugt, es nicht verdient zu haben. Aber er las es deutlich in ihren schönen grünen Augen.

Sie weckte eine Sehnsucht nach Dingen in ihm, die einfach nicht möglich waren. Die Sehnsucht, seine Abwehr aufzugeben und sich ihr zu öffnen. Die Sehnsucht, das Vertrauen zu erwidern, das sie ihm entgegenbrachte, als sie so unschuldig verführerisch in ihrem weißen Slip vor ihm lag.

Als er ihr gesagt hatte, er finde sie schön, hatte sie ihm das Gefühl gegeben, ihr damit ein kostbares Geschenk gemacht zu haben. Eine neue Erfahrung für einen Mann, der immer nur genommen hatte. Und eine beunruhigende Erkenntnis für jemanden, der nie etwas Komplizierteres als Sex mit einer Frau hatte erleben wollen. Zu mehr als einer körperlichen Vereinigung mit gegenseitiger Befriedigung war er bisher nie bereit gewesen.

Doch Barbara, die nun seine Frau war, wollte er auf einmal mehr geben als guten Sex.

Er wandte keinen Blick von ihr, als er sich vollends auszog und sich dann neben sie legte.

„Du bist ein schöner Mann, Abel Greene", flüsterte sie.

Sie konnte ihn tief erregen, aber er hatte nicht gewusst, dass sie ihn auch verlegen machen konnte. Zärtlich strich er über ihr Dekolleté. „Man hat ja schon so manches von mir gesagt. Allerdings noch nie, dass ich schön sei."

Sie lächelte. „Dann freut es mich, dass du es das erste Mal von mir gehört hast." Schüchtern berührte sie sein Haar. „Löst du dein Haar für mich?"

Sie war die Widersprüchlichkeit in Person. Sie machte gern Komplimente, nahm aber ungern selbst welche an. Sie gab freizügig, bat selbst jedoch nur zögernd um etwas. Das würde ihre erste Lektion sein. Er würde sein Vögelchen lehren, sich in seinem Bett zu nehmen, was sie wollte.

„Löse du es. Wann immer du möchtest." Er küsste ihre Hand. Ihre Haut war seidig, genau wie ihr Haar.

Überrascht hielt Barbara den Atem an, weil Abel ihr so sacht einen Träger ihres Seidenhemdchens über die Schulter schob. Abels Verlangen wurde immer größer, je mehr er ihre Brüste entblößte. Sie hatte kleine, feste Brüste, und die harten Knospen zeichneten sich deutlich unter ihrem Hemdchen ab.

Er war sehr groß und sehr lange mit keiner Frau zusammen gewesen. Und sie war zierlich und zart.

„Sag bitte, wenn ich zu schnell vorgehe."

Daraufhin sagte sie ihm, was sie wollte. Ohne Worte. Im Handumdrehen hatte sie auch den zweiten Träger ihres Seidenhemdchens abgestreift und den Slip ausgezogen.

Aufstöhnend zwang sich Abel, es langsam angehen zu lassen. Aber Barbara nur zu betrachten, war ihm nicht mehr genug. Genauso wenig, sie nur zu berühren. Er brannte darauf, wie neulich morgens in der Küche, ihre rosigen Brüste mit dem Mund zu liebkosen.

Auf einen Ellbogen gestützt, neigte er sich über sie. Sie duftete einfach betörend, war eine überaus verlockende Mischung aus Unschuld und Sinnlichkeit.

Als sie impulsiv die Arme um ihn schlang und sich mit unverhohlener Ungeduld bewegte, war es um seine guten Vorsätze geschehen. Er hatte wirklich langsam vorgehen wollen. Doch das war ihm jetzt völlig unmöglich. Mit einem einzigen Handgriff schob er ihr das Seidenhemdchen bis zur Taille hinunter und nahm Besitz von ihren Brüsten.

Sofort hob Barbara sich seinen Händen entgegen, und er spürte ihre Hitze und Weichheit und ihr erwartungsvolles Zittern. Er rieb mit den Daumen über die samtigen Knospen und setzte seine Zärtlichkeiten dann mit dem Mund fort.

Noch nie war das Zusammensein mit einer Frau für Abel ein solcher Genuss gewesen. Er redete sich ein, es würde daran liegen, dass er seinen Bedürfnissen jahrelang nicht nachgegeben hatte. Doch dann umschloss sie ihn mit der Hand, und er erkannte, dass sie es war, die sein Herz zum Rasen brachte. Barbara. Er hielt den Atem an, nur um im nächsten Moment erregt aufzustöhnen, als sie ihn vorsichtig zu verwöhnen begann.

Er verharrte bewegungslos, während er verzweifelt um seine Selbstbeherrschung rang.

„Mach mich zu deiner Frau", sagte Barbara leise und schaute ihm tief in die Augen, als sie nun sein Haarband löste. Liebevoll strich sie über sein langes offenes Haar. Dann ergriff sie ein paar Strähnen und atmete tief deren Duft ein.

„Mach mich zu deiner Frau", wiederholte sie mit verlangendem Blick und zog ihn zwischen ihre Schenkel.

Abel hätte nicht vermutet, dass eine so zierliche Frau wie sie seinen Willen mit geflüsterten Worten und zärtlichen Berührungen brechen könnte. Doch sie hatte die Macht dazu. Er unterwarf sich ihr bereitwillig. Ergab sich mit einem geschmeidigen, kräftigen Stoß … und entdeckte, wie ungemein lustvoll eine Niederlage sein konnte.

Aufstöhnend bog Barbara sich ihm entgegen, nahm ihn ganz auf. Er spürte nur noch sie, ihre glühend warme, feuchte Tiefe. Sie war wie flüssiges Feuer, das ihn umschloss. Sie war reine, intensivste Lust.

Auch wenn er ewig in ihr hätte bleiben können, es wäre nicht lange genug gewesen. Er fürchtete, gleich zu entdecken, dass alles bloß ein Traum war. Doch dann bewegte sie sich unruhig unter ihm, flüsterte flehend seinen Namen, bat ihn, sie zu lieben.

Da hatte er keine Gewalt mehr über sich. Er fiel in den Rhythmus ungezügelter Liebe. Seine Gefühle explodierten viel zu schnell. Sein Höhepunkt war gewaltig und unbeschreiblich erfüllend. Anschließend bewegte er sich weiter, um den sinnlichen Hochgenuss zu verlängern und so innig wie möglich mit ihr verbunden zu sein, als sie ihm nun mit einem überraschten Aufschrei auf den Gipfel folgte.

8. Kapitel

Noch lange, nachdem Abel eingeschlafen war, lag Barbara wach in seinem Bett und beobachtete, wie das Mondlicht durchs Fenster fiel.

Die verschiedensten Empfindungen durchströmten sie. Sie fühlte sich herrlich schwerelos. Aufgeregt. Verlegen. Verwundert. Begeistert. Sie wandte den Kopf, um ihren schlafenden Mann zu betrachten, und dachte an Liebe. Hoffnung.

Er täuschte sich gründlich. Sie verschenkte ihr Vertrauen nicht leichtfertig. Und er war nicht immun gegen die Bedürfnisse seines Herzens. Er hätte sich nicht so leidenschaftlich seinem Verlangen hingeben und dabei so einfühlsam auf sie eingehen können, wenn sie ihm nicht etwas bedeuten würde.

Als sie sich vorstellte, wie lustvoll und erregend er sie mit Händen und Mund liebkost hatte, wurde ihr erneut ganz heiß. Ihr Blick schweifte zu dem männlichsten Teil seines wunderbar gebauten Körpers, der lose mit dem weißen Laken bedeckt war – und sie begehrte Abel von Neuem und so heftig, dass sie es kaum fassen konnte.

Sie hatte sich nie für eine sehr sinnliche Frau gehalten. Und sie hätte sich nie träumen lassen, dass sie sich einem Mann derart hemmungslos hingeben könnte. Aber Abel Greene war nicht irgendein Mann. Er war ihr Mann, und sie würde alles in ihrer Macht Stehende tun, um auch die Bedürfnisse seines Herzens zu erfüllen – genau wie sie sein körperliches Verlangen stillen würde.

Aber jetzt brauchte sie erst einmal etwas zu essen. Denn vor lauter Aufregung hatte sie das köstliche Hochzeitsmahl, das Scarlett und Maggie aufgetischt hatten, kaum angerührt.

Vorsichtig, damit sie Abel nicht weckte, schlüpfte Barbara aus dem Bett und zog sich das nächstbeste auf dem Boden liegende Kleidungsstück über. Es war Abels weißes Oberhemd, und sie vergrub impulsiv das Gesicht darin, um tief seinen ureigenen Duft einzuatmen.

Auf dem Weg ins Wohnzimmer rollte sie die Ärmel auf und schloss ein paar Knöpfe. Der sanfte Schein des Kaminfeuers erhellte den Raum zusammen mit den noch brennenden Kerzen, die es überall im Haus nach Zimt, Lorbeer und Vanille duften ließen.

So wie sie es Abel unzählige Mal hatte tun sehen, öffnete sie das Kamingitter und legte ein Birkenscheit nach. Lächelnd beobachtete sie, wie es Feuer fing.

Dann ging sie in die Küche.

Die Hochzeitstorte auf dem Tresen erschien Barbara sehr verlockend. Nachdem sie das Licht über der Spüle eingeschaltet hatte, holte sie ein Messer. Mit Teller und Gabel hielt sie sich gar nicht erst auf. Heißhungrig schnitt sie ein Stück der Torte ab, die mit dicker weißer Glasur überzogen war, und biss genüsslich hinein.

So fand ihr Mann sie.

Als die Deckenbeleuchtung anging, fuhr Barbara erschrocken herum, den Mund voller Kuchen, die Finger voller Zuckerguss.

Die Arme vor der nackten Brust verschränkt, lehnte Abel lässig an der Wand neben der Tür. Er hatte jetzt Jeans an, doch der Reißverschluss war nur halb geschlossen, und sie hätte wetten können, dass er darunter nichts trug.

Er bot einen atemberaubenden Anblick. Sie dagegen, in seinem Hemd und mit strubbeligem Haar, sah bestimmt so hinreißend aus wie ein Kartoffelsack.

Sie schluckte den Kuchen hinunter und lächelte Abel dann verlegen an. „Ich habe Hunger bekommen", gestand sie achselzuckend, wobei ihr sein Hemd über die Schulter rutschte.

Ohne etwas zu sagen, ließ er den Blick langsam von ihren nackten Füßen über ihren Körper aufwärts wandern bis zu ihrem Gesicht. Das Feuer in seinen Augen war unverkennbar, und es erstaunte und erregte sie, dass er sie trotz ihrer Aufmachung begehrte.

„Möchtest du …", ihr versagte die Stimme, als er zielstrebig auf sie zukam, „ein Stück Torte?" Wie hypnotisiert stand sie da. Die erotische Spannung zwischen ihnen war fast greifbar.

„Sagtest du etwas von Torte?" Seine Stimme klang so weich, dass sie einen Moment lang zu träumen glaubte.

„Ja, möchtest du welche?" Und mit wild klopfendem Herzen schickte sie sich an, ihm ein Stück abzuschneiden. Da packte er sie am Handgelenk und drehte sie zu sich herum.

„Nein." Begehrlich sah er auf das Tortenstück, das sie in der Hand hielt. „Ich möchte dieses Stück."

Ihr stockte der Atem, als er ihre Hand mitsamt dem angebissenen Stück Torte langsam zum Mund führte. Sie hatte geglaubt, nun zu wissen, was prickelnde Vorfreude war und Verführung schlechthin – jetzt zeigte er ihr eine ganz neue Variante. Ohne den Blickkontakt zu unterbrechen, nahm er den Kuchen und ihre Finger in den Mund.

Ihr wurden die Knie weich, während er genüsslich träge den Zuckerguss von ihren Fingern leckte, um sich danach genauso intensiv der ganzen Handfläche zu widmen. Seine tiefschwarzen Augen glitzerten vor Verlangen, als er spielerisch in den Handballen biss. Gleich darauf küsste er sie dort zärtlich. Das erregende Prickeln, das sie durchströmte, schlug in flammende Lust um, als er sie nun hochhob und auf den Küchentresen setzte.

Dass die Platte eiskalt unter ihrem nackten Po war, vergaß sie augenblicklich, als Abel den Kopf neigte. Doch statt sie zu küssen, wie sie es heiß ersehnte, stöhnte er auf und leckte ein wenig Zuckerglasur von ihrem Mundwinkel.

„Du bist sehr süß", murmelte er an ihren Lippen. „Und sehr mit Glasur beschmiert."

Sie schmolz dahin, während er daranging, ihre Lippen mit der Zungenspitze zu kitzeln, und dann daran knabberte, als sei sie ein Lolli und er ein kleiner Junge, der diesen Lolli hingebungsvoll genoss.

„Ich glaube, ich möchte noch mehr."

Sie wurde immer erregter, als er einen Finger in den Zuckerguss steckte, ihn aufreizend langsam ableckte und ihr dabei tief in die Augen schaute. Fasziniert verfolgte sie die sinnlichen Bewegungen seiner Zunge, und ihr Verlangen wurde so heftig, dass sie es kaum noch aushielt.

„Hm, lecker." Seine Stimme war ein raues, lüsternes Flüstern. „Aber an dir schmeckt der Guss noch leckerer."

Himmel, dachte Barbara, er wird mich umbringen mit seiner süßen Tortur. Und mit zitternden Händen klammerte sie sich am Küchentresen fest, während Abel sie vom Kinn bis zur Schulter mit Zuckerglasur beschmierte. Sie erschauerte lustvoll, als er dann die Spur seines Fingers mit dem Mund aufnahm. Mit Lippen, Zähnen und Zunge arbeitete er sich genießerisch über ihren Hals und ihr Schlüsselbein bis zu ihrer entblößten Schulter vor.

Willenlos ließ sie den Kopf zurückfallen. Er begann, die Knöpfe ihres Hemdes zu öffnen, enthüllte sie Zentimeter für Zentimeter seinem Blick.

„Ich glaube, ich kann nicht genug bekommen … vom Zuckerguss."

Weil kein Zweifel daran bestand, was er vorhatte, wurde Barbara von einem wahren Sturm flammender Lust gepackt. Ihre Knospen waren hart wie kleine Diamanten, noch ehe er sie mit Glasur überzog und sacht daran saugte.

Seine Liebkosungen steigerten ihre Begierde ins Unerträgliche. Verlangend presste sie seinen Kopf an ihre Brüste und bat ihn so und ohne Worte, sie endlich zu erlösen.

Mit Abels Selbstbeherrschung war es im selben Moment vorbei wie mit ihrer. Unsanft hob er Barbara vom Küchentresen und legte sie auf den Tisch. Sie hatte ihm schon die Hüften entgegengeschoben, als er dann zwischen ihre Beine trat, nachdem er sich schnell seiner Jeans entledigt hatte, und mit einem einzigen kräftigen Stoß in sie eindrang.

Ekstatisch rief sie seinen Namen. Wie von Sinnen stieß er ihren Namen hervor und packte sie an den Hüften, um wieder und wieder tief in sie hineinzugleiten … wieder … und wieder … und wieder.

Sein rückhaltloses Begehren, seine völlige Inbesitznahme wirbelten sie immer höher, bis sie den kalten harten Tisch unter sich nicht mehr spürte, nicht mehr vom grellen Küchenlicht geblendet war. Sie nahm nur noch Abel wahr. Er war wunderbar erregt. Wunderbar männlich. Die Augen hatte er geschlossen, den Kopf in den Nacken geworfen, sodass sein Haar in seiner ganzen tiefschwarzen Pracht auf seinen Rücken fiel, während er sich mit ungezügelter Wildheit bewegte, ganz und gar der Leidenschaft gehorchend, die ihn zu dieser Frau trieb.

In atemberaubendem Tempo brachte er sie auf den höchsten Gipfel, dorthin, wo es nur noch überwältigende Lust gab. Eine Lust, die untrennbar mit Liebe verbunden war.

Sein Vögelchen sah mitgenommen aus. Sich insgeheim für seine Wildheit verwünschend, zog Abel sich widerstrebend aus der süßen Tiefe ihres Körpers zurück. Nachdem er seine Jeans angezogen hatte, beugte er sich über den Tisch, um sich den Schaden zu betrachten.

Barbara hielt die Augen geschlossen. Die Arme hatte sie schlapp neben ihrem Kopf auf dem Tisch liegen. Innerlich fluchte er erneut, als er entdeckte, dass ihre zarten Brüste durch seine rauen Liebkosungen ganz gerötet waren.

„Hab ich dir sehr wehgetan, Grünauge?"

Lächelnd sah sie ihn an. „Du hast mir gutgetan … wahnsinnig gut", murmelte sie, und dann schloss sie die Augen wieder. „Ich glaube, ich habe noch nie jemanden getroffen, der Zuckerglasur so sehr mag wie du."

Es konnte nur Erleichterung sein, die ihn lächeln ließ. Doch er bremste sich augenblicklich, weil er sie, egal, was sie sagte, viel zu grob behandelt hatte.

„Beweg dich nicht", ordnete er an, bevor er eine Decke holen ging, und hätte fast schon wieder geschmunzelt, als sie erwiderte, dass sie das gar nicht könne.

Er hatte nicht vorgehabt, sie zu überfallen. Doch da er sie beim Aufwachen im Bett vermisst hatte, war er sie suchen gegangen. Insgeheim hatte er befürchtet, dass sie sich wegen ihrer Liebesstunde schämte. Er hatte ihr versichern wollen, dass ihm die Liebe mit ihr Spaß gemacht habe – und sich selbst vergewissern wollen, dass er nicht allzu unsanft mit ihr umgegangen war.

Doch statt einen verzagten, in sich gekehrten kleinen Spatz vorzufinden, hatte er einen putzmunteren Singvogel angetroffen. Da war es um ihn geschehen gewesen. Alles an ihr – angefangen von ihren nackten Füßen bis hin zu ihrem strubbeligen Haar, in dem noch ein bisschen Schleierkraut steckte, und seinem ihr viel zu großen Hemd, das ihr über eine Schulter gerutscht war – hatte ihn verlockt, sie zu küssen.

Er hatte wirklich nur einen Kuss gewollt. Einen Vorgeschmack auf noch mehr sinnliche Vergnügen, sobald sie sich ausgeruht und er sich wieder unter Kontrolle gehabt hätte. Aber dann hatte ein Kuss ihm nicht genügt. Sie war einfach unglaublich gewesen. Eine berauschende Mischung aus süßer Unschuld und gekonnter Verführung.

Als Abel mit der Wolldecke in die Küche zurückkam, hätte Barbara in ihrer hinreißenden rosigen Nacktheit seinen Entschluss, sie erst einmal in Ruhe zu lassen, erneut fast ins Wanken gebracht. Schnell wickelte er sie in die Decke und trug sie zum Sofa vor dem Kamin.

„Geh nicht weg", bat sie, als er sich wieder in die Küche aufmachte.

„Bin gleich wieder da. Du brauchst unbedingt etwas zu essen."

In ihren Augen blitzte ein verführerisches Leuchten auf.

„Etwas Handfesteres als Torte", ergänzte er und verschwand, ehe er der Versuchung nachgab, sie gleich noch einmal zu lieben.

Kurz darauf verspeiste sie das Sandwich, das er ihr gemacht hatte, mit so großem Appetit, als hätte sie seit einer Woche nichts mehr gegessen. Er hätte sich nie erträumt, dass sie die Liebe so hemmungslos genießen würde. Und er hätte nie geglaubt, dass er nicht genug davon bekommen würde, mit ihr zu schlafen. Er wollte das aber nicht näher ergründen. Schließlich war er kein unreifer Teenager mehr, dem seine Hormone zu schaffen machten, sondern ein Mann mit großer Selbstbeherrschung.

Und sie war eine Frau, die ihn dieser Beherrschung komplett berauben konnte.

Abel sah auf die Uhr – und fluchte leise. Es war gerade mal sieben. Die Nacht war also noch lang – und die kleine Frau dort auf seinem Sofa nur allzu bereit, ihn das ausnutzen zu lassen. So weit durfte es aber nicht kommen. Denn wenn er jeder Begierde, die sie in ihm weckte, nachgab, würden sie beide am Morgen völlig erschöpft sein.

„Hättest du Lust auf ein bisschen Bewegung?", fragte er, nachdem sie ihr Sandwich aufgegessen hatte.

Sie errötete. Dann lächelte sie ihn kokett an, und es fiel ihm schwer, ihr Lächeln nicht zu erwidern.

„Ich meine, ein bisschen Bewegung an der frischen Luft."

„Draußen ist es doch längst dunkel."

Er stand auf und nahm ihr den Teller ab. „So dunkel auch wieder nicht. Wir haben Vollmond. Da ist es hell genug."

Sie überlegte kurz. „Schön, warum nicht!"

„Dann zieh dich schon mal an, während ich Nashata kurz hinauslasse und nach den Welpen schaue."

Barbara fühlte sich wunderbar, als sie an der Seite ihres Mannes das Blockhaus verließ und in die Dezembernacht hinausging.

Abel hatte recht. Es war hell genug draußen. Groß, rund und gelb stand tief der Mond über dem verschneiten Kiefernwald. Schatten bewegten sich im sanften Wind hin und her. Und die Sterne funkelten so hell und klar, wie sie es in der Stadt noch nie gesehen hatte.

Sie blieb stehen, um den Sternenhimmel zu bewundern. „Es ist überwältigend."

Abel schwieg zunächst, dann überraschte er sie mit einer sehr persönlichen Bemerkung. „Ich glaube, das hat mich mehr als alles andere an den See zurückgezogen. Diese stillen, klaren Nächte. Es ist derart still ringsum, dass man eine Schneeflocke fallen hören kann."

„Warst du lange weg?", forschte sie behutsam, weil sie ihn nicht bedrängen, die Chance aber auch nicht verstreichen lassen wollte. Es interessierte sie. Warum war er weggegangen? Warum zurückgekehrt? Warum hatte er solche Angst, jemanden an sich heranzulassen?

Er ging weiter. Sie folgte ihm.

Erst als sie den Stall erreichten, antwortete er: „Ich ging mit achtzehn weg und kam vor fünf Jahren zurück."

Sie hätte gern Näheres erfahren, wollte aber warten, bis er es ihr freiwillig erzählte. „Eine kluge Entscheidung", sagte sie daher nur lächelnd.

Abel öffnete die Stalltür, machte Licht und ließ Barbara eintreten.

Zwei schwarze Pferde standen friedlich in ihren offenen Boxen. Das mussten die Pferde sein, von denen Mark ihr begeistert erzählt hatte, die den Weihnachtsbaum nach Hause geschleppt hatten, während sie mit Maggie einkaufen gewesen war.

„Die sind ja riesig. Was, um alles in der Welt, gibst du den beiden denn zu fressen?"

Aus sicherer Entfernung sah sie zu, wie er eine flache runde Bürste von einem Haken an der Wand nahm. „Hafer. Heu. Ein wenig Mais bei diesem kalten Wetter", erklärte er, während er die Pferde zu striegeln begann.

„Und was tun sie … außer fressen?"

„Nicht viel. Gelegentlich lasse ich sie Holzstämme schleppen, wenn ich nicht mit der Raupe herankomme. Ansonsten habe ich die beiden Pferde einfach gern um mich."

Die Hände in den Taschen vergraben, trat Barbara etwas näher, als Abel die Bürste beiseitelegte und verschiedene Lederriemen holte. „Was machst du jetzt?", fragte sie.

„Ich lege ihnen Zaumzeug an."

Ihr wurde unbehaglich zumute. „Und das tust du, weil …", fing sie an und befürchtete, die Antwort schon zu kennen.

Er hantierte weiter geschäftig mit den Riemen. „Das tue ich, weil ich dachte, du würdest vielleicht gern ausreiten."

Lieber wäre sie ins Haus zurückgegangen und hätte sich in sein großes weiches Bett verkrochen. Aber das würde sie nie und nimmer zugeben. Er wollte ihr eine Freude machen – und sie würde ausreiten, auch wenn es sie umbrachte. Als Abel kurz darauf die Pferde vor den Stall geführt hatte und sie auf sein Drängen hin neben eines der Tiere trat, fand sie es aus unmittelbarer Nähe noch riesiger und bedrohlicher.

„Ohne Leiter wird das nichts", stieß sie hervor.

„Du brauchst keine Leiter", erwiderte er ruhig. „Greif einfach in die Mähne. Dann stellst du einen Fuß in meine Hand, und ich gebe dir Schwung beim Aufsitzen."

Sie blickte von dem geduldig wartenden Mann zu dem haushohen Tier. „Warum machen wir statt des Ausritts nicht eine Ausfahrt mit dem Schneemobil?", fragte sie in der Hoffnung, er würde seine Pläne vielleicht ändern.

„Weil du so die Stille der Nacht besser genießen kannst."

Ehe sie etwas erwidern konnte, fasste er sie um die Taille, hob sie hoch und setzte sie auf den breiten sattellosen Rücken des Pferdes.

Dass sie aufgeschrien hatte, wurde Barbara erst bewusst, als sie sich verzweifelt festklammern musste, weil sich ein Berg von Muskeln auf Hufen tänzelnd über den harten verschneiten Boden unter ihr bewegte.

Beruhigend redete Abel auf das verschreckte Tier ein.

Mit weit aufgerissenen Augen hielt sich Barbara an der Mähne fest. „Keine gute Idee, was? Das Schreien, meine ich."

Abel schüttelte den Kopf, und – falls sie nicht alles täuschte – ein winziges Lächeln spielte um seinen Mund. Augenblicklich vergaß sie ihre Angst. Sie hatte Abel Greene zum Lächeln gebracht. Ein kleines Wunder. Und sie fühlte sich gleich wieder wunderbar.

„Sind wir startklar, was meinst du?", erkundigte er sich, eine Hand auf dem Rücken seines Pferdes.

„Ja, ich glaube schon."

Ohne ein weiteres Wort zu verlieren, schwang er sich mühelos auf. Nachdem er sich kurz vergewissert hatte, dass sie sicher saß, ließ er sein Pferd langsam losgehen. Ihres folgte ihm ganz ohne ihr Zutun.

„Wie hält man eigentlich an?", fragte sie. „Nicht dass ich mich beschwere, aber müsste es nicht auch Steigbügel oder so etwas geben?"

Er brachte seine Stute zum Stehen. Und ihre hielt automatisch auch an.

„Das ist nur eine Vermutung von mir", meinte er mit einer Lockerheit, wie sie sie noch nicht bei ihm gehört hatte, „aber könnte es sein, dass du noch nie geritten bist?"

„Zählen Karussellpferde mit?"

Wieder umspielte dieses winzige Lächeln seinen Mund. „Nein, tun sie nicht."

„Dann ist dies mein erstes Mal. Heute war ja in so mancher Hinsicht mein erstes Mal", ergänzte sie spontan, um dem Pferd dann eingehend den Hals zu tätscheln. Abel sollte nicht merken, dass sie errötete, weil sie an all die neuen Erfahrungen dachte, die sie in seinem Bett gemacht hatte.

„Du kannst dich entspannen und den Ritt einfach genießen, Barbara. Alles Weitere macht sie für dich. Und falls du nicht wieder schreist, sitzt du dort oben so sicher wie in einem Schaukelstuhl."

„Sie weiß das, oder?"

Triumphierend stellte sie fest, dass Abel erneut schmunzeln musste. Dann schnalzte er leise mit der Zunge, und beide Pferde gingen weiter.

Von da an entspannte Barbara sich wirklich. Sie genoss nicht nur die Schönheit des tief verschneiten Waldes, sondern ebenso die Gesellschaft des Mannes an ihrer Seite. Seinem Beispiel folgend verharrte sie bewegungslos, wenn er anhielt und den Finger auf die Lippen legte. Dann dauerte es nicht lange, bis ein Reh mit seinem Kitz erschien. Doch erst nachdem die Tiere aufmerksam gewittert hatten, kreuzten sie auf staksigen Beinen ihren Weg.

Eulen flogen vorbei, und Barbara konnte hören, wie der Wind leise durch die ausgebreiteten Flügel der Vögel strich. Es war alles so wunderschön und fremdartig und neu, wie eine von der Zivilisation unberührte Welt. Barbara hatte es nicht erwartet, aber sie genoss jeden Moment dieses Ausritts – genau wie sie nicht erwartet hatte, den Mann an ihrer Seite zu lieben.

Sie war so beglückt, diese Nacht mit ihm zu erleben, dass sie erst nach einigen Augenblicken merkte, dass sie den Wald verlassen hatten und sich eine riesige, glatte weiße Fläche vor ihr erstreckte.

„Wir haben den See erreicht."

Natürlich hatte sie gewusst, dass Abels Blockhaus in der Nähe des Sees lag, aber sie hätte nie gedacht, dass der See so groß oder so malerisch sein würde. Die schneeüberkrustete Eisfläche schien endlos, gesäumt von Wäldern und Felsen – unberührte Natur.

„Legend Lake", murmelte sie andächtig und konnte sich gut vorstellen, dass hier viele Mythen und Legenden ihren Ursprung hatten.

„Erzähl mir eine Legende", bat sie Abel.

Nachdenklich schaute er sie an, ehe er den Blick erneut über den zugefrorenen See schweifen ließ. „Meine Mutter hat mir oft Geschichten erzählt, die auch schon ihre Mutter und ihre Großmutter erzählt bekommen hatten."

Ihr Schweigen ließ ihn fortfahren.

„Die meisten beruhten auf der Legende von Manabozho, dem großen Wundertäter der Chippewa. Meine Mutter sagte immer, er habe alle möglichen Tiergestalten annehmen können."

„Das klingt ja ganz so, als habe sie an ihn geglaubt."

„Ich nehme an, sie glaubte zumindest an den Mythos. An die Magie des Mythos. Ihre Lieblingsgeschichte war die vom Raub des Feuers."

„Erzähl sie mir."

Abel setzte sich zurecht, dann begann er langsam: „Vor langer Zeit, so berichtet die Legende, musste Manabozhos Familie genau an diesem Seeufer einen bitterkalten Winter ertragen. Der See war dick zugefroren, und die Sonne hatte ihre ganze Kraft verloren."

Er hielt kurz inne, und Barbara ahnte, dass er in seinem Gedächtnis nicht nur nach den Einzelheiten der Geschichte suchte, sondern sich an eine Zeit erinnerte, an die er sehr lange nicht gedacht hatte.

„Als Manabozho seine Großmutter fragte, warum es so kalt sei, sagte sie ihm, dass die Menschen früher Feuer in ihren Wigwams hatten, ein Mann es jedoch gestohlen habe und es für sich allein behalten wolle. Daraufhin erklärte Manabozho seiner Großmutter, dass er diesen Mann finden und das Feuer zurückbringen wolle. Er verwandelte sich in einen Adler und flog über den See, bis er an einem entlegenen Ufer Rauch aus einem Wigwam steigen sah. Da verwandelte er sich in ein Kaninchen und hoppelte in den Wigwam, wo der alte Mann schlief, und da war es – das Feuer. Manabozho freute sich sehr, wusste jedoch nicht, wie er es nach Hause schaffen sollte. Und dann kam ihm eine Idee."

„Nämlich?", drängte Barbara, ganz fasziniert von der Legende und dem Klang von Abels Stimme.

„Er hielt sein Hinterteil in die Flammen, bis sein Stummelschwänzchen Feuer fing. Mit brennendem Fell hoppelte er so schnell er konnte nach Hause und schaffte es gerade noch bis zum Wigwam seiner Großmutter, ehe der letzte Funken erlosch. Seine Großmutter entfachte das Feuer, legte Reisig auf, und bis Manabozho sich in einen Jungen zurückverwandelt hatte, brannte ein schönes warmes Feuer in ihrem Zelt."

„Das sie mit allen teilten und das der Sonne ihre Wärme zurückgab", vermutete sie und konnte sich gut vorstellen, wie Abel als kleiner Junge seine Mutter immer wieder angefleht hatte, ihm die Geschichte noch einmal zu erzählen.

„Das sie mit allen teilten und das der Sonne ihre Wärme zurückgab", bestätigte er und ließ dabei den Blick über ihr Gesicht gleiten, ehe er sich wieder zum See drehte.

Barbara spürte die Zärtlichkeit in seinem Blick, als er sich längst abgewandt hatte. „Eine wunderschöne Geschichte."

„Sie war eine bemerkenswerte Frau." Es war ihm anzuhören, dass er sich sehr lange nicht gestattet hatte, an seine Mutter zu denken.

Eine bemerkenswerte Frau, die Abel zu einem bemerkenswerten Mann erzogen hat, dachte Barbara. Weil sie plötzlich fröstelte, schlang sie die Arme um sich.

„Du frierst ja", meinte er besorgt.

„Nur ein bisschen. Es wird wohl noch eine Weile dauern, bis sich mein Körper von der Hitze Kaliforniens auf die Kälte Minnesotas umgestellt hat."

Ohne ein Wort zu verlieren, glitt Abel von seinem Pferd, trat neben ihres und schwang sich hinter ihr auf dessen Rücken. Schon hatte er seine dicke Jacke geöffnet und zog Barbara an seine Brust. Sobald er sie in die Jacke gehüllt hatte, nahm er ihr die Zügel aus der Hand und führte das Pferd zum Blockhaus zurück.

Bereitwillig kuschelte Barbara sich in seine Arme. Und dann gab sie sich, genau wie Abel, ganz der Stille hin, die nur vom gleichförmigen Knirschen des Schnees unter den Hufen der Pferde unterbrochen wurde. Der Mond lugte durch die Äste, die Sterne spielten zwischen den Zweigen Verstecken, und Barbara fragte sich, ob sie träume. Die Winternacht, der Mann hinter ihr und das, was sie gemeinsam erlebt hatten, erschien ihr plötzlich so wunderbar, als sei es Teil einer der Legenden um Manabozho.

Es war ihr unfassbar, dass sie erst vor knapp einer Woche um das Leben ihres Bruders gefürchtet hatte. Sie war es so müde gewesen, immer die Starke zu sein, diejenige, die alles richtete, die sich gegen Unrecht stellte, das sie nicht länger rechtfertigen konnte. Noch vor einer Woche war sie allein und zerschlagen gewesen. Jetzt hatte sie Mondschein und Sternengeflimmer und einen Mann an ihrer Seite, Abel Greene.

Traum oder Wirklichkeit. Es war ihr egal. Sie genoss einfach das Gefühl von Sicherheit. Zum ersten Mal seit Langem war sie innerlich ganz ruhig. Und sie schlief in seinen Armen ein, während die Stute im gleichmäßigen Trott durch die Wälder stapfte, dicht gefolgt von ihrer Stallgefährtin.

„Barbara, wach auf."

Sofort kuschelte sie sich tiefer in Abels Arme.

„Wach auf, Vögelchen", flüsterte Abel ihr ins Ohr. „Du willst das doch bestimmt nicht verpassen."

Was auch immer, seine wohlige Körperwärme war ihr lieber.

„Komm schon." Er schüttelte sie sanft. „Es wird dir leidtun, wenn du weiterschläfst."

Verschlafen löste sie sich aus seiner Jacke, die sie einhüllte, und rieb sich die Augen.

„Sieh mal." Er deutete zum Himmel.

Es nahm ihr den Atem. Die Nacht erstrahlte in allen Farben. Glühendes Rot, leuchtendes Weiß, Grün in unzähligen Schattierungen und geisterhaftes Blau. Schimmernde Wellen in allen Regenbogenfarben tanzten über den Nachthimmel.

„Was ist das?" Inzwischen hellwach, richtete Barbara sich auf. Sie wusste nicht, wohin sie zuerst sehen sollte, um bloß nichts zu versäumen.

„Aurora borealis. Das Nord- oder Polarlicht."

Noch ein erstes Mal für sie. Noch ein Wunder in diesem Land der Legenden und Mythen.

„Wodurch entsteht es?"

„Die wissenschaftliche Erklärung ist, dass Nordlichter entstehen, wenn elektrisch geladene Teile, die von der Sonne kommen, ins Magnetfeld der Erde gelangen."

„Und die Erklärung der Chippewa?"

„Ich weiß nicht, ob sie eine haben."

„Also, ich habe eine." Barbara wandte sich zu Abel um, fasziniert davon, wie sich das himmlische Lichtspiel in seinen schönen Augen widerspiegelte. „Ich glaube, es ist Manabozho. Er hat sich in einen Geist verwandelt und zeigt mir mit diesen magischen Farben, was für ein Glück ich habe, hier zu sein, am Legend Lake."

Für einen langen Moment wurde Abels Miene weich. Dann senkte er den Blick und bewegte das Pferd zum Weitergehen. „Und ich glaube, es wird Zeit, dass du aus der Kälte herauskommst."

Sie kuschelte sich wieder an ihn. Es war ihm noch nicht bewusst, aber sie war an dem Tag aus der Kälte herausgekommen, als sie halb erfroren vor seine Tür gestolpert war.

Und noch etwas wusste er nicht. Genau wie Manabozho es geschafft hatte, das Feuer zurückzuholen, war sie entschlossen, den Eispanzer um Abels Herz zum Schmelzen zu bringen.

9. Kapitel

Nachdem das Polarlicht erloschen war und es noch kälter wurde, brachte Abel Barbara ins Blockhaus zurück. Dann ging er in den Stall, um die Pferde zu versorgen. Außerdem wollte er eine Weile allein sein. Wollte nachdenken und wieder einen klaren Kopf bekommen.

Weil es ruhig im Haus war, als er zurückkam, nahm er an, Barbara würde bereits tief und fest schlafen. Leise machte er sich daran, die Sauna anzuheizen, und kurz darauf zog er sich dorthin zurück.

Die Sauna war ein Luxus, den er sich beim Bau des Blockhauses geleistet hatte. Und sein wichtigster Zufluchtsort. Wenn er mitten in der Nacht mit wild klopfendem Herzen aufwachte, weil er wieder einmal Albträume gehabt hatte, dann flüchtete er sich in die Sauna. Hier konnte er seine Angst sozusagen ausschwitzen.

Doch Angst hatte ihn heute nicht in die Sauna geführt. Auch keine Träume von Tod und Erniedrigung. Es waren Barbaras lebhafte grüne Augen und sein unstillbares Verlangen, Barbara zu besitzen.

Er lehnte sich an die Wand und atmete tief die heiße, nach Zedernholz duftende Luft ein … und hatte doch nur ihren Duft in der Nase. Den ihrer Haut. Ihres Haares.

Er schloss die Augen … und sah nur sie. Mit Zuckerguss an den Fingern. Mit verführerischem Blick. Ihre hellen schmalen Hüften im festen Griff seiner dunklen Hände, als sie sich ihm bereitwillig hingab.

„Zum Teufel mit ihr!", brummte er und strich sich das feuchte Haar aus dem Gesicht. „Was macht sie mit mir?"

Doch er wusste es genau. Sie untergrub seine Entschlossenheit, Distanz zu ihr zu halten. Sie ließ ihn Geschichten erzählen, zum Kuckuck! Geschichten aus seiner Kindheit, die längst begrabene Erinnerungen und Emotionen heraufbeschworen.

Er wusste, welche Konsequenzen es hatte nachzugeben. Dennoch wollte er seiner größten Schwäche nachgeben – der, die ihm zu schaffen machte, seit er mit Barbara geschlafen hatte und die Sache weit über körperliches Verlangen hinausgegangen war.

Sie brachte ihn dazu, ihr vertrauen zu wollen. Die Geheimnisse seiner Vergangenheit, die Grausamkeiten, die Verletzungen seiner Seele aufdecken und betrauern zu wollen.

„Hast du Angst?", hatte er sie gefragt. Er lächelte grimmig. Nein, sein Vögelchen hatte vor nichts Angst. Aber er.

Er ballte die Fäuste und rang nach Atem, weil er solche Angst hatte, Barbara zu nah an sich heranzulassen – und noch größere, sie nicht nahe genug bei sich halten zu können.

Welche Ironie! Wenn er ihr gab, was sie ersehnte – Einblick in seine Seele –, dann würde er sie wohl verlieren. Wenn er ihr das verweigerte, dann würde er sich selbst verlieren und sie irgendwann auch. Eine Frau wie sie konnte nicht lange in der kalten Atmosphäre seines Schweigens leben. Eine Frau wie sie brauchte, was er nie geglaubt hatte geben zu können – bis sie in sein Leben getreten war und es völlig aus dem Gleichgewicht gebracht hatte. Sie brauchte Wärme und Vertrauen.

„Mach mich zu deiner Frau."

Er hatte ihr Gesicht noch vor sich, als sie unter ihm gelegen hatte, offen, vertrauensvoll. Und sie hatte ihn so sehr gebraucht wie er die so lustvolle, heilsame Vereinigung mit ihrem Körper.

Himmel, war sie süß gewesen … genauso süß, wie sie es in diesem Moment war, als sie auf einmal zögernd in die Sauna kam.

Sein Herz schlug augenblicklich schneller, wie immer, wenn er sie sah. Seine Brust schmerzte vor Sehnsucht, einer Sehnsucht, die weit über körperliches Verlangen hinausging.

Das durch das Dachfenster einfallende Mondlicht gab ihrer Haut einen silbernen Schimmer, als sie so vor ihm stand, frisch geduscht, ein Handtuch um sich geschlungen. Unschuld und Verführung. Die Mischung war einfach überwältigend und berauschte ihn vollkommen.

Da gab Abel es auf, Distanz vorzutäuschen, seine Bedürfnisse zu leugnen. Er war schon verloren gewesen, als er Barbara zum ersten Mal gesehen hatte. Es war ihm nur nicht bewusst gewesen.

Er streckte die Hand nach ihr aus – und schenkte ihr sein Vertrauen. „Mach mich zu deinem Mann."

Forschend blickte Barbara ihm in die Augen und begriff langsam die Bedeutung seiner Worte.

Er hatte seine Abwehr aufgegeben. Er hatte sich ergeben. Ihr ergeben.

Tränen traten ihr in die Augen und liefen ihr über die Wangen, als sie das Handtuch fallen ließ und zu ihm kam. „Sag das noch einmal", bat sie leise.

Abel hielt ihren Blick fest, sah, dass sie es von Herzen ehrlich mit ihm meinte und wiederholte ohne Scham, was er so sehr ersehnte. „Mach mich zu deinem Mann, Barbara." Er schluckte. „Ich brauche …"

Sie legte ihre zitternden Finger auf seine Lippen. „Pst. Ich weiß, was du brauchst", flüsterte sie.

Schnell löste sie sein über den Hüften verknotetes Handtuch und umschloss ihn sanft mit den Händen. Abel hob ihr die Hüften entgegen, bewegte sich in ihrer liebkosenden Hand, während Barbara sich langsam auf seinen Schoß sinken ließ und ihn tief in sich aufnahm.

Sie überließ sich einem gleichmäßigen, trägen Rhythmus, hingegeben an die Leidenschaft, die sie entfacht hatte. Sie nahm Abel und hielt ihn ohne jede Hast, mit der verführerischen Zuversicht einer Frau, die ihrem Mann grenzenlose Lust bereitete, unschuldig lächelnd und dann wieder wollüstig seufzend.

Ihre Vereinigung hatte nichts fieberhaft Drängendes. Sie hatten alle Zeit der Welt, und sie kosteten die Freiheit aus, die diese Gewissheit ihnen bot.

Als es vorbei war und sie sich entspannt und schweißgebadet in den Armen lagen, drückte Abel Barbara fest an sein wild klopfendes Herz. Und zum ersten Mal in seinem Leben glaubte er an Magie.

Manabozho hatte das Feuer zurückgebracht. Er, Abel Greene, hatte etwas noch Kostbareres gefunden.

Gemeinsam standen Abel und Barbara auf dem Friedhof. Abels Mutter war in einer einsamen Ecke begraben, abseits der Familiengräber.

„Sie war viel zu jung", sagte Barbara traurig, als sie die Jahreszahl auf dem schlichten Stein las, nachdem Abel den Schnee weggewischt hatte.

„Sie war niemals jung." Seine Stimme klang gepresst, und dass er seine Gefühle zeigen konnte, erwärmte Barbara, wie keine Sommersonne es vermocht hätte.

Seit drei Tagen waren sie verheiratet. Drei Tage, die ihr beider Leben verändert hatten.

Es war nicht leicht für Abel. Er ging es langsam an. Zunächst hatte er ihr nur Nebensächliches von sich erzählt. Dinge, die nicht schmerzten und nicht allzu viel von seinen Wunden preisgaben. Doch es waren diese Kleinigkeiten, die nach und nach das faszinierende Puzzle seines Lebens ergaben.

Dass er sie gebeten hatte, ihn heute zum Grab seiner Mutter zu begleiten, bedeutete sicher, dass er eine weitere Barriere durchbrechen wollte.

„Was ist mit deinem Vater?", fragte sie vorsichtig. „Du hast noch nie von ihm gesprochen."

Abel richtete den Blick in die Ferne. „Weil er es nicht wert ist. Er war ein Trinker und totaler Egozentriker, dem es nicht mal im Traum einfiel, meine Mutter zu heiraten. Er benutzte sie, schlug sie ..." Er brach ab, und seine Miene verriet Barbara, dass sein Vater auch ihn geschlagen hatte.

Sie drückte seine Hand. Er legte einen Arm um sie und zog sie an sich, eine Geste, die er sich noch vor einem Tag versagt hätte. „Er nahm ihr Geld und ihren Stolz, und dann verließ er sie. Ich habe nichts mehr von ihm gehört oder gesehen, seit ich ... zehn ... oder elf war."

„Und du gibst dir die Schuld an seinem Fortgehen?"

„Vom Verstand her, nein."

„Aber vom Gefühl her", half sie nach, damit er auf seine Wut zu sprechen kam, die tief in ihm verschlossen war.

„Vom Gefühl her ... Drücken wir es so aus, ich verstehe Marks Wut. Ich reagierte genauso, als ich in seinem Alter war. Ich war Faye Greenes uneheliches Kind. Und ich wollte unbedingt allen beweisen, dass ich nichts taugte."

Dadurch also ist er zum Außenseiter geworden, dachte Barbara. Zum Einzelgänger, der jede Freundlichkeit abwies. Der seine Angst vor Zurückweisung hinter aggressiver Wut versteckte. Es tat ihr weh, dass er als kleiner Junge so tief verletzt worden war, dass er als erwachsener Mann noch die Narben trug.

Mit einem letzten Blick auf das Grab seiner Mutter wandte Abel sich zum Gehen. „Wir haben oft gehungert, auch als er noch nicht weg war. Sie hätte das Land verkaufen und sich das Leben leichter machen können. ‚Ich muss ein Versprechen halten', sagte sie immer. Dieses Versprechen hat sie für mich gehalten. Und das ist es, was mich an den See zurückgezogen hat."

Er sah kurz zu Barbara. „Sie hat mir das Land hinterlassen. Das Land, das den Chippewa gehörte und meiner Familie anvertraut wurde, um es zu erhalten. Das Land war der Grund, weshalb sie zwei

Jobs hatte. Weshalb sie hinter dem Lenkrad einschlief, nachdem sie wieder einmal viel zu hart und viel zu lange gearbeitet hatte."

Abrupt blieb er stehen. „Es gibt da einen Mann. Er heißt Grunewald. John Grunewald."

„Grunewald." Dass Abel plötzlich so zornig war, machte Barbara Angst. „Stand dieser Name hier nicht irgendwo auf einem Schild?"

„Er ist der reichste Mann in der Stadt. Besitzer von Grunewald-Castelle."

„Der großen Papierfabrik."

Abel nickte. „Er will mein Holz. Aber er bekommt es nicht." Seine Miene war finster geworden, seine schönen schwarzen Augen waren wieder so kalt wie seit Tagen nicht mehr. „Vergiss diesen Namen nicht, und halt dich von diesem Mann fern. Falls er je in meiner Abwesenheit zum Blockhaus kommt – rede nicht mit ihm. Lass ihn nicht ins Haus. Hör nicht hin, was auch immer er zu sagen hat."

Er packte sie bei den Schultern. „Versprich mir, dass du ihn nicht an dich heranlässt."

„Das alles klingt ja, als wäre er das reinste Monster."

„Versprich es mir, Barbara." Sein Griff schmerzte fast, als Abel sie dicht an sich zog. „Versprich mir, dass du dich von ihm fernhalten wirst."

„Ich verspreche es." Sein hartnäckiges Bitten beunruhigte sie erst recht. Doch sie wollte ihn nicht näher nach Grunewald befragen. Nicht heute. Im Gegensatz zu den Verletzungen, die ihm sein Vater vor vielen Jahren zugefügt hatte, war das, was Grunewald angerichtet hatte, offenbar noch nicht so lange her. Und offenbar war es schlimm. „Ich verspreche es", beteuerte sie noch einmal und schmiegte sich an ihn.

Eine ganze Weile hielt er sie fest in den Armen. „Jetzt komm." Er ging mit ihr zum Pick-up. „Wir müssen zum Einkaufen in die Stadt. Morgen kommt Mark nach Hause. Der Junge braucht ein Bett – auch wenn er sich nicht beklagt, auf der Empore kann er nicht ewig schlafen."

Der Traum kam in dieser Nacht.

Völlig unerwartet.

Wild um sich schlagend wachte Abel auf. Er atmete schwer, und er war schweißgebadet. Panische Angst überfiel ihn, drohte ihn zu ersticken. Mit einem animalischen Aufschrei versuchte er sich zu befreien.

Er entwand sich seinem Angreifer, zwang ihn auf den Rücken, legte ihm die Hände um den Hals und drückte zu, so wie der andere es bei ihm hatte tun wollen.

Wie aus weiter Ferne hörte er sie schreien. Irgendwie spürte er ihre Nähe. Er wurde ganz still, öffnete die Augen – und ihm blieb fast das Herz stehen.

„Oh nein! Himmel, Barbara! Nein!" Gequält aufstöhnend riss er sie an sich und flehte alle Mächte des Himmels an, dass er sie nicht verletzt hatte.

„Abel, bitte, mach nicht so ein Theater. Ich bin okay. Du hast mich viel mehr in Angst und Schrecken versetzt als verletzt."

„Das erklärt natürlich", stieß er wild hervor, „warum du so heiser bist, dass du kaum sprechen kannst."

„Halb so schlimm", versicherte Barbara ihm lächelnd.

Nein, es hätte kaum schlimmer sein können, und er würde ewig Schuldgefühle haben, weil er ihr das angetan hatte.

Sie sah sehr mitgenommen aus. Er hatte sie vom Schlafzimmer auf das Sofa getragen, um sich um sie zu kümmern. An ihrem Hals bildeten sich schon hässliche blaue Flecken. Bei dem Gedanken daran, dass sie eben noch um ihr Leben kämpfen musste, weil er sie gewürgt hatte, wurde ihm übel.

„Abel", flüsterte sie, und ihre Heiserkeit war ihm Beweis genug für ihre Verletzungen. Sie legte den Eisbeutel beiseite und streckte die Hand aus. „Abel. Das Einzige, was mir wehtut, ist, dass ich nicht weiß, was dich quält."

Behutsam zog er sie an sich und war sich bewusster denn je, wie zerbrechlich sie war … und wie willensstark.

„Sprich mit mir." Sie presste das Gesicht an seine Schulter. „Vertrau mir."

Vertrauen. Es war genau das, womit er am zurückhaltendsten war. Angesichts dessen, was er ihr vor wenigen Minuten angetan hatte, war Vertrauen das Allermindeste, was er ihr schuldete. Sie wünschte es sich so sehr. Auch wenn er sie damit womöglich in die Flucht schlug.

Er zog sie auf seinen Schoß und drückte sie ganz fest an sich. Im flackernden Schein des Kaminfeuers klopfte sein Herz so laut, dass er glaubte, es müsste in der Stille des Wohnzimmers zu hören sein. Er wusste nicht, wo er beginnen sollte.

Sie suchte seinen Blick. „Ich weiß, dass du das nicht hören willst. Vielleicht ist es auch zu früh. Aber ich kann es nicht länger für mich behalten. Ich liebe dich, Abel Greene."

Für einen Moment schloss er die Augen, weil dieses unerwartete Geständnis ihm einen Stich versetzte.

„Ich liebe dich", wiederholte sie. „Du musst mir schon ein wenig vertrauen, um mir das zu glauben. Was du getan hast, wo du warst, was du ertragen hast – das ist alles ein Teil von dir. Allerdings Teil deiner Vergangenheit. Jetzt zählt die Zukunft. Und das, was wir daraus machen." Sie räusperte sich. „Aber wenn es deine Vergangenheit ist, die unserer Zukunft im Weg steht, dann red mit mir darüber. Ich möchte verstehen, womit ich es zu tun habe."

Er presste ihre kleine Hand an seine Lippen. Barbara hatte eine so weiche Haut, war insgesamt so weich und unschuldig – etwas, was er absolut nicht war.

„Und was ist, wenn du mit dem, was ich dir erzähle, nicht umgehen kannst? Wenn du es so schlimm und abstoßend findest, dass du …?"

Sie legte ihm einen Finger auf den Mund. „Vertrau mir einfach."

Ihre schlichten klaren Worte, die Innigkeit, mit der sie das sagte, berührten ihn so tief, wie das noch nichts vermocht hatte. Und ihre Ehrlichkeit öffnete ihr schließlich die Tür zu seinen Geheimnissen. Geheimnisse, die er so lange mit sich herumtrug, dass er sich nicht mehr unter Kontrolle gehabt hatte, als sie in seinem Albtraum an die Oberfläche gekommen waren, sodass er die Person verletzt hatten, die das am allerwenigsten verdiente.

Das durfte nicht noch einmal passieren. Er musste sie irgendwie davor schützen. Und genau das würde er tun, indem er ihr seine Vergangenheit enthüllte. Denn wenn er die Dämonen herausließ, würden sie ihn vielleicht in Ruhe lassen. Die Frage war nur, würde Barbara ihnen folgen und ebenfalls aus seinem Leben verschwinden?

Er wollte sie nicht verlieren. Aber er könnte sich nicht mehr ins Gesicht sehen, falls er ihr erneut wehtat.

„Als ich von hier wegging", fing er an, „hatte ich absolut keine Ahnung, was ich mit meinem Leben anfangen sollte." Abel strich über die Narbe seitlich an seinem Kiefer, eine automatische Reaktion, wenn er an jene Nacht zurückdachte.

„Grunewald", flüsterte Barbara ahnungsvoll. „Die Narbe verdankst du ihm."

„Ja, und dann sorgte er dafür, dass ich die Geschichte hier nicht publik machen konnte."

Barbara kuschelte sich enger an ihn, während er ihr erzählte, wie Grunewald und seine Kumpane ihn überfallen und zugerichtet hatten. Er verschwieg auch nicht seine Beziehung zu der Frau, die jetzt Grunewalds Ehefrau war – und deren Versuch, die Affäre nach seiner Rückkehr an den See fortzusetzen.

„Schon damals hatte er Macht. Er wollte, dass ich ging und drohte, falls ich mich widersetzte, Trisha dazu zu bringen, mich wegen Vergewaltigung anzuzeigen. Mit dem Ruf, den ich so sorgfältig kultiviert hatte, zweifelte ich nicht daran, dass sie damit durchgekommen wären."

„Wie unfair!"

„So ist das Leben eben. Geld regiert die Welt. Damals beschloss ich, dass ich ab sofort mitreden wollte. Um Geld zu verdienen, brauchte ich eine Ausbildung. Also ging ich zu den Marines. Zum ersten Mal in meinem Leben hatte ich das Gefühl, nach meinem Können beurteilt zu werden statt nach meinem Ruf oder meiner Herkunft."

Sie lächelte.

„Was ist?"

„Ich versuche, mir dich mit militärisch kurzem Haarschnitt vorzustellen."

Er ergriff ihre Hand und verschränkte sie mit seiner. „Die habe ich ohnehin erst später wachsen lassen." Gleich darauf fuhr er fort: „Nach vier Jahren quittierte ich den Dienst bei den Marines und fing bei der D. C. Police Force an. Ja", bestätigte er, als sie ihn ungläubig ansah, „ich, ein Cop. Aber ich hatte damals einfach genug vom Militär. Als sich mir die Gelegenheit bot, als Undercover-Polizist zu arbeiten, ergriff ich sie."

Und damit hatte sein Abstieg begonnen.

„Ein gefährlicher Job."

Abel schloss die Augen und atmete tief durch. „Ja. Sehr gefährlich. In nicht nur einer Hinsicht. Ich wurde süchtig nach der Gefahr. Je riskanter der Einsatz, desto mehr gefiel er mir, desto rücksichtsloser wurde ich. Irgendwann reichte der Kick nicht mehr. Ich wollte noch mehr Action – mehr als selbst die D.C. Police Force bieten konnte. Also stieg ich bei der Firma ein."

„Die Firma?"

„Die CIA."

Er merkte, dass Barbara sich versteifte.

„Alles, was du je darüber gehört hast, trifft zu, im besten wie im schlechtesten Sinn. Die Idealvorstellung ist, dass sich jeder an die Spielregeln hält. Die Realität ist, dass es in dieser Firma immer Leute geben wird, die moralisch korrupt sind – Leute, die ihre eigenen Regeln aufstellen und kein Maß kennen, wenn die Bürokratie Resultate erschwert. Es dauert nicht lange, bis der eine oder andere nicht viel besser ist als die Gegner. Und ich war darin einer der Besten."

Abel biss die Zähne zusammen, als er sich daran erinnerte. „Der Tag, an dem ich jedes Augenmaß verlor, war der Tag, an dem ich meinen Partner verlor, weil die Befehlsgewaltigen vor lauter Vorschriften nicht handelten. Als sie endlich beschlossen, etwas zu unternehmen, war es zu spät, und Carson war tot."

Er machte eine Pause. „Ich habe getötet."

Diese drei Worte hallten wie zerberstendes Glas in der angespannten Stille wider. Barbaras Schweigen machte Abel Angst – so wie seine Beichte ihr Angst machte. Er schockierte sie. Aber er konnte jetzt nicht mehr aufhören. Er schuldete ihr die Wahrheit.

„Ich habe getötet und nannte es Selbstverteidigung. Gerechtigkeit. Ich war Zeuge von Brutalität, doch statt sie zu stoppen, wurde ich selber brutal und sagte mir, meine Brutalität geschehe zum Besten der Allgemeinheit. Als Carson starb, begriff ich, dass ich entbehrlich war für eine Regierung, die mich zwar für meinen Kampf gegen die Drogen ehrte, mich dann aber bedenkenlos den Wölfen zum Fraß vorwarf."

Nach einem Moment fuhr er fort: „Ein Jahr später schied ich aus – und machte mich selbstständig. Wenn ich schon Kopf und Kragen riskierte, dann konnte ich das ebenso gut zu meinem eigenen Vorteil tun. Neben der amerikanischen Regierung hatten auch noch andere Interesse daran, den Drogenhandel einzudämmen. Sie benötigten meine Dienste, obwohl ihre Motive vielleicht weniger menschenfreundlich waren. Doch ihre Motive waren mir egal. Für mich zählte nur das Geld. Ich arbeitete für jeden, der bereit war, meinen Preis zu zahlen – und ich erbrachte Leistung für jeden gezahlten Dollar."

Abel atmete tief durch, und es war ihm deutlich anzumerken, wie sehr er den Söldner verachtete, der er gewesen war. „Eines Tages war ich in einem Dorf in Kolumbien. Es war unerträglich schwül, und es stank ekelerregend. Dort hatte der Boss eines internationalen Drogenkartells sein Versteck. Ich war ihm auf der Spur – und machte dabei einen fast tödlichen Fehler."

Abel schluckte. „Sie war zwölf." Er erinnerte sich an das Mädchen, als wäre es gestern gewesen. „Ihr Blick war voller Unschuld, geradezu eine Einladung, ihr zu vertrauen. Ich tat es. Sie wurde meine Informantin." Angewidert schloss er die Augen. „Ein Kind … und ich nutzte es aus. Wie sich jedoch herausstellte, nutzte das Mädchen mich aus. Sie musste ihre Familie ernähren. Also führte sie mich in eine Falle. Direkt in Gutierrez' Versteck."

Er erschauerte und merkte dann, dass Barbaras Herz heftig an seiner Brust schlug. „Der einzige Grund, mich nicht zu töten, war der, dass er sich langweilte. Ich bedeutete Abwechslung. Als die Schläge keinen Unterhaltungswert mehr für ihn hatten, experimentierte er mit Strom." Ihm brach der kalte Schweiß aus. „Dann wurden Drogen sein Lieblingsspielzeug. Es war die Hölle für mich."

Abel schüttelte heftig den Kopf, als könnte er so die Vergangenheit abschütteln, und konzentrierte sich auf das Kaminfeuer, auf die reinen hellen Flammen. Und als wäre sie seine Verbindung zur Gegenwart, zog er Barbara noch fester an sich.

„Jeden Tag versprach er mir, mich umzubringen. Nach einem Monat flehte ich ihn an, es endlich zu tun."

„Wie bist du ihm denn entkommen?"

„Gar nicht. Er räumte das Feld. Der politischen Splittergruppe, die in der Provinz das Sagen hatte, war daran gelegen, die Drogengeschäfte einzudämmen. Sozusagen als symbolisches Zeichen für ihren guten Willen stürmten sie Gutierrez' Versteck und jagten ihn außer Landes. Dabei fanden sie mich in seinem Weinkeller. Sie übergaben mich dem amerikanischen Konsulat, in der Annahme, Pluspunkte zu machen." Er lachte auf, es klang zynisch und bitter.

„Die Mitarbeiter des Konsulats waren nicht begeistert, mich zu sehen. Ihnen war bekannt gewesen, dass ich mich irgendwo da unten aufhielt, sie wollten aber gar nicht wissen, was ich tat. Ich war ein Abtrünniger, allerdings früher mal in Diensten des Staates, den sie auch vertraten. Also brachten sie mich still und leise in die Staaten zurück und in einem Hospital für Veteranen in Virginia unter. Dort blieb ich, bis ich wieder bei Kräften war. Nachdem ich mich dann einen Monat in einem schäbigen kleinen Motel am Rande von D.C. verkrochen hatte, kam ich schließlich hierher zurück."

Abel atmete tief durch. „Ich kaufte mir einen kleinen Wohnwagen und stellte ihn hier auf meinem Land ab. Meine Genesung ging voran, ich ertrug die Albträume, und allmählich kehrte meine Kraft zurück. Sozusagen als Therapie fing ich mit dem Bau des Blockhauses an. Ich brauchte zweieinhalb Jahre dazu. Und noch mal zwei Jahre, bis ich nicht mehr mit einem geladenen Gewehr unter dem Kopfkissen schlief und alle Türen mit einer Eisenstange sicherte."

„Aber die Albträume hast du immer noch."

„Ja, die habe ich immer noch."

Erneut suchte Barbara seinen Blick. Abel sah keinen Abscheu in ihren Augen, keinen Hass. Nur tiefen Schmerz. Seinetwegen.

Sie schlang die Arme um ihn und flüsterte: „Du brauchst diese Albträume jetzt nicht mehr allein durchzustehen."

Es war ihm nicht bewusst gewesen, dass er den Atem angehalten hatte, dass er noch immer solche wahnsinnige Angst empfinden konnte. Ihre Worte waren für ihn wie eine Erlösung. Seine Augen brannten, und seine Kehle war wie zugeschnürt, als er Barbara sanft hin und her wiegte und dem Schicksal dankte, dass es sie zu ihm geführt hatte.

„Hast du den Mann, der du damals warst, gemocht?"

Diese Frage hatte er nicht erwartet. „Habe ich dir irgendeinen Hinweis darauf gegeben, dass ich ihn nicht mochte?"

„Nein. Keinen. Ich wollte nur wissen, ob es dir bewusst ist. Du mochtest ihn nicht, hast nicht gutgeheißen, was er tat. Das tue ich auch nicht." Sie legte die Hände an seine Wangen. „Aber ich verstehe ihn … und was ihn zu seinem Tun trieb. Und ich verzeihe ihm."

Barbara lächelte ihn an. „Du – der Mann, der du jetzt bist – musst diesem Mann, der du damals warst, auch verzeihen. Er war ein Opfer der Umstände, die gegen ihn waren, Abel. Bis du das nicht einsiehst, wirst auch du ein Opfer bleiben." Sie küsste ihn liebevoll.

Tief bewegt nahm er ihre Hände. „Womit habe ich dich nur verdient?"

„Um mich geht es gar nicht. Vielmehr hast du verdient zu erkennen, dass du aus eigener Kraft der Mann geworden bist, den deine früheren Lebensumstände eigentlich nicht zulassen wollten."

Er presste einen innigen Kuss auf ihre Handfläche. „Und du verdienst etwas Besseres als mich. Wie bist du nur so unglaublich verständnisvoll geworden, so selbstlos?"

Barbara schaute Abel tief in die Augen. Sie verstand seine Schuldgefühle. Gefühle, die ihr nicht fremd waren. „Ich bin nicht selbstlos", verbesserte sie ihn. Und dann bekannte sie: „Mark und die Gefahr, in der er schwebte, waren nicht mein einziges Motiv für meine Reise hierher. Ich bin nicht so stark, wie du annimmst."

Sie stand auf und ging zum Kamin. Mit vor der Brust verschränkten Armen starrte sie in die knisternden Flammen. „Ich war es müde. Müde, ganz allein für Mark zu sorgen. Ich wollte ein eigenes Leben. Ich wollte all die Dinge tun, die Frauen in meinem Alter eben tun. Konnte es aber nicht, weil ich im wahrsten Sinn des Wortes der Hüter meines Bruders war."

Ihre Stimme zitterte. „Ich nahm es Mark übel, dass mein Leben nicht so war, wie ich es mir erträumt hatte. Ich brauchte jeden Dollar, damit wir ein Dach über dem Kopf hatten, und hatte deshalb meinen Traum, meine Ausbildung zu beenden, aufgegeben."

Angewidert von sich selbst schüttelte Barbara den Kopf. „An dem Tag, an dem ich auf deine Annonce stieß, warf ich das Handtuch. Ich dachte nicht nur an Mark, als ich darauf antwortete. Ich dachte ebenso an mich. Ich sah eine Chance, dass mir jemand hilft, die Last der Verantwortung zu tragen. Eine Chance, dass sich auch mal jemand um mich kümmert."

Mit tränenfeuchten Augen wandte sie sich wieder zu Abel. „Von wegen selbstlos. Ich kam her, weil ich mein ganzes verfahrenes Leben jemand anderem aufbürden wollte. Und dafür schäme ich mich."

Abel ging zu ihr. „Das brauchst du nicht." Zärtlich strich er ihr übers Haar. „Dein Verhalten macht dich sehr menschlich, denn es zeigt menschliche Schwächen und Bedürfnisse. Und mich macht es verdammt glücklich, dass ich dir helfen kann, deine Bürde zu tragen." Er lächelte ihr aufmunternd zu. „Du liebst deinen Bruder, Barbara. Niemand soll das je anzweifeln, besonders du selbst nicht. Du hast ihm das Leben gerettet, indem du ihn hierher gebracht hast. Und du weißt hoffentlich, dass du auch mir das Leben gerettet hast."

10. Kapitel

Am nächsten Morgen fuhr Abel mit dem Schneemobil nach Crimson Falls, um Mark nach Hause zu holen. Es sei Zeit, so sagte er ihm, dass sie eine Familie wurden.

Anfangs war Mark etwas nervös. Doch im Lauf des Tages entspannte er sich, als er merkte, dass sich an seinem Status nichts geändert hatte. Barbara entspannte sich ebenfalls. Er war immer noch ihr kleiner Bruder, den sie trotz ihrer Schuldgefühle sehr liebte und für dessen Leben sie jederzeit erneut kämpfen würde.

Zwei Tage nach Marks Rückkehr war Heiligabend. Am Weihnachtstag würden sie zum Dinner zu Scarlett und Casey fahren, und Ende der Woche, sobald die beiden aus der Stadt zurück waren, würden sie sich alle mit Maggie und J. D. treffen.

Aber der Heiligabend heute gehörte ihnen allein.

Die drei hatten eine Abmachung getroffen. Da Mark und Barbara pleite waren, hatten sie Abel nicht erlaubt, Geld für sie auszugeben. Die Geschenke, die sie sich dann machten, waren jedoch viel kostbarer als alles, was man für Geld hätte kaufen können. Und die Erinnerung daran, wie sie auf dem Fußboden um den Weihnachtsbaum herumsaßen und ihre Geschenke öffneten, würde für Barbara immer eine ganz besondere sein.

Der Weihnachtsbaum funkelte im Glanz unzähliger winziger Lichter. Sie hatte Kerzen auf dem Kaminsims angezündet und auf Marks Radiorekorder sogar einen Sender gefunden, der, sehr zu Marks angeblichem Entsetzen, ununterbrochen Weihnachtslieder spielte.

„Du zuerst, Abel", sagte Mark und überreichte ihm einen Briefumschlag.

Mark war auf die Idee gekommen, Gutscheine zu verschenken. Abel hatte demnach Unterstützung bei der Betreuung der Pferde und Hilfe beim Holzfällen gut. Barbara bekam das Versprechen, seine Rapmusik so leise zu drehen, wie sie es für akzeptabel hielt, und in der Schule sein Bestes zu geben, sobald sie nach den Weihnachtsferien wieder anfing.

Barbara hatte für Mark dessen Lieblingskekse gebacken und mehrere Dosen, die sie hinten im Küchenschrank gefunden hatte, damit gefüllt.

„Das ist ja wie im Schlaraffenland", murmelte Mark, bemüht, sein glückliches Grinsen nicht zu zeigen, während er in ein Zuckerplätzchen biss.

Für Abel hatte Barbara das Angebot parat, in seinem Büro aufzuräumen und seine Buchhaltung auf den neuesten Stand zu bringen. Ihre anderen Geschenke für ihn waren intimerer Natur, und sie wollte sie ihm erst in der Abgeschiedenheit ihres Schlafzimmers machen.

Abels Geschenke jedoch waren die allerschönsten von allen.

Er schenkte Mark eines von Nashatas Jungen. Barbaras kleinem Bruder standen Tränen in den Augen, als er sich mit einem dicken Kloß im Hals bedankte.

„Du wirst dich mit Casey einigen müssen", fügte Abel an, um Mark Zeit zu geben, sich zu fassen. „Ich habe ihr versprochen, dass sie sich als Erste einen Welpen aussuchen darf. Und wie ich höre, ist sie dabei, Scarlett zu bearbeiten, damit sie ihr zwei erlaubt."

„Maggie bearbeitet J. D. auch", warf Barbara ein. „Und da er ihr anscheinend nichts abschlagen kann, wird sie sicher auch einen der Kleinen bekommen."

„Mir ist es egal, welchen ich …" Mitten im Satz brach Mark ab, als Abel ein rotes Band, an dem ein Schlüssel hing, vom Weihnachtsbaum nahm und es ihm überreichte.

„Es ist ein älteres Modell", meinte Abel beiläufig. „Ich habe es in meinem ersten Winter hier gekauft. Aber wenn man ein wenig Arbeit hineinsteckt, läuft es noch gut. Der Motor muss überholt werden, vielleicht müssen auch die Kufen neu belegt werden, aber es ist deins, wenn du es willst."

„Ein Schneemobil?", flüsterte Mark ungläubig.

Abel nickte. Weil Mark so überwältigt schien, dass er entweder gleich platzen oder sein Macho-Image endgültig ruinieren würde, indem er in Tränen ausbrach, kam er dem Jungen zu Hilfe. „Es steht im Stall unter einer Plane. Warum inspizierst du das gute Stück nicht gleich mal?"

Kaum war Mark zur Tür hinaus, da war es Barbara, die in Tränen ausbrach. „Du bist ein wunderbarer Mann."

„Es stand doch nur herum", sagte Abel achselzuckend.

„Es gehörte dir." Sie ging zu ihm hinüber. Da er im Schneidersitz auf dem Boden saß, setzte sie sich rittlings auf seinen Schoß und schlang ihm die Arme um den Nacken. „Und du hast es ihm geschenkt. Niemand hat ihm je etwas so …"

Abel brachte sie mit einem Kuss zum Schweigen. „Du wirst doch nicht weinen, wenn ich dir dein Geschenk gebe, oder?"

Schniefend wischte sie sich die Augen. „Vermutlich doch."

Er zog sie an sich, dann griff er unter den Baum und überreichte ihr ein sorgfältig eingewickeltes Päckchen.

Behutsam machte sie sich ans Auspacken.

„Es ist doch nur Papier."

„Aber es ist Papier, mit dem du mein erstes Weihnachtsgeschenk eingewickelt hast. Ich möchte es aufbewahren."

„Und wer bewahrt mich vor sentimentalen Frauen?"

Sie versetzte ihm einen liebevollen Knuff.

Unter der Goldfolie kam ein Buch zum Vorschein. Es war alt und in Leder gebunden und anscheinend oft gelesen worden. Barbara fuhr mit den Fingerspitzen über den abgenutzten Ledereinband.

„Es gehörte meiner Ururgroßmutter. Nicht. Bitte nicht", bat Abel flehentlich, als die Tränen erneut flossen.

„Ich kann nichts dafür." Sie versuchte, ihre Tränen wegzublinzeln. Dann öffnete sie das Buch und betrachtete durch einen Tränenschleier eine der handgeschriebenen Seiten. „Ist das Französisch?"

Abel nickte. „Sie war die Tochter eines Häuptlings. Ein Franzose aus Quebec verliebte sich in sie und ihren Stamm. Ihm gefielen die Geschichten, die sie sich erzählten, er schrieb sie in diesem Bändchen nieder und schenkte es ihr zur Hochzeit."

Gerührt drückte Barbara das Buch an die Brust. „Ich wünschte, ich könnte die Geschichten lesen."

„Ich werde sie dir vorlesen. Und wir werden die Legenden gemeinsam entdecken." Die Lichter des Weihnachtsbaumes spiegelten sich in Abels Augen wider, als er Barbara zärtlich betrachtete.

„Glaubst du, dass Manabozho hier bei uns ist?"

„Da bin ich mir ganz sicher." Und dann machte er ihr das kostbarste Geschenk überhaupt. „Genau wie ich ganz sicher weiß, dass ich dich liebe."

Es war eine Rekordnacht für Tränen. Und für Enthüllungen.

„Ich habe noch etwas für dich." Barbara zog unter der Decke, auf der der Weihnachtsbaum stand, einen Umschlag hervor.

Stirnrunzelnd warf Abel einen Blick darauf. Ein Lächeln breitete sich auf seinem Gesicht aus, als er dann seine eigene Handschrift erkannte und es ihm dämmerte, dass das der Brief war, mit dem er die Hochzeit hatte abblasen wollen. „Ich dachte, du hättest ihn nicht bekommen."

„Da hab ich mich wohl geirrt."

Er sagte kein Wort. Er stand mit Barbara in den Armen auf, da sie ihn immer noch fest umschlungen hielt, und ging zum Kamin. „Fröhliche Weihnachten, liebste Frau", murmelte er und warf den Brief ins Feuer.

„Fröhliche Weihnachten, liebster Mann", flüsterte sie an seinem Mund, ehe Abel sie innig küsste und ihr damit alles verriet, was sie über seine Liebe wissen musste.

Ärger findet immer den Weg ins Paradies. Das ist ein ungeschriebenes Gesetz.

Aber als die Tage nach Weihnachten vergingen und sich ihre Beziehung zu Abel festigte, begann Barbara zu denken, dass diesmal vielleicht das Paradies von jemand anderem betroffen sein würde und nicht ihres.

Die Veränderungen, die mit Mark vorgingen, machten sie glücklich. Und das hatte sie Abel zu verdanken. Er achtete darauf, Zeit für Mark zu finden. Sie brachten das Schneemobil zum Laufen und waren täglich Stunden unterwegs, um andere Schneemobilspuren am Legend Lake zu erkunden. Er nahm Mark zum Eisangeln mit, und sie brachten einen köstlich schmeckenden Hecht nach Hause.

Aber am wichtigsten war, dass er ihrem Bruder Vertrauen schenkte. Er ließ ihn allein mit dem Schneemobil losfahren. Er überließ ihm die Pflege seiner Pferde, und Mark durfte ihm beim Holzfällen helfen.

Für andere mochten das Kleinigkeiten sein. Aber für einen Jungen, der nie die Gelegenheit gehabt hatte, Selbstvertrauen zu entwickeln, war das von größter Bedeutung.

Als Scarlett nun am Tag nach Neujahr Mark abholen kam, um ihn mit Casey zur Schule zu fahren, hoffte Barbara sehr, dass er auch diese Hürde so problemlos schaffen würde wie alle bisherigen hier. Und wirklich, Marks erster Schultag verlief ohne Aufregungen.

Am zweiten Tag jedoch brach die Hölle los.

Abel war beim Holzfällen, als Barbara kurz nach Mittag einen Anruf aus der Schule bekam und gebeten wurde, Mark abzuholen. Es habe einen Zwischenfall gegeben. Ohne daran zu denken, Abel per Handy Bescheid zu sagen, nahm sie seine Wagenschlüssel und war kurz darauf nach Bordertown unterwegs.

Die Stadt war nicht sehr groß – weniger als zehntausend Einwohner –, und Barbara brauchte nicht lange, um die Highschool zu finden.

Als sie wenig später das Büro von Dr. Chipman, dem Rektor der Schule, betrat und Mark in einer Ecke sitzen sah, wurde sie ganz mutlos. Sein Hemd war zerrissen, seine Lippe blutig, seine Fingerknöchel waren geschwollen. Und seine Miene drückte kalte Gleichgültigkeit aus. Barbara wusste es besser. Er kochte innerlich vor Wut.

„Bist du in Ordnung?", fragte sie ihn.

Trotzig schniefend blickte er zur Seite.

„Ihr Bruder war nach dem Lunch in eine kleine Rauferei verwickelt."

Dr. Chipman, den sie kennengelernt hatte, als sie Mark während der Ferien angemeldet hatte, war ein freundlicher kleiner Mann mit dicker Brille und sich lichtendem Haar. Er saß ruhig hinter seinem Schreibtisch.

„Soweit ich weiß", fing Barbara an, bemüht, sich nicht aufzuregen, „gehören zu einer Rauferei mindestens zwei. Wieso sitzt Mark denn allein hier in Ihrem Büro?"

„Das ist eine kleine Taktik von mir", erwiderte Dr. Chipman freundlich. „Trennen und siegen. Der andere Junge wartet im Büro des Hausmeisters auf seine Eltern."

„Tut mir leid. Ich hätte keine voreiligen Schlüsse ziehen sollen."

„Entschuldigung angenommen. Ich glaube, es wäre das Beste, Mark jetzt mit nach Hause zu nehmen. Eine neue Schule ist immer eine Umstellung – aber so sollte das Eingewöhnen nicht vonstattengehen."

„Was ist passiert, Mark?", fragte sie.

Er blieb stumm wie ein Fisch.

„Mehr haben wir aus ihm oder dem kleinen Grunewald auch nicht herausbekommen", sagte Dr. Chipman. „Vielleicht möchte er ja lieber mit Ihnen reden."

Barbara wurde blass, als sie den Namen Grunewald hörte. „John Grunewalds Sohn?", hakte sie nach, in der Hoffnung, es gäbe noch einen anderen Grunewald.

Barbara wurde enttäuscht.

„Also, was ist passiert, Mark?", fragte sie erneut, sobald sie mit Mark etwas später im Pick-up saß.

Mürrisch starrte er zum Fenster hinaus.

„Mark. Du musst es mir sagen."

„Ich muss dir gar nichts sagen. Ich hasse diese Gegend. Wir hätten nie aus Kalifornien weggehen sollen. Hier gibt es nur Schnee und Eis und Hinterwäldler."

Ihr wurde ganz elend. Alles war wie gehabt. Seine Wut. Seine Verstocktheit. Er redete nicht mit ihr. Er vertraute sich ihr nicht an.

Aber Casey wusste Näheres. Auf der Heimfahrt von der Schule erfuhr Scarlett die ganze Geschichte von ihrer Tochter. Und Scarlett erzählte sie Barbara bei einer Tasse Kaffee, während Casey Mark in seinem Zimmer aufsuchte.

„Casey zufolge fing der Streit schon gleich morgens an, aber beim Lunch kam es zum Knall. Mark und Casey aßen zusammen – und das störte Ryan Grunewald offenbar. „Er scheint Mark bereits den ganzen Tag gehänselt zu haben – angefangen von seiner Haarlänge bis hin zu der Tatsache, dass er eine Klasse wiederholen muss, weil er in L. A. so oft gefehlt hatte."

Barbara sah Scarlett eindringlich an. „Und der berühmte letzte Tropfen?"

„Ryan machte eine unanständige Bemerkung über dich und Abel."

Ganz benommen hörte sich Barbara den Rest der Story an. Mark hatte Ryan aufgefordert, seine Frechheit zurückzunehmen, doch als der nur weiter wüst vom Leder zog, war Mark über den Tisch gesprungen und hatte Ryan angegriffen. Vier Lehrer waren nötig gewesen, um die beiden zu trennen.

Barbara hatte keine Ahnung, wie das je wieder in Ordnung kommen sollte. Abel würde außer sich sein. Sie dachte daran, wie in seiner Vergangenheit die Gewalt sein Leben regiert hatte, und sie hatte um ihn und John Grunewald Angst.

„Abel darf das nicht erfahren, Scarlett."

„Es dürfte ziemlich schwierig sein, ihm das zu verheimlichen, meinst du nicht, Barbara? Casey sagt, Marks Lippe würde ganz schön schlimm aussehen."

„Richtig, und ich werde ihm ja auch von der Rauferei berichten. Aber ich möchte nicht, dass er erfährt, dass es John Grunewalds Sohn war, der Mark provoziert hat. Grunewald und Abel haben eine Abneigung gegeneinander."

„Das weiß ich. Maggie hat es mir erzählt."

„Maggie? Wie viel weiß Maggie denn von der Geschichte?"

„Alles. Angefangen damit, dass John Abel damals mit dem Messer verletzt hat, bis hin zu den Problemen beim Holzfällen, hinter denen Abel Grunewald vermutet." Scarlett hielt inne, weil Barbara sie völlig überrascht anschaute. „Oje. Das war dir gar nicht bekannt, stimmt's?"

Barbaras Angst wurde größer. „Welche Probleme beim Holzfällen?", hakte sie nach, und ihre Angst glich immer mehr der Panik, die sie aus Kalifornien hatte fliehen lassen. „Erzähl mir davon, Scarlett. Du bist doch meine Freundin."

Widerstrebend berichtete Scarlett von der Sabotage an Abels Maschinen und dem Brand im Holzlager.

Barbara stützte den Kopf in die Hände. Es war schlimmer, als sie gedacht hatte. Abel hatte ihr gesagt, Grunewald wolle seinen Wald und würde auch nicht vor Gemeinheiten zurückschrecken, um sein Ziel zu erreichen. Offenbar schreckte er auch nicht davor zurück, seinen Sohn aufzuhetzen und auch in ihm Hass zu schüren. Das war nicht fair. Doch sie fühlte sich machtlos, gegen das, was da geschah, etwas zu unternehmen.

Es hatte wieder zu schneien begonnen, als Scarlett und Casey aufbrachen. Barbara wartete, bis ihr Wagen nicht mehr zu sehen war, ehe sie sich aufmachte, um Grunewald zur Rede zu stellen. Es war der einzige Weg, noch mehr Gewalt zu verhindern und dafür zu sogen, dass der Krieg zwischen Abel und Grunewald eskalierte.

Es würde Abel nicht gefallen, aber sie konnte nicht einfach zusehen, wie ihre Familie unter der Rachsucht eines einzigen Mannes litt. Sie versuchte, nicht daran zu denken, dass sie Abel versprochen hatte, sich von Grunewald fernzuhalten. Sie dachte nur daran, die Dinge zu bereinigen. Bevor Abel nach Hause kam.

Doch kaum saß sie im Pick-up, da hörte sie den Motorenlärm von Abels Schneemobil und sah ihn gleich darauf über den Hügel hinter dem Haus kommen. Überwältigt von Angst und Schuldgefühlen, ließ sie den Kopf aufs Lenkrad sinken, das sie mit beiden Händen umklammert hatte.

So saß Barbara immer noch da, als Abel ans Wagenfenster klopfte.

Langsam hob sie den Kopf. Müde erwiderte sie seinen besorgten Blick – und verwarf alle Ausreden, die sie sich zurechtgelegt hatte.

Als sie dann am Küchentisch saßen, schilderte sie ihm die Neuigkeiten mit einer Ruhe, die sie nicht im Entferntesten verspürte. Abels versteinerte Miene sprach Bände und verdeutlichte ihr die Gefahr, die sie eigentlich hatte vermeiden wollen.

„Ich hätte das kommen sehen müssen", sagte er schließlich. „Ich hätte wissen müssen, dass Grunewald sein Gift an seinen Sohn weitergeben würde."

Barbara fühlte sich ganz elend. Es war so unfair. Die beiden Menschen, die sie am meisten liebte, wurden durch Intoleranz und Rachsucht verletzt.

„Du musst Mitleid mit dem Jungen haben", versuchte sie, die Sache nüchtern zu sehen, auch wenn sie dabei an Marks aufgeplatzte Lippe dachte und daran, dass er sich wieder in sein Schneckenhaus aus Gleichgültigkeit und Zorn verkrochen hatte.

„Das habe ich. Aber nicht mit seinem Vater."

Ohne ein weiteres Wort zu verlieren, stand Abel auf und zog seine Jacke wieder an.

Barbara sprang auf. „Abel, nein. Bitte bleib von Grunewald weg. Bitte", flehte sie und packte ihn am Arm, als er die Tür öffnen wollte. „Geh nicht. Wir werden uns eine andere Lösung des Problems überlegen."

„Du wolltest zu ihm." Das klang anklagend. „Vorhin, als ich dich im Wagen fand, wolltest du zu ihm und ihn zur Rede stellen, stimmt's? Wenn ich nicht nach Hause gekommen wäre, wärst du zu ihm gefahren – obwohl du versprochen hast, dich von ihm fern zuhalten."

„Ich würde dich nie hintergehen, Abel. Aber ich wollte helfen."

„Ich schlage meine Schlachten selbst, Barbara."

„Genau das wollte ich ja verhindern. Eine Schlacht. Es hat doch genug Streit gegeben. Genug Hass. Ich will nicht, dass du meinetwegen oder wegen Mark verletzt wirst oder dass sonst jemand verletzt wird."

Er schüttelte den Kopf. „Wenn du glaubst, es würde hier um dich oder Mark gehen, dann machst du dir etwas vor."

Die eiskalte Entschlossenheit, mit der Abel ihre Hand abschüttelte und hinausging, ließ Barbara frösteln.

11. Kapitel

Wenig später fuhr Abel vor John Grunewalds prächtiger Villa am anderen Ende der Stadt vor. Grunewald selbst kam zur Tür.

Überrascht kniff er die Augen zusammen und grinste Abel dann hämisch an. „Sieh mal an. Lass mich raten. Du hast dich verfahren? Bei diesem Schneetreiben ist das erklärlich. Du willst doch sicher auf die andere Seite."

Abel biss die Zähne zusammen, zwang sich jedoch, Grunewalds Beleidigung einfach zu ignorieren. „Wir müssen miteinander reden."

„Reden?" Obwohl er skeptisch dreinblickte, trat Grunewald beiseite und ließ Abel mit einer huldvollen Geste, als würde er einem Untertanen eine Audienz gewähren, in sein imposantes Foyer eintreten. „Ich könnte mir denken, du hast Besseres – Amüsanteres zu tun", ergänzte er mit anzüglichem Grinsen, „als mit mir zu reden. Deine neue Frau soll ja ein wirklich süßes kleines Ding sein. Glückwünsche sind wohl in Ordnung – für dich jedenfalls." Er schloss die Tür. „Und Beileid für sie."

Nur der Gedanke an Barbara, an die Angst in ihren Augen, an ihre flehentliche Bitte, weitere Streitereien zu vermeiden, hielten Abel davon ab, handgreiflich zu werden. „Hör mal, Grunewald", fing er an, „zwischen uns gibt es böses Blut seit …"

„Zwischen uns gibt es gar kein Blut, Greene. Und wenn du von bösem Blut redest, dann fließt das höchstens in deinen Adern."

In diesem Moment erkannte Abel, dass es ein Fehler war herzukommen. Mit Grunewald war nicht vernünftig zu reden. Ärgerlich über seine Fehleinschätzung, revanchierte er sich mit einer Wortattacke. „Ich verstehe ja, dass du nicht anders kannst, als dich als Dreckskerl aufzuführen, aber ist die Rolle des Indianer-Verächters nicht längst aus der Mode gekommen? Ein reicher und kultivierter Mann wie du muss doch merken, was für ein gesellschaftlicher Fauxpas das heutzutage ist."

Nur mit Mühe unterdrückte Grunewald seinen Zorn. „Bist du hergekommen, um mich zu beleidigen, oder hattest du noch einen anderen Grund?"

Auch Abel konnte sich kaum noch beherrschen und hätte Grunewald am liebsten einen Schlag mitten ins Gesicht versetzt. Aber dann musste er wieder an Barbaras Mahnung denken, dass es schon genug Streit gegeben habe. Sie hatte recht. Es reichte. Auch wenn es ihm eine persönliche Genugtuung gewesen wäre, Grunewald zu verprügeln, es hätte die Situation nur verschärft.

„Also … ich bin hergekommen, um an dich als Vater zu appellieren. Dein Sohn und der Bruder meiner Frau haben sich heute in der Schule geprügelt.“

„Davon habe ich gehört.“

„Das hätte nicht passieren müssen. Und es gibt keinen Grund, dass sich das wiederholt.“

„Jungs sind nun mal Jungs.“

„Das hat nichts mit den Jungs zu tun, sondern mit uns, und das weißt du genau. Du hast mit mir Streit. Wenn du daran festhalten willst, schön. Ich kann damit umgehen. Aber ich finde es widerlich, dass du deine Wut auf Kinder überträgst.“

Grunewald schnaubte verächtlich. „Dieser langhaarige Kriminelle ist wohl kaum ein Kind.“

Abel zügelte seinen Zorn. „Es sind beides noch Kinder. Und es liegt an uns, ob sie etwas von ihrer Kindheit haben.“

Als Grunewald nur argwöhnisch die Augen zusammenkniff, fuhr er fort: „Sie werden schnell genug erwachsen werden, dann können sie selbst entscheiden, wie sie mit Einstellungen wie deiner umgehen wollen. Ich erwarte nicht, dass du etwas für Mark tust, aber ich bitte dich, tu etwas für deinen eigenen Sohn. Er verdient etwas Besseres als die Feindseligkeit, die du in ihm schürst.“

Wutentbrannt rannte Grunewald zur Tür und riss sie auf. „So etwas brauche ich mir von dir nicht anzuhören. Und schon gar nicht in meinem eigenen Haus. Verschwinde!“

Abel war unbeeindruckt von Grunewalds Empörung, „Wenn dir etwas an deinem Sohn liegt, dann denk über das nach, was ich gesagt habe. Er verdient etwas Besseres.“

In diesem Moment wurde Abel auf eine Bewegung im Flur aufmerksam. Ein junger Mann, der wegen seiner Ähnlichkeit mit John Grunewald nur dessen Sohn sein konnte, trat aus einer schattigen Nische. Seine nachdenkliche Miene verriet Abel, dass er jedes Wort mit angehört hatte.

Auch Grunewald hatte seinen Sohn inzwischen bemerkt.

„Denk über das nach, was ich dir gesagt habe, Grunewald." Langsam ging Abel zur Tür. „Und vergiss nicht, was wir unseren Kindern mitgeben, spiegelt unsere guten und auch unsere schlechten Seiten wider. Du hast die Chance, ihm das Beste von dir zu geben. Verspiel sie nicht."

„Verschwinde, Greene!"

„Ich geh ja schon. Und wünsche dir und deinem Gewissen einen wirklich netten Abend."

Unruhig ging Barbara hin und her, da tauchten im dichten Schneegestöber endlich die Scheinwerfer von Abels Wagen auf.

Als er dann in die Küche kam, stand sie neben der Spüle und wagte nicht, ihn anzusehen – oder zu fragen.

Sofort kam Abel zu ihr und schloss sie in die Arme. „Du kannst dich entspannen, Vögelchen." Er drückte ihr einen zärtlichen Kuss ins Haar. „Ich war ein braver Junge."

Erleichtert atmete Barbara auf. „Ich liebe dich", flüsterte sie.

Er streichelte ihren Rücken. „Ich wollte ihn verprügeln. Windelweich schlagen für das, was er ist – und das, was er aus seinem Sohn macht."

„Aber du hast es nicht getan."

„Nein." Nun atmete auch Abel tief aus. „Und leider auch seine Einstellung keinen Deut geändert. Ich fürchte, Marks Schwierigkeiten fangen jetzt erst richtig an."

„Wir werden schon eine Lösung dafür finden."

Das Telefon klingelte. Abel strich Barbara liebevoll über die Wange, dann nahm er ab. Während er schweigend zuhörte, wurde seine Miene immer angespannter. „Gut. Ich komme sofort."

„Was ist los?"

„Das war J. D. Es werden Suchtrupps zusammengestellt."

Barbara sah aus dem Fenster. Es schneite inzwischen noch heftiger, der Wind hatte aufgefrischt, und die Sicht war gleich null. „Jemand hat sich in diesem Schneetreiben verirrt?"

Abel nickte.

„Wie schrecklich!"

„Grunewalds Junge wird vermisst."

„Grunewalds Junge?"

Mark kam in die Küche. Seine Lippe war noch immer blau und geschwollen. „Ich möchte ihn suchen helfen."

Irritiert sah Abel Barbara an, dann Mark.

„Ryan hat angerufen", klärte Mark die beiden auf. „Er hat das Gespräch zwischen dir, Abel, und seinem Vater mit angehört. Er sagt, er müsse dir recht geben und er habe sich geirrt. Es täte ihm leid, was er in der Schule über euch gesagt habe."

Bedrückt senkte Mark den Blick. „Er sagte auch, er habe seinem Vater erklärt, dass er sich entschuldigen werde. Daraufhin habe der fiese Typ ihm gedroht, wenn er das täte, wäre er nicht mehr sein Sohn."

Barbara war entsetzt.

„Ich möchte ihn suchen helfen", wiederholte Mark und sah Barbara ebenso entschlossen wie bittend an.

Sie wollte ihn auf sein Zimmer schicken. Bei einem Schneesturm hatte er draußen nichts zu suchen. Er könnte sich selbst verirren, und in einer Nacht wie dieser könnte das den Tod bedeuten. Doch dann begriff sie, dass sie ihn mit Sicherheit verlieren würde, wenn sie ihn jetzt nicht gehen ließ.

„Zieh deine dicksten Pullover an, Mark", wies Abel ihn auf ihr Nicken hin an. „Ich mache inzwischen die Schneemobile startklar."

Mark rannte in sein Zimmer.

Zärtlich legte Abel die Hände um Barbaras Kopf. „Es wird ihm nichts geschehen."

Sie nickte nur, unfähig, etwas zu sagen. Fünf Minuten später waren die beiden weg.

Das einzig Vorhersehbare am Schicksal ist, dass es völlig unvorhersehbar ist. Und so kam es, dass von den vielen Rettungsteams, die nach Ryan Grunewald suchten, ausgerechnet Abel und Mark es waren, die ihn gegen Mitternacht fanden.

Auf halbem Weg zwischen Bordertown und einem unberührten Stück Natur namens Woodenfrog Landing war er mit seinem Schneemobil gegen einen Baum gefahren. Dass er Alkohol getrunken hatte, war leicht an der leeren Flasche zu erkennen, die neben dem Wrack lag. Doch außer einem gebrochenen Arm und einer kleinen Frostbeule hatte er nichts abbekommen.

Mark und Abel wickelten ihn mit Wärmepackungen in eine Überlebensdecke und riefen dann über Funk einen Rettungswagen, der innerhalb einer halben Stunde kam und Ryan ins Krankenhaus nach Bordertown brachte.

Als sie eine Stunde später ins Blockhaus zurückkehrten, wurden sie in der Küche von einer herzzerreißend schluchzenden Frau empfangen, die sie abwechselnd beschimpfte, weil sie sie derart in Sorge versetzt hatten, und im nächsten Moment überschwänglich umarmte.

Als Barbara endlich überzeugt war, dass ihnen nichts fehlte, außer dass sie völlig durchgefroren waren, erkundigte sie sich nach dem jungen Grunewald.

„Es ist nicht ganz so schlimm", sagte Abel, während er seine Hände an einer Tasse heißer Schokolade wärmte. „Zum Glück sind die Erfrierungen auf eine kleine Stelle an der Wange begrenzt. Das wird eine Narbe geben, und sein Arm muss einige Wochen in Gips, aber er wird es überleben."

„Dank eurer Hilfe." Barbara war ganz überwältigt vor Erleichterung und Stolz und vor Liebe zu den beiden. „Was ist?", wollte sie dann wissen, als sie einen verschwörerischen Blick zwischen Abel und Mark auffing. „Was verschweigt ihr mir?"

Mit breitem Grinsen setzte Mark der Geschichte die Krone auf. „Ryans Vater hat eine Belohnung für denjenigen ausgesetzt, der ihn findet. Fünfzigtausend Dollar."

Barbara riss die Augen auf. „Fünfzigtausend Dollar?"

„Um sein Gewissen zu erleichtern", warf Abel ein. „Es ist ihm wohl klar geworden, dass er den Jungen mit seinem Verhalten in diesen Schneesturm hinausgetrieben hat."

Die Bedeutung dessen, was Mark und Abel ihr eben berichtet hatten, machte Barbara ganz schwindelig. „Ach, du meine Güte! Das muss ja eine bittere Pille für ihn gewesen sein … dass ausgerechnet ihr beide seinen Sohn gefunden habt und nun Anspruch auf die Belohnung erhebt."

„Ich glaube", meinte Abel nachdenklich, „Grunewald war so froh, seinen Sohn lebend wiederzusehen, dass es ihm egal gewesen wäre, wenn der Teufel persönlich ihn zurückgebracht hätte. Um ehrlich zu sein, er hat mir leidgetan."

Dass ihr Mann Mitleid mit Grunewald hatte, ließ Barbara das Herz noch weiter aufgehen.

„Abel nimmt das Geld nicht."

Barbara sah Mark an, dann Abel.

„Ich brauche sein Geld nicht", erklärte Abel. „Ich habe nicht wegen des Geldes mitgesucht, sondern aus dem gleichen Grund wie Mark. Es war einfach selbstverständlich."

Barbara hätte die zwei nicht noch mehr lieben können. Wenigstens glaubte sie das, bis am nächsten Tag John Grunewald durch die Schneeverwehungen angefahren kam, um ihnen einen Besuch abzustatten.

Als ihr Mann von einem demütigen John Grunewald dessen Dank für die Rettung seines Sohnes annahm und auch die überfällige Entschuldigung für alles, was er ihm in der Vergangenheit und Gegenwart angetan hatte, erkannte sie, dass sie das wahre Ausmaß ihrer Liebe zu Abel noch längst nicht voll erfasst hatte.

Der rege Funkverkehr am Legend Lake war schuld an einer weiteren improvisierten Party, an der die Greenes teilnahmen – nur dass sie diesmal im Crimson-Falls-Hotel stattfand.

Nachdem Barbara Scarlett über Funk von dem unerwarteten Sinneswandel John Grunewalds berichtet hatte, hatte Scarlett sich umgehend mit J. D. und Maggie in Verbindung gesetzt. Und die hatten spontan erklärt, das sei doch ein wunderbarer Grund zum Feiern.

Barbara war begeistert von dem alten Hotel, das um die Jahrhundertwende für Holzfäller und Pelzhändler aus Kanada und den Vereinigten Staaten gebaut worden war.

„Das Hotel ist wirklich etwas Besonderes", sagte sie später noch einmal, nachdem Nashata und die Welpen und auch Mark schliefen und sie und Abel im Bett lagen. Sie kuschelte sich dichter an ihn. „Aber ich verstehe, warum du dir um Casey und Scarlett Sorgen machst. Es ist ein so großes, weitläufiges altes Haus. Und es ist so abgelegen."

„Scarlett ist hart im Nehmen. Und sie kann, wie sie mir oft genug erklärt, gut auf sich selbst aufpassen."

„Ich weiß. Es ist nur …" Sie seufzte.

„Du möchtest, dass sie ebenso glücklich verheiratet ist wie Maggie und du?", mutmaßte Abel schmunzelnd.

„Ja. So ähnlich." Dann formulierte Barbara seine Vermutung um. „Ich möchte, dass sie ebenso glücklich verheiratet ist wie J. D. und du." Auf einen Ellbogen gestützt, suchte sie Abels Blick. Nur das feine Licht einer schmalen Mondsichel erhellte das dunkle Schlafzimmer. „Du bist doch glücklich verheiratet … oder?"

Er küsste sie sanft. „Bin ich glücklich verheiratet?", flüsterte er, während er zärtlich mit einem Finger über ihre Lippen strich. „Vielleicht kann ich dir ja verdeutlichen, wie glücklich verheiratet ich bin." Abel zog sie noch enger an seine Seite und begann dann träge ihren nackten Körper zu streicheln. „Eine der Geschichten, die meine Mutter mir immer erzählt hat, war die Legende der Singvögel, die eines Sommers kamen."

Barbara seufzte wohlig. Sie fühlte sich geliebt und glücklich und tief zufrieden, wie sie das nie im Leben für möglich gehalten hätte. „Erzähl sie mir."

„Vor langer, langer Zeit, da stahl ein verrückter glückloser Jäger die Singvögel des Sommers. Die Menschen und Tiere litten sehr unter diesem schlimmen Verlust. Das Leben wurde ein einziger langer, bitterkalter Winter. Selbst im Sommer bedeckten Schnee und Eis das Land, und die Menschen drängten sich in ihren Behausungen frierend ums Feuer und sehnten sich danach, dass die Vögel zurückkamen und die Wärme der Sonne mitbrachten. Doch sie kamen nicht zurück, weil der Jäger sie in Käfigen gefangen hielt und sie nicht freilassen wollte. Schließlich hielten die Menschen und Tiere eine Versammlung ab, um zu beratschlagen, was zu tun sei. Es war der Marder, der sich bereit erklärte, sich auf die Suche nach dem Jäger zu machen und die Singvögel zu befreien."

Es war eine hübsche Geschichte, und Abel erzählte sie mit ganz weicher Stimme und streichelte dabei Barbaras Rücken.

„Er machte sich auf eine lange Reise mit vielen Strapazen, aber schließlich fand er die Behausung des Jägers. Mitten in der Nacht, als der Jäger schlief, schlich er in den Wigwam. Leise öffnete er die Käfige und ließ die Singvögel des Sommers frei. Als sie aus ihren Gefängnissen herausflogen, erwärmte sich die Luft, es begann zu tauen, die Pflanzen begannen zu sprießen. Die Singvögel flogen weiter und weiter nach Norden, brachten den Sommer mit und das Eis und die Bitterkeit in den Herzen der Menschen zum Schmelzen."

Abel beugte sich über Barbara, und sein schönes schwarzes Haar fiel dabei über seine Schulter auf ihre Brüste. „Zu fragen, ob ich ein glücklich verheirateter Mann sei, ist das Gleiche, wie zu fragen, ob die Menschen glücklich waren, als der Sommer in ihr Leben zurückkehrte. Ja, liebste Frau, ich bin glücklich. Du bist mein Singvogel des Sommers. Du kamst in mein Leben geflogen mit deiner Wärme und deiner Lebendigkeit, und du hast das Eis, das sich um mein Herz gelegt hatte, zum Schmelzen gebracht."

Tief bewegt sah Barbara ihn an, diesen Mann, durch den sie eine Liebe kennengelernt hatte, die so grenzenlos und zauberhaft war wie die Legenden der Chippewa. „Und du bist mein Manabozho." Sie ergriff eine Strähne seines Haars, um seinen Kopf näher zu ziehen. „Mein Wundertäter, der mir das Herz in der kältesten Winternacht erwärmen kann."

„Flieg nie weg von mir, mein Vögelchen", flüsterte er an ihren Lippen.

„Hier ist mein Zuhause, und du bist mein Leben. Ich habe so lange auf beides gewartet. Jetzt, wo ich dich gefunden habe, möchte ich nirgendwo sonst auf der Welt hingehen."

Seine dunklen Augen glitzerten im Mondlicht.

„Liebe mich", bat Barbara leise und zog ihn auf sich. „Damit ich dir etwas geben kann, ohne das ich ebenso wenig leben könnte wie ohne dich. Mein Herz."

Voller Demut nahm Abel ihr Geschenk an und gab ihr Zärtlichkeit und Sehnsucht, Leidenschaft und Feuer. Aber vor allem gab er ihr sein Vertrauen und seine Liebe, die ihn für immer mit seinem Singvogel des Sommers verbinden würde.

– ENDE –

Informationen zu unserem Verlagsprogramm, Anmeldung zum Newsletter und vieles mehr finden Sie unter:

www.harpercollins.de

4 Romane in einem Band

Band-Nr. 20064
9,99 € (D)
ISBN: 978-3-95649-655-4
464 Seiten

Lisa Jackson u. a.
Mistelzweig
und Weihnachtszauber

*Das große Glück
zum Fest der Liebe!*

Lisa Jackson: Ein Weihnachts-
märchen in Montana

Ausgerechnet in Montana, das Chase nach einer Tragödie verließ, muss er nun die Feiertage verbringen. Doch als er die hochschwangere Lesley aus dem Schneesturm rettet, scheint ein Weihnachtswunder möglich.

Penny Jordan: Zwei Spuren im Schnee …

Hand in Hand im Schnee mit dem Mann, den sie liebt, davon träumt Heaven schon lange. Als es jetzt so weit ist kann sie es gar nicht genießen, denn sie befindet sich mit Jon auf der Flucht vor ihrem rachsüchtigen Ex-Chef …

Cara Colter: Viel Liebe zum Fest

Weiße Weihnacht in den verschneiten Bergen hat Beth ihrem kleinen Neffen versprochen! Ist es vielleicht nicht nur eine märchenhafte Winterlandschaft, die Beth in Kanada erwartet, sondern auch die große Liebe?

Julianna Morris: Dein Kuss unterm Mistelzweig

Weihnachten in der Familie, mit dem Mann, der Shannons Herz im Sturm erobert hat. Zärtlich küsst Alex sie unter dem Mistelzweig. Aber ist der attraktive Witwer wirklich schon bereit für eine neue Beziehung?

4 Romane in
einem Band

Band-Nr. 20062
9,99 € (D)
ISBN: 978-3-95649-577-9
608 Seiten

Nora Roberts u. a.
Der Zauber
dieser Sommernacht

Nora Roberts:
Megans Hoffnung

Sommerflirt oder wahre Gefühle? Megan weiß nur eins ganz genau: Nate ist ein echter Traummann. Kann sie mit seiner Hilfe endlich ihre Vergangenheit hinter sich lassen und der Liebe eine Chance geben?

Barbara Delinsky:
Ein nie gekanntes Gefühl

Sonne, Strand, Meer – Corinne könnte sich keinen schöneren Arbeitsplatz vorstellen. Wäre da nicht ihr Boss Corey, der zärtliche Gefühle in ihr weckt, die sie eigentlich niemals zulassen dürfte.

Carla Cassidy: Ich weiß nur eins, ich liebe dich

Gern hilft Dr. Frank der betörenden Fremden, die in der Hitze ohnmächtig geworden ist. Doch ein Kennenlernen scheint unmöglich: Sie hat Gedächtnisverlust – und weiß nicht einmal ihren Namen!

Margaret Way: Abschied von der Liebe

Jahre ist es her, dass sie Scott das Herz gebrochen und sich für ihre Tanzkarriere entschieden hat. Doch jetzt ist Alex zurück. Und plötzlich sind all die Gefühle jenes feurigen Sommers wieder da …

SANDRA BR
KRISTIN JAMES   ROSEMARY CA
STELLA CAMERON

4 Romane in einem Band

Ein Brief vom Glück

ntb

Band-Nr. 25954
9,99 € (D)
ISBN: 978-3-95649-595-3
560 Seiten

Sandra Brown u. a.
Ein Brief vom Glück

Sandra Brown:
Wenn die Liebe erwacht

Mit jeder Zeile verliebt er sich mehr: Trevor ist tief bewegt von Kylas Liebesbriefen, die nach dem Tod ihres Mannes irrtümlich an ihn geschickt wurden. Sein Entschluss steht fest: Er muss sie finden!

Kristin James:
Heiße Lust in deinen Armen

Ausgerechnet ein Schreiben vom Gericht bringt sie zusammen: Anwalt James Marshall ermittelt gegen einen Betrüger – und verfällt dessen verführerischer Tochter. Eine verbotene Liebe ohne Happy End?

Rosemary Carter: Es geschah in Afrika

Die Briefe ihrer Schwester führen Melanie nach Afrika. Überstürzt beginnt sie eine stürmische Affäre mit dem geheimnisvollen Robin. Doch der scheint etwas mit dem Tod ihrer Schwester zu tun zu haben!

Stella Cameron: Du hältst doch zu mir, oder?

Kurierin Laurie ist überglücklich, dass sie in dem attraktiven Ian die große Liebe gefunden hat. Bis ihr plötzlich einige Briefe zum Verhängnis werden und noch nicht einmal Ian an ihre Unschuld glaubt …

Nora Roberts
Hotel der Herzen

Pension der Sehnsucht

Nelly wird auf keinen Fall, die Pläne des neuen Besitzers des „Lakeside Inn" akzeptieren. Sie ist fest entschlossen, den gemütlichen und familiären Charme der kleinen Pension zu erhalten. Mit allen Mitteln wird sie verhindern, dass dieser arrogante Percey Reynolds ihr Hotel in eines dieser seelenlosen Luxusresorts verwandelt. Vom ersten Aufeinandertreffen an sprühen zwischen ihr und Percy die Funken – aber nur vor Ärger?

Band-Nr. 25975

9,99 € (D)

ISBN: 978-3-95649-622-6

368 Seiten

Das Geheimnis von Orcas Island

Es scheint ein erfolgreiches Jahr für Charity zu werden. Bereits in der Vorsaison ist ihre kuschlige Pension auf Orcas Island gut gebucht. Zu ihrer Unterstützung hat sie Ronald DeWinter eingestellt. Schnell entwickelt sich mehr zwischen ihnen. Allerdings ahnt sie nicht, dass Ronald nicht mit offenen Karten spielt. Denn er ist ein Undercover-Agent und auf der Insel, um herauszufinden, ob Charity in kriminelle Machenschaften verwickelt ist …

„Eine Geschichtenerzählerin von unschätzbarem Talent und Einfallsreichtum!"

Publishers Weekly